古典短篇小說故事類型選析

陳葆文 —— 著

五南圖書出版公司 印行

前　言

　　古典短篇小說有一個獨特的現象，即後來作品往往不憚複製或重寫前人作品，跨代承衍的結果，便是形成某種「故事類型」。

　　本文所指的「故事類型」，乃是指當代或跨代的數個文本在人物、情節結構上具有高度的相似性，儘管因為細節的增刪調整或作者個人特質等影響，導致不同時期出現的作品細部敘事表現及意涵不盡相同，但整體而言，此系列小說仍呈現系出同源及敘事模式化的傾向，而形成所謂「故事類型」。因此，成為「類型」的前提，必須兼具「敘事模式化」與「文本數量化」的條件。相對地，一篇小說即使具有經典性，如其前無古人、後無來者，則不符合本書所謂「類型」的定義。

　　「故事類型」是一個以研究者視角出發的後設概念。任何「故事類型」的第一篇作品，作者在寫作時絕無意識開創一個「故事類型」，只是單純地進行「講（寫）故事」這件事。但作品在傳衍接受的歷程中，受到後來作者的矚目，進而模仿、改寫、甚至對原著進行再創作，透過敘事筆法的調整或改變，賦予原著故事更豐富的敘事表現、甚至呈現嶄新的敘事風貌與意涵。即使如此，後來作者在承寫之際，仍無意、也無法預知其將建立一個「故事類型」。不論各時期作者對前人之作進行任何程度的承衍加工，對作者當下而言，都只是個人寫作行為而已。惟積漸久之，無形中形成一系列在文本上具有高度相似的作品，而研究古典小說的學者們透過廣泛閱讀與比對，乃由後設角度歸納總括為某種具有高度辨識性敘事特質的「故事類型」。

　　「故事類型」現象的形成，與傳統對於「小說」的觀念與態度有極大的關係。「小說」作為一種文學體裁，乃名詞先行於創作觀念。「小說」一詞於先秦即已出現，如：

飾小說以干縣令，其於大達亦遠矣！（《莊子・外物》）

雖小道必有可觀者焉。致遠恐泥，是以君子弗爲也。（《論語・子張》）

但上述「小說」一詞，乃是與「大達」、「大道」相對的概念，不但是一個普通名詞，並被定位爲「微不足道的言論」。因此，最早的「小說」不過被視爲一種言談的形式，並非某一種文體的專門術語。此觀念影響至大，後世雖對於「小說」的形式有更進一步的討論與說明，但其實反而更侷限了「小說」的定位與價值認定，如：

小說家者流，蓋出於稗官。街談巷語，道聽塗說者之所造也。（《漢書・藝文志》）

諸子十家，其可觀者九家而已。（《漢書・藝文志》）

若其小說家，合叢殘小語，近取譬論，以作短書，治身理家，有可觀之辭。（《文選》卷三十一李善注「小說九百，本自虞初」引桓譚《新論》）

這些思想家、史學家將「小說」定位爲一種不嚴謹的、瑣碎的、短篇的言談形式，雖未必全無價值，但絕對無法與哲學義理史學、乃至雅文學如詩賦散文等相提並論。

上述態度無異是爲「小說」下了一道緊箍咒，使早期作者在寫作這類文字時，並不是抱著立經國大業、傳世文章的態度寫作，即使如曹植〈與楊德祖書〉中所指陳者：

　　夫街談巷說，必有可采，擊轅之歌，有應風雅，匹夫之思，未易輕
棄也。辭賦小道，固未足以揄揚大義，彰示來世也。……若吾志未果，
吾道不行，則將采庶官之實錄，辯時俗之得失，定仁義之衷，成一家之
言。雖未能藏之於名山，將以傳之於同好，非要之皓首，豈今日之論
乎！

　　曹植這段言論其實統指「辭賦小道」，雖然將「街談巷說」的「小說」
含括在內，已經算是對後者價值很大的肯定，然而在寫作態度上，仍可
看出中古時期對於所謂「小說」的態度，並非由文學創作的角度出發，
而是一種資料的蒐集，重紀實、辨俗、闡發等功能性。再對照早期史書
藝文志所收「小說家」之作，內容龐雜，很大部分的書目由今日看來，
根本不符合「小說」的範圍，但卻真實反映了史學家對「小說」的定
位。如唐劉知幾《史通・雜述》，謂小說包括了偏紀、小錄、逸事、瑣
言、郡書、家史、別傳、雜記、地理書、都邑簿。如此，即可以想見當
時作者在從事所謂「小說」的寫作時，並無今日「著作權」、甚至「獨
創性」的概念，而止於資料紀錄的功能。則彼此傳鈔的結果，便是類似
的故事會不斷出現，而且後來者可以憑己意擅自改動增刪，而無形之中
也形成本書的「故事類型」現象了。

　　當然，小說史的發展極為複雜，「故事類型」現象的出現，絕非上
述如此簡單。固然在史學家或哲學家的觀念中，「小說」被視為一種不
精確、簡略的文字形式，然正因其隨意性、龐雜性，使作品所發揮的影
響力亦逐漸浮現。隨著時代的推進，寫作者越夥、作品量越多，自然對
「小說」的關注性與討論性也越繁。純粹的創作者或文學評論者開始思
考「小說」究竟為何物，而產生了與前述史、哲學家不同但更為開明的
觀念。但歷代文人學者對「小說」的文體形式、價值定位、創作觀念等
討論，卻經歷了一段漫長的時光，到了明代如馮夢龍等人的倡導宣揚，

「小說」作爲一種文體，才鮮明地展現出今日一般讀者認知中具有虛構性的既定文學體裁的樣貌。而透過這樣一段漫漫的理論對話歷程，「小說」文本的呈現與形式，也愈見豐富而多元。

即使如此，對於前人作品的仿寫、複寫、重寫，已形成古典小說史中一種習以爲常的寫作態度。尤其「小說」地位自始即較受輕視，其既非言志之作，缺乏嚴肅性與個人性，故一篇或一部作品的寫成，亟需訴求讀者的存在與認同。而作者如欲作品引發讀者興趣，往往必須投後者所好，在這樣的市場預期心理下，某些故事如特別受到讀者矚目或喜愛，則此故事會不斷的被傳鈔、複製、重寫、乃至再創作，也就不足爲奇了。而隨著時代的進展，對於小說寫作的觀念不斷提升，由紀實志怪而爲己托寓、由純粹紀錄而創作虛構，前述市場心理機制與歷代作者不同程度認知所產生的化學效應，都使不同的「故事類型」在成形過程中產生不同的敘事風貌與發展方向，進而成就了小說史中的獨特現象。

對於「故事類型」的相關研究事實上早已有學者投入，最早的研究成果允推大陸程國賦教授的《唐代小說嬗變研究》（廣東，廣東人民出版社，1997年），國內較重要的著作則如康韻梅教授的《唐代小說承衍的敘事研究》（台北：里仁書局，2005年）。其他論著、期刊論文、學位論文，研究成果爲數亦夥。其研究範圍或者集中於小說文本本身的承衍現象分析，或者以小說爲核心，進行跨文本（如散文、詩詞、戲曲）比較。不過整體而言，多偏重斷代（如唐代）小說或者針對某單一故事進行爬梳，能由跨代、較全面的角度一一檢視小說史中的「故事類型」個案，歸納其所形成的敘事特質及其承衍現象之意義，則仍有待學者耕耘。

透過對於不同「故事類型」的掌握，可以具體了解古典小說在故事、體裁、敘事、甚至價值定位的承衍脈絡，「故事類型」雖是一個後設角度下成立的概念，然而其形成歷程中小說寫作觀念、時代社會文化因素、作者特質如何滲透文本，因而形成作品個別及系列面貌，都是值

得探究之處。因此，分析「故事類型」的意義，絕不只是對照文本敘事表層結構的差異，而更應探問其深層結構所扮演的功能及其作用的意義。

　　本書選出「猿妖搶婦」、「蛇妖惑男」、「韓憑夫妻」、「俠女復仇」、「魂奔」、「夢遇」等六組故事類型做爲討論對象。其選擇與序排的依據，第一、二組係古典小說淵源最遠的志怪故事，第三、四組則爲前者之對照，乃以「人」爲主的敘事作品，第五、六組延續前述題材，而更偏重「人際遇合」的描述。而爲照應閱讀對象，本書在寫作策略上，盡量避免繁縟的學術考據與大量註腳的論文形式，希能化繁爲簡、深入淺出，以細讀的方式選介古典短篇小說中較具特色的幾組「故事類型」。此外，正如前文所指出，所謂「故事類型」的形成，並非各代作者在寫作時的刻意預設之舉，而是研究者由後設的角度歸納而成，因此本書對各「故事類型」分析時，將視個案而有不同的分析重點，或重人物承衍的分析、或重情節承繼的爬梳、或重敘事意涵的闡發、或兼而有之。而爲討論方便，將嘗試針對各類型故事中之小說文本區分其敘事承衍上的定位，但由於各組故事之承衍現象亦不盡相同，因此各分期之分類方式亦將有所出入。上述諸點，誠然是因應「故事類型」的發展本質而不得不然，但也將導致全書在寫作體例上或有不一致之處，此點尚祈讀者見諒。

　　古典短篇小說「故事類型」的探討，對古典小說的研究者而言，不僅是值得深究的議題；對古典小說的學習者或有興趣者而言，更是藉此更深入認識古典小說豐富面貌的捷徑。當然，文學作品之間往往有互文現象，小說情節人物成爲詩歌典故或戲曲取材來源，往往有之，但本書集中在以「小說」爲範圍的故事承衍分析，以便更清楚突出此一小說史的獨特現象與發展脈絡。祈能引導學子與一般讀者，藉著對於「故事類型」的理解，更具體而深刻地認識古典短篇小說的繽紛世界與豐富內涵。

　　最後要說明的是，本書的寫作乃基於個人長期以來對於古典小說教學與研究的情熱，故希望能將這些年來在此方面一些淺薄心得與大家分享，期能吸引更多讀者共享古典小說豐富多姿的世界。其由構篇到完成，時間經歷數年，除個人學力所限外，主要的原因乃是執筆時間多是在筆者病體尚能支持的情況下，勉力逐篇完成，故其中疏漏之處必然極多，懇請學界不吝指正。當然，最感謝的是五南圖書出版股份有限公司的黃文瓊副總編對我一再拖延書稿及修改內容的無限包容，如果沒有黃副總編的支持與鼓勵，本書的付梓應是遙遙無期的。是為誌。

中華民國一百零七年元月

目　錄

第一章　蠻荒與性力的想像

——「猿妖搶婦」型故事

一、前言

　　傳統文化以中原爲發展核心，即使歷經大一統帝國如漢、唐對於疆域的開拓與收編，甚至四裔族長的順服入貢，對於邊邑四境仍多視爲蠻荒之地，充滿著神祕的想像與恐懼；以至於對行旅之人的安危或者於半途所發生的一些不可解的現象，因之亦充斥著好奇與焦慮，進而衍生出許多神話傳說的附會。「猿妖搶婦」型的故事便是在這樣的心理背景下逐漸形成、甚至被利用。

　　「猿妖搶婦」型故事基本上是一個蠻荒想像與性暴力陰影雜揉的文本，大致而言，在其由故事素材階段進入較完整之敘事文本後，多表現爲妻子隨著通常具有武職身分的丈夫至西南邊陲赴任，半路妻子忽爲猿妖所擄，而後經歷丈夫的追尋搜索，終復夫妻團圓的歷程。其間丈夫的身分、尋妻的歷程、救妻的方式，以及猿妖的條件形象、妻子面對遭遇的反應，以至於是否有其他配角人物參與擄妻或救援的事件，尤其被擄妻子是否因此受孕等，都是這一類故事型敘述演變過程中，作者所關注的焦點。綜觀其故事承衍，約略可以分爲三個階段，即漢到魏晉的素材流傳期、唐代的情節定型期及宋元以下的意涵轉變期。由漢代的片段材料、至宋元的各自表述，「猿妖搶婦」型故事隨著不同敘述動機的作者展現了多變的敘事面貌及寄託意涵。

　　透過這一類型故事的演變歷程，可以把握幾個觀察重點：其一，觀察古典小說在承衍過程中，如何由單純客觀的素材元素到具有主觀寫作意識及具備完整情節構設的演變歷程；其二，隨著故事的傳播、接受與改寫，小說敘事所承載題旨意涵的演變軌跡及演變意義；其三，觀察文本意涵流動與做爲載體的小說體式之關係。以下，根據上述重點依序加以分析。

二、由蠻荒性力的焦慮到市井探險的奇談——
「猿妖搶婦」型故事在歷代的敘事承衍變化

「猿妖搶婦」型故事各發展階段的主要文獻，如下表所示：

分期 時代 文體	素材流傳期		情節定型期	意涵轉變期	
	漢	魏晉	唐	宋元	明
紀錄片段	焦氏《易林・坤之剝》				
筆記		《博物志》「猴玃」（《搜神記》類之「猳國」）《續搜神記》「翟昭」		《稽神錄》〈老猿竊婦人〉	
傳奇			〈補江總白猿傳〉（《太平廣記》444題為〈歐陽紇〉）		《剪燈新話》〈申陽洞記〉
話本				《清平山堂話本》〈陳巡檢梅嶺失妻記〉	《喻世明言》〈陳從善梅嶺失渾家〉

由上表可見本類型故事在傳播與接受上不但歷代皆有、且出入各類小說體式，兼顧文言與白話敘事系統，可見其接受之廣泛性。然而，在此接受過程中，這些故事題材與敘事重點卻未必一脈相承，而是有所偏重轉變，如下圖所示：

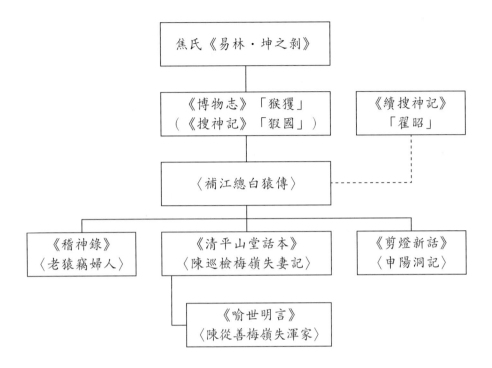

　　以下就「猿妖搶婦」型故事依流傳時期分別探討其情節源流與轉變意義。

(一) 素材流傳期：先秦以至魏晉南北朝諸篇

　　在漢代以至魏晉的子書或小學類的著作中，已出現關於大猿綁架人間婦女的記載，如：

　　南山大玃，盜我媚妾。畏不敢逐，退然獨宿。（漢・焦氏《易林・坤之剝》）

　　玃玃也，似獮猴而大，色蒼黑，能攫持人，好顧眄。（晉・郭璞注《爾雅・釋獸》「玃父，善顧。」條）

這些對於蠻荒野獸與人類接觸的不愉快印象，雖然只是吉光片羽的資料，但可以看出古人對於這種與人類外型相近的大猿，都聚焦在牠好擄人的行為特質上，已可見後世敘述此類型故事的情節元素。其中《易林・坤之剝》由男性第一人稱視角所強調的「盜我媚妾」與「怯不敢逐」，表現了敘述者對於猿猴「盜」行為的神祕性、對「媚妾」的不捨、與「怯」的無能自覺、束手無策，人與獸二者的痛苦衝突尤其提供了後世讀者無限的想像空間，已初步具有「搶婦」母題的雛形。

然而漢代的片段資料，只具有「事件」的意義，既無細節，亦不具備有因果關係、有頭有尾的情節結構。至魏晉志怪類的筆記小說，對於上述善於擄人行為才進一步建立了模式化的敘述。如晉・張華《博物志・卷三・異獸》「猴玃」：

蜀山南高山上，有物如獼猴，長七尺，能人行健走，名曰猴玃一名化，或曰猳玃同行道婦女有好者，輒盜之以去，人不得知。行者或每過其旁，皆以長繩相引，乃得免。此得男子氣，自死，故取女也。取去為室家。其年少者終身不得還，十年之后，形皆類之。意亦迷惑，不復思歸。有子者，輒俱送還其家，產子皆如人，有不食養者，其母輒死，故無敢不養也。及長，與人不異。皆以楊為姓，故今蜀中西界多謂楊，率皆猳玃化之子孫，大約皆有玃爪者也。

稍後於張華的干寶《搜神記》「猳國」，亦有類似的記載：

蜀中西南高山之上，有物，與猴相類，長七尺，能作人行，善走逐人，名曰「猳國」，一名「馬化」，或曰「玃猿」。伺道行婦女有美者，輒盜取，將去，人不得知。若有行人經過其旁，皆以長繩相引，猶故不免。此物能別男女氣臭，故取女，男不取也。若取得人女，則為家室。其無子者，終身不得還。十年之後，形皆類之。意亦迷惑，不復思

歸。若有子者，輒抱送還其家，產子，皆如人形。有不養者，其母輒死；故懼怕之，無敢不養。及長，與人不異。皆以楊爲姓。故今蜀中西南多諸楊，率皆是「猳國」「馬化」之子孫也。

按《博物志》作者自序其寫作動機是在於記載地理山澤，使殊方異域的資料不致遺失，因此此條「猳玃」的相關描述，其心態基本上是出於紀錄奇特風土的性質，乃重於其資料性部分。干寶的生年不詳，但與張華的在世時間大約相去三十年左右，而《搜神記》的編輯重點亦在於蒐錄異聞，與《博物志》有所重疊。由此二則在行文遣詞上的重疊性，不但顯見彼此有存在著因襲的關係，而且由早期單純的猿猴擄人，開始描繪大猿神出鬼沒的異能特質，甚至增添了被擄婦女懷孕產子的遭遇、乃至對這個「異產」子嗣命運的處理，提供了唐代〈補江總白猿傳〉進一步運用渲染的依據。可以說「猿妖搶婦」型故事的母題至此已大致成立，它包含了以下的敘述元素：即「具有異能的猿猴」、「猿猴綁架囚禁婦女」、「婦女懷孕」、「異產子嗣」等。

　　不過，《博物志》、《搜神記》的編輯重點因在於蒐錄異聞，因此在敘述態度上，仍偏向客觀紀錄，而關注的焦點亦近於早期相關文獻記載，聚焦在異種生物的老猿及其因擄人所引發之後續問題。但這樣的敘事關注在題名爲陶淵明的《續搜神記》〈翟昭〉（《太平廣記》畜獸十三引）便有了變化：

　　　晉太元中，丁零王翟昭後宮，養一獼猴，在妓女房前。前後妓女，同時懷娠。各產子三頭，出便跳躍。昭方知是猴所爲，乃殺猴及十子，六妓同時號哭。昭問之，云初見一年少。著黃練單衣。白紗幍。甚可愛。語笑如人。

《續搜神記》中這條記載的敘述邏輯明顯不同於前述諸條屬於殊方異物的記載，應與自《易林·坤之剝》以來的「猿妖擄人」敘述無關，而是包含了志怪人情的想像，類似一般六朝志怪敘事對於女性的染指行為。有學者指出這條敘述可能源自鳩摩羅什所譯的〈龍樹菩薩傳〉中，敘述大乘佛法創始者龍樹菩薩年輕時引發其出家修道的一段因緣：

> 其四人得術，隱身自在，入王宮中，宮中美人，皆被侵陵。百餘日後，宮中人有懷妊者，以事白王。王大不悅：「此何不祥爲怪乃爾！」召諸智臣，以謀此事。有舊老者言，凡如此事，應有二種：「或鬼或術，可以細土，置諸門中，令有司守之，斷諸術者。若是術人，足跡自現，可以兵除；若其是鬼，則無跡也。鬼可呪除，人可刀殺。」備法試之，見四人跡。即閉諸門，令數百力士，揮刀空斫。斫殺三人，唯有龍樹，斂身屏氣，依王頭側。王頭側七尺，刀所不至。是時始悟，欲爲苦本。厭欲心生，發出家願：「若我得脫，當詣沙門，求出家法。」

其內容是描述龍樹與其好友三人向術士學得隱身之術，混入宮中，淫亂後宮，令宮中美人懷孕，結果國王採納了智臣的計謀，殺掉了好友三人，龍樹則僥倖逃過此劫，因而發願出家修道。試比較〈翟昭〉與此篇的情節，二者的確有很大的相似性，重點都以宮廷醜聞作爲敘事的重點，皆是外人（物）混入宮中，使向爲君王禁臠的女性（無論是宮妓或美人）懷了他人的子嗣，而最後這些肇禍者都被女性的原始擁有者所殺，尤其《續搜神記》表現爲傳統志怪敘事，對猿妖的命運更服膺著志怪敘事中人與異類終不能結合共存的條例，使猿妖的能力也由前述人間男性對之莫可奈何、受其宰制的強大不可測，到此似乎輕易受俘就戮、甚至連子嗣亦不保。然而，二者亦有所出入，最大的差異點是〈翟昭〉中的宮妓不但看得見化爲可愛少年的猿妖，而且生下了孩子，似乎也產生了情感，因此當妖及子被殺時，「六妓同時號哭」；但〈龍樹菩薩

傳〉中的美人卻是在無所見的情況下神祕懷孕，自不可能對其中任何人
產生情感，至於子嗣命運如何則未加以著墨。此外，《續搜神記》不論
作者爲陶潛或爲其後之人僞託，可以肯定的是應爲東晉以後所編，時間
上確實晚於〈龍樹菩薩傳〉的譯者鳩摩羅什，但以其時佛教文獻之流通
狀況來看，其實並無法確定《續搜神記》作者已接觸過〈龍樹菩薩傳〉
的譯本。因此，二則敘述之間是否果然有承傳改寫之關係，還有許多討
論的空間。但不論〈翟昭〉是否受到「龍樹亂宮」故事的影響，的確可
以看出其敘事邏輯不同於前述直接與「猿妖搶婦」有關的若干文獻，後
者這兩則敘述中，丈夫的不安、「播種者」的被殺，更近於唐傳奇〈補
江總白猿傳〉中的人物刻劃，尤其「播種者」的形象特質，由前述較偏
重於野獸原形的恐怖神祕，此則幻形爲可愛迷人或風度翩翩的男子；而
同時讓多位女性懷孕，又渲染了猿妖「淫」的行爲特色。唯一不變的，
是由《易林・坤之剝》到《續搜神記》，「猿妖搶婦」型故事相關敘述
中的受害女性，不論在體力或心靈上都缺乏防禦能力，因此當她們的丈夫
或者因爲無能、或者疏於防範時，便只能任由老猿或猿妖染指了。

　　「猿妖搶婦」型故事的素材流傳期，乃是以《易林・坤之剝》到
《搜神記》的相關文獻敘述爲主流，大致底定了「婦女失蹤」、「猿妖
搶婦」、「婦女懷孕」等情節模式，再補充了《續搜神記》的猿妖「事
發被殺」情節，及丈夫的心理和擄人者較趨近於人性的形象。剩下的，
便是期待上述各項特質如何被有機吸收，從而便成一篇敘述婉轉的小
說。

(二) 情節定型期：〈補江總白猿傳〉

　　「猿妖搶婦」型故事在唐代發生了重大的變化，唐代〈補江總白猿
傳〉的出現，標誌了這個故事型已由單純殊方異聞的傳說材料或簡短的
志怪筆記，發展成人物性格鮮明、情節結構完整的小說。

　　〈補江總白猿傳〉大約寫於初唐，作者不詳，其敘述篇幅由魏晉

兩百字左右的資料大幅增加爲一千四百多字的小說，已以可視之爲具備了「傳奇」的條件。而篇幅的增加通常意味著細節亦大幅提升，不論場景、情節或人物，〈補江總白猿傳〉透過具體精細的描寫，使「猿妖搶婦」型故事達到了定型化的程度。如其場景空間方面，早期只簡單述及發生地點在西南深山；但〈補江總白猿傳〉可能受到《續搜神記》〈翟昭〉宮廷場景的影響，其敘事空間則構設爲深山中別有洞天的洞窟祕境，其外不僅「嘉樹列植，間以名花；其下綠蕪，豐軟如毯」、其內則「四壁設床，悉施錦薦」且「寶器豐積，珍羞盈品，羅列案几。凡人世所珍，靡不充備。名香數斛，寶劍一雙」，已彷如王室後宮。情節方面，則吸收了前述二組情節結構而又出以新意，因而扭轉了小說敘事的主旨意義。至其人物結構，早期主要關注的是以「老猿」爲主體、「被擄婦女」爲客體的人物關係；此則除老猿、被擄婦女外，不僅強化了丈夫的人物形象，且根據傳說中老猿「好擄人」的習性，及可能受到《續搜神記》〈翟昭〉宮中被汙眾妓的角色所影響，增加了一群同屬被擄婦女而個性形象鮮明的女配角們，使人物及情節之結合更加緊密。而事實上這些改動，更是服膺於一有意識的小說敘事動機。主要針對母題之吸收融合、人物形象之立體化、小說主旨之企圖等進一步分析。

1. 情節之吸收與融合

〈補江總白猿傳〉的內容是敘述南朝梁末年，歐陽紇隨平南將軍蘭欽征討西南一帶，其妻子亦隨行軍中。歐陽紇打到長樂一帶時，雖已因應當地土著宜小心守護其妻以免爲神物所竊的勸告，其妻半夜依然神祕失蹤，而擄去歐陽紇妻子的，正是一千歲老猿。歐陽紇經過一個多月跋山涉水的尋找，終於在一處深山中發現妻子，她不但與數十婦人共同被囚禁在一處祕境洞府，甚至已經受孕。在眾婦人的指點協助下，歐陽紇殺死了老猿，後者臨終前，預言了歐陽紇妻子腹中胎兒未來的命運。後歐陽紇爲陳武帝所殺，孤兒由江總撫養長大，果然以文學書法知名於時。

　　檢視小說的情節表現，可以發現〈補江總白猿傳〉吸收了前述「素材流傳期」中由《易林・坤之剝》到《搜神記》的主脈中所出現的「婦女失蹤」、「猿妖搶婦」、「婦女懷孕」等情節結構，其主要脈絡還是演述一個異域蠻荒的性暴力事件；但在小說的結尾部分，則接收了《續搜神記》〈翟昭〉的「事發被殺」，扭轉了前述主要情節來源中，丈夫一向不敢有所作為的表現；又於前半部情節補充了「丈夫尋婦」的新情節，使二組不同來源的故事結構得以銜接。〈補江總白猿傳〉對早期傳說材料加以融合與增添，鋪敘出一篇妻子為神祕猿妖所擄、而丈夫歷盡辛苦，尋找、解救妻子，雜揉志怪與人情的完整小說。在情節結構方面，則由小說開始部分的「失妻」，發展部分的「搜尋」、「發現」、「受孕」、「謀議」，結束部分的「殺猿」、「預言」、「救婦」、「生子」、「應驗」，呈現一樁敘述完整、兼具人情與志怪的小說，使「猿妖搶婦」型故事至此達到定型階段。

　　與「素材流傳期」最大的不同是，〈補江總白猿傳〉大大提升了對於「人」的關注強度與敘事比例，使「猿妖搶婦」型故事在本篇中已由單純對於異種生物的興趣，轉移到與之遭遇的人的奇遇經驗，雖然在故事類型的定位上，仍被歸在志怪類，但事實上古老神祕的異域想像在對於人物命運的關懷下，已退居到故事背景的地位；對於「猿妖搶婦」的敘述重點，亦由「猿妖」分散到了「被搶之婦」的當事人夫妻、甚至被強暴而懷下的子嗣身上。對應傳奇小說「敘述婉轉」的文體特質，「猿妖搶婦」型故事已由單純志怪的企圖，加入了對於人情奇遇的構設，也定調了後世在故事類型繼承上的特質。

2. 人物形象之立體化

　　整體而言，〈補江總白猿傳〉表現出一個陽性特質鮮明的敘事文本，主要人物由早期的「猿妖」為唯一男主角，轉移到「猿妖」與「丈夫」的「情敵」對立關係；「素材流傳期」中的「被擄婦女」不過為一

群具有共同身分的女性，只有共性而無個性，〈補江總白猿傳〉則將之區分層次，除了獨立出歐陽紇妻子的單一角色，又構設了一群具有同樣遭遇但個性鮮明的女配角群。這樣的人物設計，亦大致底定了日後「猿妖搶婦」型故事的人物結構模式，即「丈夫／猿妖」、「妻子／諸女」的對應結構。

　　首先就兩個相對立的男性主角白猿與被擄婦女之夫歐陽紇而言，二者在塑造上已脫去六朝的模糊面目，而成為形象鮮明的人物。如白猿即將其設定為兼具多重特質的偉岸丈夫，首先，牠仍不脫妖獸的本質，如其容貌：「遍身白毛，長數寸。……然其狀即狙玃類也」；牠的飲食習慣：「其飲食無常，喜啖果栗。尤嗜犬，咀而飲其血」，尤其小說先寫其如人類丈夫玉樹臨風：「有美髯丈夫長六尺餘，白衣曳杖，擁諸婦人而出」，但一旦見到林中之犬，立刻顯露出獸的本色：「見犬驚視，騰身執之，披裂吮咀，食之致飽」，前後對照，極為傳神。此外，老猿既已修練千年，其他各項特質，莫不以人甚至仙之形象加以刻劃。如其一方面極為重視儀表：「旦盥洗，著帽，加白袷，被素羅衣，不知寒暑」、具有「美髯丈夫長六尺餘，白衣曳杖」的飄逸外表，有其風姿翩翩、超然出塵的一面。但另一方面，卻又好色好酒，充滿人類的欲望：「擁諸婦人而出……婦人競以玉杯進酒，諧笑甚歡。既飲數斗，則扶之而去，又聞嘻笑之音。……夜就諸床嬲戲，一夕皆週，未嘗寐」；更兼文武雙修：「所居常讀木簡，字若符篆，了不可識。已，則置石蹬下。晴晝或舞雙劍，環身電飛，光圓若月。……言語淹詳，華旨會利」；尤其擁有人類望塵莫及的異能：「力能殺人，雖百夫操兵，不能製也。……日始逾午即翛然而逝，半晝往返數千里，及晚必歸，此其常也」。凡此，一方面涵蓋了人類欲與俗的面目，一方面又賦予近乎劍仙的異能。然而，儘管如此，白猿仍有致命的缺點，即：「遍體皆如鐵，唯臍下數寸，常護蔽之，此必不能禦兵刃」。這項罩門，伏筆了白猿致死的結局，巧妙地呼應了吸納進來的「事發被殺」情節。整體而言，

〈補江總白猿傳〉中的白猿，已由早期素材中近乎野獸的樸素雛形，進化成兼具仙／人／妖三種特質高大而強烈的形象。

　　而作爲被擄婦女之夫的歐陽紇，早期的傳說材料中，如漢代《易林‧坤之剝》的十六字卦辭，雖是以被擄婦女的丈夫爲第一人稱的敘述視角，但其並非敘事的主體，而以其畏懼喪氣與無能爲力，以作爲襯托「大猿」之威力加以構設。在人物特質上，與《博物志》、《搜神記》等由全知第三人稱視角下所呈現的被擄婦女之夫，對於妻子遭遇不敢有所作爲干涉，二者形象並無二致。但在〈補江總白猿傳〉中丈夫的形象不但具體化爲史有其人的歐陽紇，而且由原來的怯懦怨嘆，一變而成爲勇武深情的將軍，其對於妻子的失蹤，不但表現出「紇大憤痛，誓不徒還。因辭疾，駐其軍，日往四遠，即深凌險以索之。」的積極態度，而且搜尋範圍由營地四周向外擴及百里、以至於二百里之廣，更跋山涉水、深入不毛：

　　既逾月，忽於百里之外叢蓧上，得其妻繡履一雙。雖浸雨濡，猶可辨識。紇尤悽悼，求之益堅。選壯士三十人，持兵負糧，巖棲野食。又旬餘，遠所舍約二百里，南望一山，蔥秀迴出，至其下，有深溪環之，乃編木以度。

歐陽紇的人物設定雖有作者的特殊目的，但武將身分的確使他的堅毅性格及敢於深入蠻荒探險的行爲十分具有說服力，也奠定了日後小說在繼承「猿妖搶婦」型故事時男主角的人物特質。

　　至於〈補江總白猿傳〉的女性人物，原本應爲敘述的另一焦點：被擄妻子，其敘述比例反而大幅降低，成爲一個面目模糊的人物。在「素材流傳期」中，儘管老猿擄婦的事件屢屢發生，但基本上敘事者是把被擄婦女視爲一種共通的人物類型，沒有個別面目或群我差別；這樣的人物構設到了〈補江總白猿傳〉產生了「女主角歐陽紇妻子」與「女／

女配角被擄婦人群」的區隔變化。就歐陽紇妻子而言,小說除了強調其「纖白」的外表,至於其對自己被擄的命運,絲毫無能為力。如其既遭擄,顯然立即遭到強暴,而且已然受孕,即使面對跋山涉水而來的丈夫,卻沒有太多反應,只是「臥石榻上,重茵累席,珍食盈前。紇就視之。回眸一睇,即疾揮手令去」,無明顯個性可言。

相對於歐陽紇妻子的無助嬌弱,另一組女配角群則為洞中其他被擄婦女:「婦人三十輩,皆絕其色。久者至十年」,且不論道德問題,這組女配角反而呈現了強韌的生存意志。其一方面與老猿虛與委蛇,迎合其對於酒色的喜好,不但要服侍老猿酒食,夜間還要對應老猿「嬲遍諸床、一夕皆週」的性需求,在人群數量與行為方面都與宮妓的形象十分貼近。由其「帔服鮮澤,嬉遊歌笑」的態度,看似貪圖欲望,忍辱苟活,其實正是透過與老猿的親密相處,掌握其習性甚至弱點,以便伺機反擊脫逃。一旦機會來了,便能緊緊把握、創造自己的命運。當歐陽紇好不容易跋山涉水而來,眾婦女面對這位突然闖入的陌生人,不僅沒有驚惶失措,反而鎮定地「慢視遲立」確認其身分;又當機立斷、條理清晰地囑咐歐陽紇即刻下山蒐集殺猿所需的道具;等歐陽紇將一切備妥復來,更指揮若定,指點歐陽紇一一布置妥當:

　　婦人曰:「彼好酒,往往致醉。醉必騁力,俾吾等以彩練縛手足於床,一踴皆斷。嘗紉三幅,則力盡不解,今麻隱帛中束之,度不能矣。遍體皆如鐵,唯臍下數寸,常護蔽之,此必不能禦兵刃。」指其傍一巖曰:「此其食廩,當隱於是,靜而伺之。酒置花下,犬散林中,待吾計成,招之即出。」

歐陽紇在戰場上雖是帶兵平亂的威武將軍,此刻卻完全只能聽命行事而已。當老猿歸來,眾婦人更是神色如常,誘使老猿中計就縛:

（老猿）見犬驚視，騰身執之，披裂吮咀，食之致飽。婦人競以玉杯進酒，諧笑甚歡。既飲數斗，則扶之而去，又聞嘻笑之音。良久，婦人出招之……

歐陽紇完全依照眾婦人的指示，在整樁殺猿事件中，他除了配合蒐集必備道具外，不過在最後出其力刺下關鍵的一劍，使其斃命而已。如果沒有眾婦人的全程規畫，歐陽紇必然無功而返。〈補江總白猿傳〉這群配角人物的構設，智慧冷靜，功能幾乎無異於歐陽紇的智囊團，甚至視之為殺猿事件的主導者亦不為過。其身分雖然仍自原始材料中被擄婦女群分裂而來，但亦自前者脫胎獨立而成、具有女主角地位的歐陽紇妻子，其形象之單薄模糊，與《搜神記》「猳國」被擄懷孕的行路婦女、《續搜神記》「翟昭」的宮妓人物等幾無二致，皆屬毫無抵禦能力的角色，反而沒有脫出原有敘事中的人物窠臼；眾婦人的形象塑造卻已完全是小說虛構藝術的表現，在人物功能及意義上，已然產生質變：由被動無奈接受命運的獵物，變成了忍辱苟活、伺機求生的戰士。這種改動，更使小說的敘事關懷由志怪興趣導向對人物命運與情操的刻劃，使「猿妖搶婦」型故事擺脫了六朝純粹的志異材料性質，而邁入了人情敘事的範疇。其人物成立，不僅別具意義，也值得多加注意。

3. 小說主旨的企圖

〈補江總白猿傳〉構篇的企圖並不只是意在志怪而已，其人物的構設目的也絕不是單純為呈現「猿妖搶婦」這個古老的志怪母題所服務，這些融合、增色、甚至人物命運的改寫，都是服膺於一個預設的寫作企圖，即藉用「猿妖搶婦」型的故事框架，以歐陽紇夫妻在西南遭遇老猿的奇遇，解釋其子身世的真正來源。因此，本篇真正的男主角其實是那位小說結尾時一直沒有被點出真實姓名的孩子。而既然他的雙親是歐陽紇夫妻，又從小失怙、為江總撫養長大，且「及長，果文學善書，知名

於時」，則這個孩子的真實身分早已呼之欲出，即初唐著名的書法家歐陽詢。

由命篇來看，作者顯然意指本篇之前本有一篇由六朝著名文人江總所撰的〈白猿傳〉，但〈白猿傳〉或者遺逸了、或者寫得不夠完整，因此這位無名氏乃為之補充而撰成此篇。其實，至少由現有史料中，根本查無江總曾撰著過所謂的〈白猿傳〉；本篇的無名氏作者，不過欲藉江總與歐陽家的交情，企圖坐實篇末對於歐陽詢特異出身的影射。而「猿妖搶婦」型故事的意義，亦在這層企圖下，其原本據有主體地位的志怪敘事，完全退入背景之中，成為為人情敘事所物的客體框架而已。

按以猿猴之異產來影射歐陽詢其來有自。在唐初的名臣中，歐陽詢本出身前朝官宦世家，其父祖輩皆為陳朝重臣，其祖歐陽頠任大司空、父歐陽紇則為廣州刺史。但歐陽詢十三歲時，父親舉兵反陳，兵敗被殺，全家連坐，還好歐陽詢因年幼而倖免於難，為其父舊友江總收養，課以學問。而歐陽詢天資精敏勤學，又受到江總督促調教，因此學問極佳，長大後，即出任隋太常博士，品秩雖然不高，大約七品左右，但足以見其學問之備受肯定。歐陽詢當時已與尚未起兵的唐高祖李淵往來密切，入唐後遂為李淵拔擢為給事中，位至五品。高祖武德七年，歐陽詢奉詔與裴矩、陳叔達修撰《藝文類聚》一百卷，分類保存了大量的遺文祕籍，因此宋陳振孫《直齋書錄解題》便指出：「其所載詩文賦頌之屬，多今世所無之文集」，而清《四庫全書總目提要》更稱許為「於諸類書中，體例最善」。到了太宗時，歐陽詢更升為太子率更令、弘文館學士等，前者屬從四品，掌宗族次序，禮樂、刑罰及漏刻之政令，後者負責圖書及教授，皆足見君王對於歐陽詢學識的看重。歐陽詢以八十五的高壽而卒，封渤海縣男。

由歐陽詢的經歷來看，幼時遭到家禍，但能死裡逃生；長而勤於學問，極為兩朝君王所賞識；而終以高壽，人生算是頗具傳奇色彩。更特出的是，與其經歷、學問、書法同樣著名的，竟是歐陽詢亦以形貌特異

著稱。唐代筆記中，屢屢記載到歐陽詢貌似獼猴而爲人側目，甚至朝臣公然在君王面前以此大開玩笑，如劉餗《隋唐嘉話》：

> 太宗宴近臣，戲以嘲謔。趙公無忌嘲歐陽率更曰：「聳膊成山字，埋肩不出頭。誰家麟閣上，畫此一獼猴？」詢應聲云：「縮頭連背暖，綻襠畏肚寒。只由心溷溷，所以面團團。」帝改容曰：「歐陽詢豈不畏皇后聞？」趙公，后之兄也。

按皇后之兄長孫無忌實與歐陽詢相差三十多歲，歐陽詢既以八十五歲的高齡卒於貞觀十五年，上述互相嘲戲之事又發生在太宗貞觀年間，則歐陽詢此時不但是兩朝老臣、德高望重，且至少已過古稀之年。就算歐陽詢容貌之奇特早已廣爲人知，但長孫無忌雖是皇親國戚，畢竟不過是個後生晚輩，如此當眾被他嘲笑外貌像獼猴，歐陽詢當然面子上掛不住。而其以「只由心溷溷，所以面團團」反唇相譏，卻也不免倚老賣老，出口刻屬了些，已經游走於人身攻擊的邊緣，無怪太宗覺得有些太過火了。而同樣的記載亦見於孟棨《本事詩・嘲戲第七》，惟太宗只是「聞之而笑曰」，對臣子之間的玩笑倒無不悅之意。然而，由此已可看出，歐陽詢外貌如猿猴，是唐代人盡皆知之事，甚而引爲笑談的對象。不過，這只是君臣燕饗之際的調侃，倒也無傷大雅；如果在重要場合因此失態，後果就不堪設想了。歐陽詢的貌似獼猴，的確曾令一位大臣忍俊不禁，因而被貶。《舊唐書・許敬宗傳》：

> 十年，文德皇后崩，百官縗絰。率更令歐陽詢狀貌醜異，眾或指之，敬宗見而大笑，爲御史所劾，左授洪州都督府司馬。

許敬宗的被貶當然未必只是因爲這一笑而已，如《大唐新語卷三》：

文德皇后崩，未除喪，許敬宗以言笑獲譴。及太宗梓宮在前殿，又垂臂過。侍御史閻玄正彈之曰：「敬宗往居先後喪，已坐言笑黜，今對大行梓宮，又垂臂無禮。」敬宗懼獲罪，高宗寢其奏，事雖不行，時人重其剛正。

後一條彈劾雖未能成立，但可見許敬宗本就是個行為經常引發爭議之人。而唐代《譚賓錄》、《大唐新語》等書都將許敬宗嘲笑歐陽詢面貌之事與其被貶直接關聯，可見唐人對於歐陽詢面貌之突出，確有其鮮明的印象。

唐代普遍將貌似獼猴與歐陽詢相貌畫上等號，再加上歐陽詢特殊的身世經歷與優秀傑出的才能，不但形成高度的話題性，成為士大夫口中喜好談論的軼聞趣事，這種內才與外表的衝突性甚至更進一步引發論者好奇其出生來歷是否有異於常人之處？因此，如果有人基於作意好奇，要針對歐陽詢形象來源探究一番，則援引先秦以來流傳久遠的「猿妖搶婦」的鄉野傳說，二者正好可以天衣無縫地結合搭配，遂成為歐陽詢出世奇傳的最好框架。

不過，關於小說的敘述動機，到底出於何種心態，事實上歷來學者是有些爭議的。如宋陳振孫《直齋書錄解題》指出：

歐陽紇者，詢之父也。詢貌類獼猿，蓋常與長孫無忌互相嘲謔矣。此傳遂因其嘲廣之，以實其事，託言江總，必無名子所為也。

而（明）胡應麟《少室山房筆叢·四部正訛（下）》也說：

白猿傳，唐人以謗歐陽詢者。詢狀頗瘦削，類猿猱，故當時無名子造言以謗之。此書本題〈補江總白猿傳〉，蓋偽撰者託總為名，不惟誣詢，兼以誣總。噫！亦巧矣。

論者的爭議，不外乎集中在「嘲戲」或「毀謗」二說。事實上，歐陽詢本身似乎亦好嘲謔，如《太平廣記》引《啓顏錄》：

　　唐宋國公蕭瑀不解射，九月九日賜射，瑀箭俱不著垛，一無所獲。歐陽詢詠之曰：「急風吹緩箭，弱手馭強弓。欲高翻復下，應西還更東。十回俱著地，兩手並擎空。借問誰爲此，乃應是宋公。」

按《啓顏錄》作者侯白爲隋代人，因此上引這條記載應爲唐人混入，並非《啓顏錄》原文，對照前文中所提及與長孫無忌的互嘲，可見「嘲諷」對歐陽詢來說不是孤例。而且由歐陽詢的風格來看，他的嘲謔往往指摘對方缺陷，具有一定的殺傷力，難免言語之間會得罪人。此或所以推論此篇乃「謗文」之因。不過，試看唐代筆記每提及歐陽詢的形貌問題，往往是發生在一嘻笑怒罵的情境之下；而小說刻劃白猿的多藝能與歐陽紇的深情不棄，基本上都屬於正面而高大的形象，不論歐陽詢出自何人，前者不過落實其才能穎異之所由來、後者更絕無不敬之意；至於對歐陽詢，也由正面肯定，或者借白猿臨終之言「將逢聖帝，必大其宗」，或者於小說末強調「後紇爲陳武帝所誅，素與江總善，愛其子聰悟絕人，常留養之，故免於難。及長果文學善書，知名於時」，也都是稱許歐陽詢之意。如曰故意藉此以毀謗歐陽詢，似乎作者的敘事方式反而成反效果。因此，或如陳振孫所主張者，仍以出以嘲戲的成分要多一些。

　　但這篇儘管出以嘲戲，其企圖心應不只是文人所開的無聊玩笑而已，而是於敘事構設上，有濃厚的作意好奇的企圖心，仍是一篇精心結構的作品。爲了達成解釋歐陽詢來歷的目的，作者除了捏造篇名的虛妄指涉外，更不惜混淆視聽，借用了梁大同初南征平亂的名將蘭欽，混淆成大同末的蘭欽；將前者第一次平亂的地點爲湘南粵北桂陽、陽山和始興三角地帶的長樂洞蠻，混淆成廣西地區的桂林；第二次平亂的地點及

對象為粵南的廣州俚帥陳文徹，混淆成蠻將陳文徹；把也曾活躍在桂州的俚將李光仕，混淆成根本無其人的李師古；把追隨曾隨蘭欽南征平俚的歐陽詢祖父歐陽頠，混淆成曾隨歐陽頠平蠻的歐陽紇。換言之，因為時空地點及人物都有本其人，使得小說讀之頗有真實感；但也正因為一按其實，那些時空地點及人物其實卻又都是似是而非所捏造或混淆過的，而透顯出本篇的構設動機根本不是要嚴肅考據歐陽詢出身，而是出之戲謔之筆，刻意玩弄讀者、造成錯覺，達到詼諧的目的；甚至更可進一步懷疑，作者如此苦心孤詣編造謊言，也許根本意不在嘲謔歐陽詢，而不過藉「猿妖搶婦」的傳說、巧妙結合歐陽詢貌似獼猴的典故、豐富的歷史史料，賣弄己能而已。

無論如何，一個不傷大雅的玩笑，卻剛好成就了小說史現象上由母題而敘事、由客觀記載而主觀虛構的歷程範本，毋寧說是非常有意義的。但當這樣的敘述動機脫離了唐代的時空背景，則一個因前者才被定型化、客體化的故事類型，如何得以繁衍承傳下去？是隨著敘事動機的失效而被時代淘汰、灰飛煙滅，或是依賴故事類型的本然趣味，吸引異代作者順應自己時代的心跳而舊瓶新酒、蛻化出不同況味的敘事面貌？此則是要對「猿妖搶婦」型故事在宋元以下的發展加以關注的重點。

(三) 意涵轉變期：宋元以下〈老猿竊婦人〉、〈陳巡檢梅嶺失妻記〉（〈陳從善梅嶺失渾家〉）、〈申陽洞記〉

「猿妖搶婦」故事在唐代的〈補江總白猿傳〉達到定型，傳說發生伊始蠻荒暴力的敘述主題已褪入故事背景，由六朝暴力志怪的焦慮，轉向為對於人情命運的關切，蠻荒之中所發生的性暴力事件，反而成為彰顯個人特質的契機。情節方面，依然是一個女性為猿妖所擄、失而復得的故事。但當時代變異，故事因而定型的動機消失了，唐初名臣的身世問題，對於宋朝以後的接受者不再具有吸引力；而陌生的異域、威武的將軍、美麗柔弱的妻子、神祕而能力高強的猿妖，強虜與追尋、屈服或

抵抗，這些敘事元素中的空間及人事，卻依然具有迷人的魅力時，宋代以下的敘事者該如何保存詮釋這個故事？乃以下要觀察的重點。

　　大體而言，宋元以下的故事承接可由其在宋代（含宋元之際）及明代（含元明之際）兩段時間加以觀察。就前者而言，「猿妖搶婦」型故事進入宋代，可見於筆記體的〈老猿竊婦人〉及話本體的〈陳巡檢梅嶺失妻記〉。〈老猿竊婦人〉收於宋初徐鉉《稽神錄》，但已由將近一千五百字的〈補江總白猿傳〉濃縮刪減爲二百多字的志怪筆記，可見其敘事之簡略；〈陳巡檢梅嶺失妻記〉則見於明代嘉靖年間出版的《清平山堂話本》，創作時間應在宋元之際，故事仍建立在〈補江總白猿傳〉的基礎上，但敷衍成六千多字的白話小說；並在晚明被馮夢龍收入其小說集《喻世明言》，改名爲〈陳從善梅嶺失渾家〉，但大致與宋元舊作相去不遠。宋代「猿妖搶婦」型故事的承衍現象，將以〈陳巡檢梅嶺失妻記〉爲觀察重點。而至明代，「猿妖搶婦」型故事則見於元明之際《剪燈新話》之〈申陽洞記〉，又回歸爲一千八百多字左右的傳奇體，然而其跳過〈陳巡檢梅嶺失妻記〉的繼承，直接就定型期的〈補江總白猿傳〉進行改寫，不論在情節或人物結構上，都產生極大的變異，而「猿妖搶婦」型故事在短篇小說方面的承衍變化，也至此告一段落。

　　可以看出，「猿妖搶婦」型故事在唐代定型之後，宋元以下的作者對其仍具有高度的接受性，筆記、話本、傳奇各有表述，使故事出入流轉於不同體類的短篇小說，在創作者濃縮、刪減、增添、偏移敘事重心等各種手段之下，「猿妖搶婦」型故事由小說主旨到敘事表現，已然產生不同的風貌，最主要的，便是通俗化與個人化的傾向。

1. 通俗化：地域與性別焦點之轉移

　　「猿妖搶婦」型故事的通俗化現象主要對應於宋代的發展面貌。承〈補江總白猿傳〉的故事而下，宋初徐鉉《稽神錄》有〈老猿竊婦人〉一則，而明代的《清平山堂話本》中，也收錄了一則宋代話本〈陳巡檢

梅嶺失妻記〉。二者在敘事文體上的差異，意味著其敘事者及接受群的
性質有所區別。就前者言，應較趨近於文士階層或中上層民眾的敘事者
及讀者；後者，其敘事者極有可能爲民間藝人，接受者則傾向爲一般民
眾。而此小說傳播結構群的區別意義，正在於其牽動了小說的表述方
式、詮釋向度與敘事主旨。

就《稽神錄》〈老猿竊婦人〉言，其內容幾乎就是〈補江總白猿
傳〉的精簡版：

> 晉州含山有妖鬼，好竊婦人。嘗有士人行至含山，夜失其妻，旦而
> 尋求；入深山，一大石，有五六婦人共坐，問曰：「君何至此？」具言
> 其故，婦人曰：「賢夫人昨夜至此，在石室中，吾等皆經過爲所竊也。
> 將軍竊人至此，與行容彭之術，每十日一試，取索練周纏其身及手足，
> 作法運氣，練皆斷裂。每一試輒增一尺，明日當五尺。君明旦至此伺
> 之，吾等當以六七尺急纏其身，俟君至即共殺之，可乎？」其人如期而
> 往，見一人貌甚可畏，眾婦以練縛之，至六尺乃直前格之，遂殺之，乃
> 一老猿也。因獲其妻，眾婦皆得出，其怪遂絕。

從情節開展到人物結構，〈老猿竊婦人〉幾乎與〈補江總白猿傳〉無太
大區別，只是在細節與篇幅上大爲濃縮。變化不多的情節，一方面印證
了〈補江總白猿傳〉確已可視爲「猿妖搶婦」型故事定型的里程碑；另
一方面，《稽神錄》作者徐鉉本爲南唐翰林學士，該書的寫作可能在其
入宋以前即已完成，也顯示了閱讀筆記小說的讀者群最遲在宋初時對於
此型故事的接受已趨於既定印象，故「猿妖搶婦」型故事的發展在文士
階層已出現停滯狀態。如果沒有別出心裁的構設，對一般中上層的讀者
群而言，這個傳說的魅力大概就止於此了。

不過，〈老猿竊婦人〉雖然簡略且無文采，其中的妻子甚至被敘
事者邊緣化到成爲一個單薄的影子，但有幾點仍值得注意的：其一，發

生事件的空間由西南向東北移動，更近於中原地區；其二，丈夫的身分由軍人而變成士人；其三，也是最有意義的，刪掉了妻子受孕的情節。這些細微變化雖不足以影響故事情節結構大方向，但卻透露出有趣的訊息。就空間的變異而言，顯示了「猿妖搶婦」故事的傳佈，已不侷限於對西南異域的想像，而逐漸為大眾所接受，成為一具有普遍性指涉的故事型。至於丈夫身分的轉變，一方面是呼應西南邊境空間的轉移，當然就失去了主角人物為徵蠻而出現的先導因素，故軍人的身分也就回歸了一般志怪小說中男主角更具普遍性的身分：士人。而此二者的綜合意義，則指向了婦女失蹤的焦慮，其實正是男性的集體潛意識。另一方面，「猿妖搶婦」型故事在唐代所以被定型化，是因為挪用為解釋歐陽詢出身的背景框架，傳說階段中被擄婦女懷孕產子，正是〈補江總白猿傳〉真正意圖利用的敘事元素；下降到宋代，如徐鉉《稽神錄》之創作時間果如晁公武《讀書誌》所載徐鉉自序，乃在「自乙未歲至乙卯，凡二十年」，即始於後唐廢帝清泰二年，迄於周世宗顯德二年，約西元九三五年至九五五年，則此時去初唐歐陽詢所活動的六世紀後段以至七世紀前段，至少三百年，初唐名臣的出身典故可能已不再具有吸引力，而既然敘事動機已然失效，懷孕產子情節反而顯得多餘，因此保留了大部分的故事情節之餘，遂淘汰了受孕產子的部分，也使敘事者可以免於觸及敏感的受孕問題，使「猿妖搶婦」型故事回歸到一個敘述妻子失而復得的單純故事。

　　至於時代應落在宋元之際的話本小說〈陳巡檢梅嶺失妻記〉，則是一方面繼承了〈補江總白猿傳〉的主要敘事框架，另一方面也表現出與〈老猿竊婦人〉同步的情節調整的考量，將故事回歸為一個夫妻遇怪、失而重圓的奇遇。本篇敘述年輕夫妻陳辛字從善，為三甲進士出身，新授廣東南雄沙角鎮巡檢司巡檢之職；妻子張如春，則為東京金梁橋下張待詔之女。因陳巡檢平日奉真齋道，極為志誠，其攜妻赴任前夕，紫陽真人算出張如春將有千日之災，因此派了羅童一路隨行保護。為考驗如

春，羅童半路假裝吵鬧，遂被如春遣回。途中如春果爲申陽洞之猿妖齊天大聖擄去，陳巡檢尋妻不得，只得赴任。另一方面，申陽洞中本有猿妖之前擄來的二女牡丹、金蓮，二女受命勸如春服從，如春抵死不服，遂被猿妖罰爲苦役。至於陳巡檢，三年任內，頗立戰功，期滿將歸，重啓尋妻之途。其經過紅蓮寺，接受長老建議，暫留寺中以等待機會與猿妖遭遇。孰知對陣的結果，陳巡檢反遭猿妖法術制伏，後者則揚長而去。陳巡檢在長老的指點下找到申陽洞，夫妻重逢，並商量要請紫陽眞人前來收妖。此時眞人亦算得如春劫難將滿，前來援救，收服了猿妖，陳巡檢與張如春終於團圓。

〈陳巡檢梅嶺失妻記〉的敘事梗概基本上仍自〈補江總白猿傳〉而來，情節方面包括開始部分的「失妻」，發展部分的「搜尋」、「發現」，結束部分的「殺猿」、「救婦」等，其架構均脫胎自後者；人物方面，法力強大的猿妖、英勇武將的丈夫、被擄的妻子、乃至其他猿妖所擄的婦人等核心人物，亦一一具備。不過，〈陳巡檢梅嶺失妻記〉的敘事重心已不同於〈補江總白猿傳〉，其在整體敘事架構上雖不脫後者的鋪陳模式，但後者敘事動機的失落，使〈陳巡檢梅嶺失妻記〉也遵循了「猿妖搶婦」故事在宋初所產生的變化，去掉了原本敘事中最重要的「懷孕產子」，而導向一個單純敘述夫妻被迫分離，終於重逢的故事。爲此敘事轉向服務的，是在「猿妖搶婦」的核心情節之上，又架設了女主角的歷劫結構，並相迎而增添旁出了宗教人士的介入，甚至將伏妖的任務交由其來完成，使全篇呈現了神魔小說的敘事風格。此外，對應了文類的傳播對象爲庶民爲主的閱聽群，〈陳巡檢梅嶺失妻記〉最大的改變在於強化了妻子張如春的形象，使她由原本模糊柔弱的受難形象，轉而成爲強悍不屈的貞節烈女，面對亦爲猿妖所擄、有著同樣遭遇的牡丹、金蓮的勸說順服，如春的態度極爲堅決：

　　姐姐，你豈知我今生夫妻分離，被這老妖半夜攝將到此，強要奴家雲雨，決不依隨，只求快死，以表我貞潔。古云：「烈女不更二夫。」奴今寧死而不受辱！

如春強烈地表現出寧死不屈的強悍態度，與文言小說如〈補江總白猿傳〉中無力反擊、任憑強暴，因而懷孕的歐陽紇妻子，乃至〈老猿竊婦人〉中被極度邊緣化的妻子形象相較，話本中的張如春，不但擺脫了做爲丈夫附屬品的身分標籤，擁有了自己的名與姓，具有明確的身分主體；爲了提高反差性，以更鮮明地烘托出如春的剛烈，在〈補江總白猿傳〉中擔任智慧導引的眾婦人，此反而降低了她們的形象，而成爲如春怒斥的：「我不似你這等淫賤，貪生受辱，枉爲人在世，潑賤之女！」正是這樣的貞烈，使如春彌補了《稽神錄》〈老猿竊婦人〉一篇中對於妻子受孕一節避而不談式的潦草處理，而有充分的理由在小說結束時得以全身而退。

　　如春高大堅忍的道德形象，不但較爲貼近一般民眾的認知，也符合民間敘事往往突出婦女堅苦卓絕形象的慣例。另一方面，庶民化的敘事風格，如宗教情節的增添，則凸顯了民間佛道雜揉的混融情形，也使敘述上更爲熱鬧繽紛；但將如春的歷劫交付爲宿命論的必然結果，伏妖的任務由道士接手完成，卻使如春抗爭的主體性、甚至丈夫陳辛尋妻的深情形象，爲之削弱不少。在〈補江總白猿傳〉中，且不論敘事目的爲何，其人物主要開展爲「猿妖／歐陽紇」等同於「邪／正」、「慾／情」的對峙，使小說敘事具有鮮明清晰的脈絡；然而在本篇中，卻將「邪／正」的對決轉向分散到「猿妖／眞人」的神魔對峙上，陳辛所擁有的只有較人性而且軟弱的部分，使全篇人物的關係雖然多元化、但衝突的集中與強烈性卻分散了。二者人物對照關係如下圖：

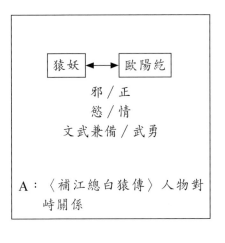

A：〈補江總白猿傳〉人物對峙關係

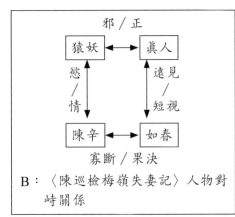

B：〈陳巡檢梅嶺失妻記〉人物對峙關係

由上圖不難看出，原本充滿人情關懷的作品，降落成為神魔對決的俗講，雖然女性的形象大為提升，但整體而言，人的命運與意志終將操控在天意之下，卻未免降低了其積極的意味而有通俗化的傾向。對「猿妖搶婦」型故事而言，也許通俗化的結果使一般閱聽群眾更能接受這個古老的傳說，但其在定型期所發展出珍貴的人文意義卻因之薄弱許多，此承衍之際的質變，其實很難衡量得失。

2. 個人化

「猿妖搶婦」型故事的質變，在宋代主要因應話本小說的市民性格，使小說呈現了通俗化傾向，由對於男性傳奇歷程的展現轉而關注女性的命運；但當元明之際重新進入文言敘事的傳奇體時，又有了不同的轉向：其雖重新回歸到男性命運的聚焦，但絕不同於唐代〈補江總白猿傳〉，而表現為極度個人化的英雄主義色彩。

元明之際的《剪燈新話》〈申陽洞記〉，其敘事體材雖回歸唐代定型期的傳奇體，但時代氛圍不同，唐代影射當時人物的目的也已落空，由宋初到南宋，作者紛紛嘗試由他們的角度、針對不同的讀者群做出調整與詮釋，則時代更久遠的瞿佑，在接受這個自唐以來已將近八百年的古老傳說，如何推陳出新，吸引當代讀者，其所採取的敘事策略及

動機、訴求於敘事中的意識形態及表現手法和前述種種手段所呈顯之意義，正是觀察的重點。

　　〈申陽洞記〉乃寫落魄書生李德逢的桂州奇遇。其人本一事無成，只會拉弓馳馬，為鄉里所輕，後於桂州投人不得而流落該地，卻仍以射獵為樂。李生先是因為逐獵迷途，宿於山中古廟，巧逢聚會其中的申陽洞諸妖，因而射傷其為首者。後因追蹤血跡，失足誤墜深坑，誤至申陽洞，反將計就計偽為醫者，為群妖迎入為其首領治療之前為李生所致之箭傷。李生趁機毒死老猿，群妖亦誤食其藥而昏迷，李生乃將群妖全數斬斃，救出被老猴擄來三女——其中一人正是失蹤半載的當地富室錢翁之女。又有自稱申陽洞原主虛星之精的鼠妖，獻上珠寶，引四人出洞，回歸人間。而李生最後不但娶得三女，更因此致富。

　　可以看出，〈申陽洞記〉的情節結構仍脫胎自「猿妖搶婦」的故事架構，而且跳過了宋代話本的發展方向，直接繼承〈補江總白猿傳〉以男性中心的敘事視角而有所變化。就情節結構言，〈補江總白猿傳〉是以西南地區「猿妖搶婦」傳說為綱領，藉將軍失妻尋妻為情節敷衍之依據，鋪敘丈夫由猿妖手中救回妻子所引發諸多事件，則尋妖、除妖、救妻等事件不但有因果關係，丈夫、猿妖、妻子三者關係之成立更有密切的必然性。〈申陽洞記〉則是以敘述游手好閒武夫的奇遇為情節主線，各事件的發生如遇妖、除妖、救女等，乃服膺於「巧合」而連綴在一起，其雖有前後順序，但事件之間的因果關係較為薄弱。如李生之傷妖，乃出於偶然：其若非逐獵迷途而暫憩山中古廟，便不會遇到出巡之申陽洞諸妖，也不至於一時起意拉弓射傷老猿。而李生之除妖，亦純屬巧合：其雖意圖追蹤血跡，然若未誤墜深坑，則前事大概就此不了了之；其之至申陽洞，也只因為失足墜落，無意中尋路至此，本不為殺妖而來；如未巧逢守洞小妖，因而將計就計詭稱醫者而為其迎入延治，亦無緣趁機毒殺老猿乃至斬殺眾妖。至於李生之救女，更是意料之外：關於錢翁之女被擄失蹤半載一事，李生不但事先並不知情；甚至在洞中誅

殺諸妖時，還誤認三人為妖而欲一併滅口。由此可見，雖然〈申陽洞記〉全篇敘事筆調仍是志怪性質，但因敘事之重心全然聚焦到個人身上，以寫「奇」為主，突出李生個人遭遇的傳奇性，則「猿妖搶婦」已然降落為敘事之背景材料之一，其功能正如盧星之精等鼠妖之出現，已淪為陪襯李生所謂英雄形象、填充其一連串恰巧合奇遇之事件而已。

　　而在這樣的構設之下，〈申陽洞記〉的人物形象自然也有所轉變。如〈補江總白猿傳〉，本以鋪陳「猿妖搶婦」傳說為核心而開展小說，志怪敘事之色彩、蠻荒的性暴力陰影極為濃厚。因此老猿之形象高大神祕，極為突出，尤其與丈夫歐陽紇相較，其形象有過之而無不及，二人呈現對峙狀態。而歐陽紇為鎮蠻將軍，對於追尋妻子鍥而不捨，登山涉險，其深情形象亦極為鮮明。至於歐陽紇妻子，為全篇最為荏弱之人物，不論被擄、受孕，只能坐以待斃；甚至丈夫千辛萬苦尋至，反應亦極為冷淡。反而協助歐陽紇除妖之洞中諸婦，其智謀布局、冷靜敷衍、指揮若定，不但是歐陽紇救妻除妖行動中的關鍵，甚至可以說歐陽紇除了負責蒐集誘猿所需物資及最後關頭對老猿致命的一劍外，其他除妖行動幾乎都是由諸婦所完成的。但勢均力敵的正反面主角、精彩的配角，這樣的人物形象與關係組合，到了〈申陽洞記〉遂全然翻轉。全篇只突出李生一人，但其形象不同於勇武威風的歐陽紇甚至陳巡檢，而是一事無成，落魄無偶，卻仍游手好閒，唯事射獵，根本只是一介尋常武夫而已——但也似乎正是每個讀者日常生活鄉里中極為熟悉的人物。李生備受里人輕視卻仍我行我素，顯示了其無所謂的性格；投人不遇，卻依舊打獵逐獸，卻又可見其隨遇而安的生活態度。這樣的性格與態度，可見其人並無任何非堅持不可的原則，故其一方面易於見風轉舵、善於把握機會；另一方面，自然能臨機應變，見人說人話、見鬼說鬼話。小說一方面寫李生迷途山中，亦會心生恐懼、急覓棲身之地；而棲身荒寺時聽聞喧囂前導之聲，更因「疑其為鬼神，又恐為盜劫」，乃「攀緣檻楯，伏於梁間，以窺其所為」。這些狼狽的描寫，都說明了李生不過就是一

個尋常人而已。但是另一方面，其機巧的個性卻又使其兩次巧遇群妖時，不論是梁上窺探或是正面相對，都能把握機會暗放冷箭、傷其要害，或是詭稱身分、趁機下藥，甚至最後更誤打誤撞地為自己賺得了三位如花似玉的妻子、無數的財富，從一無所有，搖身而成萬事皆足的傳奇人物。前朝小說中男主角的不畏險阻、勇往直前，形象雖高大正面，但卻易令讀者產生疏離感，因為並非人人皆可為此勇武將軍；李生的形象卻是個徹底的平民、甚至有些吊兒郎當的痞味，反而更貼近一般讀者的生活經驗，心理上更易於接受，有助於平衡小說題材因時代久遠及套用遠方傳說所形成的疏離感。而李生的種種巧遇，不論除妖、或為妖所指點協助，卻又是一般人好奇卻不容易企及的經驗，這一點又能造成了陌生化的效果，增添了閱讀上的新鮮感。則人物的認同感與事件的傳奇性二者加以結合，使小說所敘諸事不再只是專屬於某一人之故事而已，而是貼近生活圈的奇談趣聞；崇高性與獨有性下降了，趣味性與普世性卻提高了，因而成功地化解了因時代變異、典故失落後，敘事如何保持吸引力的問題。

　　瞿佑的敘事策略或者成功地塑造了李生的個人英雄色彩，解決了因跨代所造成的閱讀心理的認同問題；然而，全篇在敘事上，種種事件的連結過度依賴「巧合」，卻使故事內在的聯繫顯得薄弱，也弱化了小說中人際關係的緊密度——尤其是情感的濃度與深刻性。李生與錢翁之女，本是兩條平行線，彼此毫無關係；李生與申陽洞君，二者更無任何利害衝突，純是巧遇；三人的命運全賴「巧合」而產生連結，而這些「巧合」又是為凸顯李生奇遇而刻意安排的，其結果就是除了李生之外的每一個人物，其性格因而變得蒼白模糊。如老猿在〈補江總白猿傳〉中允文允武，崇高如神仙中人，卻又充滿了原慾的獸性，已朝圓形人物做書寫；至於〈陳巡檢梅嶺失妻記〉中，雖不如前者崇高，但其一方面既會至寺廟中聽經，另一方面又法術高強、性格蠻橫，充滿了人獸的衝突，形象亦極為強烈。至於〈申陽洞記〉的老猿申陽洞君，其裝扮或陣

仗，雖看似威風整飭：

有二紅燈前導，爲首者頂三山冠，絳帕首，被淡黃袍，束玉帶，逕據神案而坐。從者十餘輩，各執器仗，羅列階下，儀衛雖甚整肅，而狀貌則皆猨玃之類也。

一旦李生一記暗箭正中其臂，不但老猿「失聲而走」，眾小妖更是「一時潰散，莫知所之」，所有道貌岸然，完全是虛有其表！及老猿再次出場，雖然說話文雅，但已神氣蕭索、奄奄待斃，絲毫不見個性：

僕不善攝生，自貽伊戚。禍及股肱，毒流骨髓。厄運莫逃，殘生待盡。今而幸值神醫，獲賜良劑，是受病者有再生之樂，而治病者有全生之恩也。敢不忍死以待！……見一老獼猴，僵臥石榻之上，呻吟之聲不絕。美人侍側者三，皆絕色也。

比較〈補江總白猿傳〉，白猿即使已中計，爲諸婦將四肢捆縛於床，然仍「目光如電」；而瀕死之際，則是「乃大歎吒曰：『此天殺我，豈爾之能？然爾婦已孕，勿殺其子。將逢聖帝，必大其宗。』言絕乃死。」，在態度上仍保有不輕易認輸的氣勢。相較之下，〈申陽洞記〉的老獼猴，不但搖尾乞憐，甚至不辨真僞，連小妖們都保不住，二者形象之差異，可見一斑。

此外，〈申陽洞記〉之女性，仍然依循前朝小說，除男主角之關係人外，尚有其他被擄婦女，但〈補江總白猿傳〉、〈陳巡檢梅嶺失妻記〉中，都設計妻子形象與眾婦女形成反差，如前者爲荏弱與智謀之別、後者爲剛烈與淫縱之比，使任何一方之形象透過對照而加以凸顯各自之人物特質，以爲小說情節或敘事意涵增色。〈申陽洞記〉雖在小說前段插敘了錢翁之女被擄之敘述，然在後段敘事中，其面目卻同於另二

位同爲被擄者之女性，三人皆是「絕色」，對於刀下留人之求饒亦異口同聲，並未突出任何一人之特質，使其作用根本淪爲襯顯李生英雄色彩之獎賞，人物的主體性全然被稀釋化。

〈申陽洞記〉與前朝小說最大的不同，是增加了老猿身邊的眾小妖及自稱虛星之精之鼠妖。就後者言，作者雜揉了民間對於二十八星宿與黃曆吉凶的民俗信仰，即民間所謂「虛宿值日吉慶多，祭祀婚姻大吉昌，埋葬若還逢此日，一年之內進錢財。」——當虛宿值日，通常與婚姻吉慶之事有關，而殯葬之日逢此，則與獲財之事有關；虛宿屬鼠，因此鼠妖之出現，不但爲渲染小說之志怪色彩，其獻上金銀珠寶，除爲李生的奇遇錦上添花外，更預示了李生奇遇將以「人財兩得」歡喜收場。鼠妖的角色構設主在其功能性，因之其性格亦非作者所著力描寫者，則人物之扁平化，也就不意外了。不過，正是爲了遷就這群新增角色，並坐實申陽洞君霸占其居的控告，作者不得不把原應居於深山之中、甚至有些海拔高度的猿妖洞穴，改爲萬仞深坑之下的申陽洞，以便符合鼠輩居於地底洞穴的生物本質；然如此一來，卻違背了猿猴原有之特質，反而使申陽君顯得不倫不類——這也是造成本篇老猿形象一落千丈的重要原因。

值得一提的是申陽洞諸小妖，竟頗有《西遊記》花果山諸猴的味道。其始出現，乃威儀整肅的衛隊：「從者十餘輩，各執器仗，羅列階下」；然而一旦老猴中冷箭落荒而逃，群妖亦馬上露出馬腳：「群黨一時潰散，莫知所之」，顯示其不過是烏合之眾。而後群妖對老猴的忠誠與引狼入室、誤信謊言的拙劣判斷力，更證明了其畢竟只是一群智力未經進化的昏聵妖物而已。如守洞小妖看見尋路而來的李生，先驚問其來，後又欣喜相迎：

守門者大喜，以手加額曰：「天也！」生請其故。曰：「吾君申陽侯，昨因出遊，爲流矢所中，臥病在床。而汝惠然來斯，是天以神醫見

眂也。」乃邀生坐於門下，踉蹌趨入，以告於內。

李生本不詳老猴傷勢如何，其詭稱醫者，完全是信口開河、誤打誤撞，然對談之間，小妖先是咬文嚼字地對申陽君傷勢所表現憂心忡忡，與之後誤信李生為醫者治病而額手稱慶，及通報消息時姿態又十足地恭謹謙卑，可以看出其身體被馴化、但智力未長進的反差，已然呈現其諧趣的色彩。等到李生哄騙老猴吃下毒藥，眾妖更是貪婪雀躍，爭先恐後地競食所謂仙丹，殊不知卻是自尋死路，終而落得被李生一一斬殺的下場：

　　群妖聞度世之說，喜得長生，皆羅拜於前曰：「尊官信是神人，今幸相遇！吾君既獲仙丹永命，吾等獨不得沾刀圭之賜乎？」生遂罄其所齎，遍賜之，皆踴躍爭奪，惟恐不預。其藥蓋毒之尤者，用以淬箭鏃而射鷙獸，無不應弦而倒。有頃，群妖一時仆地，昏眩無知矣。

由羅拜求藥的渴望、到「踴躍爭奪，惟恐不預」的貪婪、以致「一時仆地，昏眩無知」的愚昧，瞿佑寫眾妖的自掘墳墓，既可悲又可笑，再對照前引對申陽君、李生所流露出的憂心與欣喜，眾妖的情態多樣，其敘事表現竟比申陽君更顯生動，為小說增添了極大的趣味與新鮮性，成為本篇貧弱的配角書寫中唯一的亮點。

　　如比較〈陳巡檢梅嶺失妻記〉與〈申陽洞記〉對〈補江總白猿傳〉的繼承與改寫，前者除保持了男性與猿妖的對峙張力，更對原著女性意識之低弱加以翻轉，突出了如春的受難但堅忍之形象，使小說的人物結構具有十足之張力；後者不但回歸原著的女性次等地位，更大大削弱了猿妖的高大形象，雖相對突出了男主角的英雄色彩，卻使小說的人物結構傾斜為一人的舞台，即使有申陽洞眾妖點綴增色，但其只有群體性而無個人性，有趣但不深刻，對於彌補全篇較偏仄的人物結構，其實無濟於事。這樣的敘事表現，不能不說是「猿妖搶婦」在承衍變化上，後代

作品在克服跨代閱讀接受障礙與藝術完整性上不能兼顧的遺憾。

　　會造成上述現象，不得不去思考瞿佑的敘事策略。「猿妖搶婦」故事在宋代以話本形式接手，但〈申陽洞記〉又回歸以文言傳奇寫作，作者開篇即以「隴西李生」介紹李逢德，又稱其乃至「桂州」投人，則對於主角郡望的刻意強調及不用宋元之地名反沿用唐代州治之名稱，瞿佑模仿唐傳奇筆意極為明顯，顯示其對於體裁的選擇，自有其刻意性，而落筆之際，所預設的讀者已與話本體的閱聽對象有所區別。瞿佑自序指出本書的寫作本來只是蒐奇錄怪、積稿成書的結果而已：

　　余既編輯古今怪奇之事，以為《剪燈錄》，凡四十卷矣。好事者每以近事相聞，遠不出百年，近止在數載。襲積於中，日新月盛，習氣所溺，欲罷不能，乃援筆為文以紀之。其事皆可喜、可悲、可驚、可怪者。所惜筆路荒蕪，詞源淺狹，無嵬目鴻耳之論以發揚之耳。

只因求觀者眾，無法拒絕，因此基於「雖於世教民彝，莫之或補；而勸善懲惡，哀窮悼屈，其亦庶乎言者無罪，聞者足以戒之一義云爾。」的理由，才予以出版。無論敝帚自珍或是召喚出版，《剪燈新話》寫作的出發點都有著濃厚的自娛娛人色彩。再觀其所賦予的出版理由，乃出之以教化之名，則瞿佑所設定者必然不是社會結構兩端的高級文士或下里巴人，而是知識水準與身分地位與其差不多，或者稍低的民眾。誠如顧炎武《日知錄之餘》卷四「禁小說」所指出：

　　《實錄》：正統七年二月辛未，國子監祭酒李時勉言：近有俗儒假託怪異之事，飾以無根之言，如《剪燈新話》之類。不惟市井輕浮之徒爭相誦習，至於經生儒士，多舍正學不講，日夜記憶，以資談論；若不嚴禁，恐邪說異端，日新月盛，惑亂人心。乞敕禮部行文內外衙門，及調提為校僉事御史，並按察司官，巡歷去處，凡遇此等書籍，即令焚

毀，有印賣及藏習者，問罪如律，庶俾人知正道，不為邪妄所惑。從之。

可見最初主要銷售對象乃「市井之徒」而已，未料連下層文人亦趨之若鶩。故瞿佑在對故事材料進行編輯寫作時，乃由怪奇獨特處著眼，不在乎內容意義的高深宏大，而這樣的編採方向，正是主導了〈申陽洞記〉的敘事表現，使此篇在接受與改寫上，強調的是趣味與獨特，而不必探討慾望、人性、獸性的對峙，或者夫妻倫理、婦女貞潔等嚴肅話題。既然重點在於前者，個別人物性格最好簡單化而趨向扁平人物，以便讀者易於理解、一望即知；角色最好眾多繽紛，場面熱鬧；至於事件則最好具多樣性且紛至杳來。因此鎂光燈便聚焦在李生身上，其他人物則如跑馬燈般成為英雄活動的背景；故事場景依然是蠻荒的西南，但隱藏在林莽深處的不是暴力與性慾的想像與恐懼，而是一個落魄書生扭轉人生的契機。於是敘說「猿妖搶婦」型故事的心理動機，由對神祕邊邑的想像與恐懼，轉化成對陌生處女地姑且一試的僥倖之情；對於異域叢莽的崇敬與學習，也質變成對新世界的好奇與征服。透過娛樂化、個人化的加工，「猿妖搶婦」由唐代定型期藉著蠻荒想像以遂行文人的諧謔諷刺，至此已完全轉向為充滿市井趣味的志怪奇譚了。

三、結論：「猿妖搶婦」型故事的敘事承衍意義

「猿妖搶婦」型故事由素材期、到敘事之定型化與質變，體現了傳說與虛構結合、素材與敘事融入運用，以及小說在承衍中如何吸收、調整、轉化、再詮釋的歷程。其作為一種素材，深層心理乃來自對蠻荒無知所產生的恐懼、因婦女無端失蹤而形成的性暴力陰影，與身為男性卻對此束手無策、只能坐任妻子可能遭到蹂躪、甚至產下非己血統子嗣的焦慮。這樣的荒野傳說從發生伊始，不過是對殊方異域某種既存現象的

解釋與附會，本來只具有共相性認知，並沒有個人的針對性。但在唐代進入文人手中後，卻天衣無縫的嫁接到特定人物──歐陽詢──身上，成為其出身傳奇；雖然指涉窄化了，但卻使「猿妖搶婦」型故事的敘事結構、細節、人物及藝術性趨於完整化，由單純之素材進步成為小說敘事的框架，樹立了「猿妖搶婦」型故事由傳說進入小說敘事層次的經典。

　　然而，一旦時代轉移，當三百、甚至六百多年後，這位存於五世紀末到六世紀中葉的唐代名臣對於當代無論作者或讀者已不再具有吸引力，前述的敘事動機雖消失了，但對於蠻荒與性暴力的恐懼焦慮並未隨之消失，婦女失蹤的事件仍時有所聞，古老的傳說依然具有部分深密的吸引力時，後世的作者該如何接收與詮釋，使其能適應當代讀者的胃口，便成為值得觀察的重點。由宋初徐鉉以至元明之際瞿佑四百多年間，以〈補江總白猿傳〉為參照原點，則由筆記體的濃縮、話本體的偏移敘事重心、到回歸傳奇體卻產生徹底質變，歸納其間的變化軌跡，可以發現作者對於採用文體的考量及所對應之讀者階層口味，是引導小說敘事變化的重要指引。就徐鉉而言，其本為南唐重臣，官至御史大夫、率更令、右散騎常侍，以至吏部尚書，入宋後亦累官至散騎常侍；這樣一位高居朝堂之文臣，不論《稽神錄》乃為其所作，或者出於門客蒯亮之手，選擇筆記體為之，顯然意在於資料之輯錄，而對象則不出與其背景相似之文人。故其對於故事之傳述自然趨於簡略而存其大概，並無意藉此發揮創意、重新構設詮釋。而宋末話本對於〈補江總白猿傳〉的接受則全然不同，既進入話本的敘事體系，其訴求對象階層雖然降低，但文體敘事的要求卻提高了，商業性的流通特質使作者務必構造出一個精彩動人、且能引起閱聽者共鳴的故事，否則無法吸引聽眾讀者。因此〈補江總白猿傳〉完整的敘事架構及對比鮮明的人物塑造，乃成為話本發展故事時的重要藍本；而民眾對於敘事所關注的重點，也由對於文化典故的興趣，轉移到其中人物的命運。在〈陳巡檢梅嶺失妻記〉中，

〈補江總白猿傳〉的敘事框架大致獲得保留而成爲情節結構的核心，但呼應劇場勾欄聽衆乃至讀者的興趣取向，再向上架構了人物歷劫的更大的敘事框架，以完整勾勒人物的命運，並順理成章地添加一些熱鬧的佛道素材。這番添枝加葉，不但使小說由文人傳記式的聚焦構寫，成爲熱鬧繽紛的神魔歷劫的敷衍；其視角更由純粹男性轉而傾向於關注女性，將人物敘述重心轉移到身分更具親民色彩的受難婦女張如春身上，以一個雖傾向於扁平人物、但特質卻強烈鮮明的手法突出了一個剛烈妻子的形象，使這個流傳了六百多年的故事更能引發當代閱聽群衆的共鳴。

「猿妖搶婦」型故事經過一千多年的流傳，並在敘事定型化後約六百多年元明之際的〈申陽洞記〉重新採用與其敘事定型期〈補江總白猿傳〉相同的傳奇體。然而，「傳奇」體在宋以後逐漸失去唐代原創期的光彩，所謂「始有意爲小說」的強烈企圖心，已褪色爲對於形式掌握的精準度而已，不論小說寓意的深刻性、表現手法的藝術性，皆大不如——但相對的，傳奇體的庸俗化，卻使其更貼近一般閱讀者。則〈申陽洞記〉作者所必須面對的，仍是讀者群已大異於唐代的現實，而在接受與改寫上作出因應調整。瞿佑掌握「好奇」的特質，以一個更顯而易見的處理手法重新運用這個古老的傳說，他將所有聚光燈對準男主角李生一人，以其爲核心構寫他的傳奇經歷；至於所謂「猿妖」，不過是山林諸妖之一；所謂「搶婦」，也不過是男主角衆多奇遇之一而已。透過李生的一連串遭遇，「猿妖搶婦」傳說雖然仍占了敘事的主要比例，卻只是本篇故事的主要素材而已，〈申陽洞記〉寫的是「人」的故事，而不是「人」與「妖」的對峙，及其所延伸出來的人性思考。小說沒有太大的企圖心要處理太複雜或太深刻的人際角力及抽象隱喻，只想說一段絕對「奇」的遭遇，因此故事的視野極小、層次極淺，也由動人典雅的文人諧謔、熱鬧繽紛的神魔歷劫，質變爲市井通俗的奇遇怪談，只要達到「娛樂」的效果即可。在這樣的改寫與轉調之下，原來潛藏迴盪於敘事之中，來自於對蠻荒與性暴力恐懼焦慮的深層心理、對於殊方異域的崇

敬與謹慎之情，也逐漸消融淡化，徒具浮載於個人血氣之勇、僥倖苟得的沾沾自喜了。則「猿妖搶婦」型故事，歷經一千多年的流傳，由素材資料而進化為小說敘事框架，又由主要敘事框架退入素材地位，卻已是由主體位置而下降為客體功能，作者如何接受與詮釋固然是重要因素，但文本文體的訴求對象與故事傳播目的的設定，亦是左右文本運用的重要關鍵，而這樣的敘事傳播關係，正展現了小說情節與時俱進、與時代脈動同步的有機性。

　　由以上可見，「猿妖搶婦」型故事由先秦的但具素材功能，經歷魏晉的敘事雛形成立，乃至唐代敘事定型化，以致宋元以後不同接受者的各自表述，歷經了一千多年的流傳、接受、詮釋、改寫，其敘事面貌不斷改變，由故事風格的呈現、表現形式的考慮、內涵情感的寄寓等，在在反映了故事承衍、情節流變的歷程中，實受到種種因素所牽動，而這些牽動因素的挖掘與探究，又反映了不同時代作者與讀者的心靈狀態與品味興趣。則在閱讀同一核心情節卻在歷代呈現種種同與不同的敘事表現時，則當下所當體悟的，正是透過敘事文本，與不同時代、不同層次的文學心靈共同呼吸與脈動。

第二章　妖性與人性的消長

——「蛇妖惑男」型故事

一、前言

　　譚達先等前輩民俗研究學者，認為雷峰塔「白蛇」故事[1]與「孟姜女」、「牛郎織女」、「梁山伯與祝英台」並稱為中國四大民間傳說。這些故事膾炙人口，大多起自口傳與敘事形式，而後進入戲曲的代言體，其人物、情節、故事宗旨，無不深入百姓生活與思想，透過世代累積的創作與承衍，充分承載了庶民的生活經驗與感情投射。

　　四大傳說基本上都是敘述「人」的故事，其中唯有「白蛇」故事具有濃厚的志怪色彩，也一向被視為杭州地區最具代表性的傳說故事。事實上，「蛇」在魏晉時期已進入小說的敘事範圍，其形象樣貌多變，正邪並存。蛇與農業社會的生活經驗息息相關，田間草叢，既容易遇見長蟲，其與民眾生活密切，強烈的生物特性很容易提煉成為具有深刻意義的符號，反映出先民對蛇的認知態度。故入於志怪思維，遂由日常生活中的動物進而與各種想像情境發生連結，而被賦予各種不同的特質。魏晉志怪小說中已屢見以蛇為主的文本，其或以蛇的自然樣貌為敘述而形象較單純，如《幽明錄》（《太平廣記》卷四三七引）敘華隆在弋獵時「被一大蛇圍繞周身」而「僵仆無所知」，所幸大蛇為其所蓄名曰「的尾」的忠犬咬死，方得倖免於難；或者成為身體疾病或意外的原因，如《搜神記》卷十七，記秦瞻羅患頭重宿疾，乃是因其居曲阿彭皇野時：

　　忽有物如蛇，突入其腦中。蛇來，先聞臭氣，便於鼻中入，盤其頭中。覺哄哄。僅聞其腦閒食聲哂哂。數日而出。去，尋復來。取手巾縛鼻口，亦被入。

---

[1] 此特別指清乾隆初黃圖珌根據歷代雷峰塔白蛇故事所寫成的戲曲《雷峰塔》，及乾隆中期方成培在前者基礎之上所改編而成《雷峰塔傳奇》中所敘述的白娘子與許仙的愛情故事，後者大體完成今所熟知由白蛇青蛇出山，以致許夢蛟祭塔等主要故事綱要。以下簡稱「『白蛇』故事」。

雖然秦瞻並未因此喪命，但卻造成不小的後遺症。蛇的危險性雖然造成古人生活經驗中極大的陰影與恐懼，但另一方面，蛇的身體部位又是治病良藥，如《搜神記》卷十三即記顏含次嫂樊氏因疾失明，須蚺蛇膽為藥以治，含為遍尋不得而憂歎累時，竟得仙人相助以蛇膽相贈，終於將其嫂眼疾治癒：

　　嘗晝獨坐，忽有一青衣童子，年可十三四，持一青囊授含，含開視，乃蛇膽也。童子逡巡出戶，化成青鳥飛去。得膽，藥成，嫂病即愈。

　　亦有因蛇濃厚的神祕感而被認為有靈，或成為危害地方的禍害，如《搜神記》卷十九寫東越閩中庸嶺地方有大蛇危害，從以牛羊為祭到託夢要求童女獻祭，造成地方極大恐慌：

　　東越閩中，有庸嶺，高數十里，其西北隙中，有大蛇，長七八丈大十餘圍，土俗常懼。東冶都尉及屬城長吏，多有死者。祭以牛羊，故不得禍，或與人夢，或下諭巫祝，欲得啖童女年十二三者。都尉令長並共患之，然氣屬不息，共請求人家生婢子，兼有罪家女養之，至八月朝，祭送蛇穴口，蛇出吞齧之。累年如此，已用九女。

　　但自然型態的蛇也有其正面形象，而表現出具有人性的行為，如同書卷二十即記隋侯為大蛇療傷，而後者一年後銜來「珠盈徑寸，純白，而夜有光，明如月之照，可以燭室」的珍寶以為回報。
　　除以自然型態的原形現身，志怪小說更將蛇納入諸怪的行列，其化為人形，與人直接互動。如《異苑》卷八記一群以白衣男子為首的惡徒危害地方：

後漢時，姑蘇忽有男子衣白衣，冠白冠，形神修勵。從者六七人，遍擾居民。欲掩害之，即有風雨。郡兵不能掩。

所幸術士趙晃用法術破解了這夥地方惡勢力，而其首領正是由三丈長的大白蛇所幻化，其他嘍囉六七人，則是黿鼉之屬。又如《列異傳》（《廣記》四百五十六引）記化為人形、自稱伯敬的蛇妖使楚王女得到魅疾，還想以二十萬錢行賄勸離楚王聘來治病的魯少千。最後蛇妖不但被魯少千騙去此二十萬錢，最後亦被少千以符咒致死。事後追查，蛇妖行賄之錢其實是偷自大司農，而其出現時排場甚大的陣仗，其乘具則是偷自太官。又如《搜神後記》卷十寫蛇娶婦，雖然未強調其人形，但顯然在洞房之前，由訂親到親迎，一皆以人形出現：

晉太元中，有士人嫁女於近村者，至時，夫家遣人來迎，女家好遣發，又令女乳母送之。既至，重車累閣，擬于王侯。廊柱下，有燈火，一婢子嚴妝直守。後房帷帳甚美。至夜，女抱乳母涕泣，而口不得言。乳母密于帳中以手潛摸之，得一蛇，如數圍柱，纏其女，從足至頭，乳母驚走出外，柱下守燈婢子，悉是小蛇，燈火乃是蛇眼。

可以發現，這些化為人形的蛇妖，混跡人間，與人互動之際，往往被賦予充滿人性但偏於負面的行為，如誘惑、偷竊、行賄等，充分反映了敘事者因其幽晦神祕特質所投射的想像。值得注意的是，如上引三則敘事，魏晉寫蛇妖與人的誘媚婚媾事件，在蛇妖形象的設定方面，除原形為白蛇外，多設定其人形性別為男性，且多身著白衣，並有群聚現象——其為首者固是大蛇，其隨從者則為小蛇或其他水族。

以魏晉的志怪敘事而言，「蛇」的形象、角色功能固然多元，或出之以自然原形，或幻化為人形而形成所謂「蛇妖」，前者形象固然直接反映了人們對於蛇類神祕特質的想像，後者則投射了對蛇類交尾甚或群

交等交配行爲的觀察，而將「蛇」與「淫」、甚或其他陰暗行爲之間建立了強烈的聯結性，也預告了「蛇妖惑男」型故事中女性蛇妖的形象趨勢。

然而，魏晉志怪中的蛇形象如此多元，但唐代以後，自然型態的蛇及男性蛇妖的敘事似乎漸漸消頹，取而代之是以女性形象出現的蛇妖——「蛇妖」不但幾乎與女性身分畫上等號，更逐漸形成系列跨代的「蛇妖惑男」型故事。

但以女性形象出現的「蛇妖」所以深具魅力而得以成爲系列故事的核心人物，絕非僅單線繼承魏晉志怪所見的男性蛇妖而加以轉變性別，而應更有來自傳統社會對「蛇」的深層心理。由文化脈絡的角度檢視，「蛇」與「女性」實有著深刻的連結。

首先，早期考古出土文物中，即可大量得見被尊爲人類始祖的伏羲女媧，不論其表現形式爲玉石雕像、墓葬壁畫、帛畫或是磚畫浮雕，二者身體下部往往表現爲呈現如蛇般的交尾型態。如四川三星堆出土、相當於先秦時代古蜀文物的伏羲女媧合體玉石像，西漢昭、宣帝時期的洛陽卜千秋墓（在今河南洛陽市燒溝村附近）壁畫，東漢山東省嘉祥武翟山北麓武家林出土的武氏墓群石刻、山東大郭村畫像石、河南實心畫像磚、徐州漢畫像石，漢魏之際新疆吐魯番阿斯塔那及高句麗等出土墓葬麻布畫、帛畫等，這些出土文物不但鮮明地印證了先民「蛇」與「人類」的高度聯想性，其時代甚至更早於志怪敘事。

伏羲與女媧作爲人類始祖的神話人物，其人首蛇身、彼此交尾的形象，乃投射了生殖與婚姻的圖騰意義，而由於女性的誕孕功能，女媧更被賦予了繁衍的強烈符號性。故如《說文解字・媧》：「古之神聖女，化萬物者也。」乃至《風俗通》：「女媧禱神祠祈而爲女媒，因置婚姻。」（明末清初《繹史》卷三引）等，都呼應上述的圖騰意義。

透過女媧身分的特殊性，「蛇」的意象與生殖有著深刻的聯繫；在文學中，「蛇」更與「女性」有著密切的連結。如《詩經・小雅・斯

干》中記錄了一段關於占夢官占卜的說詞「大人占之，維熊維羆，男子之祥。維虺維蛇，女子之祥。」而歷代的經學家解釋此段文字，如鄭玄注：「熊羆在山，陽之祥也，故爲生男。虺蛇穴處，陰之祥也」、朱熹《詩集傳》：「熊羆陽物，在山，強力壯毅，男子之祥也；虺蛇陰物，穴處，柔弱隱伏，女子之祥也」。不論《詩經》文本或學者的註釋，容或有對於性別的刻板印象，但將「蛇」柔軟與幽暗的特質與「女性」產生對應，皆很好的說明了何以「蛇妖惑男」型故事將「蛇」與「女妖」結合成爲一組符號的深層心理。

　　來自文化的深層心理與魏晉以來志怪敘事中「蛇性淫」的意象彼此雜揉滲透，唐代以後，「蛇妖」、「女性」符號的形成與「淫（色）慾」的指涉充分結合，形成了「蛇妖惑男」型故事的核心人物形象；透過色遇、交媾、遭難等模式化的敘事結構，形成了系列性的「蛇妖惑男」型故事。以下，即就「蛇妖惑男」型故事之三篇核心文本爲重點，分析對照其中蛇妖及相關重要人物之形象、故事寓意的演變及其意義，以見其如何開啓清代豐富成熟的「白蛇」故事。

二、「蛇妖惑男」型故事在歷代的敘事承衍變化

　　「白蛇」故事中，不論如愛恨分明、情義兼洽的白娘子，或忠心的青蛇、懦弱的許仙、蠻橫的法海等鮮明的人物形象，或是如遊湖借傘、水漫金山、盜草救夫、斷橋產子等膾炙人口的情節，主要完成於清以後的戲曲或中長篇小說。如乾隆三年黃圖珌根據歷代雷峰塔白蛇故事所寫成的戲曲《雷峰塔》、乾隆三十六年方成培根據前者改編而成三十四出的《雷峰塔傳奇》、嘉慶十一年玉山主人中篇小說《雷峰塔奇傳》、嘉慶十四年彈詞《義妖傳》等；而清末民初，託名「夢花館主」的江蔭香根據大量口頭傳說和文獻作品所撰六十回長篇小說《寓言諷世說部前後白蛇全傳》，尤爲現代戲劇白蛇故事的藍本。然而，白蛇故事強烈的地

域色彩，及其中耳熟能詳的人物與情節，固然完成於清代以後的戲曲、小說、彈詞，其面貌卻非一蹴可幾。

在敘事作品中，人物與情節最近於前述骨肉豐盈的杭州西湖雷峰塔「白蛇」故事，首見於《警世通言》第二十八卷的〈白娘子永鎮雷峰塔〉[②]，但本篇實奠基於一個更深遠傳統的敘事母題，即自唐以至宋元以「蛇妖惑男」母題為敘事架構等系列諸作的累積，本文姑將此系列故事稱之為「蛇妖惑男」型故事。所謂「蛇妖惑男」型故事，大體而言，乃指在情節方面，具有蛇妖幻化為女性誘惑男性，使後者經歷偶遇、動心、交媾、遭難（死亡、疾病或官司）等模式。在人物方面，女主角「蛇妖」原形通常為白蛇，幻化為女性之後通常自稱具有寡婦身分；男主角則通常為文弱的男性；且故事經常安排另一次要的異類女性居間穿梭，串聯男女主角之遇合。此系列與清以後「白蛇」故事最大的區別，在於各篇雖在情節模式與人物結構方面相似，但敘事空間乃由北方長安以至南方杭州西湖，並不一致。故可以推測「蛇妖惑男」型故事歷代文本之間固然有人物或情節不同程度的承衍關係，但其並非如父子關係的繼承敘寫，而是各篇本自有其獨立性；後來者一方面對於前代「蛇妖惑男」的母題及敘事表現有所吸收，另一方面亦兼納其他類型故事而有所調整，使「蛇妖惑男」的故事母題在接受的過程中，雖大致維持前述的敘事框架，而形成一定交集的敘事模式，但在敘事動機及意旨、情節細節及人物結構等方面，實不斷產生變貌。其發展乃由唐代雛形期的〈李黃〉（見《太平廣記》卷458引《博異志》）、經發展期的南宋話本〈西湖三塔記〉（收於《清平山堂話本》卷三）、以至完成期明代的〈白娘子永鎮雷峰塔〉（《警世通言》第二十八卷）。〈白娘子永鎮雷峰塔〉的成篇可謂完成了純粹敘事形式階段的「蛇妖惑男」型故事，並

---

② 為行文方便，姑先將本篇定位為明代作品，其分析另詳後文說明。

進而開啟清代以下成熟而形式多元的「白蛇」故事。其承衍歷程概如以下流程：

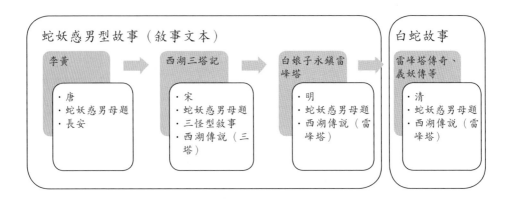

清代以後成熟的「白蛇」故事描述的是白娘子「人性」大於「妖性」的愛情故事，人情書寫的成分極為濃厚，如除卻法術，不論原形，白娘子與一般勇敢追愛、為丈夫奉獻犧牲的女性實無二致，已不能單純以「志怪」一詞涵括其故事性質。而唐至明代的「蛇妖惑男」型系列故事，所呈現的則是蛇妖由「妖性」大於「人性」，乃至「妖性」與「人性」彼此消長抗衡的歷程。不同於「白蛇」故事，「蛇妖惑男」型故事不論人物構設、情節鋪陳，仍屬於志怪敘事的範疇。然而，唐至明代的「蛇妖惑男」型故事實為「白蛇」故事提供了故事輪廓與人物骨架，其在傳衍歷程中如何由典型文人的、男性視角的北方志怪筆記，逐漸南移成為以杭州為背景，雖仍屬志怪敘事卻已開始點染濃厚世情色彩的市民之作，已為清代以後充分站在白娘子立場發聲敘事、充分展現為成熟愛情故事的「白蛇」故事奠定基礎，值得關注。「蛇妖惑男」型系列故事中，白蛇如何由強烈妖性到展現人性、由邪惡恐怖的嗜血妖怪到具有人性光輝的追愛女性，不同時期的文本如何一方面接受「蛇妖惑男」的故事母題，一方面又因應不同的敘事目的而對其情節、人物、寓意進行加工，對於理解清代以後大眾耳熟能詳、影響接受層面甚廣的「白蛇」故

事的出現，具有指標性的意義。

　　作為清代「白蛇」故事的前行之作，唐代〈李黃〉、宋代〈西湖三塔記〉、明代〈白娘子永鎮雷峰塔〉，可視為「蛇妖惑男」型故事仍屬於純粹敘事形式時的雛形期、發展期、完成期的代表作。其由蛇妖形象之設定、次要人物之映襯、故事宗旨之演變，乃呈現由藉志怪以寓道德訓誡，蛻變為純粹志怪敘事，乃至以人情點染志怪的歷程；其敘事空間也漸次南移，由北方的長安而移往南方的杭州，「蛇妖惑男」型故事完成期的〈白娘子永鎮雷峰塔〉幾乎已具體而微地呈現了後世大眾所熟知的白娘子形象與故事脈絡。這一系列故事在人物、情節、敘事宗旨上的承衍關係與其意義，正是以下要分析探討的重點。以下，依「蛇妖惑男」型故事三段發展歷程，分析比較其代表性敘事文本所呈現之人物、情節與敘事意涵，以見其對於清代發展成熟之「白蛇」故事之里程碑意義。

(一) 雛形期：〈李黃〉

　　如前所述，魏晉的志怪敘事中雖不乏「蛇妖」與人糾纏的篇章，但蛇妖以女性形象出現誘惑男性的敘事模式，卻於唐代《博異志》〈李黃〉（《太平廣記》卷458引），始見情節及人物結構較為完整的敘述。本篇寫士子李黃在長安東市閒遊，為「綽約有絕代之色」的白衣美婦所吸引，美婦之侍從宣稱其主乃才除夫喪的袁氏女，李生遂以貨易為藉口搭訕而被引至袁氏宅邸。乃有所謂女之姨者專事接待應對，席間此姨以無錢償還貨價及另負巨債為由，提議以白衣美姝為偶以為償債之用，李黃為袁氏「凝質皎若，辭氣閒雅，神仙不殊」的美色所惑，欣然接受提議。當夜即擺宴成親，一住三日，「飲樂無所不至」。至第四日，李生在阿姨催促下歸家省親。然而，上馬之際，不但其僕「覺李子有腥臊氣異常」；李生歸家後，更覺身體不適「身重頭旋」。雖寢息之初還能勉強與家人對話，但其實已近瀕死狀態：

　　李已漸覺恍惚，袛對失次，謂妻曰：「吾不起矣。」口雖語，但覺被底身漸消盡，揭被而視，空注水而已，唯有頭存。

　　其家此時方驚覺事態有異，拷問僕人，復尋袁氏之宅，卻發現根本只是一空園，惟「有一皂莢樹，樹上有十五千，樹下有十五千，餘了無所見」；尋訪鄰人，方知「往往有巨白蛇在樹下，便無別物」，這才醒悟「姓袁者，蓋以空園爲姓耳。」由此可知，李黃因爲貪色，爲白蛇妖所幻化的美女所誘，而終至殞命慘死的下場。

　　本篇之後又有〈李琯〉一篇以爲附錄，敘述雖較〈李黃〉簡略，情節上亦略有出入，如李琯並不如李黃乃一開始即爲女主角容色所誘而尾隨，而是先惑於女奴之艷色，在一番調笑後，爲能貪見其女主容顏，才被誘尾隨至女家。李琯既睹女之容色，並未如李黃留宿三日，而是只停留了一夜，次日一早即歸家，抵家後立感不適而旋即殞命。但兩篇在情節梗概上仍然極爲類似，由以下情節對照表即可見，男女主角的相遇皆出於男主角都市閒遊、爲女色所惑而開始，二者都被誘至女方家中而有所羈留，男方歸家之後當日都暴病而亡，之後女方蛇妖的身分亦因家人之訪查而被揭穿。換言之，在敘事表現上，事件起因、時間長短雖略有所異，但男方遭到不幸都是源於爲陌路美色所誘；由相遇到暴卒，都是在極短時間內發生；小說在空間的流動（長安里巷／女方居處／男方府第／空園蛇穴）及情節模式（閒遊／誘惑／尾隨／羈留／歸家／暴卒／揭穿）上更幾乎雷同。至於人物方面，男主角皆是仕宦之家的年輕男子，意志薄弱，面對美色難以把持；女主角的原形皆爲巨大白蛇所幻化的美豔女子，而對應其生物原形，作者更由嗅覺及視覺上塑造主角的獨特形象：不但女主角出現時都伴隨著一股「異香」，且都身著白衣，甚至如〈李琯〉一篇，其隨行者及從駕牲畜亦皆著白或者爲白牛。這些重複出現的敘事表現，都可以說明至少在晚唐時期，「蛇妖惑男」型故事的敘事已有模式化的傾向，其故事雛形大抵已經成立。

情節	李黃	李琯
閒遊	元和二年,隴西李黃,鹽鐵使遜之猶子也。	復一說,元和中,鳳翔節度李聽,從子琯,任金吾參軍。
誘惑	因調選次,乘暇於長安東市,見一犢車,侍婢數人於車中貨易。李潛目車中,因見白衣之姝,綽約有絕代之色。	自永寧里出遊,及安化門外,乃遇一車子,通以銀裝,頗極鮮麗。駕以白牛,從二女奴,皆乘白馬,衣服皆素,而姿容婉媚。琯貴家子,不知檢束,即隨之。
尾隨	李子求問,侍者曰:「娘子孀居,袁氏之女,前事李家,今身依李之服。方除服,所以市此耳。」又詢可能再從人乎,乃笑曰:「不知。」李子乃出與錢帛,貨諸錦繡,婢輩遂傳言云:「且貸錢買之,請隨到莊嚴寺左側宅中,相還不負。」李子悅。時已晚,遂逐犢車而行。礙夜方至所止,犢車入中門,白衣姝一人下車,侍者以帷擁之而入。	將暮焉,二女奴曰:「郎君貴人,所見莫非麗質,某皆賤質,又粗陋,不敢當公子厚意。然車中幸有姝麗,誠可留意也。」琯遂求女奴,乃馳馬傍車,笑而回曰:「郎君但隨行,勿捨去。某適已言矣。」琯既隨之,聞其異香盈路。日暮,及奉誠園,二女奴曰:「娘子住此之東,今先去矣。郎君且此迴翔,某即出奉迎耳。」車子既入,琯乃駐馬於路側。
羈留	李下馬,俄見一使者將榻而出,云:「且坐。」坐畢,侍者云:「今夜郎君豈暇領錢乎?不然,此有主人否?且歸主人,明晨不晚也。」李子曰:「乃今無交錢之志,然此亦無主人,何見隔之甚也?」侍者入,復出曰:「若無主人,此豈不可,但勿以疏漏為誚也。」俄而侍者云:「屈郎君。」李子整衣而入,見青服老女郎立於庭,相見曰:「白衣之姨也。」中庭坐,少頃,白衣方出,素裙粲然,凝質皎若,辭氣閒雅,神仙不殊。略序款曲,翻然卻入。	良久,見一婢出門招手。琯乃下馬。入座於廳中,但聞名香入鼻,似非人世所有。琯遂令人馬入安邑里寄宿。黃昏後,方見一女子,素衣,年十六七,姿艷若神仙。琯自喜之心,所不能諭。

情節	李黃	李琯
議親	姨坐謝曰：「垂情與貨諸彩色，比日來市者，皆不如之。然所假如何？深憂愧。」李子曰：「彩帛粗繆，不足以奉佳人服飾，何敢指價乎？」答曰：「渠淺陋，不足侍君子巾櫛。然貧居有三十千債負，郎君倘不棄，則願侍左右矣。」李子悅。拜於侍側，俯而圖之。李子有貨易所，先在近，遂命所使取錢三十千。須臾而至。	
歡飲	堂西間門，然而開。飯食畢備，皆在西間。姨遂延李子入坐，轉盼炫煥。女郎旋至，命坐，拜姨而坐，六七人具飯。食畢，命酒歡飲。	
歸家	一住三日，飲樂無所不至。第四日，姨云：「李郎君且歸，恐尚書怪遲，後往來亦何難也？」李亦有歸志，承命拜辭而出。	及出，已見人馬在門外。遂別而歸。
暴卒	上馬，僕人覺李子有腥臊氣異常。遂歸宅，問何處許日不見，以他語對。遂覺身重頭旋，命被而寢。先是婚鄭氏女，在側云：「足下調官已成，昨日過官，覓公不得，某二兄替過官，已了。」李答以愧佩之辭。俄而鄭兄至，責以所往行。李已漸覺恍惚，祗對失次，謂妻曰：「吾不起矣。」口雖語，但覺被底身漸消盡，揭被而視，空注水而已，唯有頭存。	才及家，便覺腦疼，斯須益甚，至辰巳間，腦裂而卒。
揭穿	家大驚懼，呼從出之僕考之，具言其事。及去尋舊宅所，乃空園。有一皂莢樹，樹上有十五千，樹下有十五千，餘了無所見。問彼處人云：「往往有巨白蛇在樹下，便無別物，姓袁者，蓋以空園為姓耳。	其家詢問奴僕，昨夜所歷之處，從者俱述其事，云：「郎君頗聞異香，某輩所聞，但蛇臊不可近。」舉家冤駭，遽命僕人，於昨夜所止之處複驗之，但見枯槐樹中，有大蛇蟠屈之跡。乃伐其樹，發掘，已失大蛇，但有小蛇數條，盡白，皆殺之而歸。

　　〈李黃〉與〈李琯〉兩篇篇幅不長，敘述雖可見細節但並不細緻，敘述視角很明顯是由男主角出發，偏重男主角的心理狀態的描述。白蛇妖雖是前者生死存亡的關鍵，除了獨特的美色之外，本身卻性格模糊，其之出現只是在男主角凝視下的一個慾望的對象而已。反而是穿梭二者之間作為媒介的其他異類女性——如〈李黃〉的袁氏女之姨與〈李琯〉中李琯初遇的女奴，雖然僅為配角，卻與男主角有較多的互動，展現出活潑鮮明的面目性格，成為建立男女主角更進一步親密關係不可或缺的人物。在這樣的敘述視角與人物結構之下，全篇的敘事重點很明顯落在男主角生命歷程的兩個里程碑：一是把持不住為蛇妖美色所誘惑，一是歸家暴卒。前者看似旖旎浪漫卻潛藏危機：不論李黃始即驚艷車中「白衣之姝，綽約有絕代之色」，而藉口跟隨；或是李琯先惑於「姿容婉媚」的女奴，之後又貪於女奴所謂「某皆賤質，又粗陋，不敢當公子厚意。然車中幸有姝麗，誠可留意也。」的期待而癡癡依隨，作者皆刻意呈現男主角如何無可自拔地一步步走入桃色陷阱，突出了男主角見色起意、心旌動搖的饞態。至於後者，作者則以層遞的手法讓讀者目睹男主角病發的歷程：李黃是由僕人「覺李子有腥臊氣異常」預告不祥；歸家後雖尚能與家人對話，即使「遂覺身重頭旋，命被而寢」，仍能應對；但之後便「漸覺恍惚，袛對失次」；當李黃一面對妻子哀鳴「吾不起矣」，一面則「但覺被底身漸消盡，揭被而視，空注水而已，唯有頭存」，終以暴斃結束了年輕的生命。作者以解剖的方式一步步地呈現李黃瀕死以致暴斃的過程，頗為驚悚。〈李琯〉雖不如〈李黃〉寫得如此精細，而是單刀直入、迅捷快速地直接判死「才及家，便覺腦疼，斯須益甚，至辰巳間，腦裂而卒」，但其死亡之迅速，仍足以令人駭訝。然不論筆法如何處理，作者都讓當事人甚至家人目睹男主角的死亡卻束手無策，呈現了只為一晌貪歡，最後終致任死亡宰割的無助與恐慌。這樣恐嚇式的描述，正與豔遇時色授魂與的柔媚形成強烈的對比，而小說的敘事意旨亦由此迸發而出。

　　透過小說敘事的兩個重點：「豔遇」與「死亡」所形成的對比，作者所欲揭示的，正是「色慾害人」敘事要義。小說利用蛇柔媚外型與陰森本質的形象反差，使警告好色之徒「豔遇反成為奪命的契機」的命題更具說服力；此外，更藉著僕人與被誘者在嗅覺上的反差：如「僕人覺李子有腥臊氣異常」（〈李黃〉）或「郎君頗聞異香，某輩所聞，但蛇臊不可近。」（〈李琯〉），呈現「色令智昏」的窘態。不論〈李黃〉或〈李琯〉，敘事者都能由多元的角度以強化前述的命題效果，其敘事的重點在於關注男性主角面對「色慾」誘惑的遭遇與命運，故對於兩位男性主角的心理狀態與行為有較多細節的書寫；至於美艷的蛇妖不過是達成小說宗旨的工具，在作者男性視角的凝視下，她只是一個慾望投射的客體，因此對於蛇妖的心理層面則未能多做著墨，使所謂的「女主角」，成為一個虛有其表、不具靈魂、充滿距離感的的魁儡式人物。

　　可以說，雛形期的「蛇妖惑男」型故事，乃作者企圖以志怪書寫的形式以承載深層結構的道德命題：「色慾害人」，具有濃厚的文人式道德訓誡的意識形態。因此人物的刻劃基本上仍集中在男性主角身上，全篇在配角與女性主角的描寫比例上亦有失衡的現象。然而，其敘事策略大體而言是成功的，因為情節事件所形成的強烈反差效果、蛇妖符號所具有的說服力、乃至空間的流動、事件時間所形成的張力，甚至男女主角與配角人物的對應關係，都已出現模式化的傾向，顯示作者與讀者在訊息的傳遞與接收上已有了初步的共識。不過，〈李黃〉與〈李琯〉兩篇的敘事空間基本上屬於北方的長安，「蛇妖惑男」型故事如何流轉成後世南方地域性的代表作——「白蛇」故事，小說的敘事意旨產生何種轉向，使小說由作為道德訓誡的載體而得以轉向關注敘事表現本身所呈現的藝術性，宋代〈西湖三塔記〉的出現，正是其關鍵所在。

(二) 發展期：〈西湖三塔記〉

　　〈李黃〉與〈李琯〉二篇雛形期的代表作已是晚唐文言小說發展成

熟時期的作品，在形式上雖仍屬筆記性質，在敘事上則已有傳奇筆法，故能突出男性主角的描繪，可惜女主角與配角的描寫精粗悖反，以致人物的敘事表現配置上略顯失衡。雖然如此，全篇人物互動關係、情節結構方面確已為「蛇妖惑男」型故事奠定骨架。而正如大量的唐代小說總是慣以長安為敘事空間，〈李黃〉與〈李琯〉兩篇雖意欲藉「蛇妖惑男」以寓「淫慾害人」的命題，由唐代小說整體來觀，這樣的筆法仍不脫當時敘事慣性下一個普世意義的志怪作品，長安固做為敘事空間，地域的意義並非作者所關心的課題，篇中所敘述的事件與人物似乎置換於任何空間亦絕不突兀。儘管如此，閒遊的男主角、偶遇的美豔婦人、穿梭居間的媒介、止不住的男性色慾追求、交歡後的生命危機等人物特質與敘事重點，確已呈現模式化傾向，這樣的敘事模式，很容易的為類似的敘事需求所吸收，甚至融入新的元素而產生新的敘事樣貌——明嘉靖間洪楩所編《清平山堂話本》（即《六十家小說》）卷三所收的宋代話本〈西湖三塔記〉，正是「蛇妖惑男」型故事在接受歷程中一個新的里程碑。

〈西湖三塔記〉乃敘述杭州人岳飛麾下統制官之子奚宣贊，春日閒遊西湖，偶然間救了迷路的小女孩白卯奴，帶回家安置，幾天後為皂衣婆婆尋來攜回，並以答謝為由，邀奚生拜訪其家。奚生到了卯奴家，便有全身著白、自稱卯奴之母的美婦出迎邀宴。席間奚生因婦之美色而心神蕩漾，還來不及問對方姓名，美婦即以迎新棄舊為由，當著奚生之面，令人將一後生捆縛於柱、開腸破肚，以為下酒菜。接著開口提親，當夜二人成親。奚生在其家羈留半月有餘，弄得面黃肌瘦，乞歸之際，差點成了美婦又一番「迎新棄舊」的祭品，所幸央得卯奴搭救，平安送歸。雖然奚生與老母搬家避禍，不料一年後仍為皂衣婆婆尋得，甚至綁架而去，再度與白衣婦人成親。半月之後，奚生乞歸，美婦惱羞成怒意欲加害，又得卯奴搭救送歸。數日後，奚生之叔奚真人循黑氣妖氛之蹤來訪奚家，誓言除妖。次晚安排作法，不但召喚神將捉拿婆子、卯奴、

白衣婦人到真人面前，更將三人打出水獺、烏雞、白蛇的原形。奚真人乃將三怪收於鐵罐，封符鎮壓於西湖中心，並化緣而建成三塔以鎮壓之。

　　根據〈西湖三塔記〉篇中所使用的稱謂及地名來看，本篇應屬於南宋後期的作品。而由篇名及內容來看，本篇的敘事目的乃在解釋「西湖三塔」地景生成的原因，與〈李黃〉由文人視角藉蛇妖故事以寓「色慾害人」道德訓誡的目的並不相同，兩者本各有其獨立性。但〈西湖三塔記〉採用了與〈李黃〉類似的敘事策略，以「蛇妖惑男」作為母題，套用了年輕男性為蛇妖美色所惑，差點被傷生害命的故事框架。因此，儘管「色慾害人」並非〈西湖三塔記〉的敘事主旨，而只是企圖藉著稱奇道怪的娛樂效果以附會解釋現實地名，但由「蛇妖惑男」型故事的接受史角度觀之，〈西湖三塔記〉乃接收了「蛇妖惑男」的敘事母題，並在此故事雛形基礎上添枝加葉，進而使此故事型產生了不同於〈李黃〉的敘事表現；且正是因前述敘事動機的設定，使「蛇妖惑男」型故事導向為專屬於杭州西湖的敘事代表作。至於其加工的養分來源，乃是另外吸收了南宋靈怪類話本所慣見的「三怪型」故事模式，調整了故事部分的情節走向與人物關係結構，形成了「蛇妖惑男」型故事新的敘事樣貌。

　　〈西湖三塔記〉與雛形期的〈李黃〉雖然皆涵涉了「蛇妖惑男」的敘事母題，二者在男主角與女妖相遇的歷程上固然大同小異，但在細部的敘事表現方面，差異仍極為明顯：如敘事視角的調整，不再以男主角為主體、女主角為客體，而是二者均具有其主體性；情節方面如男主角的生死安排、諸妖的被收服；以及人物方面如配角的設定，尤其是鎮壓者道士的介入等，都使〈西湖三塔記〉表現出更豐富的敘事面貌，也為「蛇妖惑男」型故事完成期的明代〈白娘子永鎮雷峰塔〉奠定了基本的情節及人物結構。以下，分別由〈西湖三塔記〉的敘事動機、情節結構、人物結構切入，檢視其對於雛形期的「蛇妖惑男」型故事的承衍現象與其意義。

1. 敘事動機

〈西湖三塔記〉的敘事動機是使「蛇妖惑男」型故事由負載道德教訓的北方志怪故事轉而成爲純粹志怪的南方西湖故事的關鍵。小說篇題名爲〈西湖三塔記〉，已說明了本篇的敘事企圖乃在解釋所謂「西湖三塔」由來。進入正話之後，首即揭示：

今日說一個後生，只因清明，都來西湖上閒玩，惹出一場事來。直到如今，西湖上古蹟遺蹤，傳誦不絕。

小說結尾呼應前者，亦曰：

奚眞人化緣，造成三個石塔，鎭住三怪於湖內。至今古蹟遺蹤尚在。

可見敘事者乃將解釋的途徑架構在篇中男主角奚宣贊遭遇三妖的經歷上，而由奚眞人的鎭壓三怪、化緣砌塔作爲收束。奚生與蛇妖相遇的歷程，便是套用了「蛇妖惑男」型的情節梗概。

篇題及小說首尾敘述所謂的「西湖三塔」，指的是由北宋元祐五年（西元1090年）蘇軾疏濬西湖後，在湖中「小瀛洲」所立的三個界塔。此處向爲賞月勝地，在南宋以後更成爲「西湖十景」[3]中有名的

---

[3] 按「西湖十景」之說起自南宋，如成於南宋理宗之祝穆《方輿勝覽》卷一已有「西湖十題」之說：

西湖在州西，周廻三十里其澗出諸洞泉，山川秀發，四時畫舫，遨遊歌鼓之聲不絕。好事者嘗命十題：有曰平湖秋月、蘇堤春曉、斷橋殘雪、雷峰落照、南屏晚鐘、曲院風荷、花港觀魚、柳浪聞鶯、三潭印月、兩峰插雲。

宋元之際吳自牧《夢粱錄》卷十二亦承此說，只是十景次序稍有不同：

「三潭印月」所在。根據清雍正《西湖志》卷三所云：

> 　　東坡留意西湖，極力浚復，在湖中立塔以爲標表，著令塔以內不許侵爲菱蕩。舊有石塔三，土人呼爲三塔基。南宋舊圖，從南數，湖中對第三橋之右爲一塔，第四橋之右爲一塔，第五橋之右爲一塔。

南宋偏安杭州，三塔又自北宋以來即負盛名，對民衆來說，當然是個親切又好奇的名勝；但南宋末距其初建實已將近兩百年，年代久遠，則小說家寧可忽略一百多年前的歷史事實，而捏造故事以附會其地景的成立，不但藉以吸引觀衆的好奇心理，也對三塔的印象更加鮮明。由於這層敘事動機套用了「蛇妖惑男」型故事的敘事架構，本篇男主角閒遊的空間遂由北方的長安巷陌，轉移到了西湖邊上，小說藉著人物動線的活動範圍，將杭州里巷及西湖周邊景點一一帶入，使讀者（或者觀衆）如身歷其境，於是不論男主角奚宣贊、蛇妖白衣美婦，甚或其他配角，遂亦成爲西湖風景的一部分。此不但賦予〈西湖三塔記〉強烈的地域性，更使小說的情節、人物與特定敘事空間產生無可替代的緊密連結，建立了彼此之間的有機關係，「蛇妖惑男」型故事因之由具有普世性的北方志怪母題遂定型化成爲特定地域——杭州西湖——的敘事文本範式。

2. 情節結構

　　對應上述的敘事動機，在情節方面，〈西湖三塔記〉既以「蛇妖惑

近者畫家稱湖山四時景色最奇者有十：曰蘇堤春曉、曲院荷風、平湖秋月、斷橋殘雪、柳浪聞鶯、花港觀魚、雷峰夕照、兩峰插雲、南屏晚鐘、三潭映月。春則花柳爭妍，夏則荷榴競放，秋則桂子飄香，冬則梅花破玉，瑞雪飛瑤。四時之景不同，而賞心樂事者亦與之無窮矣。

而如南宋末王洧即以前述十景之名為副標而做〈湖山十景〉詩，明末張岱《西湖夢尋》「西湖總記」中錄進其所作「西湖十景詩」，亦沿用上述說法。可見「西湖十景」之說自南宋以來即為人所熟悉。

男」型故事爲基本架構,又結合了〈洛陽三怪記〉「三怪型」的部分細節,使全篇敍事更爲流暢豐富。

分析〈西湖三塔記〉情節結構之前,應先簡述〈洛陽三怪記〉的故事梗概。本篇與〈西湖三塔記〉一樣收於洪楩的《清平山堂話本》,故事敍述洛陽的金銀舖小開潘松於清明時出遊,偶遇自稱其姨的婆婆將之引至其家,在花園等待引見所謂娘娘之際,卻遇數日前故去的鄰家女童王春春警告而匆忙逃出。潘松於酒肆遇到道士徐守眞,告以此事。潘松與道士喝酒敍舊,歸途只因抓白鴿子又與婆婆重逢,甚至被禁制在雞籠中帶回,而與所謂玉蕊娘娘相見。娘娘殷勤招待酒食之際,有所謂赤土大王入席,然抱怨一番後即離席。之後娘娘主動提親,當晚即與潘松成就洞房之樂。雲雨才過,娘娘出房,春春又現身,引潘松偷覷,驚見婆婆與娘娘正在大啖活人心肝下酒。春春向潘松揭露三妖迎新殺舊、活食心肝的惡行,並趁娘娘回房醉臥之際,二度搭救潘松,指引脫逃,並點破三怪身分爲玉蕊娘娘、赤土大王、白聖母。潘松逃離上路,途經一寺廟,驚見廟中所奉竟是前述三怪塑像,於是歸家稟告父母,並請出徐道士捉妖除怪。道士做法,卻有黃巾力士告知潘松有四十九天災厄,未可逕除妖怪。潘松只好避居觀中,期間仍爲婆婆所糾纏,一度死而復甦,徐道士爲入山請出其師父蔣眞人伏妖,只能先將潘松送回家中。潘松在家仍被婆婆糾纏,正當將爲婆婆再度綁架而去之際,蔣眞人及時出現驅退婆婆。當夜蔣眞人即作法召喚神將,先將白聖母捉拿燒斃,現出原形爲白雞精;次日再遣四員神將至花園將另二妖捉拿打死,亦現其原形爲赤斑蛇與白貓精。洛陽三怪至是全爲蔣眞人所除盡。

〈洛陽三怪記〉正是典型的「三怪型」敍事,其他南宋話本如〈崔衙內白鷂招妖〉(收於《警世通言》卷十九,又名〈定山三怪〉)、〈福祿壽三星度世〉(收於《警世通言》卷三十九)等,除了三妖的性質不盡相同,情節架構上卻大都是以三妖爲一夥作亂人間,其中之主妖多以美女形象出現,誘惑男子成親;其他二妖則男女老幼不拘,居間穿

梭，多做為主妖之幫手；而最終三妖皆遭道士收服除盡。這些故事不約而同皆以三妖為主配角，並與文弱男子、道士形成妖／人對峙之人物結構關係，故統稱具有此敘事模式之故事為「三怪型」敘事。而不同的故事題材不憚其煩地以類似的敘事結構敘說，可見這一類的敘事模式在當時是頗受觀眾所歡迎的。〈西湖三塔記〉在情節前半部男主角的出場、與女主角的相遇互動上，固然繼承了「蛇妖惑男」型故事，但對於男主角逃過劫難、與道士收服諸妖等命運的安排上，則是襲取了「三怪型」故事情節構設。學者已指出〈西湖三塔記〉尤與「三怪型」中的〈洛陽三怪記〉在情節與人物結構上十分類似，二者之間應有接受者與影響者之關係。唐代的「蛇妖惑男」型故事，小說最後藉著男主角暴斃及家人揭穿蛇妖真相，以恐怖的方式點出色慾之可怕；但〈西湖三塔記〉同於其他「三怪型」故事，不但男主角僥倖逃過女妖糾纏，保得性命，諸妖更為道士所收服，以收結民眾對於妖亂民間的想像。這樣的設定，除了為服膺小說的敘事目的外，男主角得以生全、恐怖諸妖得以收服，以滿足庶民讀者（或觀眾）的閱聽期待及心理，實借鏡了「三怪型」故事之敘事元素。可以說，同屬南宋晚期話本故事的〈西湖三塔記〉，在說唱之際同時接收了當時甚為流行的「三怪型」敘事，乃是使雛形期「蛇妖惑男」故事產生變貌的重要因素。

在情節開始部分，其同於「蛇妖惑男」型故事，乃在男主角閒遊的情境下發生，然又較為細緻曲折。〈西湖三塔記〉特別設定才子佳人皆到郊外踏青的清明時節開展故事，此部分與〈洛陽三怪記〉男主角潘松也是清明出遊因而遇怪有雷同之處，而這樣的安排，修正了〈李黃〉等篇的男主角不為特定目的只是一般閒遊的敘述，更能邏輯化人物後續的行為及因此牽扯出的諸多事件。最主要的是使男主角的出遊、與陌生人的相遇製造了合理性，而此亦為後來〈白娘子永鎮雷峰塔〉所援用，更使白娘子自稱寡婦而出遊的身分及行為顯得合情合理。不過，而同樣是閒遊，不論李黃立即為蛇妖色誘而尾隨至府，或是李琯先為女奴所誘

又貪於其主美色，敘事者都急於突出其欲藉情節以寓「色慾害人」的企圖；〈西湖三塔記〉意在志怪、重在娛樂效果，又設定奚宣贊乃「一生不好酒色，只喜閒耍」，因此其與白衣蛇妖的相遇必須另作安排，以收曲折之效。故小說另費周章，設計了奚生只因好心詢問迷路的小女孩白卯奴，不意卻被她糾纏不放，不得不帶回家安置，成為日後被皂衣婆婆尋至家中、進而引見自稱卯奴之母實為蛇妖的白衣美婦的伏筆。

小說進入發展部分，以皂衣婆婆尋得卯奴承續開始部分的伏筆，以酬謝為由，將奚生引至其家而與自稱卯奴之母的白衣美婦相見。藉著男女主角的相見，敘事者正欲藉此極力描寫蛇妖美艷性感與殘忍血腥行為的衝突性，表現蛇妖人性與妖性的對比。小說仍依循「蛇妖惑男」型故事的模式：一旦男主角與蛇妖相遇，便難免意亂情迷：

　　當時一杯兩盞，酒至三杯，奚宣贊目視婦人，生得如花似玉，心神蕩漾，卻問婦人姓氏。

即使奚生出場時小說已強調其「不好酒色，只喜閒耍」，然酒、色的交互作用下，仍難以自持。不同於李黃、李琯等人被迷的神魂顛倒、樂不思蜀，至死都未察覺對方為害人蛇妖；奚生還未與蛇妖美婦有進一步的發展，便已親眼目睹後者妖性的展露：

　　只見一人向前道：「娘娘，今日新人到此，可換舊人？」婦人道：「也是，快安排來與宣贊作按酒。」只見兩個力士捉一個後生，去了巾帶，解開頭髮，縛在將軍柱上，面前一個銀盆，一把尖刀。霎時間把刀破開肚皮，取出心肝，呈上娘娘。驚得宣贊魂不附體。娘娘斟熱酒，把心肝請宣贊吃。宣贊只推不飲。娘娘、婆婆都吃了。

敘事者迫不急待地揭露這段驚悚血腥的場面，藉志怪筆法譁眾的企圖極

爲明顯。而這段描述，與〈洛陽三怪記〉中白聖母剖人心肝，之後與玉蕊娘娘佐酒的情節極爲類似：

> 小員外根底立著王春春，悄悄地與小員外道：「我交你走了，卻如何又在這裡？你且去看那件事。」引著小員外，躡足行來，看時，見柱子上縛著一人，婆子把刀劈開了那人胸，取出心肝來。潘松看見了，嚇得魂不附體，問春春道：「這人爲何？」春春說道：「這人數日前時，被這婆婆迷將來，也和小員外一般排筵會，也共娘娘做夫妻。數日間又別迷得人，卻把這人壞了。」潘松聽得，兩腿不搖身自動：「卻是怎生奈何？」

> 說猶未了，娘娘入來了，潘松推睡著。少間，婆婆也入來，看見小員外睡著，婆子將那心肝，兩個斟下酒，那婆子吃了自去，娘娘覺得醉了，便上牀去睡著。

不過，〈洛陽三怪記〉這段剖人食肝的場面乃是發生在潘松得春春所助脫逃後，再度爲白聖母邀約而來，卻被囚於雞籠，而後被玉蕊娘娘強邀成親，一番雲雨後，藉由春春的引導，潘松由偷窺的角度而目睹事件。此處則不僅奚生直接面對而且還受邀共食，則其對於官家公子如奚生的衝擊與震撼，應較潘松更爲強烈，鮮明地顯示了敘事者作異好奇的心態。而由「今日新人到此，可換舊人？」的問訊來看，可見取新汰舊、心肝下酒，既是白衣美婦甚至皂衣婆婆的常態，其不避奚生行刑、看來理所當然的邀請共食心肝，更凸顯了二者濃厚的妖性。則相較於雛形期〈李黃〉等篇的蛇妖，在男主角的視角下，蛇妖所表現出的都是充滿女性媚態如神仙中人的形象，其妖性的展露只透過「異香」、「腥臊味」等間接手法，或是之後男主角的暴斃慘死，暗示女主角的異類身分及其危害性，全篇人性與妖性的對比手法尚不顯露。〈西湖三塔記〉爲達到志怪敘事的效果，借鏡了〈洛陽三怪記〉中的情節片段而更加驚悚，使

男主角的視覺經驗直接受到莫大衝擊，也將女主角妖性／人性、內／外的衝突性表現地更爲立體。

　　儘管〈西湖三塔記〉重在揭露白衣美婦的妖性而提前讓這段血腥場面登場，小說仍依「蛇妖惑男」型故事必使男女主角有進一步的親密關係，故白衣美婦與皀衣婆婆飲酒食肝完畢，依例對奚生提出成親要求：

　　　　娘娘道：「難得宣贊救小女一命，我今丈夫又無，情願將身嫁與宣贊。」……與夜，二人攜手，共入蘭房。

我們可以發現，事實上如〈洛陽三怪記〉等「三怪型」的故事情節中，凡男對女妖由相遇、動心、乃至親密關係的發生，似乎亦呈模式化的發展，並與「蛇妖惑男」型故事有極大的重疊性，此或許正是〈西湖三塔記〉所以能在「蛇妖惑男」型故事的基礎上，亦能充分融合「三怪型」情節之因。不過，對潘松而言，小說的安排乃是先嘗甜頭後睹恐怖，因此前者洞房猶能行雲雨之事，便不顯得突兀；本篇雖同屬初期的話本作品，民間說話較樸素粗略的面貌仍未能豁免，否則依照常理來看，奚生既然目睹上述血腥場面，不要說當時嚇得魂不附體，這樣的經驗應當更會影響之後其與白衣美婦的互動。但小說作者卻無暇處理奚生的心理問題，只是草草以當夜「二人攜手，共入蘭房」帶過，卻不見奚生有任何抗拒、膽怯、甚至失常的表現，未免在處理上顯得草率。這些敘述上的粗略之處，正提供了後來〈白娘子永鎮雷峰塔〉發揮精進的機會。

　　奚生一如「蛇妖惑男」型故事中的男主角，與蛇妖雲雨之後，必獲羈留而將面臨生命的危機：

　　　　當夜已過，宣贊被娘娘留住半月有餘。奚宣贊面黃肌瘦。思歸，道：「姐姐，乞歸家數日卻來！」說猶未了，只見一人來稟覆：「娘娘，今有新人到了，可換舊人？」娘娘道：「請來！」有數個力士擁一

人至面前，那人如何打扮？……娘娘請那人共座飲酒，交取宣贊心肝。

敘事者在此使奚生重蹈前人汰舊換新、慘遭殺害的命運。然幸賴卯奴說情搭救，方得逃出一劫，總算平安歸家。雛形期的李黃、李瑄離開蛇府之際，猶帶著被迷惑的幻覺，自以爲豔遇，直到歸家才發覺自己生命早已被侵蝕殆盡、無法挽回，點出了色慾令人失智的可怕；奚生則自始至終神智清醒，只是身不由己，爲白衣美婦與皀衣婆婆夾持，可見敘事者在此無意將色誘動心與道德訓誡彼此勾連，其目的不過單純意在志怪，藉寫奚生遭遇之奇，以達驚詫的效果。

小說的結束部分，奚生僥倖全身而回，雖與老母搬離舊居，卻再度爲皀衣婆婆尋獲，甚至綁架而去，再與白衣蛇妖重作夫妻。不同於〈李黃〉等篇的男主角歸家後立即暴斃，並無第二次機會——蓋不如此便無以破題其敘事動機所在的道德警訊；〈西湖三塔記〉的敘事者意在渲染奇異，因此重複地使用了發展部分奚生的危機情節，其手法與〈洛陽三怪記〉春春再度救出潘松的手法極爲類似，皆表現出民間說話喜用的重複性情節的慣性。而白卯奴在小說開始部分作爲誘騙奚生的媒介，固然可能出於蛇妖及皀衣婆婆所制，不得不爲虎作倀，但兩次搭救，無疑亦是對照出在妖異世界中人性未泯的一面。從發展部分後端到結束部分奚生的兩度死裡逃生，乃是「蛇妖惑男」型故事情節的新轉向，小說展現了不同的敘事企圖，不但在此正式與雛形期的道德訓誡分道揚鑣，更凸顯出其意在怪奇鋪陳的娛樂效果。

篇尾部分，敘事者採用了與〈洛陽三怪記〉相同的手法，引進了鎭壓者道士登場，以作爲收束全篇故事的關鍵人物。不同於〈洛陽三怪記〉的是，後者篇中具道士身分者有徐守眞與其師父蔣眞人，徐守眞在小說發展部分即已出現，乃作爲蔣眞人出場的伏筆，眞正除妖收束三怪的仍是最後才出現的蔣眞人；〈西湖三塔記〉則將二位道士簡化爲一位，先在小說開始部分介紹男主角身家背景時提及有叔叔奚眞人，但其

人並未出場，真正現身則安排在小説結束部分。這樣簡化的結果，既利用開始部分的介紹達到了預示的效果，使後來奚眞人的出場不致過於突兀，也使全篇人／妖陣營的對比關係更爲清晰。〈洛陽三怪記〉人物紛紛登場，敘寫熱鬧，可以滿足讀者（或觀衆）好奇的心理，但缺點可能流於紛雜；〈西湖三塔記〉則敘述脈絡清楚分明，易於掌握重點，但易導致敘事較爲單調之失。其實繁複或簡化，很難定論孰得孰失，然無論敘事者的考量如何，至此「蛇妖惑男」型故事已然由單一視角的士人道德訓誡，徹底轉向爲人妖對峙、各具主體性的志怪文本：道士伏魔，釐清了之前人妖模糊紛擾的局面；立塔鎮妖，更是使人妖各歸其位，圓滿地達成了小説的敘事目的：解釋三塔由來，也安定了讀者（或觀衆的）人心。

雛形期的「蛇妖惑男」型故事在敘事的結束部分，所採用的是開放式的結尾：

> 及去尋舊宅所，乃空園。有一皂莢樹，樹上有十五千，樹下有十五千，餘了無所見。問彼處人云：「往往有巨白蛇在樹下，便無別物，姓袁者，蓋以空園爲姓耳。」（〈李黃〉）

> 但見枯槐樹中，有大蛇蟠屈之跡。乃伐其樹，發掘，已失大蛇，但有小蛇數條，盡白，皆殺之而歸。（〈李琯〉）

李黃與李琯誠已死於非命，而家人也都循跡而發現了蛇妖盤據之所，揭露了事情的眞相，甚至搗毀其處、宰殺小蛇。但誘人殺人的蛇妖美婦，其實並未尋獲——意即隨時可能會出現下一個受害者。這樣的結局意味「色慾」不僅是一普世的課題，任何男性都會面對的考驗，且其潛藏蠢動，令人防不勝防，如此焉能不時刻惕記在心、自我約束！〈西湖三塔記〉所採取的則是封閉的結局，敘事者無意建立引人深思的課題，而是

必須圓滿完成敘事任務，清楚交代事件的來龍去脈，因此三妖的命運是極為明確的。小說不但清楚敘述奚真人作法招喚神將、捉妖鎮壓的歷程，如篇尾詩：

只因湖內生三怪，至使真人到此間。今日捉來藏籃內，萬年千載得平安。

不論善惡，三妖被鎮壓永無出頭之日，還保證千年萬載的平安，清楚地向讀者（或觀眾）傳遞了訊息，交代了三妖的歸處，更收妥貼人心之效，而「蛇妖惑男」型故事至此也收束成為具明確地域指涉性的地方傳奇了。

3.人物結構

不論雛形期或發展期的「蛇妖惑男」型故事中的男主角，都屬於文弱書生、士人階層，因為這樣身分的男性才有閒情逸致出遊觀覽，且年輕而較乏社會經驗，亦易為有心者所牢籠。自李黃、李琯，乃至奚宣贊，皆少不更事、意志薄弱，遂成為「蛇妖惑男」型故事男主角的固定形象，而這樣的設定即使到了完成期的許宣，除了社會階層及身分外，並無太大的改變。

對「蛇妖惑男」型故事而言，人物變化較大的集中在妖類部分。先就女主角言。如前所言，雛形期「蛇妖惑男」型故事的女主角乃為其敘事目的的道德訓誡所服務，因此人物面目模糊，缺乏主體性。其一身著白、具有單身或新寡身分、美貌無比的形象雖然已模式化，但人物性格卻缺乏立體感，如為敘事者所操縱的魁儡，未見其主體生命。〈西湖三塔記〉由於敘事目的的改變，敘事表現本身便是文本最核心價值所在，又借鏡〈洛陽三怪記〉的人物結構，故人物各有其獨立生命、自主行為，彼此分庭抗禮，作為主妖的女主角因之有其主體性，被賦予了性格與生

命。本篇仍繼承雛形期蛇妖的外在形象，女主角亦是一身著白、如花似玉；但不同於〈李黃〉等篇中的蛇妖女主角較為被動沉靜，此則招待奚生極其殷勤，敘寒溫、宴海陸，邀親既毫不遲疑，挽留奚生亦見熱情「留住半月有餘」。而之前如此殷勤，一旦奚生羈留半月，弄得面黃肌瘦而意欲歸家時，蛇妖隨即變臉，「柳眉倒豎，星眼圓睜」，不論有無新人到來，便要直取奚生心肝，或者喝令將之囚禁起來。蛇妖的熱情行為，乃是建立在喜新汰舊、當面殺人、食其心肝「娘娘斟熱酒，把心肝請宣贊吃」等被蛇妖視為理所當然的反常行為上；其暴戾易變的性格，更透露出其內在獸性的蠢然勃發。小說勾畫白衣美婦濃厚的妖性，一反雛形期純為人之外表而未感其為妖的塑造手法。因此，作為志怪敘事的當家花旦，〈西湖三塔記〉確實在既有「蛇妖惑男」型故事的基礎上，做了更立體的刻劃，把蛇妖空有人皮而實則妖性的兩面性，表現的十分鮮明。

由「蛇妖惑男」型故事的承衍意義來看，〈西湖三塔記〉的敘事結構固然套用了南宋話本極為流行的「三怪型」故事，調整了情節走向與小說人物結構關係，但在主妖身分的選擇上，仍承接了〈李黃〉與〈李琯〉所奠定的「蛇妖惑男」型故事中「蛇妖」符號的強烈指涉。試觀「三怪型」故事中，與〈西湖三塔記〉血緣最近的〈洛陽三怪記〉，其三怪分別為白貓精（玉蕊娘娘）、白雞精（白聖母）、赤斑蛇（赤土大王），〈福祿壽三星度世〉的三怪為白鶴（白衣女子）、綠毛靈龜（綠袍男子）、黃鹿（黃衣女子），〈崔衙內白鷂招妖〉三怪則為紅兔兒（紅衫女兒）、老虎（班大）、骷髏神（女娘之父）。上述三篇中以美色誘惑年輕男子進而逼婚的女妖，並無特定原形，而不論白貓、白鶴、赤兔，毛色雖傾向以白做為設定，但也未必盡然。至於其他妖類配角，則更是水族到哺乳類動物皆有之。原形設定來源的紛呈，說明了「三怪型」故事在妖類原形的構思上，重點在於妖之主角與配角之間的互動性與功能呼應，其原形為何，則必須考慮敘事背景之時空設定——如〈洛

陽三怪記〉之空間爲都市，故以與人雜居可見之貓、雞、蛇爲三怪原形；〈福祿壽三星度世〉以謫凡爲背景，故以鶴、龜、鹿爲三怪原形以呼應修道場域；〈崔衙內白鷴招妖〉緣起於人物打獵活動，故三怪則設定爲與荒山郊野相關性較高之野獸如兔、虎與骷髏爲三怪原形。而〈西湖三塔記〉的敘事空間既以杭州西湖爲主，自必須兼顧都市與水域的敘事空間特質，故分別以出沒於水域之水獺、蛇及與人煙雜處的雞爲諸妖的原形依據。

　　其實在主妖的選擇上，「蛇」並非水族的唯一選擇，如魏晉志怪寫水族化爲美女與男子相調共宿，〈張福〉中爲大黿、〈楊醜奴〉則爲水獺（以上分見《太平廣記》卷468引《搜神記》、《甄異志》）等，但〈西湖三塔記〉仍選擇了「蛇妖惑男」型故事中以蛇妖作爲勾動年輕男子色慾的訴求，直接影響本篇女妖身分的設定，使小說人物的行爲更具說服力。試觀本篇的白衣美婦，其外在形象如花似玉，其行爲卻是瞬間翻臉、生食活人心肝，前後判若兩人，直接表現妖性與人性的對比，甚至前者強於後者的恐怖。可見〈西湖三塔記〉一方面繼承自〈李黃〉以來的人物符號設定原則，另一方面又吸收了「三怪型」故事的女主角妖性表現手法，調整了「蛇妖惑男」型故事雛形期女主角過於含蓄的塑造手法而將其人面妖質的衝突性表現地更爲直接強烈，預告了後來〈白娘子永鎮雷峰塔〉中白娘子的矛盾性格。

　　而作爲蛇妖妖性的對照，便是「蛇妖惑男」型故事新出的角色白卯奴。其賴住奚生以引出婆婆，進而將奚生誘騙至蛇妖處，固然可能出於被迫；但之後爲奚生哀求援救，因而兩度救了奚生逃離蛇妖所害，卻是作爲同爲妖類卻表現了善良一面，與蛇妖的美豔毒辣，呈現了人性與妖性的對比。卯奴的角色與〈洛陽三怪記〉的女鬼王春春頗爲類似，皆擔任了援救男主角的功能，只不過春春並未扮演誘餌吸引年輕男子，只是單純爲女妖所驅役，擔任婢女工作而已，而且還與男主角潘松爲昔日鄰舍，但就身爲異類與身不自由卻能良心未泯的儘可能出手救人，這些特

質，卯奴的角色構設可以看到許多春春的影子。因此，卯奴最後爲奚眞人所鎮壓，其實是令人頗爲惋惜的。而這與〈白娘子永鎮雷峰塔〉最後青青爲法海所鎮壓，白娘子爲她求情的心理背景，極爲相同。

　　〈西湖塔三記〉由於借鏡了如〈洛陽三怪記〉等「三怪型」敘事模式，因此皂衣婆婆兩度誘騙或綁架奚生，與〈洛陽三怪記〉自稱白聖母的白雞精如出一轍，角色功能既與〈李黃〉中的袁氏之姨近似而功能更具積極性。卯奴只是誘餌，藉以吸引盤住年輕男性的注意；皂衣婆婆則是執行者，以哄騙或綁架的方式，將男子拐至蛇妖府第。皂衣婆婆作爲妖類的配角，設定爲老嫗形象，固然是要與年輕貌美的蛇妖娘娘、與稚嫩青春的卯奴形成區隔；也說明了其無緣沾染雲雨之事，純爲蛇妖打手的身分特質，其與娘娘共食人心肝，似乎根本已成常態，如此，在閱讀的效果上無異強化了情節的驚悚效果。此外，皂衣婆婆的角色功能，在此除作爲映襯蛇妖妖性、渲染志怪色彩外，尤其身分特質與行爲表現來看，實亦可視爲卯奴的對照組，而與後者亦形成妖性與人性的對比。

　　前文已指出過，〈李黃〉與〈李琯〉中所謂的「女主角」，其實多半面目模糊，反而居間穿梭具有媒介功能的配角如袁氏之姨及二女奴等，人物個性較爲鮮明。如此主角與配角構設筆法的失衡現象，凸顯了唐代這兩篇「蛇妖惑男」型的故事在人物敘事表現方面上猶有粗略之處。〈西湖三塔記〉不論女主角的白衣美婦、女童卯奴、綁架奚宣贊的皂衣婆婆，誠然其個性的展現仍偏於扁平人物的表現，但作者已能充分透過言語與行爲，尤其女主角的美麗外表與妖性內質、嬌媚性感與兇狠殘忍等對立特質的並存展現，使其具有與男主角足以抗衡的描寫比重。〈西湖三塔記〉三個妖類各司其職、各有面目，在描寫的筆法上亦能見主從之分。這樣的男女主角、配角的敘寫分配，顯見其吸納了南宋話本這一類「三怪型」故事的慣用筆法，使本篇人物結構較爲穩定勻稱，較唐代二篇故事更見完整。

　　女主角蛇妖有皂衣婆婆作爲副手，助紂爲虐；相對的，男主角身

邊亦有奚眞人作爲其襄助者，爲其鎭妖除魔。在〈洛陽三怪記〉等「三怪型」故事中，道士往往在情節最後出現收服群妖，並收束全篇，已成爲模式化的構設。正如〈西湖三塔記〉的卯奴借鏡前者王春春的角色功能，本篇亦吸收了「三怪型」故事道士的人物設計，且將之設定爲與奚生爲叔姪關係，使其出現更具有邏輯性。在人物結構上，本篇以白衣美婦、皂衣婆婆與奚生、奚眞人分別呈現一反一正的對比：一方是邪惡女妖，代表了獸性與慾望的侵略者；一方則是凡間之人，代表的是對抗妖性、考驗意志與膽識的試煉對象與輔助者；至於白卯奴，則是介乎妖性／人性之間，兼具二者特質的徘徊者，游離於前述二者之間灰色模糊地帶。這樣的人物結構，使小說敘事更見整飭與張力，較雛形期「蛇妖惑男」型故事失衡的人物結構，在敘事藝術的表現上大爲提高。

　　雛形期的「蛇妖惑男」型故事，不論袁氏之姨或是女奴，配角反而較女主角面目鮮明，故人物結構較爲失衡。〈西湖三塔記〉借鏡了〈洛陽三怪記〉的人物結構方式，調整了妖類主配角的互動關係與表現比重，美婦、老嫗、女童，三位既具有同質性的陰性之妖，但在年齡（老中青）、容貌（美醜稚）、功能分工（娘娘爲主使者與決策者、婆婆爲執行者、卯奴爲徒具工具性的誘餌）、關係地位（娘娘居最高位、婆婆爲副手、卯奴但爲驅役）、甚至能享受的利益（娘娘可與男人性交與食心肝、婆婆只能分食心肝、卯奴似乎甚麼好處皆無）上又各有區別，既巧妙地形成一共犯結構，但又在層級、善／惡、人性／妖性方面互爲對比。〈洛陽三怪記〉的玉蕊娘娘、白聖母、赤土大王等三怪，僅有妖所幻化之性別差異，在人物功能上的構設其實也只是滿足「三怪型」的人物結構模式，彼此之間並無明顯對照性的設計——尤其赤土大王的出場，只是驚鴻一瞥，藉著埋怨玉蕊娘娘「娘娘又共甚人在此飮宴？又是白聖母引惹來的，不要帶累我便好。」以伏筆三怪的下場，其他並不見此人物的所作所爲及功能性——則〈西湖三塔記〉在人物關係的構設上顯然更考慮其有機聯繫及敘事的表現效果。相較於〈李黃〉等篇較單調

的人物關係，本篇更充分發揮了話本小說較繁複的敘事特質，而爲「蛇妖惑男」型故事完成期的〈白娘子永鎭雷峰塔〉奠立了良好的基礎。

4.小結

〈西湖三塔記〉對「蛇妖惑男」型故事敘事形式的改變乃與其作爲話本體裁的特質有所關聯。羅燁《醉翁談錄》甲集卷一〈舌耕敘引〉「小說開闢」夫條指出：

> 夫小說者，雖爲末學，尤務多聞。非庸常淺識之流，有博覽該通之理。幼習《太平廣記》，長攻歷代史書。煙粉奇傳，素蘊胸次之間；風月須知，只在唇吻之上。《夷堅志》無有不覽，《琇瑩集》所載皆通。動哨中哨，莫非東山笑林；引伸底俚，須還《綠窗新話》。

就話本作品而言，對前代作品不同程度的吸收、累積與轉化，實爲其敘事構篇的重要養分來源；前代故事也因此而有繁衍、再生的契機，小說的生命正是因此而綿延不絕。由這樣的角度來檢視〈西湖三塔記〉與「蛇妖惑男」型故事的依承關係，可以說，由文本角度言，〈西湖三塔記〉同時吸納揉和了「蛇妖惑男」型故事與其他不同敘事模式的養分，使「蛇妖惑男」型故事的敘事表現獲得更豐富的表現元素，尤其修正調整了雛形期「蛇妖惑男」型作品在人物結構上的缺陷，提高了作品本身的表現成就；就「蛇妖惑男」型故事的承衍歷程言，其敘事要旨雖在〈西湖三塔記〉的接受過程中脫落，但對〈西湖三塔記〉在人物設定上的滲透，無異擴大了「蛇妖惑男」型故事的影響與接受範圍，與「三怪型」故事的融合，也進而改變了「蛇妖惑男」型故事的敘事樣貌。故就本文的論述立場言，〈西湖三塔記〉的價值，正是使「蛇妖惑男」型故事在接受的過程中，因應其特有的時空特質，在原本人物情節較粗略的「蛇妖惑男」型故事雛形上添枝加葉，不但在表現形式上更加豐富完

整，亦將前述只具有普世意義命題的北方志怪故事，轉換敘事空間爲南方的杭州，從而賦予了故事強烈的地域性，並落地生根、脫胎換骨而成了最具有地域色彩的地方傳說。〈西湖三塔記〉具有「蛇妖惑男」型故事在傳播過程中的關鍵意義，成爲由雛形期過渡到成熟期作品〈白娘子永鎮雷峰塔〉的重要橋梁。

〈西湖三塔記〉目的在解釋西湖三塔地景之生成由來，其情節架構雖仍採取了「蛇妖惑男」型故事的敘事框架，但敘事目的既已轉向，則原本「蛇妖」與「色慾」之間的深層指涉因之徒具形式，而只能做爲強化人物具有性感魅力的效果。其援引了「三怪」型的人物結構與部分情節，使小說在敘述上彌補了「蛇妖惑男」型故事雛形期較爲單調的敘事視角，而企圖從人／妖身分的對立，帶出人性／妖性的對比，雖然仍是志怪筆法，並不企圖寓意任何深刻的人生課題，但卻使「蛇妖」由雛形期作爲慾望指涉的客體，未見其人物性格的主體性，至此反而得以成爲一個具有主體生命意義及行爲功能、足以與男主角分庭抗禮的獨立角色，對於「蛇妖惑男」型故事的敘事表現而言，是極具意義的。

整體而言，〈西湖三塔記〉對「蛇妖惑男」型故事的意義有三：其一，保留了雛形期所確立的蛇妖與色慾的符號性，及蛇妖誘惑男性以傷生害命的情節，接續了此故事型的承衍脈絡；其二，本篇吸收了「三怪型」故事的敘事元素以塡補調整雛形的粗略之處，使敘事形式更見豐盈；其三，小說的敘事空間與人物情節形成有機結合，從而強化了小說的獨特性。然而，由筆記傳奇到話本，由單一視角的道德訓誡到志怪敘事，〈西湖三塔記〉本身仍屬早期較樸素的話本作品及過渡轉化之作，其對「蛇妖惑男」型故事的特殊屬性雖已完成定位，但在敘事與人物方面仍有未盡精細深刻之處，此則有待完成期的〈白娘子永鎮雷峰塔〉來加以補充了。

(三) 完成期：〈白娘子永鎮雷峰塔〉

　　「蛇妖惑男」型故事的發展進入敘事形式的最後階段，開始擺脫純粹志怪思維，而朝向人情思考，故事內涵較為深化，情節更見完整曲折，人物形象開始朝圓形人物發展。其代表作即是收在《警世通言》第二十八卷〈白娘子永鎮雷峰塔〉。

　　關於〈白娘子永鎮雷峰塔〉的成篇年代，學者的看法並不一致。如胡士瑩《話本小說概論》（中華書局，1980年）第七章「現存的宋人話本」收入此篇，但程毅中《宋元小說家話本集》（齊魯書社，2000年）則不收此篇小說。概言之，主張〈白娘子永鎮雷峰塔〉為南宋作品者，乃根據小說中所提到的官職、杭州地區的里巷橋坊、乃至世情世相等，與《宋史·職官志》、宋元之際的筆記如《夢粱錄》、《都城紀勝》等記載相符，顯見敘事者熟悉宋元之際的宋代社會及杭州地區，並非後人捏造可得；而明田汝成，其說唱內容有「〈紅蓮〉、〈柳翠〉、〈濟顛〉、〈雷峰塔〉、〈雙魚墜〉等記」：

　　杭州男女瞽者，多學琵琶，唱古今小說平話，以覓衣食，謂之陶真。大抵說宋時事，蓋汴京遺俗也。……若〈紅蓮〉、〈柳翠〉、〈濟顛〉、〈雷峰塔〉、〈雙魚墜〉等記，皆杭州異事，或近世所擬作者也。

其中如〈紅蓮〉、〈柳翠〉、〈濟顛〉、〈雙魚墜〉等篇所指的大概是如〈五戒禪師私紅蓮記〉（收入《清平山堂話本》，疑即《喻世明言》〈明悟禪師趕五戒〉所本）、〈月明和尚度柳翠〉（收入《喻世明言》）、〈錢塘湖隱濟顛禪師語錄〉（收入《續藏經》）、〈孔淑芳雙魚扇墜傳〉（收入《熊龍峰刊行小說四種》）等宋元話本，則〈雷峰塔〉既在其列，應也是屬於宋元之作。但另一方面，學者也指出，〈白

娘子永鎮雷峰塔〉篇中出現「蘇州府」之名，而「蘇州」稱「府」乃明代才有；小說中所描述用銀的情形，也與明代中葉以後對於銀兩使用的普遍情形相合；且整體敘事表現與〈西湖三塔記〉相較，在情節及人物結構方面，確又較後者更為成熟。因此，比較持平的說法，應是〈白娘子永鎮雷峰塔〉的原本殆為南宋話本，但今僅見於馮夢龍《警世通言》，則應已經過明人改寫潤色。因此，不妨從程毅中先生的歸類。

如前述〈李黃〉、〈西湖三塔記〉等之歸類邏輯，本文亦是由後設的角度將〈白娘子永鎮雷峰塔〉歸納到「蛇妖惑男」型故事的承衍流變中加以檢視，但正如前二者的承繼關係，〈白娘子永鎮雷峰塔〉對〈西湖三塔記〉的吸收與加工亦可作如是觀。其與〈西湖三塔記〉在來源上實為兩個獨立的西湖傳說，但都套用了「蛇妖惑男」的母題來附會地景的形成，故從地域背景、情節結構，尤其男女主角方面，都表現出極大的相似性。〈白娘子永鎮雷峰塔〉之於〈西湖三塔記〉，二者之間並非直接的繼承關係，而是前者在原有的雷峰塔鎮妖傳說基礎之上，吸收了以〈西湖三塔記〉「蛇妖惑男」型故事為主的敘事特點，並融合了其他故事部分細節，使小說敘事現及內涵更為提升，而成為「蛇妖惑男」型故事完成期的代表作。

關於雷峰塔，南宋施諤《咸淳臨安志》載：

顯嚴院在雷峰塔，開寶中吳越王創皇妃塔，遂建院。後有雷峰庵，郡人雷氏故居。治平二年賜顯嚴額，宣和間兵毀，惟塔存。乾道七年重建。慶元元年塔院與顯嚴始合為一，五年重修。咸淳二年於峰頂創通元亭、望湖樓。（卷七十八）

雷峰塔在南山，郡人雷氏居焉。錢氏妃於此建塔，故又名黃妃。俗又曰黃皮塔，以其地嘗植黃皮，蓋語音之訛耳。（卷八十二）

可知雷峰塔乃自五代以來的西湖名勝，其毀壞與重建，歷經波折，這樣的身世，在民眾印象中必然充滿傳奇色彩與神祕感。雷峰塔與「三塔」自南宋以來即列於「西湖十景」之列，自南宋至晚明，亦即〈西湖三塔記〉與〈白娘子永鎮雷峰塔〉流傳的時代中，二地的湖山勝景，應是極為深入人心的。不過，從現實論，三塔與雷峰塔雖為十景中僅見的二處名塔，其實二者性質並不相同：三塔本作為界塔之用，並無宗教意味；雷峰塔則為錢俶為「敬天修德，人所當行……諸宮監尊禮佛螺髻髮，猶佛生存，不敢私秘宮禁中，恭率瑤具，創窣堵波於西湖之滸，以奉安之。」（錢俶〈黃妃塔記〉）所建的佛教功德塔。但在民間的附會流傳下，敘事者混淆了其原始用途，皆以之為鎮壓妖魅之用，因此，入於〈西湖三塔記〉者，收妖者既為道士，故小說最末由道士化緣建塔而成；而原本具有佛教意義的雷峰塔，在〈白娘子永鎮雷峰塔〉中，自然最後由和尚來主持建塔了。

至於雷峰塔與白蛇之關聯性，明代文人即已指出自宋代以來雷峰塔即有鎮壓白蛇的傳說，如明嘉靖間人田汝成《西湖遊覽志》卷三〈南山勝蹟〉：「俗傳湖中有白蛇、青魚兩怪，鎮壓塔下。」又同為嘉靖間人的吳從先《小窗自紀》卷四〈遊西湖記〉也提及：「南屏彗日，永明塔新。虞司勳、黃都水之大公德也。外為雷峰塔，宋時法師鉢貯白蛇，以塔覆之。」然而，由於上述說法都僅一語帶過，是否田汝成及吳從先所謂的白蛇被鎮壓於塔下即是前引《志餘》所提及〈雷峰塔〉的故事內容，而其內容就是蛇妖與年輕男子糾纏而被鎮壓於雷峰塔的情節，甚至就是〈白娘子永鎮雷峰塔〉的故事來源，則不可考。無論如何，雷峰塔既然成為說話的題材，可見在明代，與此地相關的傳說確是民眾喜聞樂聽的題材。此外，據傳「三潭印月」所指的三塔毀於元代，在明代天啟年間重建；而嘉靖三十四年（西元1555年），倭寇兵圍杭州，縱火焚燒雷峰塔，塔之木造部分付之一炬，僅剩磚砌塔身。《西湖遊覽志》及《西湖遊覽志餘》最早可見的版本為嘉靖二十六年刻本，可見其成書

年代，三塔已毀，雷峰塔則尚未罹火劫；即使嘉靖後雷峰塔木造部分已毀，然其殘垣「赤立童然，反成異致」（清陸次雲《湖壖雜記》「雷峰塔」），故明嘉靖之後關於雷峰塔鎮壓白蛇的說法，仍普遍爲大家所接受，甚至可能漸漸取代了三塔鎮妖的矚目性。故清《南宋雜事詩》卷三陳芝光「當壚鬼女貌如花」詩，自明代筆記如潘塤《楮記室》、吳從先《小窗自紀》輯出杭州的志怪傳說三則，其第二詩即是「聞道雷壇覆蛇怪」，詩後自註正是引前述《小窗自紀》法師鎮壓白蛇之說。則馮夢龍在編輯《警世通言》時，同爲宋元「三怪型」故事，馮氏選入了〈崔衙內白鷂招妖〉（卷十九）、〈福祿壽三星度世〉（卷三十九），卻捨棄了〈西湖三塔記〉，又另以同具有「蛇妖惑男」母題的〈白娘子永鎮雷峰塔〉爲第二十八卷，可能即與上述原因有關。透過馮夢龍的編輯潤色，「蛇妖惑男」型故事因之也在〈白娘子永鎮雷峰塔〉上獲得延續與充實。

　　〈白娘子永鎮雷峰塔〉開始部分乃敘述許宣因清明節共船借傘而結識白娘子、青青主僕二人。白娘子藉許宣討傘來訪時主動提親，許宣卻因白娘子所交付籌備婚禮之銀兩爲贓銀而吃上官司。後贓銀追回，白娘子主僕失蹤，許宣則判蘇州牢城營做工。敘事進入發展部分，許宣因姐夫打點人情得以保外住居，白娘子帶青青尋至蘇州，解釋原因，經旅店主人王公王婆從旁勸說，二人終於完婚。半年後，許宣於二月半佛祖涅槃日上街春遊，遇到終南山道士主動給符驅妖，當晚白娘子不但破解其符，次日還上街教訓道士一頓。至四月佛誕，許宣穿著白娘子爲其打點的新裝上街，卻爲捕快看出爲贓物而再度吃上官司。白娘子與青青再度失蹤，後贓物雖大致追回，但許宣再判鎮江府牢城營做工。白娘子重現鎮江，夫妻重圓。許宣攜白娘子拜見所任職藥舖之主人李克用。李克用有意染指白娘子，故於生日邀宴許宣夫婦，卻意外偷窺到白娘子原形而失態。白娘子藉機編謊，使許宣脫離李克用自立開舖。隔年七月，許宣去金山寺燒香，遇法海點破白娘子身分，白娘子與青青三度失蹤。小說

進入結束部分，兩個月後，許宣遇天下大赦，得以返回杭州姐姐家，白娘子攜青青追至杭州，並威脅強迫許宣就範。姐夫因偶然目睹白娘子原形，與許宣共議請了捉蛇戴先生企圖制伏白娘子，戴先生反被白娘子所現原形嚇得驚惶而逃。許宣自覺走投無路，本欲輕生，卻遇法海現身，並隨之至其家捉妖。在法海施法之下，白娘子與青青先後現出原形，並問出糾纏許宣原由。法海最後將白娘子與青青收於鉢內，鎮壓於雷峰塔下，許宣再化緣建成七層寶塔。許宣拜法海為師，最後坐化而去。

相較於〈西湖三塔記〉，〈白娘子永鎮雷峰塔〉雖然在人物與情節上複雜許多，敘事表現也相對更完整成熟——但其鋪陳白娘子三番兩次糾纏許宣，而許宣亦難以壓抑自己色慾，每每由怒轉喜而接納白娘子，因而兩度吃上官司；最後企圖擺脫白娘子時，則被白娘子以滿城人民性命為威脅——其敘事核心仍然建構在「蛇妖惑男」型故事的敘事母題之上。由樸素的、純粹志怪的〈西湖三塔記〉如何過渡到清代以後成熟的「（雷峰塔）白蛇」故事，〈白娘子永鎮雷峰塔〉實為居於二者之間的重要過渡，則其在敘事表現更為複雜的文本中，對小說的人物構設、情節穿插、乃至敘事內涵做了何種安排，這些構設對「蛇妖惑男」型故事的意義又是如何，正是以下要探討的重點。由於〈白娘子永鎮雷峰塔〉在人物構設——尤其是男女主角性格的刻劃，許宣的搖擺被動與白娘子的積極自主，二者不但形成強烈的對比，更引領諸多事件的發生，事實上，本篇的情節結構正是依男女主角的分合而推衍開展。因此，以下的分析策略將以人物分析為主，對照情節結構的推演，以探見這篇「蛇妖惑男」型故事完成期作品的里程碑意義。

由情節結構手法觀之，本篇小說開始部分乃自許宣與白娘子杭州結緣與議親寫起，發展部分則敘許宣與白娘子在蘇州、鎮江的完婚與分合，結束部分又回到杭州，敘述許宣與白娘子離而復聚，乃至白娘子為法海鎮壓、許宣出家的最後結局。可以發現，作為「蛇妖惑男」型故事完成期的代表作，與前朝故事相較，〈白娘子永鎮雷峰塔〉在人物動線

的開展上徹底擺脫了雛形期故事〈李黃〉的單線式結構，而繼承了〈西湖三塔記〉複式的結構方式，即小說情節乃依隨男女主角不斷的分合而推展，呈現出較豐富的情節面貌。在敘事空間上，〈白娘子永鎮雷峰塔〉更由前朝的單點（長安或杭州）構設方式，拓展了人物的行動空間，由杭州、蘇州、鎮江，最後又回到杭州，使前述的複式結構，呈現一迴圈式的樣態，整體結構更為緊密。對應敘事空間上的拓展，主角人物輾轉流動於不同城市之際，更插入了大量的配角人物，使小說的敘事風貌呈現出豐富的世態人情，表現出與前朝「蛇妖惑男」型故事近於志怪敘事全然不同的況味，也指向了雖然敘事表面乃欲解釋雷峰塔鎮壓白蛇的典故，但顯然敘事者欲藉此傳達更深刻的小說意旨。

　　作為「蛇妖惑男」型故事完成期的代表作，〈白娘子永鎮雷峰塔〉最大的價值當在於人物刻劃厚度的提升，並令志怪色彩濃厚的敘事傳統轉向人性思考的向度。在情節鋪敘的歷程中，穿插事件繁多，透過這些事件的發生，映襯出男女主角的性格對比，使男女主角不僅擁有鮮明的角色主體性，甚至敘述的重心更由前朝以男主角為主而逐漸轉移到白娘子身上。整體而言，〈白娘子永鎮雷峰塔〉的人物結構雖仍呈現妖／人的對峙，一方是女主角蛇妖白娘子與其婢女青魚精青青，另一方則是男主角許宣與一班蛇妖鎮壓者；此外，因為敘事筆調更面向社會人情，在上述二批立場鮮明的相對角色之外，還有第三方人物，周旋於前述二者之間，即許宣的家庭與社會關係。〈白娘子永鎮雷峰塔〉的人物關係雖仍建築在前述「蛇妖惑男」型故事的人物基礎之上，但或許是寫作條件更為成熟，因此在敘事空間、情節及人物結構，甚至敘事意涵上都產生了一些變化。其一，削弱了「妖」的組織性與群體性，不似〈李黃〉故事的一窩蛇或〈西湖三塔記〉的三妖，〈白娘子永鎮雷峰塔〉的蛇妖白娘子雖有青魚精青青為伴，但糾纏人間男子、面對各種鎮壓勢力，基本上都是白娘子個別面對，即使有青青陪伴其旁，後者並未扮演積極的功能，頂多只有白娘子、許宣夫妻齟齬時，為白娘子幫腔，從中勸說許

宣。小說既強烈刻劃白娘子的個別性與主體性，卻又刻意塑造其勢單力薄的處境，意味著敘事者對於白娘子的角色定位與投射寓意別有企圖心。其二，相對於主妖白娘子的孤軍奮戰，鎮壓者的角色則大幅增加。〈白娘子永鎮雷峰塔〉共有三位鎮壓者，其身分類型多元，極具鋪陳之能事，此三人即叫賣符水的終南山道士、民間的捉蛇者戴先生，以及真正的鎮壓者法海和尚，小說乃以前二者的無能襯托法海的法力高強。隨著終南道士的登場，也令白娘子的妖性逐漸顯露。但無論鎮壓的有效無效，敘事者藉著鎮壓者的陣容與白娘子的個別性形成強烈的對比，也藉著雙方的對峙與互動凸顯男女主角的性格差異。其三，在雛形期與發展期對於男主角的家庭與社會關係，鋪陳並不多，而男女主角關係建立的媒介則由配角妖擔任，如〈李黃〉（附李琯）中的阿姨與女奴，〈西湖三塔記〉的卯奴與婆婆；此則轉而由許宣的家人與其社會關係者所擔任，如許宣的姐姐與姐夫、許宣於蘇州與鎮江寄居處的主人家，及鎮江生藥舖主人李克用等。家庭與社會關係的擴寫，意味著小說擺脫濃厚的志怪色彩，而朝向更具「人情」的角度書寫這一段蛇妖與人的情愛糾葛。〈白娘子永鎮雷峰塔〉在人物方面的調整，不但指向敘事的企圖與前期小說的差異，也為清以後白蛇故事以敘寫愛情為基調奠定了基礎。

1. 男主角

男主角許宣，已由雛形期李黃、李琯、發展期奚宣贊的宦家子弟，成為民間的小老百姓，小說在開始部分即藉著對於許宣身世的描述建構了他行事抉擇的心理背景：

> 他爹曾開生藥店，自幼父母雙亡，卻在表叔李將仕家生藥舖做主管，年方二十二歲。

與「蛇妖惑男」型故事男主角一貫相同的是，許宣依然設定為年輕男性，但不再是生活無虞、遊手好閒的公子哥，而是父母雙亡、經濟窘

困、寄人籬下的單身漢，而這樣的設定使全篇的敘事筆調更貼近真實的社會生活，也使許宣與白娘子的相遇及其後的遭遇，充滿人情世態的描寫。秉持「蛇妖惑男」的基調，正值壯年的許宣對於美麗異性的抵抗力自然是比較弱的：

> 許宣平生是個老實之人，見了此等如花似玉的美婦人，傍邊又是個俊俏美女樣的丫鬟，也不免動念。

甚至因為清明當天的一番遭遇，身體內的賀爾蒙已然蠢蠢欲動：

> 到家內吃了飯。當夜思量那婦人，翻來覆去睡不著。夢中共日間見的一般，情意相濃，不想金雞叫一聲，卻是南柯一夢。

小說在此雖與雛形期色慾警誡的主旨遙相呼應，但並不落入道德訓誡的框架，而是企圖藉由許宣人性的顯露，引向小說真正敘事重點所在：對於白娘子人性與妖性的探討。

　　「年輕單身漢」的設定，使許宣色慾的蠢動顯得理所當然；經濟的困窘，則揭露了更多慾望的源頭，使人物的行為具有更多的現實性，而不只是抽象的道德議題而已。對許宣而言，身為許家的長子、獨子，已過弱冠，他開始意識到婚姻的必要性，也對於身負家族子嗣延續的責任充滿了使命感與焦慮感：

> 許宣如今年紀長成，恐慮後無人養育，不是了處。今有一頭親事在此說起，望姐夫姐姐與許宣主張，結果了一生終身也好。

這是許宣在白娘子提親之後歸家，請來姐姐、姐夫代為出面籌備婚事時的說法，這番說詞絕不是場面話，而是真實地透露出許宣埋在心底的隱

憂。白娘子主動邀婚，對許宣而言當然是一種很大的誘惑，何況當中還
有財色兼得的好處：

> 真個好一段姻緣。若取得這個渾家，也不枉了。

然而，這個需求又恰恰與自身當下條件、經濟困窘是相衝突的：

> 我自十分肯了，只是一件不諧：思量我日間在李將仕家做主管，
> 夜間在姐夫家安歇，雖有些少東西，只好辦身上衣服。如何得錢來娶老
> 小？

一個生藥舖的小主管，還寄住在姐姐、姐夫家，顯然其收入大概僅供自
給自足而已。之前清明共乘時白娘子自稱「白三班白殿直之妹，嫁了張
官人，不幸亡過了」時，得結識伊人，已是高攀了；及至目睹白娘子家
的布置是：

> 一所樓房，門前兩扇大門，中間四扇看街桐子眼，當中掛頂細密朱
> 紅簾子，四下排著十二把黑漆交椅，掛四幅名人山水古畫。對門乃是秀
> 王府牆……四扇暗桐子窗，揭起青布幕，一個坐起。卓上放一盆虎須菖
> 蒲，兩邊也掛四幅美人，中間掛一幅神像，卓上放一個古銅香爐花瓶。

則當更有艷羨之意。因此，白娘子提出婚姻之請，對許宣而言，當然是
意外的驚喜、不勞而獲的美事。更重要的是，當他在白娘子提親後尚且
猶豫再三，一旦看見白娘子爽快地交付一包五十兩的銀子予他籌備婚事
時，則一切條件似乎都向他顯示這椿婚姻的水到渠成，如何不欣然首
肯？

見色動念、見財起意，都是許宣慾望的訴求，但促使他急於下決

定、把握好姻緣的深層心理，未嘗沒有作爲一個成年男子當成家立業、傳宗接代的現實壓力。相較於雛形期及發展期的男主角，都是家境寬裕的仕宦子弟，故對於眼前的美豔蛇妖，不論是對容貌的誘惑、婚姻的邀約、性關係的發生，牽動的只是單純對於色的難以自持，人物的深度較爲不足；許宣慾望的流露與後續行爲的抉擇，除了如前二者男性的衝動外，還有來自外在的生活資源與大傳統傳宗接代觀念的壓力，使他的所作所爲，乃是多重因素交互作用所產生的結果，此不但使人物的呈現更貼近於現實而呈現圓形人物的特質，更使小說導向一個更近於人本問題的探討，而非只是抽象的道德議題的討論。

　　然而，許宣允婚的動機固然包含了經濟獨立與傳宗接代的壓力，使人物構設上呈現更多現實色彩，但使〈白娘子永鎮雷峰塔〉的敘事基調終究符軌於「蛇妖惑男」型故事，即許宣爲白娘子三番兩次吃了官司、受了懲罰之後，卻又於再見白娘子時屢屢轉嗔爲喜，彼此關係仍糾纏不清的根本理由，歸根到底，還是在於許宣對於「色」的意志力問題，而這又與他個性的搖擺不定有關。試看小說開始部分寫許宣面對白娘子的反應，由初會時所經歷的共乘與借傘，當晚回家晚上便有春夢，以至於第二天便「心忙意亂，做些買賣也沒心想」；一旦東窗事發，白娘子交付籌備婚禮的銀兩被證實爲邵太尉庫內失竊的贓銀，使許宣被逮入獄，發配蘇州牢城營。進入小說發展部分，接寫半年後白娘子尋來，二人重逢時，許宣的反應本是埋怨與拒絕：

　　「死冤家！自被你盜了官庫銀子，帶累我吃了多少苦，有屈無伸。如今到此地位，又趕來做甚麼？可羞死人！」……「你是鬼怪，不許入來！」

但經青青與房東店主人王公的居間幹旋，不但二人繼續同居，更完成了婚事，洞房之夜，無限旖旎：

白娘子放出迷人聲態，顛鸞倒鳳，百媚千嬌，喜得許宣如遇神仙，只恨相見之晚。正好歡娛，不覺金雞三唱，東方漸白。……自此日爲始，夫妻二人如魚似水，終日在王主人家快樂昏迷纏定。

然而，恩愛夫妻生活未遠，小說發展部分中，白娘子爲打點許宣門面，竟讓他穿了一身贓衣上街，導致第二次官司上身。但當衙役上前捉拿盤問時，許宣卻立即招出白娘子：「原來如此。不妨，不妨，自有人偷得。」待上到衙廳聽審，立即一五一十把妻子及住處招了出來，之前的夫妻恩愛似乎早已拋諸腦後。這次官司，則判許宣鎮江府牢城營做工，當許宣與白娘子鎮江重逢，其反應是極爲激動厭惡的：

許宣怒從心上起，惡向膽邊生，無明火焰騰騰高起三千丈，掩納不住，便罵道：「你這賊賤妖精，連累得我好苦！吃了兩場官事！」恨小非君於，無毒不丈夫。……許宣道：「你如今又到這裡，卻不是妖怪？」趕將人去，把白娘子一把拿住道：「你要官休私休！」

即使重逢時許宣態度如此惡劣，但經白娘子一番巧辯哄解之後，卻又重蹈蘇州覆轍，再度與白娘子重拾舊好：

許宣被白娘子一騙，回嗔作喜，沉吟了半晌，被色迷了心膽，留連之意，不回下處，就在白娘子樓上歇了。

對照之下，便可看出許宣個性的搖擺，總是傾向強勢的一方，自己毫無主見，是一個意志力軟弱的男人：慾望在前，他只能任其招喚，毫無招架的能力；面對危機，他又馬上可以放棄所謂「愛情」或「忠誠」，以自保爲要。因此，當在蘇州時，許宣參觀臥佛之後於街上遇到終南山道士，指出許宣有妖怪纏身，乃給符二帖以禁制白娘子，之前分明許宣已

與白娘子成親半年、如魚得水，當下卻能立即認同道士而自思「我也八九分疑惑那婦人是妖怪，真個是實」。歸家之後，果真照辦。但一旦為白娘子識破，許宣馬上撇得一乾二淨：「不干我事。臥佛寺前一雲遊先生，知你是妖怪」。白娘子次日上街教訓了終南山道士一頓之後，夫妻兩依然「夫唱婦隨，朝歡暮樂」。

而同樣的反覆軟弱，又在鎮江上演了一次。許宣與白娘子鎮江二度重逢，經歷了李克用事件後，白娘子且幫許宣開了自己的生藥舖，夫妻倆應該是相處得甚為相得，但在金山寺只因白娘子與青青行為不尋常，被法海喝斥：「業畜」，原本要隨白娘子招呼上船的許宣，立即見風轉舵，轉身尋求法海救援「告尊師，救弟子一條草命！」從其對自己生活的安排與選擇來看，許宣確實難以割捨色慾，總是拜服於白娘子裙下；但另一方面卻又屢屢聽信人言，出賣白娘子。許宣的性格懦弱，行為反覆，尤其嫌棄白娘子為妖與歡喜成家的表現，轉變過於快速，其中或當考慮小說畢竟仍源於宋話本，故難免有敘事者的技巧問題；但無論如何，敘事所呈現許宣的矛盾行為，不但使其與白娘子的關係一再面臨考驗，無疑地也是在挑戰白娘子的耐心，一旦耐心難以持續，白娘子的妖性便會逐漸顯露，最終造成了小說結束部分法海伏妖的理由。

許宣見色動心的形象，乃遠遠呼應「蛇妖惑男」型故事雛形期色慾薰心的李黃、李琯；其屢遭官司受罰，與後二者與蛇妖交接後的暴斃相較，由於敘事目的不同，其後果自然沒有那麼嚴重，但在「遭難」這點上，則有異曲同工之效；而與蛇妖的幾度離合，其歷程又與奚宣贊與白衣娘子的相遇雷同，但在關係的進階與當事人的心理變化方面，則見更為細膩的處理。整體而言，由雛形期的以男主角為核心，到發展期男女主角的比重相當，到本篇完成期藉許宣映襯白娘子，敘事的重心已有偏向以女主角為主的傾向，成為進入清代白蛇戲劇突出白娘子形象的重要契機。

2. 女主角

「蛇妖惑男」型故事雛形期的〈李黃〉篇中，因為敘事目的所致，蛇妖作為色慾的代言人，其人物形象除了美貌與白衣為其特徵，其他性格面目並不清楚，因此人物缺乏主體性。〈西湖三塔記〉接收「蛇妖惑男」型故事的敘事架構，但擺脫了前述文人視角的道德教訓，只以純粹志怪為敘事筆調，因此各個人物自有其主體地位，白衣娘子繼承了〈李黃〉篇中蛇妖的外在表徵，在性格方面則強調其妖性的顯露，雖有扁平化的傾向，但人物形象鮮明，其角色地位已足與男主角奚宣贊分庭抗禮。〈白娘子永鎮雷峰塔〉中的白娘子繼續在前人的基礎上深化其人格特質，而朝一圓形人物發展，展現人性與妖性的對峙拉扯，表現出較為豐潤的人物形象。

敘事者極力刻劃白娘子性的企圖心十分明顯，如小說開始部分女主角的出場便與前朝「蛇妖惑男」型故事極為不同，白娘子不需媒介人物勾引，她自己便不斷地製造機會，主動追求許宣。必須指出的是，這樣的安排固然強化了女主角蛇妖的主體性及性格色彩，伏筆了之後對許宣追求的鍥而不捨，使人物的主配角關係分工較為清楚，解決了前朝小說人物結構失衡的問題；但相對地，女主角的強勢作風，也降低了配角妖的功能，反而使青青的性格面目變得模糊。白娘子最不同於前朝「蛇妖惑男」型故事之處，正在於敘事者強化其人性的部分，最主要的刻劃，即在於白娘子對於愛情與婚姻的追求與執著。白娘子的出世與糾纏許宣的原因，要在小說的結束部分才得見端倪。當結束部分白娘子為法海禁制於缽盂之內時，白娘子招供其現身之因，不過是躲避風雨「因為風雨大作，來到西湖上安身」；偕同青青遊湖，也只是臨時起意，拖她作伴而已；至於糾纏許宣，更是因為「春心蕩漾，按納不住」——而這並非單純性的擾動，當中更有情意的盪漾，根據青青的說法，乃是「娘子愛你杭州人生得好，又喜你恩情深重」。白娘子避雨西湖，固然出於

生物求生的本能；但與青青夥伴關係的建立，是爲了彼此相依，而不是如〈西湖三塔記〉中白衣娘子與皀衣婆婆合作狩獵；對許宣的慕色與動心，更不同於〈李黃〉與〈西湖三塔記〉的蛇妖誘惑男性，乃是要將之生吞活剝，而是要滿足自我心靈。這些對於白娘子心理層次的塑造，都賦予白娘子濃厚的人性色彩。而〈白娘子永鎮雷峰塔〉寫白娘子的精彩之處，乃在於除於上述的人性顯露之際，敘事者仍不斷提點讀者：白娘子是妖；更在其妖性漸漸顯露之際，又令白娘子保持最後一絲未泯的人性。這樣的筆法，使一貫扁平形象的蛇妖提升爲具有圓形人物的色彩。

　　白娘子的人性主要表現在其對於愛情與友情的堅執，尤其不同於一般妖與人接近的目的，只在於「利己」，她更有諸多「利他」的行爲表現。就愛情而言，爲了追愛，白娘子一路追隨許宣足跡，由杭州到蘇州、到鎮江，乃至又回杭州，用盡各種身段，由小說開始部分借傘的製造機會、到主動提親，經歷小說發展部分蘇、鎮江的追隨，終於成親，以致結束部分的杭州攤牌，白娘子固然鍥而不捨地成就了自己的婚姻，但她更透過成就許宣來表達對許宣的愛意：提供金錢給許宣、爲許宣打點衣裝、爲許宣開創自己的事業。誠然，白娘子曾偷盜錢財衣物、對終南道士略施小懲、嚇唬捉蛇戴先生，這些行爲固然不正確，但在追求許宣的歷程中，卻也的確如其在小說結束部分對法海所強調的「不曾殺生害命」，其所作所爲，都是以鞏固愛情，乃至婚姻所作的努力。至於就友情而言，即使小說結束部分她已被法海禁制破功，「縮做七八寸長，如傀儡人像，雙眸緊閉，做一堆兒，伏在地下」，還不忘爲青青求情「他不曾得一日歡娛，並望禪師憐憫」──自己尚且不保，還不忘爲青青說話，相較於她爲愛情所作的各種努力多少有些自私的成分，這樣的情操更爲崇高，而表現出一種純然的人性光輝。

　　前述這些在愛情與友情方面等人性的表露，使白娘子絕不同於以往的蛇妖對於男性只有生物性獵食的純妖面目，而塑造出其亦妖亦人的複雜獨特形象。然如前所指出者，爲了強化白娘子的立體形象，則對比

上述人性的流露，敘事者亦從不避諱白娘子為妖的本質，處處提點讀者其妖性的蠢動。歸納小說所呈現的方式，其一，敘事者屢以怪異的舉動暗示白娘子的身分。如小說開始部分杭州初遇，贓銀事發，許宣被一班衙役押到白娘子住處緝拿原犯，到了白娘子住處，原來的雕梁畫棟，卻成了「坡前卻是垃圾，一條竹子橫夾著」的凶宅；上得樓來，則「樓上灰塵三寸厚」。而白娘子更詭異地在衙役向其扔擲酒罈後「只聽得一聲響，卻是青天裡打一個霹靂，眾人都驚倒了！起來看時，床上不見了那娘子，只見明晃晃一堆銀子。」消失不見。而進入發展部分的蘇州復合完婚後，白娘子不但預知般識破了許宣燒符禁制的企圖，更在次日上街當眾教訓終南道士：先是「只見白娘子口內喃喃的，不知念些甚麼，把那先生卻似有人擒的一般，讓他縮做一堆，懸空而起。眾人看了齊吃一驚」，然後再「噴口氣，只見那先生依然放下」。在鎮江金山寺岸前，不但在大風浪中駕船「飛也似來得快」，被法海喝斥後，更「搖開船，和青青把船一翻，兩個都翻下水底去了」。這些身段與法術，都具體點出白娘子不但為妖，而且具有法力高強的一面——但這樣的形象也未必憑空構想，如其中華廈實為廢墟的一段，與雛形期〈李黃〉一篇中李黃、李琯所拜訪豪宅而實為空園枯槐，在筆法上便頗有相似之處；描述白娘子所居之地有一股腥氣，也與〈李黃〉篇中僕人描述聞到蛇妖腥臊味有異曲同工之處。可見白娘子在形象中，實含有濃厚的「蛇妖惑男」型故事的基因。

其二，與前述筆法呼應的，是敘事者明確地以各種字眼點出白娘子是妖。如小說發展部分蘇州教訓終南道士事件，白娘子對終南道士興師問罪時，小說強調：「只見白娘子睜一雙『妖』眼」；小說結束部分許宣遇赦回到杭州，白娘子隨之而至，要脅許宣維持夫妻關係時，對著許宣「圓睜『怪』眼」出言恐嚇等。敘事者使用這些鮮明的字眼，明寫白娘子為妖的本質。然而最具有指標性的，是小說對於白娘子原形畢露的描繪。在傳統志怪敘事筆法中，鬼妖通常在小說最後才揭露其真實身

分，一旦現形，不是人妖（鬼）緣分終了，便是接近小說結束之際。〈白娘子永鎮雷峰塔〉卻一反傳統志怪寫法，不但在小說發展中段便讓白娘子原形出現，更三番兩次在不同情境下現身，其作意頗耐人尋味。白娘子的第一次現身是小說發展部分在鎮江李克用家中。李克用為許宣老闆，有意染指白娘子，故藉自己生日邀宴許宣夫妻。趁白娘子淨手時，跟隨偷窺，以便下手，卻不料一窺之下：

> 只見房中幡著一條吊桶來粗大白蛇，兩眼一似燈盞，放出金光來。

反差點把自己嚇暈。由事後白娘子的反應，「白娘子回到家中思想，恐怕明日李員外在舖中對許宣說出本相來，便生一條計……」此次的現形應是無心之舉，但已為日後的再次現形預下伏筆。白娘子的第二次現形，乃是小說結束部分許宣遇赦回到杭州姐姐家中，白娘子亦追隨而來，兩人在房裡言語不快，姐姐把許宣勸出房間，又讓姐夫一窺房裡究竟時：

> 見一條吊桶來大的蟒蛇，睡在床上，伸頭在天窗內乘涼，鱗甲內放出白光來，照得房內如同白日。

這次白娘子的原形，雖仍是在無心之下被他人窺見。但前番或因有了酒意而難以自持，此則心情不佳遂不加掩飾，可見白娘子在人性的矜持與妖性的壓抑上，二者天秤的平衡似乎已有所改變。許宣與白娘子關係的破裂，使白娘子對於愛情與婚姻的苦心經營已有不耐，不但使其妖性有蠢蠢欲動之勢，更在遭遇上姐夫與許宣找來的捉蛇戴先生時，十足爆發出來。這第三次的現形，白娘子乃是當著捉蛇戴先生原形畢露：

> 只見刮起一陣冷風，風過處，只見一條吊桶來大的蟒蛇，連射將

來，……且說那戴先生吃了一驚，望後便倒，雄黃罐兒也打破了，那條大蛇張開血紅大口，露出雪白齒，來咬先生。

白娘子毫不避諱、甚至刻意現形，顯見當下其妖性已然壓過人性，面對各種挑釁甚至打壓，她再也不願忍受。值得注意的是，白娘子的原形雖自小說發展部分即令李克用、姐夫李募事、乃至捉蛇戴先生在不同情境下被目睹，但卻從來不曾令許宣親眼所見；反而是許宣，自清明杭州初遇，白娘子固有許多怪異舉動，但其後者的說詞不也都一一為許宣所接受？而不論是與終南道士的萍水之緣、或來自李克用的指控、或法海的喝斥，許宣每每但憑人一面之詞，就聽信其言認定白娘子是妖，乃至一次又一次的試驗、背棄白娘子。在一般志怪小說的敘事潛規則中，妖、鬼與男性的關係如果是建構在愛情或婚姻之上，前者一旦現出原形，便是二者關係破裂、小說亦告終了的時刻。〈白娘子永鎮雷峰塔〉在小說中段便讓白娘子現出原形，不是敘事的疏忽，而是敘事者刻意埋伏的一條導火線，展現了白娘子人性與妖性的天秤衝突失衡的歷程。在敘事的發展部分涵蓋了蘇州與鎮江，是全篇事件最為繁多、篇幅最長的部分，白娘子只現出原形一次；但隨著小說進入結束部分，回歸杭州後，白娘子卻連續兩次現出原形。越近敘事結尾，白娘子現形越是頻繁，其中意義，正是敘事者讓讀者思索，是甚麼原因使白娘子的人性無法駕馭妖性，使後者蠢然欲動？

　　現身的頻率、時機意味著白娘子對於許宣的屢屢背叛，已經感到失望與失去耐性，正如其對許宣與法海所自承「我和你許多時夫妻，又不曾虧負你」、「我與你平生夫婦，共枕同衾許多恩愛，如今卻信別人閒言語，教我夫妻不睦」、「一時冒犯天條，卻不曾殺生害命」，白娘子單純地只想維護她的婚姻與愛情，許宣卻屢屢聽信人言而對白娘子下手，憤怒與不滿使白娘子漸漸失去理性，因此在與許宣攤牌時，才會說出：

　　小乙官，我也只是爲好，誰想到成怨本！我與你平生夫婦，共枕同衾許多恩愛，如今卻信別人閒言語，教我夫妻不睦。我如今實對你說，若聽我言語喜喜歡歡，萬事皆休；若生外心，教你滿城皆爲血水，人人手攀洪浪，腳踏渾波，皆死於非命。

如此恐怖的威脅，是來自於自己原始獸性的顯露或是爲愛情的背叛所激發？這正是敘事者企圖引領讀者去尋思的，而其答案十分明顯。

　　白娘子妖性與人性並存，其爲愛所做的努力固如前述，但細辨之，其所採取的卻又是異於常人的實行方式，這正是敘事者寫其妖性的第三種手法：如她爲許宣備辦的金錢與衣裝，全都是偷盜而來；爲了挽住許宣，她屢屢說謊；最後爲挽回許宣，不惜以全城性命作爲威脅。凡此種種，行爲動機雖基於對愛情與婚姻的追求與鞏固，但做法卻是違背社會道德認知的。敘事者藉種種違背道德思維的行爲既藉以提點白娘子的妖性思維，更是藉此凸顯其人性與妖性並存的矛盾；而當矛盾形成了心理衝突，人性追求再也無法說服妖性思維，則妖性將逐漸顯露，而引出了欲將除之而後快的鎮壓者。

　　但是，當白娘子妖性盡顯，甚至被迫在許宣前面現出原形時，敘事者卻又令白娘子堅持最後一絲人性。當小說將近尾聲，法海飭令她現出原形時：

　　白娘子不肯。禪師勃然大怒，口中念念有詞，大喝道：「揭諦何在？快與我擒青魚怪來，和白蛇現形，聽吾發落！」須臾庭前起一陣狂風。風過處，只聞得豁刺一聲響，半空中墜下一個青魚，有一丈多長，向地撥刺的連跳幾跳，縮做尺餘長一個小青魚。看那白娘子時，也復了原形，變了三尺長一條白蛇，兀自昂頭看著許宣。

白娘子不願在許宣面前現形，以及現形之後還昂頭看著許宣，都顯示了

到了最後關頭，她仍矜持著自己在許宣心目中的美好形象、眷戀著她與許宣的一段情緣，由這點來說，白娘子的人性畢竟還是戰勝了妖性。在小說後半段，儘管白娘子的妖性已漸漸壓過人性，在她心底，其實仍存有人性的餘暉，支持這點餘暉不盡的，便是對「情」的眷戀，而其中包含了友情與愛情。

妖性與人性同時並存於白娘子身上內心，其外形為人時，內心猶有妖的思維；但即使被迫現形，卻仍保有人性不泯。敘事者藉此巧妙地寫出白娘子人性與妖性糾纏、難以遽分的複雜面，在人物型的塑造上，已超出了前朝「蛇妖惑男」型故事中蛇妖的模糊不清或過於刻板的形象，而賦予了人物深刻的靈魂，也吸引讀者為其惋惜——這樣的矛盾與衝突，使白娘子呈現出極為立體的人物形象。清以下，更進化為一位有情有義的女性了。

3. 其他人物

作為「蛇妖惑男」型故事完成期的代表作，〈白娘子永鎮雷峰塔〉的人物結構中，除了男女主角外，更增加了大量的配角人物，如下表所示[④]：

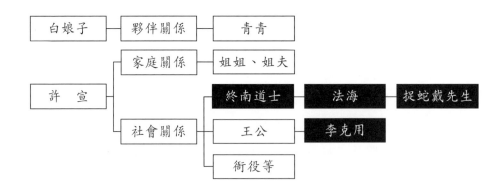

---

④ 僅列出主要人物，反白者為針對白娘子之鎮壓者或破壞者。

可以看出，自女主角白娘子人際關係所衍生的配角只有青青一人，彼此雖以主僕相稱，實屬於夥伴關係，其角色意義乃作為女主角的輔助者。大量配角人物乃大部分衍生自許宣的人際關係，甚至後者更有將近一半為白娘子的鎮壓者或企圖不軌者。配角性質的差別比例，使妖／人的勢力益見懸殊，也更加凸顯出白娘子混跡人間的勢單力孤。

至於因應許宣人際關係而衍生的配角群，其一為家庭關係，一為社會關係。就家庭關係言，即為許宣的姐姐、姐夫，其角色意義在於襄助許宣生活。雛形期「蛇妖惑男」型故事中，在結束部分，小說固然安排了兩位男主角的家人與僕人，但是其功能只是二位男主角暴斃後，藉其對話以補敘二位男主角受誘惑的經過或引導出最後的結局，人物本身對於男主角與蛇妖的互動並無積極的作用。發展期的〈西湖三塔記〉亦然，奚宣贊亦有老母，除了與奚宣贊搬家以躲避白衣娘娘與皂衣婆婆的糾纏，其餘並無太多功能可言；奚真人雖設定為男主角的叔叔，然其「家人」的性質其實並未充分發揮，只是藉此帶出其鎮壓者的身分。〈白娘子永鎮雷峰塔〉則在前述基礎上強化了這些配角的功能，許宣的姐姐、姐夫，不僅作為許宣經濟條件、心理活動重要的背景人物；在具體功能方面，亦是許宣生活上重要的襄助者；而對於許宣與白娘子的婚姻，姐夫尤其是重要的關係人：他既是造成許宣與白娘子議親破局的關鍵者，也因為目睹白娘子原形，偕同許宣找了捉蛇戴先生，間接具有了白娘子鎮壓者的性質。可以說，許宣的家庭關係在小說中直接影響了許宣與白娘子的分合，有著十分鮮明的功能性，並非僅為聊作點綴而已。

至於許宣的社會關係，又可分為幾個層級：其一，為萍水相逢之人，但都扮演著白娘子鎮壓者的角色，分別為終南道士、法海、捉蛇戴先生，其角色功能正來自前朝「蛇妖惑男」型故事妖之鎮壓者的基礎，且由單人擴寫為三人。其中最值得注意的當然是法海，其與青青分別扮演了白娘子的鎮壓者與輔助者的相對性角色，這樣的人物結構關係正來自發展期所呈現的人／妖對峙的結構。其次為與許宣有傭雇或租賃關係

的人物，其或作爲介入許宣與白娘子婚姻者，如李克用；或作爲牽合二人婚姻的媒介，如蘇州與鎮江兩地的房東王公。最後一層級的配角，大致如衙役、蔣和等，多半作爲情節片段穿插點綴的角色，其中除了杭州衙役之外，幾乎與白娘子沒有互動，功能有限。凡此，不論家庭或社會關係，這些次要的配角人物其實都具有不同程度的功能任務，協助推動小説敘事的進行，使白娘子與許宣的婚姻與愛情，乃是眞眞實實發生在現實生活中的一個事件，充滿了現實與人情的描寫。整體而言，〈白娘子永鎮雷峰塔〉敘事技巧已較前人提升許多，故情節與人物都較爲豐富繁多，尤其配角人物與雛形期與發展期的作品相較，質與量都不可同日而語，也是小説的體質由純粹志怪轉變成具有世態人情的況味，更貼近讀者的生活經驗。以下僅就最重要的配角人物法海與青青加以分析，以與前朝作品有所對照。

先論法海。法海的角色乃繼承自發展期的「蛇妖惑男」型故事在女主角蛇妖與男主角文弱書生之外所發展出的新角色，即鎮壓者。然而不論〈西湖三塔記〉或〈洛陽三怪記〉等三怪型故事，其中的鎮壓者皆屬清一色的道士；〈白娘子永鎮雷峰塔〉呼應此角色的原始設計，在小説第一個登場的便是終南道士，其未必無道行，否則如何能準確道破許宣爲白娘子所糾纏？只是其修行畢竟無法與修練千年的蛇妖角力，因此最後只有自取其辱，不得不把眞正的鎮壓權轉移到佛教人士的法海手上。或有論者認爲法海成爲眞正終結白娘子命運的鎮壓者，反映了敘事者重佛貶道的心理，實則白娘子戲弄茅山道士的情節，與〈福祿壽三星度世〉中白衣女子當街懲罰道人的情節極爲類似，而後者乃經學者認爲屬南宋話本，其與〈白娘子永鎮雷峰塔〉分別爲馮夢龍收入《警世通言》第三十九卷及二十八卷，則不得不令人懷疑二者之間是否有情節借鏡上的關係。然而〈福祿壽三星度世〉最後仍由道教人物的福祿壽三星出面收服了三怪，白娘子既已有明人潤色痕跡，小説爲了增加情節的熱鬧，吸收了民間敘事慣以「三」爲基數構設情節的特色，而將發展期「蛇妖

惑男」型故事的唯一鎮壓者擴寫爲三位，敘事者刻意以道、佛、俗三個
向度安排鎮壓者的身分屬性，捉蛇戴先生所呈現出的丑角形象，正是作
爲道士與和尚等宗教人物之間的穿插點染，便可見敘事者對於小說敘事
藝術的經營有其用心處。因此爲了避免人物性質的重複，第一位出場者
既已繼承自傳統的道士身分，則將終結蛇妖者改爲佛教人物，未必無小
說敘事效果的考量。何況在馮夢龍的「三言」中，寫高道事蹟（如《喻
世明言》〈張道陵七試趙昇〉、《警世通言》〈旌陽宮鐵樹鎮妖〉、
《醒世恆言》〈呂洞賓飛劍斬黃龍〉等）、修道成仙（如《醒世恆言》
〈杜子春三入長安〉、〈李道人獨步雲門〉）等亦不乏其篇，可見馮夢
龍對於道教人物並無特別立場，則鎮壓權由佛教的法海執行，實不必牽
涉宗教勢力消長的問題，佛道之爭之說似可存疑。

　　其實，法海作爲三位鎮壓者的權威代表，其出場方式與〈西湖三塔
記〉的奚眞人略有雷同之處。奚眞人的正式出場發揮角色功能雖在小說
結束部分，但其在小說一開始即爲敘事者所提及：「又有一個叔叔，出
家在龍虎山學道」，頗有爲後來收妖預作伏筆的味道。法海的第一次出
場亦是驚鴻一瞥，其乃在小說發展部分的鎮江部分，寫法海在鎮江金山
寺的熙攘人群中，主動發現了許宣的不尋常處，不但當面戳破了白娘子
與青青的身分，他對許宣的叮囑「這婦人正是妖怪，汝可速回杭州去，
如再來纏汝，可到湖南淨慈寺裡來尋我」，更預告了後來杭州收服二妖
的結局。相較於其他二位鎮壓者不同程度的無能，以致白娘子敢當面挑
釁，不是當街令其出醜、就是乾脆現出原形嚇退。法海的形象則威嚴高
大：由外表看，小說先強調其乃「眉清目秀，圓頂方袍，看了模樣，確
是眞僧」；而其出現不但造成白娘子的退縮逃避，不惜在鎮江滔天巨浪
中水遁而去；法海的法器鉢盂，即使藉許宣之手先行禁制白娘子，亦能
發揮其效，令白娘子難以招架，要求許宣「略放一放」；更不用說最後
親自銷解了白娘子法力，先是使揭去鉢盂後的白娘子「縮做七八寸長，
如傀儡人像，雙眸緊閉，做一堆兒，伏在地下」，最後更喝令白娘子與

青青現出了原形。呼應其法力的高大，小說亦寫其除妖意志之堅、與同情心之寡，絲毫不理會白娘子的求情，強勢地逼令白娘子及青青現形。凡此描繪，固然使法海的形象相較於奚眞人，以及其他三怪型故事中的道士鎭壓者更爲清晰鮮明，但不容諱言，亦使法海有扁平人物的傾向。這樣的絕對性格，導致了清代以後在普遍同情白娘子的心理下，反而將法海的強勢逼人扣上了私怨報復的負面形象，使這位在「蛇妖惑男」型故事中形象高大的鎭壓者，進化到白蛇故事中時，反成了心胸狹隘的小人了。

　　至於青青，作爲白娘子的夥伴，揉合了〈西湖三塔記〉皀衣婆婆的角色功能與卯奴的外在形象。但由於白娘子的形象構設，已脫離噬血妖怪，而朝向人情面書寫，連帶的青青的角色一反皀衣婆婆爲虎作倀、助紂爲虐的負面意義，僅扮演陪伴白娘子，甚至許宣與白娘子齟齬時打圓場的潤滑劑。就角色功能的積極性而言，實不如皀衣婆婆般具有積極性與侵略性，而較貼近於雛形期〈李黃〉篇中所見袁氏之姨，其作爲與法海在配角地位的對比者，青青的角色地位與功能不但有弱化的傾向，其面目性格其實亦顯模糊。不過，白娘子爲法海被迫現形前爲青青求情之語「他不曾得一日歡娛」，是很耐人尋味的，如〈西湖三塔記〉皀衣婆婆屢與白衣娘子分食所誘騙男子的心、肝，則白娘子此語是否暗示與許宣的婚姻關係中，原擬青青也欲分一杯羹？今日所見〈白娘子永鎭雷峰塔〉固然已無法根據文本尋索白娘子口出此語的原因與指涉，但卻予後代留下無限想像空間：同樣是修練多年的妖，似乎也同樣感到孤單（因此才會被白娘子拖了作伴），青青實應擁有更個人的情感思維、更立體化的性格設置。因此，清代以降的白蛇故事中，青青的性格被予以強化，而展現出與有情有義白娘子呼應的忠僕形象；甚至，現代小說家如李碧華的小說《青蛇》，更針對青青的人物性格與情節而另起爐灶，專筆探討白蛇故事中青蛇的愛惡之情。

　　隨著小說敘事技巧的演進，〈白娘子永鎭雷峰塔〉的配角人物不但

各有功能，且各有其面目性格，或許有的人物未臻完善，仍偏近於扁平人物的敘寫，然而已成爲敘事歷程中不可或缺的有機角色，不僅使「蛇妖惑男」型故事由雛形期的道德載體，發展期的純述志怪，至此乃呈現生動現實、充滿人間況味的世情描寫，雖然仍不脫志怪色彩，但男主角的現實性格、女主角的人性／妖性衝突，以及諸配角的圍繞幫襯，不同層級人物的緊密結構，乃使完成期「蛇妖惑男」型故事呈現出較深刻曲折的意蘊，引發讀者對於人性的問題進一步的思考。

4. 小結

〈西湖三塔記〉與〈白娘子永鎮雷峰塔〉雖然都是以西湖名塔爲敘事空間的「蛇妖惑男」型故事，但由篇名觀之，二者在敘事動機上已有很大的不同。前者構詞重在地景來源，後者則顯然重在白娘子的遭遇，這樣的差異性說明了前者雖套用了志怪敘事的框架，其實意在解釋地景名詞；後者則顯見以人物命運爲主體，地理空間不過爲其背景，故表現出探討人情的企圖。敘事目的的改變，使完成期的〈白娘子永鎮雷峰塔〉已非全然志怪之作，而是具有世情小說的況味，預告了清代以後發展成熟的「白蛇」故事以寫「情」爲主的發展方向。

然而，不能忽略的是，〈白娘子永鎮雷峰塔〉在結尾部分錄了兩首詩，第一首是法海收服白娘子與青青後的偈詩：

奉功世人體愛色，愛色之人被色迷。心正自然邪不擾，身怎忽有惡來欺？但看許宣因愛色，帶累官司惹是非。不是老僧來救護，白蛇吞了不留些。

其次，則是許宣隨法海出家，最後坐化而去前吟詩一首：

祖師度我出紅塵，鐵樹開花始見春。化化輪回重化化，生生轉變再

生生。欲知有色還無色，須識無形卻有形。色即是空空即色，空空色色
要分明。

上引兩首詩很明顯仍帶有「色慾害人」的指涉，雖然前文已強調「蛇妖
惑男」型故事中各篇文本之間本爲各自獨立的篇章，而〈白娘子永鎭雷
峰塔〉在敘事表現的重點上已將人物聚焦於白娘子身上，其內涵亦著重
人性與妖性的辯證，與雛形期的〈李黃〉、發展期〈西湖三塔記〉產生
很大的差異。然而，由前引二詩來看，儘管本篇敘事內涵已大爲轉向，
但「蛇妖惑男」母題中，白蛇作爲色慾符號的深層結構卻依然發揮其影
響力，使小說結尾仍不免與自雛形期以來即強調「色慾害人」的主旨遙
相呼應。由此點來看，「蛇妖惑男」型故事各篇雖爲獨立發展，但在共
同母題的影響下，後來作品無形中仍很難不爲前朝作品所浸潤；清以後
「白蛇」故事誠然乃自〈白娘子永鎭雷峰塔〉脫胎而來，但後者對於
「色慾害人」的焦慮感，使〈白娘子永鎭雷峰塔〉仍應歸屬於「蛇妖惑
男」型系列故事。此外，試觀方培成《雷峰塔傳奇》第二出「付缽」藉
法海之口點出白蛇與許宣遭遇時，雖仍不免先念了「空即是色，色即是
空」八字，但卻將二人在人間一段遇合解釋爲「宿緣」所致；而最後一
出「佛圓」的〔尾聲〕：

　　歎世人盡被情牽挽，釀多少紛紛恩怨。

更將白蛇、許宣一段姻緣歸結爲「情」的羈絆所致。甚至將白蛇釋放出
雷峰塔時，天將接引許宣與之相見，更有一大段宣旨：

　　……咨爾白氏，雖現蛇身，久修仙道。堅持雅操，既勿惑於狂且；
教子忠貞，復不忘乎大義。宿有鎭壓之災，數不過於兩紀。念伊子許士
麟廣修善果，超拔萱枝，孝道可嘉，是用赦爾前愆，生於忉利。自此洗

心回向，普種善因，可成正果。使女青兒，頗明主婢之誼，不以艱危易志，亦屬可矜，並濯厥辜，相隨前往。於戲，佛道宏深，初不外於倫理；女身垢穢，本無礙於利根。爾其勉旃！善哉謝恩。

而法海也勸勉二人「少年一段風流事，只有佳人獨自知。你兩人的情事，都放下不用說了。」可見清代「白蛇」故事的立場不但偏向白蛇，更未將白蛇妖視為「色慾」符號而存在「色慾害人」的焦慮感，反而對二人一段情緣，在「宿緣」的前提下予以寬容憐憫。其立場與「蛇妖惑男」型系列故事不僅截然不同，甚至相當程度肯定白蛇對於「情」的執著，這些詮釋角度與所展現出的價值意識，與〈白娘子永鎮雷峰塔〉有著極大的差異。

敘事表層人物結構方面人／妖分際的鮮明區隔，以及深層結構中對於色慾的焦慮感、人／妖分際混淆的恐懼，正是「蛇妖惑男」型故事與「白蛇」故事最大的差異所在，而〈白娘子永鎮雷峰塔〉正扮演了由前者較原始樸素思維過渡到較後者人文人性傾向、承先啟後的重要橋梁。

三、結論：「蛇妖惑男」型故事的敘事承衍意義

「蛇妖惑男」型故事由唐代雛形期的〈李黃〉，經發展期的南宋話本〈西湖三塔記〉，到完成期明代的〈白娘子永鎮雷峰塔〉，形成了一系列「蛇妖惑男」型故事。由各篇的來源來看，實為各自獨立發生的文本；但由敘事母題的承衍角度觀察，上述作品在呼應各自的敘事目的之餘，皆不約而同採用了「蛇妖惑男」的故事母題，甚至採用了前朝類似故事的敘事手法又加以變化補充，因而形成了系列故事異中有同的現象。前後朝文本的出現與敘事樣貌的形成，雖並非來自垂直的繼承，但既採用了相同的敘事母題，雖然因為後來作品之敘事者多屬民間無名文人，無法證實其確實吸收了前朝作品，但透過文本比較與歸納，此系列

作品在敘事文本之人物及情節構設上實有極大的雷同之處，則由後設角度來說，這一系列由唐到明的文本仍具有系列性意義，而這也是「蛇妖惑男」型故事與其他具有主題類型意義的小說最大不同之處。

這一系列具有相同血緣的「蛇妖惑男」型故事，各篇的藝術成就與蘊意深淺雖有參差，即使可能為最晚成形的〈白娘子永鎮雷峰塔〉，小說的敘事藝術仍未臻完善。雖然較之於可確定完成於宋元之際的〈西湖三塔記〉，本篇在人物的立體度、情節的結構性，以及小說內涵的深刻性上已有明顯的進步；但相較於「三言」中可確定為馮夢龍之作的篇章（如〈蔣興哥重會珍珠衫〉）在語言書寫與敘事技巧等方面的成熟表現，〈白娘子永鎮雷峰塔〉在語言與人物構設方面，仍保留了相當民間說話人的敘寫風格，流露出一定程度的樸實色彩。因此此系列故事最重要的意義，實是做為清以後雷峰塔「白蛇」故事雛形的完成，使後者得以在前人累積的基礎上開展出更成熟的藝術成就。則觀察「蛇妖惑男」型故事的承衍歷程，對於理解譽為中國四大傳說之一的「白蛇」故事的形成與來歷，自有其研究上的價值。

「蛇妖惑男」型故事的源起乃奠基於傳統社會生活中對於「蛇」的熟悉與恐懼，進而提煉成為文化中具有強烈特質的一組符號。其與六朝志怪思維結合，展現了多樣化的敘事面貌，但不論著重其生物原形或表現為象徵符號，都不同程度地反映了敘事者對於人類生活、生命的思考。六朝志怪敘事中所出現的物類固然品類繁多，但如「蛇」兼具具體寫實與抽象符號面貌等多重性質者，卻不多見；加上在更久遠的神話思維中，「蛇」又具有「生殖」的符號意義，則其既神祕又熟悉的特質，正是後來「蛇妖惑男」母題成立的深層思維，也是系列作品一開始便以之為「性慾」代言者的最主要原因。

「蛇妖惑男」型故事的系列作品，其本身的藝術性誠然並未臻極致，然而，觀察此系列作品在母題接受的歷程中，敘事者、文學條件與敘事文本表現的微妙關係，依然有其本身的價值意義在。對應系列作品

之始的〈李黃〉，受到其敘事者男性本位的視角及敘事目的所影響，首先確立了「蛇妖」等於「性慾」或「色慾」的敘事主軸，並在敘事表現上加以貫徹，敘事者透過女主角妖性的恐怖效應甚於其人性的美豔外表，強調男性沉迷蛇妖美色而慘遭不測的下場，企圖用恐嚇的手法來警告讀者色慾的可怕。雖然在情節結構方面初步樹立了「蛇妖惑男」型故事的大致模型，卻使理應與人類男主角比重等量齊觀的蛇妖女主角失去其主體地位，淪為男性視角下徒具工具功能的客體。到了〈西湖三塔記〉，敘事者身分由文人下降到民間，其對於前者作為道德載體的敘事目的失去興趣，只單純藉此敘事架構作為地景成立的解釋。這樣的敘事動機使「蛇妖惑男」型故事脫離了藉志怪以討論普世道德議題的文人藩籬，使敘事空間與整體敘事做了有機性的結合，具有鮮明的空間意義。雖然「蛇妖」等於「性慾」或「色慾」的人物符號性依然未變，但因「蛇妖惑男」的敘事母題的運用轉而架構在單純的志怪敘事之上，反而使蛇妖的角色定位重回敘事舞台的中央，開始見其個性、為己發聲，其比重足與以男主角相提並論。類似的敘事目的與手法的運用，又重現於〈白娘子永鎮雷峰塔〉。雖仍循類似構設路徑，運用了「蛇妖惑男」的故事母題以解釋杭州地景雷峰塔的來歷，但敘事條件的成熟與敘事者的自覺性，使本篇顯然不甘於舊瓶裝舊酒，而是企圖更深刻地挖掘志怪事件背後人性與妖性的糾葛，因而提升了本篇人物的質感與小說的深度，甚至，使原本〈西湖三塔記〉因為過於濃厚的解釋性而犧牲了人物的立體性，因為小說敘事觀念的進步，其解釋地景的敘事動機已退居背景，而突出了故事中較深層的人性與妖性的哲學式思考，使本篇具有更濃厚的人情意蘊。〈白娘子永鎮雷峰塔〉無論在敘事內涵、人物與情節構設等表現上，已由最初的以志怪包裝議論、到單純志怪敘事，至此已蘊涵濃厚的世情況味，尤其女主角白娘子困頓掙扎於自己由體內到外表、人性與妖性幾乎勢均力敵的拔河，更使其成為敘事的焦點，後世雷峰塔「白蛇」故事的雛形已然清晰可見。

　　「蛇妖」等於「性慾」或「色慾」的主軸自唐至明的敘事中始終未變，但其究係單純的道德訓誡或藉以為思考人性的出發點，卻因為接受「蛇妖惑男」母題的敘事者不同的思維及當時小說敘事的不同條件，而有極大的差異性。「蛇妖惑男」型系列故事固然作為雷峰塔「白蛇」故事的前行研究而益凸顯其研究價值，但觀察古典小說敘事母題接受歷程中，各文本如何縱向或橫向、直接或間接受到其他作品影響而成就，甚至進化自己的敘事表現，「蛇妖惑男」型系列故事本身仍是一組極具典範意義的樣本。

第三章　威權與愛情的悲歌

　　──「韓憑夫妻」型故事

一、前言

　　古典小說的愛情故事中，往往以未婚男女的悲歡離合作爲敘事的梗概，即使最後有情人終成眷屬，男女主角也成爲夫妻，但「夫妻關係」仍附屬於未婚男女愛情故事的延伸。小說一開始即以夫妻關係現身，並敘述其鶼鰈情堅者，實不如前者頻繁。其中原因，或者受傳統對於「婚姻」意義的定位，將兩性的結合重在家庭及繁衍的功能性，如《禮記·昏義》：「昏禮者，將合二姓之好，上以事宗廟，而下以濟後世也。故君子重之」。而夫妻關係，自漢朝開始，即傾向將其定位在「義」的結合基礎，如《列女傳·黎莊夫人》：「夫婦之道，有義則合，無義則去」、《漢書·匡張孔馬傳》：「夫婦之道，有義則合，無義則離」，又《太平御覽·大理卿》：「（司馬）光以爲夫婦之道，有義則合，無義則離」。「夫妻以義合」的概念亦明載於律法之中，如《唐律疏議·戶婚》：「夫妻義合，義絕則離」，更是透過律法而將夫妻關係固定化。影響所及，在日常生活中，妻子的形象似乎只與家庭義務有關，而少有浪漫激情之想，如《顏氏家訓·治家》：「婦主中饋，惟事酒食衣服之禮耳」、《幼學瓊林·女子類》：「婦主中饋，烹治飲食之名」；這樣的期待投射於古典小說中，便是男性在邀婚議婚之際，往往稱娶妻爲「主中饋」。如此，夫妻關係雖有律令的合法性作爲其保障，其內在卻充塞著義務的實踐與功能的運作，對於如此理所當然的人倫關係，遂缺乏浪漫的期待。

　　在這樣的既定印象下，古典小說中關於夫妻深情的敘事，便顯得彌足珍貴，其中「韓憑夫妻」型故事的敘事文本樣本雖不多，卻是少數在承傳歷程中形成模式化的一組故事型，則敘事者如何闡述夫妻關係、情感及其生命中的危機？不同身分的敘事者對於韓憑夫妻命運的敘事角度是否有所不同？其間的同異又體現了何種意義？凡此，都值得深入研究。

二、「韓憑夫妻」型故事在歷代的敘事承衍變化

　　「韓憑夫妻」型故事的敘事文本篇數並不多，主要原因是其故事在魏晉流傳時，乃是作爲解釋地名物種來源的背景資料，並不以人物遭遇爲主要敘事目的；到唐代，則成爲詩歌典故由來，韓憑夫妻的遭遇凝練成夫妻深情的代名詞；後者對於故事的運用方式成爲模式，遂使「韓憑夫妻」的符號性較其敘事更爲鮮明強烈，因此後世對於敘事本身的轉寫傳鈔並不頻繁。即使如此，「韓憑夫妻」型故事在敘事文本層面仍有可觀之處：透過事件堆疊與人物互動的描述，一方面，它彰顯了在傳統社會中個人愛情面對霸權掠奪時，前者所展現對於身體自主權的無奈、與其內在強大意志所形成的反差；另一方面，在幾篇較完整的敘事文本中，透過敘事者不同的階層身分，也可以對比出文人與民間對於上述課題不同的思維，從而一窺雅俗階層對於威權與私情這個普世性議題的不同態度。因此，雖然敘事形式的「韓憑夫妻」型故事文本量並不多，仍值得深入探究。

　　「韓憑夫妻」故事的敘事文本在魏晉以前大抵簡略。如魏《列異傳》（見唐《藝文類聚》卷九十二「鳥部下」「鴛鴦類」引）只有短短三十多字：

　　宋康王埋韓馮夫妻，宿夕文梓生，有鴛鴦雌雄各一，恒棲樹上，晨夕交頸，音聲感人。

《列異傳》最早見於《隋書・經籍志》史部雜傳類，題魏文帝撰（新舊《唐書・藝文志》則著錄爲張華撰）。無論作者爲誰，由於《列異傳》多記漢代以來之事，故可以推測韓憑夫婦故事於東漢時期應已廣泛流

傳，而這點也可由出土簡牘獲得證實[1]。但此篇敘事極爲簡略，且作者的重點完全置於文梓、鴛鴦的相關描述，對於韓憑夫妻的遭遇僅粗略帶過而已，無法一窺韓憑夫妻遭遇的曲折婉轉之處。

「韓憑夫妻」型故事情節、人物具有較完整面貌者，當見於東晉干寶《搜神記》。無論人物、事件，《搜神記》都做了較完整的敘述，尤其個人愛情面對強權橫刀奪愛的矛盾，已能清楚地呈現。前者敘述篇幅較《列異傳》達十倍有餘，不僅清楚交代主角韓憑夫妻與掠奪者宋康王之關係，更穿插了智慧小人蘇賀的從中撥弄，使故事人物關係更見豐富；此外，敘述中運用了「隱語」以傳遞女主角的心意，除了使敘事更見文采，而不僅是單純的名物由來的記錄之外，更突出了女主角何氏的人物形象，而成爲全篇敘事的焦點。雖然《搜神記》本篇的敘事目的仍在於解釋名物地名由來，但因對於人物遭遇細節的強調，使「韓憑夫妻」故事呈現豐富的面貌，而表現爲一篇完整的敘事作品，堪稱「韓憑夫妻」型故事早期的代表作。

《搜神記》的擴寫現象，說明了「韓憑夫妻」故事受到了文人的注意，進入唐代後，遂進而提煉成爲詩文中的典故意象，如：

在天願作比翼鳥，在地願爲連理枝。天長地久有窮盡，此恨綿綿無絕期。（白居易〈長恨歌〉）

月明休近相思樹，恐有韓憑一處棲。（王初〈即夕〉）

而李冗《獨異志》卷中始見《搜神記》篇中不知名之台爲「青陵台」：

---

[1] 相關考證文章可參裴錫圭：〈漢簡中所見韓朋故事的新資料〉（《復旦學報》1999年第3期，P109-114）、伏俊璉、楊愛軍：〈韓朋故事考源〉（《敦煌研究》2007年03期，P91-93）等篇論文，考證極詳，此不贅述。

　　宋康王以韓朋妻美而奪之，使朋築青陵台，然後殺之。其妻請臨喪，遂投身而死。王令分埋台左右。

「青陵台」更屢屢成爲詩人歌頌運用的愛情意象，如：

　　古來得意不相負，只今惟見青陵台。（李白〈白頭吟〉）

　　青陵粉蝶休離恨，長定相逢二月中。（李商隱〈蜂詩〉）

　　青陵台畔日光斜，萬古貞魂倚暮霞。（李商隱〈青陵台〉）

　　寂寞青陵台上月，秋風滿樹鵲南飛。（儲嗣宗〈白頭吟宋州月夜感懷〉）

詩人多半聚焦於「韓憑夫妻」故事中的各類符號，如鴛鴦、連理樹，甚至被具體化的所謂「青陵台」；而李商隱詩中更添出「蝴蝶」的意象，人物情節反而成爲次要。

　　在這樣的氛圍下，幸有一篇敦煌俗賦〈韓朋賦〉，其人物結構大致與《搜神記》相似而增添了若干人物，敘事細節更是大幅增加，成爲一篇將近三千字的作品。雖然學者對於〈韓朋賦〉的寫成時代主張不一——如早期容肇祖根據篇中用韻現象而認爲可能在晉至蕭梁[2]，而當代大陸學者伏俊璉則根據篇末題名的「癸巳年」主張應在五代後唐年間——但〈韓朋賦〉確乎是一篇晚於《搜神記》的作品。然而，這並不表示二者之間有直接的繼承關係，學者如裘錫圭藉由出土東漢簡牘的對照考證，推論本篇的敘事脈絡可能與《搜神記》爲兩條平行系統，其源頭可以追溯到東漢而早於《搜神記》[3]。而相較於《搜神記》作者干寶

---

② 容肇祖：〈敦煌本韓朋賦考〉，收於周紹良、白化文編《敦煌變文論文錄》，P649-681，台北：明文書局，1985年。

③ 參註①。

所具有的史官背景，由〈韓朋賦〉篇末所見「癸巳年三月八日張憂道書了」的題名，此作者顯然是一位名不見經傳的民間文人。

　　由《列異傳》、《搜神記》到〈韓朋賦〉等篇在述事者身分階層與敘事表現的差異性，呈現出「韓憑夫妻」故事在接受過程中，雅俗階層對於故事中個人愛情婚姻與威權暴力、身體與意志等議題或異或同的思維立場與處理態度。比較各篇對於人物命運的處理方式、敘事的立場態度，可以看到面對這樣一個具有普世性的愛情困境，文人與民間不同的敘事思維。各篇文本的敘事表現簡略或豐富有別，魏晉時期《列異傳》「韓憑夫妻」雖敘述過簡，但基本情節及人物已然成立，可視之爲此型故事的雛形期之作；晉代《搜神記》〈韓憑夫妻〉雖仍屬筆記小說，在敘事的細節上未必圓滿，但故事之重要情節及人物關係一皆足備，可視爲此型故事之定型期；〈韓朋賦〉或係來自與前者並行之另一來源之敘事系統，雖然時代更爲晚出，但不宜遽定位爲完成期，故先定位爲豐富期。而本篇探討的焦點，將集中在上述三篇的比較對照，而尤其側重後二者，不但探討此故事型的敘事表現及其意涵，更比較不同身分階層的作者在寫作上的立場及其所展現的意義。

(一) 雛形期及定型期：《列異傳》「韓憑夫妻」、《搜神記》〈韓憑夫妻〉

　　《列異傳》首見「韓憑夫妻」故事的簡略勾勒，初步奠立此故事敘事模式的雛形，其情節結構大致分成兩個部分：一爲人情的部分，即宋康王與韓憑夫妻的衝突關係；一爲志怪的部分，即韓憑夫妻死後所產生的諸般非常現象。由於作者對於故事的關切乃是志怪大於人情，因此敘事遂呈現爲解釋性而非抒情性的面貌。《列異傳》對於夫妻命運的敘述僅有簡短的「宋康王埋韓馮夫妻」八字，其敘事結構缺乏開始、發展，而直接提出事件的結尾，使讀者無法從當中明白韓憑夫妻的相處狀態，遑論宋康王與韓憑夫妻之間所發生的事件。至於志怪部分的「宿夕文梓

生,有鴛鴦雌雄各一,恒棲樹上,晨夕交頸,音聲感人」,敘述篇幅為前述三倍之多,顯見作者對此部分敘事的興趣遠超過前者。由於人事的敘述過簡,致使志怪部分的因果關係較為薄弱,讀者因而無由體會諸般異象的產生,係單純針對韓憑夫妻而發而意味其情之篤?或者因前述宋康王與韓憑夫妻的互動關係,而暗示「埋」之行為背後有更複雜的指涉?即使如此,仍不能否認《列異傳》奠定了日後「韓憑夫妻」故事情節結構的大綱,至於敘事過簡的部分,正提供了後來作者加以填補空白的空間。

　　干寶《搜神記》〈韓憑夫妻〉在上述敘事模式的基礎上,調整了兩部分結構的敘事比重,強化了兩者的因果關係與內在聯繫,使人物形象更為鮮明,並賦予小說較深刻的人文意蘊。小說敘述宋康王因何氏美貌而強奪之,並判其夫韓憑為苦役。何氏居於宮中,只能以隱語書信向其夫表白心意,不幸書信為康王所獲,又被大臣蘇賀解讀出其中以死明志之意。不久韓憑先何氏自殺,何氏亦伺機投台而亡。之後宋康王雖故意就何氏衣帶中所寫合葬遺願反其道而行,將二人分葬,但宿昔之間,卻產生了二人塚墓之上連理樹抽枝交纏、鴛鴦鳥棲樹哀鳴等現象,似乎表明了天地對於這對夫妻悲劇命運的同情與彌補。《搜神記》對於「韓憑夫妻」故事最大的意義,在於將敘事的重點轉移到第一部分人情的開展上,使這組故事由原本意在志怪性質與紀錄功能,開始向人情敘事與諷託寓意傾斜,而賦予了更濃厚的人性思考內蘊。

1. 《搜神記》情節結構之敘事表現

　　就第一部分人情敘事的結構言,《搜神記》以相較於《列異傳》將近三十倍約二百多字的篇幅填補了故事的開始與發展的細節,補足了《列異傳》對於宋康王與韓憑夫妻之間衝突糾葛情節的匱乏,並強化了結束段的敘述。小說從頭開展宋康王如何介入、破壞韓憑夫妻的婚姻,及韓憑與其妻何氏如何面對自己命運的歷程。在開始部分,《搜神記》即

清楚點出康王與韓憑夫妻的衝突伊始，乃建立於康王個人的私慾之上：

> 宋康王舍人韓憑娶妻何氏，美，康王奪之。憑怨，王囚之，論爲城旦。

只因爲何氏的美貌，康王即逞其威權，強奪人妻，甚至任意羅織罪名，將韓憑判爲築城苦役，使夫妻有如雲壤之隔。

　　而在開展部分，當何氏已居深宮，她與韓憑的破鏡已不可能重圓，夫妻雙方的身體自由更喪失殆盡，何氏僅能捍衛自己最後所能擁有的精神意志與愛情，儘管身體不自由，她仍想辦法以隱語書信的方式向丈夫傳遞她的心意：

> 妻密遺憑書，繆其辭曰：「其雨淫淫，河大水深，日出當心。」

這三句隱語藏了何氏對於丈夫深切的思念、夫妻被迫分離的哀痛，及對婚姻愛情至死不移的忠誠──第三句尤其更指涉了殉死的決心。康王得信，不解其中密藏的訊息，卻爲蘇賀所破譯：

> 臣蘇賀對曰：「『其雨淫淫』，言愁且思也；『河大水深』，不得往來也；『日出當心』，心有死志也。」

而韓憑隨即對何氏的以死明志做出相對的回應，何氏也相繼投台而亡：

> 俄而憑乃自殺。其妻乃陰腐其衣。王與之登台，妻遂自投台；左右攬之，衣不中手而死。

韓憑夫妻先後自殺，乃是以生命交換最後發聲的權利，彰顯了身體雖不自由，意志卻無法拘束的堅決態度，向霸凌威權做出了最悲壯的抗議。而這段由表白到殉死的歷程，《列異傳》完全付之闕如，《搜神記》的增寫，為前者僅有「宋康王埋韓馮夫妻」八字而看似單純的事件，揭開了威權統治下對人道霸凌黑暗不堪的一角，流洩了小民百姓婚姻愛情的悲歌，也使「韓憑夫妻」故事開始顯現較深刻的人文意蘊。

在結束部分，《搜神記》增加了何氏衣帶遺書請求康王將夫妻合葬的情節：

> 遺書於帶曰：「王利其生，妾利其死，願以屍骨，賜憑合葬！」

這是何氏最後的卑微請願，也是全篇中唯一與康王對話的片段，卻是在以生命交換，已然陰陽相隔之後，其代價何其之大！或許何氏天真地以為夫妻如此生死以之的相誓相守，會喚起君王殘存的人性，其實適得其反，反而刺激康王以更卑劣的手段惡意報復，將二人分葬、使塚墓相望：

> 王怒，弗聽，使里人埋之，塚相望也。王曰：「爾夫婦相愛不已，若能使塚合，則吾弗阻也。」

宋康王的憤恨之語，不但清楚點出了《列異傳》語焉不詳的康王「埋」韓憑夫妻之舉背後的糾葛情結，更是做為文本人情／志怪二部分敘事結構承先啟後的銜接。韓憑夫妻相殉而亡，自然無法阻止康王對二人遺骨的惡意分葬，而康王的怒意與忌妒，則凸顯了霸凌者的驕傲與威權的絕對性，宣示了個人對於王權的不可挑戰。然而，人的社會固有階層的不可超越性與威權的不可抗拒性，但「人」之上還有「天」，種種自然異象的發生，正是向這個人吃人的世界宣告上天對於韓憑夫妻的同情：

宿昔之間，便有大梓木生於二塚之端，旬日而大盈抱。屈體相就，根交於下，枝錯於上。又有鴛鴦，雌雄各一，恆棲樹上，晨夕不去，交頸悲鳴，音聲感人。

必須指出的是，漢樂府民歌〈孔雀東南飛〉敘述焦仲卿與劉蘭芝夫妻的悲劇，雖然夫妻不得白頭偕老，乃肇因於焦母，而夫妻雙亡之後亦得以合葬於華山之側。故事情節誠然與本篇有所差異，但對傳統中國社會而言，家長的威權正是第一道不能踰越牴牾的紅線，因此權威的阻攔致使夫妻愛情婚姻不得始終，其實與韓憑夫妻正有異曲同工之處。〈孔雀東南飛〉寫夫妻合葬之處，乃：

東西植松柏，左右種梧桐。枝枝相覆蓋，葉葉相交通。中有雙飛鳥，自名為鴛鴦。仰頭相向鳴，夜夜達五更。

作者乃藉此異象表達對男女主角的痛惜與不捨，而此連理樹與鴛鴦鳥的意象，〈韓憑夫妻〉與之如出一轍，則干寶將此意象重複運用於篇末，應不是出於巧合，而是基於同理心的複製與再現。

《搜神記》的敘事者不能也不敢由正面批判人主，正如〈孔雀東南飛〉作者不便批評焦母，故皆藉著自然異象的接續發生，曲折而明顯地表達了對於為威權所霸凌者的同情與哀悼。而《列異傳》中缺乏因果內在聯繫的兩部分結構，也藉著對於事件細節的填補，使人倫悲劇與天地感應有所呼應，也使「韓憑夫妻」故事終於擁有內在邏輯具有一貫性的完整文本。

2.《搜神記》〈韓憑夫妻〉的人物形象與結構關係

《搜神記》在第一部分的情節結構部分，不但清楚地呈現了韓憑夫妻與宋康王的三角關係，透過事件的細節，也凸顯了人物性格：如宋

康王公器私用的自私與蠻橫、韓憑人為刀俎我為魚肉的被動與無奈，對比鮮明；而較《列異傳》新增智慧小人蘇賀的角色，除使全篇人物結構面貌更為豐富，更加深了韓憑夫妻命運的悲劇感，強化了此故事的敘事主旨。應特別注意的是，《列異傳》中，韓憑妻子是依附在丈夫下的幽魂，文本所記錄的「宋康王埋韓馮夫妻」，凸顯的是兩個男人的對峙；但在《搜神記》中，這位女性不但有了自己的身分「何氏」——儘管這個標籤還是來自於父權——而且成為事件的焦點，敘事者對於受難者的關注，顯然是偏向何氏的。當宋康王拆散夫妻後，韓憑誠然已身不由己，淪為築城苦役，但並未嘗試有所作為，只有怨懟情緒；相對於此，何氏的作為便顯得積極主動許多。崔郊〈贈婢詩〉「一入侯門深似海，從此蕭郎是路人」，何況是王宮大內？何氏拘囚宮中，行動與對外通訊更不自由，但她從不放棄以各種方式向丈夫、向康王表明她的心志，甚至不惜以生命作交換。就前者而言，是透過隱語書信向丈夫表明思念之深與忠貞之堅，其傳遞心聲的方式，不應單純看作敘事者賣弄文筆的伎倆，而是凸顯了何氏聰慧、謹慎，卻積極的人物形象，她絕不甘心坐以待斃，更不會如其夫只會發出怨懟情緒。而就後者言，何氏雖選擇以死印證自己對於婚姻與愛情的堅守，以及對於威權霸凌的抗議，但她仍不放棄任何與丈夫相守的形式與機會，即使已知生命終究走向終點，仍在衣帶上寫上最後的懇求以為自己爭取任何夫妻「團聚」的可能。當然，何氏的想法是過於天真的，但正也突出了宋康王的殘暴與狹隘，而下起第二部分天地為之不平所產生的諸般異象。

在這樁王權強搶民妻的事件中，所有具體的表白——或者我們可以說，對於愛情婚姻全力的捍衛宣言——都是來自何氏：她先以隱語書信向丈夫宣示自己對愛情深沉的依戀與婚姻的忠貞堅持，牽動了韓憑的自殺；後又以衣帶遺書向康王懇求對於自己婚姻愛情最後的悲願，雖刺激了康王的報復，卻反而激發了天地巨大的同情。藉由上述的各項行動，敘事者鮮明地刻劃了何氏堅忍而充滿智慧的形象，相對於此，丈夫韓憑

除了開始段的「怨」，其他部分都是消極被動，甚至提早退場；而康王除了以威權逞其暴力，其餘一無所有：包括做為一國之君應有的聰明才智，故隱語才需蘇賀為之解答。敘事者多從何氏的角度書寫這對夫妻對於自己命運的努力，其中付出較多、行為較積極主動的，基本上都集中在何氏身上。《列異傳》中面目模糊的康王及韓憑夫妻，在《搜神記》中獲得了新生命，甚至賦予了不同比重的角色功能。何氏的形象由《列異傳》的幽微不彰，在《搜神記》中被塑造地高大而燦爛，肩負了彰顯小說所寓寄的威權霸凌與個人愛情意志抗爭的任務，何氏人物形象的突出，對於「韓憑夫妻」故事所寓寄對於權勢暴力的抗議，具有極為關鍵的發展意義。

3. 《搜神記》對《列異傳》擴寫之意義

相對於《搜神記》對《列異傳》第一部分人情情節進行了約三十倍的擴寫細述功夫，《搜神記》對《列異傳》第二部分志怪的相關描述，並未作太多程度的加工，而僅用了較原文約五倍而不到百字的篇幅稍加潤色而已。調整比例的結果，使《搜神記》第二部分只占全文比例約三分之一，相較於《列異傳》第二部分即占全文比例四分之三，前者已明顯降低了全篇的志怪色彩。《搜神記》對於「人情」與「志怪」兩部分結構敘述比例的調整，可見干寶對「韓憑夫妻」故事的興趣，已由搜奇道怪的紀錄轉向人情命運的關切。且由於在細節加工及事件因果關係上的補充與強化，更使第二部分結構的敘事功能，不僅在情節上作為韓憑夫妻愛情的呼應，亦在內涵上成為落實故事要旨的充分條件。

相望之塚，自不能合，此為「『常』態」，正如日常社會中的個人本無力抗拒威權，只能任其魚肉；而在常態下受打壓的愛情與精神意志其吶喊如何不被淹沒？就只能透過「非常」之事來加以奧援，除了以超越尋常的生態形式為這對夫妻發聲：「宿昔之間，便有大梓木生於二塚之端，旬日而大盈抱。屈體相就，根交於下，枝錯於上」，更有「鴛

鴦，雌雄各一，恆棲樹上，晨夕不去，交頸悲鳴，音聲感人」爲此聲援再下註腳。連理樹與鴛鴦鳥在《列異傳》中只是與人情敘事並列的志怪敘事部分，在《搜神記》中則與人情敘事部分充分建立了內在邏輯關係，成爲小說的有機體，也樹立了重要的符號意義。

《搜神記》在第一部分結構的開始段，即凸顯出威權暴力的絕對性；並在發展段開展出即使在前者的霸凌之下，社會秩序遭到破壞，個人身體權被任意踐踏，但個人的精神意志、與愛情忠貞卻不容屈撓。由開始段到發展段的情節敘述，對照形成了「韓憑夫妻」故事最重要的命題：威權暴力與個人愛情意志的對峙。敘事重點及比例的調整，在《列異傳》中感受不到宋康王的王權如何超越法律而踐踏人權，在《搜神記》中則清晰地呈現出來，康王強取何氏之際，敘事者完全未敘及何氏的反應如何，此刻她的聲音是完全被湮沒的；而韓憑僅因爲情緒的表露，就遭到莫須有的罪名及刑罰。在王權的霸凌之下，成文法保障的婚姻、不成文法強調的倫理、乃至個人的身體權、甚至不同性別的發聲權，都成爲威權及其慾望下的犧牲品。然而，即使韓憑及何氏無法保障個人的身體自主權，甚至連尊嚴與生死都成爲刀俎魚肉，其精神意志卻非霸權所能屈撓。作爲一個敘事者，具有史官身分的干寶不敢或不便在現實中公開聲援韓憑夫妻，只能以志怪敘事的方式，由事後彌補對於這段平凡夫妻捍衛自身愛情婚姻權利的崇敬與同情。敘事者的心意曲折卻又明顯，也同時彰顯了文人作者（或者敘事者）對於威權與愛情的謹慎態度與無奈立場。

4. 小結

「韓憑夫妻」故事由雛形期《列異傳》的粗呈梗概到形成期《搜神記》的見其骨肉，在魏晉六朝已大致形成其敘事模式，茲表列對照如下：

結構		情節	《列異傳》	《搜神記》
第一部分	開始	娶妻		宋康王舍人韓憑娶妻何氏，
		奪婦		美，康王奪之。
	發展	刑夫		憑怨，王囚之，論爲城旦。
		寄書		妻密遺憑書，繆其辭曰：「其雨淫淫，河大水深，日出當心。」
		得書		既而王得其書，以示左右，左右莫解其意。臣蘇賀對曰：「其雨淫淫，言愁且思也。河大水深，不得往來也。日出當心，心有死志也。」
		自殺		俄而憑乃自殺。
	結束	殉死		其妻乃陰腐其衣，王與之登台，妻遂自投台，左右攬之，衣不中手而死。
		遺言		遺書于帶曰：「王利其生，妾利其死，願以尸骨賜憑合葬。」
		埋葬	宋康王埋韓馮夫妻。	王怒，弗聽，使里人埋之，冢相望也。王曰：「爾夫婦相愛不已，若能使冢合，則吾弗阻也。」
第二部分	結束	異象	宿夕文梓生，有鴛鴦雌雄各一，恒棲樹上，晨夕交頸，音聲感人。	宿昔之間，便有大梓木，生于二冢之端，旬日而大盈抱，屈體相就，根交于下，枝錯于上。又有鴛鴦，雌雄各一，恒栖樹上，晨夕不去，交頸悲鳴，音聲感人。
		餘音		宋人哀之，遂號其木曰「相思樹」。「相思」之名，起于此也。南人謂：此禽即韓憑夫婦之精魂。今睢陽有韓憑城，其歌謠至今猶存。

　　由《列異傳》到《搜神記》，「韓憑夫妻」故事由簡略的志怪而賦予深厚的人性思考，異象的產生必須奠基於人情的底蘊之上才具有意義，然而受到敘事者文人身分的影響，對於後者的思考，卻顯得同情有餘而批判不足。「韓憑夫妻」故事發展至此，其敘事模事固已固定化，主要人物結構亦已到位，但小說內在意涵對於命題的反省度上，仍有其

發展的空間。

(二) 豐富期：敦煌俗賦〈韓朋賦〉

「韓憑夫妻」故事的發展，在魏晉時期雖然已由《列異傳》的粗陳梗概到《搜神記》的見其骨肉意蘊，但在唐代文人筆下，則呈現兩極化的發展。正如清・蓮塘居士輯《唐人說薈・凡例》所云：「洪容齋謂唐人小說，小小情事，淒婉欲絕，洵有神遇而不自知者。與詩律可並稱一代之奇」，在唐代最具代表性的文學形式小說與詩歌中，後者固能追尋到「韓憑夫妻」故事的軌跡，但以敘事呈現者，則多存在於筆記之中。筆記可見的「韓憑夫妻」型故事，乃呈現僵化與萎縮的現象；見於詩歌者，多濃縮凝煉成對於愛情、婚姻等命題的意象，浪漫度提高了，但對於威權暴力的批判性卻淡化了。先就後者言，文人對於這個故事的興趣又回歸到志怪的性質：連理樹、鴛鴦鳥，甚至唐代新衍生的青陵台與蝴蝶，其意涵也窄化為對於個人愛情的不悔與執著。除前所舉如李白〈白頭吟〉、儲嗣宗〈白頭吟宋州月夜感懷〉、李商隱〈蜂詩〉和〈青陵台〉等詩外，最著名者當屬白居易〈長恨歌〉：

在天願作比翼鳥，在地願為連理枝。天長地久有窮盡，此恨綿綿無絕期。

在白居易的詩句中，連理樹與鴛鴦鳥甚至已成為一組耳熟能詳的愛情象徵符號。由盛唐到晚唐，唐詩對於「韓憑夫妻」故事的接受是與筆記同時並進，甚至前者文本中所出現的意象或名詞，已超出《搜神記》的範疇，如青陵台、烏鵲歌、化蝶等，顯示了「韓憑夫妻」故事在敘述上似乎已加入了新的元素，甚至指向了故事在傳承的歷程上似乎接收了不同的版本。無論如何，這些新舊元素對詩歌的功能來說，只具有符號的意義，不外乎藉此表達對於愛情永誌不移的忠誠，偏向浪漫的想像，與感

情的投射，符號背後的韓憑夫妻身影，則早已消失殆盡。

　　至於敘事文本的發展，文言小說方面，多直接繼承前朝的表現，內容大抵不出《搜神記》的範疇，在書寫的態度上，仍表現出爲典故服務的傾向，不但篇幅多有縮減，甚至不追求文采，使敘事表現逐漸萎縮。如李亢《獨異志》卷中：

　　《搜神記》曰：宋康王以韓朋妻美而奪之，使朋築青淩台，然後殺之。其妻請臨喪，遂投身而死。王令分埋台左右。期年，各生一梓樹，及大，樹枝條相交。有二鳥哀鳴其上。因號之曰「相思樹」。

其文字雖來自《搜神記》，但篇幅大爲濃縮，內容也有所增減，如《搜神記》中何氏殉死的高台，並無名稱，此則出現「青淩台」之名；《搜神記》隱語書信與衣帶遺書等情節，此則全部省略，而蘇賀一角也隨之消失；《搜神記》韓憑乃「論爲城旦」，知悉妻子隱語書信的表白內容後自殺而亡，此則使韓憑築青淩台，然後爲宋康王所殺；《搜神記》乃何氏陰腐其衣後投台而亡，此則爲要求臨喪而死；《搜神記》梓樹長成乃於一夜之間，此則延至一年；《搜神記》強調南人認爲鴛鴦鳥乃韓憑夫妻精魂所化，此則但言二鳥哀鳴，鴛鴦之名亦不復見，而止於文末強調「相思樹」。尤其值得注意的是，文中稱「韓朋」而不稱「韓憑」、台有「青淩」之名、與韓妻臨喪而死的情節等，與敦煌俗賦〈韓朋賦〉極爲雷同，不禁令人懷疑《獨異志》本篇的文本依據，未必即是全引自前引《搜神記》的原文，而是摻雜了其他的敘事版本；或者本篇實吸收了不同版本的故事而加以揉和，但以《搜神記》之名統其來源。

　　由於資料的缺乏，我們無法斷定《獨異志》的韓憑夫妻故事眞正來源爲何，其客觀可見者，是其整體文本表現實只剩下故事梗概，而簡化爲「康王奪妻」、「韓朋苦役」、「韓朋被殺」、「韓妻殉死」、「相思樹成」等情節。《搜神記》中夫妻隔空告白、生死相誓的互動，乃至

妻子至死猶不放棄任何團聚機會而與康王形成生死陰陽的對話，或是小人蘇賀助紂爲虐、火上加油的支線插入，在此篇中全部遭到刪削。影響所及，在人物方面，除了結構關係簡單化外，在《搜神記》中最重要的精神指標人物何氏，不但萎縮成「韓朋妻」，回復到《列異傳》中依附在丈夫標籤下的影子；隱語書信與衣帶遺書的刪除，更使她徹底失去自己的聲音。凡此，皆可見《獨異志》對於「韓憑夫妻」故事的敘述，僅保留了《搜神記》原文中的幾個敘事元素，刪略的結果，使小說幾乎回歸《列異傳》的樸素面貌，《搜神記》敘述婉轉的風貌已全然消失，更不用說情節構設之下所涵攝的人文底蘊。如此不但大大降低了「韓憑夫妻」故事的悲劇感，更使小說成爲一個單薄的紀錄而已。

又如劉恂《嶺表錄異》〈韓朋鳥〉一則，其中亦稱引自《搜神記》，但其目的在解釋「韓朋鳥」由來，內容上亦有所縮減：

> 韓朋鳥者，乃鳧鷖之類。此鳥爲雙飛，泛溪浦。水禽中鸂鶒、鴛鴦、鵁鶄，嶺北皆有之，唯韓朋鳥未之見也。案干寶《搜神記》云：「大夫韓朋，（一云「憑」）其妻美，宋康王奪之。朋怨，王囚之，朋遂自殺。妻乃陰腐其衣，王與之登台，自投台下，左右提衣，衣不勝手。遺書於帶曰：『願以屍還韓氏而合葬。』王怒，令埋之，以相望。經宿，忽見有梓木生二塚之上，根交於下，枝連其上。又有鳥如鴛鴦，恒棲其樹。朝暮悲鳴。」南人謂此禽即韓朋夫婦之精魂，故以韓氏名之。（《太平廣記》卷四六三禽鳥引出《嶺表錄異》）

此篇雖然較前者保留較多《搜神記》敘述面貌，但此篇開始即介紹「韓朋鳥」之生態習性，再引《搜神記》〈韓憑夫妻〉以爲說明，則後者很明顯是爲解釋前文「韓朋鳥」由來而引。敘事次序的改變，仍呈現出強烈的解釋典故的傾向，而降低了敘事的企圖。《嶺表錄異》除同於《獨異志》對男主角亦稱「韓朋」而不稱「韓憑」，乃與《搜神記》不同

外，其餘敘事部分之情節脈絡則大致與《搜神記》類似。然而，《嶺表錄異》〈韓朋鳥〉省略了《搜神記》中宋康王將韓憑無端判刑以至何氏隱語書信的一大段歷程，而簡化爲「朋怨，王囚之，朋遂自殺」寥寥數語，不但削弱了康王殘暴蠻橫、與何氏堅忍聰慧的形象，智慧小人蘇賀的奸臣角色亦消彌無蹤。文筆上的省略，除了使人物敘事表現的藝術性上大大降低，《搜神記》原文所欲傳達的個人與威權的抗爭精神，自然也被淡化了。

當「韓憑夫妻」故事在文人筆下逐漸典故化、符號化，甚至簡略化、單薄化，在民間作者筆下，卻被賦予了新的生命。《搜神記》中對韓憑夫妻命運的同情與悲感，在敦煌俗賦〈韓朋賦〉中，成爲憤慨與控訴，展現了與文人不同的情懷。韓朋即韓憑，音近而通。在〈韓朋賦〉中，除宋康王強奪韓朋妻子的歷程及處置夫妻的方式與《搜神記》〈韓憑夫妻〉有所不同外；人物方面，在宋康王、韓朋、韓妻貞夫、智慧小人梁伯外，還增加了一位韓朋的母親。而人物的增加，自然也意味著敘事內容的增寫。故相較於《搜神記》以宮廷爲主的敘述，此篇的敘事空間，因爲韓朋母親的增加，又增加了家庭空間的部分；全篇的敘事重點也由上下階層的對立，更增添了家庭人倫的矛盾。則《搜神記》中威權霸凌的內涵，也由單純的「王權」而又加入了「家長」的元素。這些改動，在在都反映了〈韓朋賦〉的民間作者，其關懷面向與《搜神記》的文人視角是有所區別的。

必須先指出的是，上述差異的形成，未必出自〈韓朋賦〉敘事者的原創，而是指向〈韓朋賦〉敘事者所接受的故事版本乃與《搜神記》不同所致。按1979年，大陸甘肅省文物工作隊在敦煌西北的馬圈灣漢代烽燧遺址，挖掘出一批木簡，其中一枚殘簡上有約二十字的簡短文字：

（……）書（，）書而召幹倗問之（。）幹倗對曰（：）臣取婦二日三夜（，）去之（……）

這段文字與〈韓朋賦〉開始段有驚人的相似之處，學者裘錫圭認為「倗」、「朋」音近，「幹倗」即「韓朋」，因此這枚漢簡應是韓朋故事殘片，並據此認為〈韓朋賦〉的故事源頭應可追溯至西漢末期至新莽之間[4]。而學者姜生也藉由考古發現的東漢墓碑刻石片上所呈現的韓朋貞夫故事，印證了這個故事在東漢時代的流行性[5]。這些發現，無疑確立了〈韓朋賦〉的故事來源可能是另一個不同於《搜神記》而早在東漢時期即已流行於民間的版本，其內容則體現出對韓憑夫婦命運較不一樣的思維濃厚的民間色彩。

〈韓朋賦〉在情節鋪陳方面，由結構方面言，與《搜神記》〈韓憑夫妻〉相同之處，在於前者仍保持了人情與志怪兩部分的結構。其不同處，無論《列異傳》或《搜神記》志怪部分的收束戛然而止，其筆觸仍以述奇道怪為主，並不會回歸到人情敘事之上；〈韓朋賦〉在志怪部分的結尾，則呼應了敘事中宋康王的蠻橫殘暴與梁伯的助紂為虐，對二人的命運做了宣判，回歸到人情的鋪寫，使全篇敘事結構不再一分為二，而是將志怪敘事部分下降為情節的一部分，不再與人情敘事分庭抗禮，而表現為以人情為主調的完整敘事。很明顯的，〈韓朋賦〉作者對這個故事的興趣不再停留在藉韓朋夫妻的命運遭遇以解釋的名物類的由來，而是要完整的敘述這對夫妻生離死別的悲劇故事。而這樣的敘事表現與文人敘事的差異性，正是令人玩味之處。為方便說明，茲將《列異傳》《搜神記》〈韓憑夫妻〉與敦煌俗賦〈韓朋賦〉之情節差異對照如下表：

---

④ 同註①所引文。
⑤ 姜生：〈韓憑故事考〉，《安徽史學》2015年第6期，P49-55。

結構		情節	《列異傳》	《搜神記》	〈韓朋賦〉
第一部分	開始	娶妻		宋康王舍人韓憑娶妻何氏，	昔有賢士，姓韓名朋，少小孤單，遭喪遂失〔其〕父，獨養老母。謹身行孝，用身爲主意遠仕。憶母獨注（住），〔故娶〕賢妻，成功●（索）女，始年十七，名曰貞夫。已賢至聖，明顯絕華，刑（形）容窈窕，天下更無。雖是女人身，明解經書。凡所造作，皆今天符。入門三日，意合同居，共君作誓，各守其軀。君〔亦〕不須再取（娶）婦，如魚如水；妾亦不再〔改〕嫁，死事一夫。
		寄書			韓朋出遊，仕於宋國，期去三年，六秋不●（歸）。朋母憶之，心煩？：〔其妻念之，內自發心，忽自執筆，遂字造書。其文斑斑，文辭●金（碎錦），如珠如玉。〕意欲寄書與人，恐人多言；意欲寄書與鳥，鳥恒高飛；意欲寄書與風，風在空虛。書若有感，直到朋前；〔書若無感，零落草間。其書有感，直到朋前〕。
		得書			韓朋得書，解讀其言。書曰：「浩浩白水，迴波如（而）流。皎皎明月，浮雲映之。青青之水，冬夏有時。失時不種，禾豆不滋。萬物吐化，不違天時。久不相見，心中在思。百年相守，竟好一時。君不憶親，老母心悲。妻獨單弱，夜常孤栖，常懷六憂。蓋聞百鳥

結構		情節	《列異傳》	《搜神記》	〈韓朋賦〉
					失伴，其聲哀哀；日暮獨宿，夜長栖栖。太山初生，高下崔嵬。上有雙鳥，下有神龜，晝夜遊戲，恒則同●（歸）。妾今何罪，獨無光暉。海水蕩蕩，無風自波，成人者少，破人者多。南山有鳥，北山張羅，鳥自高飛，羅當奈何。君但平安，妾亦無他。」韓朋得書，意感心悲，不食三日，亦不覺飢。
		失書			韓朋意欲還家，事無因緣。懷書不謹，遺失殿前。宋王得之，甚愛其言。
		謀婦			即召群臣，並及太史，誰能取得韓朋妻者，賜金千斤，封邑萬戶。梁伯啓言王曰：「臣能取之。」宋王大喜，即出八輪之車，爪驪之馬，〔前後仕從〕便三千餘人。從發道路，疾如風雨。三日三夜，往到朋家。
		奪婦		美，康王奪之。	使者下車，打門而喚。朋母出看，心中驚怕。即問喚者：「是誰使者？」使者答曰：「我是宋國使來，共朋同友。朋爲公（功）曹，我爲主薄。朋有私書，來寄新婦。」阿婆迴語新婦：「如客此言，朋今事官（仕宦），且得勝●。」貞夫曰：「新婦昨夜夢惡，文文莫莫。見一黃蛇，皎妾床腳。三鳥並飛，兩鳥相博（搏）。一鳥頭破齒落，毛下分分（紛紛），血流落落，馬蹄踏踏，諸臣赫赫。

結構	情節	《列異傳》	《搜神記》	〈韓朋賦〉
				上下不見鄰里之人，何況千里之客。客從遠來，終不可信。巧言利語，詐作朋書。〔朋〕言在外，新婦出看。阿婆報客，但道新婦，病臥在床，不勝醫藥。並言謝客，勞苦遠來。」使者對曰：「婦聞夫書，何故不？？必有他情，在於鄰里。」朋母年老，〔不〕能察意。新婦聞客此言，面目變青變黃：「如客此語，道有他情，即欲結意，返失其里（理）。遣妾看客，失母賢子。姑從今已後亦夫（失）婦，婦亦失姑。遂下金穖（機），謝其王事，千秋〔萬歲〕，不當復織。井水淇淇（湛湛），何時取汝？釜●（灶）●●（尫尫），何時吹汝？床廧閨房，何時臥汝？庭前蕩蕩，何時掃汝？園菜青青，何時拾汝？」出入悲啼，鄰里酸楚。」●（低）頭卻行，淚下如雨。上堂拜客，使者扶譽（舉）。貞夫上車，疾如風雨。朋母於後，呼天喚地，〔號咷〕大哭，鄰里驚聚。貞夫曰：「呼天何益，喚地何免，馳馬一去，何〔得〕歸返。」
發展	拜后			梁伯迅速，日日漸遠。初至宋國，九千餘里，光照宮中。宋王怪之，即召群臣，并及太史。開書問卜，怪其所以。博士答曰：「今日甲子，明日乙丑，諸臣聚集，王得好婦。」言語未訖，貞

結構	情節	《列異傳》	《搜神記》	〈韓朋賦〉
				夫即至，面如凝脂，腰如束素，有好文理。宮人美女，無有及似。宋王見之，甚大歡●（喜）。三日三夜，樂不可盡。即拜貞夫，以爲皇后。前後事（侍）從，入其宮裏。
	表白			貞夫入宮，燋●（憔悴）不樂，病臥不起。宋王曰：「卿是庶人之妻，今爲一國之母。有何不樂！衣即綾羅，食即咨口。黃門侍郎，恒在左右。有何不樂，亦不歡？（喜）？」貞夫答曰：「辭家別親，出事韓朋，生死有處，貴賤有殊。蘆葦有地，荊棘有●（叢），豺●（狼）有伴，雌兔有雙。魚鱉有水，不樂高堂。燕雀群飛，不樂鳳凰。妾〔是〕庶人之妻，不樂宋王之婦。」
	刑夫		憑怨，王因之，論爲城旦。	〔夫人愁憂不樂，王曰：「〔夫〕人愁思，誰能諫〔之〕？」梁伯對曰：「臣能諫之。朋年三十未滿，二十有餘，姿容窈窕，黑髮素，齒如珂珮，耳如懸珠。是以念之，情意不樂。唯須疾害朋身，以爲囚徒。」宋王遂取其言，即打韓朋雙板齒〔落〕。並著故破之衣裳，使築清陵之台。
	探夫			貞夫聞之，痛切懺（肝）腸，情中煩惌（怨），無時不思。貞夫諮宋王〔曰〕：「既築清陵〔之〕台訖，乞願蹔往〔觀〕看。」宋王許之。〔乃〕賜八輪之車，爪

結構	情節	《列異傳》	《搜神記》	〈韓朋賦〉
				驅之馬，前後侍從，三千餘人，往到台下。乃見韓朋，剉草飼馬，見妻〔羞〕恥，把草遮面。貞夫見之，淚下如雨。
	表白			貞夫曰：「宋王有衣，妾亦不著；王若有食，妾亦不嘗。妾念思君，如渴思漿。見君苦痛，割妾心腸。形容燋●（憔悴），決報宋王，何以羞恥，〔取草遮面〕，避妾隱藏。」韓朋答曰：「南山有樹，名曰荊蕀（棘），一技（枝）兩刑（莖），葉小心平。形容燋●（憔悴），無有心情。蓋聞東流之水，西海之魚，去賤就貴，於意如何。」
	寄書		妻密遺憑書，繆其辭曰：「其雨淫淫，河大水深，日出當心。」	貞夫聞語，低頭卻行，淚下如雨。即裂裙前三寸之帛，卓齒取血，且作私書，繫箭〔頭〕上，射與韓朋。
	得書		既而王得其書，以示左右，左右莫解其意。臣蘇賀對曰：「其雨淫淫，言愁且思也。河大水深，不得往來也。日出當心，心有死志也。」	朋得此書，便即自死。宋王聞之，心中驚愕，即問諸臣：「若為自死？為人所煞？」梁伯對曰：「韓朋死時，〔無〕有傷損之處。唯有三寸素書，〔繫〕在朋頭下。」宋王即〔取〕讀之。貞〔夫〕書曰：「天雨霖〔霖〕，魚游池中，大鼓無聲，小鼓無音。」宋王曰：「誰能辨之？」梁伯對曰：「臣能辨之。天雨霖霖是其淚，魚游池中是其意，大鼓無聲是其氣，小鼓無音是其思。天下是其言，其義大矣哉！」

結構	情節	《列異傳》	《搜神記》	〈韓朋賦〉
	自殺		俄而憑乃自殺。	
結束	殉死		其妻乃陰腐其衣，王與之登台，妻遂自投台，左右攬之，衣不中手而死。遺書于帶曰：「王利其生，妾利其死，願以尸骨賜憑合葬。」	貞夫曰：「韓朋已死，何更再言。唯願大王有恩，以禮葬之，可不得利後〔人〕。」宋王即遣人城東，輇（●）百丈之曠（壙），三公葬之禮也。貞夫乞往觀看，不敢久停。宋王許之。令乘素車，前後事（侍）從，三千餘人，往到墓所。貞夫下車，繞墓三匝，嗥啼悲哭，聲入雲中，〔臨曠〕（壙）喚君，君亦不聞。迴頭辭百官：「天能報〔此〕恩。蓋聞一馬不被二安（鞍），一女不事二夫。」言語未訖，遂即至室，苦酒●（侵）衣，遂●（脆）如葷（蔥），左攬右攬，隨手而無。百官忙怕，皆悉搥胸。即遣使者，〔走〕報宋王。
	埋葬	宋康王埋韓馮夫妻。	王怒，弗聽，使里人埋之，冢相望也。王曰：「爾夫婦相愛不已，若能使冢合，則吾弗阻也。」	王聞此語，甚大嗔怒，床頭取劍，煞臣四五。飛輪來走，百官集聚。天下大雨，水流曠（壙）中，難可得取。梁伯諫王曰：「只有萬死，無有一生。」宋王即遣〔人〕●之。不見貞夫，唯得兩石，一青一白。宋王睹之，青石埋（●）〔於〕道東，白石埋（●）於道西。道東生於桂樹，道西生於梧桐。枝枝相當，葉葉相籠，根下相連，下有流泉，絕道不通。宋王出遊見之，〔問

結構	情節	《列異傳》	《搜神記》	〈韓朋賦〉
				曰：「此是何樹？」梁伯對曰：「此是韓朋之樹。」「誰能解之？」梁伯對曰：「臣能解之。枝枝相當是其意，葉葉相籠是其思，根下相連是其氣，下有流泉是其淚。」宋王即遣〔人〕誅伐之。三日三夜，血流汪汪。二札落水，變成雙鴛鴦，舉翅高飛，還我本鄉。
第二部分	異象	宿夕文梓生，有鴛鴦雌雄各一，恒棲樹上，晨夕交頸，音聲感人。	宿昔之間，便有大梓木，生于二冢之端，旬日而大盈抱，屈體相就，根交于下，枝錯于上。又有鴛鴦，雌雄各一，恒栖樹上，晨夕不去，交頸悲鳴，音聲感人。	
	餘音		宋人哀之，遂號其木曰「相思樹」。「相思」之名，起于此也。南人謂：此禽即韓憑夫婦之精魂。今睢陽有韓憑城，其歌謠至今猶存。	唯有一毛〔羽〕，甚好端正。宋王得之，〔遂〕即磨拂其身，〔大好光彩，唯有項上未好，即將磨拂項上，其頭即落。〔生〕奪庶人之妻，枉殺賢良。未至三年，宋國滅亡。梁伯父子，配在邊疆。行善獲福，行惡得殃。

註：情節欄中方框字表示為《搜神記》原有情節

　　透過上述對照，可以看出〈韓朋賦〉的發展脈絡雖與《搜神記》〈韓憑夫妻〉大致相同，但前者增添了許多事件細節，遂使其表現出不同於《搜神記》的敘事風貌；至於人物方面，由《列異傳》康王、韓憑、韓憑妻等單純的三角關係，到《搜神記》再增一智慧小人蘇賀的男性配角而成爲四人結構，至此又增一與智慧小人梁伯對照的愚昧老婦韓母的女性配角，使「韓憑夫妻」故事的人物結構，在康王、韓朋、貞夫等核心人物所形成的三角關係之外，形成一智一愚之男女配角，以爲映襯主角的雙翼，不但使敘事表現更加豐滿，對於各個人物的描寫也更加立體鮮明。而這些敘事表現的差異性所涵攝的意義，亦與六朝的文人敘事有所不同。以下，分別由〈韓朋賦〉情節結構的「開始段」、「發展段」、「結束段」切入，以情節分析先行，人物分析次之，並對照《搜神記》乃至《列異傳》相對段落的敘事表現差異，以解讀前者的敘事表現及其意義。

1. 開始段

　　小說開始段，不同於《搜神記》始即言「（何氏）美，康王奪之」，乃以宋康王強奪何氏切入；〈韓朋賦〉則由家變之前的韓朋家庭切入，以貞夫爲核心，先鋪陳其嫁給韓朋後的婚姻及家庭生活，再穿插成婚三日即遠遊求仕的韓朋與康王、梁伯的仕宦宮廷，兩相呼應，凸顯了貞夫的困境，並預示了韓朋家變危機即將發生。韓朋俸寡母至孝，爲恐遠遊求仕無人伴母，才娶妻貞夫，成婚三日即離家求仕，且一去三年，伏筆了日後貞夫因思夫寄信，不幸書信爲韓朋所遺落，而爲宋王所得的發展。宋王驚艷於信中文采，進而揭開了韓朋失妻家變的序幕。〈韓朋賦〉的這段鋪陳，使宋康王、韓朋、貞夫三人的關係變得緊密不可分，韓朋即使求得仕宦之職，亦必然位卑人微，如《搜神記》所言不過「舍人」而已，則遠在廟堂之上的宋王如何知民間有韓氏之妻其人？《搜神記》對此並未做清楚敘述，〈韓朋賦〉則透過韓朋家庭事件等情

節的增加，把韓朋家變發生的前因，交代得曲折而合理，較《搜神記》更清楚建立奪妻事件發生的脈絡。

在人物刻劃方面，貞夫「入門三日，意合同居，共君作誓，各守其軀。君〔亦〕不須再取（娶）婦，如魚如水；妾亦不再〔改〕嫁，死事一夫」。作者在此只由貞夫的視角宣示了對丈夫的情深意切，至於韓朋對貞夫的心意如何，卻未著墨。成婚三日，即行遠去，薄弱的夫妻相處基礎，也伏筆了日後韓朋面對貞夫地位變異時的猜疑心態。然而，貞夫所面對的，不只是來自外在威權暴力介入所導致婚姻破碎的危機。〈韓朋賦〉在開始段即構設了韓朋寡母一角，對於朝中使者的降臨，她先是「心中驚怕」；對於使者假稱帶來韓朋書信，甚至誣陷貞夫不願面使接信必是另有私情等話語，則皆深信不疑。〈韓朋賦〉明白點出「朋母年老，〔不〕能察意」，等到貞夫為表清白，不得不出堂迎使，隨其登車而去時，韓母或者才恍然而悟，「朋母於後，呼天喚地，〔號咷〕大哭」，卻已為時已晚。

在〈韓朋賦〉中，韓母只出現在開始段，但她的懦弱與愚昧，使家庭內部新婦與丈夫寡母的互動，成為貞夫更為迫切直接的難題。韓母對貞夫所形成的困境，不是來自於行為或語言的暴力相向，相反的，貞夫能對其委婉敘述昨夜惡夢，更教她如何回應使者，則婆媳關係應尚稱融洽。但是韓母識見的愚昧不明，使貞夫與婆婆之間的信任關係發生動搖，倫理身分的絕對性成為貞夫難堪的壓力。如是，基礎不穩的婚姻、粗心多疑的丈夫、愚昧的家長、蠻橫的君王、巧智的奸臣，由家庭內部到廟堂之上，〈韓朋賦〉始即構設了女主角貞夫的多重困境，凸顯了不僅個人、更是女性處境的艱難，展現了這位民間敘事者對於多重壓力下的個人處境，除了大我環境的威權霸凌，也關切到小我生存空間中的倫理壓力。

〈韓朋賦〉在開始段增寫了韓朋遠遊求仕的故事背景，不但伏筆上述在情節及人物心理上的各項變化，也開展出屬於民間敘事者作者不同

於《搜神記》文人敘事者的敘述視角與關懷面向。

2. 發展段

〈韓朋賦〉進入發展段，由家庭情境的鋪寫轉而聚焦於王宮生活。《搜神記》在康王掠奪何氏之後，直接寫「憑怨，王囚之，論為城旦」，何氏雖已入宮，小說卻未著墨她與康王之間的互動，而偏重敘述何氏與韓憑的情意溝通。何氏藉著隱語書信向丈夫表白心意，信為康王所獲，謎語則為蘇賀所解，引發了韓憑的自殺。在《搜神記》的敘述中，情感的流動是單向的，何氏被奪，韓憑夫妻至死皆未能再見，但小說只見何氏積極藉著不同的方式表白她與丈夫相守的意志，韓憑則只有被動接收訊息，再做出回應，始終無法直接回饋妻子的心意；至於宋康王，則完全被排除感情敘述之外。此外，韓憑面對家變的情緒反應或心理狀態，由開始段在妻子被奪之初，只以「怨」一字形容；發展段知悉何氏隱語書信的表白後，則逕述「俄而憑乃自殺」。由上下文比對，前者「怨」之發當是來自對康王奪妻之不滿，故遂導致康王報復而將之論刑；但客觀而言，文本其實並未明言韓憑之怨係針對何者而發，或者其怨中是否有更複雜的情緒。至於由論為城旦到明白妻子心意，其間韓憑的心理轉折如何，《搜神記》也並未著墨。則由韓憑論為城旦、何氏寄信、康王獲信、蘇賀解謎、韓憑自殺等連續性事件觀之，謎語的破解與韓憑自殺之間，跳接過快，似乎遺落了某些細節，令人對韓憑的自殺難免有突兀之感。

〈韓朋賦〉在韓朋受刑以下的情節，其情節元素雖大致同於《搜神記》，所不同的是，除了隱語書信的寄發時機及揭示內容的文本書寫位置有所不同外，更重要的是，在韓朋受刑前後，插入了梁伯獻計及夫妻相見的新事件，使發展段的情節構設展現了較《搜神記》更為細緻的敘事風貌。其承開始段的敘事筆法，仍以貞夫為核心，分別寫貞夫與宋王及韓朋的互動，凸顯了貞夫夾在兩個男人之間身不由己的痛苦與身分

地位的尷尬。貞夫的三次表態是〈韓朋賦〉發展段的重點：第一次是對宋王，第二、三次則是對韓朋，這三次表態充分彰顯了貞夫的人格特質與對於婚姻愛情的堅執。首先，在貞夫入宮後與宋王的互動中，面對宋王對於已拜爲王后的貞夫卻始終悶悶不樂的垂詢，貞夫勇敢而坦率地表明：

　　妾〔是〕庶人之妻，不樂宋王之婦。

不幸的是這樣的表態反爲她與韓朋的婚姻埋下了絕望的導火線：宋王徵詢群臣取悅王后之方，引發了梁伯的獻計，主張將韓朋毀容及勞役，以使貞夫嫌惡其夫，則王將可獨占佳人矣。〈韓朋賦〉以梁伯之計爲銜接，製造了貞夫與韓朋的會面，乃有貞夫在發展段第二、三度的告白。在這次的會面中，貞夫雖未如梁伯所策劃對韓朋產生嫌惡，反而是韓朋面對衆人簇擁而至的妻子，羞愧地以草遮面。貞夫既不解、更痛苦地告白：

　　宋王有衣，妾亦不著；王若有食，妾亦不嘗。妾念思君，如渴思漿。見君苦痛，割妾心腸。形容燋●（憔悴），決報宋王，何以羞恥，〔取草遮面〕，避妾隱藏。

這是貞夫在發展段的第二次表白，即使如此地哀婉辯解，卻仍遭到丈夫：「去賤就貴，於意如何？」的質疑。回宮之後，貞夫乃以隱語血書密遺韓朋，以爲泣血誓心、再度申辯，除了再次強調自己對丈夫的情意、身不由己的無奈，更重要的是傳遞了相約殉死的訊息：

　　天雨霖〔霖〕，魚游池中，大鼓無聲，小鼓無音。

這封書信在敘事中的地位相當於《搜神記》「其雨淫淫，河大水深，日出當心。」的隱語書信，文字雖然有別，但內容訊息是大致相似。不過，兩封書信雖然皆有死志的寓意，但《搜神記》重在何氏個人此志唯天可表，〈韓朋賦〉則更進一步有相約赴死之意，其所表達的情感更為激烈。貞夫的書信引發了韓朋接獲書信之後的自殺事件，則由梁伯獻計到韓朋自殺，發展段的情節構設，也改寫了《搜神記》中韓憑怨情與康王論刑之間的關係，將韓朋受刑歸因於梁伯的獻計，而此獻計則是因宋王對貞夫的關切與占有慾所起，使梁伯巧妙地成為宋王、韓朋、貞夫三角關係中穿針引線的關鍵，更加強化了受難者（韓朋夫妻）、霸凌者（宋王）、與為虎作倀者（梁伯）的結構關係。至於之後夫妻相見所引發夫妻之間的矛盾尷尬，尤其韓朋對貞夫的質疑，除了呼應了將韓朋毀容苦役之計的惡毒用心，也為貞夫何以寄信、韓朋何以自殺的心理轉折，做了細緻的鋪陳，填補了《搜神記》的空白。事實上，〈韓朋賦〉對於這封至關重要書信的內容賣了一個關子，而是在後文藉著梁伯的解釋，才呈現了書信的內容與深意，這個懸念的製造，亦可見〈韓朋賦〉作者在敘事手法上較《搜神記》不但更為委屈曲折，在敘事技巧方面又更進一步。

〈韓朋賦〉發展段補強了《搜神記》較為單調的人物心理描述，使宋王、韓朋與貞夫互動之際，得以有其發聲的空間，而分別表現關切與質疑的不同反應。此固然彌縫了《搜神記》的不足，但對文本而言，其實還是意在突出貞夫的困境。在《搜神記》中，夫妻至死始終未再謀面，僅藉著隱語書信表現何氏處境之艱困及對婚姻愛情之忠誠，對於韓憑的心理轉折既朦朧不詳，對於何氏的刻劃也流於簡單。〈韓朋賦〉則藉著鋪陳夫妻再見，卻已是貴賤雲壤之別，以極具張力的情節，更細緻寫出貞夫深刻的痛苦與複雜的心情，面對丈夫的質疑，夾在威權政治與婚姻倫理、愛情忠貞之間，貞夫既不能不從宋王，也不願背叛韓朋，更無法迴避自己的情感──個人的身體權既然已喪失在威權的霸凌之下，

則唯一僅存的就是自己的意志了，於是貞夫不斷地藉著各種機會，一定要表白自己對於婚姻愛情的立場與想法。而藉由貞夫的三次表白態度方式的不同，不但疊映出女主角在人物塑造方面的層次感，在這些壓迫與對抗的聚焦下，也使貞夫的人物形象更爲鮮明。貞夫的第一次表態，乃是其爲梁伯設計，被迫入宮，拜爲王后之後。貞夫鬱鬱不樂，面對宋王的詢問，雖然行動消極，但口氣卻勇敢堅決：「妾〔是〕庶人之妻，不樂宋王之婦」；第二次表態，乃是以王后之尊見到昔爲玉人、今成囚徒毀容的丈夫時，急切的表白自己的身雖華貴、其志未改的清白；第三次表態，則是面對丈夫對其心意的質疑，回宮後以血淚撰成隱語書信一封，並相約殉死，此時其心境已是對現實萬念俱灰，只剩生雖不能同時、死也要同穴的壯烈心志。

　　貞夫的三次表態，由面對君王時的神氣蕭索但口氣堅決、到重逢丈夫時情致哀婉而態度急切的申辯、以至最後費心而悲痛地以簡短隱語訣別，神情方式各異，但貫穿其中不變的是貞夫堅守婚姻、維護愛情的決心與毅力。這樣的塑造，使「韓憑夫妻」故事的人物敘事表現，由《列異傳》只有依附於其夫之下的「韓憑妻」的身分，到《搜神記》擁有自己的身分標籤「何氏」，到〈韓朋賦〉中不稱姓氏、只稱其名曰「貞夫」，女主角貞夫已成爲聚焦「韓憑夫妻」故事敘事要旨的唯一代言人，彰顯了此故事以個人意志與威權對抗的控訴。而由《列異傳》以宋康王、韓憑對峙爲主的男性文本，到《搜神記》成爲宋康王、韓憑、何氏三足鼎立的核心結構，乃至本篇完全以貞夫爲敘事中心、以宋王、韓朋爲映襯其性格，則對照女主角角色地位的變化，益可見〈韓朋賦〉作者的敘事興趣，乃不同於前二者文人敘事以男性爲主的視角，此則明顯可見作者以女性爲主的敘事角度。而這也可以解釋何以會在開始段構設以家庭爲主的敘事空間，鋪陳貞夫與韓朋母親的互動，充分反映了民間敘事文學重視女性命運的敘事特質。

　　〈韓朋賦〉的發展段是全篇故事最重要的部分，「韓憑夫妻」故

事的主要人物，其形象性格在本段都獲得了更完整的呈現。除了女主角
貞夫，如前所提及的，藉著梁伯獻計與夫妻相見等情節的增寫，重新定
位了康王與韓朋的霸凌關係與結果，也牽扯出在上述情境下，韓朋與貞
夫所產生的矛盾與尷尬，不但加深了韓朋的心理狀態，有效的澄清了韓
朋所以自殺的原因，也使在《搜神記》中人物形象薄弱的韓憑，表現得
較為立體清晰。在《搜神記》的開始段，小說但言韓憑為宋康王「論為
城旦」，在發展段中，韓憑之自殺僅以「俄而憑乃自殺」簡單帶過，韓
憑如何自殺、死於何處，並未著墨，韓憑之苦役與自殺之間，文本並未
建立任何關聯性。但〈韓朋賦〉在發展段重新建立了宋王、梁伯與韓朋
的霸凌關係，韓朋由《搜神記》中工作地點模糊的城旦囚徒，以梁伯之
計為針線，轉而成為築清陵之台的苦役。這樣的改寫，其靈感應是來自
《搜神記》結束段何氏投台而死之舉，然而後者以甚麼樣的藉口登台，
《搜神記》並未處理；〈韓朋賦〉的敘事者切割了《搜神記》結束段中
何氏陰腐其衣、登台、投台殉死之舉，讓貞夫提前登台，以觀台為名、
探夫為實，使《搜神記》何氏的登台行為有了強烈的動機與目的，更藉
這次夫妻重會事件中，透過韓朋質疑妻子貞節心志所流露出強烈的忌妒
與自卑，使性格模糊的韓朋，面目較為明確。

　　韓朋對妻子抱持的心態是複雜的：在開始段，他娶貞夫只是為了
遠遊出仕之後家中有人可以陪伴老母，因此成婚三日就毫不留戀地出門
遠行，貞夫對韓朋來說，只有功能意義；而後當他收到妻子情采兼備的
家書，不禁受其感動「意感心悲，不食三日，亦不覺飢」，始見對妻子
的戀戀之情。但由功能導向到心靈悸動，其中還橫亙了去家三年的時空
阻隔，如此薄弱的婚姻情感基礎，使韓朋在發展段中，當他見到貞夫一
身榮華富貴、眾人簇擁時，不禁興起懷疑之心，則又暴露了他心胸的狹
窄。之前對妻子的愛戀、與懷疑妻子背叛的憤怒，再加上貴賤相對地位
的忌妒與自卑，都糾結成複雜的情緒，無法宣洩。因此，當韓朋接獲妻
子書信，發現自己竟卑劣地懷疑妻子清白時，之前因毀容而自慚形穢、

以草遮面的自卑，此刻轉爲對道德與情感的自我譴責，唯有呼應妻子殉死的邀約，才能將前述種種糾結的情感轉化爲對妻子的歉意與懺悔，因此將貞夫的書信繫於頸下，自殺而亡。〈韓朋賦〉對這一段情節的處理手法，將韓朋的苦役與死亡、貞夫的觀台與最後的殉情，緊密地交織在一起，將《搜神記》中的韓憑的蒼白形象描骨繪肌，使人物行爲動機、心理狀態，更具邏輯性與清晰度。

此外，壓垮何氏與韓憑婚姻的最後一根稻草的蘇賀，在《搜神記》中唯有出現在此段，但其功能也只在消極的解謎，對於君王並沒有積極的影響力，使不論強占人妻、論罪無辜，都是康王一意孤行，凸顯的是君王的蠻橫暴力。〈韓朋賦〉強化了這個配角的功能性，在開始段宋王雖然想染指貞夫，卻無計可施，是梁伯獻計將貞夫詆騙而來；開展段貞夫入宮後鬱鬱寡歡，宋王依然一籌莫展，又是梁伯獻計毀容韓朋，企圖使貞夫不再慕戀其夫。〈韓朋賦〉不僅讓梁伯提早出場，更加重了他對於暴君的影響力，使君王暴行的成就，其正具有推波助瀾的作用，凸顯了奸臣之危害，並不亞於暴君之恐怖。而宋王雖自私無理，對於奸臣卻言聽計從，在殘暴之餘，更見其愚昧不明。可以說，對於民眾遭受政治威權霸凌的處境，〈韓朋賦〉作者有著更深刻的體認。

透過發展段對於各個人物的重新安排，使故事人物結構的層次更爲清晰，也使人物結構的內在呼應更爲緊密。除了突出了貞夫作爲唯一主角的聚焦性，使故事的敘事意旨更爲明確；韓朋與宋王雖然降低成爲配角，但人物面目卻更爲鮮明立體；而智慧小人梁伯功能性的加重，則使故事對於不同形式暴力的指控更具有厚度與視野。

3. 結束段

(1) 夫妻死亡事件中人物結構與敘事次序的改動與影響

〈韓朋賦〉進入到結束段，呈現了與《搜神記》截然不同的發展。在《搜神記》中，夫妻先後自殺而亡，由故事發展的邏輯來看，自是何

氏隱語書信透露死志的效應；但在文本敘事表現上，由於敘述較爲簡潔，韓憑自殺與何氏殉死，卻是兩個平行事件，只有敘述先後次序之別：韓憑的死亡事件，隨著敘述語句的結束而告一段落，與之後的何氏登台殉死，彼此缺乏明確的因果關係，甚至情感反應的描述。而何氏投台殉死之前，乃先「陰腐其衣」，顯然腐衣、投台等一連串舉動，是事先設計好的計謀；但是，「王與之登台」與其預謀殉死之間如何聯結，小說則未見鋪陳。敘述的簡略，使結束段夫妻的死亡難免令人有匆促之感。

迴異於《搜神記》中何氏投台殉死的沉默與匆促，〈韓朋賦〉則是貞夫向宋王要求爲韓朋舉辦盛大國葬，並在極度激昂的情緒中，於眾臣面前投壙殉死。此不但使丈夫自殺到妻子殉死之間的敘事表現與情感連結得以流暢明確，也爲全篇故事做了更完整的收束。《搜神記》的登台、腐衣、殉死，在〈韓朋賦〉中被加以切割。同樣登台之舉，《搜神記》安排何氏於結束段以此作爲殉死的跳板，並導向了敘事的尾聲；〈韓朋賦〉則讓貞夫在發展段中提前登台，其功能是使台上的貞夫不是由此一躍而下殉死，而是作爲敘事轉折、另起波瀾，藉觀台探夫，製造夫妻重逢的機會，以爲之後隱語書信及韓憑殉死先做鋪陳。而《搜神記》的腐衣與殉死，〈韓朋賦〉除仍保留在結束段以爲處理貞夫殉死之手法，更在韓朋自殺與貞夫殉死之間，增寫了貞夫向宋王提出厚葬韓朋及臨壙致哀等要求，使《搜神記》中極其卑微匆促的韓憑自殺事件及何氏看似突發的個人殉死行爲，前者成爲浮出檯面的公眾事務，後者則成爲在三千隨侍及百官見證下，「繞墓三匝，嗥啼悲哭，聲入雲中」的壯烈殉身。這樣的敘事構設，加重了韓朋殉死的矚目性，將貞夫殉死與韓朋自殺在事件發生的因果與情感上做了緊密連結；也藉著當朝王后悲悼前夫的尷尬敏感，使宋王迴避了貞夫殉死的場面，而得以將敘事重新聚焦到「韓憑夫妻」本身，凸顯了韓朋夫妻在威權之下的命運悲感。

在《搜神記》的結束段，韓憑已然退場，何氏默默地投台而亡，在

何氏被奪之後，這對夫妻生前再也未能重聚；至於智慧小人蘇賀，也消聲匿跡、不了了之。敘事舞台的聚光燈雖仍在何氏身上，但人物結構已縮減爲她與宋王二人，發展段人物結構的豐富性至此已然瓦解。雖然何氏的衣帶遺書與宋康王的報復分葬仍足以對照出二人的個性──前者一以貫之地呼應對於愛情婚姻的堅持，後者則又再次強調其蠻橫殘忍──而在這樣的人物對照下，敘事主旨的焦點雖得以集中於個人與威權的對抗上，但敘事者的興趣已急於移轉至即將開啓的小說結構第二部分的「志怪」敘事，遂使宋王的刻意報復，不過成爲由人情敘事過渡到志怪敘事的橋梁而已。

〈韓朋賦〉的結束段延續發展段的敘寫手法，核心人物的三角關係維持不變，仍以貞夫爲焦點，讓她周旋在丈夫與宋王之間；而智慧小人梁伯也將面臨他的命運。凡此，使人物結構由開始段到結束段保持了一定的穩定度。韓朋雖已死亡，但透過貞夫對宋王提出厚葬丈夫的要求，使他的幽魂仍如影隨形地出現在敘事的字裡行間，與宋王對峙拉扯，牽引著貞夫走向她生命的終點。貞夫的請求，不僅充分地表達了對韓朋的悲痛與哀悼，更令貞夫在殉死之前得以再一次的宣示她對於婚姻愛情的忠誠，以爲發展段三次表態的呼應：

蓋聞一馬不被二安（鞍），一女不事二夫。

相較於發展段貞夫的表白，結束段的宣示篇幅極爲簡短，固然是投壙時機不容錯過，不容長篇大論，但即使時間如此偪促，貞夫仍要在眾人面前再次宣示自己的心志不容遭到汙衊，則可見其對此原則的堅決。這是她對人生徹底絕望前的吶喊、是爲她所受到的種種霸凌的悲鳴控訴，其意義是與發展段的三次表態前後一貫的。

然而這並不是殉死事件的終點。與《搜神記》不同的是，《搜神記》何氏默無一語地投台而亡，只在衣帶上遺書：

> 王利其生，妾利其死，愿以尸骨，賜憑合葬。

何氏天眞地以爲以生命作爲交換，或許能打動宋康王讓夫妻終能團聚——儘管已是兩具屍體。其實這不過又再一次地把自己的命運交付到別人的手上，何氏所能宣示的，只有精神上的勝利，對於她身體自主權的恢復，並無任何積極的作用。敘事中連理樹與鴛鴦鳥固生自其墓穴，卻非夫妻生前所預期的結果，因此僅能視爲上天同情韓憑夫妻遭遇所幻化出的異象，並不是來自其意志的副產物。《搜神記》敘述至此即戛然而止，使小說的敘事意義落入消極層面，只呈現個人意志與威權霸凌的對抗，卻沒有做出結論；其結果便是人情與志怪敘事各自表述，使全篇敘事分裂爲兩個部分，而終究仍是一篇解釋名物的文字。

〈韓朋賦〉的處理方式則全然不同，貞夫不但寧鳴而死，死後的命運，也絕不寄託於天眞虛妄的遺言。她並沒有如何氏留下任何託付別人安排命運的懇求，而是以另一種形式自我實踐，以實現自己的心願。貞夫悲憤誓詞，投壙而亡，臨死前只拋下一句預言「天能報此恩」，故投壙之後，上天立刻降下大雨，百丈墓穴瞬時成爲深潭，使欲救者根本無從下手。這樣的情節構設，在《搜神記》的〈東海孝婦〉也可以看到類似的場景，小說敘述孝婦周青無辜枉死，其被行刑前發下重誓：

> 青將死，車載十丈竹竿，以懸五旛。立誓於眾曰：「青若有罪，願殺，血當順下；青若枉死，血當逆流。」既行刑已，其血青黃，緣旛竹而上標，又緣旛而下云。

當時不僅天即有異象，甚至周青死後，郡中更大旱三年。直到後任太守上任，除接受獄吏于公爲周青平反的獄詞，還其清白，更「即時身祭孝婦冢，因表其墓」，而「天立雨，歲大熟」。周青立誓的情節到了元雜劇〈感天動地竇娥冤〉，在第三折竇娥臨刑前，其誓詞內容除了血緣旗

而上、飛灑白練外，更要六月而天降瑞雪、掩其屍身，並詛咒楚州亢旱三年，而斯時事後，果然一一應驗。從干寶到關漢卿等作者的角度，天象物類的異常，不但是周青、竇娥的冤屈「感天動地」所致，天人交感的結果，更意味著人間正義的失衡，故唯賴「天」為之不平，但也僅只於此而已，對於冤死的既成事實，其實並沒有立即或直接的影響。〈韓朋賦〉中，貞夫臨壙而哀，縱身而躍，如果不是即時天降大雨滿注壙穴，即使捉手不及，但墓穴再深，也能垂繩而下，至少屍體尚能尋獲；因此韓朋墓穴天降大雨，即成深潭，不但彰顯了上天受貞夫所感，更進而成全了貞夫的死志。此不僅是天人交感而已，更是天意助人一臂之力，進而扭轉現實處境。這樣的構設手法，與〈東海孝婦〉乃至〈感天動地竇娥冤〉等系列故事中異象發生的意義不僅無二致，甚至更具積極意義。

(2) 夫妻亡後異象的出現與意義

《搜神記》在結束段最後，宋康王出於報復心態，故意將屍體分葬，使二塚相望，小說至此開始進入志怪敘事部分。敘事者寫塚雖相望，卻生出連理樹而根相通、枝相連，又飛來鴛鴦鳥恆棲悲鳴。諸般異象固然象徵了韓憑夫妻的精魂未遠，及其對愛情婚姻生死以之的執守，但在身體上畢竟已隔東西，使生非同日，死仍不能同穴。受冤者的心願雖由天然異象加以表明，在實質上其實是落空的；至於宋康王與蘇賀，則敘事者全然未加處理其最終的命運。〈韓朋賦〉宋王對於夫妻亡後的處理原則雖同於《搜神記》的分葬，但敘事者在殉死之後與分葬之前增寫了新的情節，此後發展與《搜神記》分道揚鑣，開展出不同的情節面貌，賦予這個故事新的敘事意義。

如前所言，貞夫的投壙殉死，不論在死亡形式及行為的精神意義上已大不同於《搜神記》，貞夫殉死之後雖然敘事也同樣進入志怪部分，並運用了與《列異傳》、《搜神記》相同的連理樹與鴛鴦鳥的元素，但其情節開展卻截然不同。首先，《搜神記》在何氏投台殉死後，發現遺

書要求合葬，宋王卻故意下令將二人遺體分葬，使二塚相望，而嗣後連理樹便是由二塚之上長出。〈韓朋賦〉則寫貞夫投壙殉死後，不但韓朋壙中並未尋獲夫妻遺體，更未發現任何遺書，僅得青、白二石；故宋王所分葬的，並非如《搜神記》的夫妻屍首，而是象徵夫妻二人堅心意志的青白二石，而連理樹，正是由其上生長而成。《搜神記》中宋王分葬之舉固然卑鄙，其中不僅有忌妒之情，更有幸災樂禍的惡意，但其作為乃是受到何氏遺書所刺激，並非宋王自發性的行為；相較之下，〈韓朋賦〉宋王的分葬二石，並非受到刺激後的反向操作，純粹是其個人的發想，則在人格的卑劣度上，較前者尤甚！

　　由二石所長出的連理樹，雖然樹種各異，但敘事者藉著梁伯對於生長異象的破譯、及宋王怒斲二樹竟然流血，暗示二石正是韓朋夫妻所化：

　　　　宋王睹之，青石埋（●）〔於〕道東，白石埋（●）於道西。道東生於桂樹，道西生於梧桐。枝枝相當，葉葉相籠，根下相連，下有流泉，絕道不通。宋王出遊見之，〔問曰：「此是何樹？」梁伯對曰：「此是韓朋之樹。」「誰能解之？」梁伯對曰：「臣能解之。枝枝相當是其意，葉葉相籠是其思，根下相連是其氣，下有流泉是其淚。」宋王即遣〔人〕誅伐之。三日三夜，血流汪汪。

青白二石替代了夫妻失蹤的屍體，雖仍難免於分葬的命運，但二石的化成，實具有神話上透過形體轉化而精誠不滅的意義，象徵的不僅是韓朋夫妻生前不能相守、死後必要同穴的精神意志的勝利，更是自我身體權的恢復。其既同時由韓朋墓穴打撈而得，也意味著貞夫與韓朋用自己的方式實踐了「穀則異室，死則同穴」（《詩經‧王風‧大車》）的最終遺願；相較於《搜神記》何氏猶寄望宋王將之合葬，〈韓朋賦〉的化為二石同壙，後者實更具積極意義。

　　值得注意的是，〈韓朋賦〉敘述至此，雖然開始進入志怪敘事的
部分，其與《搜神記》運用了連理樹與鴛鴦鳥等相同的志怪元素，但在
與夫妻相繼殉死等情節的聯繫上，建立了新的連結，而開展出與《搜神
記》結構人情與志怪各自表述判然有別的敘事表現。除如前文所指出，
〈韓朋賦〉運用了形體轉化與精誠不滅的神話定律，使夫妻殉死後化為
二石，而這樣的轉換律，亦延伸至之後一連串由二石、連理樹、乃至鴛
鴦鳥的生成，使韓朋夫妻、青白二石、連理樹、鴛鴦鳥四者之間形成
密不可分的因果關係，而非並列的獨立事件。由《列異傳》到《搜神
記》，「韓憑夫妻」故事在志怪敘事的尾聲，都是繼連理樹的長成之
後，以憑空飛來雙鴛鴦棲息悲鳴收束敘事。連理樹與鴛鴦鳥雖都指涉韓
憑夫妻精魂，但在敘事表現上，二者實為各不相屬的兩種物類，為兩椿
獨立事件。尤其在《搜神記》中，這對鴛鴦鳥的任務是「恒栖樹上，晨
夕不去，交頸悲鳴，音聲感人」，無論雙禽是否如干寶於後文所錄南方
傳說，認為其乃韓憑夫妻精魂所化，小說只是藉著恆棲悲鳴象徵韓憑夫
妻的悲情人生，除此之外無所作為。由《列異傳》到《搜神記》，敘事
者都是以這個近似定格的畫面收束全篇敘事，牠們既是象徵韓憑夫妻的
悲劇命運，也凸顯了敘事者對於這椿悲劇的立場，是同情受害者的成分
大於批判指責霸凌者。

　　相對於此，〈韓朋賦〉在前述天降大雨、青白二石、連理樹之後，
雖亦出現鴛鴦鳥，但雙禽的出現，乃是由宋王所砍連理樹的斷枝所變化
而成：

　　宋王即遣〔人〕誅伐之。三日三夜，血流汪汪。二札落水，變成雙
鴛鴦，舉翅高飛，還我本鄉。

〈韓朋賦〉的落枝化禽，迥異於《列異傳》以來所述鴛鴦鳥的來源，其
敘事目的不僅在志怪新巧而已，更重要的，是賦予了銜接宋王命運的情

節功能，在志怪敘事之後，仍導向了人情敘事坐收，翻轉了人情與志怪的敘事結構關係。這對由連理樹斷枝化成的雙鴛鴦，不再徒然棲止枝頭悲鳴，而是「舉翅高飛，還我本鄉」，遠颺的動作，不但象徵韓朋夫妻精神意志的自由、更是形體的自由。韓朋夫妻由相繼殉死而化為青白二石，又由二石分葬之處分別長出梧桐與桂樹，到宋王斲斷二樹、斷枝化為鴛鴦鳥，振翅歸鄉，這一貫而下的形體變化軌跡，乃由無機物的石頭、而有機的植物、乃至具有行動力的動物，形體屬類雖異，但其內在質性卻是一致的，即都是由韓朋夫妻的精魂一以貫之轉化而成，充塞著生命流轉不息的脈動，由這點言，較《搜神記》中鴛鴦的驀然飛來、徒然悲鳴，形成休止定格的畫面，〈韓朋賦〉所構寫的一連串變形事件，凸顯出韓朋夫妻雖生前遭威權霸凌而殞命，但透過敘事的賦權，最終仍爭回自己身體的主體權，這不僅僅是敘事者對這對夫妻的致意，更彰顯了民間敘事者對威權與意志對抗下決不屈撓的生命立場。

(3) 結尾的重新設計與效果

《搜神記》在連理樹與鴛鴦鳥的志怪敘事部分結束之後，篇末補充了一段說明文字：

宋人哀之，遂號其木曰「相思樹」。「相思」之名，起于此也。南人謂：此禽即韓憑夫婦之精魂。今睢陽有韓憑城，其歌謠至今猶存。

這樣的說明，全然脫離敘事層面，翻轉了前面人情敘事的主體性，使其成為解釋物類地名的背景，洩漏了文本的敘事目的，主要還是在於說奇道怪，而非敘述人情。以此，我們便可理解何以《搜神記》在結束段的最後，並不企圖去處理敘事中任何霸凌者的命運，或者批判任何不公不義，因為這並非其敘事的動機。何況干寶的身分，其著作《搜神記》尚須向皇上請紙，北宋蘇易簡《文房四譜》卷四引干寶〈撰《搜神記》請紙表〉：

干寶表曰：「臣前聊欲撰記古今怪異非常之事，會聚散逸，使自一貫，博訪知古者。片紙殘行，事事各異。又乏紙筆，或書故紙。」詔答云：「今賜紙二百枚。」

因此就干寶處境，自無法太露骨地批評政治，遑論臧否威權。此外，《搜神記》的寫作，其材料來源乃「承於前載」、「採訪近世之事」；其撰著動機不過是「發明神道之不誣」、「亦粗取足以演八略之旨，成其微說而已。幸將來好事之士，錄其根體，有以遊心寓目，而無尤焉。」（《搜神記·序》），本來紀錄資料的目的就大於演繹故事，因此對於「韓憑夫妻」故事的敘述，自然演成如此的結構面貌。

〈韓朋賦〉則以新的事件情節取代了《搜神記》原有的說明文字，以處理宋王與梁伯的命運。在敘事的尾聲，韓朋夫妻已然退場，舞台聚光燈集中在宋王／諸般奇異之事二者的對峙場面，形成宋王／夫妻精魂、霸凌者／受害者之間的角力戰。宋王分葬青、白二石，則由二石之上長出連理樹；宋王砍斷二樹，則斷枝又化成鴛鴦鳥遠颺……當鴛鴦遠颺之後，這場對峙似乎雙方勝負不分軒輊，其實不然：

二札落水，變成雙鴛鴦，舉翅高飛，還我本鄉。唯有一毛〔羽〕，甚好端正。宋王得之，〔遂〕即磨拂其身，〔大好光彩，唯有項上未好，即將磨拂項上，其頭即落。〔生〕奪庶人之妻，枉殺賢良。未至三年，宋國滅亡。梁伯父子，配在邊疆。行善獲福，行惡得殃。

代表韓朋夫妻精魂的鴛鴦已然振翅歸鄉，象徵他們不但獲得了精神的勝利、也贏回了形體的自由，敘事所投射出的人道主義色彩，顯然較《搜神記》更為強烈而鮮明。然而敘事者並不滿足於此，他讓鴛鴦落下一根具有神奇能力的毛羽，實則卻是韓朋夫妻報復的利劍。羽毛的光彩吸引了宋王，正如當初貞夫的文采與美貌吸引了他；宋王以羽毛輕拂身上，

自己竟然變得光彩煥發，正如當時玉樹臨風的韓朋；如此神奇的羽毛，
是否也能將他的面容變得如韓朋般貌如珠玉呢？於是宋王繼續用羽毛往
上拂拭，而羽毛竟如利劍，霎時斬斷了宋王的頸項。宋王人頭落地，韓
朋夫妻則完成了他們的復仇。然而，與宋王的角力至此只是暫時告一段
落，宋王的懲罰並未結束；三年後，他的國家滅亡，至於當初為虎作倀
的梁伯，也禍延子孫，父子同遭放逐的命運。

　　敘事企圖的改變，降低了志怪事件的結構地位，使前者為人情敘事
服務。如前述墓穴大雨，事件本身固然屬於志怪敘事，但構設的目的卻
是映襯人物的性格，志怪事件乃退居而成為映襯人物主體的客體，在情
節結構上的地位已不如《搜神記》般與人情敘事呈現分庭抗禮之勢。如
二石的撈獲，與連理樹異象的出現，事件本身除如前所言乃證明韓朋夫
妻對於婚姻的執守，更作為映襯宋王蠻橫性格的道具。當貞夫在世，宋
王為安撫取悅佳人，在發展段詢問群臣解決之方，在結束段則答應了厚
葬韓朋的要求，但這並不表示他是理性的。相反的，前者宋王採納了梁
伯之計，將韓朋毀容苦役，企圖透過摧毀對方所愛逼使貞夫變心；後者
當他聽聞使者來報貞夫投壙相殉且援救不及，他的反應是「王聞此語，
甚大嗔怒，床頭取劍，煞臣四五」。答應厚葬而自己並未參與，顯示宋
王只是為了哄誘貞夫，並非其心寬厚；而眾人不及阻止貞夫投壙，卻遷
怒他人殺害無辜，更見其瘋狂殘忍的本質並未改變。故其後宋康王故意
將二石分葬，及粗暴地將二樹斲斷等舉動，則又更進一步凸顯了宋王蠻
橫的一面。志怪敘事的功能，已不再是自成一格獨立的敘事結構，而只
是情節的一部分，這樣的構設，使「韓憑夫妻」故事呈現更完整的敘事
樣貌。

　　〈韓朋賦〉在結束段對眾人命運及志怪事件的處理方式，顯然不
同於《搜神記》的隱諱保守，而充分彰顯出民間強烈的革命性與批判色
彩。「韓憑夫妻」故事的敘事時空雖在戰國末期，但以干寶具有史官身
分，站在朝臣的立場，仍不便對君王有所批判；但民間的敘事者不具備

這樣的顧慮，故能站在受害者的立場，為其不平，藉著文字的力量，與文學幻想的空間，懲治這些在現實社會的既得利益者與為虎作倀者。《搜神記》中人情與志怪敘事形成兩個判然而別的結構，雖然在人情敘事部分已較《列異傳》婉轉曲折，更見骨肉肌理，但文本終究脫離不了紀錄異事與說明典故的功能性。〈韓朋賦〉的民間敘事者顯然沒有興趣解釋名物的由來，而是將注意力專注於人物的命運，對韓朋夫妻遭遇、及其人本關懷，就是敘事文本的主體，而不再流於解釋名物由來的背景。透過對於「韓憑夫妻」故事不同版本系統的比對，確然可以對比出文人敘事與民間敘事在威權與個人價值間的依違與抉擇。

三、結論：「韓憑夫妻」型故事的敘事承衍意義

「韓憑夫妻」型故事在敘事文本的傳承中，以夫妻及宋康王為核心形成兩組對立的人物，敘述因宋康王的強奪人妻，造成了這對夫妻生離死別的悲劇。因敘事者文人或民間身分的差異，敘述的重心由客觀敘述夫妻生離死別的歷程，而導向呈現這對夫妻——尤其是妻子——如何面對霸凌者的抗爭；人物也由分處愛情與權力兩端的男性對峙，轉向突出女主角妻子堅守婚姻、愛情、貞節的高大形象；隨著敘事重點的轉移，故事要旨亦由客觀解釋名物地點由來，轉而摸寫愛情人性，並為弱勢者伸張正義。兩相對照，可以看出「韓憑夫妻」故事在承衍的過程中，故事的核心情節並未改變，如奪婦、刑夫、寄書、自殺、殉死、異象等，兼具人情與志怪的敘寫，但隨著敘事目的與關注重點的不同，對於情節的減省，或改寫、增寫的表現因之亦有所異，使小說呈現出不同的樣貌之餘，同時也寓寄了敘事者對於個人婚戀與威權暴力衝突情境不同的價值觀。

(一) 普世課題的不同詮釋 —— 史實與虛構人物的設定與意涵投射

　　「韓憑夫妻」故事與其他具有模式化傾向的古典小說題材類型最大相異之處，在於其主要人物在歷史上有跡可考，雖然其情節出於虛構，但卻又符合人物的歷史形象與性格邏輯，使故事在敘述傳承的歷程中，相較於其他故事類型更近於歷史、更具有眞實性與說服力，此即造成韓憑夫妻悲劇命運的關鍵人物：宋康王。按宋康王爲戰國時期宋國的亡國之君，在歷史上形象極爲負面。最早見於《戰國策・宋衛策第三十二》〈宋康王之時有雀生鷇〉即說康王上不敬天、下則殘暴臣民，終於引起齊國討伐：

　　宋康王之時，有雀生鷇於城之陬。使史占之，曰：「小而生巨，必霸天下：「康王大喜。於是滅滕伐薛，取淮北之地，乃愈自信，欲霸之亟成，故射天笞地，斬社稷而焚滅之，曰：「威服天下鬼神。」罵國老諫曰，爲無顏之冠，以示勇。剖傴之背，契朝涉之脛，而國人大駭。齊聞而伐之，民散，城不守。王乃逃倪侯之館，遂得而死。見祥而不爲祥，反爲禍。

康王好武勇，本不信仁義一套儒家之說，如《呂氏春秋・愼大覽・順說篇》：

　　惠盎見宋康王。康王蹀足謦欬，疾言曰：「寡人之所說者勇有力，而無爲仁義者。客將何以教寡人？」

可以想見，宋康王的行事風格多以殺戮暴力取向，加上不問是非，自然小人圍繞，但進讒言，更樹立了其蠻橫無理的形象。如《墨子・所染》即謂康王近於小人，爲其所惑：

子墨子言見染絲者而歎曰：「染於蒼則蒼，染於黃則黃。所入者變，其色亦變。五入必而已，則爲五色矣。故染不可不愼也。」……范吉射染於長柳朔、王胜，中行寅染於籍秦、高彊，吳夫差染於王孫雒、太宰嚭，知伯搖染於智國、張武，中山尚染於魏義、偃長，宋康染於唐鞅、佃不禮。此六君者所染不當，故國家殘亡，身爲刑戮，宗廟破滅，絕無後類，君臣離散，民人流亡。舉天下之貪暴苛擾者，必稱此六君也。

實則唐鞅爲康王相國，最後亦爲康王所殺，《呂氏春秋‧審應覽第六‧淫辭》：

宋（康）王謂其相唐鞅曰：「寡人所殺戮者眾矣，而群臣愈不畏，其故何也？」唐鞅對曰：「王之所罪盡不善者也。罪不善，善者故爲不畏。王欲群臣之畏也，不若無辨其善與不善而時罪之。若此，則群臣畏矣。」居無幾何，宋君殺唐鞅。

其實小人不僅唐鞅而已，康王朝中多的是附和迎逢之臣，《呂氏春秋‧貴直論‧過理篇》提到：

宋王築爲蘗帝，鴟夷血，高懸之，射著甲胄，從下，血墜流地。左右皆賀曰：「王之賢過湯、武矣。湯、武勝人，今王勝天，賢不可以加矣。」宋王大說，飲酒。室中有呼萬歲者，堂上盡應，堂上已應，堂下盡應，門外庭中聞之，莫敢不應，不適也。

在這種情形之下，康王自然不聽忠言眞話，反而濫殺無辜。《呂氏春秋‧貴直論‧壅塞篇》即記載在齊兵臨城下、國將不保之際，使者三報軍情緊急、國民皆恐的實情，皆爲康王怒而殺之，最後不但使者只好說

謊以報喜不報憂，左右更阿諛奉承康王前面三輪被處死的使者是活該應然：

> 齊攻宋，宋王使人候齊寇之所至。使者還，曰：「齊寇近矣，國人恐矣。」左右皆謂宋王曰：「此所謂肉自至蟲者也。以宋之強，齊兵之弱，惡能如此？」宋王因怒而誅殺之。又使人往視齊寇，使者報如前，宋王又怒誅殺之。如此者三。其後又使人往視：齊寇近矣，國人恐矣。使者遇其兄。曰：「國危甚矣，若將安適？」其弟曰：爲王視齊寇，不意其近，而國人恐如此也。今又私患鄉之先視齊寇者，皆以寇之近也報而死。今也報其情，死；不報其情，又恐死；將若何？」其兄曰：「如報其情，有且先夫死者死，先夫亡者亡。」於是報於王曰：「殊不知齊寇之所在。國人甚安。」王大喜。左右皆曰：「鄉之死者宜矣。」王多賜之金。寇至，王自投車上馳而走，此人得以富於他國。

前引由《墨子》到《呂氏春秋》的幾則記載中，宋康王濫殺的情形，不僅是衆人印象，連康王自己也承認的，其中逢迎獻計、搧風點火的臣子唐鞅及衆臣，令人聯想到在《搜神記》以後所出現的梁伯及蘇賀的小人角色；而康王三殺使者，更與〈韓朋賦〉中康王聽聞貞夫投壙而搶救不得時，濫殺左右的情境有異曲同工之處。此外，《史記・宋微子世家》則提到康王所以即位，其實是逐兄篡位所得：

> 剔成四十一年，剔成弟偃攻襲剔成，剔成敗奔齊，偃自立爲宋君。

史遷更直指康王的淫逸殘暴之習，正是其亡國的根本原因：

> 君偃十一年，自立爲王。東敗齊，取五城；南敗楚，取地三百里；西敗魏軍，乃與齊、魏爲敵國。盛血以韋囊，縣而射之，命曰「射

天」。淫於酒婦人。群臣諫者輒射之。於是諸侯皆曰「桀宋」。「宋其復爲紂所爲，不可不誅」。告齊伐宋。王偃立四十七年，齊湣王與魏、楚伐宋，殺王偃，遂滅宋而三分其地。

其實自春秋以來，各國公子爲了爭奪君位而手足相殘之例並不罕見，如《左傳》記鄭莊公之弟叔段企圖篡位而引發兄弟相殘，其後莊公二子昭公、厲公亦同樣上演昔年父叔的鬩牆之爭，而衛國州吁亦殺其兄桓公自立等，都是著名的例子。故宋康王逐兄自立，說起來固然不足以爲奇，但如對照前述康王暴戾的行事風格來看，益可印證其於天倫人情的觀念是很淡薄的，而爲小說中康王強奪臣下之妻，且毫不爲何氏遺書所動，反而還故意反其道而行的惡劣行徑，做了最好的註腳。

「韓憑夫妻」故事在敘事形式中的君王形象如此惡劣，即使如《搜神記》等筆記作品之作者並未對其加以批判，但其行爲已足以令讀者爲韓憑夫妻遭遇憤憤不平，而這也是故事篇末諸般志怪敘事的必要之處，以令讀者的情感得到發洩與寄託，而使閱讀與文本之間產生共鳴。然而韓憑夫妻的遭遇，在傳統社會、甚至人類社會並非特例，上凌下、強凌弱、長凌幼，本是生活中可見的現象，但對身爲文人甚至具有官職的作者而言，敘事中作爲霸凌者的君王形象，不但有一明確的身分標籤，更與歷史緊密呼應──甚至《史記・田敬仲完世家》提到康王同時之世，有「韓馮」者，乃與張儀同列之遊說之士，雖然韓馮之身分與韓憑但爲康王舍人二者並不相同，但「馮」、「憑」音近，又是同時，仍然很難忽視二者之間的關聯性──這樣的手法除了有助於讀者對於人物行爲產生對焦，對於敘述效果而言，亦易使其敘事得以保持一定的客觀性與疏離感，而對敘事者有遠禍避嫌的保護作用。這樣的故事模式，所敘述的既是如此牽動閱讀者的生命經驗，因此當後世作者沒有前述身分地位的顧忌時，加上敘事條件及觀念的漸趨成熟，自能由人情人性的根本出發，在繼承故事情節的敘事模式之餘，回歸到「人」的本位檢視韓憑夫

妻的遭遇，由「情」的角度加以發揮，而不必藉由「怪」的事件予以遮掩。

　　歷史或現實的明確化，的確有助於提高故事的真實感。由是，我們可以看到「韓憑夫妻」故事在承衍的過程中，魏晉以後的詩文中，更可見高台台名的固定化，進一步加強了故事的可信度。案台名曰「青陵」（〈韓朋賦〉做「清凌」二字），始見於晉袁松山《郡國志》（《太平御覽》卷一七八引）：

　　　鄆州須昌縣有犀丘城青陵台，宋王令韓憑築者。

其後唐宋相關詩文中遂屢見台名，如《獨異志》、李商隱〈青陵台〉詩、《天中記》所引宋《九國志》、《分類補註李太白詩集》〈白頭吟〉詩所引宋楊齊賢注等，皆可見「青陵」台名，甚至韓憑塚等言之鑿鑿的附會，其非但未有減損故事的動人性，反而更深入人心，成為傳頌緜久的愛情典故。

　　「韓憑夫妻」故事內容應出於虛構，但在確實可考的人物、與具體的地點等元素下，製造出虛構與史實的交融模糊，而使故事增加了標籤化及說服力的強度，這個發展特點，是其他故事類型所不及者。

(二) 符號的延異 —— 多元文學形式對人物的強化效果

　　「韓憑夫妻」故事由《列異傳》的質木無文，到《搜神記》的敘述婉轉，後者對於隱語的使用，除了使敘事更為活潑外，在刻劃何氏聰慧而痛苦的形象上，具有非常重要的作用。而由於敘述重心逐漸轉移到女主角身上，後世承傳文本中更可見「烏鵲歌」的摻入與賦體書信型式的運用，不但使女主角的性格與人格透過更多元的文學形式而呈現更立體的形象，更實實在在反映了敘事者對於故事的企圖心。

　　就後者而言，〈韓朋賦〉由於採用俗賦的型式敘述故事，其篇幅不

受拘限，而文字近乎淺白，故能更加鋪張貞夫的人物形象。透過她思念丈夫那封哀婉纏綿的書信，除了展現貞夫蘭心蕙質的特質，更充分傳達了與韓朋雖新婚三日即分別，但對丈夫的情感與對婚姻的忠誠卻無庸置疑，敘述者藉此樹立了人物的基本調性，也奠定了之後遭逢不幸時的行為邏輯。

但更應注意的是「烏鵲歌」對敘事上的滲入。案「烏鵲歌」之稱首見於《天中記》卷一八引宋路振《九國志》佚文，其曰：

　　韓憑，戰國時為宋康王舍人，妻何氏美。王欲之，捕舍人築青陵台，何氏作《烏鵲歌》以見志，遂自縊死：「南山有鳥，北山張羅。鳥自高飛，羅當奈何。烏鵲雙飛，不樂鳳凰。妾是庶民，不樂宋王。」

其後「烏鵲歌」便屢與韓憑夫妻故事並聯。如清沈德潛《古詩源》卷一有〈烏鵲歌〉二首，篇名下即引元人《彤管集》曰：

　　韓憑為宋康王舍人，妻何氏美，王欲之，捕舍人，築青陵之台，何氏作烏鵲歌以見志，遂自縊。

明馮惟訥《古詩紀》古逸部之一亦收〈烏鵲歌〉二首，並說明：

　　〈烏鵲歌〉二首，見《彤管集》。一作《青陵台歌》，見《九域志》。前止一首。韓憑，戰國時為宋康王舍人。妻何氏美，王欲之。捕舍人築青陵台。何氏作烏鵲歌以見志，遂自縊死。

不僅如此，馮惟訥於〈烏鵲歌〉之後，更將《搜神記》中何氏的隱語書信「其雨淫淫，河大水深，日出當心。」稱為〈韓憑妻答夫歌〉，而此稱亦為沈德潛《古詩源》所繼承。

　　此外，馮夢龍《情史》卷十一「情幻類」〈連枝梓雙鴛鴦〉寫韓憑夫妻事，亦曰：

　　韓憑，戰國時爲宋康王舍人。妻何氏，有美色。康王乃築台望之，竟奪何而囚憑。何氏乃作〈烏鵲歌〉以見志曰：「南山有鳥，北山張羅。鳥自高飛，羅當奈何？」又曰：「烏鵲雙飛，不樂鳳凰。妾自庶人，不樂君王。」

凡此，皆可見〈烏鵲歌〉說法的深入人心。但有趣的是，敘事者用以說明〈烏鵲歌〉出處背景所用的故事基本上偏向《搜神記》版本，但《搜神記》固然稱何氏，卻只有爲蘇賀所破解的「其雨淫淫」隱語一則（即馮惟訥以下所謂的〈答夫歌〉，而其嚴格來說是書信內容而非歌詞），從未發表任何與「烏鵲」相關的話語；是〈韓朋賦〉中的貞夫才有發表過上述與「烏鵲」的相關內容。可見宋朝以下，不僅已將「韓憑夫妻」故事不同版本加以混淆，甚至以《搜神記》版本作爲主要依據，一方面將不同故事版本的女主角統以「何氏」稱之，另一方面又把發生於不同情境下的話語簡化爲單一事件「作烏鵲歌以見志」。
　　案如以〈韓朋賦〉加以對照，第一首與第二首在文本中不但來自不同情境、針對不同對象所發，且依附於不同話語型式並另有其前後文。第一首「南山有鳥，北山張羅。鳥自高飛，羅當奈何。」四句，乃見於韓朋離家後三年，貞夫因思念丈夫所寫的一封兩百多字的書信之中，此封書信雖寄到了韓朋手中，卻遺落而爲康王所得，成爲康王奪婦的導火線；第二首「烏鵲雙飛，不樂鳳凰。妾自庶人，不樂君王。」四句，則是貞夫入宮後悶悶不樂，而爲她回應康王詢問時一番七、八十餘字言論中的用語。然而，《九國志》、《彤管集》乃至《古詩源》作卻都只突出此八句而冠以其「烏鵲歌」之稱，可能正如學者所考證，〈韓朋賦〉應是兩宋之際被封入敦煌石窟，因此諸家可能未見〈韓朋賦〉，但當時

必有其他流傳的文本，且包含了〈韓朋賦〉的故事版本。

　　事實上，「烏鵲歌」在《搜神記》〈紫玉〉篇中即可見類似修辭及內容：

　　南山有鳥，北山張羅；鳥既高飛，羅將奈何！意欲從君，讒言孔多。悲結生疾，沒命黃壚。命之不造，冤如之何！羽族之長，名為鳳凰；一日失雄，三年感傷；雖有眾鳥，不為匹雙。故見鄙姿，逢君輝光。身遠心近，何當暫忘。

此乃紫玉之魂因韓重前來祭墓而現身後所「婉轉歌曰」者，但宋郭茂倩《樂府詩集》卷八十三稱此首為〈紫玉歌〉。進一步比對所謂「烏鵲歌」與「紫玉歌」之關係，便可發現，第一首「烏鵲歌」正是「紫玉歌」的首四句，而第二首「烏鵲歌」則是轉化了「紫玉歌」後半部「羽族之長，名為鳳凰；一日失雄，三年感傷；雖有眾鳥，不為匹雙。」的語意修辭，以更呼應發聲者的身分。〈紫玉〉雖然敘述貴族階層的紫玉與平民階層韓重的愛情悲劇，惟其威權是來自父權，形成家庭情境中家長與個人的價值衝突，而不是政治情境中王權與個人的對立，但仍凸顯了威權介入而被拆散的愛情。所謂「紫玉歌」的流傳與故事意旨的相似性，正可能影響了〈韓朋賦〉對素材的吸收與運用。換言之，各家之所以稱此八句為「烏鵲『歌』」，一方面或許正是受了〈紫玉〉中，女主角的確是以「歌曲」型式唱出與具有「烏鵲歌」來源意義的內容與情志；另一方面，在韓憑故事中，此兩組共八句的話語又的確出自兩處不同的情境中。因此，乃攏統將之視為「烏鵲歌二首」了。

　　不論「烏鵲歌」之稱的來源與形成如何，由「烏鵲歌」對「紫玉歌」的關係意義來看，雖敘事者將之拆解編入以為不同情境的運用，但其發聲者皆是受到壓迫、愛而不能的女性，訴求對象雖然有別，其敘事目的卻都是凸顯女性對婚姻愛情的堅執不悔。「烏鵲」為孝鳥，無論在

曹操〈短歌行〉中做爲賢士之喻，或是在〈紫玉〉及〈韓朋賦〉中爲堅持愛情或婚姻的女主角的自喻，牠都象徵了爲某種自我價值堅持不悔、寧折不撓的精神鬥士，因此不論後世以何種形式爲敘事者所接受，〈韓朋賦〉的作者基於同理心，將「紫玉歌」化入敘事中，即使不是以「婉轉歌曰」的形式表現出來，但藉著「烏鵲」的符號性，一而再、再而三的使讀者更強烈地感受貞夫對於婚姻愛情堅執的鮮明形象，可以說是成功的發揮了「紫玉歌」的指涉功能。

此外，如前所言，〈韓朋賦〉中貞夫的投壙而亡，乃與《搜神記》截然不同的敘事結構，但卻與民間四大傳說之一的梁祝故事頗有相似之處。按梁祝傳說始見唐初梁載言《十道四番志》「義婦祝英台與梁山伯同冢」，根據宋張津《乾道四明圖經》所言：

> 義婦塚，即梁山伯祝英台同葬之地也。在縣西十裡接待院之後，有廟存焉。舊記謂二人少嘗同學，比及三年，而山伯初不知英台之爲女也，其樸質如此。按《十道四蕃志》云，義婦祝英台與梁山伯同塚，即其事也。

然說較詳者則見於晚唐張讀《宣室志》，裂地同陷情節亦於此篇中始見：

> 英台，上虞祝氏女，僞爲男裝遊學，與會稽梁山伯者同肄業。山伯字處仁。祝先歸，二年，山伯訪之，方知其爲女子，悵然如有所知。告其父母求聘，而祝已許馬氏子矣。山伯後爲鄞令，病死，葬鄞城西。祝適馬氏，舟過墓所，風濤不能進。問知有山伯墓，祝臨塚號慟，地忽裂陷，祝氏遂並埋焉。晉丞相謝安奏表其墓曰：義婦塚。

梁祝傳說亦有裂墓合葬之類似情節，如依張說所指稱爲東晉時事，則或

與韓朋故事同時。梁祝故事被標註於東晉，其結局的英台祭墓與裂地投墓殉情，與〈韓朋賦〉貞夫的祭墓投壙極為相似，前者之說詳見於晚唐，後者的故事來源雖可以追溯至東漢，但殘文實在過於破碎，無法知道其結局究係如何，因此無法斷定二者情節互相滲透借用的關係究竟如何。

　　然而有趣的是，「韓憑夫妻」與「化蝶」有所關聯，始見於前引李義山〈蜂詩〉；梁祝故事亦有化蝶之說，但始見於南宋薛季宣〈遊祝陵善權洞詩〉：

　　萬古英台面，雲泉響珮環，練衣歸洞府，香雨落人間；蝶舞凝山魄，花開想玉顏；幾如蟬蛻適，游鮇戲澄灣。

又南宋末的《毘陵志》：

　　祝陵，在善權山，其巖有巨石，刻云：『碧鮮庵』麻蓋祝英台讀書處，昔有詩云：『蝴蝶滿園飛不盡，碧鮮空有讀書壇。』俗傳英台本女子，幼與梁山伯共學，後化為蝶。

其後如元雜劇《祝英台死嫁梁山伯》、明傳奇《同窗記》及明馮夢龍《喻世明言》卷二十八〈李秀卿義結黃貞女〉入話（事並載於《情史》）等，皆就此而大加發揮。則梁祝化蝶傳說雖廣為流傳，其實始見於南宋，而韓憑夫妻化蝶之說卻早見於晚唐李商隱之詩作，不但早於梁祝化蝶之說，更重複見於宋代的敘事文本中，如《太平寰宇記》引《搜神記》及《分類補註李太白詩集》白頭吟詩引宋楊齊賢注等，如此，以「韓憑夫妻」典故的流傳之廣，很難不令人合理懷疑在流傳時代與其重疊的梁祝故事中的若干情節，似乎有受到前者的啟發。

　　然而不論「韓憑夫妻」或是梁祝故事，二者所傳述的都是個人愛

情面對威權（不論父權或王權）時拉扯衝突下的悲劇，不論投墓殉情或化蝶依隨，類似的情節反覆出現在不同的文本中，可見在敘事者的認知中，這樣的愛情悲劇已成為一種普世的課題，而浪漫手法的重複性，也反映出跨代接受者對受害者的共同心理。

　　「韓憑夫妻」故事雖然敘事文本數量不多，但敘事演進及承衍過程中所表現出的文本意涵與文學繁衍現象，卻多元而豐富。透過前述的分析與比較，一方面對故事本身而言，歷代作者對於小我／大我、愛情／威權、身體／意志這個一體多面的命題，藉由繁說簡筆的不同、人情志怪的各有所偏，呼應其身分立場，既展現了不同的思維面向，卻也殊途同歸的凸顯出其作為普世課題的份量。另一方面，如此動人的一個故事，其敘事文本本身既已承載了豐富的文學形式，以多方投射聚焦人物形象與小說意旨；更在承衍過程中歧出為各式文學體式，使這個故事或者成為一組抽象化的概念、或者只被擷取精粹其中的某個要素、或者滲入別的故事模式不留痕跡地成為新的敘事……，凡此，皆可藉此窺見小說故事主題是如何變形、化身、衍述，從而繁衍出繽紛多姿的「主題花園」。一個具有深刻意義的敘事主題如何具有強韌的生命力，「韓憑夫妻」故事可以說是一組極佳的範例。

附　錄

(一) 韓憑故事情節系統演變表

故事系統	《搜神記》系：韓憑妻投台而死，唐後又衍出化蝶說		〈韓朋賦〉系：韓憑妻投墓而死（宋以後演爲自縊之異說），有烏鵲歌之錄	
漢	曹丕《列異傳》（《類聚》引）	宋康王埋韓憑夫婦，宿夕文梓生。有鴛鴦，雌雄各一，恆棲樹上，晨夕交頸，音聲感人。	馬圈灣漢代烽燧遺址殘簡	「○書而召榦倗（韓朋）問之榦倗（韓朋）對曰臣取婦三日二夜去之來游三年不歸婦○」
晉	干寶《搜神記》	奪妻／淪囚／寄書／自殺／投台（未言台名）／分葬／樹鳥	晉袁松山《郡國志・韓憑》	始見青陵台之名《太平御覽》卷一七八引《郡國志》：「鄆州須昌縣有犀丘城青陵台，宋王令韓憑築者。」
			〈韓朋賦〉	奪妻／烏鵲歌一／築台（言台名清淩）／烏鵲歌二／自殺／禮葬／投墓／分葬（石）／樹鳥／復仇
唐	李義山〈青陵台〉詩	青陵台畔日光斜，萬古貞魂倚暮霞，莫許韓憑爲蛺蝶，等閒飛上別枝花。	李亢《獨異志》	奪妻（似搜神記語）／築台（言台名）／殺之／投墓／分埋／樹鳥（未言報復）
宋	《太平寰宇記》引《搜神記》	奪妻／自殺／投台／（衣）化蝶／樹鳥	《天中記》（引宋《九國志》）	奪妻／築台（言台名）／烏鵲歌／（何）自縊（事只記至此，未及韓死及其他幻化事）
			《分類補註李太白詩集》白頭吟詩引宋楊齊賢注	奪妻／築台（言台名）／烏鵲歌／自縊（韓後死）／樹鳥／化蝶

元			元 《 彤 管 集 》（清沈德潛《古詩源》卷一〈 烏 鵲 歌 〉引）	韓憑爲宋康王舍人，妻何氏美，王欲之，捕舍人，築青陵之台，何氏作烏鵲歌以見志，遂自縊。
			沈 德 潛《 古 詩源 》卷一	烏鵲歌 《彤管集》：韓憑爲宋康王舍人，妻何氏美，王欲之，捕舍人，築青陵之台，何氏作烏鵲歌以見志，遂自縊。 南山有鳥，北山張羅。鳥自高飛，羅當奈何。 烏鵲雙飛，不樂鳳凰。妾是庶人，不樂宋王。【妙在質直。唐孟郊《列女操》：「波瀾誓不起，妾心井中水，」此一種也。】 答夫歌 其雨淫淫，河大水深。日出當心。【王得詩，以問蘇賀。賀曰：「雨淫淫，愁且思也；河水深，不得往來也；日當心，死志也。」 語特奇創。】

(二) 宋康王／韓馮資料

宋康王	《戰國策》卷32	亡國之君	宋康王之時，有雀生䳒於城之陬。使史占之，曰：「小而生巨，必霸天下：」康王大喜。於是滅滕伐薛，取淮北之地，乃愈自信，欲霸之亟成，故射天笞地，斬社稷而焚滅之，曰：「威服天下鬼神。」罵國老諫曰，爲無顏之冠，以示勇。剖傴之背，契朝涉之脛，而國人大駭。齊聞而伐之，民散，城不守。王乃逃倪侯之館，遂得而死。見祥而不爲祥，反爲禍。
	《墨子・所染》	聽信小人	子墨子言見染絲者而歎曰：「染於蒼則蒼，染於黃則黃。所入者變，其色亦變。五入必而已，則爲五色矣。故染不可不慎也。」……范吉射染於長柳朔、王勝，中行寅染於籍秦、高彊，吳夫差染於王孫雒、太宰嚭，知伯搖染於智國、張武，中山尚染於魏義、偃長，宋康染於唐鞅、佃不禮。此六君者所染不當，故國家殘亡，身爲刑戮，宗廟破滅，絕無後類，君臣離散，民人流亡。舉天下之貪暴苛擾者，必稱此六君也。
	《呂氏春秋・仲春紀・當染》		范吉射染於張柳朔、王生，中行寅染於黃藉秦、高彊，吳王夫差染於王孫雒、太宰嚭，智伯瑤染於智國、張武，中山尚染於魏義、椻長，宋康王染於唐鞅、田不禋，此六君者所染不當，故國皆殘亡，身或死辱，宗廟不血食，絕其後類，君臣離散，民人流亡，舉天下之貪暴可羞人必稱此六君者。
	《呂氏春秋・審應覽・淫辭》		宋（康）王謂其相唐鞅曰：「寡人所殺戮者眾矣，而群臣愈不畏，其故何也？」唐鞅對曰：「王之所罪盡不善者也。罪不善，善者故爲不畏。王欲群臣之畏也，不若無辨其善與不善而時罪之。若此，則群臣畏矣。」居無幾何，宋君殺唐鞅。
	《呂氏春秋・貴直論・過理篇》	以箭射台下過者	宋王築爲蘖帝，鴟夷血，高懸之，射著甲冑，從下，血墜流地。左右皆賀曰：「王之賢過湯、武矣。湯、武勝人，今王勝天，賢不可以加矣。」宋王大說，飲酒。室中有呼萬歲者，堂上盡應，堂上已應，堂下盡應，門外庭中聞之，莫敢不應，不適也。

《呂氏春秋‧貴直論‧壅塞篇》	不好仁義	齊攻宋，宋王使人候齊寇之所至。使者還，曰：「齊寇近矣，國人恐矣。」左右皆謂宋王曰：「此所謂肉自至蟲者也。以宋之強，齊兵之弱，惡能如此？」宋王因怒而誅殺之。又使人往視齊寇，使者報如前，宋王又怒誅殺之。如此者三。其後又使人往視：齊寇近矣，國人恐矣。使者遇其兄。曰：「國危甚矣，若將安適？」其弟曰：為王視齊寇，不意其近，而國人恐如此也。今又私患鄉之先視齊寇者，皆以寇之近也報而死。今也報其情，死；不報其情，又恐死；將若何？」其兄曰：「如報其情，有且先夫死者死，先夫亡者亡。」於是報於王曰：「殊不知齊寇之所在。國人甚安。」王大喜。左右皆曰：「鄉之死者宜矣。」王多賜之金。寇至，王自投車上馳而走，此人得以富於他國。夫登山而視牛若羊，視羊若豚。牛之性不若羊，羊之性不若豚，所自視之勢過也，而因怒於牛羊之小也，此狂夫之大者。狂而以行賞罰，此戴氏之所以絕也。
《呂氏春秋‧孟秋紀‧禁塞》		凡救守者，太上以說，其次以兵……兵苟義，攻伐亦可，救守亦可。兵不義，攻伐不可，救守不可。使夏桀、殷紂無道至於此者，幸也；使吳夫差、智伯瑤侵奪至於此者，幸也；使晉厲、陳靈、宋康不善至於此者，幸也。若令桀、紂知必國亡身死，殄無後類，吾未知其屬為無道之至於此也；吳王夫差、智伯瑤知必國為丘墟，身為刑戮，吾未知其為不善無道侵奪之至於此也；晉厲知必死於匠麗氏，陳靈知必死於夏徵舒，宋康知必死於溫，吾未知其為不善之至於此也。此七君者，大為無道不義：所殘殺無罪之民者，不可為萬數；壯佼老幼胎贖之死者，大實平原；廣堙深谿大穀，赴巨水，積灰，填溝洫險阻，犯流矢，蹈白刃，加之以凍餓饑寒之患。
《呂氏春秋‧慎大覽‧順說篇》	好勇武	惠盎見宋康王。康王蹀足謦欬，疾言曰：「寡人之所說者勇有力，而無為仁義者。客將何以教寡人？」

	《史記・宋微子世家》	淫於酒婦人，不稱其謚號而稱偃	別成四十一年，別成弟偃攻襲別成，別成敗奔齊，偃自立爲宋君。君偃十一年，自立爲王。東敗齊，取五城；南敗楚，取地三百里；西敗魏軍，乃與齊、魏爲敵國。盛血以韋囊，縣而射之，命曰「射天」。淫於酒婦人。群臣諫者輒射之。於是諸侯皆曰「桀宋」。「宋其復爲紂所爲，不可不誅」。告齊伐宋。王偃立四十七年，齊湣王與魏、楚伐宋，殺王偃，遂滅宋而三分其地。
	賈誼《新書・春秋》		宋康王時，……欲霸之亟成，故射天笞地，伐社稷而焚之，曰「威服天地鬼神」，罵國老之諫者爲「無頭之棺」，以視有勇。剖偃者之背，斫朝涉之脛，國人大駭。
韓憑	《史記・田敬仲完世家》	時當宋康王七年，有韓馮仕韓使魏，乃與張儀同列之遊說之士	湣王元年，秦使張儀與諸侯執政會于齧桑。三年，封田嬰於薛。四年，迎婦于秦。七年，與宋攻魏，敗之觀澤。十二年，攻魏。楚圍雍氏，秦敗屈丐。蘇代謂田軫曰：「臣願有謁於公，其爲事甚完，使楚利公，成爲福，不成亦爲福。今者臣立於門，客有言曰魏王謂韓馮、張儀曰：『煮棗將拔，齊兵又進，子來救寡人則可矣；不救寡人，寡人弗能拔。』此特轉辭也。秦、韓之兵毋東，旬餘，則魏氏轉韓從秦，秦逐張儀，交臂而事齊楚，此公之事成也。」田軫曰：「奈何使無東？」對曰：「韓馮之救魏之辭，必不謂韓王曰『馮以爲魏』，必曰『馮將以秦韓之兵東卻齊宋，馮因摶三國之兵，乘屈丐之獘，南割於楚，故地必盡得之矣』。張儀救魏之辭，必不謂秦王曰『儀以爲魏』，必曰『儀且以秦韓之兵東距齊宋，儀將摶三國之兵，乘屈丐之獘，南割於楚，名存亡國，實伐三川而歸，此王業也』。公令楚王與韓氏地，使秦制和，謂秦王曰『請與韓地，而王以施三川，韓氏之兵不用而得地於楚』。韓馮之東兵之辭且謂秦何？曰『秦兵不用而得三川，伐楚韓以窘魏，魏氏不敢東，是孤齊也』。張儀之東兵之辭且謂何？曰『秦韓欲地而兵有案，聲威發於魏，魏氏之欲不失齊楚者有資矣』。魏氏轉秦韓爭事齊楚，楚王欲而無與地，公令秦韓之兵不用而得地，有一大德也。秦韓之王劫於韓馮、張儀而東兵以徇服魏，公常執左券以責於秦韓，此其善於公而惡張子多資矣。」

第四章　模擬與自覺的實踐

——「俠女復仇」型故事

一、前言

　　自先秦以來，傳統社會對於女性的性別特質及行爲軌度便有其規範，尤其是所謂「三從」、「四德」之說，儘管其出發點是針對士人階層以上的女性而言，卻影響後世甚鉅，如：

　　爲父何以期也？婦人不貳斬也。婦人不貳斬者，何也？婦人有三從之義，無專用之道。故未嫁從父，既嫁從夫，夫死從子。（《儀禮·喪服·子夏傳》）

　　女者，如也，子者，孳也；女子者，言如男子之教而長其義理者也，故謂之「婦人」。婦人，伏於人也，是故無專制之義，有三從之道：在家從父，適人從夫，夫死從子，無所敢自遂也。教令不出閨門，事在饋食之間而正矣，是故女及日乎閨門之內，不百里而奔喪，事無獨爲，行無獨成之道。參之而後動，可驗而後言，宵行以燭，宮事必量，六畜蕃於宮中，謂之信也，所以正婦德也。（《大戴禮記·本命第八十》）

　　九嬪掌婦學之法，以教九御婦德、婦言、婦容、婦功。（《周禮·天官冢宰第一》）

　　女有四行：一曰婦德，二曰婦言，三曰婦容，四曰婦功。夫云婦德，不必才明絕異也；婦言，不必辯口利辭也；婦容，不必顏色美麗也；婦功，不必工巧過人也。清閒貞靜，守節整齊，行己有恥，動靜有法，是謂婦德。擇辭而說，不道惡語，時然後言，不厭於人，是謂婦言。盥浣塵穢，服飾鮮潔，沐浴以時，身不垢辱，是謂婦容。專心紡績，不好戲笑，潔齊酒食，以奉賓客，是謂婦功。此四者，女人之

大德，而不可乏之者也。然爲之甚易，唯在存心耳。（《後漢書》卷八十四《列女傳》班昭《女誡》）

這些觀念深入人心，長久下來，對於兩性逐形成刻板印象，如男性當剛強、主動，女性當柔順、被動；男性以節操爲上，女性唯貞潔是問；男性最重能力智識，女性最重三從四德；男性主外而以事業功名爲重，女性主內而以家庭養育爲主；男性爲提供家庭資源的主要來源，女性爲照顧家庭成員的主要人力；男性當志在四方、女性必摽梅之憂……。但古典小說在獵奇的心態下，又如何甘於書寫現實已知常態？自然要由針對上述種種價值觀之悖反面，或至少是由雜揉二者衝突的立體面去塑造人物，於是活躍於小說舞台上的，乃有種種「非常態」的人物，除了他界的女神、女鬼、女妖，屬人間女性的便是私奔的閨秀、貞烈的妓女、飄忽神祕、武技超群的俠女，甚至女扮男裝的女才子了。

然而，這些小說中他界或人間的女性，其出現必有所爲而爲：或爲滿足男主角性需求而現身、或因男主角追求而自薦、或爲報家族血仇而行兇，甚至爲家族中無男子可以出頭而變裝。可以發現，男性作者筆下特異獨行女性的出現，不是爲了實踐自我，而是爲了服務男性需求，或承續男性未竟之事；因此，一旦其角色任務完成，上焉者得以回歸家庭體制，成爲「常態」之女性，並爲社會家庭所接受；下焉者只能飄然獨去甚至遭到驅逐、殺害，絕緣於家庭社會、消失於人世。在這樣的寫作視角下，以人間女性而言，集中出現於晚唐之「俠女復仇」型故事，及所形塑出「復仇型」俠女之人物類型，尤其有其獨特之處。

所謂「俠女復仇」型故事，係指全篇乃以出身神祕、武技超群、肩負血海深仇，卻混居市廛、隱姓埋名所謂的「復仇型」俠女爲主角，以其「復仇」任務爲核心，依復仇計畫的前置、執行、善後等模式開展情節；並在這樣的主題之下，爲映襯前述較陽剛殘忍的情節，穿插了副主題的女主角的婚姻糾葛，以爲「俠女」人物的冷肅潤色、增加其人性的

色彩。「俠女復仇」型故事及其所形塑出來的「復仇型」俠女形象，由敘事主題到人物類型之成立，彼此關係緊密，形成一組敘事模式非常固定的情節結構及人物類型，其典範成立於故事的原創期唐代，而後世作者很難有所突破。然而，儘管情節模式或人物類型固定化程度極高，但因承載文本體裁之性質及歷代作者的寫作主觀所致，不同篇章在情節或人物形象承衍的細節方面，仍有種種不同程度之變化改寫。透過觀察整組故事類型及人物形象構設之變與不變，不但可藉以檢視古典短篇小說在傳衍之歷程中，深層、大傳統之意識形態與小傳統之作者情志及價值觀，如何透過小說文本彼此對話，更可藉以觀察後者如何介入作品表層敘事結構的鋪敘改寫，以回應對於傳統價值的思考。

　　「俠女復仇」型故事在古典短篇小說的發展中其實並未廣為流傳轉寫，甚至一度沉寂；但其敘事模式及女主角人物形象由模式化到再創作歷程中所呈現出的性別視角與價值觀，及此呈現背後的意義，卻值得關注。中國古典小說的寫作，除了清代的彈詞小說外，基本上都是男性作者；就短篇文言小說而言，不論自覺或不自覺，作者多傾向由男性視角進行其書寫活動。在男性的凝視下，其筆觸的走向，通常是以「我」（男性）為核心，記錄「我」與其身邊種種人事物（包括他／她／它）的活動。這樣的關注角度，表現在小說文本中，便是在社會、諷刺、歷史、豪俠、愛情、家庭、志怪等題材類型中，關注友倫／情愛／人神（鬼／妖）等人際關係。如由性別的角度檢視，更可以進一步發現，尤其在愛情、婚姻、志怪等關涉兩性互動的題材中，女主角的人物形象總是較男主角突出特異，而具邊緣化色彩的人物，也通常由女性主角來擔任。這種書寫現象的深層心理，指涉了作者並非以女性角色為主體而加以構設，而是以男性作者為核心，想像、觀察、紀錄、書寫下其所想像或與之際遇的異性，故其敘事動機，實在於展現作者的遭遇聞見，而非為異性立傳。而在如此含有濃厚「做意好奇」色彩之敘事動機中，不可否認亦投射了強烈的性別意識。

特別要指出的是，「復仇型」俠女人物類型雖不是古典小說發展史上最耀眼的明星，出現頻率也不及他界女性如女神／仙、女鬼、女妖，及其他人間女性人物如閨秀、妻子或妓女，然其獨特的神祕疏離氣質，卻是眾多女性人物類型中所罕見的。如以人物之塑造論，女神／仙、女鬼、女妖，雖出於虛構，卻可憑空捏造；閨秀、妻子、妓女等，則為社會實有，塑造有跡可循。俠女則介乎其中，其雖外表與常人無異，也居處市廛，但行動卻神出鬼沒、行蹤詭譎；本領出神入化，往往莫測其為仙為人。女神／仙、女鬼、女妖雖出自他界，其色彩卻極為入世；閨秀、妻子、妓女等，更具有濃厚之現實色彩。獨有俠女人物，雖於世間活動，但往往不知其所來、不知其焉往；看似獨來獨往，卻往往對庸凡之輩自薦；明明已組家庭，甚至生下子嗣，卻又對其極為疏離。此外，相較於上述諸般他界或人間女性人物，女神／仙、女鬼、女妖及閨秀、妻子等人物，在魏晉小說即已出現；妓女人物首見於唐代，然如〈遊仙窟〉表面仿擬六朝〈劉晨阮肇〉的遇仙故事結構，寫張文成與兩仙女的豔遇，其實是影射男性的嫖妓活動，則妓女人物的出現可上溯至初唐。而前述諸類女性人物自出現於短篇小說書寫中，基本上整個古典時代都不乏讀／作者的關注或描寫；俠女則在中晚唐之際始見其身影，至晚唐才出現較為密集，但至宋以後則身影零落，堪稱最晚出現、矚目度最短暫的一種女性人物類型。然而，其獨特的氣質仍引發不同時代作者的興趣，在歷代短篇小說承衍中見其身影，這種現象，當然值得讀者加以關注思考。

二、「俠女復仇」型故事在歷代的敘事承衍變化

(一) 追尋「俠」蹤

1. 原「俠」

傳統論俠，多祖述自《韓非子‧五蠹》「儒者以文犯法，俠者以

武犯禁」之說，及《史記·游俠列傳》所謂「今游俠，其行雖不軌於正義，然其言必信，其行必果，已諾必誠，不愛其軀，赴士之厄困，既已存亡死生矣，而不矜其能，羞伐其德，蓋亦有足多者焉」之論述。其說皆以人物之氣質行爲作爲是否爲「俠」之依歸，而不重其有無武技，小說中之「俠」人物亦然，因此，亦可見手無縛雞之力之女性亦被稱爲「俠」者（如《警示通言·杜十娘怒沉百寶箱》篇末，作者馮夢龍即稱十娘爲「千古女俠」）。然「俠女」人物在魏晉小說幾乎未見，唯《搜神記》有〈李寄〉一篇，寫東越庸嶺的鄉土奇聞，描述少女李寄挺身而出，運用智勇爲地方除去大蛇，免除了地方須年年獻祭少女的陋習。其中描述李寄斬蛇之經過：

寄乃告請好劍及咋蛇犬。至八月朝，便詣廟中坐，懷劍將犬。先將數石米餈，用蜜麨灌之，以置穴口。蛇便出，頭大如囷，目如二尺鏡，聞餈香氣，先啖食之。寄便放犬，犬就齧咋，寄從後斫得數創。瘡痛急，蛇因踴出，至庭而死。寄入視穴，得九女髑髏，悉舉出，吒言曰：「汝曹怯弱，爲蛇所食，甚可哀愍！」於是寄乃緩步而歸。

如按篇中所述獻祭的女童皆在十二三歲，而李寄又是家中六女之最幼者，則李寄大約也不出這個年齡範疇。則觀其描述，李寄不但自告奮勇；一旦臨於蛇穴，先以智取、再以劍斬；下手痛快、毫不畏懼，其形象之剛健，堪稱魏晉小說少見，故後世論小說俠女人物之出現，往往溯及李寄。然而，本篇篇末云：「越王聞之，聘寄女爲后，指其父爲將樂令，母及姐皆有賞賜。自是東治無復妖邪之物。其歌謠至今存焉。」李寄最後收編至倫理的制度體系中，固然是對其義行智勇的肯定與獎勵，但榮耀爲后的功利色彩，畢竟與俠「事了拂身去，深藏身與名」（李白〈俠客行〉）的形象有別，也使李寄無法被歸類爲「俠女」之列，只能說其勇氣與膽識已初步具有「俠」的味道。而由後兩句觀之，必然其時

東越尚流傳相關歌謠，故干寶之敘事動機，與其認為作者刻意為李寄獨特之形象立傳，毋寧定位為在解釋歌謠內容之所來。也正因為干寶意在紀錄，因此李寄雖智勇雙全，形象卻非常樸實，其為斬蛇所設計之種種策略步驟，不過掌握蛇之生物特性，除了膽識過人之外，其實都並未超出凡人智力之外，既無炫技的成分，更無太多浪漫想像。這樣的筆觸，使〈李寄〉依然停留在記錄現實的層面，而非浪漫傳奇之虛構敘事。因此，嚴格來說，完整之「俠女」人物類型，應始見於唐代小說。

2. 唐代之「俠」、「刺」合流與小說表現

在《史記》中，〈游俠列傳〉與〈刺客列傳〉分別論述，可見在太史公的觀念中，「俠」與「刺」是兩種不同類型與意義的人物範式。但降及唐代，因中唐以後行刺風氣之盛，在廣義的「俠」人物中，「俠」與「刺」卻逐漸結合，而出現了兼具上述兩類特質之「俠刺」型人物。這一類的「俠」人物，通常以「行刺」為其行為目的，故必須擁有一身超絕武技，否則如何因應任務之完成？因此，以武技為最大特徵之「武俠」，遂與以氣質取勝之「原俠」平分小說舞台之光芒，而「俠女」人物亦呈現這樣的分類傾向。

古典小說中的「俠女」人物，只具有「俠氣」、「俠行」但不會武技的「原俠」型女性，品類繁多，行為動機、面貌行事皆不相同，唐代如〈虬髯客傳〉中勇於擇偶、夜奔李靖的紅拂，或〈上清傳〉中為主人申冤的青衣上清、〈謝小娥〉中女扮男裝、偽為傭保以尋殺父殺夫仇人之商賈之女謝小娥，皆可目之為俠；甚至明代《警世通言》〈杜十娘怒沉百寶箱〉中自贖從良、愛恨分明、沉江玉碎的妓女杜十娘，也被作者馮夢龍歎之為「千古女俠」；而清代《聊齋誌異》〈商三官〉如謝小娥般女扮男裝為父報仇之弱女商三官，當然亦可目之為俠之流。這些尋常身分、階層各異之女性，固然「復仇」可能是激發行為之動機，但事實上「原俠」型之俠女及其相關小說，無論人物形象或情節結構並沒有模式化的傾向。

　　至於屬於「武俠」型之俠女，依小說敘事目的的差別，又可再進一步區分為「炫技型」與「復仇型」兩類。前者多見於一般豪俠小說中，其出現行為目的不一，或為受聘之刺客護衛、或為單純盜賊：如晚唐裴鉶《傳奇》的〈聶隱娘〉、袁郊《甘澤謠》的〈紅線傳〉等，及《原化記》〈車中女子〉等。小說通篇重點在於表現女性角色之身手了得，但在情節與人情的刻劃上則較為疏略。從敘事整體表現言，「炫技型」的情節或人物偏向獵奇，沒有固定的模式，面貌比較多元。相較於「復仇型」之人物構設與相關情節結構，後者雖然亦有「奇技」的成分，但並非敘事的唯一重點，俠女神祕的行蹤、簡略的男女關係、不可思議的殺嬰舉動，都架構起小說濃厚的疏離氛圍。「炫技型」俠女的敘事描述，如〈聶隱娘〉與〈紅線傳〉雖亦可觀，但如由小說傳衍續寫的角度整體觀之，則「俠女復仇」型故事在篇章情節及人物形象的承傳上，更有明顯的脈絡可循。這種由情節結構到人物形象的模式化傾向，是前述諸類「俠女」人物之敘事所無者。因此，「俠女復仇」型故事雖然並非古典小說史中最炙手可熱之題材，但其情節結構及人物類型之承衍現象，仍值得做進一步之探討。

(二)「俠女復仇」型故事模式之成立

　　歷代「俠女復仇」型故事之篇章，主要作品概如下表所示：

成書	唐穆宗長慶至文宗太和初	唐文宗太和年間			北宋前期	清聖祖康熙年間
篇名	〈長安妾〉	〈義激〉	〈崔慎思〉	〈賈人妻〉	〈文叔遇俠〉	〈俠女〉
作者	李肇	崔蠡	皇甫氏	薛用弱	（劉斧）	蒲松齡
出處	《國史補》卷中	《全唐文》卷七一八	《原化記》（《太平廣記》卷一九四引）	《集異記》（《太平廣記》卷一九七引）	《翰苑（府）名談》（《分門古今類事》引）	《聊齋誌異》

如上表所示，「復仇型」俠女的身影，雖首見於中唐後期，但大量集中於晚唐；其後宋之〈文叔遇俠〉改動尚稱簡略，並沒有賦予人物太多新意；明代短篇小說中，此類型之女性人物一度沉寂；清代的〈俠女〉在情節改寫上痕跡雖較爲明顯，但從情節模式及作者蒲松齡對於唐傳奇的熟悉度來看，此篇毫無疑問仍建立在唐代此類型俠女故事之敘事基礎上加以發展。「俠女復仇」型故事的興衰現象或與其原創期之所以大量出現，乃受到唐代尚武風氣、當時歷史與時事、與文學發展上「豪俠小說」流行等因素之多重影響有關，故一旦時代氛圍褪去，後代讀者遂失去了閱讀的對照性與呼應性，作者自然也懶於書寫這一類的人物。而宋代尚文偃武，武俠風氣大減；明代短篇小說又重在市人世相的書寫、重商氣息較爲濃厚，餵養俠女人物的文言小說舞台，較爲黯淡。故宋明兩代，俠女復仇故事銳減，自然「復仇型」俠女的人物類型也未獲青睞，即有所作，已無法擺脫唐代所樹立的人物典範與情節模式。直到清代《聊齋誌異》〈俠女〉，融入了作者個人的主觀喜好與價值判斷，不再只是滿足於人云亦云的模擬，才在繼承唐代小說的基礎上，增添情節，強化人物性格，而賦予敘事結構及人物形象幾乎已固定化的「俠女復仇」型故事和「復仇型」俠女的人物類型以新的敘事意義與人物靈魂。根據上述的敘事承衍歷程，本文以中唐的〈長安妾〉爲雛形期之代表作；晚唐〈義激〉、〈崔愼思〉、〈賈人妻〉爲完成期之代表作；宋〈文叔遇俠〉爲停滯期之作；清〈俠女〉爲轉變期之代表作。以下，在爬梳歷代「俠女復仇」型故事之情節之餘，將更聚焦於「復仇型」俠女的人物形象演變及其意義。

1. 唐：雛形期與完成期

(1) 雛形期：〈長安妾〉

唐代是俠女復仇故事的原創時期，也是情節、人物模式的成立期。其首見於中唐末期李肇《國史補》的〈長安妾〉，全文如下：

貞元中，長安客有買妾者，居之數年，忽爾不知所之。一夜，提人首而至，告其夫曰：「我有父冤，故至於此，今報矣！」請歸，泣涕而訣，出門如風。俄頃卻至，斷所生二子喉而去。

篇中乃記貞元中長安某妾復仇的神祕事件。其人與夫居之數年後，突然不告而去，某夜再度現身，竟手提人首，告以其夫父仇已報，即涕泣作別，然旋而又回，斷二子之喉而去。全文不到百字，只能說是一篇筆記小說，但已可見俠女復仇型故事「匿名隱身」、「行蹤神祕」、「報仇事了」、「斷其所生」、「飄然獨去」的情節結構。至於女主角的形象，如其較低的身分階層、低調簡略的男女關係、驚人的武功、殘忍的手段等特質，已然出現，只是人物性格仍然平淡。

(2) 完成期：〈義激〉、〈崔慎思〉、〈賈人妻〉

〈長安妾〉雖敘述簡短，卻已基本具備了晚唐〈義激〉、〈崔慎思〉、〈賈人妻〉等「俠女復仇」型故事代表篇章的情節架構及人物雛形，而《國史補》作者自序謂乃記「開元至長慶」間事，即玄宗至穆宗時期，故其成書必然在中晚唐之際，而稍早於〈崔慎思〉、〈賈人妻〉、〈義激〉等大約成書於文宗太和年間之諸篇。二者之間相差在十年上下，但前述情節結構已在後者諸篇中同時反覆出現，透過後三篇的集中現象，可見「俠女復仇」型的故事情節至此已有模式化的現象。雖然各篇所稱故事時代參差不一，除〈賈人妻〉並未注明時間外，〈長安妾〉及〈崔慎思〉皆言乃貞元中事，而〈義激〉言之更詳，謂此長安傭婦「來於貞元二十年，嫁於二十一年，去於元和初」，則時間稍後於前述二篇。然而，作者所記時間未必準確、小說所言時間更未必為真，甚至為避免刺激當政，故意錯亂時間以避禍亦不無可能，故上述事件發生的時間雖有先後之別，由其後三篇寫作時間及敘事表現之群聚現象，則意味作者所處當時或稍早，必有類似事情發生，且極為轟動。以唐人頗喜聚而談讌、以異事相炫的習慣，這樣的時事新聞自然很容易成為其寫

173

作的材料。〈義激〉篇末云：「前以隴西李端言，始異之作傳。傳備，博陵崔蠡又作文，目其題曰義激。將與端言共激諸義而感激者。」作者這一番夫子自道，雖點出〈義激〉之內容並非作者親身經歷目睹，不過來自友輩之轉述，但仍可見其故事確有相當濃厚據實改寫的背景，甚至是當時士大夫談讌之際最熱門之話題。

事實上，考《新唐書・武元衡傳》，武元衡為武則天曾族孫，於憲宗元和八年為帝召還秉政，後於出靖安里宅上朝之際遇伏，甚至為刺客「批顱骨持去」。此事驚動京師，憲宗下令大搜府縣，影響所及，「城門加兵誰何，其偉狀異服，燕趙言者，皆驗訊乃遣。公卿朝，以家奴持兵呵衛；宰相則金吾轂騎導翼，每過里門，搜索喧譁。」最後誅殺了疑為刺客或相關者約二十人，則武元衡遇刺案之轟動，由此可知。對照上述諸篇作者，如王夢鷗《唐人小說校釋》、寧稼雨《中國文言小說總目提要》等，已指出其至晚應在貞元年間已出生，而主要活動於元和至太和年間；《唐國史補》亦言記「開元至長慶」間事，則正包含了元和年間。則武元衡事之發生，必然對前述作者造成小說取材上的影響。正因為此事如此轟動，甚至造成「京師大恐」，故如〈長安妾〉及〈崔慎思〉將小說之發生時間訂於貞元年間，或者正是作者故意將其時間往前推定，以免無端惹禍，也就不難理解了。

「俠女復仇」的情節模式在晚唐〈崔慎思〉、〈賈人妻〉、〈義激〉等篇開始發酵，後者三篇的寫作時期如此相近，顯然當時對於此類故事頗為偏好，因此彼此模擬、輾轉敘寫、各出機杼。大體而言，此三篇篇幅皆較雛形的〈長安妾〉擴大了四到八倍，由不到百字而開展到四百多字乃至八百多字不等，不但增添了更多的細節，人物面貌亦更見清晰。以下試比較四篇之情節結構：

情節	長安妾	義激	崔慎思	賈人妻
匿名隱身	貞元中，長安客有買妾者居之數年，	長安里中多空舍，有婦人傭以居者。始來，主人問其姓，則曰：「生三歲長於人，及長，聞父母逢歲饑，不能育，棄之塗。故姓不自知。」視其貌，常人也；視其服，又常人也。歸主人居傭無有關，亦常傭居之婦人也。旦暮多閉關，雖居如無人。居且久，又無有稱宗族故舊來訊問者。故未自道，終莫有知其實者焉。凡為左右前後鄰者，皆疑其為他。且窺見其飲食動息，又與里中無有異。唯是織紝紃綿，婦人當工者，皆不為。罕有得與言語者。其色莊，其氣顙，莊顙之聲四馳，雖里中男子狂而少壯者，無敢侮。居一歲，懼人之大我異也。遂歸於同里人。其夫問所自，其云如對主人之詞。觀其付夫之意，似沒身不敢貳者。其夫自謂得妻也，所付亦如婦人付之之意。既生一子，謂婦人所付愈固，而不萌異慮。	博陵崔慎思，唐貞元中應進士舉。京中無第宅，常賃人隙院居止。而主人別在一院，都無丈夫，有少婦，年三十餘，窺之，亦有容色，唯有二女奴焉。慎思遂遣通意，求納為妻。婦人曰：「我非仕人，與君不敵，不可為他時恨也。」求以為妾，許之，而不肯言其姓。慎思遂納之。	唐餘干縣尉王立調選，傭居大寧里。文書有誤，為主司駁放。資財蕩盡，僕馬喪失，窮悴頗甚，每丐食於佛祠。徒行晚歸，偶與美婦人同路。或前或後依隨。因誠意與言，氣甚相得。立因邀至其居，情款甚洽。翌日謂立曰：「公之生涯，何其困哉？妾居崇仁里，資用稍備。儻能從居乎？」立既悅其人，又幸其給，即曰：「僕之阨塞，阽於溝瀆，如此勤勤，所不敢望焉！子又何以營生？」對曰：「妾素賈人之妻也。夫亡十年，旗亭之內，尚有舊業。朝肆暮家，日贏錢三百，則可支矣。公授官之期尚未，出遊之資且無，脫不見鄙，但同處以須冬集可矣。」立遂就焉。

情節	長安妾	義激	崔慎思	賈人妻
行蹤神祕	忽爾不知所之	是後則忽有所如往，宵漏半而去，未辨色來歸。於再於三。其夫疑有以動其心者，怒願去之。以有其子，子又乳也，尚依違焉。	二年餘，崔所取給，婦人無倦色。後產一子，數月矣。時夜，崔寢，及閉戶垂帷，而已半夜，忽失其婦。崔驚之，意其有姦，頗發忿怒。遂起，堂前徘徊而行。	閱其家，豐儉得所。至於居鎮具，悉以付立。每出，則必先營辦立之一日饌焉。及歸，則又攜米肉錢帛以付立。日未嘗闕。立憫其勤勞，因令傭買僕隸。婦托以他事拒之，立不之彊也。周歲，產一子，唯日中再歸為乳耳。
報仇事了	一夜，提一人首而至……請歸，泣涕而訣，出門如風。	婦人前志不衰。他夜既歸，色甚喜，若有得者。及詰之，乃舉先置人首於囊者，撤其囊，面如生。其夫大恐，惎且走。婦人即卑下辭氣，和貌怡色，言且前曰：……	時月朧明，忽見其婦自屋而下，以白練纏身，其右手持匕首，左手攜一人頭。……遂更結束其身，以灰囊盛人首攜之。	凡與立居二載，忽一日夜歸，意態惶惶，謂立曰：「妾有冤仇，痛纏肌骨，為日深矣。伺便復仇，今乃得志。便須離京，公其努力。此居處五百緡自置，契書在屏風中。室內資儲，一以相奉。嬰兒不能將去，亦公之子也，公其念之。」言訖，收淚而別。立不可留止，則視其所攜皮囊，乃人首耳。立甚驚愕。
飄然獨去 I			謂崔曰：「某幸得為君妾二年，而已有一子。宅及二婢皆自致，並以奉贈，養育孩子。」言訖而別，遂踰牆越舍而去。	其人笑曰：「無多疑慮，事不相縈。」遂挈囊踰垣而去，身如飛鳥。立開門出送，則已不及矣。

情節	長安妾	義激	崔慎思	賈人妻
斷其所生	俄頃卻至，斷所生二子喉而去。	又執其子曰：「爾漸長，人心漸賤爾。曰其母殺人，其子必無狀。既生之，使其賤之，非勇也。不如殺而絕。」遂殺其子。而謝其夫曰：「勉仁與義也，無先己而後人也。異時子遇難，必有以報者。」	慎思驚歎未已。少頃卻至，曰：「適去忘哺孩子，少乳。」遂入室。良久而出曰：「餧兒已畢，便永去矣。」慎思久之不聞嬰啼。視之，已爲其所殺矣。殺其子以絕其念也。	方徘徊於庭，遽聞卻至。立迎門接俟，則曰：「更乳嬰兒，以豁離恨，就撫子。」俄而復去，揮手而已。立回燈搴帳，小兒身首已離矣。
飄然獨去 II		辭已，與其夫決。既出戶，望其疾如翼而飛云。		
復仇原因	我有父冤，故至於此，今報矣！	我生於蜀，長於蜀，父爲蜀小吏，有罪非死罪也。法當笞，遇在位而酷者，陰以非法繩之，卒棄市。當幼，力不任其心，未果殺。今長矣，果殺之，力符其心者也。願無駭。	言其父昔枉爲郡守所殺，入城求報，已數年矣，未得；今既克矣，不可久留，請從此辭。	夫亡十年，旗亭之內，尚有舊業……妾有冤仇，痛纏肌骨，爲日深矣。伺便復仇，今乃得志。

　　由上表之分析，很清楚可以看出，在〈長安妾〉所架構出的「俠女復仇」型故事之情節梗概，由〈義激〉到〈賈人妻〉，作者們各出機杼，皆在前者的基礎之上做了不同的細節，但整體的情節框架卻仍極爲一致，形成了明確的「俠女復仇」型故事模式。以下，依情節進行之順序檢視晚唐三篇作者如何構設事件，與捏塑「復仇型」俠女之面貌。

　　先就「匿名隱身」部分言。〈長安妾〉的女主角一出場已爲人所買，對其來歷幾無隻字片語；而〈義激〉的蜀婦人自稱棄兒、不知其姓，其實在文末向其夫道出復仇背景後，才知道前言棄兒云云，只是掩

飾之詞；〈崔愼思〉少婦則為自稱身非仕人，連姓氏都不肯透露；〈賈
人妻〉之賈人妻則是男主角半路偶遇、並不諱言其為寡婦、在旗亭開業
的美婦人。三位女性毫無例外的，皆未有、甚至不願提及自己的姓氏。
而其對男女關係的處理，即與男主角的結合，也十分簡略：蜀婦人為了
怕他人異樣眼光，於是嫁與同里之人，但由她持身自處「罕有得與言語
者。其色莊，其氣顓，莊顓之聲四馳，雖里中男子狂而少壯者，無敢
侮」，不禁令人懷疑她與所謂「同里人」如何結緣？少婦雖與崔愼思因
近居之便而識，但對於後者的求婚，卻只肯為妾；賈人妻與只因偶與王
立同路，後者「或前或後依隨。因誠意與言，氣甚相得。立因邀至其
居，情款甚洽」，翌日即主動邀王立共賦同居，又因王立處境困窘，
「資財蕩盡，僕馬喪失，窮悴頗甚，每丐食於佛祠」，則這番邀請甚至
頗有收容的意味。較之〈長安妾〉的未予著墨，此三位女主角對於婚姻
的自主權上，不論被動接受、主動示意，都存在不同程度的選擇權，不
但大異於一般世間女子行為規範，也為其日後報仇事了、飄然獨去的結
尾預設了伏筆。

　　然而，與前述自主權產生衝突的是，女主角一旦成婚，不論為妻
為妾，都對其夫盡心盡力。如蜀婦人「觀其付夫之意，似沒身不敢貳
者。……既生一子，謂婦人所付愈固，而不萌異慮」，則由其夫觀之，
十足表現出對丈夫，甚至其子誠篤的態度；年三十餘之少婦雖在自我定
位上極為堅持，但對於崔愼思卻「所取給，婦人無倦色」，亦悉心照料
崔之生活；至於賈人妻，更是無微不至，不但鑰匙皆交付王立，更每天
不憚其煩地「每出，則必先營辦立之一日饌焉，及歸，則又攜米肉錢帛
以付立。……周歲，產一子，唯日中再歸為乳耳」。小說由〈長安妾〉
但言「居數年」的語焉不詳，到此三篇極力描繪三位女主角對丈夫及其
子恪盡妻職母職，一方面與前述成婚之簡略迅速形成對比，一方面也為
小說後段女主角拋夫殺子的情節營造反差預作安排。

　　就「行蹤神祕」部分言，〈義激〉等三篇晚唐「俠女復仇」型故

事，在小說前半段已充分營造出女主角形象在神祕低調與殷勤照拂的反差性。而與其神祕的身世背景呼應的，便是三位女性在行蹤上的詭異。〈長安妾〉中，只簡單交代「忽爾不知所之」，接下來便進入到其半夜提人頭而歸，揭露身世的「報仇事了」以下的情節。〈義激〉等三篇對於這部分的描寫更注重一些細節的鋪陳，尤其關注其丈夫的反應。如〈義激〉篇中的丈夫，對於蜀婦人原已認定其乃「沒身不敢貳者」，因此面對其妻突然屢屢「忽有所如往，宵漏半而去，未辨色來歸」的詭異行為，既無奈又憤怒，不但因此懷疑妻子的忠誠，更生休妻之想；崔慎思對一向殷勤，但某天半夜卻「忽失其婦」的反應亦如出一轍，乃「驚之，意其有姦，頗發忿怒」，卻只能束手無策地「遂起，堂前徘徊而行」。三篇之中，唯〈賈人妻〉一篇在相同情境中並未對王立的態度加以著墨；然而值得觀察的是，賈人妻對於其夫王立，不但收留他，更供吃供住，其相對關係，是唐代四篇小說中女方姿態最高的。換言之，〈崔慎思〉、〈義激〉中的女主角與其丈夫的對應關係乃是由尊卑到平行，女性都是屬於家庭婚姻的義務服從者。如少婦雖為崔慎思追求所致，甚至提供生活所需，但畢竟地位為妾，較為卑下，因此自然投入擔任照顧的角色；蜀婦人雖為夫妻關係，彼此地位較為平行，但因其之前乃以傭婦身分行於世，不但貌若常人，連女紅都不會，想來也不可能對家庭提供太多貢獻，因此與丈夫在家庭中的供需關係大致與前者一致。而〈賈人妻〉則顛覆了前述的男女分工，賈人妻明顯為家庭資源的供應者，王立雖不至於成為家庭義務的服從者，但兩人卻也明確扮演著「女主外，男主內」的互動方式。此或可以說明何以在〈賈人妻〉中，王立無法對其妻半夜神祕消失之舉有所異議。相較於〈長安妾〉敘述的簡略，從〈義激〉到〈賈人妻〉，表面上三篇在「行蹤神祕」一節的處理細節中所呈現的男女互動態度雖有不同，其實在深層心理上都是關注復仇俠女身邊男性的處境及感受，不約而同地指向了作者在處理「俠女復仇」的敘事時所透露出的性別焦慮，充分展現了「男性凝視」的敘事角

度。

就「復仇事了」部分言，「俠女復仇」型故事的高潮之處，是女主角復仇完畢，提人頭來歸，對丈夫揭露自己行為眞相的「復仇事了」部分。而這也是「復仇型」俠女人物形象最受矚目所在。在〈長安妾〉中，這一部分情節確爲原著描寫的重點，不但相關描寫篇幅較前後文長上許多，而故事時間上卻相對極爲短暫，故由時間密度之高、跨度之小，可見作者對其事件的關切。晚唐的三篇一樣繼承了這樣的敘事模式，較細緻地描寫了三位女主角復仇來歸時的形象細節，及其與人頭、丈夫「三方『對峙』」所形成的戲劇張力。俠女在歸來後懇切地對丈夫揭露自己的身世及復仇之舉，前段小說所營造的種種神祕氛圍，也在此刻獲得解答。小說以人頭之展露爲時間分水嶺，不論是否對人頭細寫，一定會令其夫對於人頭有一凝視的片段，而參差開展女俠夜半來歸的異態，及其夫或恚疑、或驚恐的反應。而接下來的發展，〈崔愼思〉、〈賈人妻〉的俠女都是不待對方由驚愕或恐懼中回神，便帶著人頭飄然而去，結束小說的第一個高潮。〈義激〉則略過這一部分，直接開啓下一節更爲驚悚的「斷其所生」情節。

最後就「斷其所生」與「飄然獨去」部分言，「復仇事了」雖營造了小說的第一個高潮，但「俠女復仇」型故事帶給讀者心理上最具衝擊性的其實不在此一情節，而是接下來的「斷其所生」。在〈長安妾〉中，小說如回馬槍般在全篇結束前置入了俠女去而復返、下手殺子的情節：「俄頃卻至，斷所生二子喉而去」，之後才眞正離去，永遠消失於人間。原著中殺子的情節發生得極爲匆促，其行爲遠超出傳統對於「母親」角色的價值認知，但作者卻未做任何說明，使小說在此戛然而止，留給讀者無限的驚詫。晚唐三篇繼承的方式有所不同，蜀婦人在向丈夫揭露身世之後，並未離去，而是轉而執其子之手，如宣告檄文般先說明一段殺子理由，而後便遽然下手；另二篇則是離去前先慰勉其夫一番，復以餵乳爲藉口返回；待其再從容出現、揮手而別後，其夫察覺有異，

方才發現幼兒已身首異處；但斯人早已芳蹤渺然，只留下驚駭無比的丈夫。

晚唐三篇的處理方式，藝術效果不同，〈義激〉中蜀婦人冗長的宣言其實顯得累贅，不但拖沓了小說的節奏，更與其行事的斬截作風矛盾；〈崔慎思〉與〈賈人妻〉的餵乳藉口則修飾了〈長安妾〉的突兀，且不論餵乳之舉是否屬實，小兒最後死於母親的手下而身首異處的事實，使藉口與行為的矛盾又為小說臨去秋波般地製造了第二個高潮。〈崔慎思〉與〈賈人妻〉承襲〈長安妾〉在坦率承認殺仇、與遮掩意圖殺子的兩個對比行為中所設置的跌宕，其效果正如海頓又名「驚愕交響曲」的G大調第94號交響曲第二樂章在兩段相同旋律中所穿插的漸弱旋律一般，先卸除了讀者的心防，才能對後段的強大旋律震驚不已。俠女毫不遮掩地展示人頭與揭露復仇之舉，已足以令人驚駭；故其第一度之離去，確有令讀者稍事喘息之作用。而當她們再度轉回時，心裡固然早已抱定殺子之意，但面對丈夫，卻只淡淡地說了聲「適去忘哺孩子，少乳」、「更乳嬰兒，以豁離恨」，不但人物的形象至此與前文的神祕達成一致，其語氣之淡定、與殺子後的如釋重負，更渲染出俠女對丈夫的疏離感。這種與前一段情節中坦然神情絕異的反差寫法，在前述短暫離去的漸弱旋律後，毫不留情地直接撞擊讀者，使小說雖然結束，讀者卻仍陷溺在驚愕與不解的紛亂情緒中，無法自拔，也成就了「俠女復仇」型故事獨特的敘事藝術。

上述的敘事設計，對於女主角人物形象的刻劃亦極為重要。很明顯的，對「復仇型」俠女而言，從頭到尾，一切答案都在心裡，但其夫卻永遠只配置身事外，這種對於俠女背景、表面行為、內心情緒的全然不解，正是俠女刻意製造出來的。當俠女在二度離去，其夫方才恍然大悟、更驚嚇不已，男方的後知後覺更對照女方的淡定從容、成竹在胸，高反差的筆法，也成功地襯托出人物獨有的氣質。此外，即使三篇小說將近尾聲處的處理方式有別，俠女的「臨去秋波」表面上所持理由似乎

也不同：前一篇由其子立場出發，爲免孩兒長大遭人異議，故先斷其命；後二篇則由自己心理訴求，以「豁離恨」爲由。但深究之，不論替孩子「設想」而預做處理，或爲免自己難以離捨而乾脆斷其根源，豈不都由母愛之深出發？但也正因爲愛如此之深，但下手卻又如此決絕，甚至其離去的表情與身影竟如此輕鬆，其獨特的衝突色彩雖使「復仇型」俠女的人物類型獨樹一幟，而與一般人間女性決然不同；但其中與人性深刻的矛盾性，也爲其人物形象的合理性留下了很大的討論空間。

(3) 小結

「俠女復仇」型故事因爲鮮明的時代性，使作者競相以此爲題而加以點染成篇，其由〈長安妾〉發端，經過〈義激〉等三篇晚唐作品加以潤飾補充細節，而形成情節及人物模式化的現象；但也由於各篇在敘事筆法上詳略之異，使小說人物互動之間，產生了些微的差異。其中最值得注意的是作者對於女主角，即所謂「復仇型」俠女在兩性互動上的呈現方式。以〈長安妾〉、〈義激〉論，雖然兩篇一簡一詳，但其所呈現的兩性互動關係並無太大的差異。前者曰「長安客有買妾者」，後者謂「憚人之大我異也，遂歸於同里人」；二位女主角一是爲人所買，一則迫於局勢，無論如何，皆是以依附的姿態與男性建構彼此的關係。但在〈崔愼思〉及〈賈人妻〉中，雖然女主角依然必須與一男子成立某種婚姻關係，但二者的情感主動性及經濟供需關係卻與前者大不相同。如〈崔愼思〉，婚姻之約雖是男方提出，但是否願意或建立何種形式的婚姻，其決定權卻在女方，而崔愼思乃向女方家人租隙院而居，少婦似乎亦提供了相當的生活資源以照顧崔愼思。至於賈人妻，其雖與王立同居，卻是女方主動開口邀約，且明示以生活貲財無虞；果然之後二人共賦同居，不論內外，皆是女子一手打理。賈人妻在燕好之後才提出邀約，顯見兩性互動中女性不但轉趨積極主動，更由原來的「需求者」轉而成爲「供應者」，打破了傳統婦順夫剛、婦主內夫主外的對應關係。婚姻中男女雙方實質的互動關係與依附地位，使崔愼思對於少婦半夜失

蹤，雖然心中不滿，疑其有姦，卻不能如蜀婦人之夫生休妻之念；賈人妻之夫王立對妻子半夜失蹤，甚至連情緒表達權都被消音。而當俠女復仇事了來歸，蜀婦人尚且須「卑下辭氣，和貌怡色」地對其夫訴說過往；殺子之後，臨去則是「謝其夫」。但賈人妻則不同，固然其復仇來歸時是「意態惶惶」，告白之後又「收淚而別」。但對王立的語氣卻是姿態較高的「公其努力」；而面對王立目睹囊中人頭的驚愕表情，竟然是「笑曰：『無多疑慮，事不相縈。』」只以八字簡單地安撫其人後，便身如飛鳥地「挈囊踰垣而去」。甚至，當復歸殺子之後再度離去時，更只是「揮手而已」，連一個字都沒有留下。

　　可以看出，在「俠女復仇」型故事中，因為男女兩性權「力」義務的消長，在男性的敘事視角下，作者不自覺地對於家庭中男性地位的剝奪或矮化，投射了相當的焦慮，使「俠女復仇」型故事蘊含相當濃厚的性別敘事色彩。而由〈長安妾〉到〈賈人妻〉，程度又各自不同。事實上，〈長安妾〉敘述過簡，情節粗陳梗概，人物亦嫌單薄，其實性別意識的投射反而因此不十分明顯，亦尚不足以形成典範。〈義激〉之蜀婦人婚前以幫傭為生，小說言其「旦暮多閉關，雖居如無人」，似乎在暗示蜀婦人其實以幫傭為身分掩護，而所謂「雖居如無人」其實可能在外尋訪仇人蹤跡；而其婚後是否繼續幫傭則未詳，但夫妻關係乃男尊女卑，婚姻中之主導權似在其夫，則其行動是否能如婚前自在，尤其對於其尋訪仇家之持續性，不無疑問，影響了小說情節的流暢感與說服力。至於復仇來歸，還得「卑下辭氣，和貌怡色」一秉謙卑態度地說明，實在有違俠女風範，未免被賦予太濃厚的男性意識。〈崔慎思〉與〈賈人妻〉兩篇，男女地位關係明顯異於前者，少婦與賈人妻雖然無微不至照顧男方，但少婦在婚姻選擇權上的自主色彩，及復仇來歸後與丈夫的互動姿態，都與俠人物應有的獨立性較為呼應。只是其既自甘為妾，在家庭中就是一種依附的地位，如何能出訪仇人行藏？小說在這點的說服力亦有所不足。

上述種種情節或人物設定上的缺陷，在〈賈人妻〉中乃呈現較完整的構設。賈人妻收容落魄的王立，主動與其爲婚，將之豢養在家，供吃供住，使王立安於依妻爲生的生活方式，自己則不辭辛勞每日出外至旗亭舊業營生，不僅爲自己的行動保留了最大的活動空間，爲眞實身分作了完美的掩護，而女尊男卑的對應，徹底顛覆了傳統的兩性關係，其強勢、孤絕與疏離的身影，不僅在古典短篇小說的女性人物中極爲少見，更是唐代「復仇型」俠女人物中最鮮明的印記。可以說，無論「俠女復仇」型故事或「復仇型」俠女人物類型，〈賈人妻〉都堪稱典範之作，其影響之深，也超越時代，成爲後世模擬或再創作的重要藍本。

2. 宋：模擬與僵化（停滯期：〈文叔遇俠〉）

〈賈人妻〉在「俠女復仇」型故事或「復仇型」俠女人物類型所呈現的典範性，深深影響到後代小說的敘事繼承。宋劉斧《翰府名談》之〈文叔遇俠〉（見《分門古今類事》卷五引）即幾乎籠罩在前者之敘事範式下而難以有所突破。不過，由晚唐到宋初，時代個性不同、社會風尚亦異，甚至政治氛圍也大有所別，宋初可能只具有白衣身分的民間文人劉斧，如何接收晚唐文人筆下深具時代特色的豪俠小說，其傳寫過程中如何呈現已成敘事模式的「俠女復仇」型故事，文本現象的變與不變，及其背後之意義，是值得注意之處。以下，便藉由逐段檢視本篇對唐代「俠女復仇」型故事之承寫現象以分析之。

就小說伊始的「匿名隱身」情節言，〈文叔遇俠〉乃寫「貧甚，幾不聊生」的軍人林文叔，屢受比鄰孀婦接濟，從衣著到錢財，皆是此婦憐貧所贈。婦人對於文叔「愧謝」的回應是一番慷慨激昂的陳辭：「人有急難而不拯者，非壯義士也」，似乎與文叔之間不涉任何情色之想──則後來二人的成婚，與其說是近水樓台、日久生情，不如說是各取所需：婦人的婚嫁動機小說並未交代；但文叔的娶婦，很難不懷疑既是報恩，也是迫於生活所需。〈文叔遇俠〉敘述至此，由婦人之商販身分、與男性供需關係之建立等，所對應的男性落魄特質，及婦人婚後也

不願透露祖先姓氏的神祕性，都已可看出其與〈賈人妻〉之相似性，而絕不同於〈義激〉與〈崔慎思〉。

　　然而，〈文叔遇俠〉在接受的過程中，仍然有一些屬於作者個人的思考而對小說細節做了一些改動。如〈賈人妻〉中，賈人妻與王立一開始是半路邂逅，甚至有了一夜情之後，女方詢問男方何去何從，才主動邀約共締婚媾。〈文叔遇俠〉的鬻衣婦一開始與文叔的互動方式，卻是建立在比鄰的地利之便，這點反而比較類似〈義激〉及〈崔慎思〉中蜀婦人之嫁與「同里人」，及崔慎思與三十餘少婦乃因租屋而結緣。不過，〈義激〉並未交代蜀婦人如何在人際關係匱乏的情況下成婚，〈崔慎思〉的地利之便則在鋪敘營造崔慎思積極追求少婦的契機。則三篇唐代晚期的俠女復仇故事，在俠女「匿名隱身」部分所插進來兩性議題的小說副線，基本上還是傾向由浪漫面敘寫，以與全篇的冷肅殺氣形成對照。〈文叔遇俠〉在女主角與男性的相遇採取與〈義激〉及〈崔慎思〉類似的策略，但二人的互動只是單純的施與受關係，彼此不但十分清白，鬻衣婦甚至還有些道貌岸然之感，與前朝的浪漫取向完全不同。相較之下，〈賈人妻〉中，王立明明已落魄至此，看到美婦人竟還會半路攀談，更可見其人的行為價值與一般人不太一樣，此或者可以說明何以後來王立能安於居家為賈人妻所豢養，而不生異心，及何以賈人妻要挑選此人為夫。這樣較為曲折隱微的情節構設，不論在藝術性的表現上，及人物行為的深刻性上，其實都較因地緣而識較為吸引人。〈文叔遇俠〉在前段的情節安排上，只藉由地利之便提供了二人相識的契機，之後更是只強調「義」的角度鋪陳二人互動之機制，雖然更合於現實而順理成章，似也可免於禮教之譏，卻少了洪邁所強調的「小小情事，淒惋欲絕，洵有神遇而不自知者」那種搖曳生姿的敘事特質，實際但過於理性的人物安排，反失去了小說虛構的動人性，落入了宋代傳奇慣有質木無文的窠臼。

　　在「行蹤神祕」與「復仇事了」情節方面，〈文叔遇俠〉在情節上

重現了「俠女復仇」型故事慣有的「匿名隱身」、「行蹤神祕」等結構模式，人物互動方式除了上述細節之差異外，其女尊男卑的兩性關係實與〈賈人妻〉如出一轍，因此當文叔面臨其妻某天半夜突然神祕失蹤的狀況時，其反應也與前輩王立一樣，只能驚訝而已。小說一樣接著鋪敘女主角「報仇事了」來歸，在細節上強調了「自天隕而下，手攜紫囊，胸插匕首，喘猶未定」的形象，尤其「自天隕而下……喘猶未定」的描述使她較之於前朝神乎其技的武技似乎更貼近凡人。值得注意的是，在這一段中，雖然女主角依然向丈夫揭露自己的身世與行蹤詭秘之因，但其表述的方式及內容，風格卻絕不同於前朝，其曰：

> 與子別矣！子以我爲何等人，吾在仙鬼之間，率以忠義爲心。吾居此十年者，吾故夫爲軍使枉殺，吾久欲報之，吾上訴天，下訟陰，方得旨。

如以唐代諸篇的告白相較，所言復仇之事，不論爲父爲夫，都是個人獨力完成，故各篇俠女儘管身如飛鳥、武技超絕，氣質神祕而疏離，小說所敘述的仍然是人間事：

> 我有父冤，故至於此，今報矣！（〈長安妾〉）

> 我生於蜀。長於蜀，父爲蜀小吏，有罪，非死罪也。法當笞，遇在位而酷者，陰以非法繩之，卒棄市。當幼，力不任其心，未果殺。今長矣，果殺之，力符其心者也。願無駭。（〈義激〉）

> 言其父昔枉爲郡守所殺，入城求報，已數年矣，未得；今既克矣，不可久留，請從此辭。（〈崔慎思〉）

夫亡十年，旗亭之內，尚有舊業……妾有冤仇，痛纏肌骨，爲日深矣。伺便復仇，今乃得志。（〈賈人妻〉）

〈文叔遇俠〉的鬻衣婦亦言其乃爲夫復仇，但雜揉鬼神之說，其自稱「吾在仙鬼之間者」，反而模糊了自身性質之定位，且與前文情節處處由現實面著眼頓生突兀之感；至於其所謂「吾上訴天，下訟陰，方得旨」云云，將復仇成功歸於天地正義，更無異消解了個人終得手刃仇人、快意恩仇的意志與努力，未免令人雖仰之彌高，卻同時也抹煞了小說中可貴的個人意識及浪漫傳奇的成分。雖然可以看出，作者似乎企圖爲區隔前朝重在寫人的敘事策略，爲此類型故事及俠女形象另闢新局，賦予其「劍仙」的新元素，又處處陳義過高以拉高小說敘事意義；但原著中俠女不論與男性發生關係的動機探究，或衛仇忍辱、隻身殺仇的巨大痛苦，這些充滿個人色彩、蘊含深刻人性的部分，正是小說平衡俠女整體行爲過於疏離的策略。〈賈人妻〉透過具顛覆性的兩性關係所形塑出的「復仇型」俠女形象如此強烈鮮明，使〈文叔遇俠〉一方面既無法超越、只能模擬，一方面在襲取原著情節及人物結構之餘，卻又企圖迴避其中情慾及私仇等引人爭議的部分。於是在取捨之間，不但讓血肉生動的傳奇女子身分模糊失焦；以天地正義之名的復仇言說更令原本極具衝突性而立體的人物形象徒然道貌岸然、失之扁平，反使得小說變得枯燥無味。

〈文叔遇俠〉在小說的前半段雖然在細節上有所改寫，但大致依循「俠女復仇」型故事模式開展。其在「復仇事了」之情節開始做較大幅度地改動，不僅僵化了「復仇型」俠女的面貌，更重大的改動，是在「斷其所生」部分。在唐代的篇章中，俠女之嫁人生子，其目的都在爲自己復仇者之身分製造保護色，也正是小說的情節特色之處，因此人不能不嫁、子也不能不生。而一旦復仇事了，丈夫、孩子的功能已失，前者本萍水相逢，即可捐之；後者爲己所出，唯有殺之了。至於就敘事效

果論，復仇歸來、揭露身世，為小說製造第一個高潮；而「斷其所生」的發生，不論是直接接續前者或去而復還後才下手，總之都為小說製造了第二段的高潮，使小說一波未平、一波又起。當讀者隨著俠女丈夫還未由妻子的復仇告白中平息情緒，緊接著又面對俠女所做出更驚人的殺子之舉，故事才真正在讀者的驚嘆連連中戛然而止；而俠女的如釋重負與殺子行為的不可思議，更為俠女離去的背影留下難以磨滅的印象。由此可以看出，唐代「俠女復仇」型故事類型中，「斷其所生」的情節構設，不僅有情節邏輯上的考慮、敘事效果上的設計，更是標誌人物形象特質重要的元素。

〈文叔遇俠〉中，鬻衣婦仍然掩飾自己復仇者之身分，故作者在模擬敘事模式的過程中，使鬻衣婦與文叔成婚後，無法避免地依然如前朝諸篇的俠女生下了子嗣。然而，本篇在「復仇事了」之後，作者彷彿忘了俠女曾經生子之事，全然未處理或交代如何處置孩子，跳過了「斷其所生」，直接進入「俠女復仇」型故事模式的最後一段情節「飄然獨去」。這樣的處理方式，雖然免去了令人爭議的殺子議題，但是卻使前文「二歲育一子」云云失去下文的呼應，而在全篇的敘事脈絡上產生了斷裂。刪去「斷其所生」，是〈文叔遇俠〉在接收前朝「俠女復仇」型故事模式上最大的變異，作者意識到親手殺子情節的爭議性並試圖加以處理，但在兼顧現實合理性之餘，卻不幸犧牲了小說敘事的完整性。

然而，作者何以如此處理似乎並非不能理解。首先，在「飄然獨去」的部分，女主角一反前段的剛硬而呈現出女性的情態，臨別去之際，與文叔依依話別「執文叔手，戀語曰」。只是其內容，卻又是一番道學語：「吾觀子之面與氣，祿甚薄，有祿則壽不永，宜切戒之，可貨宅攜歸故鄉，溪山魚酒，醉臥一生，足矣，何必區區利祿哉！」對文叔的戀戀絮語、殷殷叮嚀，雖然與前段之高大慷慨的形象相形突兀，然其不但由面相論斷，更對其人生出處進退下了指導棋，此諄諄教誨的形象，正面而溫暖，反而又與小說前段的正大光明有某種程度的呼應。且

不論這樣的形象其塑造之藝術效果如何，但絕不同於前朝「復仇型」俠女肅殺冷戾，而這也似乎正是〈文叔遇俠〉的作者企圖在此篇人物塑造上尋求突破之處。再觀照本篇處處強調較正面的價值觀及道德感——如女主角所強調的「人有急難而不拯者，非壯義士也。」及天地正義、知足避禍等說法——便可以理解，作者對殺子的部分避而不談，正是因為逆倫殺子，除了難以為其所接受，更有違其欲將「復仇型」俠女轉向正面性人格的企圖，然既無法迴避「生子」對於人物掩護身分的功能，則「殺子」就只能選擇性遺忘了。

　　在唐代成立的「俠女復仇」型故事，其敘事觀點都是作者由全知觀點、與長安妾之夫、蜀婦人之夫、崔慎思、王立等俠女身邊之男性第三人稱有限觀點，彼此交叉敘述其所聞所遇之奇女子，其如何隱姓埋名、神祕誅仇、忍心殺子、最後決然獨去。儘管其敘事視角難免男性意識之滲入，但並不妨礙小說所蘊含之濃厚浪漫傳奇色彩。然而，這樣的敘事模式進入宋代，〈文叔遇俠〉由「匿名隱身」、「行蹤神祕」、「報仇事了」而「飄然獨去」，作者雖然在小說的敘事表層大體依循既有的情節結構，但因其道德與價值觀之故，透過人物言行細節之呈現、與對「斷其所生」情節之刪動，使小說的面貌由浪漫傳奇的敘寫一變而為道德教訓的寄託，其篇末言：「以此知祿薄而貪冒僥倖，壽必不永。錄之可為浮躁者之戒。」看似崇高的立意，卻徒然彰顯了〈文叔遇俠〉模擬之餘，唯畫其皮而未畫其骨，反而弱化了唐代所樹立的「俠女復仇」型故事及「復仇型」俠女人物類型獨特而動人的特質，殊為可惜。

　　3.清：性別自覺與文本再創作（轉變期：〈俠女〉）

　　宋代〈文叔遇俠〉不能算是成功的改寫，但其在繼承「俠女復仇」型故事及「復仇型」俠女人物的脈絡上卻扮演了重要的地位。一方面，它維繫了以〈賈人妻〉為主之諸篇所樹立的敘事範式，使「俠女復仇」型故事及「復仇型」俠女人物類型的承衍尚有一絲可繫；另一方面，它

對情節所做的改動，的確反映了在俠人物或英雄主義不那麼盛行的時代，不論讀者或作者面對俠女在婚姻締結上所引發的禮教焦慮及殺子行為的道德衝突。然而，不容否認的，「俠女復仇」型故事模式及「復仇型」俠女人物類型中某些重要元素，如俠女獨立的形象、與男性互動的方式與地位關係、孤身復仇的巨大痛苦等，〈文叔遇俠〉的作者絕對是予以肯定的。故如對於俠女生子情節的功能性，儘管沒有能力善後，作者仍無可迴避地予以保留。而這些反思與取捨的結果，不論對其敘事效果是否加分減分，的確帶給清代的故事接收者蒲松齡很大的啟發，而將其對性別與身體的價值意識投射在《聊齋誌異》〈俠女〉的再創作上，在繼承與改寫上，賦予這組流傳了約八百年的故事新的敘事意義與藝術價值。

(1) 〈俠女〉概覽

在「俠女復仇」型故事模式的傳承歷程中，唐代小說奠定情節結構模型、形成人物類型、樹立敘事典範；宋代〈文叔遇俠〉承先啟後，開始對其中一些情節進行反思，嘗試完成更適合跨代接受的文本；清代《聊齋誌異》〈俠女〉則是在經過八百多年後，企圖為這組故事模式注入新生命、重新定義敘事的意義。因此對於「俠女復仇」型故事模式而言，《聊齋誌異》〈俠女〉不僅是繼承，更是再創作。而再創作的契機，繫於作者蒲松齡對於性別與身體、人性與生命等諸多價值觀之思考與自覺。

〈俠女〉乃敘述俠女奉聾母獨居，其鄰為顧氏母子。顧生事母至孝，以鬻字畫為生；顧母則對女照顧有加。然俠女與顧生相遇，率皆冷然。女為回報顧母之義，嘗為之療瘡並親侍湯藥，乃知顧母頗以顧生無偶、顧家無後為憂。某日女與顧生相遇，竟然對其回眸而笑，顧生趨而挑之，二人遂有所私。後顧生每再欲與女燕好，輒為女所屏拒。而顧生偶然結識一少年，乃至二人有男風之親。後女以信水復至、受孕未成，再邀顧生同寢，卻為少年打斷。女怒其無禮，二者對峙衝突，女乃將少

年斬殺，顧生方知少年實為一狐妖。二人次日有私，顧生詢女以除妖之
術，女則避而不答。女母死，顧生代為營葬，又意女獨居可亂，屢挑之
而未果，窺其室則空焉。某日相遇於顧家，女告以體孕將娩，並囑其後
續安排。未幾女果產一子，乃交顧母偽為螟蛉撫養。某夜女款門而入，
手提革囊，囊有人頭，與生告別，除揭露其身世與所為，更囑顧生其福
薄不壽，當善視其子後，便飄然而別。後生果如女所預言，而此子奉顧
母以終。

　　由上述對〈俠女〉一篇的情節簡述，可以看出儘管細節鋪陳上已
較唐代有所出入，但大致仍依循唐宋傳奇「俠女復仇」型故事的模式，
在情節結構上，除了沒有「斷其所生」情節，其他大致上仍然順著「匿
名隱身」、「行蹤神祕」、「報仇事了」、「飄然獨去」的故事框架開
展敘事。在人物方面，除了原始故事模式中之女主角俠女及與其發生關
係之男性顧生、與顧生下之子嗣外，配角人物更多，包括俠女之母、顧
生之母及顧生之契友狐妖少年；也因人物的增加，蒲松齡在上述情節模
式的主框架之外，除了原始模式中男女主角之間的感情糾葛副線，還另
外開展了兩條副線，其一即俠女與顧母之間的女性情誼，其二即顧生與
狐妖少年的曖昧男風，而後二者尤其對小說情節之鋪展、與意旨之重新
定位有重大之作用。蒲松齡將女主角置身於更多元、更複雜的人際網路
中，使之必須周旋於諸如母女、鄰里、異性、人妖等不同層次之人際關
係中，既藉以映襯刻劃女主角之人物形象，更藉以託寓意涵，甚至轉換
原始故事模式之敘事要旨。最值得注意的是，其中俠女與顧氏母子多層
次的感情牽絆，乃作者改寫前朝生子殺子情節之重要依據，而在敘事構
設方面做出與前朝小說截然不同的安排，使小說展現了不一樣的人情風
貌──這一層改寫，正投射了蒲松齡對於小說情節對前朝敘事模式或典
範當如何承繼與改寫，及對於上述各類價值觀之思考。

(2)〈俠女〉對傳統「俠女復仇」型故事之繼承與改寫

　　〈俠女〉雖在主結構的情節鋪敘仍大致依循前朝「俠女復仇」型

故事的開展方式，但在細節的繼承或改寫上，更多展現了作者個人的思考，使小說誠然主要架構並不脫傳統「俠女復仇」型故事的敘事模式，整體風貌卻已大不相同，無異是對前者進行了一番再創作的工程。在「匿名隱身」部分，蒲松齡繼承了〈崔愼思〉、〈文叔遇俠〉的敘述策略，使俠女與男性的結識來自於比鄰的地緣關係；但其目的不在爲俠女的婚媾鋪陳，而是另闢蹊徑、開展俠女異性之外的人際關係。前朝「俠女復仇」型故事模式中，女主角們不論爲妻爲妾，一定要以婚姻爲其復仇者身分之掩護，顯示了前代作者們對於女性存身於世的性別迷思；但蒲松齡移轉了傳統敘事模式中，復仇俠女只能依賴家庭結構及兩性關係以爲「常態」的標籤，俠女雖因比鄰而居結識顧生，對於顧生卻屢屢不假辭色，即使與其有肌膚之親，甚至是三度主動邀約，卻申明：「枕席焉，提汲焉，非婦伊何也？業夫婦矣，何必復言嫁娶乎？」對於顧生的婚媾之想，明確予以回絕。而蒲松齡一方面鋪敘俠女拒絕顧生由歡好到求婚種種情愛之想，另一方面則極力刻劃其與顧母之間情同母女的同性友誼，展現了作者對於女性處境不同的思考。

蒲松齡雖襲用了傳統敘事模式中女主角兩性關係建立的途徑，卻跳脫以往俠女只能以婚姻爲其神祕身分掩護之套式，而結合「報恩」的主題，藉著俠女與顧氏母子的互動，尤其是俠女與顧母異姓母女般的情誼，衍生出新的議題：對女性情誼的書寫與女性身體權的思考。一如前朝「俠女復仇」型故事，在「匿名隱身」的情節進行中，蒲松齡的俠女亦不可避免地與顧生發生肉體上的親密關係，但是，傳統小說這類情節的前提，是建立在社會視獨身女性爲怪異，必然引起爭議事端，故至少必須在表面上回歸家庭體制，使其外在行爲正常化，好以「合法」掩護「非法」，方便復仇俠女避人耳目，以執行密偵情搜，達到復仇殺人的目的。說穿了，俠女儘管在檯面下其實是家庭經濟的來源，但在社會層級中，仍然是一個被矮化的等級，必須依附於一個男性——不論那個男性再怎麼無能。在《聊齋誌異》的〈俠女〉中，顧母主動對俠女所釋放

善意與幫助，其先以同食之謀試問其意，又令其子擔米以餽之；而俠女則報答以代績操作，甚至爲其清滌私處之疽創，其事奉顧母之種種作爲已無異於兒媳，卻拒絕了顧生的求婚。心事的吐露或情感的寬慰，屢屢迴盪於此二位異姓女性之中，蒲松齡雖然遵循傳統仍然將顧生塑造爲一位庸能之男性，但其書寫俠女與此異性的交接，卻是建立在回報顧母照拂之恩的前提之上，兩性關係之意義已全然不同於前朝。顧母此一人物之增加、女性情誼之刻劃，不僅爲任何類型之傳統小說所罕見，亦是本篇改寫敘事結局的重要關鍵，使《聊齋誌異》的〈俠女〉由豪俠復仇的主題，轉而成爲人情恩義的張揚。

　　儘管在「匿名隱身」部分，蒲松齡藉由俠女人際關係描寫重點的轉移，由體質內開始對傳統「俠女復仇」型故事進行換血，但俠女神祕疏離的氣質，仍然是無可取代的人物特質，蒲松齡甚至更傾力描寫這種特質。俠女的疏離感往往表現在人際互動之際的沉默以對，如：

　　一日，（生）偶自外入，見女郎自母房中出，年約十八九，秀曼都雅，世罕其匹，見生不甚避，而意凜如也。

　　（顧母）徐以同食之謀試之，媼意似納，而轉商其女，女默然，意殊不然。

　　生從母言，負斗粟款門，而達母意，女受之，亦不申謝。……每獲餽餌，必分給其母，女亦略不置齒頰。

一般應有的社會化的言語與肢體應對，俠女似乎總是漠然以對。此外，俠女亦每以不足爲外人道面對旁人的好奇，如顧生問女斬妖之術，女答以「此非君所知」；顧生怪俠女行蹤神祕、似乎避不見面，女釋以「人各有心，不可以告人」；生子之後，已交託顧家照拂，俠女又叮囑「區

區隱衷,不敢掬示老母」,而這樣的回應態度,尤可見俠女對顧生的關係定位,乃不讓顧生介入她的生活、參與她的人生。至於人物神祕感之強調,蒲松齡特藉顧生、顧母,甚至後出的狐妖少年之視角及驚嘆加以渲染,如顧家雖與之比鄰,卻始終摸不清俠女的出處及行為動機:

> (母)詳其狀而疑曰:「女子得非嫌吾貧乎?為人不言亦不笑,豔如桃李,而冷如霜雪,奇人也。」母子猜歎而罷。

> 會女郎過,少年目送之,問以為誰,對以鄰女。少年曰:「豔麗如此,神情一何可畏!」

> 母笑曰:「異哉,此女聘之不可,而願私於我兒。」

前朝小說寫復仇型俠女的神祕疏離,作者往往透過俠女身邊男性之單一有限視角,以聚焦出其特質,書寫角度較為單調。蒲松齡不但繼承前朝「復仇型」俠女的人物範式,更透過製造事件及多元視角的方式,更立體地呈現其獨特之氣質。尤其前朝的「復仇型」俠女,老少妍媸各有不同,容貌形象較為模糊;蒲松齡對於俠女的塑造策略同於〈賈人妻〉中女主角「美婦人」的形象,且更年輕化,不但強調其乃「年約十八九,秀曼都雅,世罕其匹」,更具有「豔如桃李,而冷如霜雪」的強烈反差,使小說人物之所以受矚目更具說服力,讀者之閱讀印象更為鮮明。

　　然而,儘管俠女的神祕氣質依舊強烈,但蒲松齡還賦予俠女其他性格特質,在冷豔的外表下,亦展現了濃厚的人情,使其人物質感更加豐厚,呈現出圓形的人物性格,而不同於傳統「復仇型」俠女偏向扁平人物的塑造取向。傳統敘事中,除了最後「復仇事了」時對其夫的告白外,復仇俠女並沒太多聲音;蒲松齡則自始即賦予俠女更多自我表達之機會,並展現了性格中貼近人情的一面。如雖然俠女對顧生屢奉母命周

濟其家，從不表示任何謝意，但卻「日嘗至生家，見母作衣履，便代縫紉，出入堂中，操作如婦，生益德之」，可見俠女的行事風格，是心中自有主張分寸，卻不必對他人言說，甚至受人點滴、泉湧以報。以下事件亦可見其實具有爲人設想之溫暖性格：

　　母適疽生陰處，宵旦號咷，女時就榻省視，爲之洗創敷藥，日三四作，母意甚不自安，而女不厭其穢。母曰：「唉！安得新婦如兒，而奉老身以死也。」言訖悲哽。女慰之曰：「郎子大孝，勝我寡母孤女什百矣。」母曰：「牀頭蹀躞之役，豈孝子所能爲者？且身已向暮，旦夕犯霧露，深以祧續爲憂耳。」言間，生入，母泣曰：「虧娘子良多，汝無忘報德。」生伏拜之。女曰：「君敬我母，我弗謝也，君何謝焉？」於是益敬愛之。然其舉止生硬，毫不可干。

　　忽於空處問生，日來少年誰也？生告之，女曰：「彼舉止態狀，無禮於妾頻矣。以君之狎暱，故置之。請便寄語，再復爾，是不欲生也。」……一夕方獨坐，女忽至，笑曰：「我與君情緣未斷，寧非天數。」生狂喜而抱於懷，欻聞履聲籍籍，兩人驚起，則少年推扉入矣。……女以匕首望空拋擲，戛然有聲，燦若長虹。俄一物墮地作響，生急燭之，則一白狐，身首異處矣，大駭。女曰：「此君之孌童也。我固恕之，奈渠定不欲生何！」收刀入囊。……詰其術，女曰：「此非君所知。宜須愼秘，洩恐不爲君福。」

試看其奉顧母湯藥及斬殺狐妖兩事，前者俠女受生伏拜道謝時，雖然仍「舉止生硬，毫不可干」，但與顧母私下相處時之安慰言語，雖僅短短兩句，卻十足貼心；而後者傳語顧生警告狐妖少年勿再無禮，語氣雖然嚴厲，但其實已顧及顧生立場而手下留情。可見俠女冷硬疏離之外表下，其對人之情其實細膩深切，有所爲有所不爲而已。而這點人格塑

造，實爲之後蒲松齡改寫傳統「俠女復仇」型故事之「斷其所生」情節重要根據。

　　蒲松齡固多由俠女之人際互動著墨其性格之圓形性，然最能具體展現俠女性格中之人情者，實爲橫跨「匿名隱身」到「行蹤神祕」部分，因與顧氏母子之情感牽絆而爲顧家產下一子之情節。俠女爲成全他人，將自己復仇之事置身於後，這種利他性，不僅乃前朝小說之「復仇型」俠女所絕無者，俠女在此事件中對自己身體主權之掌控、身體功能之定義，亦爲古典小說女性所罕見。由情節表面來看，俠女一如前朝諸位復仇女俠，在「行蹤神祕」部分，皆先歷經「生子」之類似歷程，然後進入下一情節「復仇事了」。如前所言，前朝小說之俠女之結婚、生子，其目的都在遮掩自己身實身分；而除〈長安妾〉與其夫共居數年且生二子，時間跨最長外；由〈義激〉到〈賈人妻〉，三篇俠女之結婚、生子、復仇各事件間之時間跨度雖已較短，以加快敘事節奏，其中〈義激〉雖未具體說明時間跨度，但其子尚須哺乳，與〈崔愼思〉、〈賈人妻〉之設定類似，而〈崔愼思〉言「二年餘，崔所取給，婦人無倦色。後產一子，數月矣」，〈賈人妻〉則謂「周歲，產一子，唯日中再歸爲乳耳。凡與立居二年」，則三篇中之俠女母子相處至少也有半年乃至二年左右。然不論時間長短，母子皆有相當時間之朝夕相處；後三篇作者更強調俠女皆親自哺乳，則彼此自不可能毫無親子之情，此亦所以俠女們臨去之際竟能忍心下手「斷其所生」令人驚愕之故。

　　蒲松齡〈俠女〉雖亦生子，但在時間跨度上卻與前朝設計不同，並不令母子之間有太多培養情感之機會。前朝小說中，俠女蒐集敵情乃在懷孕生子之後，此不僅延後了復仇之時間點，也增加了親子共處之時光，當然更提高了親情的強度；蒲松齡則很明顯地將四處偵蒐提前至俠女懷孕期間，以致顧生約私不得，還以爲俠女與他人結歡，然正可見俠女特意懷孕之目的訴求，不過就是爲顧家傳下子嗣，完全是利他而非利己，故一旦成功受孕，俠女便積極著手復仇事宜。前朝俠女與其子皆有

半年以上乃至一年多之相處；此子出生未久即交給顧母照料，俠女並無
太多與之培養情感之機會，故其離去之毫不留戀，讀者在觀感上便能接
受。從時間跨度及事件順序之調整，到後續將「斷其所生」改爲「託其
所生」，生子事件的內涵意義已絕不同於前朝，而充分展現了蒲松齡對
「俠女復仇」型故事改寫的企圖心。

　　追溯前朝諸俠女所以懷孕，小說皆未提及動機，讀者其實無從判
斷其乃俠女順其自然或刻意設計，敘事之簡略，正可見作者們對此事件
之視爲當然；蒲松齡筆下的俠女，其懷孕動機不但明確而且強烈，甚至
小說花了極大筆墨刻意敘述其努力受孕之過程。小說構設俠女懷孕之動
機，乃起於爲報顧母照顧之恩而在後者疽生私處時親事湯藥，因而知道
顧母最掛懷者乃顧生之婚姻無望、顧氏子嗣將絕。甚至顧母還意有所指
地對俠女感慨：「安得新婦如兒，而奉老身以死也……且身已向暮，旦
夕犯霧露，深以祧續爲憂耳。」之後，便可見俠女一反常態對顧生施以
燦笑青眼，三度暗示或邀約私寢，而終於受孕成功。由「報仇事了」情
節中俠女對顧生的說明：

　　養母之德，刻刻不去於懷，向云可一而不可再者，以相報不在牀第
也。爲君貧不能婚，將爲延一線之續，本期一索而得，不圖信水復來，
遂至破戒而再。今君德既酬，妾志亦遂，無憾矣。

此雖對顧生而言，言必稱「君德」，彷彿懷孕生子乃針對顧生而發；其
實顧生多半是奉母命而行，俠女其生子報恩，最根本之投射對象應還是
在顧母。當顧家依俠女之囑抱回嬰孩後，顧母的反應亦是「兒已爲老身
育孫矣」；而俠女所以只對顧生說明原委，其用意也是顧慮顧母的情緒
心理：「區區隱衷，不敢掬示老母」、「夜深不得驚老母」；尤其此子
的人生任務，便是未來要代替福薄不壽的顧生孝敬顧母、奉老以終的。
可知俠女爲感顧氏母子之恩情，不惜冒禮教清白之譏，用自己的身體回

報，甚至因此延後復仇，則其報恩之心不可不謂強烈堅決，而其重情尚義之性格亦由此可見。

　　蒲松齡寫俠女生子，乃先刻意引誘顧生使己懷孕，不但藉以刻劃俠女在冷漠的外表下，其實有一顆炙熱的心——誠如其於先後於「匿名隱身」、「復仇事了」中所說明者：

　　此非君所知。宜須慎秘，洩恐不為君福。

　　向不與君言者，以機事不密，懼有宣洩，今事已成，不妨相告。妾浙人，父官司馬，陷於仇，被籍吾家。妾負老母出，隱姓名，埋頭項，已三年矣。所以不即報者，徒以有母在，母去，一塊肉又累腹中，因而遲之又久。曩夜出，非他，道路門戶未稔，恐有訛誤耳。

可以看出俠女凡事以他人為先：先為奉母而延後為父報仇之事、又為報顧氏母子之恩再次延後報仇；即使其間表現出種種疏離與隱忍而引人猜疑，也只是為不要連累他人而已。蒲松齡為俠女之人物性格中增添了新的元素，不僅合理解釋了其神祕疏離氣質之原因，更使其人物形象益見充實立體。

　　然而上述情節之意義決不只是為立體化俠女之性格而已，就作者之創作意圖而言，當有更深刻之指涉。透過俠女運用自己身體以為報恩工具之舉，蒲松齡企圖彰顯的，是女性對於自己的身體擁有絕對的主權——正如《聊齋誌異》名篇〈青鳳〉中的狐女青鳳，她選擇在不同情境下，決定自己的身體是順從庭訓家教，不與男子私相授受；還是順其自然，投奔所愛——這樣的表現，徹底顛覆了傳統小說所加諸俠女人物的制約。為了報顧母之恩，俠女決定「是否」及「如何」與顧生發生關係，此由其與顧生之初遇時的神態是「見生不甚避，而意凜如也」；其後受餽回報，照顧顧母，對於顧生受母命而伏拜致謝，依然是「舉止生

硬，毫不可干」；及決定要爲顧家傳嗣時，對顧生則是「忽回首，嫣然而笑……挑之亦不甚拒，欣然交歡」；事畢之後，次日顧生欲續前緣，卻又「屬色不顧而去。日頻來，時相遇，並不假以詞色，稍游戲之，則冷語冰人」。凡此，皆可見雖依傳統情節的發展，俠女必與顧生互動，並發生性方面的牽扯，但蒲松齡卻能在套用傳統情節模式之餘，使俠女對異性的情感表現，大反其道地呈現一種疏離冷漠的態度，使相對之下，其之「嫣然而笑」、「欣然交歡」，乃至二次交媾，便凸顯出俠女在「性」方面掌有絕對的操控權。尤其俠女對顧生的一番表白「枕席焉，提汲焉，非婦伊何也？業夫婦矣，何必復言嫁娶乎？」及「苟且之行，不可以屢，當來我自來，不當來，相強無益。」更可見行爲的「是」或「否」，乃是由俠女來定義的。這樣的言論尺度，顛覆了傳統以來女教「婦者順也」的男性中心思想。蒲松齡透過對傳統情節的舊瓶新酒，在既有情節框架下又別出枝節，透過人物行爲意識形態之轉變，開展出女性對自己身體主權的新論述，使小說跳脫了舊思惟視角而呈現出強烈的個人主義色彩，也賦予自唐宋以來「俠女復仇」型故事模式嶄新的精神內涵。

小說進入最後部分，〈俠女〉刪去後段的「斷其所生」情節，而改在「行蹤神祕」部分順著「生子」事件，使新生兒不再如前朝被母親親手殺害或刻意忽視，他不但被保留了下來，還擴寫出「託其所生」等情節，並賦予極重要的家族任務。小說特予這個在前朝小說中面目極爲模糊的新生兒清楚的特寫：「豐頤而廣額」，正預告了他日後的重要性：他必須替補即將缺席的男主人──即他的生父顧生，未來不僅需肩負起奉養祖母以終，甚至光耀顧家門楣的重責，更是印記俠女與顧母這一對女性彼此恩義相濡的最佳證明。

傳統「俠女復仇」型故事中的「生子」事件乃依附於「行蹤神祕」情節中，往往爲作者輕描淡寫以一二句提及而已；但「殺子」事件卻擴大開展爲「斷其所生」之情節而加以鋪敘。可見在前朝敘事中，重點在

於後者所營造出小說之傳奇性，而不在前者新生命的創造。至於「生子」之功能，乃如其必嫁一男子為妻妾，以為自己身分之保護色；其目的既在利己，當然訴求之作用一但消失，則夫可棄、子可殺。而蒲松齡將俠女刻意懷孕、預告即將分娩、以致後續收養，提前並集中於「行蹤神祕」部分順序交代，更動了原「斷其所生」的情節順序，並改寫為「託其所生」，其行為策略已絕不同於前朝之俠女，動機亦由利己轉而利他，則行為結果自然亦因之改變。此外，藉俠女「生子報恩」歷程所展現之身體自覺，一方面投射作者對於女性自我價值及生命不同的體會，而對小說情節最大的影響，自是強化了「生子」的目的性：「報恩」，成功改寫了傳統「俠女復仇」型故事最後無可迴避的「殺子」課題，也為其敘事意義重新定位。

　　俠女對新生兒的保留及其家族任務的賦予，對傳統「俠女復仇」型故事是一個重大的改寫。由情節結構言，它不但使小說的高潮提前出現，使讀者對全篇的焦點關注到「報恩」而非「復仇」，更解決了這組故事中最令人不安的部分。透過新生人物顧母的安排及刻劃重點的轉移，由「斷其所生」而「託其所生」，蒲松齡巧妙地安撫了所有既痛惜俠女遭遇、又焦慮其手段過於殘忍的讀者，為小說作了完滿的收束，也扭轉了「俠女復仇」型故事的體質，使由充滿傳奇色彩卻近乎殘忍的豪俠故事，一變為恩義與豪俠兼具的人情之作。相形之下，繼此之後的「復仇事了」雖仍不免延續展示血肉模糊的人頭，並揭示其真實身分、說明其復仇任務之始末等儀式，不過是例行公事，也大大降低了嗜血的刻意性，使全篇更多人性的輝光。

　　蒲松齡安排俠女在生子之後才完成其復仇任務，絕不同於傳統「俠女復仇」型故事模式，在「復仇事了」第一段高潮之後，往往去而復還，將情節推進到「斷其所生」，而帶出小說第二段高潮。蒲松齡早在「行蹤神祕」部分，俠女在即將分娩前一月，即已吩咐顧生預作安排：

妾體已孕八月矣，恐旦晚臨盆，妾身未分明，能爲君生之，不能爲君育之。可密告老母，覓乳媼，僞爲討螟蛉者，勿言妾也。

孩子誕生之後三日，即便交付顧母抱去。蒲松齡不但將「斷其所生」情節提前，更筆鋒一轉改爲「託其所生」，爲傳統「俠女復仇」型故事作了最重要的改寫。前朝的復仇型俠女，無論對男女肉體關係的發生有無描述或屬主動被動，終歸都必須以自己的身體交換對男性依附的生活形式，而生子似乎也就成爲順理成章、不得不然的後續發展。如此，不論這段關係是如何開頭的，唐宋的「復仇型」俠女對自己的身體主權仍必須受到傳統社會男性中心的觀念所制約。尤其唐代此類型俠女完成復仇任務後，必殺其所生之子，其表面原因，不論如〈崔愼思〉作者所指出「殺其子者，以絕其念也」，或如〈義激〉中之俠女所言「爾漸長，人心漸賤爾，曰其母殺人，其子必無狀。既生之，使其賤之，非勇也，不如殺而絕。」——前者之說，可見其子必爲俠女所掛念；後者之說，亦可見爲人母者之爲子設想。——雖然，若不論殺子動作之可議，無論理由如何，其實正可見俠女之於其子，其初始懷孕動機，或許與其必擇人而嫁一樣，必須以之爲其眞實身分之保護色；然孩子畢竟爲己所出，相處日久，焉能無情，故益加對比出如此行爲過於殘酷而令人匪夷所思。而此或所以宋傳奇〈文叔遇俠〉雖亦不免「二歲育一子」，但情節最後，卻略過對孩子的處置，改以俠女復仇事了，飄然遠去之前，唯「執文叔手戀語曰……」之叮囑而已。但有如前文所指出者，其述的迴避雖然使俠女的性格刻劃，較符合於人性，卻犧牲了小說情節的呼應性與結構的完整性，殊爲可惜。

前文分析唐宋「俠女復仇」型故事，嘗指出當原生故事所獨有的英雄主義與浪漫色彩隨改朝易代而失去訴求時，殺子遂凸顯了其行爲畢竟過於背離一般人認知與接受度，宋代〈文叔遇俠〉選擇迴避了此一情節，卻嚴重影響小說敍事之完整性。蒲松齡寫〈俠女〉，一方面認同

〈文叔遇俠〉作者對殺子之事背離人倫之焦慮，一方面正面處理這個情節，因與新增人物顧母之互動，使俠女生子行為有了新的動機，賦予了「生子」事件新的意義。就行為外在面言，俠女子雖生矣，卻不是像前朝同樣類型人物之出於無知或被迫，而是刻意為之；且其動機不為顧生（雖然顧生亦因此受惠），而是為了顧母。俠女所以懷孕生子，乃肇因於顧母嘗於病榻之際，慨謝俠女看護之餘，無意中吐露出為顧生桃續未繼的憂慮；而俠女為感念顧母的刻意照顧，因而遂有主動獻身顧生、進而懷胎生子之舉，甚至為此延後了報仇。其行為已褪去原有自私、利己之色彩，轉而成為利他、具有理想主義色彩的自我犧牲，也凸顯了蒲松齡藉著書寫俠女對身體的主權掌控，所凸顯出對女性「性」及「生命」的思惟。另一方面，藉著生子一段，蒲松齡賦予俠女充分掌握自己的生理節奏與身體使用的所有權，以達到自己報恩的目的，她的生子，並不是如前朝小說中的俠女們，或是「懼里人之不我知也」，迫於外在的輿論的壓力，不得不生子以示其常；或絕對的利己主義，利用生子加以掩護自己的私仇目的；或甚至是在根本不知如何避孕的情況下而生下了孩子。此處俠女為報恩而懷孕生子，雖然難免令人覺得俠女對生命的創造仍未免流於工具性，但至少較之前朝小說中的殺子而去，蒲松齡顯然令其筆下的俠女更能發揮生命的價值與意義，使一個小生命的創造，不但肩負家庭承續的意義，更是無私的兩代恩義情誼的見證！蒲松齡巧妙地透過舊情節的再創作，不但呼應了前文對同性（女性）關係所展現的新思惟，更融入了自己的人本主義，使情節的呈現不只是一個勉強的藉口，或徒然製造驚悚的效果，而增加了小說的深刻度與人情味。

蒲松齡在前朝「俠女復仇」型故事模式繼承之基礎上，對情節結構乃至「復仇型」女俠之人物類型大膽進行再創作之工程，企圖藉此定型化之敘事模式包裝更多個人對於復仇報恩、人情人性，甚至女性自覺之想法。而俠女「生子報恩」既徹底改寫了「復仇型」俠女之人物形象，更極為鮮明地呈現了蒲松齡對於女性身體權之思考，及其獨特之性別意

識。則相對於前述對於女性處境及身體之思考，蒲松齡由改寫「斷其所生」為「託其所生」，也藉著顧生之塑造而表達了對於男性地位的反思。

　　前朝「俠女復仇」型故事中，俠女之夫實無異作者，甚至當時男性之代言人，作者藉丈夫們之視角與感受，寓寄了對於「復仇型」俠女的觀感與定位；因此，俠女們活動之身影，乃是丈夫們之凝視下的成像。但回溯蒲松齡對於顧生之人物塑造，固然蒲松齡依然由男方的視角鋪寫了由「匿名隱身」部分顧生對俠女人際關係之遐想、到「行蹤神祕」部分顧生對於俠女宵夜無蹤的猜疑；但不同於前朝「俠女復仇」型故事中俠女丈夫們之疑忌，含有濃厚之男性意識；蒲松齡寫顧生對俠女之行為之想像，乃是凸顯其人思慮之庸俗成見，以反襯俠女超越獨立的人格形象，並使之後俠女對其福薄而壽之不終之預言有所呼應。相對於俠女對於兩性關係見解之突破，顧生仍宥於傳統觀念，不但不能理解俠女的用意，甚至因此對俠女眷眷依戀：或是「後相值，每欲引與私語」；或是「訂以嫁娶」；甚至在俠女之母過世之後，「意其孤寂可亂，踰垣入，隔窗頻呼，迄不應，視其門則空室扃焉。竊疑女有他約，夜復往，亦如之，遂留佩玉逾窗間而去之」──想趁人之危占便宜，思想已屬下流，何況俠女早已明白拒絕顧生的婚約；顧生卻執迷不悟，偏執於傳統男女肌膚之親所代表之行為意義而妄加揣測俠女之動機。二人既無任何關係，顧生自不如由蜀人婦之夫到王立等丈夫們有立場去質疑俠女的行蹤，而留下佩玉之舉，頗有宣示主權之意，然其實干卿何事？──顧生既懷疑其清白又企圖加以約束，再加上之前顧生嘗不禁狐妖少年之誘惑而與之私好，更引「狐」入室頻頻非禮目視俠女，由此亦可見其人格識見之刻板庸俗。顧生之塑造，不同於前朝小說諸丈夫乃作為社會男性性別意識之傳聲筒，此完全為服務俠女之人物形象而考量，傳統「俠女復仇」型故事中俠女與其身邊重要男性的互動意義已完全翻轉。

　　而在「行蹤神祕」部分，顯然在這段行蹤消失期間，俠女正與前

朝小說中諸位女主角一樣，其實是去勘查，甚至執行刺殺之任務。但正如其與顧生之關係乃由俠女來定義一樣，其行動之自由也由自我來決定，顧生對俠女行動的錯誤解讀、乃至無可置喙，及俠女事後對顧生的解釋：「君疑妾耶？人各有心，不可以告人。今欲使君無疑，而烏得可？」所表現出的疏離態度，凸顯了蒲松齡不但直承〈賈人妻〉中的兩性對應模式，甚至根本把顧生徹底邊緣化。蒲松齡寫顧生不但以世情男女情色交歡的角度看待遐想其與俠女的關係，甚至還亂吃乾醋，既反諷地凸顯出此人物的庸愚，也正是藉此烘托俠女獨立高大的人格形象。這樣的筆法所含蘊的性別意識，印證了蒲松齡在構設小說之際，已跳脫既有之性別迷思，重新闡釋如俠女之類特立獨行之女性在社會上之立場與處境。

　　〈俠女〉既將全篇高潮轉置於「行蹤神祕」中的「生子」與「託付」，則情節推進到「復仇事了」部分，實已將近尾聲，既不需殺子，自然不必去而復還，故當俠女向顧生說明諸事原委後，小說便如〈文叔遇俠〉，直接以「飄然獨去」收束全篇。蒲松齡承襲原型小說情節模式，俠女唯有在此刻才露出如釋重負之表情，「女忽款門入，手提革囊，笑曰：『大事已了，請從此別。』」，而其身世、復仇及與顧家互動種種考量，亦在此時才向顧生全盤揭露。其先說明為顧生懷孕生子之動機：

　　養母之德，刻刻不去於懷，向云可一而不可再者，以相報不在牀笫也。為君貧不能婚，將為延一線之續，本期一索而得，不圖信水復來，遂至破戒而再。今君德既酬，妾志亦遂，無憾矣。

待顧生索問囊中何物，俠女亦如前朝小說諸女所為，仍免不了展示人頭一番，並引發了顧生的驚駭與更多的疑問：

問囊中何物，曰：「仇人頭耳。」檢而窺之，鬚髮交而血模糊也，駭絕。復致研詰……

蒲松齡寫俠女的回答，並不脫前朝諸復仇俠女之內容，其曰：

> 向不與君言者，以機事不密，懼有宣洩，今事已成，不妨相告。妾浙人，父官司馬，陷於仇，被籍吾家。妾負老母出，隱姓名，埋頭項，已三年矣。所以不即報者，徒以有母在，母去，一塊肉又累腹中，因而遲之又久。曩夜出，非他，道路門戶未稔，恐有訛誤耳。

其前半段自與前朝「復仇型」俠女所陳大致相似，不外爲父或爲夫報仇。所不同者，前者之俠女初出場時都是孑然一身，其存活於世只爲報仇一事而已，故後來之婚姻或生子，不過都以幫助順利完成復仇爲考量；自然復仇事了，一切新增之人際關係便可收束了結，不需多做顧慮。〈俠女〉則不然，其先有老母奉養之責，後有顧氏母子還報之恩──前者爲本來義務，後者爲意外結緣──都不在復仇之規畫之中，因此不但使俠女身陷多重人情之糾葛，更使復仇橫生枝節波瀾，所承受之壓力更爲複雜龐大。故〈俠女〉之刻劃，已脫離傳統豪俠小說的範疇，而涵攝了多重主題：除豪俠與志怪，更重要的，是人情，使傳統「俠女復仇」型故事呈現更豐富的內蘊。

順著這樣敘事筆調之改變，在敘事將進入「飄然獨去」前，俠女最後愼重叮嚀：

> 所生兒善視之，君福薄無壽，此兒可光門閭。夜深不得驚老母，我去矣！

這一段叮嚀，表面上似是複製了〈文叔遇俠〉中鬻衣婦在「復仇事了」

205

的說明身世及復仇之後，在「飄然獨去」之始對文叔的一番叮囑：

> 執文叔手，戀語曰：「吾觀子之面與氣，祿甚薄，有祿則壽不永，宜切戒之，可貨宅攜歸故鄉，溪山魚酒，醉臥一生，足矣，何必區區利祿哉！」

所不同的是，雖然俠女在此依然是對對方未來的生涯安排作出提點，並在無意中預告了顧生的謝世，但重點卻是在其為顧家所生子嗣的重要性上。〈文叔遇俠〉中人物的生命與遭遇，在鬻衣婦指示文叔遁隱山林、斬絕欲望後便戛然而止；〈俠女〉中顧生雖最早在人生舞台上缺席，但因俠女所成就的顧家生命旋律卻因有此子而仍延續下去，二者的敘事安排雖然相似，但對於人情與生命內涵的思考卻絕不相同，彰顯了蒲松齡對生命與人情的思考面向，相較於個人的命運，作者更重視人際交接所產生之生命延續之意義。此外，前朝小說情節較為簡單，穿插事件較為稀少，故諸復仇俠女之說明，自是簡單扼要；蒲松齡在此則必須收束前半情節中各項事件，故透過俠女對於前事的一一爬梳，既是向顧生說明其行為始末考量，更是向讀者展示俠女性格中剛毅但溫暖之一面——前者是所有壓力與祕密皆其一人承擔，後者是其一律先利他再利己、將自己置諸人後。俠女對顧生的三段說明婉轉而成，不但前述諸情節中種種不解神祕至此亦迎刃而解，小說首尾呼應貫串；更使小說即已近尾聲，仍然充滿搖曳生姿的人性光輝。

在小說最後的「飄然獨去」部分，前朝小說敘事空間中最後的身影，都是男主角，而諸位俠女則在其凝視下消失於人間。當所有叮嚀、說明一一結束後，復仇俠女紛紛如孤雲一朵，獨自飄然而去，獨留其夫面對一切。這樣的敘事角度，其實正代表了作者對此類特異女性的性別思維：奇固奇矣，終究不容於世。〈俠女〉則否，男主角顧生——這個身兼兒子及父親角色，理應為家庭中心的男性——在俠女「飄然獨去」

後，緊接著便辭世缺席了，小說最後只留下顧母及顧子，而後者更無異是俠女生命形式的延續。蒲松齡在此採取全知之敘述視角，且將事件的重點置於以顧母爲核心、祖慈孫孝的家庭倫理之上，絕不同於傳統「俠女復仇」型故事的陽性視角，而留下一個以陰性爲主的世界。

在〈俠女〉人際關係中，男性是缺席的、男性氣概也是不足的——前者包括俠女的父親、顧生的父親，後者則是顧生及媚誘顧生的狐妖少年，甚至狐妖少年還被俠女斬殺、提早下場。即使顧生是俠女報恩的重要關係人，然其形象軟弱庸俗，不是以俗情看待其與俠女的兩夜情緣，自以爲是沾沾自喜地爲俠女所誘，成爲其報答顧母照拂之恩的媒介；就是沾染了社會的流俗風氣，爲狐妖美少年的情色所惑；最後更是被俠女鐵口直斷「福薄不壽」，連侍母撫子的基本責任都無法完成。而顧母爲寡婦，俠女母女亦爲寡婦孤女，蒲松齡顛覆了前朝小說中以鄰人關係爲男女雙方製造結合的藉口，刻意藉著這樣的關係反向操作，製造一個男性實質或精神上匱乏的情境，並在這樣一個幾近封閉的小傳統空間中，勾勒出女性之間相濡以沫的隔代情誼，正面地肯定了女性不必然只能依附於男性的羽翼之下的自主性。可以說徹底的顛覆了傳統「俠女復仇」型故事的兩性關係，而賦予這組敘事模式新的性別詮釋之視角。

而蒲松齡在〈俠女〉中所強調的陰性主權地位，由顧母此一人物之構設亦可見端倪。按傳統「俠女復仇」型故事，由「匿名隱身」、「行蹤神祕」到「報仇事了」，所鋪陳的人際關係圍繞在女主角與其夫二人而已，關係結構極爲簡單。蒲松齡爲「俠女復仇」型故事所新增的兩個配角：顧母及狐妖少年，相較於後者的曇花一現，顧母此一新增人物的安排更有意義。蒲松齡對「俠女復仇」型故事進行改寫之意義之一，便是轉移了傳統故事以忍辱復仇爲主旨的敘事內涵，而導向人情的書寫，尤其是對於女性在情感依歸與身體功能的自覺。俠女與異性互動關係及構設功能的翻轉，投射了蒲松齡對於女性的身體自覺及其處境的思考；而因顧母所激發出俠女人格中對於人際相處時所流露出的貼心與設想，

不但是蒲松齡調整傳統「復仇俠女」人物形象的重要依據；蒲松齡對傳統「俠女復仇」型故事進行最重要的改寫，即將「斷其所生」改寫成「託其所生」，顧母更是關鍵人物。換言之，傳統「復仇俠女」的命運關鍵、人物再造，其動力不是來自男性，而是女性。蒲松齡藉顧母牽動俠女種種行為，又賴其收束小說，則顧母人物之成立，無疑是「俠女復仇」型故事模式承衍過程中樹立另一個里程碑重要關鍵。

此外，傳統短篇文言小說，通常如涉及家庭倫理情者，即使父親缺席了，母親也未必能保護的了自己的女兒：如唐傳奇〈華州參軍〉，即使崔母同情女兒，而作主將她嫁給了一見鍾情的柳參軍，但崔母一方面只能倉促完成婚禮，一方面卻仍不敢拒絕兄長迎娶甥女為媳的要求，還要虛詞詭說應付敷衍。最後，崔母亡逝，這椿婚姻卻被宣判無效，使崔女硬生生地被判給王姓表哥，造成崔女抑鬱而亡的悲劇；又如明話本《喻世明言》的〈陳御史巧勘金釵鈿〉，孟夫人不贊成其夫顧僉事嫌貧愛富、企圖毀婚，亦不忍其女阿秀之堅持與魯學曾成婚的苦情，因而趁顧僉事出外收租之際，欲設計使阿秀與魯公子得以順利完婚。卻弄巧成拙，引狼入室，不但造成女兒自盡以明清白，更使顧僉事誤認兇手而誣告魯公子因奸致死。凡此，皆可見在傳統小說中，母親力量之微弱，對子女之幫助都無能為力了，更遑論在人生匱乏之際對其他同為女性者伸出援手。〈俠女〉的顧母，不過一尋常婦人，對於行止古怪神祕的俠女，不僅不以為怪，還能慧眼識得俠女之氣質非凡，發出讚嘆欣賞；而其家僅賴顧生鬻書畫為生，想來母子亦僅能餬口而已，卻對看似更貧困的俠女母女伸出援手；對於俠女的幫忙家事、親侍湯藥，更報以感激之情，並不以為應得。顧母的誠樸直率、無私以對，不但使對人與冷僻疏離的俠女卸下心防，顯露其性格中關懷人情的一面，更無意中扭轉了自己家族斷嗣的命運。可以看出，顧母的角色，不僅與女主角的俠女相互輝映，更是對「賢母」形象的歌頌，投射了蒲松齡對於女性人物作為一種溫柔力量的關注與肯定。二者情同母女、彼此扶持，扭轉了前朝小說

中女性角色必須依附於男性之下的第二性地位，展現了鮮明的女性自主意識，更彰顯了一個過去歷代小說鮮少觸及的女性倫理及情誼的議題。凡此，都可見蒲松齡透過〈俠女〉對傳統「俠女復仇」型故事人物及情節的再創作之處，不但使刻板化的類型人物呈現新的精神面貌，也賦予情節新的內涵意義。

　　最後要指出的是，相對於前述對於陰性力量的強調，尤其是對於女性處境及身體之思考，對於男性地位，蒲松齡除藉著顧生之塑造而提出反思，也藉狐妖少年與顧生之男風關係，對當時的男風現象表達了立場。狐妖少年的構設動機固然是為強化顧生的負面形象，使其與俠女人外天際的崇高感反差更大；而二者關係的描繪，實投射了蒲松齡對於志怪題材的興趣，及對於時代風氣的關注，二者皆是蒲松齡感興趣的題材。在《聊齋誌異》中如〈黃九郎〉便是寫美狐少年與名士生死兩世之戀；而俠女揮劍凌空斬殺狐妖，後者屍體由空墜落的場面，更令人聯想到唐代炫技型俠女的代表作〈聶隱娘〉中，聶隱娘夜鬥精精兒，而後者不敵，被斬首由空墜落的一幕。故此人物之插入及所引發之情節，實雜揉了作者主觀意識、時代社會風尚及豪俠小說傳統等多元面向，自有其所以出現之背景。但更重要的是，前文嘗論及〈義激〉、〈文叔遇俠〉兩篇所夾雜之道學氣，乃肇因於作者為使小說更具敘事價值，不惜使女主角絮絮叨叨發表了一些人生哲理，以使小說不只是傳事件人物之奇而已，更能符合所謂諷諭之旨，然其於藝術效果上卻適得其反。狐妖除了用來說明顧生的為人荏弱外，蒲松齡更以此遙指篇末異史氏曰的寓意：

　　　人必室有俠女，而後可以畜孌童也。不然，爾愛其艾豭，彼愛爾妻豬矣！

蒲松齡乃將俠女除妖事件賦予了治家的道德教訓功能，其實是有些畫蛇添足的。但也反映了作者個人甚至時代風氣上對於男風問題的思考，作

為代換原始「俠女復仇」型故事所反映的豪俠風氣，狐妖少年事件與異史氏曰的對照不失為一組參照的文本。

　　蒲松齡在前朝「俠女復仇」型故事模式繼承之基礎上，對情節結構乃至「復仇型」女俠之人物類型大膽進行再創作之工程，企圖藉此定型化之敘事模式包裝更多個人對於復仇報恩、人情人性，甚至女性自覺之想法。從俠女由「匿名隱身」到「行蹤神祕」之間所周旋的人際糾葛與身體自覺，由「復仇事了」到「飄然獨去」所流露對於人情與生命的珍視，尤其是改寫傳統「斷其所生」而為「託其所生」，不但重新定調「俠女復仇」型故事的敘事意義，更徹底改寫了「復仇型」俠女之人物形象。透過上述分析，可見《聊齋誌異》〈俠女〉在情節原型方面，雖然大量繼承了唐宋「俠女復仇」型故事的情節模式，但在旁出情節之增加、細節之承轉，尤其人物行為內涵等，蒲松齡也相對地替置了自己獨特的思考與價值認知，使小說的情節結構在讀者熟悉感之中，又製造了陌生化的效果，使小說在繼承傳統故事敘事模式之餘，還能跳脫既有框架，對舊議題展現新思惟。蒲松齡游走於傳統模式與自我個性之間，就情節的繼承與創新言，確實透過〈俠女〉一篇做了絕佳的呈現，也為唐宋以來趨向僵化的「俠女復仇」型故事之情節模式與人物類型，賦予了新的靈魂。

三、結論：「俠女復仇」型故事的敘事承衍意義

　　「俠」雖可溯源自先秦《韓非子·五蠹》及西漢《史記·游俠列傳》所載，但如以「俠女」為觀察範疇，魏晉小說仍無完整形象之俠女人物出現。不論「復仇」相關題材或「俠女」類型人物，能完整呈現於敘事文本，則與唐人尚武氣質之引領、時事之推波助瀾有關。如唐詩已有大量以「俠」為主題的作品；李德裕亦撰〈豪俠論〉以申論「俠」與「義」之間之關係，為自先秦兩漢以來之「原俠」，加入了時代色彩；

中唐以後政局不穩，除藩鎮割據，更發生了武元衡被暗殺斬首之事件。自此之後，小說大量出現以行刺、報仇爲主題之作品，且行刺之餘，俠客都免不了要手提人頭、消逝於夜色之中。即使最晚出的〈虬髯客傳〉，用豪俠小說包裝李氏政權的正統性，雖然骨子裡已屬政治宣傳，虬髯客亦已非一般獨來獨往之俠刺，而是將號召群雄建立政權的梟雄之流，但其與李靖偶遇於靈石旅社，身邊的皮囊中即有人頭一顆，而自謂「此天下負心者也，銜之十年，今始獲之。吾憾釋矣」，口氣仍不脫豪俠的味道。則由小說流變的角度觀之，「俠女」型的人物，實乃因應唐代「豪俠」小說之興起而衍生出的角色類型。

　　在這樣的思維慣習中，唐代「俠女復仇」型故事及其所形塑出的「復仇型」俠女，遂沾染了濃厚的時代色彩，其出現於中唐晚期，並迅速在晚唐呈現模式化傾向。其情節結構大致依「匿名隱身」、「行蹤神祕」、「報仇事了」、「斷其所生」、「飄然獨去」的框架開展；小說高潮則體現在「報仇事了」、「斷其所生」兩個部分。至於女主角的形象，普遍表現爲以下特質：如其身分方面，皆爲身負父或夫深仇大恨，而爲蒐集情資，不但使其隱身於社會中低階層的無名氏，如賈人妻、長安妾、傭婦、租賃主人之少婦等——即如宋代〈文叔遇俠〉的鬻衣婦亦然——也更能合理化俠女們在男女關係方面的寬鬆，以便透過簡略的擇夫從人甚至生子，進一步使其身分更加尋常化，不易引起懷疑，而禮教方面的約束更低，但相對行動也更自如，更有利於執行種種與復仇相關之事項。至於在家庭生活方面：皆有形式上的丈夫，而提親乃至生活經濟的安排，女方多居主動地位；不論夫妻關係互動如何，必有子嗣。武技表現方面，皆會輕功及劍術，甚至法術變化（使用藥水化頭）；而出現雖爲復仇而來，其身分其實就具有刺客之性質，故歸來必攜人頭。至於性情則各篇不一，如長安妾（《唐國史補》）、三十餘少婦（〈崔愼思〉）小說多未加以著墨；或頂多言其端謹（〈義激〉）；其容色方面，也沒有一定的設定，除〈崔愼思〉與〈賈人妻〉兩篇的女性皆具姿

色外，餘皆未必出眾。

由情節結構到人物類型，「俠女復仇」型故事提供了一套二者彼此結合緊密、互爲因果的敘事套式，其中如較低的身分階層、簡略速成且姿態女高於男的兩性關係、驚人的武功、殘忍的殺子手段等類型特質，尤以〈賈人妻〉爲箇中典範，使後世小說在情節結構或人物兩性互動關係之敘寫上，幾乎都脫離不了其影響。然而，由於敘述心態之故，唐宋「俠女復仇」型故事實出自作者強烈的「述異獵奇」動機，因此其敘述視角，免不了藉復仇俠女之夫之凝視角度書寫其生命中所遭遇之奇女子，小說之內蘊其實並不深刻——不過「傳奇」與「豪俠」而已——而且還充滿了濃厚的性別意識形態。

由唐而宋，失去了時代舞台的豪俠小說在宋代進入僵局，「俠女復仇」型故事也只有透過〈文叔遇俠〉獲得一絲延續的空間。此篇敘事雖難以超越前朝範式，但其確實反映了當「俠女復仇」型故事脫離了養育它的豪俠風尚與諸雄競武的時代土壤後，後代作者該如何承繼敘述，以便確保讀者的興趣的敘事困境。呼應宋代重文之風氣，身爲復仇俠女之女主角鬻衣婦，話語中開始變得道學氣息濃厚，雖然行爲依舊神祕、武功依舊莫測，然人物形象卻開始有僵化傾向。但可以注意的是，其對於前朝故事中「生子」以致「殺子」歷程之殘缺性，凸顯出當時代抖落英雄主義後，讀者對於此情節之驚恐與難以接受。則如何妥善安排解釋「生子」與「殺子」之關聯性及對全篇敘事架構、意涵之影響，成爲後來之敘事繼承者重要之課題。

身懷絕技、神祕疏離的「復仇型」俠女在明代產生了斷層，其實小說中並非沒有「俠女」之芳蹤，只是因受到白話小說興盛，文言小說沒落之影響，儘管章回小說中有《水滸傳》中扈三娘、母大蟲等會舞刀弄槍之女將、話本小說也可見武技超群之俠女韋十一娘（《初刻拍案驚奇・程元玉店肆代償錢十一娘雲岡縱譚俠》），但其實較受矚目的還是話本中手無縛雞之力、但具有原俠氣質之各類女性，如杜十娘（《警世

通言・杜十娘怒沉百寶箱》）、萬秀娘（《警世通言・萬秀娘仇報山亭兒》）、嚴蕊（《二刻拍案驚奇・硬勘案大儒爭閒氣甘受刑俠女著芳名》）等，可見在明代作者與讀者之口味傾向於庶民社會生活中之尋常人，則誕孕於文言小說舞台、傳奇色彩濃厚之「俠女復仇」型故事之承衍續寫，只有待之於文言短篇小說復興的《聊齋誌異》了。

　　《聊齋誌異》〈俠女〉在情節方面很明顯的承襲了唐宋傳奇的「俠女復仇」型敘事框架與「復仇型」俠女之人物基因。但〈俠女〉全篇非僅寫異事，更意在表人情，除賦予敘事表現不同的風貌外，更多的是在情節寓意、人物呈現手法、性格形象的創新，使唐宋以來已近趨模式化甚至僵化的敘事及俠女人物形象，展現了不同的光彩。由情節、人物行為的模式化但人物外表形象的參差互異，可見唐代小說對於俠女之為一位身懷巨大祕密，且最後不得不對親生骨肉施之以殘酷手段的角色而言，所重的是在其事其行之異，而且是以篇中男主角的視角為中心來敘述。故各篇俠女之出場、發展，乃至於下場的結構方式，多以男性主角為開場，藉著男性主角引出女主角，此後彷彿作者隱身男主角之後，初則疑惑於眼前俠女之能幹、神祕，繼而憤怒於俠女的夜出逾時不歸，終而驚駭於其武功之高、殺子手段之殘酷。即使如〈長安妾〉但為筆記性質，人物粗枝大葉，但行事低調，行為神祕、手段殘忍等特質，則大體已經成形。相對看來，靜態的性格或容貌描述似乎並不是作者關心的部分，因此在寫作上反而參差互見；加之敘述之際，多採第三人稱有限之視角敘事，故人物自然亦難免於模式化甚至扁平化的傾向了。蒲松齡則透過情節中新元素的加入、新增人物的出現及互動，不僅使俠女人物形象在原有的基調上更見精緻立體而又別出新意，更脫離了不斷複製乃至僵化之弊，而展現出具有強烈女性自覺之獨特形象。

　　就情節模式之意義言，唐代的「俠女復仇」型故事，其不僅重在述異，更是述男性的奇遇；則在男性視角及意識形態下，如「復仇型」俠女這樣非常之女性，在神祕任務曝光、殺人事發之後，自已無法存身於

世，只能安排其飄然離去的結局，甚至還必須斷其親生，不但作爲其不會再出現世間的保證，並以此確定此人物消失的徹底與決絕。凡此，莫不意在保留男性「奇遇」的偶發性與驚詫感。俠女的特異性使她們與其他小說中的妖類異性在某種程度上顯得十分相似：她們都不是合乎社會秩序正軌中的女性，因此，正如多數異類女性眞實身分曝光之際，即是與男主角的分手時刻；俠女的復仇任務揭示時，也同時面臨了與男主角分手的命運。

　　《聊齋誌異》的〈俠女〉誠然仍以上述模式爲其敘事的架構基礎，但在繼承主要敘事脈絡之餘，更加入了前朝所無的志怪及人情等事件，扭轉改寫了故事原型中違背人性的殺子部分，使小說傳奇性猶存，但更貼近人類生活經驗與情感。雖然小說最後俠女仍然如孤雲一朵，形單影隻地消失於人間；但她對顧家所做的諸般設想，不但使俠女擺脫了前朝此類型女性看似殘酷不可解的形象塑造，而賦予結尾無限生命的氣息，更使俠女的人格充滿了光輝的人性。蒲松齡重新檢視「復仇」與「報恩」的本質，發現二者本無二致，蓋行爲的發生，都出於「人性」、都基於「人情」，只是前者不使生命枉送、後者在使生命獲得回饋。因此，透過調整與新增事件，使俠女之舉動作爲，不再是滿足男性作者的奇遇心理，而是藉由書寫俠女對人際關係之收放與承擔、對自我身體的自主與運用，重新定義「報」的內涵。〈俠女〉不只是記錄一件傳奇的復仇記，而是傳述一段充滿人性與人情的奇緣；更打破傳統俠女類型人物只爲復仇而活的單調平板或令人錯愕的嗜血主義形象，使在疏離冷漠神祕的外表下，其實澎湃著對生命人情深刻的情感。這樣的敘事設定，更進一步使「俠女復仇」型故事的小說意涵，由原型故事偏向單薄的誌異、單調之性別視角，轉而探究較深層之犧牲、報恩、生命等人性價值。

　　由唐到清，「俠女復仇」型故事由敘事模式之建立到敘事基調與意涵之轉變，其所形塑出之「復仇型」俠女人物類型也由男性凝視下身懷絕技、充滿神祕疏離氣質之形象，並逐漸定型化，進而突破僵化繭

殼，蛻變爲具有強烈自覺性、充滿深厚人情的立體形象。賦予這組故事與人物以生命的，是唐代特殊的時代氛圍、社會價值與文學傾向；但當時代條件失落，故事的生命氣息也因之黯淡微弱，徒留模擬僵化的形式而已；只有當新的作者繼承之餘，不徒事模擬而已，而是能回應時代、傾聽自我，將個人獨特之文學審美觀與價值意識接枝在傳統敘事模式的老幹之上，才能老幹新枝，使一組流傳八百年的敘事套式重新開出艷異的繁花。檢視「俠女復仇」型故事模式及「復仇型」俠女人物類型由唐到清的承衍歷程，無疑絕佳見證了小說如何受到時代豢養成型或消解生命，而作者之敘事視角與價值意識又是如何深刻地影響小說敘事之呈現與寓寄。

第五章　意志與身體的衝突

——「魂奔」型故事

一、前言

　　「愛情」是人類最深刻的情感，更是一個亙古的話題。因為它不來自血緣的命定、無法用規範約束，而純然是兩個陌生、獨立個體的相互吸引、彼此傾慕，除非其中一人感情生變，否則任何力量都無法將之毀滅。這種強烈的情感如此私我，在以群居型態為主、以倫理規範為重、以威權大我為先的傳統社會中，必然最易引發矛盾衝突，因之也成為小說作家最感興趣的題材；即使在古典小說發軔期的六朝，「愛情」的議題仍然與「志怪」並行不悖，甚至以「志怪」來做為解決「愛情」困境的方式。

　　苦悶來自於現實困境的無法超越，「志怪」小說的盛行正是六朝人逃避苦悶的出口之一，而「愛情」的困境又何嘗不是現實中的一種苦悶？此所以為「魂奔」故事出現之因。事實上，由魏晉到清代，由意在志怪到旨敘愛情，「魂奔」型故事在歷代形成一系列印記鮮明的敘事表述，甚至戲曲亦根據小說作品加以敷演，可見這個故事型的膾炙人口。所謂「魂奔」故事，指愛情事件之雙方中，因愛情困境而導致其中一方離魂，情奔對方，而彼方通常並未意識到前者並非真真實實的肉體，但為離魂之身而已。二人往往在共處一段時間後，始揭穿離魂依隨之事；但也正因為此經歷，愛情困境不但因之消解，亦終得以有情人終成眷屬。在敘事手段方面，當事人離魂之初，小說通常並不點破，而多採取當事人及關係人事後恍然而悟之方式以揭穿離魂之事實。情節結構方面，其敘事模式通常表現為「困境」、「離魂」、「情奔」、「私奔」、「回歸」、「還魂」、「揭穿」、「善後」的歷程。人物方面，所離之魂不但絕對是以生魂狀態為之，與死後為鬼或死而復生不同；而且通常由女方擔任——換言之，由「離魂」到「還魂」，「魂奔」事件中艱難的部分往往由女方所承擔。由魏晉到明代，全無例外，只有在清代，「魂奔」的一方改為男性，而敘事手法亦更加變化。觀察「魂奔」

型故事的敘事模式、及歷代作者在承衍過程中種種細節變化、及其敘寫手法與「愛情」詮釋之間之關係，將是本篇主要關懷的重點。

「魂奔」只是一約定俗成、概括式、後設式的統稱，學界稱此類型故事，另可見「離魂」、「幽婚」等說法。以「離魂」指稱這一類敘事模式的小說，或許源於其定型期之作品乃唐代陳玄祐之〈離魂記〉，故遂以「離魂」概括這一類型之小說。不過，在古典小說中，「離魂」情節的表現其實非常多元，不一定指向愛情主題，如《搜神記》中便有一則寫丈夫於寤寐之際魂與肉體分離的故事：

> 有匹夫匹婦，忘其姓名。居一旦，婦先起，其夫尋亦出外。某謂夫尚寢，既還內，見其夫猶在被中。既而家童自外來云：「即令我取鏡。」婦以奴詐，指床上以示奴，奴云：「適從郎處來也。」乃馳告其夫，夫大愕。徑入示之，遂與婦共觀，被中人高枕安眠，真是其形，了無一異。慮是其魂神，不敢驚動，乃徐徐撫床，遂冉冉入席而滅，夫婦惋怖不已。經少時，上述索引夫忽得疾，性理乖誤，終身不癒。

此篇敘事中的丈夫肉體已然起床，但其魂卻依然留在床寢之上，正是一種「離魂」的表現，但全篇乃表現爲單純的「志怪」敘事，並未涉及任何愛情。同書中另一篇離魂的敘事，亦同樣呈現單純的「志怪」敘事：

> 吳國富陽人馬勢婦，姓蔣，村人應病死者，蔣輒恍惚，熟眠經日。見人人死，然後省覺，則具說，家中不信之。語人云：「某中病，我欲殺之，怒強魂難殺。未即死，我入其家內。架上有白米飯幾種鮭。我暫過竈下戲。婢無故犯我，我打脊甚，使婢當時悶絕，久之乃蘇。」其兄病，有烏衣人令殺之，向其請乞，終不下手。醒語兄云，當活。

前一篇著重由本尊及旁人視角描述離魂的樣態，因此讀者並不詳離魂本

身由行動力到意識的狀態如何；本篇則由離魂者馬勢婦的游魂本身敘說其經歷，其離魂乃是為冥間執行死刑任務，不僅意識清楚，而且行動力極強，反映了時人對於生魂離體後的想像。凡此，「離魂」其實只是一連串事件的發端，既無法涵蓋後續如何發展，更無法精確指向文本所欲探討的主題究竟為何。因此以「離魂」指稱本文專指包含因愛情而激發、由「離魂」以至「還魂」、終而「成婚」的敘事類型，未免失之模糊。

　　至於「幽婚」一詞，亦易產生混淆。其典故來自《搜神記》，敘述盧充因打獵迷途，未辨陰陽，偶投崔少府墓，與崔之亡女成婚生子之事。盧、崔成婚後三日，崔家即將盧充送回人間。別後四年，於三月初三日水邊，盧充與崔女重逢，崔女將二人所生之子與一金椀相贈永別。盧充故將椀於市中販售，為崔女家人所識，因此得以與崔女之親姨母相會，後者並賜此子字「溫休」，其理由：

　　姨母曰：「我外甥三月末間產，父曰：『春，暖溫也，願休強也。』，即字溫休。」溫休者，幽婚也，其兆先彰矣。兒遂成令器，歷郡守二千石，子孫冠蓋相承至今。其後植字子幹，有名天下。

「溫休」之命名是因為其乃父母冥間完婚所生，因此「幽婚」之詞應指在冥間成婚之意，且通常其中女方已為亡魂；而「魂奔」故事不但發生於陽世人間，更是生魂與人完婚，絕非於冥間與死後亡魂完成儀式，因此自然不適宜以「幽婚」一詞指涉此系列故事。故本篇討論，宜以「魂奔」一詞概稱此類型小說。此外，「魂奔」型故事中的愛情當事人，實包含未婚男女與夫妻兩類，如《太平廣記》卷三五八「神魂」類所收唐代故事中，前者如〈離魂記〉，後者如〈韋隱〉，然能展現敘事承衍之軌跡者，實以敘述未婚男女者為主，因此本篇分析主要以未婚男女之「魂奔」型故事為討論範疇，必要時援引夫妻類「魂奔」故事以為對照。

二、「魂奔」型故事在歷代的敘事承衍變化

　　「魂奔」型故事的定型作允推唐代陳玄祐的〈離魂記〉，但自魏
晉六朝便可見此類敘事的雛形，其中最具代表性的便是《幽明錄》的
〈龐阿〉（《太平廣記》卷三五八引）。由六朝之觀點言，〈龐阿〉不
過是眾多「離魂」故事中的一篇，但其獨特處在於較其時多以志怪敘事
為主的「離魂」故事中，此篇則展現了濃厚的愛情氛圍，則由後設角度
觀之，其實初步具備了「魂奔」型故事的雛形。經過唐代〈離魂記〉奠
定了此型故事的敘事模式，其後各朝幾乎都以文言短篇——尤其是傳奇
體——為表現形式，而有程度不一的繼承與改寫。雖然明代《初（二）
刻拍案驚奇》〈大姐魂游完宿願，小妹（姨）病起續前緣〉乃以話本
為之，但其故事內容絕大部分無異元明之際《剪燈新話》的〈金鳳釵
記〉，只是在結尾處稍微增添細節而已，改寫的範圍極為有限。文體所
指向的閱讀群與必須透過「離魂」如此強烈手段以突破愛情困境的敘事
構設，二者之間所展現的關係意義為何，是很令人玩味的。此外，即使
敘事文體有一致性的傾向，但是元明清作者在承衍之餘，都對定型期
〈離魂記〉的情節敘事與人物面貌進行了重大的改寫，雖然上述由「困
境」到「善後」的敘事模式及生魂情奔等人物行為模式並未改變，但在
情節細節、人物身分，甚至離魂者的性別上，後代作者都做出了極為不
同的細節處理，使「魂奔」型故事即使大方向的敘事模式相同，卻又各
自展現了不同的敘事風貌，這些改寫展現了不同時代、身分的作者，對
於〈離魂記〉所奠定的敘事模式與意旨內涵，有著不同的關注點與詮釋
角度，當然也投射了其對於愛情價值與愛情困境不同的體認。探討這些
改寫的意義，亦是本篇分析的重點。

　　歷代「魂奔」型故事如下表所列，以下，便根據其發展期程之不
同，分別分析之：

分期 時代 體裁	雛形期	定型期	轉變期	
	魏晉	唐	（元）明	清
筆記	《幽明錄》〈龐阿〉（《廣記》三五八引）			
傳奇		〈離魂記〉（《廣記》三五八引，題爲〈王宙〉）	《剪燈新話》〈金鳳釵記〉	《聊齋誌異》〈阿寶〉
話本			《初（二）刻拍案驚奇》〈大姐魂游完宿願，小妹（姨）病起續前緣〉	

(一) 雛形期：〈龐阿〉

　　收於《幽明錄》的〈龐阿〉（《太平廣記》卷三五八引）乃敘述石氏女戀慕同郡的有婦之夫龐阿，遂致屢屢離魂至阿家拜訪龐阿，事爲龐妻所覺，乃令婢女或甚至親自綁縛石女送歸石家，而石女則於半路、或當石父之面奄然而滅。後石父令石母詰問女兒，考得其暗戀之由。既而石女誓心不嫁，而龐妻亦忽得怪病而亡，龐阿遂娶石氏女。

　　《幽明錄》作者乃南朝宋劉義慶，正如前文所舉〈無名夫妻〉、〈馬勢婦〉、〈盧充幽婚〉等敘述，可見六朝文人本對於「魂魄」與「肉體」的依存關係極感興趣，顯然認爲「神魂」與「肉體」是可以分開的，且似乎有各自的行動能力。其背景與自先秦以來即有所論述，而尤盛於六朝對於「形」、「神」的辯論關係密切——簡單來說，「形」可指涉爲肉體、外在、形式等：「神」則可指涉爲心理、精神、內涵等

——如陶淵明便有〈形影神〉的組詩，將「形」、「影」、「神」以擬人化手法化身爲三方，先以「形」、「影」彼此對話辯論，最後再出以「神釋」總結辯論。對於「形」、「神」的討論既是六朝文人關切的話題，則相關思維辯證表現於小說的，尤其是「志怪」敍事時，遂藉不同情境而表現對於精神、意志，或者所謂神魂與身體依存關係及狀態的探索；而當題材涉及愛情與現實之衝突與困境時，這樣的哲學省思更投射爲意志與身體對抗或衝突的思維依據，其最具代表性者便是〈龐阿〉，並初步形成了「魂奔」系列故事的敍事結構。

1. 「魂奔」母題的成立：女性的愛情困境

〈龐阿〉所鋪陳的愛情困境主要發生於石氏女，其關鍵乃在於其所戀慕之對象龐阿爲一有婦之夫，而石氏女尚爲在室之女：小說雖然未論及石、龐二家的相對地位及階層如何，但既然龐阿乃至石家拜訪，而龐阿又有書齋，則可推想石家之地位應稍高於龐阿，且二者應都爲士以上階層——則橫亙在石氏女愛情前的阻礙，是社會地位與禮教倫常所形成的成規。石女在婚姻上既不可能爲龐阿之妾、在禮教上更不可能有自薦之機。無由告白、無緣婚姻，遂形成了石氏女的愛情困境，而困境兩端，正是個人私情與禮教倫常、社會地位的對峙。

禮教的約束力量與社會地位的成見使石氏女的超我將她對龐阿暗生的情愫強行壓制下去，然而蠢動的情思卻又使她模模糊糊、懵懵懂懂地意識到有些不尋常，如其事後對父母所陳：

　　昔年龐阿來廳中，曾竊視之，自爾仿佛，即夢詣阿。乃入戶，即爲妻所縛。

可見其情愫之滋生自始即爲超我層所壓抑，使自己的身體不敢逾越任何雷池一步，遑論對父母表達心意，此所以石父並非爲了面子而對龐家否認其女有任何越禮之舉，而是眞眞實實昧於女兒的狀況。父母的態度，

經常是以愛情為主題的小說中影響當事人愛情順遂與否的重要因素，其中男性家長往往扮演了負面的角色。但在「魂奔」型故事中，父親卻未必是站在反對的一方，儘管石父的形象仍有著強烈的威權色彩：如石氏女半路煙消雲散，而龐家婢女逕詣石家告知此事時，石父乃嚴正否認：

> 我女都不出門，豈可毀謗如此。

而龐阿妻親自捆縛送石女至其家，石父當面見到其女被對方捆縛，雖極驚愕，卻仍極力辯護女兒的清白：

> 我適從內來，見女與母共作，何得在此？

都可見在石父眼中，石氏女真的是謹守閨範的處女——然而這內閨，不但是拘束石氏女身體的具體空間，更是隱喻層層禮教規範等威權的意義空間——至於石氏女的行動舉措、身體的所在位置，一皆由其父發言申明，亦正點出了石父正是上述威權的實際監督者與代言人，即使這層身分未必見得是石父意識層的刻意作為，而只是其倫理角色、社會規範內化的結果。

　　超我對身體所形成的不自由，固然反而更向內強化了石氏女追求愛情的強烈意志，其力量強大到足以使其靈魂逸出軀體，奔向所愛，而這股驅動的力量，正是石氏女的本我。對石女而言，本尊並未察覺其魂魄的離逸，只覺得自己竟能達遂所願，她把這樣的自由解釋為夢境，這是其自我對於本我違抗超我所產生的內疚而做出的平衡解釋。然而，唯有這層內疚被寬恕甚至釋放，石氏女對於龐阿的愛情才有被承認的契機。其中的關鍵，正掌握在兩位男性手上：其一是石父，其二是龐阿。就石父言，當他聽完女兒的告白後，一切怪異現象都獲得了解釋，而不禁發出讚嘆：「天下遂有如此奇事」，這層嘆息，象徵了其所負責代言的威

權監督產生了鬆動，於是石氏女愛情困境的解套獲得了一線曙光。至於龐阿，石氏女對其一開始雖屬單戀，然而一旦前者屢屢離魂來訪，兩人往往獨處一室，其間二人情感必然有所交流，不論是否對等，石女之深情，龐阿顯然知之，亦必然有所認可與共鳴——因為小說不但沒有書寫龐阿對石氏女的屢屢造訪感到困惑，反而似乎欣然接受，因此才會被龐阿妻抓到石氏女現身其夫的書齋中——正是這層認同與共鳴，使石氏女愛情困境之消解幾乎在望。作者在石父的讚嘆與龐阿的迎娶之間，點出了小說構設「離魂」之舉的企圖：「夫精情所感，靈神為之冥著，滅者蓋其魂神也」，石氏女的非常之舉，衝撞了現實的種種條規成見，終使兩位男性得以放下成見，承認這份情感。小說正是企圖由超現實、非常態的面向與現實世界對話，藉此呼喚為現實社會種種規條成見所拘限而共同化的身體中猶冀望渴求自由的心靈意志，以重新為個人意志的主體性尋得一立足之地。在兩位男性的關鍵人物身上，這層努力顯然是獲得了正面的回應。

然而，愛情的排他性豈容三人行的空間，即使父系的威權願意放下、網開一面，仍不能忽略愛情事件中的自私性。龐阿妻擁有一切的正當性：婚姻倫理、宗法制度，都是她對付石氏女的利器；這層威權被龐阿妻運用來威脅石氏女對其丈夫不尋常的愛戀，成為石氏女愛情困境中最後一個關卡。當一切條件具備，眾人都站在石氏女這一邊時，作者該如何處置擁有合法權的龐阿妻，才能使讀者心服口服，也使自己寫得不會心虛？小說乃以扁平人物的角度構設龐阿妻的形象，其形象的焦點便是「妒」——正是「七出」之條之一！於是其令天命出來做最後的裁決，使龐阿妻必須為自己的好妒及因之引發的脫序行為——竟然親自捆縛人家閨女、當面對其家長興師問罪——付出最大代價。在小說最後，龐阿妻「忽得邪病，醫藥無徵」，正是天意賜死龐阿妻子，使橫亙在石氏女面前一切的愛情困境因之迎刃而解，龐阿終得以在妻亡後授幣娶回石氏女；而「魂奔」的任務，至此也告功德圓滿。

2. 「魂奔」型故事敘事初模的成立

〈龐阿〉全長三百多字，情節簡要，然「魂奔」型故事的重要元素，情節架構方面如愛情的困境、不由自主的離魂舉動、本尊不能與離魂同時並存及有情人終成眷屬的結局等，已然具備。敘事內涵方面，如以「倫理」、「規範」構設作爲愛情困境的來源、以家長成爲前者的當然守門人、離魂事件與男性關係人態度對其愛情困境解決的關鍵性、離魂者身體與意志、超我與本我的對峙等，亦在後世「魂奔」型故事中反覆出現。而敘事表現方面，如女主角心事未揭露前，刻意用遮掩的方式書寫離魂，以造成懸疑的效果等，亦成爲後世此類型故事慣用的手法。

不過，〈龐阿〉雖已初具「魂奔」型故事常見的敘事元素，但在整體敘事上仍較爲樸素，「魂奔」歷程的完整性、人物的形象塑造與行爲意義等，與後世由「離魂」到「還魂」等完整之「魂奔」型故事仍有所出入：如就其行爲歷程言，石氏女只有「離魂」、「情奔」，並未發生與男主角「私奔」之舉，甚至「還魂」之相關描述都還顯得模糊，「魂奔」的歷程尚不完整。就敘事表現及效果言，石氏女之屢屢離魂造訪龐阿，正如情竇初開之少女屢屢翹家尋訪情人，不但使龐阿顯得有些以逸待勞的味道，沖淡了爲愛奮鬥的意味，情節的重複性更使「離魂」之舉的戲劇張力無形中削弱不少。同樣的，石氏女的離魂屢爲龐阿之妻所睹而令婢僕，甚至自己親自動手將之綑綁還石家，既阻絕了雙雙「私奔」之可能；被拘限的離魂，或在半路、或在其父面前驟然奄滅，並未見還魂合體之具體描述。凡此，構設雖驚悚度有之，神祕與隱微性卻不足──則只有「離魂」、「情奔」而「魂滅」，重複性的情節不但使「魂奔」的歷程失去了完整的收束軌跡，更降低了小說的懸疑性，使在藝術性的表現力道上，未免有些不足。

至於就男女主角之設定言，男主角龐阿乃有婦之夫，並非純然單身，使石氏女的愛情包含了禁忌的色彩，並非單純的男女悅戀，「愛情」的純粹性不足。而石氏女的離魂與其本尊乃呈現兩條並行的軌道，

各自擁有行動能力及意識：如由「阿見此女來詣阿」，或是「阿婦自是常加意伺察之，居一夜，方值女在齋中，乃自拘執，以詣石氏」，可見石氏女的離魂在龐阿書齋之中是有行為能力的。但離魂後的石氏女本尊，其舉動亦仍如常態，因此不論石父面對龐家婢女來報石氏女半途消散時的嚴正聲明：「我女都不出門，豈可毀謗如此」，或是面對龐阿妻質問時的辯白：「我適從內來，見女與母共作，何得在此？」，都可見離魂時的石氏女本尊，其舉動對應一如平常，否則其父母如何未發覺有異？作者如此構設石氏女的魂體與本尊，使雙方同時擁有行動力與思考力，不但顯示了其意志與身體的意識及行動能力是相互抗衡的，後者石父所描述「見女與母共作」云云，更是與石氏女事後對父親所宣稱的於夢寐之中入龐阿家的說法矛盾。這樣的人物構設，實弱化了石氏女意志力對身體的對抗張力，使石氏女為追求愛情的絕對性與動人性因之黯淡不少。

然而不可否認的，〈龐阿〉對於愛情困境的構設預告了後世此類型故事母題的成立，即未婚男女的愛情困境往往不在於當事人本身對於愛情之忠誠，而是來自於其處境中各式外在威權，後者的出現型態或是禮教成見、法令規訓，或源於倫理從屬、身分階層，甚至資源差異，都會形成愛情的阻礙。正因為這些威權是社會價值的極大值，任何個人的情愛都必須放在其前加以驗證檢視，如果有牴觸，便會與愛情的追求產生衝突，進而形成愛情困境。而通常承擔這份壓力的，女性要大於男性——對女性而言，家庭與婚姻，既是女性一生的價值依歸，但感情與行為的自由度，卻是女性最受壓抑的權利；然對男性而言，家庭婚姻不過是相對於事業與功名之外人生中的一部分，至於情感與行動，則擁有極大的自主性——壓力越大，衝突性越高，敘事張力自然也越強，〈龐阿〉的人物構設、意旨呈現與敘事手法，使以女性愛情困境之母題、離魂者通常為女性、敘事結構亦由「離魂」而「情奔」乃至「還魂」為主要架構等重點，成為「魂奔」型故事的主要敘事模式。

誠然〈龐阿〉在敘事表現上尙未及於完整的「魂奔」型故事，但採用這套情節以探討年輕男女愛情困境的企圖，及因之構設的種種敘事元素，卻已極爲鮮明；至於故事型的定型，則有待之於唐代的〈離魂記〉了。

(二) 定型期：〈離魂記〉

唐代陳玄祐的〈離魂記〉是「魂奔」型故事的定型之作。其內容乃敘述清河張鎰官於衡州，其女倩娘與表兄王宙自幼青梅竹馬，張鎰且每每於口頭許婚。然倩娘長成後，張鎰卻將之許配予其僚屬之將選官者，導致王宙亦以謀官爲由憤而辭家。當其半夜舟泊岸邊，倩娘竟跣足投奔而至，並訴其誓死相隨之意。王宙驚喜之餘，立攜倩娘南下至蜀，遁隱五年，其間且生下二子，而絕不與張鎰通音訊。後倩娘以思家之故，王宙乃攜之北返。甥舅相見，面對王宙之謝罪，張鎰以倩娘已臥病閨中而不信之。俟將倩娘於舟中接回後，室中之倩娘起而出迎，與自外而歸之倩娘合爲一體。張家不願張揚此事而密之，只有親戚間略知此事而已。

〈離魂記〉的人物結構表面上與〈龐阿〉極爲類似，但在關係對應上其實已有不同。其人物結構及關係如下圖：

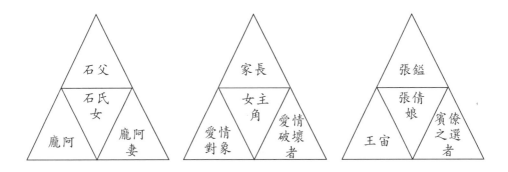

對照上圖，便可見兩篇之相同處，其主要角色皆爲四人，女主角必爲離魂者，且皆身處婚戀之三角關係糾葛中，而其上必有一位威權代言人的女方家長。三角關係中，其中二人必互爲愛情之競爭關係，另一人則爲

其爭奪之對象。但二篇的大不同處，在愛情形式方面，石氏女的愛情由單戀伊始，倩娘與王宙卻已相愛甚深。在三角關係及所形成的困境也不同，〈龐阿〉的愛情困境主要是來自於石氏女牽涉到婚姻不倫的禁忌問題，其中互為愛情之競爭者乃石氏女與龐阿妻，而龐阿則是她與龐阿妻爭奪的獎盃；〈離魂記〉三角關係中互為愛情競爭者的身分已然翻轉，改為王宙與賓僚之選者，而倩娘則是王宙與賓僚之選者競爭的獎品。倩娘不但必須面對正式婚約與私心所屬不對等的問題，在人際結構關係上更處於二位競爭者與父親之夾縫之中，處境更為艱難。至於家長角色功能方面，石父並未直接介入女兒的情事，而多是站在旁觀者，甚至小說結尾時的見證者的角度；張鎰則絕不同於前者，他正是這樁愛情困境的始作俑者。凡此，〈離魂記〉的人物結構雖與〈龐阿〉極為類似，但人物互動方式及關係已大為不同。

　　至於其他的敘事表現，在敘事筆調方面，〈龐阿〉的敘事筆調仍以志怪為主，〈離魂記〉卻已導向了抒情敘事，而奠定了「魂奔」型故事非常重要的原則——即其乃是以「愛情」主題為構設核心，必須經歷由「離魂」到「還魂」的歷程，以解決當事人的愛情困境；這段歷程，一方面凸顯離魂者對彼方的情愛之深，一方面也彰顯現實生活中「私情」的種種艱難。情節結構方面，〈龐阿〉徒具「離魂」之發生，而乏「還魂」的完成，情節較為破碎；〈離魂記〉則完整地呈現了「魂奔」型故事的情節結構：由愛情「困境」形成，導致當事人發生「離魂」，進而女方「情奔」，乃至雙雙「私奔」。而離魂者終究必須「回歸」原生家庭，以便離逸的魂魄得以有「還魂」之機，因唯有「魂」、「身」合一之後，才能「揭穿」一切紛擾背後的隱微心曲，見證當事人對於愛情的執著與守護，使小說終尾的「善後」得以導向有情人終成眷屬的想望。藉由上述歷程，「魂奔」型故事的敘事模式在此大致定型，筆觸並由志怪敘事轉向為抒情敘事，成為後世該類型小說改寫的出發點。則觀察人物身分意義的變化、愛情困境的形成及解決關鍵——即引發「魂奔」事

件,從誘發離魂乃至啓動還魂,其推動歷程的諸般因素——及其深層原因,都將是〈離魂記〉所關注的。

1.倩娘的愛情困境及人物形象

就張倩娘而言,愛情困境的形成遠較〈龐阿〉中的石氏女要更複雜許多,顯示唐人對於愛情的思考更爲多元而深刻。小說敘述張倩娘的成長背景看似順遂:其乃出身仕宦之家,因長姐早亡,遂成家中之獨生女,又「端妍絕倫」,故可想見其必爲父親所珍愛;而其與表哥王宙青梅竹馬,後者頗受張鎰器重,甚而「每曰:『他時當以倩娘妻之』」,因此在愛情方面,似乎也得到家長的認可。對二人而言,其愛情應該是安全無虞的——畢竟「幼聰悟,美容範」的王宙是張鎰器重的外甥,二人自幼又不只一次地爲倩娘父親口頭許婚。然而,或許倩娘與王宙自以爲佩著父親承諾的愛情平安符,因此即使各自長成,在形體上無法相依,二人仍然理直氣壯地滋養著彼此的情感,而「常私感想於寤寐」,在精神上的牽繫反而更爲緊密。但小說亦點出了,二人的情感家人是「莫知其狀」的——這其中,當然包括張鎰——而這看似平靜幸福的純愛,其實也正是因成長後閨教的阻隔而埋伏了危機,愛情的維護與婚姻的許可早已在此悄悄地分道揚鑣。

對張鎰而言,看到「端妍絕倫」的愛女,與「聰悟,美容範」的外甥兩小無猜的模樣,所謂的「他時當以倩娘妻之」或許只是賞心悅目之餘的戲言,即使當時認眞,經歷孩兒各自長成,可能早已忘卻十數年前兒女幼時的許諾;加上其個性是「性簡靜,寡知友」,倩娘與父親的相處大約不會如《世說新語·言語》中謝安每喜聚集諸子侄(這其中還包括謝道韞)講論文藝般親密相處,遑論王宙與舅父的互動。因此,當倩娘到了適婚年齡,對於已喪長女、獨有幼女的張鎰而言,只知道要爲女兒做出最好的選擇,故當所謂「賓僚之選者」求婚時,張鎰答應了——其人既是舊有屬僚,張鎰必然知之甚詳;且必已通過科舉,才有資格預備進京選官,等候派任新職——若不考慮其他,客觀來說,此求婚者實

擁有大好前程，充分符合唐代有爲青年的條件，則張鎰的許婚，似乎是唐代任何士人家長都會做出的決定，自有其合理處。之後王宙聞訊後以「托以當調」爲由辭去時，張鎰的反應是「止之不可，遂厚遣之」，全然未將王宙的驟然辭去與倩娘婚約作任何聯想，亦可見對其幼時的許婚承諾，早已忘懷；而王宙既以「托以當調」爲由，顯示其當下乃官秩已滿、前途未卜，則其客觀條件或許不如賓僚之選者，或許這正是其「深恚恨」而不積極表態之因。張鎰對王宙先是挽留，迨「止之不可」後，更「厚遣之」，可見張鎰絕非因爲王宙條件而故意悔婚，甚至，由其挽留與厚遣，更可推論張鎰對這個外甥的器重絲毫未變、始終如一。

　　不論如何，新許婚約對倩娘與王宙而言，仍是晴天霹靂。即使張鎰許婚他人可能是個意外的錯誤；但顯然二人所認知的，是張鎰毀婚，倩娘另許，倩娘的愛情困境已然形成──而這個愛情困境竟然是由自幼即予以二人愛情肯定，甚至承諾婚姻的家長所造成的，如何不錯愕、如何不震驚？小說言二人聞訊，其反應是「女聞而鬱抑，宙亦深恚恨」，乃是把情緒壓至心底最深處，完全未嘗試至張鎰面前了解、溝通，甚至抗議──沉默，遂造成二人與張鎰之間深深的鴻溝。表面上看，張鎰儼然正是倩娘與王宙愛情危機的始作俑者；然深究之，張鎰既非刻意悔婚，而倩娘與王宙卻從未在這位家長面前對此有表態，則倩娘與王宙的愛情困境由危機浮現到成爲既定事實，實不能全歸咎於張鎰一人，其深層原因，當是來自三人的性格與隔閡及倫理身分的拘束所致。如果能如〈龐阿〉中的石父探問女兒原由，或者倩娘與王宙勇於向張鎰申明彼此的愛意，鍾愛女兒如張鎰者，未必不會恍然而悟，撤銷與賓僚之婚約──然而，倩娘選擇沉默，王宙選擇逃避，張鎰則仍懵然不知他以爲最好的決定竟掀起倩娘與王宙心湖的滔天巨浪。當王宙匆忙上路，三人的形體也將越形疏離。

　　相較於〈龐阿〉中石氏女的愛情困境可歸因於較單純的社會禮教、倫理宗法，〈離魂記〉則由表層與深層相雙向寫倩娘與王宙愛情困境：

在傳統社會結構中，個人愛情與婚姻的命運，不但無法或逃於外在威權因素的宰制：婚姻條件的指標、家長對婚姻的片面決定；更須面對「人」本身的內在因素：各人的個性、人際的疏離，及其對倫理身分無法跨越的心理界線。當個人私情將有所違逆現實安排時，所面臨的將是鋪天蓋地而來的各式巨大的現實威權而無所遁逃。

對倩娘而言，因許婚他人所造成的愛情困境已然成為她在現實中與王宙、父親三方不可跨越的鴻溝；前者造成愛情的絕望，後者造成親情的怨懟。誠然，倩娘與王宙相愛既深，倩娘的愛情困境，亦應即是王宙的困境。然而，王宙有行動的自由、有功業的藉口，因此他的身體可以任意行動，說走就走，天下之大，還有更多的人生目標待其經營；倩娘是養在深閨的處女，她的身體是受到拘限的，這個拘限自其長成時就已如符咒般生效，使其不得不與王宙形體相隔，而她的人生價值就是與表兄王宙共結連理，如果一旦成空，她就甚麼都沒有了。因此，困境所形成的巨大壓迫，對倩娘而言顯然要較王宙來的更為沉重痛苦！而要跨越這些現實的困境，只有選擇非現實的手段：「離魂」，才能製造個人價值與社會成規、私情與大義的對話空間。雖然，倩娘與〈龐阿〉的石氏女二者離魂狀態的發生極為類似：就本尊言，離魂的發生皆出於不自覺，本身亦無察於魂魄已離逸其身體；就離魂言，固然其皆有行動能力與意識，然離魂本身亦不覺其乃離魂，否則如何能泰然自若與對方相處而無破綻。然而，倩娘的離魂較石氏女要更為艱難，後者離魂發生之始乃出於單戀，離魂只是單純滿足自我的心理需求；而一旦屢屢造訪龐阿又未受到男方拒絕，更是一種無形的鼓勵；在心理距離上，石氏只需由原點出發，而龐阿本就在終點等待，她只要完成兩點間的距離，即可達陣其愛情。倩娘則不同，其與王宙相愛之深才是二人愛情的原點，但面對愛情困境，王宙不但於第一時間在行動上退卻了，其乘船而去，更在形體上愈去愈遠；倩娘所面對的，不但要將這段原點前失落的距離彌補回來，更要推動先行放棄的王宙重新回到原點，再共同超越原點，往前

衝刺。相較於王宙，倩娘對於愛情的意志更爲堅定、企圖更爲強烈，才能促發魂魄擺脫身體而去，勇於爭取自己的機會，她對愛情表現出的積極性與企圖心遠高於王宙，其艱難度與挑戰性更是超出石氏女甚多！

　　張倩娘的人物形象，及其所寓寄對於愛情的省思，皆遠較〈龐阿〉爲深刻；在離魂的描述上，雖仍承襲了〈龐阿〉以遮掩方式、欲蓋彌彰的敘事手法，但更加細膩。〈龐阿〉直接寫石氏女出現於龐阿家中或書齋，再粗糙的令其於半路或父親面前煙消雲散，志怪立意的色彩十分濃厚。〈離魂記〉則先以「夜方半，宙不寐，忽聞岸上有一人行聲甚速，須臾至船。問之，乃倩娘，徒行跣足而至。」藉著倩娘行動之異，暗示其實已爲離魂狀態卻又不說破——蓋以倩娘養於幽閨，如何能準確捕捉王宙船行方向？還能於半夜在荒野山郭獨自行走？在無轎馬代步的情況之下，倩娘不但「行聲甚速，須臾至船」，更是「徒行跣足」而至，而此時王宙已早發多時，至「山郭數里」矣——倩娘以纖弱之姿，不但已趕上船行，更健步若飛，凡此，皆令人匪夷所思。然一切的不合理，作者卻以理所當然的語氣敘述，不多加解釋，此正是其欲蓋彌彰的手法。後世「魂奔」型故事雖未必用同樣的元素，但運用暗示的手法、賦予離魂者非常舉動，以提示讀者當事人實已進入離魂狀態，已成爲具有指標性的表現模式。

　　值得注意的是，〈龐阿〉因意在志怪，故離魂之石氏女與龐阿如何相對等人情的描述因之有所忽略，遂使小說結尾龐阿之授幣娶石氏女顯得有些突兀。〈離魂記〉意在人情，不過藉志怪彰顯愛情的執念，〈龐阿〉敘事中被刻意忽略的部分，在〈離魂記〉中反成爲極重要的鋪陳；而這些告白的描述，在後世「魂奔」型故事一律被繼承下來，作爲人物自白及離魂行爲最重要的註腳。倩娘雖在聞婚訊後的表現極爲壓抑內斂，但〈離魂記〉兩段最重要的自白，卻都出自倩娘之口，這兩段哀婉動人，但堅決明確的表白，不僅使倩娘爲自己的「魂奔」行爲做了明確的宣示與詮解，較之石氏女的恍惚懵懂，倩娘爲愛情所表現出的絕大勇

氣其形象更爲鮮明。首先，小說寫倩娘離魂情奔，爲王宙接引上船後，
其告白乃是：

　　君厚意如此，寢食相感，今將奪我此志，又知君深情不易，思將殺
身奉報，是以亡命來奔。

值得留意的是，倩娘告白「亡命來奔」的理由，其一是基於彼此「寢夢
相感」的深情，其二則是「知君深情不易」。而後者尤其重要，因爲天
地雖大，但一旦其越禮來奔，唯一可依靠的就只有王宙而已，如果不是
基於對王宙的信任，即使私奔之舉有其動力，也終將不會成行，則女性
在現實社會愛情處境之艱難，亦可想而知了。所幸王宙果然沒令倩娘失
望，他亦強烈地回應了倩娘的告白並立即做了決定：

　　宙驚喜若狂，執手問其從來……宙非意所望，欣躍特甚，遂匿倩娘
于船，連夜遁去。倍道兼行，數月至蜀。

　　由行爲表面觀之，倩娘不但越禮自薦，而且違法逃婚，但她的告白
卻一皆以「情」爲唯一訴求，而且是以生命作爲堅持守護愛情的籌碼。
傳統社會無論「報恩」或「報復」的行爲，是一種交換的概念，就前者
而言，行爲人透過具體行爲的實踐，訴求的是對傳統價值的「德」、
「義」、「忠」等大我價值的認同與回報；而倩娘此刻透過超現實的手
段，以生命作擔保，在背叛了社會的價值觀之後，所欲回報的卻是王宙
對她的深情不易。這樣的宣誓，恰恰點出了「魂奔」型小說浪漫主義的
核心，在愛情的聖杯之前，無論任何俗世的、大我的價值觀所形成的障
礙再怎麼艱難，也都要無懼跨越，倩娘作爲這種價值觀的代言人，其形
象無疑是十分強烈的。
　　然而，藉超現實之手段挑戰傳統威權，或許一時確能見效，但人終

究不能脫離現實社會而獨存，最終仍必須面對現實。倩娘離魂情奔，由個人情奔的閨女進而成爲雙雙私奔的愛侶，遠去鄉關，避居四川，兩人似乎已遂其所願。然而，蜀地再遠，倩娘與王宙最後仍然必須回應現實對其關係的質疑。於是，倩娘藉「離魂」逃避現實、遂其私情，終須藉「還魂」回歸現實、回應大義，只有重新爲社會所接受，才能眞正落實其所追求的價值。正如石氏女屢屢離魂，就得不斷被捉回，而如離魂之事不曝光，何由換來石父那聲驚嘆，才使其情事露出曙光？因此倩娘的還魂，勢在必行，否則其爲愛情所付出的冒險，何由得以凸顯？則呼應離魂之初對王宙的愛情宣誓，在「還魂」之前，倩娘亦同樣有所表白：

　　吾曩日不能相負，棄大義而來奔君。向今五年，恩慈間阻。覆載之下，胡顏獨存也？

這一段自剖，沉痛地點出了即使五年來倩娘順應了個人本我對於愛情的渴求，但在超我層其實充滿了強烈的內疚。倩娘深切地明白自己「私情」的對立面，正是「大義」；而後者，是父親、是婚約、是禮法。她用非現實的手段爲自己的愛情爭取了些許喘息的空間，但它不過是稀薄的氧氣，只能供應一時、暫時解急，卻不能長久；情感與道德、意志與身體，不能長期處在拉扯、撕裂的狀態。只有回歸現實，讓小我與大我取得平衡，使靈肉合一，才能自自在在地呼吸、踏踏實實地生活。離魂之後的傾訴，彰顯了倩娘形象中絕對感性浪漫的部分；而還魂前的告白，則揭示了倩娘理性自覺的一面。兩段告白，逼顯出一個養在深閨的弱女子，如何在個人與大我價值中做出抉擇的困境與痛苦。
　　倩娘的兩段告白還有一個重要的意義，即〈龐阿〉的石氏女對於龐阿的愛戀如何之深，其實是懵懵懂懂的，且這個狀態既透過本尊定位爲夢寐，彰顯的是經過自我權衡後的解釋；對於離魂的行爲，反而是由第三者石氏女之父加以詮釋。但〈離魂記〉中，無論對愛情之執著、對

於情與義的抉擇，都是由當事人倩娘的離魂大膽自陳，其意識層與認知中，皆清清楚楚地說明了離魂與愛情之間的關係，也認知愛情所背負的責任、對話的對象為何。而這個愛情話語權的轉移，彰顯了小說不但認真嚴肅地思考現實生活中愛情的難題，也使敘事的重點，確由志怪式的奇聞軼事的見證，轉而由以人情鋪陳為核心的敘述，使「魂奔」型故事終於脫離志怪敘事，正式進入人情書寫的範疇。

2. 倩娘愛情困境的解除及其意義

由離魂而還魂，指向了倩娘愛情困境由形成到解除的歷程。在愛情權利的爭取上，「離魂」既是必要手段，「還魂」就是必經程序；尤其，如無「還魂」的揭密，「離魂」的一切努力終將落空。倩娘的回歸鄉里，小說還有小小的跌宕，正如〈龐阿〉中面對龐阿妻的質問，石父竭力否定女兒有何異狀；〈離魂記〉中，張鎰亦是那個對於異狀的否定者。石父與張鎰的嚴正否認，象徵了他們對於掌握女兒行動的自信，前者再三強調女兒身居內室，乃其親眼目睹、親身相處；後者則是面對消失五年的王宙一旦再度現身，還聲明倩娘乃與之同行時，一口咬定「倩娘病在閨中數年，何其詭說也？」兩位父親的確掌握了女兒的身體行為，但對於獨生女的幽微心事，就算身體操控如此嚴密，卻依然無法一窺究竟。因此，一旦「離魂」之事被揭穿，身為威權代言人、守門者的父親才驚覺於女兒對於愛情的強烈意志，而此一驚覺，也正是愛情困境解除的關鍵。

在〈龐阿〉中，石父的體認只構成了石氏女愛情困境解除的條件之一，不但因為對女兒的情事，石父自始只是一個旁觀者，其實介入不深；更因為石氏女所牽扯的是龐阿妻對其夫的婚姻合法權，及龐阿的情感如何由零而產生雙向回應，這個三角習題中的龐阿夫妻，都非石父所能掌控。因此就算他對女兒種種越禮的體諒與包容，終究只是困境解除的條件之一而已。但〈離魂記〉則不然，張鎰對倩娘的愛情自始就是一個介入者，他在倩娘王宙幼時親口許了他們美麗的希望，又在數年後親

自毀了他們的希望——儘管誤許婚約的確是張鎰的無心之過，而潛伏於
三人之間的性格隔閡與倫理身分的拘束才是令困境變得不可收拾的真正
因素，但張鎰仍無法免責於其確為倩娘與王宙愛情風暴的始作俑者——
張鎰既是一切紛擾的源頭，則解鈴還須繫鈴人，他當也是解除困境的關
鍵。於是，由「離魂」而「還魂」，及此事件在張鎰的認知及心理所投
下的震撼彈，是當頭棒喝也好，是醍醐灌頂也罷，正是讓張鎰深切體會
倩娘王宙深情的必要手段，也是讓一切回歸到原點的最佳策略。

　　倩娘的離魂由舟中接回家中，室內的倩娘本尊也聞喜而起，小說寫
這一幕是充滿騷動、疑惑及驚喜的：

　　　　鎰大驚，促使人驗之。果見倩娘在船中，顏色怡暢，訊使者曰：
「大人安否？」家人異之，疾走報鎰。室中女聞，喜而起，飾妝更衣，
笑而不語，出與相迎，翕然而合為一體，其衣裳皆重。

離魂者「顏色怡暢」，彰顯了受到愛情滋潤的心靈的幸福感，及終能回
歸大義的如釋重負；而本尊的「聞喜而起」，自是接收到了張鎰彌補前
愆、亡羊補牢的心意，感受到私情與大義終能兼顧的完滿。離魂與本
尊、意志與身體、愛情與大義的頻率終於一致，而「魂奔」的任務至此
也告一段落。

　　倩娘魂魄與身體的結合，這段「還魂」的儀式意義極為重大，其
意味著在大義獲得尊重的前提下，愛情就能獲得寬恕甚至祝福。〈離魂
記〉作為「魂奔」型故事的定型之作，人物構設方面，無論倩娘的執
著、王宙的深情、張鎰的成全，無不成為後世仿作改寫的範本；而透過
非現實的「魂奔」手段，衝撞現實規範、解決現實困境，濃厚的浪漫主
義敘事筆調，自然也成為本類型故事的既定模式。然而，從另一角度反
思，個人的愛情權利，卻只能依賴非現實的方式爭取，那麼「愛情」在
現實社會命運之艱難，也就可想而知了——而這或許正是「魂奔」型小

說所以能超越時代不斷被傳誦、改寫的重要原因。因為在現實生活中，一旦「愛情」與各式大我價值觀、社會成見對峙時，前者總是倉皇落敗，於是作者總需要透過文學與志怪來自舐傷口，尋求心靈的慰藉。作者對愛情的同情與現實提出了大哉問，而其自我開解之道，便是令倩娘的最後抉擇乃是回到原點，明確的訴求回歸大義，以尋求問題的徹底解決。這樣的構設，意味著作者終究認知到，「愛情」之為物，仍然是現實生活的課題，無法只靠浪漫的幻想存活，而其生存之道，就是必須與現實生活中的各層威權對話、協調。

〈離魂記〉聚焦於愛情種種面向的思考，透過完整的「魂奔」情節構設與鮮明的人物形象，生動地詮釋了年輕男女解決愛情執著與現實困境衝突時的智慧。事實上，運用「魂奔」手段探討婚戀困境的篇章，唐代尚有《獨異記》〈韋隱〉（《太平廣記》三五八引）：

> 大曆中，將作少匠韓晉卿女，適尚衣奉御韋隱。隱奉使新羅，行及一程，愴然有思，因就寢。乃覺其妻在帳外，驚問之，答曰。愍君涉海，志願奔而隨之，人無知者。隱即詐左右曰。欲納一妓。將侍枕蓆。人無怪者。及歸，已二年，妻亦隨至。隱乃啟舅姑，首其罪，而室中宛存焉。及相近，翕然合體，其從隱者乃魂也。

此篇記韋隱出使新羅時，行程中思念其妻，而其妻即出現於其帳外並隨其赴任。兩年後韋隱夫妻歸國，韋隱並以攜婦出使，未能令其堂前盡孝而向父母請罪，則室中自有一妻，並與歸來者相合，才知道前者實乃妻之神魂。韋隱婦魂奔之理由，與魂、身合體的過程，與〈離魂記〉十分神似，唯此篇二人已為夫妻，對韋隱妻韓氏而言，禮教貞節的顧忌較少，愛情困境較為單純，不過夫妻難捨分離及礙於制度而已；而其敘述簡略，長度甚至不及〈龐阿〉之半，因此文采情志的動人處皆不及〈離魂記〉，在「魂奔」的系列故事中，只能說聊備一格而已。此外，如

239

〈鄭生〉（《太平廣記》三五八引《靈怪錄》）寫鄭生應舉至京，偶至西郊投宿，不但與其所謂堂姑者相認，更取其外孫女柳氏。婚後數月，鄭依堂姑之囑攜婦返其娘家省親，結果差點引起後者家庭風波：

> 鄭如其言，攜其妻至淮陰。先報柳氏，柳舉家驚愕。柳妻意疑令有外婦生女，怨望形言。俄頃，女家人往視之，乃與家女無異。既入門下車，冉冉行庭中。內女聞之笑，出視，相值于庭中，兩女忽合，遂為一體。

此段魂、身合體的歷程，亦極類似〈離魂記〉，原來與鄭生成婚者，只是柳氏之魂。至於其成婚，「乃是妻之母先亡，而嫁外孫女之魂焉」。本篇敘述篇幅及曲折性，雖然較前引〈韋隱〉要完整，但柳氏女本與鄭生並無瓜葛，其離魂更非出於自願，而是被其外祖母強行拘提而去，硬被撮合婚事；雖然新婚生活看似完滿幸福，但全篇敘事筆調近於〈龐阿〉而志怪色彩較為濃厚，尤其柳氏女並非為愛情而有掙扎衝突，愛情的描述較為貧乏，故動人的程度亦不如〈離魂記〉。

　　按《太平廣記》卷三五八即「神魂」類，包括前文所探討四篇作品在內共計十三篇作品，大部分都出自唐代，雖然其中未必皆與婚戀有關，但已可見魏晉以來對於身體與精神、魂魄之辨論風氣，至唐而猶未歇，自然亦視「離魂」行為習以為常。故〈離魂記〉作者即使已語帶曖昧、意有所指地點出「其家以事不正，秘之，惟親戚間有潛知之者……玄祐少常聞此說，而多異同，或謂其虛」，仍決定探信「魂奔」作為倩娘王宙何以有情人終成眷屬之解釋。而前引婚戀相關之敘事中，〈韋隱〉之敘事表現既遠遜於〈離魂記〉，〈鄭生〉在人物行為歷程及敘事筆調上實已不符合「魂奔」型故事之結構與敘事精神，兩篇在後世皆未引發太多的仿作，唯有〈離魂記〉以完整之情節結構、鮮明之人物性格、明確之意識立場及濃厚之浪漫主義色彩，引發後世不斷地繼承與改

寫，形成獨具特色的「魂奔」型系列故事，則以〈離魂記〉為「魂奔」型故事之定型之作，當不為過。

(三) 轉變期：〈金鳳釵記〉、〈大姐魂游完宿願，小妹（姨）病起續前緣〉、〈阿寶〉

1. 對「魂奔」指涉的反思與矯飾

〈離魂記〉雖確立了「魂奔」型故事的敘事模式，但小說作者最後卻故弄玄虛，遂成為後世作者改寫的伏筆。誠然，作者在結尾雖並未明確指出張鎰究竟如何重新接納倩娘王宙及兩個孫兒，但正如〈李娃傳〉結尾為強調李娃與鄭生婚姻的合法與神聖，故安排娃所生四子乃「皆為大官，其卑者猶為太原尹。弟兄姻媾皆甲門，內外隆盛，莫之與京」，則由倩娘王宙二子「並孝廉擢第，至丞尉」之敘述來看，可見在作者之敘述意識中，實已確認了張鎰已然承認倩娘王宙婚姻之合法性。然而耐人尋味的是，作者既於篇末刻意強調「其家以事不正，秘之，惟親戚間有潛知之者」，又云「玄祐少常聞此說，而多異同，或謂其虛」，則其所謂不正，是「離魂」之事不正、還是因「離魂」而結姻不正、或是「離魂」竟能生子之事不正，或以上皆是？而所謂「或謂其虛」，更似乎意有所指，倩娘所謂魂奔王宙，終而順利成婚之事實另有隱情，「離魂」云云，恐怕非真。

前文已指出唐人對於「離魂」之說接受度仍高，此或陳玄祐願意相信其乃倩娘與王宙終能成眷屬之因。然而，即使時代風氣允許如此解釋事件，其事畢竟匪夷所思，難免遭人質疑「離魂」云云不過有心人之虛飾說詞而已，而實有不可告人之事。正如唐代「夢交成孕」之說時有所聞，但信者恆信，不信者恆不信，如五代王仁裕《開元天寶遺事》中記楊國忠宣稱其妻子在其外放為官期間懷孕，乃是因其妻在夢中與之交歡所致，而這番說詞遂招時人訕笑：

　　楊國忠出使於江浙。其妻裴氏思念至深，荏苒成疾。忽晝夢與國忠交，因而有孕，後生男名昢。泊國忠使歸，其妻具述夢中之事。國忠曰：「此蓋夫妻相念，情感所至。」時人無不高笑也。

敘述中並未明指妻子之「思念至深」真假如何，但由時人聽聞楊國忠爲妻子開脫之詞的訕笑反應，已說明了大眾對此說並不以爲真的態度。敦煌文書P3813號《文明判集殘卷》亦有類似案例，但結論卻全然不同：

　　婦女阿劉，早失夫智，心求守志，情願事姑。夫亡數年，遂生一子，款亡夫夢合，因即有娠，姑乃養以爲孫，更無他慮。其兄將爲恥辱，遂即私適張衡。已付聘財，剋時成納。其妹確乎之志，貞固不移。兄遂以女代姑，赴時成禮。

同樣是運用了因夢懷孕的說法，阿劉兄長一開始顯然認定此爲其妹私情致孕的遮掩之說，故急爲其覓一對象以便掩蓋；但後來卻爲其妹堅持守貞的態度所說服，相信其之生子確是與亡夫夢交成孕所致。不論時人對楊國忠說詞的譏嘲，或阿劉兄長最後選擇相信妹妹的清白貞節，都反映了當時一方面好用此靈異手法來解釋私情事件中的不可解現象，但另一方面卻又質疑其但爲藉口虛詞的矛盾態度。〈離魂記〉篇末的欲蓋彌彰，無意中亦呈現了「魂奔」說與上述「夢交成孕」說類似的窘境。然而諸說不論真假，這些超現實之事件對當時民眾的認知而言，必然極爲熟悉，否則不會有如此之運用與質疑。而考較陳玄祐採「魂奔」說的深層因素，其實都是源於爲現實生活中離經叛道愛情的除罪。這些挑戰道德尺度、律法規範、倫理秩序，甚至社會成見的愛情，如此義無反顧、勇往直前，既令人刺眼、又如此令人敬佩，持同情態度者，爲不忍苛責這些愛情信仰者的虔誠，又不能不爲他們離經叛道的行爲對社會作出交代，只好以一非現實的手段爲他們擺脫責難——〈離魂記〉作者也好，

後世作者也罷，其構設心理大體皆可作如是觀。

　　然而，雖然小說最後稱其「後四十年間，夫妻皆喪」，因此倩娘王宙最後定然有正式之婚姻關係；但倩娘由「離魂」至「還魂」之前，與王宙遠避蜀地，其狀態只能視之爲私奔，則其間倩娘甚且生下二子，不免令人質疑其貞操瑕疵之問題——凡此，皆爲後世作者繼承之際改寫之空間，最終目的不外乎使女主角之貞操免除被質疑的可能性。其中最具代表性的改寫，當屬元明之際《剪燈新話》的〈金鳳釵記〉與清代《聊齋誌異》的〈阿寶〉。前者企圖強調女主角的清白而力保其童貞，因此大幅縮短「魂奔」時間，不僅去掉生子情節，更將私奔所引發貞操疑慮的問題推到女主角的亡姐身上，使女主角在整段事件中完全屬於無辜之受害者（或者受惠者？）姿態；後者則乾脆翻轉了「魂奔」事件中的兩性角色，「魂奔」者改由男主角擔任，而且不只發生一次，以渲染男主角對於愛情的癡迷，同時也對愛情的性別平等性提出了不同角度的思考。以下，即分別針對此二篇改寫進行情節、人物與敘事意義上之考察。

　　2. 皇后貞操的維護——《剪燈新話》〈金鳳釵記〉

　　《剪燈新話》中之篇章多以元代年號記事，而作者自序則題於洪武十一年，故本書殆成於元明之際。〈金鳳釵記〉敘述富人之女吳興娘自幼與宦族崔興哥訂親，崔家並以金鳳釵一枝爲約。未幾崔家宦遊遠方，十五載未通音訊，興娘已長，但吳防御以仍堅守婚約不願改聘。興娘終以十九歲鬱鬱而亡，家人遂以金鳳釵陪葬。然葬後未久，興哥前來履約，只能哀悼而已。吳防御以故人之子款待留宿，興哥羈留將近半月，適逢清明，吳家掃墓而歸，天色已黑，興哥迎送諸轎而過時，忽有金鳳釵一枝掉落其前。至晚，有麗人自稱爲興娘之妹慶娘者，敲門尋釵，進而威脅以強行求歡。興哥不敢拒之，兩人遂私好。二人祕密往來一月又半，慶娘與興哥商量相偕私奔，興哥遂攜慶娘投奔崔家舊僕金榮處。一年後，慶娘以思親之故，與興哥返鄉。慶娘先予興哥金鳳釵一枝，囑其

先往家中謝罪；然相見之際，興哥與吳防禦對慶娘相偕私奔或病在閨中，各有堅持，及派人舟中取女，又不見其人。騷亂之際，興哥示以金鳳釵，而室中慶娘亦起，卻爲興娘言語，既訴其鬼附身慶娘生魂之緣由，又以慶娘生命要脅父母必許興哥慶娘之婚。父母許之，興娘之鬼遂去，而慶娘之人則恢復如故，但對於尋釵乃至私奔之事，全無記憶。興哥慶娘成婚之後，興哥乃將金鳳釵貨於市，得錢以祭興娘，而興娘託夢告別，從此不復現矣。

(1) 人物結構的調整與「魂奔」意涵的質變

本篇與〈離魂記〉最大的不同，在於魂奔事件中的人物關係結構及魂奔事件的肇端。就前者言，〈離魂記〉中的離魂者本來只是女主角一人而已，但本篇卻牽涉到姐妹二人；前者之離魂狀態爲「生魂」，此則爲「亡鬼」驅動「生魂」。至於事件的起因，則無涉於愛情的爭取，而是與婚約的實踐有關。但在整體敘事結構上，〈金鳳釵記〉仍依循「困境」、「離魂」、「情奔」、「私奔」、「回歸」、「還魂」、「揭穿」、「善後」的模式，因此，雖然在小說意涵與人物構設上已然產生轉變，本篇仍然表現出「魂奔」型故事之特質，但宜視之爲此類型故事之轉變期作品。

就人物構設論，作者構設姐妹二人，筆者大膽揣測其靈感或許來自〈離魂記〉中對倩娘家庭成員的描述：「張鎰……無子，有女二人，其長早亡，幼女倩娘，端妍絕倫」，〈離魂記〉突兀地提到了倩娘有一早夭之姐，但全篇卻未對此再置一詞，雖形同贅筆，但卻可能提供了瞿佑還原爲姐妹二人的靈感，故而構設離魂的慶娘有一芳年夭逝、長其二歲之姐興娘。前文已指出「魂奔」型故事中，離魂者通常爲女性，而且必是生時離魂，與亡而爲鬼者有別；而離魂者不論如〈龐阿〉中由石氏女本尊的角度，以爲乃在夢寐；或是〈離魂記〉中由離魂倩娘的角度，清楚意識己之所欲，二位女性生魂所以逸體而去，皆是基於對傾慕對象的強烈情感，但愛情卻遭遇阻礙之衝突下，所不自覺而產生的，絕對沒

有外力介入。然〈金鳳釵記〉則絕不相同，離魂者雖然是慶娘，但其離魂狀態之產生，卻是由亡姐興娘之鬼所驅動的，由慶娘還魂後的反應乃「問其前事，並不知之，殆如夢覺」，不論本尊或離魂，顯然由掃墓歸家後到還魂爲止，這一段期間所發生之事，慶娘是渾然不知的。換言之，興娘的亡鬼不但綁架了妹妹慶娘的生魂，還附身於此生魂之上，凌駕掌控了妹妹的意識，而主導了由尋釵求歡、密會私交、相約私奔、乃至回歸故里、要脅許婚等一連串事件。而究其目的，當是自己已然生死茫茫，婚姻落空，故促成妹妹慶娘與前未婚夫興哥之婚事，以圓自己未了之心願。

　　興娘能如此宰制慶娘的生魂與意識，由小說對人物個性之設定可見端倪。姐姐興娘個性堅持，妹妹慶娘則較柔弱：就後者言，小說嘗藉興娘之口言「小妹柔和」，無怪其魂及意識皆爲其姐之鬼牽制綁架。至於興娘，小說敘其長成後面對遲遲未能兌現的婚約，雖未明言其態度意向如何，但由「女亦望生不至，因而感疾，沉綿枕席，半歲而終。」的敘述來看，顯然興娘是呼應其父不願改聘的態度，堅守吳崔之婚。不僅如此，她更把所有等待、盼望等情緒壓抑於心中，終至抑鬱成疾而亡。然而，這樣看似沉靜的個性，其實內在乃蓄積了極大的爆發力。正如〈離魂記〉的張倩娘初聞張鎰改聘時的反應雖「聞而抑鬱」，但當王宙決然離去，卻激發出倩娘魂奔之舉，印證了倩娘內在個性的堅持與決斷。而倩娘堅持她的愛情，興娘也一樣懷抱著極大的決心確守婚約，但與倩娘不同的是，興娘所蘊積的意志力在生前並無機會誘發而轉換成其他的行爲力量，只能隨著生命的殞落暫時潛遁於幽冥之中。興娘之亡，既懷抱著如此巨大深沉的痛苦，故當葬後兩個月，興哥竟然翩然而來，興娘當然不能錯過這次機會。於是隨著舉家清明掃墓之機，興娘的亡魂竟附身慶娘，隨之歸家，意欲一完當年未了之願。〈離魂記〉是眼見愛情即將逝去，因此激發倩娘離魂相隨；〈金鳳釵記〉則是如斷鴻般的婚約竟然重啓希望，所以促發亡魂附身。二者的方式時機雖然不同，但女方異狀

的產生，同樣都是來自婚戀困境，只是前者是人為失誤，後者則是天涯音訊的相隔、與生死幽冥的隔閡。但不論生魂情奔或亡魂附身，其目的都是當事人藉此為自己婚戀爭取權利空間，探求更多突破困境的可能。

慶娘的掃墓而歸，斯時坐在轎中的雖是本尊，但想必已為其姐附身；故轎過釵落，當然就是預示興娘開始作祟。小說並未點明半夜藉尋釵為名強行進入興哥房內，且威脅合歡的慶娘是已被其姐附身的生魂，或只是被附身的本尊。但由相從一月半之後，與興哥商量雙雙私奔，而私奔之後，在家中之慶娘便呈現「臥病在床，今及一歲，饘粥不進，轉側需人」的羸弱狀態，可見當夜強迫交合者當已是被其姐附身的慶娘生魂。試觀興娘附身於妹妹生魂時，對崔生的強迫逼歡，始則固然「低容斂氣，向生細語」，一旦崔生再三屬拒，立即變臉：

女忽頹爾怒曰：「吾父以子姪之禮待汝，置汝門下，汝乃於深夜誘我至此，將欲何為？我將訴之于父，訟汝於官，必不舍汝矣。」

則興娘個性中潛藏之強悍面，已然藉著鬼身分的自由度而充分展露，終使「生懼，不得已而從焉」。及私奔歸來，對父母的要脅之語：

興娘不幸，早辭嚴侍，遠棄荒郊，然與崔家郎君緣分未斷，今之來此，意亦無他，特欲以愛妹慶娘，續其婚耳。如所請肯從，則病患當即痊除；不用妄言，命盡此矣。

命運的陰錯陽差，致使興娘芳華早逝，固然令人同情；然而其為完成自己未竟之願，先強迫興哥與之發生關係，後又相偕私奔，令木已成舟，最終更以其妹性命作為要脅，必要透過其妹完其婚約；則興娘作風之強勢、個性之強悍，可見一斑。其實，面對「慶娘」的求歡，興哥一開始是「大驚……拒之甚屬，至於再三」，如非「慶娘」口出威脅，興哥實

堅持以禮自持，則「事可一不可再」（《聊齋誌異》〈俠女〉語），焉知其後私會的一個半月中，興哥不是在同樣脅迫的狀態下被要脅、強迫所致？至於慶娘，更是成為其姐的替代品，在興娘強鬼的綁架控制下，完全喪失自我的主體性，甚至事後連一絲記憶都予以剝奪。凡此，在在可見興娘亟欲履踐婚姻所激發出的強烈的意志力與手段。

〈金鳳釵記〉作者借用〈離魂記〉中人際關係所留下的想像空間，轉化為確保皇后貞操的契機，不僅將〈離魂記〉中失去舞台的早亡長姐召喚出來，更乾脆令其為真正女主角，所有對於婚姻的想望、追求，種種越禮的行為，直接運用其為鬼之身分之自由性，由其概括承受。這一層身分特權，源於自六朝以來，女鬼自薦枕席，本為志怪敘事中所常見者，故興娘不惜操縱妹妹的生魂向興哥求歡，甚至相偕私奔，既有其身分屬性上的行為慣性，讀者亦不致心生突兀之感。相對於此，妹妹慶娘雖則被迫離魂，卻對所有事情全然無知，如此，無疑向讀者宣示其清白貞潔，以消解〈離魂記〉中曖昧指涉倩娘貞操的疑慮。但是這樣的構設，卻使由〈龐阿〉到〈離魂記〉象徵精神自由、主體意識的生魂，至此由女鬼代替，生魂反而只成為強鬼遂其目的的執行工具而已。而興娘為女鬼，在傳統小說之敘事慣習中，本就有行為禮教上的豁免權，又何必多此一舉必藉慶娘之生魂遂行其婚姻之想望？除了小說繼承「魂奔」型故事的敘事模式，因而必然穿插「離魂」、「私奔」、「還魂」等情節外；此或基於歷代女鬼故事中，不論女鬼與情人相處多久，最終必然揭穿其幽冥身分，導致人鬼終不能相偕的下場。如果興娘逕以原來面目現身，就算私會一個半月中兩人由陌生而兩情相悅，依照小說的敘事傳統，人鬼最終必然殊途。既然興娘的願望是婚約的完成，因此她必得依循傳統「魂奔」型故事的敘事模式，透過綁架妹妹的生魂的方式，以順利交接她的心願：完婚。

興娘的堅持婚約及後續引發的效應，與倩娘離魂追逐愛情的實踐與維持，其意義並不相同。就算私會一個半月，足以滋養愛情，使其行為

不是徒然只有未完成婚姻儀式，而是含有愛情之實質；然而崔吳兩家之
婚事，既是在雙方襁褓時所訂，而興哥歸來踐履婚約之前，已有十五年
音訊全無，如以興娘已然十九歲來計，則當崔家宦遊遠去時，小兒女約
只有四歲左右，就算當時青梅竹馬，兩小無猜，然當不至於有任何男女
情愛；何況可能各自豢養家中，根本各不相識。則興娘之早亡，只為一
紙婚約；其之附身，不過為完婚。故其附身與其說是為了堅情，不如說
是為了全義。這樣的動機構設，使小說意涵由「魂奔」型故事對於愛情
的歌頌，轉而為道德教條服務，則亡鬼附身生魂，雖然別出心裁，也可
能解決了離魂者慶娘的清白問題，卻失去了原有可貴的浪漫主義精神與
動人力量，殊為可惜。

(2) 人物形象的弱化與補救

〈金鳳釵記〉故事內涵的改變，使小說人物的精神面貌亦因之改
異。慶娘自始即為其姐之鬼所綁架而離魂，還魂後又對前事都無記憶，
連其與興哥的夫妻關係都要姐姐透過夢境叮囑新郎。對於自己身體、意
志，甚至婚姻，全部都由其姐操控，她是否對興哥有任何情感？日後如
何面對對自己身體已然熟悉，但感情上卻極為陌生，由昔日姐夫而今成
為丈夫的興哥？小說對慶娘任何感想全無著墨，使慶娘不僅淪為興娘的
傀儡，更是全篇角色最蒼白的一個人物——正如同〈離魂記〉中那位早
亡的長姐。然而，影響最大的還是魂奔的訴求者興哥。〈離魂記〉中的
王宙，當其聽聞倩娘別許，反應是「深恚恨」——這個極度壓抑的情緒
中，混雜著以為張鎰悔婚的憤怒，及恨自己條件不如人的羞愧——而船
行上路，則是「夜方半，宙不寐」，難以入眠，或正是因為選擇退出競
賽、無由自達的痛苦；然而一旦倩娘來奔，王宙卻又真情流露地「驚喜
若狂」、「欣躍特甚」，並立刻「倍道兼行」，主動安排雙雙避居四
川；倩娘傾訴對於父母的思念與棄大義的內疚，王宙立刻安慰倩娘「將
歸，無苦」；及攜倩娘歸家，更勇於自任，先安頓倩娘於船上，自己則
身先士卒、單槍匹馬向張鎰請罪，又可見其勇於承擔的責任感。小說對

王宙雖著墨不多，但透過上述幾個時間點的觀察，王宙在情緒起伏跌宕之間，卻聚焦出其真性情、有擔當的一面，人物形象仍然鮮明。至於〈金鳳釵記〉，興哥在已然爲興娘之鬼附身的慶娘生魂自薦枕席時，先是嚴厲拒絕：

> 生以其父待之厚，辭曰：「不敢。」拒之甚厲，至於再三。

及至「慶娘」面紅耳赤地威脅：「吾父以子姪之禮待汝，置汝門下，汝乃於深夜誘我至此，將欲何爲？我將訴之于父，訟汝於官，必不舍汝矣」，興哥竟「懼，不得已而從焉」，立刻投降順從。之前的道貌岸然與之後的懦弱屈服，轉變之快，未免使前者顯得假道學、後者則見其軟弱，人物形象並不一致。而後續發展中，無論相偕私奔之提議、歸家省親之決定、乃至面見父母之先後次序、甚至以金鳳釵爲證據的策略，完全都是由「慶娘」主動提出、強勢主導，興哥只能附和執行、被動追隨，更使人物顯得毫無個性可言，與王宙的勇於自任、儼然爲倩娘的守護者形象大相逕庭。興哥唯一主動做出的決定，乃是賣掉金鳳釵以便籌辦爲興娘舉行的法會：

> 生感興娘之情，以釵貨於市，得鈔二十錠，盡買香燭楮幣，賚詣瓊花觀，命道士建醮三晝夜以報之。

作者安排興哥賣掉金鳳釵，在全篇結構上亦有起於金鳳釵、結於金鳳釵的首尾呼應之意，其名義上是感念興娘對婚姻所付出的代價與努力，在深層意涵上，卻象徵著與興娘關係的斷絕。然而，金鳳釵意義如此之大，作者不令興哥加以存留以爲紀念，或者入土爲安常伴亡靈，卻以一個以物易物的概念讓金鳳釵流落市集、入於商販之手，雖說是爲籌辦法會而用，但仍令人感覺不僅不尊重亡者，反而令人有絕情之憾，無疑使

全篇由浪漫動人而僵化封建的質變之餘，更雪上加霜地庸俗收場。〈金鳳釵記〉作者在繼承〈離魂記〉之餘，雖煞費苦心、大費周章地調整人物結構與身分，解決女主角的清白問題，使存世者的婚姻避免瑕疵越禮之憾，然而，除了興娘的人物形象較為明確外，慶娘的蒼白透明、興哥的軟弱被動，都使原本熱烈深刻的愛情，變得僵硬而疏離，這篇「魂奔」型故事轉變期的作品，個人認為並不是一篇成功的改寫。

上述改寫的瑕疵，後世讀者顯然亦有所不滿，明代凌濛初以《初刻拍案驚奇》〈大姐魂游完宿願，小妹病起續前緣〉重新複寫〈金鳳釵記〉，除改為語體敘述外，幾乎照抄原著，並重複收入《二刻拍案驚奇》〈大姐魂游完宿願，小姨病起續前緣〉，只改動了標題的一個字。凌濛初在魂奔事件了結後的善後部分，在原著情節之外穿插增寫了興哥與慶娘的對話及其他情節，使婚姻的主體性終於能回到慶娘身上，補強了〈金鳳釵記〉中慶娘較貧乏的個性，並解答了魂奔事件落幕後興哥與慶娘相處的現實情境，使小說重新回應「魂奔」型故事應有的愛情主題。對話之一乃興哥慶娘在洞房之夜的私語：

卻說崔生與慶娘定情之夕，只見慶娘含苞未破，元紅尚在，仍是處子之身。崔生悄悄地問他道：「你令姐借你的身體，陪伴了我一年，如何你身子還是好好的？」慶娘怫然不悅道：「你自撞見了姐姐鬼魂做作出來的，干我甚事，說到我身上來。」崔生道：「若非令姐多情，今日如何能勾與你成親？此恩不可忘了。」慶娘道：「這個也說得是，萬一他不明不白，不來周全此事，借我的名頭，出了我偌多時醜，我如何做得人成？只你心裡到底照舊認是我隨你逃走了的，豈不著死人！今幸得他有靈，完成你我的事，也是他十分情分了。」

在這段對話中，慶娘「含苞未破，元紅尚在，仍是處子之身。」三句，正點出了〈金鳳釵記〉作者改寫的目的：維護魂奔者之清白。慶娘對興

哥驚訝其仍為處子的不以為然，說明了當一切真相大白後，慶娘心中的複雜感受與尷尬處境，終於使慶娘有了較清晰的面目輪廓。此外，興哥對於興娘的主導及與慶娘成婚之現實，乃是將前者定位為後者之恩，其關注的焦點在「情」；慶娘雖然附和其觀點，但重點卻是在其貞潔得以澄清。二人立場雖然並不一致，但殊途同歸，至少都是肯定興娘促成其姻緣之恩，消解了讀者對於〈金鳳釵記〉中未提及的後續相處問題的疑慮。

　　而另一段對話則是在興娘託夢感謝興哥為其辦法會追薦，及叮囑其善待慶娘後，興哥由夢中哭醒，亦驚動了慶娘，而與慶娘相互印證興娘種種，以致夫妻為之唏噓不已。作者特與此段敘述之後強調：「兩人感歎奇異，親上加親，越發過得和睦了」，更極力在前述補強的基礎上，進一步做了較圓滿的人情詮釋，修飾了〈金鳳釵記〉中處理地較粗糙的善後部分。最後，小說在結尾補上「此後崔生與慶娘年年到他墳上拜掃，後來崔生出仕，討了前妻封誥，遺命三人合葬」，將全篇故事導向一大團圓之結局，其立意固善，然未免令人覺得錦上添花，對三人關係文飾過度，反而落入俗套了。

　　〈金鳳釵記〉以亡魂附身、驅動無辜者生魂之方式以完成對於婚戀困境的突破，使早逝者心意既得以充分傳達，亦使存世者姻緣得以無瑕延續，在策略上來說的確是成功的，因此除凌濛初直接繼承其敘事結構，其他小說作者更有仿效者，其中明初李昌祺仿效《剪燈新話》而作的《剪燈餘話》〈賈雲華還魂記〉，便是最著名的一篇。篇中賈雲華與魏鵬之私情真切纏綿，但二人因故分別，以致雲華鬱鬱而亡，後魏鵬得中功名授官，雲華鬼魂竟附身其僚屬之女宋月娥身上，使其於亡後三日而復生，終而促成魏、宋二人之婚。本篇雖為典型愛情之作，但通篇主訴賈雲華生前與魏鵬之戀愛，亡魂附身新亡之屍體，使之死而復甦，很明顯受到〈金鳳釵記〉的興娘慶娘人物構設的影響，但因其人物既未出現「魂奔」之行為，敘事結構更與「魂奔」全無關係，而只有宋月娥的

死而復甦，因此並不列入「魂奔」型故事的討論範圍。即使如此，亦可見〈金鳳釵記〉在元明之際所引起的風潮，而不難明白凌濛初選擇此篇的原因了。

3. 性別翻轉、愛情議題與敘事意涵的深化——
  《聊齋誌異》〈阿寶〉

〈金鳳釵記〉及〈大姐魂游完宿願，小妹病起續前緣〉的成篇，印證了「魂奔」型故事的膾炙人口；其改寫的角度，則彰顯了〈離魂記〉雖定調了「魂奔」型故事的敘事模式，但也留下了許多曖昧想像的空間，尤其如何合理解釋女主角在越禮私奔、與貞操之間的矛盾，最為後世作者在繼承之餘感到焦慮的燙手山芋。在〈金鳳釵記〉，發生離魂的固是妹妹慶娘，但作者力圖維護這位離魂者的清白，於是召喚出〈離魂記〉中驚鴻一瞥的早亡長女，重新包裝、加重戲份，將倩娘的意志力嫁接到其身上，由已為亡鬼、沒有未來的興娘來擔當這份越禮棄義的風險，讓還有下半輩子真實人生的妹妹得以免除一切被質疑的眼光。作者所做的努力雖然成功了，但卻使慶娘淪為徒具功能性而乏靈魂的傀儡，犧牲了小說的動人性。故凌濛初將此篇改寫為話本體時，得煞費苦心地在小說結尾處添枝加葉，好讓小說敘事再度回歸言情敘事的筆調。

蒲松齡承接「魂奔」型故事定型期的敘事傳統，卻在不同的敘事企圖下開展出全然不同的小說風貌。本篇始即敘述地方名士孫子楚，向有「孫癡」之名，遠近皆知。發展段鋪陳孫子楚兩度離魂，終而打動阿寶芳心，與之結褵。其敘孫生因新喪偶，誤以旁人戲言為真，竟然向當地富商提親，而為富商之女阿寶所譏弄。阿寶先後以斷其枝指及去癡為條件要求孫生，未料前者孫生果斷其枝指請媒往示，後則譁辯自己不癡，求親之心遂冷。值清明，孫生隨起闈之人親睹阿寶真容，竟然魂隨其歸，其身則為眾人擁而歸家，狀若瀕死。阿寶連續三夜夢與人交，問其名則曰孫子楚。後孫家依孫生囈語前來阿寶家招魂，阿寶印證孫生為情離魂，心已有所感。孫生身體復原，又於浴佛節時路伺阿寶降香，阿

寶於車中睹孫生，即命青衣詢其姓字。孫生歸家復病，冥然間魂附於家中暴斃之鸚鵡身上，飛至阿寶房間。阿寶撲而鎖之，始知鸚鵡即孫也，乃彼此誓詞，鸚鵡銜其鞋履而去。歸而復斃，孫生轉醒，阿寶亦遣人驗證。於是阿寶向其母表達必嫁孫子楚之決心，二人終於成婚。小說結束段寫孫生與阿寶婚後生活優游充裕，卻因消渴而亡。阿寶為之殉死，幸為家人搶救；孫生則因閻王恩賜延壽，死而復活。後文社同仁為戲弄孫生，故擬數題偽稱關節所得，孫生信而力攻，未料果真中舉。次年更舉進士、授詞林。皇上召見而奇之，更召阿寶而賞睞有加焉。

　　透過上述對〈阿寶〉故事內容之提要，已可見其最鮮明的改動，乃是翻轉了「魂奔」型故事的性別傳統，將為愛而「離魂」者改為男性，被追求者為女性。在情節結構方面，固然仍大致依循〈離魂記〉所建立的敘事模式，但篇中人物不但二度離魂，甚至還透過生魂附身的方式追其所愛。此外，前朝「魂奔」型故事至男女主角完婚，故事即告終了；此篇則更生波瀾，續寫男女主角婚後的生死相許。事實上，篇名雖曰〈阿寶〉，作者的主要作意其實不在討論世間男女的愛情困境，而是套用「魂奔」型故事的敘事框架與人物結構模式，藉追求女主角阿寶乃至與之結褵的歷程寫癡生孫子楚，以為天下癡子辯護出氣。此由篇末「異史氏曰」即可窺得其真正作意所在：

　　性癡則其志凝，故書癡者文必工，藝癡者技必良。世之落拓而無成者，皆自謂不癡者也。且如粉花蕩產，盧雉傾家，顧癡人事哉！以是知慧黠而過，乃是真癡，彼孫子何癡乎！

　　傳統「魂奔」型故事以愛情困境與消解為小說主體，在此只是敘事的手段而已，〈阿寶〉誠然敘寫愛情婚姻，但作者的興趣已不在如何重新詮釋「魂奔」行為的意義，而是以其為敘事策略，思考行為背後所映照的「人」——尤其是所謂「癡」的問題。可以說，這是蒲松齡對傳

253

統故事型又一次舊瓶新酒的實驗。以下，主要由〈阿寶〉篇中對於傳統故事型「離魂」手法的翻轉變化，及其中所透顯出蒲松齡對於愛情的價值觀念切入，以探問蒲松齡如何藉傳統「離魂」型故事的愛情事件為框架，彰顯「癡生」的真義所在。

(1)「離魂」手法的翻轉變化

由雛形期到變化期，「魂奔」型故事中主角的離魂以單次居多，〈龐阿〉寫女主角多次離魂，或可收渲染之效，但因敘述簡略，多半不了了之，反而削弱了情節的張力。蒲松齡不滿足於單純套用故事，故在篇中採取了兩次離魂的手段，但又各有變化、各出機杼，且牽動著男女雙方不同階段的感情進展，不但使敘事結構更見層次，也深化了人物的立體形象。

孫子楚第一次離魂，仍如傳統「魂奔」型故事中的當事人，乃是在渾然不覺的狀態下離魂而追隨所愛。其於清明節隨眾人窺探佳人，心理上本無任何預期，甚至可能延續之前「阿寶未必美如天人，何遽高自位置如此？」的質疑。然而，乍睹佳人，竟然「娟麗無雙」，則高反差之下，只因「意不忍捨」，遂不禁忘其所以。故當阿寶嫌眾少輕狂而起身離去時，孫子楚之魂亦隨之而去矣。前朝小說從未從任何視角描述離魂之際當事人本尊的身體狀態，往往直接跳寫生魂之活動，頂多事後補述而已；蒲松齡則反向操作，由眾人視角描繪了孫子楚離魂時本尊的表現：

> 少傾人益稠。女起，遽去。眾情顛倒，品頭題足，紛紛若狂；生獨默然。及眾他適，回視生猶癡立故所，呼之不應。群曳之曰：「魂隨阿寶去耶？」亦不答。眾以其素訥，故不為怪，或推之，或挽之以歸。至家直上床臥，終日不起，冥如醉，喚之不醒。

「生獨默然」正標示了孫子楚當時已然離魂，所幸眾人雖輕薄、好以戲

弄孫生爲樂，尚能護送孫生歸家，方不至令孫子楚流落街頭。另一方面，前朝故事不論離魂次數如何，其出現狀態都與本尊無異、旁人皆視之如常；此則不然。小說描述孫子楚之離魂彷如空氣，無影無形，對孫子楚而言，不但「覺身已從之行，漸傍其衿帶間，人無呵者。遂從女歸」；甚者，「坐臥依之，夜輒與狎，甚相得」。對孫子楚而言，只因一見鍾情，遂至一往情深，毫無預警地激盪出孫子楚的「癡性」；因此離魂相隨、依傍衣帶、夜間交媾，不過順性而爲，並無藉機輕薄之意。蒲松齡正是藉孫子楚首度離魂的發生，側寫其癡性的發作，其實不過是對情的專注投入而已，生動地勾勒出孫子楚「癡」的形象。

至於對阿寶而言，則把夜中無端與人的魚水之歡視爲春夢：

> 女每夢與人交，問其名，曰：「我孫子楚也。」心異之，而不可以告人。

所謂「心『異』之」，既是異於眼前之人並非全然陌生，而是之前曾斷指求親、卻又無疾而終的孫子楚；更是異於與其之邂逅，竟是在如此情境之下。而即使有女懷春，但竟至與人夢交，如此隱私之事又焉能告人？如杜麗娘者，在夢中與柳夢梅一段太湖石雲雨之後，終究只能懷抱春情惆悵而亡；阿寶則不同，她是富商之女，禮教拘限自不如仕女沉重，在由之前對孫子楚的斷指去癡則允婚的戲謔，亦可見其亦頗有個性，自我主張十分強烈，並非荏弱文靜內向的閨秀而已。故與孫子楚的三夜春宵，對她而言，道德包袱尚不如究問其實的決心，這番奇遇使其對孫子楚的態度實已由求婚之初的輕率情緒，逐漸沉澱爲內心若有似無的悸動，而成爲日後動情的契機。果然，當孫家人好不容易徵得阿寶父親的同意，讓巫者得以至其家招魂，阿寶一聞得此事：

> 女詰得其故，駭極，不聽他往，直導入室，任招呼而去。巫歸至

門，生榻上已呻。既醒，女室之香奩什具，何色何名，歷言不爽。女聞之，益駭，陰感其情之深。

前者不懂物議，讓巫者逕入處女深閨招魂；後者更確認了這幾日的春夢並非自己單純幻想，而似有所據。如此，亦見阿寶並未囿於一般禮教的拘限，而是自有一套想法。阿寶由孫子楚初求婚時的兩度「戲」言，見到斷指時的「奇之」，乃至三度春夢後的「異之」，招魂事件中的「駭極」，驗證不爽時的「益駭，陰感其情之深」，蒲松齡正是藉孫子楚的首度離魂事件，不但藉此呈現孫子楚如何打動這位心高氣傲、主見亦強的富家千金的歷程，更層層鋪疊阿寶對於孫子楚情感的變化狀態，已由表面膚淺的戲謔，轉而觸動內心深處的情弦，彰顯其高姿態之下，其實對情感敏感細緻，使阿寶呈現圓形人物的形象表現。凡此，皆爲下段孫子楚的二度離魂埋下伏筆。

首度離魂事件使雙方的情感狀態起了微妙變化，對孫子楚而言，固然是始終如一、一往情深；對阿寶而言，則不可同日而語矣。然後者畢竟只是「『陰感』其情之深」，意味著阿寶固然已能正視並明確感受孫子楚的深情，但自己卻未必亦有相對的共鳴。故蒲松齡必須再次促發孫子楚的二度離魂，以激發阿寶也能用同樣強度的情感回應。

如前所言，傳統「魂奔」型故事幾乎都是當事人單次離魂，蒲松齡使孫子楚二度離魂，既要能與首次離魂有所銜接，又要有所區隔，否則便流於重複單調。作者採用的敘事策略，便是前者乃在不知不覺中離魂，魂無具體形影，或許在夜間朦朧之際方能依稀見其形貌——否則阿寶如何知與人雲雨？此則是受孫子楚意識驅動而離魂，雖然依然無具體形影，卻轉而附身於具像之死去鸚鵡身上，翩然飛至女所。前次離魂，即使腹中飢餒欲歸，卻茫不知路；此番則是來去自如，地點明確。二者的恍然迷離與意識清晰，亦截然有別。

而不可忽略的是，孫子楚的首度離魂事件，固然促成了二人之間情

感狀態的變化，但對阿寶而言，主要建立在虛渺夢境與深藏於心底之悸動，如何使這樣隱而不宣的情感得以在現實之中明朗化，則兩次離魂之間的事件安插至爲關鍵。蒲松齡故安排孫子楚於首度離魂事件結束後修養康復，於浴佛節當天路伺前往水月寺降香之阿寶，雖然「早旦往候道左，目眩睛勞。日涉午，女始至」，但這樣的守候是値得的：它換得了佳人「以摻手搴簾，凝睇不轉」的注目！雖然孫子楚終究只能藉由青衣而「殷勤自展」，但二人的接觸，已由小說一開始時孫子楚魯莽求親的隔空耳聞彼此之名，乃至恍惚迷離的春夢，此終於在現實中四目相對，彼此確認，這是二人關係的一大突破！

正是這番現實世界中的彼此確認，促發了孫子楚的二度離魂。阿寶的「凝睇不轉」，使孫子楚對阿寶由隔空想像、到清明節隨群衆窺麗的單向認知，乃至之前離魂時的虛實參差，此乃首度在現實中與阿寶有了眞正的交流，故其反應至爲強烈：

生益動，尾從之。女忽命青衣來詰姓字。生殷勤自展，魂益搖。

雖孫子楚勉強以意志力控制其行爲，尙能應答姓字之問，但癡生如孫子楚者，理性又豈能輕易凌駕於其癡性之上？當「魂益搖」之際，便是其魂又將逸體而去的徵兆，果然：

車去始歸。歸復病，冥然絕食，夢中輒呼寶名，每自恨魂不復靈。

但蒲松齡並不甘心使用重複程序寫此二度離魂，前者固然如前朝諸作，其離魂看似剎那之間發生而「魂」、「身」當下分離；此則不然，孫子楚雖然已「魂益搖」，但猶徘徊於意識與失魂的邊緣，故雖已「冥然絕食，夢中輒呼寶名」，卻又能察覺小兒於其床邊玩弄鸚鵡死屍，不但自念「倘得身爲鸚鵡，振翼可達女室」，更竟然即「心方注想，身已翩然

鸚鵡，遽飛而去，直達寶所」！

　　蒲松齡對孫子楚的二度離魂，採用了附身的敘事策略，令人不禁聯想到〈金鳳釵記〉中興娘亡鬼附身慶娘生魂的手法，然意義更為深刻。孫子楚生魂的附身鸚鵡死屍，固然發生在「心方注想」的情境，但此想乃是建立在其意識層「倘得身為鸚鵡，振翼可達女室。」的前提之上。也就是說，孫子楚的二度離魂實來自於強大意志力的驅動所致，不再是首度離魂時的懵然不覺。「化身鸚鵡、振翅而飛」，一般人看來不過癡人說夢，但蒲松齡卻正是藉此寫癡生心靈力量之強大，而為其行動力的最大能源所在。

　　在孫子楚與阿寶的情感進展上，二度離魂是二人結褵的關鍵，它使隱藏在阿寶心底的情愫翻騰而出，逼使阿寶不得不承認對孫子楚已然動心，如此，使二人的結合，不是基於慕名或好奇，而是基於兩情相悅。也為小說結束段阿寶的夫妻情深、殉死相陪埋下伏筆。當孫子楚附魂於鸚鵡身上飛入阿寶閨房，二人的相處雖有人鳥形體之隔，卻是真真實實的朝夕相處：

　　女喜而撲之，鎖其肘，飼以麻子。大呼曰：「姐姐勿鎖！我孫子楚也！」女大駭，解其縛，亦不去。女祝曰：「深情已篆中心。今已人禽異類，姻好何可復圓？」鳥云：「得近芳澤，於願已足。」他人飼之不食，女自飼之則食；女坐則集其膝，臥則依其床。如是三日，女甚憐之。陰使人瞰生，生則僵臥氣絕已三日，但心頭未冰耳。女又祝曰：「君能復為人，當誓死相從。」鳥云：「誑我！」女乃自矢。鳥側目若有所思。少間，女束雙彎，解履床下，鸚鵡驟下，銜履飛去。女急呼之，飛已遠矣。

人鳥形體之隔卻能彼此相誓，其前提便是彼此之間真情的蘊發；而既然有形之隔閡尚無礙心意的溝通，則人世間的貧富差距又能成何阻攔？故

造成阿寶家對於孫子楚求婚有所疑慮的「此子才名亦不惡,但有相如之貧。擇數年得婿若此,恐將爲顯者笑」的成見障礙,至此冰消瓦解。而這也可以看出蒲松齡對於愛情婚姻的價值態度。

孫子楚的二次離魂對敘事的推進而言,功能性極爲強大,不僅深化男女主角的人物性格,在情節上製造了綿密的聯繫效果,更在敘事藝術方面表現出豐富多元的風貌。然而,由雛形期到轉變期的明代,前朝「魂奔」型故事皆以「離魂」事件爲敘事主體,一旦結束由「離魂」到「還魂」的歷程,主角如願爭取到其愛情婚姻,故事便告收場。但〈阿寶〉僅是套用了「離魂」作爲整體敘事的重要橋段,卻再也不是故事的唯一重心所在。如前所言,本篇並非如前朝諸作以「還魂」後的有情人終成眷屬爲收尾,而是更敘寫男女主角的婚後生活、生死相屬。由此可見,蒲松齡意在探討的是更大視角的愛情婚姻的眞諦與價值,而非僅侷限於愛情的困境而已。而藉著這個議題的探討,其實更欲藉此撥顯引發此一連串事件的主角人物「癡生」孫子楚的人格形象與價值意義,此不但深化了所謂愛情婚姻這個普世議題,更表現出蒲松齡一向關懷的人本主義精神。

(2) 愛情的執著與回饋

蒲松齡透過孫子楚兩度離魂所展現對於一見鍾情的堅執投入,使阿寶這位家境優渥、眼高於頂的千金小姐亦爲之動心動情,終而願意衷心接納這位在經濟地位上與己有天壤之別的窮困名士,不但向母親宣誓「處蓬茅而甘藜藿,不怨也」,更爲持有孫子楚的自尊,堅持不依賴娘家接濟,只帶著自己的妝奩獨立持家。可見情之動人,不僅在兩情相悅之際,更能激發人無限潛能。

「情」對孫生而言,不過癡性所秉、率性而發,乃是無需思索、極爲自然之事。這是蒲松齡對於「情」之爲物的一個觀察面向。但對阿寶而言,卻是經歷了千折百回的一段自省路程後所得到的結論,是理性與感性對話後的結果,相較於前者的自然發生,阿寶的「情」路顯然是

259

較為曲折的。此則是蒲松齡對「情」之發生的另一個面向的觀察。而由性而起、一往情深者固能始終如一，經過思辨所得的結論可能益見堅牢——阿寶對於婚姻的獻身，正是明證！

其實，愛情如何發生，未必是蒲松齡在本篇中最關切的議題。蒲松齡所強調的，當愛情衍伸至婚姻，夫妻雙方的付出與回饋，不是基於對道德、義務或權利的考量，而應是來自真誠衷心的自然之舉。阿寶與孫子楚婚後，由本來養尊處優、不事生產的大小姐，充分發揮了血脈中的商人基因，治家有成：

　　自是家得奩妝小阜，頗增物產。而生癡於書，不知理家人生業。女善居積，亦不以他事累生，居三年家益富。

孫子楚本是癡性之人，他相信人性，疏於世事，凡事率性真情，因此對追求阿寶堅執投入乃至離魂，婚後對於日漸充裕的家居生活也坦然自得，完全活在自己的世界中。阿寶因為深愛孫子楚，無怨無悔地一肩扛起所有家計，讓丈夫得以悠遊書海、無後顧之憂。卻不幸於三年後，孫子楚竟得消渴之疾而亡故。對阿寶而言，孫子楚進入她的生活，是使她亮麗卻可能膚淺的人生因而有了充實的內在，她自孫子楚所得到的是生命的更加充盈成熟，因此丈夫的驟逝，無異頓失心靈的支持，以至打擊之大，竟至殉死相陪：

　　女哭之痛，淚眼不晴，至絕眠食，勸之不納，乘夜自經。婢覺之，急救而醒，終亦不食。

阿寶的殉死，顯然不是為貞節之名，而是出於摯情深愛，這是她為孫子楚所作的最後的奉獻，也是蒲松齡藉此提示讀者對於所謂愛情內蘊的思考。所謂真情至愛，不問如何發生、不限形式、更不應拘限於社會成見

教條，只問出自眞心眞性與否，施者不問回報、受者坦然自得，足矣！

〈阿寶〉一篇的發展段，套用歷代「離魂」型故事的重要情節，寫愛情的追求與完成；但這一段愛情的價值定位，卻需賴小說結束段阿寶在婚姻中對於前者孫子楚執愛付出所作的回饋來加以映照。至此，方可窺見蒲松齡構設本篇的苦心所在。

(3) 對「癡生」的辯證

作者是最有權力的詮釋者，蒲松齡在〈阿寶〉一篇中，套用歷代「離魂」型故事的主要情節結構，並重筆加工結束段情節，除放大視角檢視愛情議題，當然更重要的是藉此凸顯其中核心人物之「孫『癡』」。以往「離魂」型故事的重心在於當事人的愛情際遇，尤其聚焦於女性愛情困境的議題；〈阿寶〉則舊瓶新酒，雖仍圍繞在兩位主角愛情婚姻經歷的鋪陳，其眞正關切的其實是導出對於男主角孫子楚「癡性」的探討。

如俯瞰全篇，便可發現，小說一開始便敘述男主角「孫癡」之號由何而來，其輒以人言爲信，諸般事件都在寫孫子楚「性癡」之處。至發展段，又藉兩度「離魂」事件，寫其「情癡」。最後結束段，小說先點出孫子楚乃「癡於書」；及閻王感於阿寶殉死，恩賜孫子楚還魂，其死而復甦後仍「癡性」不改，依然以人之誆言爲眞，卻反而於科舉仕途獲得豐收，人生平步青雲。則由情結構設來看，蒲松齡實藉孫子楚的日常生活型態與愛情經歷，以對照辯證所謂「癡」者的眞義。

在一般凡庸之人眼中，孫子楚的「癡」，乃是「癡傻」，是不通人情世故「迂訥」之人。故其不論被人故以妓逼狎以見其窘態、或誤從人戲言而不自量力向富翁求姻、乃至哄其共觀阿寶等，孫子楚總是輕易被嘲謔、上當。甚至當初阿寶亦作如是觀，故才會惡作劇式地開出去其枝指與去癡等作爲允媒的條件。然而，孫子楚絕非「癡『傻』」之人，否則不會有「粵西名士」之稱，連阿寶母也亦知「此子才名亦不惡」；不會在阿寶請去其癡時「聞而嘩辨，自謂不癡」；而如腹笥愼窔，爲有

實力舉魁中進、拔擢詞林？蓋孫之「癡」，實是其秉性善良單純、相信人性、隔閡矯飾，故總是執著於自己所篤信的理念、聽從自己內心真實的聲音，凡事不過秉性而發、率性而為。凡庸之人已受世情薰染，每以成見主觀視人斷事，自然對這樣純淨之子難以理解，遂目之為「癡傻」了。因此，雖然其「值座有歌妓，則必遙望卻走」，或不幸誤入陷阱被人「使妓狎逼之，則賾顏徹頸，汗珠珠下滴」，看似不解風情、不通男女的迂腐內向之士。但一見阿寶，卻因「意不能捨」而為之離魂，甚至「夜輒與狎，甚相得」；及浴佛節再度相逢，面對青衣奉派前來詢問姓字，亦能「殷勤自展」；而附身為鸚鵡，最後更懂得銜女繡履而去以為信物。凡此，則「癡」子何嘗「癡」焉？可見孫子楚之「癡」，不過忠於自己、專心致志而已。

而正是這樣的至情真性，惟「真」惟「專」是問，終於打動阿寶，亦喚醒其內心深處的真純個性，進而與孫子產生共鳴，甚至為其無怨無悔地付出。至於那些執迷不悟、自以為參得人情世故箇中三昧，甚至藉此任意玩弄他人者，在「癡」子面前，其實正映照出其庸俗膚淺的一面。而此正是蒲松齡所深切感慨者，因此在篇末，更藉「異史氏曰」特別強調「性癡則其志凝，故書癡者文必工，藝癡者技必良。世之落拓而無成者，皆自謂不癡者也……慧黠而過，乃是真癡，彼孫子何癡乎！」故「癡子」不「癡」，反而是那些自以為聰明、好走捷徑之徒，才是真「癡」。可惜世間之人，多屬後者，偶一得逞或僥倖成功，皆沾沾自喜，自以為是；世間癡子能如孫子楚終以其情性之癡打動阿寶而得此真情相惜之良伴，何其難得！故蒲松齡藉「魂奔」型故事之框架寫孫癡阿寶之愛情婚姻，真正意旨實在為「癡子」辯護出氣。

三、結論：「魂奔」型故事的敘事承衍意義

「魂奔」型故事的發生，所欲展現的是當事人對於愛情的強烈渴求

與堅定意志，致使其生魂竟脫離肉體而去，以如此超現實之方式以追求其對於當時現實環境中所不可能達成的價值實踐。「魂奔」行為所蘊含的是意志與肉體的衝突，「肉體」其實隱喻現實的框架，「離魂」則隱喻當事人愛情意志的堅定與不可壓制。然而，「離魂」只是手段，表達了當事人對於現實中愛情困境的抗爭與超越的企圖。但離魂者終究必須「還魂」，脫逸的生魂最後一定得回歸肉體，抗爭的意志必得向現實取得認可，「還魂」之舉，正指向追求愛情自由最終仍必須取得一切現實的包容乃至認同，否則一切努力只是鏡花水月而已。

　　時代思潮雖然提供小說發生的背景，但「魂奔」型故事卻歷久彌新，並未因時代改易、思潮流行或衰退而有所消頹，反而別出新意，歷代作者無不躍躍欲試，企圖重新詮釋這個迷人的話題。可見「愛情」的困境實為人生的共相，現實生活中永遠揮之不去的陰影，不斷地騷動著歷代作者、讀者的心靈，才會引發諸多作者樂此不疲地進行重寫、補充，或利用其耳熟能詳的故事結構重新包裝新的內涵而進行再創作。在承寫的歷程中，每位作者不同的關注點，都導致小說產生不同的敘事風貌與詮釋向度，甚至涵攝不同的敘事意涵，透過下圖，或可更為清楚地了解「魂奔」型故事由雛形期到轉變期各篇之間的承衍關係及定位：

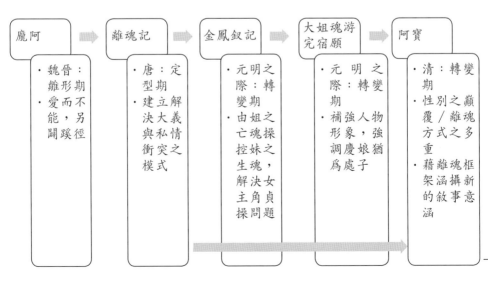

　　由上圖可以看出，在定型期的〈離魂記〉之後，轉變期的此型故事其實分兩線各自發展：元明兩代著重於解決女主角的貞節問題，因此不但預設了婚姻前提，更以身爲未婚妻卻青春早夭的姐姐亡鬼操縱妹妹生魂的方式，試圖解套〈離魂記〉中張倩娘因離魂私奔導致的貞操疑慮；清代的〈阿寶〉不但全然翻轉離魂當事人的性別屬性，企圖由一更高的視角檢視愛情眞諦的議題，以藉此呈現所謂「癡」的人格價值意義，使「魂奔」型故事產生更深刻的內涵。然而不論各代作者如何敘寫，或以「離魂」爲敘事主題、或僅藉「離魂」爲敘事框架，不可否認，「魂奔」型故事乃是諸多古典短篇小說故事類型中最受矚目的經典之作，在歷代承寫與接受的歷程中，作者藉以寄寓自己對不同議題的關注，而讀者更能從其中汲取自己生命缺憾的安慰。古典小說的動人處與生命力，亦正在此！

第六章　現實與夢境的互涉

　　——「夢遇」型故事

一、前言

　　「夢」是生活中最平常的精神活動，雖然二十世紀初精神分析學派之父佛洛伊德（S. Freud）所著的《夢的解析》（*The Interpretation of Dreams*），將「夢」的研究帶入精神分析的領域，開啓了對「夢」的系統性研究，但對於「夢」的熟悉與好奇，實不分民族與文化。我國傳統社會自古以來，民間即對這種神祕的精神活動既著迷又困惑，而有所謂的解夢之書，如明代崇禎年間的《夢林玄解》便是占夢、解夢書的集大成者；執政者、思想家、文學家更是關注「夢」的存在意義與功能性：先秦時期已大量運用「夢」來解釋個人與國家社會的處境或命運，使占夢文化極爲興盛。《漢書・藝文志》「雜占」類下便指出：

　　雜占者，紀百事之象，候善惡之徵，易曰：占事知來。眾占非一，而夢爲大，故周有其官，而詩載熊羆虺蛇眾魚旐旟之夢，著明大人之占，以考吉凶。

由上述可知，先秦執政者行占卜吉凶之事，其中依「夢」占卜乃占最大宗，不但有專職之官，典籍中亦可見相關記載。南宋洪邁《容齋續筆卷十五・古人占夢》承《漢志》之說，更進一步指出：

　　《漢・藝文志・七略》：雜占十八家，以《黃帝長柳占夢》十一卷，《甘德長柳占夢》二十卷爲首，其說曰：「雜占者，紀百家之象，候善惡之證。眾占非一，而夢爲大，故周有其官。」《周禮》：「太卜，掌三夢之法，一曰致夢，二曰觭夢，三曰咸陟。」鄭氏以爲致夢夏后氏所作，觭夢商人所作，咸陟者言夢之皆得，周人作焉。而占夢專爲一官，以日月星辰占六夢之吉凶，其別：曰正、曰噩、曰思、曰寤、曰喜、曰懼。季冬，聘王夢，獻吉夢於王，王拜而受之。乃舍萌於四

方,以贈惡夢。舍萌者,猶釋彩也。贈者,送之也。《詩》、《書》、《禮》經所載,高宗夢得説;周文王夢帝與九齡;武王伐紂,夢葉朕卜;宣王考牧,牧人有熊羆虺蛇之夢,召彼故老,訊之占夢。《左傳》所書尤多。孔子夢坐奠於兩楹。然則古之聖賢,未嘗不以夢爲大,是以見於《七略》者如此。魏、晉方技,猶時時或有之。

先秦占夢文化之興盛,除前述占夢之官與典籍記載外,更發展出系統性的占夢之法,對夢境內容進行分類。典籍中尤以《左傳》記夢釋夢之文所載最夥,反映了政治、戰爭、疾病、子嗣、乃至個人恩仇,故清汪中《述學・內篇二・左氏春秋釋疑》即指出:

左氏所書,不專人事。其別有五:曰天道、曰鬼神、曰災祥、曰卜筮、曰夢。其失也巫,斯之謂歟?

當代學者如傅正谷在其〈論《左傳》記夢〉中,則依《左傳》記夢內容的性質,將之分爲政治、軍事、鬼神、祭祀、疾病、死生等六類。這些研究皆凸顯了古人對於「夢」的關注與亟於掌握的企圖。

「夢」出現在人生活中如此頻繁,卻又如此不可捉摸,既熟悉又遙遠,爲政者不僅依「夢」以占吉凶,亦因爲它的神祕性,「夢」遂成爲政者神道設教的極佳工具。如《晉書・藝術列傳》序即指出:「丘明首唱,敘妖夢以垂文」,唐成玄英《南華真經注疏》亦云:「文王既見賢人,欲委之國政,復恐皇親宰輔而忌之……故托諸夢想」。而即使不以爲政治工具,思想家、文學家亦將「夢」作爲抒情志敘志的載體。如孔子感慨綱常倫理等正道的衰落,乃有「甚矣吾衰也!久矣吾不復夢見周公。」(《論語・述而》)之嘆;而《莊子・齊物論》記莊周夢蝶一段,更是膾炙人口:

　　昔者莊周夢爲胡蝶，栩栩然胡蝶也。自喻適志與！不知周也。俄然覺，則蘧蘧然周也。不知周之夢爲胡蝶與？胡蝶之夢爲周與？周與胡蝶則必有分矣。……此之謂物化。

　　莊周夢蝶誠然爲依託之語，但這一則充滿了浪漫色彩的寓言，確實生動地傳達出莊子對於形體超越、精神自由的嚮往，充分體現其打破物我之隔、與大自然混然一體的哲學精神。「夢」的書寫，實爲文人托寓無限廣闊思維與感情的載體。

　　文學範疇中更屢見記「夢」的相關作品。其固然有客觀述夢之作，如唐杜頠有〈夢賦〉，客觀書寫「夢」的種種向度，包括其形成、吉凶、功能、夢裡情境、做夢感受等；但更多是因夢抒情──或藉夢以寄寓情志，或記夢而懷人寫情。前者如李白〈夢遊天姥吟留別〉，藉寫夢遊仙府名山，寓寄了對自由的嚮往與對權貴的鄙斥；後者則或是對家庭的期許，或是對友人的思念。如《詩經》〈小雅・斯干〉描寫宮室新成，一夜好眠美夢，即記錄了卜筮之官對夢境內容占卜的結果，對未來子嗣教育的想像與規畫：

　　　乃寢乃興，乃占我夢。吉夢維何？維熊維羆，維虺維蛇。
　　　大人占之：維熊維羆，男子之祥；維虺維蛇，女子之祥。
　　　乃生男子，載寢之床，載衣之裳，載弄之璋，其泣喤喤。朱芾斯皇，室家君王。
　　　乃生女子，載寢之地，載衣之裼，載弄之瓦。無非無儀，唯酒食是議，無父母詒罹。

　　而杜甫〈夢李白〉二首，藉寫李白入夢，深切地傳達了對故人流放夜郎的關切與憂心。抒情記人的寫夢之作，男女之情可能是最常見的題材，如宋玉〈神女賦〉歌頌楚襄王與巫山神女相遇的一段春夢，不但艷麗迷

離，更成爲曹植名篇〈洛神賦〉的靈感；唐張泌〈寄人〉寫對情人的思念，雖然只是七絕短詩，依戀幽怨的情緒卻依然十分濃厚：

> 別夢依依到謝家，小廊回合曲闌斜。多情只有春庭月，猶爲離人照落花。

古人對於情人的思念只能藉夢迂迴而曲折委婉地表達，但對結髮之妻的情意就可以理直氣壯了。尤其傳統士人在壯年時疲於仕途，往往沒有機會或者不慣於對妻子當面表達愛意，只有在生死相隔之後，透過憶亡文字才得以一窺其心底對亡妻的深情纏綿。如宋歐陽修〈述夢賦〉，通篇文辭悽惻，雖只是單純悼亡，但痛切眞摯，至情至性地表達了對妻子的思念之意；同樣是夢憶亡妻，蘇軾更藉〈江城子・乙卯正月二十日夜記夢〉記夢見亡妻倩影的一場幽夢，既點染夫妻深情，亦寄寓對自己遭遇的感慨：

> 十年生死兩茫茫，不思量，自難忘。千里孤墳，無處話淒涼。縱使相逢應不識，塵滿面、鬢如霜。
> 夜來幽夢忽還鄉，小軒窗，正梳妝。相顧無言，惟有淚千行。料得年年腸斷處，明月夜、短松崗。

「夢」的內容不論多麼離奇，其根源總是來自現實的心理基礎，因此形成其迷離恍惚、似近還遠的獨特性，故詩賦寫夢，總以抒情爲大宗。然而文學作品寫「夢」，自不僅於詩賦而已。就古典小說而言，自六朝以來已多與夢相關的作品。如《太平廣記》的分類中，卷二七六至二八二即爲「夢」類，雖然只有七卷，實則全書記夢之作篇目極爲繁多，自「神仙」類至「雜傳」類皆可見到記夢的相關作品，並不只於此七卷而已。根據學者李漢濱的研究指出，《太平廣記》夢故事散見全

書，故事類型大致與以下內容相關，即：神靈冥界、人生事業、佛道教義、風雅才情、人生了悟等[①]。《太平廣記》所收乃宋初之前的短篇小說，體例雖不夠嚴謹，但已足具代表性，可見古典小說中的「夢」故事，題材極為多元。

　　然而，不論記夢、占夢，藉夢設教、因夢寄情或只是單純紀錄離奇夢境，敘述者多半能將「夢境」與「現實」區分清楚，即使入夢時恍然不覺，夢醒後也能頓然而悟。即以唐傳奇而言，不論是通篇以夢境為架構、藉夢以表達作者個人主觀價值的名篇，如〈枕中記〉、〈南柯太守傳〉、〈異夢錄〉等，或是只於情節中穿插夢境以為關節者，如〈霍小玉傳〉，在敘事筆法與人物本身認知上，「夢境」與「現實」總有一條清楚的界限。相形之下，如果「夢境」與「現實」互涉，彼之夢即我之現實、或者我之夢境為彼之現實，二者之間難以區別者，在記夢之作中，便顯得十分罕見。而本文要討論的「夢遇」故事，即屬此類。

　　所謂「夢遇」型故事，指兩個當事人於現實中分離，但在偶然契機下，其中一方雖身處現實，卻又入於彼方夢境中；待彼方驚夢而醒，二人於現實之中兩相印證，則夢者誠夢、現實者亦確實始終身處現實，前述現實與夢境既分別存在又彼此互涉。在人物方面，「夢遇」型故事的兩個當事人乃定位為夫妻關係，間以穿插一或數個陌生人介入夢境中的夫妻之間。在情節模式上，通常為丈夫所處的現實空間與妻子的夢境彼此重疊，小說開始段即說明夫妻分離，其因則與丈夫求學或仕宦相關；進入發展段，其中一方起身出發以求夫妻團聚，出發一方往往於途中遇到對方，卻又礙於他者而不得相見或相親，進而引發衝突；小說結束段，丈夫遽然歸來，妻子恰驚夢而醒，雙方對質，發現妻子所夢，卻是丈夫抵家前的現實遭遇。其敘事空間通常由開始、發展到結束，乃循現實→夢境→現實的順序而開展。故事耐人尋味之處，在於往往由出發者

[①] 李漢濱：〈《太平廣記》的夢研究〉，國立高雄師範大學國文研究所博士論文，2002年。

的第三人稱有限視角切入敘事，故事的時間軸亦始終以其爲中心發展事件，故其何時入彼方之夢，不僅當事人渾然不覺，讀者亦不能分辨其時間點；唯有彼方驚夢而醒，與前者對質後，出發者與讀者方才發覺原來自前者與彼方重逢伊始，現實與夢境已開始互涉。如此，逐形成了此方在現實中經歷彼方夢境，而彼方夢境實又爲此方現實的干涉現象，並交織成此類故事特有的迷離恍惚的敘事氛圍。

「夢遇」型故事獨特的現實與夢境互涉的情境，爲歷代夢小說所罕見，但卻不絕如縷地在不同時代與小說體裁中形成一組承衍痕跡極爲鮮明的故事類型，值得加以觀察。其故事原型始見於託名白行簡〈三夢記〉[2]中第一段的劉幽求夫妻故事，晚唐薛漁思《河東記》的〈獨孤遐叔〉及李玫《纂異記》的〈張生〉（分別收入《太平廣記》卷二八一、二八二）繼承前者情節人物架構而形成模式化的傾向，至晚明馮夢龍《醒世恆言》卷二十五的〈獨孤生歸途鬧夢〉、清蒲松齡《聊齋誌異》〈鳳陽士人〉則分別繼承晚唐敘事模式而又有所變化。本文除分析「夢遇」型故事各期的敘事表現外，尤著重其在晚明以後此型故事的承衍變化及其意義。

二、「夢遇」型故事在歷代的敘事承衍變化

「夢遇」型故事之原型見於託名白行簡〈三夢記〉的「劉幽求故事」，其基本上已奠定此故事型的人物結構乃現實中的一對夫妻、與夢

---

[2] 按〈三夢記〉自《說郛》卷四題爲唐白行簡作，一般皆以此篇乃白氏之作，如清人編《全唐文》，〈三夢記〉即收入卷六九二白行簡作品中，其後一篇即爲記張氏女夢，題爲〈紀夢〉，篇末並題有「時會昌二年六月十五日也」云云。但方詩銘〈唐白行簡〈三夢記〉考辨〉（《文史雜誌》六卷一期，1948年）指出元稹紀夢詩「夢君兄弟曲江頭」句，《元氏長慶集》卷十七作「夢君同繞曲江頭」，並未說到白行簡；〈三夢記〉篇後又有張氏女夢遊一條，乃會昌二年事，去白行簡過世已十多年，而主張本篇作者應係僞託。

境中介入夫妻關係的第三者（群體或個人）所形成的三角關係；情節模式則開展爲「開始段」的夫妻分離、「發展段」的丈夫思歸／中途羈留／偷窺聚會／妻遭脅迫／干預驚散、「結束段」的匆促歸家／夫妻對質。敘述視角則以男主角丈夫的第三人稱有限視角爲主。晚唐〈獨孤遐叔〉、〈張生〉繼承前述敘事架構，惟當事人分別換成獨孤遐叔與其妻白氏，及張生夫妻之故事，並在「偷窺聚會」及「妻遭脅迫」情節部分加入大量次要人物，強化了細節描寫。晚明以下，「夢遇」型故事在繼承晚唐故事架構之餘，在情節事件或敘述視角上及配角人物方面產生變化：馮夢龍以唐〈獨孤遐叔〉爲本，並兼考〈張生〉「發展段」的部分細節，將此故事大幅擴寫，並引入妻子白娟娟的女性視角而寫成《醒世恆言》卷二十五的〈獨孤生歸途鬧夢〉，不論在性別意識方面，或敘事氛圍之轉向現實色彩濃厚、志怪則成爲點綴而已，與前朝作品已有極大差異。清蒲松齡《聊齋誌異》〈鳳陽士人〉雖回歸志怪色彩，但顛覆前朝小說敘事性別視角改爲以女性爲主，增減介入夫妻關係的關鍵配角，甚至由一人做夢改爲三人同夢，亦開展出與前朝小說大異其趣的敘事面貌。由後設角度歸納此一系列「夢遇」故事的承衍軌跡，不妨將〈三夢記〉中「劉幽求故事」視爲「夢遇」型故事的的雛形期；晚唐兩篇，情節模式與人物關係大致底定，又具有承先啓後的意義，可視爲「夢遇」型故事的完成期；而以上三篇，皆屬於傳統之「夢遇」型故事。晚明及清代兩篇分別在情節模式繼承之餘，在情節、人物、敘述視角及性別意識上翻轉前朝作品，則不妨視爲「夢遇」型故事的轉變期。各篇承衍關係概如下圖所示：

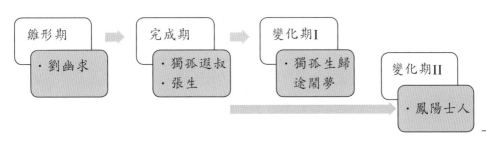

以下，將分別比較分析「夢遇」型故事各期文本表現及其所透顯出的敘事意涵。

(一) 雛形期：「劉幽求故事」

「劉幽求故事」並非單獨存在的文本，而是〈三夢記〉所記三段夢故事的其中之一。作者寫作此篇的動機，乃純粹紀錄其所聽聞過的三個奇特且罕見的夢境形式，其文之始即曰：

> 人之夢，異於常者有之：或彼夢有所往而此遇之者；或此有所為而彼夢之者；或兩相通夢者。

篇末又曰：

> 行簡曰：《春秋》及子史，言夢者多，然未有載此三夢者也。世人之夢亦眾矣，亦未有此三夢。豈偶然也，抑亦必前定也？予不能知。今備記其事，以存錄焉。

由〈三夢記〉本文首尾對照，可見本篇文章動機，主要在於紀異，而其題材來源包括聽聞及親歷。如以明胡應麟「凡變異之談，盛於六朝，然多是傳錄舛訛，未必盡幻設語。至唐人乃作意好奇，假小說以寄筆端。」（《少室山房筆叢·二酉綴遺（中）》）一段話中對於唐人小說的觀察重點加以衡量，〈三夢記〉在寫作動機方面誠然有「作意好奇」的成分，但其情節構設卻未必具備「幻設語」的意識，基本上仍應以一般敘述散文視之。然正如唐代如韓愈〈毛穎傳〉等作品，其形式雖為散文，但其託喻筆法卻近於小說，情節、人物一皆具備，已非傳統情節簡單的寓言散文，而是具有濃厚的小說敘事樣貌。因此雖然由筆法及語調觀之，〈三夢記〉寫作的出發點近於散文敘事而非小說捏造，但所記劉

幽求的遭遇，文本實具有完整情節架構，故「劉幽求故事」仍不妨以初具雛形之小說敘事作品視之。按〈三夢記〉所記三則故事，分別寫夫妻、朋友、其他等三種不同關係者彼此所經歷的奇特做夢經驗。第一則「劉幽求故事」，寫劉幽求出使任務結束而趁夜歸家，途經其家附近的佛寺時，偶然聽聞寺中有談笑之聲，由短牆外窺之，見其中有男女雜坐歡飲，而其妻赫然談笑其間。驚疑之際，劉幽求執瓦擊中聚會瓶罍而驚散眾人，霎時人去樓空。劉幽求匆促歸家，夫妻相見，妻子提起適才一夢，夢境竟然就是劉幽求所目睹之寺中歡會與忽遭驚散的實況。第二則記白居易與行簡及友人遊慈恩寺，因思念赴任他去之元稹，因而有題壁詩一首以懷元稹。十多日後，元稹寄來一詩敘其所夢，詩中所記人、地、時，正與白居易遊寺題詩一事相符。第三則記竇質與韋旬宿於逆旅時，夢至一祠，遇一女巫強為祝禱，竇無奈從之並問得其姓氏。次日至此祠，果有女巫迎客，其容服與夢中者無異，竇因有賞。而此巫亦稱昨夜正夢遇竇、韋二人及受賞之事。及問其姓氏，正與竇所夢者同。

　　上述三夢，元稹詩中所記夢白居易事，為後者所真實發生者，乃所謂「此有所為而彼夢之者」；竇質夢見女巫及女巫夢見受賞於竇質事，二人夢境分別在現實情境中獲得驗證，即所謂「兩相通夢者」。此二則故事的敘述中，不但敘事者清楚敘述何者為夢、又如何於現實中印證；且文本主人翁對於當下為「夢境」或「現實」，認知極為清楚。唯有「劉幽求故事」，透過夫妻重逢後的互相印證，當事人及讀者才恍然大悟，劉幽求一路所見所為，固然為其現實所發生者；實則自劉幽求「聞寺中歌笑歡洽」，其所處之現實空間已與其妻的夢境空間產生聯繫。而自「寺垣短缺，盡得覷其中。劉俯身窺之……」至「見其妻在坐中語笑……熟視容止言笑，無異」一段，夢境空間已然與現實空間重疊相容。然而佛寺固為真有，但佛寺短牆，卻將這個重疊的空間切割出兩個區塊，牆外乃至佛寺整體大環境固是現實，牆內則是仿如「異質空間」的夢境，自成一個重力場。劉幽求「俯身窺之」之舉，雖已不知不覺涉

入妻子夢境，但短牆所形成的空間切割，使劉幽求看的見卻到不了，只能當妻子夢境的旁觀者。直到劉幽求又疑又懼，情急之下「擲瓦擊之，中其罍洗，破迸走散，因忽不見」，「異質空間」的夢境重力場才被這一瓦打破，使現實空間的重力侵入——聚會眾人的驚散、佛寺空間的歸於空寂，正意味著「異質空間」的消失，現實空間回歸一致。

由〈三夢記〉首尾的破題及收束文字來看，「劉幽求故事」的「彼夢有所往而此遇之者」、與元白故事的「此有所爲而彼夢之者」及竇質與女巫故事的「兩相通夢者」，對作者而言，三者的奇特性不分軒輊。但「劉幽求故事」相較於另外二則故事，其獨特處在於敘事者不僅使「夢境」與「現實」的界線互融消失，且當事人的劉幽求在當下並未意識他曾如此靠近妻子夢境，甚至介入了夢境；而妻子固然知道自己有所夢，但她不僅不知道現實與她夢境如此逼近，連丈夫曾經介入夢境，甚至破壞了她的夢境，都一無所知。不論對於敘事空間的處理或文本人物認知的描述，「劉幽求故事」所呈現「夢境」與「現實」空間的互涉性、與因之在故事氛圍上所形成的曖昧性與朦朧感，確與另外二則故事有極大的差異。〈三夢記〉其他兩則故事至少都能區別夢境與現實，只有「劉幽求故事」記夢境與現實交涉，既分明又重疊，最是離奇恍惚。此外，另二段的敘事情節結構並不十分完整，較類似事件片段的紀錄，只有「劉幽求故事」由事件的開頭、發展、乃至結束，結構脈絡十分清晰。凡此，不但使「劉幽求故事」在「作意好奇」之外，其神祕迷離的氛圍，使本段故事具備了「幻設語」的表現特質，更使「劉幽求故事」在〈三夢記〉三則記夢故事中，獨獨爲後來作者所矚目而進入小說幻設領域，成爲一篇具有虛構性的小說作品。

然而，也正因爲〈三夢記〉的撰文動機並非出自強烈的虛構意識，只是單純記錄道聽塗說或者親身經歷，因此只呈現出事件遭遇之奇，在人物的刻劃上並不深入。如男主角劉幽求只是一次單純的出使任務結束歸家之舉，其返鄉情緒如何？而意外驚散了這場詭異的聚會，其歸家心

情又是如何？文本皆未見太多的著墨。雖然，前者或許是因為出使乃為公務，本有其期限，分別既為執掌所需、歸期亦可掌握，故敘事者並不刻意描畫劉幽求的情緒或心理狀態；但面對歸途中的這場意外事件，劉幽求既是破壞聚會的關鍵人物，其中更牽涉其妻子，則驚散之後，直接寫其歸家而未及當下心情，在描寫上就未免過於潦草。而妻子陳述與陌生人雜坐歡飲於荒寺，後又遭不名外力侵入導致驚夢而醒，敘述語調輕鬆，不論由心理或其身分教養來看，其表現難免令人匪夷所思。至於劉妻所參與的聚會，文本只概略地提及「見十數人，兒女雜坐，羅列盤饌，環繞之而共食」，然眾人面目身分究竟如何，亦全未著墨，淪為此段敘事的背景而已。凡此，「劉幽求故事」在人物刻劃及事件細節的簡略，都使本段文字但見故事骨架，而人物面目則較為平板。不過，本段敘述劉幽求目睹其妻與他人雜坐時，由好奇、驚訝、懷疑、焦慮、乃至情急出手，確實描寫出一個丈夫目睹其妻疑似不守閨教、與陌生人在荒郊野寺雜坐歡飲食的複雜情緒變化，亦為整段敘述中最為細緻者，而這一段描述，不但是「夢遇」型故事的重要敘事核心，也定調了文本以男性視角為中心的敘事基調。

「劉幽求故事」雖然在敘事動機上並非出於虛構，因此不注重人物性格的特寫，使人物性格的刻劃略顯平面，但就故事的情節構設而言，已然骨架具足，且事件之間的邏輯亦堪稱緊密，故為後來承衍故事的作者們提供了許多發揮、改寫的空間與依據。如故事之始即寫夫妻分離，已清楚勾勒出全篇敘事情境，乃牽涉夫妻關係的相關命題，伏筆了後來作者在敘述視角性別意識方面的設立方向。劉幽求必然得趁夜趕路，即已建立「夢境」與「現實」貼近乃至互涉的條件：一方面，「深夜」的時間設定，除提供了「夢」發生的背景；也因其沉靜黑暗的特質，使郊野荒寺的人聲與燈火，格外清晰，建立了吸引一個匆匆趕路歸人注意力的合理性，並為整篇敘事抹上神祕迷離、夢耶非耶的氛圍。此外，黑夜趕路的邏輯性，在於必然離家已近，才會選擇不投宿旅社以待天明而摸

黑上路；而離家既近，亦提供了足以感應妻子夢境的說服力，使「夢遇」的發生成爲可能。而由此抉擇來看，劉幽求必然性格較爲急躁，此則爲後來種種「夢遇」事件中男主角的情緒波動提供了心理背景。「深夜」、「荒寺」的時空設定，使男主角劉幽求在赫然目睹其妻不僅竟在聚會之中，更是談笑風生，也爲男主角因此在心理上產生極大撞擊，進而產生種種情緒波動、甚至最後出手擲瓦、驚散衆人之舉提供了說服力。「深夜」、「荒寺」、「夢境」三者糾葛交纏，不僅編織出劉幽求的離奇遭遇，亦成爲「夢遇」型故事三個重要的敘事元素，爲後世「夢遇」型系列故事在承衍時必須掌握的要點。

「劉幽求故事」時空設定與情節的邏輯性緊密，加上獨特的迷離恍惚氛圍，使其敘事篇幅雖短，然已足以於三段記夢故事中脫穎而出，吸引後來作者的繼承與改寫，因而形成此一系列「夢遇」型故事。儘管本篇在敘事視角上呈現明顯的男性視角，除敘事之始由全知觀點寫劉幽求的出使與踏上歸途及故事終了夫妻的相看不喻，其間整段故事由聽聞佛寺喧囂之聲到歸家與妻子相見，皆是在劉幽求的視角下開展。尤其佛寺部分，劉幽求始終是由一窺探的角度觀覽聚會的進行，此意味讀者亦是透過這位丈夫的偷窺目睹其妻的私我行爲。在這樣的敘事視角下，劉妻遂成爲丈夫與讀者雙重窺視下的客體，其中實反映了傳統男性——尤其是士人階層——由於必須出外求學或謀職，對於妻子私我日常活動難以掌握的焦慮感，甚至控制慾。然而，當妻子對劉幽求敘述這段與十數名陌生男女雜坐笑飲的夢境時，竟還能與其夫從容寒暄並「笑曰」，展現的卻是津津樂道的自然態度。對照之下，二者對於這段遭遇的心態，似乎恰恰相反。可惜因人物刻劃上較爲樸素，使故事中所涵攝的夫妻關係與性別意識的角力並未特別凸顯，但也正因爲這些敘事上的空白，提供了後來作者可用力之處。

(二)完成期：〈獨孤遐叔〉、〈張生〉

　　「劉幽求故事」託名白行簡，或許出於僞作，但如《酉陽雜俎》前集卷八「夢」已指出「李鉉著《李子正辨》，言至精之夢，則夢中身人可見，如劉幽求見妻，夢中身也」。故此故事確已於中唐後期、最遲於晚唐初已爲人所津津樂道，且當在《河東記》和《纂異記》成書之前。按《酉陽雜俎》作者爲段成式，乃德宗貞元至懿宗咸通年間人，時跨中唐後期至晚唐初，去〈獨孤遐叔〉與〈張生〉作者薛漁思、李玫的年代不遠，甚至有所重疊，故〈獨孤遐叔〉與〈張生〉出於對此故事的仿作擴寫，其現象也就不足爲奇了。透過下表可以看出，二篇在情節與人物建構手法方面確與「劉幽求故事」有著高度的相似性，故此二篇乃繼承自「劉幽求故事」，殆無疑問：

文本對照				
結構	情節	劉幽求	獨孤遐叔	張生
開始段	夫妻分離	天后時，劉幽求爲朝邑丞。	貞元中，進士獨孤遐叔，家于長安崇賢里，新娶白氏女。家貧下第，將游劍南，與其妻訣曰：「遲可周歲歸矣。」	有張生者，家在汴州中牟縣東北赤城坂。
發展段	丈夫思歸	嘗奉使，夜歸。	遐叔至蜀，羈棲不偶，逾二年乃歸。至鄠縣西，去城尚百里，歸心迫速，取是夕及家，趨斜徑疾行。	以饑寒，一旦別妻子遊河朔，五年方還。
	中途羈留	未及家十餘里，適有佛堂院，路出其側。	人畜既殆，至金光門五六里，天已暝，絕無逆旅，唯路隔有佛堂，遐叔止焉。時近清明，月色如畫，系驢於庭外。入空堂中，有桃杏	自河朔還汴州，晚出鄭州門，到板橋，已昏黑矣。乃下道，取陂中逕路而歸。

結構	情節	劉幽求	獨孤遐叔	張生
文本對照				

結構	情節	劉幽求	獨孤遐叔	張生
			十餘株。夜深，施衾幬於西窗下。偃臥，方思明晨到家，因吟舊詩曰：「近家心轉切，不敢問來人。」	
	偷窺聚會	聞寺中歌笑歡洽。寺垣短缺，盡得覘（睇）其中。劉俯身窺之，見十數人，兒女雜坐，羅列盤饌，環繞之而共食。	至夜分不寐，忽聞牆外有十餘人相呼聲，若里胥田叟，將有供待迎接。須臾，有夫役數人，各持畚鍤箕帚，於庭中糞除訖，復去。有頃，又持床席牙盤蠟炬之類，及酒具樂器，闐咽而至。遐叔意謂貴族賞會，深慮為其斥逐，乃潛伏屏氣，于佛堂梁上伺之。鋪陳既畢，復有公子女郎共十數輩，青衣黃頭亦十數人，步月徐來，言笑宴宴。遂於筵中間坐，獻酬縱橫，履舄交錯。	忽於草莽中，見燈火熒煌，賓客五六人，方宴飲次，生乃下驢以詣之。相去十餘步，見其妻亦在坐中，與賓客語笑方洽。生乃蔽形於白楊樹間，以窺之。
	妻與聚會	見其妻在坐中語笑。劉初愕然，不測其故久之。且思其不當至此，復不能捨之。又熟視容止言笑，無異。	中有一女郎，憂傷摧悴，側身下坐，風韻若似遐叔之妻。窺之大驚，即下屋袱，稍於暗處，迫而察焉，乃真是妻也。方見一少年，舉杯矚之曰：「一人向隅，滿坐不樂。小人竊不自量，願聞金玉之聲。」其妻冤抑悲愁，若無所控訴，而強置於坐也。遂舉金爵，收泣而歌曰：「今夕何夕，存耶沒耶？良人去兮天	見有長鬚者持杯，請措大夫人歌，生之妻，文學之家，幼學詩書，甚有篇詠。欲不為唱，四座勤請。乃歌曰：「歎衰草，絡緯聲切切。良人一去不復還，今夕坐愁鬢如雪。」長鬚云：「勞歌一盃。」飲訖，酒至白面年少，復請歌，張妻曰：「一之謂甚，其可再乎？」長鬚持一籌節

文本對照				
結構	情節	劉幽求	獨孤遐叔	張生
			之涯，園樹傷心兮三見花。」滿座傾聽，諸女郎轉面揮涕。一人曰：「良人非遠，何天涯之謂乎？」少年相顧大笑。	云：「請置觥，有拒請歌者，飲一鍾。歌舊詞中笑語，準此罰。」於是張妻又歌曰：「勸君酒，君莫辭。落花徒繞枝，流水無返期。莫恃少年時，少年能幾時？」酒至紫衣者，復持盃請歌。張妻不悅，沉吟良久，乃歌曰：「怨空閨，秋日亦難暮。夫婿斷音書，遙天雁空度。」酒至黑衣胡人，復請歌。張妻連唱三四曲，聲氣不續。沉吟未唱間，長鬚拋觥云：「不合推辭，乃酌一鍾。」張妻涕泣而飲，復唱送胡人酒曰：「切切夕風急，露滋庭草濕。良人去不回，焉知掩閨泣。」酒至綠衣少年，持盃曰：「夜已久，恐不得從容。即當曉索，無辭一曲，便望歌之。」又唱云：「螢火穿白楊，悲風入荒草。疑是夢中遊，愁迷故園道。」酒至張妻，長鬚歌以送之曰：「花前始相見，花下又相送。何必言夢中，人生盡如夢。」酒至紫

文本對照				
結構	情節	劉幽求	獨孤遐叔	張生
				衣胡人，復請歌云：「須有豔意。」張妻低頭未唱間，長鬚又拋一觥。
	干預驚散	將就察之，寺門閉不得入。劉擲瓦擊之，中其罍洗，破迸走散，因忽不見。	遐叔驚憤久之，計無所出，乃就階陛間，捫一大磚，向坐飛擊。磚纔至地，悄然一無所有。	於是張生怒，捫足下得一瓦，擊之，中長鬚頭。再發一瓦，中妻額。闃然無所見。
結束段	匆促歸家	劉逾垣直入，與從者同視，殿廡皆無人，寺扃如故，劉訝益甚，遂馳歸。	遐叔悵然悲惋，謂其妻死矣。速駕而歸，前望其家，步步悽咽。比平明，至其所居，使蒼頭先入，家人並無恙。遐叔乃驚愕，疾走入門，青衣報娘子夢魘方寤。	張君謂其妻已卒，慟哭連夜而歸。
	夫妻對質	比至其家，妻方寢。聞劉至，乃敘寒暄訖，妻笑曰：「向夢中與數十人遊一寺，皆不相識，會食於殿庭。有人自外以瓦礫投之，杯盤狼籍，因而遂覺。」劉亦具陳其見。蓋所謂彼夢有所往而此遇之也。	遐叔至寢，妻臥猶未興，良久乃曰：「向夢與姑妹之黨，相與翫月，出金光門外，向一野寺，忽爲兇暴者數十輩，脅與雜坐飲酒。」又說夢中聚會言語，與遐叔所見並同。又云：「方飲次，忽見大磚飛墜，因遂驚魘殆絕，纔寤而君至，豈幽憤之所感耶？」	及明至門，家人驚喜出迎。君問其妻，婢僕曰：「娘子夜來頭痛。」張君入室，問其妻病之由。曰：「昨夜夢草莽之處，有六七人，遍令飲酒，各請歌。孥凡歌六七曲，有長鬚者頻拋觥。方飲次，外有發瓦來，第二中孥額。因驚覺，乃頭痛。」張君因知昨夜所見，乃妻夢也。

由上表可以看出，晚唐二篇作品與「劉幽求故事」由開始段的「夫妻分離」乃至結束段的「夫妻對質」，其情節結構如出一轍；惟在發展段的「偷窺聚會」與「妻與聚會」對原著進行了大幅擴寫。「劉幽求故事」

人物雖然較爲樸素，但情節結構已然具足；故晚唐〈獨孤遐叔〉、〈張生〉在前者情節與人物的基礎上，進行了較爲精細的刻劃與加工，使此「夢遇」型故事更見完整。不過，〈獨孤遐叔〉與〈張生〉雖同爲晚唐作品，二者時間實略有先後之別，擴寫的重點亦有所不同，無法確定彼此是否有承襲關係，只能說各擅勝場，而其承上啓下，故不妨視「劉幽求故事」爲雛形期，此二篇晚唐作品爲完成期。而此三篇奠定了「夢遇」型故事的敘事模式，則不妨將之統稱爲「夢遇」型故事的傳統敘事型。

　　由人物來看，〈獨孤遐叔〉與〈張生〉繼承「劉幽求故事」的三角關係，男女主角依然爲士人身分，但大幅強化了女主角所參與聚會中之衆人身分面目等細節的描寫。這不但是晚唐二篇作品在發展段的「偷窺聚會」與「妻與聚會」篇幅大幅增加的最主要原因，而這樣的設定對於男主角目睹聚會後的心理變化及行爲表現，亦具有關鍵性的影響，彌補了「劉幽求故事」人物設定上最爲蒼白的部分。透過下表，可以較清楚比較〈獨孤遐叔〉與〈張生〉對於「劉幽求故事」人物的繼承與加工：

人物		劉幽求	獨孤遐叔	張生
男主角	身分	朝邑丞	進士	白衣
	分離／歸家之因	奉使／夜歸	家貧下第，將游劍南……羇棲不偶，逾二年乃歸。	以饑寒，別妻子遊河朔，五年方還。
	歸途心情	無	歸心迫速	無
女主角		劉妻	白氏	張妻（文學之家，幼學詩書，甚有篇詠）
聚會中人		男女十數人，其妻皆不相識	本與姑妹之黨相偕，後爲兇暴者數十輩所脅（其中有一少年最爲突出），並有從役多人。	賓客六七人，似不相識，計有長鬚者、白面年少、紫衣者、黑衣胡人、綠衣少年、紫衣胡人

透過上表可以看出，晚唐二篇作品男主角身分皆屬士人階級；女主角並未作太多著墨，惟張妻特別強調其為文學之家；造成夫妻關係緊張的聚會中人，雖人數不一，但大體為數人之眾，〈張生〉則對眾人面目做了較清楚的側寫。

由於〈獨孤遐叔〉與〈張生〉在情節結構方面大致與「劉幽求故事」雷同，故以下將著重於分析比較二篇在人物與意涵方面，對「劉幽求故事」的承衍加工及其所表現出的意義。

1. 男主角

「劉幽求故事」的創作動機出於紀實，男主角乃實有之人，文本中的身分設定，亦符合《舊唐書》卷九十七本傳所載曾任朝邑尉之職。根據本傳，劉幽求乃「應制舉，拜閬中尉」而步入仕途，在官職及生活上都有其穩定性，而奉使期程必為可掌握者，故這樣的身分只有標籤意義，而對於人物性格的凸顯並沒有產生敘事上的作用，遂使劉幽求在故事之始較為平面，對於後續情節中其情緒反應的說服力就顯得支撐性不夠。〈獨孤遐叔〉與〈張生〉就上述人物的單調增添了個人色彩，雖二位男主角都於史查無其人，應出於虛構無疑，但這樣的虛構性卻使兩位作者更有發揮的空間，不但在不同程度上強化了人物性格的立體感，更建立了小說發展段中二位男主角情緒波動的心理背景，使人物的行為表現更具有邏輯性。

小說敘述獨孤遐叔乃家貧下第，遠遊劍南的士子，不僅遠離繁華的長安，而且與新婚妻子約好一年即回，卻整整羈留了二年才歸來。張生是否曾與科舉，小說並未提及，然觀文本所述「以饑寒，別妻子遊河朔」，且五年方回，甚至被其妻與會的胡人奚落為「措大」，可見張生不但是一白衣之士，而且其境況較獨孤遐叔更為落魄。二者描述雖略有差別，但大致而言，都是淪落不偶之士。而這樣身分的設定意義，對於男主角與妻子分別與歸途的心理狀態的提點功能應無二致。不同於劉幽

求已有官職在身，又只是奉命行事，獨孤遐叔與張生離家時不但貧困落拓，且身爲一家之主，必然充滿對家庭無法承諾與貢獻的羞愧自卑、與對未來的期許，因此揮別妻子雖出於自發性，卻也充滿無奈感，其落寞惆悵的情緒，自非劉幽求之奉使官身可比。獨孤遐叔逾期一年乃歸，張生則淹留更久，尤其後者，由張妻所吟「夫婿斷音書」云云，再對照小說結尾其家人面對遊子歸來時「驚喜出迎」的反應，可知五年之間彼此不但天南地北，更是音訊未通。而二位男主角的歸來，不但都是逾期而歸，且不論遠遊二年或五年，似乎都空手而回，則去家期間資訊阻隔所形成的空白，一方面必然在男方心理上造成極度的不安全感，不僅懸念妻子如何生活，甚至可能懷疑其是否仍能堅守婚姻；另一方面，近鄉情怯的急迫與怯懦的矛盾——正如獨孤遐叔所吟「近家心轉切，不敢問來人」，其心理上必然充滿一事無成的心虛與青眼不遇的激憤等複雜的情緒糾葛。獨孤遐叔與張生二位男主角對故事原型劉幽求身分狀況的改寫，不僅使人物的塑造較爲具體，全篇人物的性格、心理與行爲趨於一致，使小說發展段男主角的種種行爲更見順理成章。

〈獨孤遐叔〉與〈張生〉雖然皆將男主角身分由在職者改爲白衣不遇之士，但仔細比較二者的改寫方向，「獨孤遐叔」似又較「張生」更勝一籌。〈張生〉的男主角不但只有簡單勾勒其姓「張」，乃家於「汴州中牟縣東北赤城坂」而「遊河朔」的饑寒之士，此外，別無其他描述，人物設定較爲單調。〈獨孤遐叔〉開篇則對男主角有較多的側寫，如雖稱其進士出身，但此時仍是家於長安、新婚、「家貧下第，將游劍南」的不遇之士，當下景況與身分條件形成鮮明的落差。張生與獨孤遐叔皆出於虛構，對於其離家遠遊之地亦南北有別，但前者缺乏足夠的側寫，顯得作者對於男主角的設定只是虛應故事，後者則提供了較多的資訊，使人物形象清晰地浮現於讀者目前。事實上，由整體敘事觀之，〈張生〉的描述重點乃在其妻子，小說不過藉張生的視角以帶出人物，故張生的形象建構較爲簡單。〈獨孤遐叔〉的敘述視角雖與前者無

異，但敘事的重心乃置於男主角，妻子白氏與其說具有女主角的地位，毋寧說其功能乃用以烘托獨孤遐叔。此外，小說將男主角設定為貞元時期人士，遠遊之地乃劍南，則與中晚唐名臣韋皋擔任劍南節度使而功勳彪炳的歷史背景相符，不但令讀者很容易為這位虛構人物產生仿真的錯覺，也使獨孤遐叔游劍南以謀職的心理動機顯得合理。而言其妻乃「白氏」，更不免令人與「劉幽求故事」託名作者的白行簡產生聯想，在閱讀心理上對人物產生認同感。這些人物的設定，其目的顯然都是使獨孤遐叔的真實性更加具體，可見〈獨孤遐叔〉的作者較〈張生〉的作者在男主角的設定上更為費心。

此外，在人物心理刻劃方面，獨孤遐叔也較張生更為立體。張生羈留佛寺，只單純因為在昏黑的天色中趕路而「忽於草莽中，見燈火熒煌，賓客五六人，方宴飲次」，甚至其本來打算要過去參拜的；只因突然瞥見張妻在眾人之中，才臨時決定「蔽形於白楊樹間，以窺之」。因此，張生走入妻子夢境，純屬意外，並無心理上的伏筆。獨孤遐叔則大為不同，小說細緻刻劃其趕路的心情是「歸心迫速」，又因「人畜既殆」且「絕無逆旅」，不得已才暫止佛寺休息；休息之際，其吟詩「近家心轉切，不敢問來人」可見其心情之寥落；而及見佛寺中的擺宴，又生自卑心「深慮為其斥逐」，才「潛伏屏氣，于佛堂梁上伺之」。作者不但勾勒出一個落寞不遇書生的低落情緒，其手法更是層層堆疊，使後來情節中所產生驚疑不定、惱羞交加的情緒起伏，在人物心理狀態與行為表現上有其一貫性。

延續人物設定基調的不同，張生與獨孤遐叔初睹妻子與陌生諸人雜坐時，二人反應亦不一致。前者本擬趨前向諸人致意，但相去十餘步乍見其妻亦與坐中「與賓客語笑方洽」，才臨時轉而「蔽形於白楊樹間，以窺之」；及窺伺一段時間後，見其妻屢為諸人脅迫吟歌，乃怒而連擊二瓦，甚至「謂其妻已卒，慟哭連夜而歸」。如以發現其妻在座為張生情緒變化的分水嶺，前段只有好奇與心存保留，情緒較為平淡；後

段則驟然發怒甚至慟哭，二者之間似乎落差太大，情緒上缺乏足夠的醞
釀。而一旦歸家，前述激動的情緒亦不了了之，並未做相應的收束。獨
孤遐叔則不然，其乍見其妻時本尚攀伏於佛寺梁上，一旦發現座中女郎
疑似其妻時，「窺之大驚，即下屋袱，稍於暗處，迫而察焉，乃眞是妻
也」，由俯角而平視，由遠察而近窺，動線的移動與視角的改變，清楚
地點出獨孤遐叔當下的震驚。及見其妻爲賓客所調侃輕薄，順著前述情
緒的累積，小說寫獨孤遐叔既「驚憤久之」，又「計無所出」，情急之
下，才把磚擊向眾人，遂使眼前所有人等「悄然一無所有」。之前的喧
嘩鼎沸一時化爲空寂虛無，詭異的景象使獨孤遐叔之前的焦急浮躁刹那
間沉澱下來，轉而生出「悵然悲惋」的悽愴感，而呼應這樣的情緒與
「謂其妻死矣」的錯認，在行爲表現上更是「速駕而歸，前望其家，步
步悽咽」。抵家後，見家人皆無恙「遐叔乃驚愕，疾走入門」，其情緒
既能呼應現實與前述認知所形成的反差，更巧妙的回叩整段奇遇之始
「窺之大驚」——同樣是驚愕，但一是因昧於身陷夢境所產生的困惑，
一則是返歸現實而猶困於夢境認知，形成同工異曲的效果。獨孤遐叔由
「忽聞牆外有十餘人相呼聲」開始入夢，到「磚纔至地，悄然一無所
有」的出夢，作者對於獨孤遐叔的情緒跌宕起伏掌握得十分細緻，且富
節奏感，堪稱首尾呼應、一氣呵成。而初入夢境時躲避中人的慚愧，既
能與現實中止於佛寺時的低落呼應；出夢後的的悽愴悲惋，又能回扣小
說伊始的趕路心切，流暢的心理情緒變化軌跡，使本篇小說在以男主角
爲敘事重心下，其整體敘事結構所表現出的雙重結構特質，益見整飭。
如下圖所示：

```
┌─────────────────────────────────────────────────────────┐
│  丈夫思歸→    ┌──────────────────┐    →匆促返家          │
│  （現實）     │ 偷窺聚會→干預驚散 │    （現實）          │
│               │   （入夢→出夢）   │                       │
│               └──────────────────┘                       │
└─────────────────────────────────────────────────────────┘
```

　　凡此，透過人物本身設定與其他人物烘托，都使獨孤遐叔顯得真實而具體。則由整體敘事表現而言，相較於〈張生〉，本篇對於男主角的刻劃顯然是較為用心的，而此亦可以解釋何以馮夢龍在承寫「夢遇」型故事時，會考慮以〈獨孤遐叔〉為藍本了。

2. 女主角及其他

　　女主角方面，二篇都繼承了「劉幽求故事」的敘述視角，妻子的出場都是在丈夫窺視之下現身。在原型故事中，劉幽求妻子與數位不相識之徒深夜飲宴於荒野佛寺，以士人之妻的身分而有如此行為，已屬不尋常；而其無論在劉幽求的凝窺下，或是事後夢醒面對歸來丈夫的自訴，都表現出言笑晏晏、樂在其中之貌，更令人匪夷所思。如果說劉幽求窺視下的妻子形象反映出這位丈夫對妻子的觀感與焦慮，則夢醒自述還津津樂道，豈非應證了丈夫的憂慮？如此的女性設定似乎較不合常理，也是「劉幽求故事」處理得較模糊之處。或許正基於此，〈獨孤遐叔〉與〈張生〉不約而同將兩位妻子在眾徒之中的表現，皆改為憔悴憂傷，確立了「夢遇」型故事女主角的形象基調。然如前所言，〈張生〉的人物重點在於女主角，相對於張生形象構設的簡單，張妻形象則較為立體；而〈獨孤遐叔〉的人物重點既在男主角，白氏的描述則較為簡要，其面目則不如張妻細緻。二篇在重塑女主角形象之餘，構設重心仍有所不同。

　　張生的妻子雖是在丈夫的視角下出現，但小說特別提示其乃「文學之家，幼學詩書，甚有篇詠」，以預示其在眾多胡人逼迫下連續歌詠的表現。作者透過邀宴的過程，對於張妻的情緒反應有極為細膩的書寫。相對於此，〈獨孤遐叔〉的白氏並未進一步說明其家世背景，在宴席間的詩歌吟唱也就簡單許多。事實上，〈張生〉將「妻與聚會」的情節進行了大幅擴寫，形成與〈獨孤遐叔〉在敘事表現極明顯的差別。

　　張妻先是在戲謔調侃的氛圍下被邀唱歌：「見有長鬚者持杯，請措

大夫人歌」，此舉雖口稱夫人，其實將張妻視爲侑酒歌妓，不但態度輕
薄，亦預告了現場對此位女士並不尊重的氛圍。張妻雖「欲不爲唱」，
卻在「四座勤請」之下勉強發而爲歌，則其後發展便是主要以長鬚胡人
爲主導，針對張妻制定各項酒歌規令，軟硬兼施地強迫張妻唱歌，而先
後有白面少年、紫衣者、綠衣少年等人出面邀歌。透過下表可以看出，
〈張生〉作者用了很大的力氣鋪敘這一段野宴，座中男客面目造型各
異，邀歌口氣不一，如長鬚者霸道、白面者簡潔、紫衣者輕薄、綠衣少
年則軟中帶硬。而身處衆人之中，張妻先後唱了五段曲子，由各種角度
點出夫婿遠遊的閨怨之情，最後一曲「疑是夢中遊，愁迷故園道」，更
巧妙地暗示了此刻爲夢遇的情境。在不同的邀歌階段，張妻也由一開始
尙能表現出拒絕的態度，甚至抱怨：「一之謂甚，其可再乎？」或露出
不悅之情；及一再被迫，已連唱三曲而「聲氣不續」，以致沉吟未唱而
被罰酒，則張妻此刻已由一開始的油然反感而倍覺羞辱委屈，終於潸淚
而下。弱女子面對強橫環伺，再也無力反抗，故之後綠衣少年邀酒，小
說已不強調張妻的情緒反應，只有順應而歌了。其連唱五曲，皆是哀怨
凄切之音，明明充滿了思念夫婿、感慨青春的閨怨，則歌者的處境與情
緒既已不言而明，最後的紫衣胡人竟然提出了無理要求「須有豔意」，
則不僅是戲謔輕薄，更是無禮至極。小說刻意藉此將低落至極的敘事情
緒猛然拉高，使一路低迴而下的節奏拔高而產生變化，並順勢帶出「於
是張生怒」的擊散聚會，收束夢境。各階段推展可見下表對照：

請唱者	張妻態度	逼迫情況	對應發展
長鬚者持杯，請措大夫人歌	欲不爲唱	四座勤請。	乃歌曰……長鬚云：「勞歌一盃。」
飲訖，酒至白面年少，復請歌	張妻曰：「一之謂甚，其可再乎？」	長鬚持一籌筯云：「請置觥，有拒請歌者，飲一鍾。歌舊詞中笑語，準此罰。」	於是張妻又歌曰……

請唱者	張妻態度	逼迫情況	對應發展
酒至紫衣者，復持盃請歌。	張妻不悅，沉吟良久，		乃歌曰……
	張妻連唱三四曲，聲氣不續。	沉吟未唱間，長鬚拋觥云：「不合推辭，乃酌一鍾。」	張妻涕泣而飲，復唱送胡人酒曰……
酒至綠衣少年，持盃曰：「夜已久，恐不得從容。即當曉索，無辭一曲，便望歌之。」			又唱云……
酒至張妻，長鬚歌以送之曰……			
酒至紫衣胡人，復請歌云：「須有豔意。」	張妻低頭未唱間，	長鬚又拋一觥。	於是張生怒，捫足下得一瓦，擊之，中長鬚頭。再發一瓦，中妻額。闃然無所見。

張妻周旋於數位男性之間，由嘗試反抗到無奈順從，被迫即席歌吟五段怨曲，故是張妻自己的夢境內容；然更值得思考的是，全篇敘事既是由男性視角出發，其深層意義實更反映張生對於獨守空閨的妻子形象的想像與矛盾心理。其既擔心離家五年，妻子是否會不安於室；又寧願相信，妻子對其是忠貞且充滿思念的，因此對於胡人的邀歌與指定內容，張妻乃有如此表現。而方自河朔歸來，北地豪強的印象猶深植於腦海，自然投射爲在座胡人賓客的蠻橫無禮。而如果這樣的憂慮恰與張妻自我夢境不謀而合，是否亦意味著張妻其實已將男性對妻子所求標準內化爲對自我形象的價值觀？其中的辯證性，正是此類型故事值得讀者深思之處。

相對於〈張生〉作者花了極大篇幅、五段歌吟、四位逼歌者來寫

張妻遭遇，〈獨孤遐叔〉的作者對於白氏在野宴中的表現描寫則簡要許多：

> 方見一少年，舉杯矚之曰：「一人向隅，滿坐不樂。小人竊不自量，願聞金玉之聲。」其妻冤抑悲愁，若無所控訴，而強置於坐也。遂舉金爵，收泣而歌曰：「今夕何夕，存耶沒耶？良人去兮天之涯，園樹傷心兮三見花。」滿座傾聽，諸女郎轉面揮涕。一人曰：「良人非遠，何天涯之謂乎？」少年相顧大笑。

事實上，獨孤遐叔所見的這個夜遊群乃「公子女郎共十數輩，青衣黃頭亦十數人」人數不可謂少，但敘述所及，僅於座中一形象不明確的少年為邀歌者，及白氏唱畢後發聲調侃的另一人而已；至於白氏，其面對少年邀歌，並無拒絕之意，只是「冤抑悲愁，若無所控訴，而強置於坐也。」接著便「遂舉金爵，收泣而歌曰」，在敘事表現上，座中的氣氛並不如〈張生〉中眾人的逼迫歡謔與張妻的哀婉委屈那般形成巨大的對比張力，白氏的形象，不外「憂傷摧悴」或「冤抑悲愁」，亦較流於單調扁平。則〈張生〉與〈獨孤遐叔〉兩篇相較之下，便可見兩位作者對於男女主角的書寫企圖及敘事重心各不相同，而白氏的構設角度，很明顯地正是為了烘托獨孤遐叔的複雜心理而出現。

　　〈張生〉與〈獨孤遐叔〉在女主角的書寫力度上雖有不同，但以藝術的精緻度及敘事的邏輯性而言，〈獨孤遐叔〉似仍稍勝一籌。就〈張生〉而言，張妻在聚會中的情緒變化固然見其層次性與完整性，敘事表現亦較白氏為立體，但一如此篇在張生情緒轉折上的突兀，張妻在整體敘事的連貫性上，亦有類似的問題。其始出現於丈夫視野中時，乃「與賓客語笑方洽」，如此輕鬆愉快的表現，與其後座中的不悅與哀戚情緒，似乎轉折過大，使前後產生突兀之感；而小說結尾，丈夫於現實情境中歸來，家人所報只是客觀陳述：「娘子夜來頭痛」，張妻對丈夫

描述夢境，亦未見情緒，則敘事發展段中大幅鋪陳濃厚哀戚的閨怨，陡然回歸理性客觀，完全未見連貫。〈獨孤遐叔〉中，獨孤遐叔乍見白氏於人群之中時，已展露了與眾人歡樂氣氛極不協調的「憂傷摧悴，側身下坐」的姿態；之後的邀酒少年更證實了這點：「一人向隅，滿坐不樂」；及獨孤遐叔歸家，不論青衣所報「娘子夢魘方寤」；或白氏自述夢中「忽爲兇暴者數十輩，脅與雜坐飲酒」的遭遇等，小說透過丈夫與旁人的觀察印證及白氏的自述，由多角度書寫白氏身處野宴中的不快情緒，使其哀怨情緒顯得連貫呼應。因此，誠然白氏整體敘事比例不如張妻，但就通篇人物情緒表達的流暢性而言，〈獨孤遐叔〉的書寫顯然略勝〈張生〉一籌。不過，白氏提供了足夠的理由說明了宴中情緒表現的原因，使其整體表現合乎情理；張妻雖在態度上略嫌反覆矛盾，但座中聯吟五章的幽怨與才情，仍足以勾勒出其獨特的形象。故馮夢龍在重寫「夢遇」故事時，採取了整體敘事表現較爲整齊的〈獨孤遐叔〉爲其藍本，不論男女主角皆承用了後者男女主角的人物原型，惟移植了張妻宴中所表現出繁複立體的形象，以彌補原著中白氏較爲簡約的塑造手法。

　　至於「夢遇」故事中構成三角關係的宴會賓客，〈獨孤遐叔〉重在男主角心緒的書寫，因此極力敘述宴會場面人員的熱鬧，以凸顯男主角自慚形穢的心理；同時因應白氏構設的簡要，亦只有拈出二個面目模糊的賓客以應白氏被邀逼歌的情節。〈張生〉的重點既在張妻形象的描寫，連帶的造成其困境的幾位賓客亦有較多筆墨的描述。而後者，隨著張妻形象的移花接木，這些惡客亦爲馮夢龍所接收，成爲〈獨孤生歸途鬧夢〉白氏難堪的來源了。

　　3. 小結

　　「劉幽求故事」雖較〈三夢記〉另二則故事在敘事表現上更爲完整，但受限於寫作動機之故，基本上仍只是一段好奇記異的敘述散文，並沒有寓寄太深刻的感慨。〈獨孤遐叔〉與〈張生〉對於男主角身分情

境的調整，使前者隱含未揚的性別意識有了更具體的命題，正如〈獨孤
遐叔〉篇末所點出的，整樁「夢遇」的遭遇，「豈幽憤之所感耶」，則
「幽憤」背後所涵攝的男性心理困境與生命議題，正是深化了「夢遇」
型故事的敘事內涵的關鍵所在。

　　此外，儘管〈獨孤遐叔〉與〈張生〉對「劉幽求故事」的擴寫各
擅勝場，但整體而言，其細節的加工，都使在「劉幽求故事」中，男性
視角下較為模糊的性別意識有了較具體的內涵指向。〈獨孤遐叔〉故事
偏重男主角的表現，在敘述視角上仍依從「劉幽求故事」的男性視角，
〈張生〉雖然亦採相同的性別視角，但因為人物設定重心其實是偏重於
女主角張妻，對於女性的心理狀態較前者有了更多著墨。整體而言，
〈獨孤遐叔〉的主視角及相關人物設定、敘事內涵表現較為完整，〈張
生〉的敘事表現則為失衡，只突出了女主角及聚會的片段情節。〈獨孤
遐叔〉敘事技巧上的完整性，畢竟吸引了後世作者較多的肯定，但〈張
生〉對於女主角的偏重描畫與聚會情節的傾力描寫及其所透顯出的性別
意識，仍不容忽視。尤其自張生偷窺野宴開始，到張生怒而擊瓦驚散聚
會，敘事者透過丈夫的凝視生動地描繪出張妻的悽楚形象，然而這層形
象，既是丈夫對於獨守空閨妻子的投射想像，卻又是妻子真實的夢境經
歷。就敘事效果而言，「夢遇」型故事所呈現出分明是鏡花水月的夢
境，卻又似幻還真的重置於現實空間之中，而現實之人只能旁觀而無緣
進入，在夢境與現實的邊緣交界處徘徊、驚疑不定。這種迷離恍惚之
感，正是吸引歷代文人不斷承衍創作的迷人之處。然就敘事內涵而言，
妻子的形象既是觀夢者丈夫的投射幻影，又是做夢者妻子的主體體現，
此即意味著對女性而言，其言行舉止的形塑，實是來自於男性的價值標
準，內化為自己的行為規範。相較於〈獨孤遐叔〉以男主角為重點的敘
事構設，〈張生〉將人物重心置於張妻的情緒反應與行為表現，似更能
深刻地反映出文人階層男性的性別意識。

　　〈獨孤遐叔〉與〈張生〉對「劉幽求故事」不論在人物、情節、乃

至敘事意涵的繼承與加工上互有異同，故馮夢龍兼容並蓄，以前者為主幹，並吸收了後者在特定細節上的重墨濃彩，而有〈獨孤生歸途鬧夢〉的完成；而蒲松齡則舊瓶新酒，雖仍以〈鳳陽士人〉為標題，其敘事卻全然由女性視角出發。以下，將分析「夢遇」型故事變化期的兩篇作品：〈獨孤生歸途鬧夢〉、〈鳳陽士人〉，以見其對「夢遇」型故事的繼承與闡發，並探討其變化的意義。

(三) 變化期：〈獨孤生歸途鬧夢〉、〈鳳陽士人〉

由原創期的「劉幽求故事」，故事架構與人物關係大致具足；經完成期的〈獨孤遐叔〉與〈張生〉，調整人物身分、潤色細節，將一個止於奇談的故事更賦予性別意識的投射，「夢遇」型故事至此可謂形成模式化的類型故事。但兩篇完成期作品承寫重心的不同，則引發後世作者不同的興趣，在情節、人物，以及性別意識上增加了新的元素，為已定型的「夢遇」型故事開展出不同的的風貌，此即變化期的兩篇作品：晚明馮夢龍《醒世恆言》卷二十五的〈獨孤生歸途鬧夢〉及清蒲松齡《聊齋誌異》的〈鳳陽士人〉。

〈獨孤生歸途鬧夢〉為擬話本，其藝術表現形式與純粹士人之筆的傳奇作品大異其趣，加之馮夢龍在寫作意識與性別觀念方面，自我色彩強烈，故本篇雖然在〈獨孤遐叔〉的基礎上加以發展，在作者有意構設加工下，仍展現出不同於前者的敘事表現。〈鳳陽士人〉雖回歸傳奇體裁，在系譜上則無明顯痕跡係既繼承自前朝哪一篇作品；但正如蒲松齡對唐傳奇的改寫從不甘心於僅僅複製故事而已，本篇固然運用了「夢遇」型故事的情節與人物結構方式，卻全然翻轉前人作品，由女性視角出發，締造出新的「夢遇」型故事樣式。

1. 兩性對話與世情寫實：〈獨孤生歸途鬧夢〉

馮夢龍寫作〈獨孤生歸途鬧夢〉，除繼承〈獨孤遐叔〉的情節與人物外，在人物方面，更以男女主角為核心，在原有基礎上擴寫了其他

配角人物，其中虛構者固然有之，但更多唐史眞實人物，不僅使小說更具有擬眞效果，亦藉著人物關係的繁複，寓寄了作者更多的感慨。在情節方面，前朝由原創期到完成期的作品，基本上對其遠遊歷程及出夢後歸家皆一筆帶過，而將敘事比重置於男主角歸途入夢到出夢歸家的片段；本篇不但補述了男主角新婚到南遊的歷程，更增寫了歸家後的仕宦經歷，完整地交代了以男主角爲核心由不遇到發跡的發展經過，而「夢遇」的經歷，不再是小說敘事的唯一重點，而只是男主角人生中的一段奇遇而已。因應情節的大幅擴寫，敘事空間大幅增加，馮夢龍更不憚其煩地介紹各空間背景的典故，形成本篇敘事藝術上極爲特殊的表現手法。

　　就人物論，原有的「夢遇」型故事，不論雛形期或完成期，其主要人物在現實中只有男女主角，在夢境中則再加入野宴中的諸賓客，因此人物結構極爲單純。馮夢龍在現實世界部分大量插入眞實人物以爲故事營造擬眞效果，可謂用心良苦，其固然因話本的文學形式使其更有發揮的空間，最主要目的，當在於藉以更深刻刻劃獨孤遐叔的不遇處境，爲其出氣。透過以下圖式，可以略見馮夢龍在人物方面的擴寫手法：

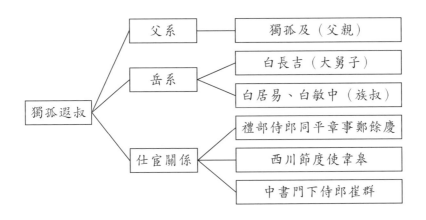

　　馮夢龍藉著獨孤遐叔由洛陽新婚、科舉落第到遠赴四川求仕的歷程中，以其爲核心加入了上述各種虛實有別、身分性質不同的人物，包

括眞有其人的獨孤及、白居易、白敏中、鄭餘慶、徐佐卿、韋皋、崔群等，及虛構人物白娟娟、白長吉等。其中，白娟娟自是繼承原著〈獨孤遐叔〉中的白氏而來，然〈獨孤遐叔〉雖意欲製造與白行簡之間的聯想，其實文本中並未確實點出白氏的背景，此則不但落實爲白行簡之女，且延伸出其兄白長吉，並以其勢利眼之形象以對比白娟娟的甘貧識才，點染獨孤遐叔不遇之落魄。事實上，小説中的眞實人物，其眞正活動時間與小説所稱多有不相符之處。如所謂獨孤遐叔之父獨孤及，根據《新唐書》本傳及《新唐書‧藝文志》，獨孤及乃玄宗至代宗時人，爲天寶（西元七四二年至七五六年）末進士，而早於代宗大曆十二年（西元七七七年）即卒於常州刺史任上，非如小説所稱卒於貞元（西元七八五年至八零五年）年間，二者相差將近十多年；而其在職爲天寶末至代宗大曆十二年只有二十餘年，小説所稱「宦遊三十年」之説亦失之誇張。小説言獨孤及與白氏結親，其時乃任司封之職，但根據梁肅所作〈獨孤公行狀〉，卻未提及其曾任此職。至於獨孤遐叔於道觀中見父親所書〈送徐佐卿歸蜀〉詩：

羽客笙歌去路催，故人爭勸別離杯。蒼龍闕下長相憶，白鶴山頭更不回。

此詩實爲馮夢龍改動宋之問的〈送司馬道士游天台〉詩：

羽客笙歌此地違，離筵數處白雲飛。蓬萊闕下長相憶，桐柏山頭去不歸。

將二詩仔細比對，便可發現韻腳不變，詩意不變，只是改動了地點而

已，馮夢龍實乃將宋之問之詩移花接木成了獨孤及之作[3]。此外，《新唐書》本傳言獨孤及有子二人，曰朗（字用晦）、曰郁（字古風），亦不聞有曰遐叔者，可見獨孤遐叔應為虛構人物。

　　而獨孤遐叔的岳父白行簡，根據《新／舊唐書》的白居易傳及所附白行簡與白敏中傳，白行簡大約生於代宗大曆十一年（約西元七七六年），貞元中（約西元七九九年）也不過二十多歲；其卒於寶曆二年（西元八二六年），亦並非本篇所稱貞元年間喪。白行簡乃德宗貞元十四年進士（一說為元和二年進士），授祕書省校書郎，元和末再隨白居易入朝為官，而歷任左拾遺、司門員外郎、主客郎中等職，其間並未聞白行簡曾任小說所稱司農之職。根據此經歷，獨孤及大曆十二年即已卒於常州任上，白行簡此時才出生一年，既不可能與天寶末的獨孤及有「同年」之誼、同朝為官，更遑論貞元中才二十多歲的白行簡，有一女足以嫁予獨孤遐叔為妻。又據《舊唐書》，行簡子小名龜兒，「多自教習，以致成名」，並不見有子女名曰長吉、娟娟者，長吉形象亦與龜兒大相逕庭，顯見白長吉、白娟娟二人乃小說虛構人物。而白居易為貞元十四年進士，白敏中則是長慶初年進士，亦與小說所稱貞元十五年與獨孤遐叔同時應考的時間有所出入。這些虛實兼具的白氏諸人的設定，其靈感來源自是承繼〈獨孤遐叔〉中遐叔妻乃「白氏」而來，而如前所言，「白氏」的設定，應與掛名為「夢遇」型故事的創始者白行簡有關；這些人物淵源入於馮夢龍之手，遂將前述諸人悉皆編織成為小說的人物關係網絡，而呈現出虛實相映，甚至以假亂真的人物圖譜。

　　除上述親族諸人外，以男主角為核心的另一類人際關係網絡即為

---

[3] 事實上，獨孤遐叔歸家途中所吟之「近家心轉切，不敢問來人」，雖繼承自〈獨孤遐叔〉之引詩，但原著中獨孤遐叔乃逕自吟出而已，此處馮夢龍卻強調乃係孟浩然之作。其實此二句應係化用宋之問〈渡漢江〉「嶺外音書斷，經冬復歷春。近鄉情更怯，不敢問來人」，非孟浩然之作。其原因，或者因為孟浩然〈歲暮歸南山〉詩中有「不才明主棄」之句，其懷才不遇之形象與獨孤遐叔相近，故將此二句指為孟氏之作，以加深獨孤生一事無成的落寞形象。

獨孤遐叔所遭遇的政壇諸人。如小說所稱貞元十五年遐叔應試時的主考官鄭餘慶，其實早於貞元十四年由中書侍郎同中書門下平章事的宰相之職，因事貶爲郴州司馬，故貞元十五年鄭餘慶不僅不在位，其職亦非小說所謂「禮部侍郎同平章事」。而對獨孤遐叔仕宦生涯極爲重要的韋皋，據《新唐書》本傳乃德宗貞元元年任劍南節度使，其掌四川二十餘年，屢立戰功，固然符合小說所稱獨孤遐叔赴蜀求托的時間點；但是其平雲南蠻夷實在貞元初，破吐蕃則始於貞元十三年，二者相去達十年以上，並非小說所稱貞元十五年後先平雲南蠻夷叛亂，此後半年又破吐蕃。其破吐蕃終戰於貞元十七年，其年十月，韋皋即「加檢校司徒，兼中書令，封南康郡王」，亦非小說所稱在破吐蕃一年半後，受封「兵部尚書太子太保」。韋皋於順宗永貞元年（西元八零六年）曾有意上請朝廷使其兼領劍南三川，但遭否決，又請太子（唐憲宗）監國；八月即暴卒，贈太師，諡曰忠武。韋皋死後，節度副使劉辟再求兼領三川，意圖不軌，最後由憲宗出兵削平。此亦與小說所稱韋皋於憲宗元和元年（西元八零六年）退隱，並請以遐叔代之時間及局勢不符。而小說稱遐叔自蜀歸京，與妻子團聚後，於貞元二十一年再赴科考，當時主考官爲中書門下侍郎崔群；其實崔群任中書侍郎、同中書門下平章事，遠在憲宗元和十二年（西元八一七年），二者相去十二年之遠。

以上諸人，試以下表並列其眞實繫年與小說錯亂時間對照：

人物	歷史繫年				小說錯亂事件／時間
	生年	卒年	時間	大事記	
獨孤遐叔					貞元年間父母連喪，丈人丈母亦相繼棄世
					德宗貞元十五年（799）赴都科舉，不第

人物	歷史繫年				小說錯亂事件／時間
	生年	卒年	時間	大事記	
					德宗貞元二十一年（805）進士
獨孤及	玄宗開元十四年（726）	代宗大曆十二年（777）	天寶末（756）	進士有子朗（用晦）、郁（古風）	公公三十年游宦
白居易	代宗大曆七年（772）	武宗會昌六年（846）	德宗貞元十四年（800）	進士	貞元十五年（799）進士白氏族叔
白行簡	代宗大曆十一年（776）	敬宗寶曆二年（826）	德宗貞元末（805）	進士居易之弟	貞元年間喪（約795）
白敏中	德宗貞元八年（792）	懿宗咸通二年（863）	穆宗長慶初（821～824）	進士居易從弟	貞元十五年（799）進士白氏族叔
鄭餘慶			貞元十四年	任中書侍郎、同中書門下平章事，未幾，因事貶爲郴州司馬	貞元十五年任禮部侍郎同平章事
姚令言			約德宗建中四／五年（784／785）	涇原節度使／被斬	
徐佐卿	《太平廣記》引《廣德神異錄》：唐天寶十三年			唐代宋之問〈送司馬道士游天台〉	獨孤及〈送徐佐卿歸蜀〉

人物	歷史繫年				小說錯亂事件／時間
	生年	卒年	時間	大事記	
韋皋	玄宗天寶四年（745）	順宗永貞元年／德宗貞元二十一年（805）	德宗貞元元年（785）／順宗永貞元年（805）	劍南節度使／退隱	憲宗元和元年（806）之後請以遐叔代
			貞元初	平雲南蠻夷叛事	貞元十五年後雲南蠻夷叛
			貞元十三年（797）	破吐蕃 十月進檢校司徒兼中書令、南康郡王	雲南歸來後半年討吐蕃
					討吐蕃一年半後歸來封兵部尙書太子太保
崔群	代宗大曆七年（772）		憲宗元和十二年（817）	中書侍郎	貞元二十一年（805）中書門下侍郎

　　從獨孤及、白行簡、白居易、白敏中、鄭餘慶、韋皋、乃至崔群，皆爲唐史上有名之人，其循獨孤遐叔的人生行旅而依序登場，也在獨孤遐叔不同階段的生涯造成不同層面的影響。這些眞實人物的安排除了爲男主角營造出擬眞的效果，使獨孤遐叔一路不遇顚簸的遭遇更具有說服力；也藉著諸人的政壇際遇與掌權範圍對獨遐叔仕宦之途所造成的影響，凸顯出文人求仕歷程中的無奈與面對憐才者的感激。馮夢龍以六經皆我註腳的方式，透過這些眞實人物但故意錯亂其行事繫年，極力書寫獨孤遐叔不遇的才子形象，形成了〈獨孤生歸途鬧夢〉極具特色的人物構設手法。

　　除了大量增寫現實中的真實人物外，馮夢龍亦以兩個虛構人物：白娟娟與白長吉，建構獨孤遐叔的家族生活，並以其正反截然不同的形象烘托獨孤遐叔的處境。在唐代的「夢遇」型故事中，只有單純的夫妻二人世界，此外不及於其他親族；白長吉的構設，乃〈獨孤生歸途鬧夢〉全新衍生的人物，其功能主要對照白娟娟對才子丈夫的憐才不棄、衷心支持，亦點染世人對於不遇才子的短視心態，因此全篇著墨不多，亦偏向扁平人物。最值得關注的，自然是白娟娟的構設。如前所言，白娟娟的人物原型乃承〈獨孤遐叔〉中的白氏而來，此則更進一步落實為白行簡之女。但〈獨孤遐叔〉的白氏雖被賦予令人遐想的姓氏，因其人物功能主在映襯獨孤遐叔，因此其形象反不如另一篇〈張生〉中的張妻具體。馮夢龍顯然亦注意到這點，因此雖由〈獨孤遐叔〉中繼承了白氏的人物原型，卻將〈張生〉中的張妻借屍還魂，將後者性格形象，尤其是張妻為多位胡人逼唱的情節整段嫁接到白氏的遭遇。馮夢龍以張妻「文學之家，幼學詩書，甚有篇詠」的形象為基礎，刻劃白娟娟與獨孤遐叔才子佳人的理想形象：

　　　　那娟娟小姐，花容月貌，自不必說；刺繡描花，也是等閒之事。單喜他深通文墨，善賦能詩。若教去應文科，穩穩裡是個狀元。與遐叔正是一雙兩好，彼此你知我見，所以成了這頭親事。

馮孟龍為突出其文學之女的形象，更將宋代賀道慶的回文詩稍加改動，改原作「膺天思情」為「膺填思悄」、「金屏露曉」為「青鸞夢曉」，又刪去最後四句「入夢迢迢，抽詞軋軋。泣寄回波，詩緘去剗」，而將著作權歸到白娟娟身上，成為她夢中途經寄錦亭，觸動心事，而有心與蘇蕙回文詩比才的作品。然而馮夢龍並非只是移植張妻形象而已，不論〈獨孤遐叔〉或〈張生〉，其中的兩位妻子除悽楚於空閨離人的柔弱自憐，其性格特質並未十分鮮明；馮夢龍塑造白娟娟，則於詠絮才女的形

象外，更賦予其堅毅的性格：

幸得娟娟小姐是個貞烈之女，截髮自誓，不肯改節。白長吉強他不過，只得原嫁與遐叔。卻是隨身衣飾，並無一毫妝奩，止有從幼伏侍一個丫鬟翠翹從嫁。白氏過門之後，甘守貧寒，全無半點怨恨。只是晨炊夜績，以佐遐叔讀書。

值得注意的是，這些描寫雖然老套，但是不同於前朝「夢遇」型故事中的妻子身影，只是丈夫凝視下的形象，此則完全由第三人稱全知角度客觀書寫白娟娟的性格形象，使女主角終於有了自己的主體性，這樣的構設角度，也為小說發展段由白娟娟的視角書寫其如何入夢埋下伏筆。馮夢龍描寫白娟娟與獨孤遐叔甘貧過日、詩歌唱和、如魚得水的婚姻生活，使本篇在敘寫「夢遇」一段情節時，一改前朝全然由男性觀點角窺伺妻子夢境的寫作視角，而得以先由白娟娟主體意識主導下出外尋夫之舉，以一夜之間而徒步出長安、入荊州、遇高唐，再折返回長安的神奇速度，暗示讀者其實已進入夢境。這一段夢境全由白娟娟視角切入，凸顯出白娟娟的堅毅性格，與對丈夫真摯的愛情、對婚姻堅定的持守，白娟娟的表現，是自我主體意識的彰顯，這一段女性視角的姿態，與後面情節複製原始「夢遇」型故事的丈夫窺夢，形成了小說中的兩性對話，可以說是〈獨孤生歸途鬧夢〉對傳統「夢遇」型故事重要的突破。在傳統「夢遇」型故事中，透過丈夫眼見妻子為強人所迫唱歌，折射了丈夫對於妻子不守閨訓的疑慮，對自己離家日久無法掌控家庭狀況的不安全感；〈獨孤生歸途鬧夢〉則改由白娟娟的角度逕寫因思夫而出尋，故當其為輕薄少年所挾持，並怒斥眾人的表現，反而成為女性面對丈夫不在身邊時，對於自身面對社會未可知狀況的惶恐與堅守德操的自我定位，扭轉了前朝故事的男性視角與心理。這樣的心理折射與後文獨孤遐叔窺見白氏在列時的幾番驚疑加以對照，反倒烘托出白娟娟的堅定與遐叔的

忐忑。

在整段窺探的過程中，獨孤遐叔剛開始發現座中女郎疑似為妻子白氏時，先是藉著否定來維護妻子的形象：

> 呸。我好十分懞懂，娘子是個有節氣的，平昔間終日住在房裡，親戚們也不相見，如何肯隨這班人行走？世上面貌廝像的盡多，怎麼這個女郎就認做娘子？

一旦定睛確認，則立即懷疑白氏的清白：

> 難道他做閨女時尚能截髮自誓，今日卻做出這般勾當。豈為我久客西川，一定不回來了，遂改了節操？我想蘇秦落第，嗔他妻子不曾下機迎接。後來做了丞相，尚然不肯認他。不知我明早歸家，看他還有甚面目好來見我？

待窺伺一段時間，發現其妻滿臉憂戚，誠乃被迫，又轉念：

> 我娘子自在家裡，為何被這班殺才劫到這個荒僻所在？好生委決不下。我且再看他還要怎麼？

白氏的形象，由堅持嫁獨孤為妻，甘貧持家，鼓勵丈夫上進；到丈夫一去三年，相思情切而打定主意外出尋夫；乃至折返而遇強人挾持，第一時間是捍衛自己的節操；一旦見到對方人多勢眾、脫身不得，只能委屈求全，以免受辱。不論是現實或是夢境，不論處境如何，皆可見其意志之堅決，表現出其一貫志節。相較之下，獨孤遐叔未能堅守自己對妻子的信任，反而對妻子與諸人共作飲酒的表象質疑其清白，必得經幾度觀察才漸釋疑慮，開始為妻子設想何以至此的原因。獨孤遐叔幾番掙扎，

雖然最後終於相信妻子，但對照之下，顯然夫妻兩人對對方的信念，彼此有著落差，則獨孤遐叔當有愧於妻子矣。馮夢龍增寫由白娟娟的角度處境與丈夫離合時的種種心境與行為，無疑是替幾百年來只由男性視角懷疑妻子行為的單一視角，讓女性站出來為自己發聲，凸顯女性處境的艱難但堅持，為一向只有單一性別視角的傳統「夢遇」型故事建立了兩性對話的平衡視角。

　　透過史書中諸人記事繫年與小說編輯安排的對照，即可發現馮夢龍為達到上述效果，無所不用其極地錯亂小說時間以配合虛構人物獨孤遐叔的遊蹤經歷，更在諸位真實人物之中，再編入白長吉與白娟娟兩位虛構人物，企圖以假亂真，進一步透過二者短視近利與忠貞至誠的對比，以映襯獨孤遐叔的處境。由此可見，馮夢龍〈獨孤生歸途鬧夢〉雖在〈獨孤遐叔〉的基礎上擴寫，但透過上述手法，藉著人物關係的擴大化與複雜化，除使敘事中的兩性聲音更為平衡，也更加具體地點染出獨孤遐叔這位才子時運與真才角力、勢利者與憐才者不同待遇的處境，反映了作者為天下寒士發聲出氣的企圖。可以看出，傳統「夢遇」型故事的敘事意旨在此已稍微轉向，由雛形期的「劉幽求故事」到完成期的〈獨孤遐叔〉、〈張生〉，大旨以「奇遇」為前提，而不同程度地寄寓了士人遠出求仕的不安全感；此則已無意於「奇遇」的書寫，亦無關乎遠遊士人對家庭的愧疚與擔慮，而重在以才子為主體，寫其人生際遇，並提點女性的婚姻處境。

　　人物的擴寫，也意味著整篇故事在情節方面的大幅增寫。如前所述，「夢遇」型故事在唐代都以歸途夢遇為敘事主體，男主角如何遠遊、與出夢後歸家，小說則多一筆帶過。馮夢龍雖仍以〈獨孤生歸途鬧夢〉為題，但卻增頭加尾，在小說伊始絮絮鋪敘了獨孤遐叔貧寒落第以至南遊的歷程，在小說結尾則續寫夢遇歸家後如何再戰科場而旗開得勝，之後一路青雲直上，代韋皋接西川節度使、封魏國公，連白氏亦受封魏國夫人封誥。馮夢龍重寫獨孤遐叔的沉浮人生，最後更予以加官進

爵，以作爲對不遇士人的安慰、對貞婦的嘉許。這樣的企圖使獨孤遐叔歸家途中的「夢遇」經歷，成爲其人生波瀾中的一段小插曲而已，而「夢遇」型故事至此也改頭換面，萎縮退入龐大的情節結構中成爲新的「士不遇」故事的一個事件而已。因此，雖然馮夢龍仍以〈獨孤生歸途鬧夢〉爲題，維繫著與「夢遇」型故事的血脈關係，事實上，添頭加尾的結果，已全然脫胎換骨成爲一個不同敘事意涵的故事了。

　　此外，相較於唐代的「夢遇」型故事，敘事時空只侷限於長安及一夜之間，〈獨孤生歸途鬧夢〉在敘事空間上由長安近郊，一路往西南迤邐而下，經荊州、長江三峽，而進入四川；在敘事時間上，也由傳統故事型僅於一夜之間，而由德宗貞元年間，一直敘到憲宗元和年後，跨越十年以上。其在敘事格局上雖然擴大許多，然而，正因爲所增寫的部分全爲現實空間，時間亦充滿歷史紀年，相對的，遂將整體敘事氛圍帶向較爲寫實色彩，大幅沖淡了前朝「夢遇」型故事獨特的、濃厚的虛實參差、恍惚迷離的浪漫氛圍，將小說導向一個不同風格的敘事表現。不僅如此，隨著獨孤遐叔遊歷所經，馮夢龍更細數當地典故，使讀者隨著男主角的遊蹤行腳，亦彷彿經歷了一段由長安到西蜀的名勝之旅，其用力之勤、用心之苦，痕跡極爲明顯。但讀者不免有所疑惑，馮夢龍在費心導覽各地名勝典故時，是否也有藉此逞才的意味？案馮夢龍屢爲天下寒士或不遇文人抱不平，此由其〈老門生三世報恩〉、〈眾名妓春風弔柳七〉等篇即可窺得，〈獨孤生歸途鬧夢〉透過家族與政壇諸位虛實人物構寫獨孤遐叔處境，最後更許其官運亨通的榮耀，其用心至爲明顯，則寫獨孤遐叔，不亦正在寫己？故藉對各地掌故之熟，甚至任意裁割歷史名人事蹟，使讀者驚嘆於作者文史之淵博。然而可以肯定的是，全篇小說確因爲這些冗長的介紹而顯得敘事拖沓，雖則激憤之情、憐才之意可感，但反而破壞了原有「夢遇」型故事獨特的迷離恍惚的敘事藝術表現，得失之間，誠難定論。

2. 女性意識的轉向：〈鳳陽士人〉

馮夢龍〈獨孤生歸途鬧夢〉為傳統「夢遇」型故事增頭加尾，大量增寫獨孤遐叔在現實世界的科考仕途遭遇，除凸顯獨孤遐叔的才子形象，也強化了妻子的主體色彩。改動的結果，便是賦予「夢遇」型故事不同的敘事企圖，將傳統「夢遇」型故事單一性別視角轉而為兩性對話，也使其敘事氛圍由迷離志怪趨向於世情寫實。蒲松齡的〈鳳陽士人〉，回歸傳奇體裁及迷離氛圍，其情節結構遠承唐代傳統以「夢遇」為主體的敘事模式，除增減了一些配角人物，其最大的突破之處，乃將全篇改為由女性視角重敘故事，甚至將其中的男性聲音摒除殆盡。則由敘事形式來看，雖然〈鳳陽士人〉在情節結構上回歸唐代的「夢遇」型故事，重現了迷離恍惚的敘事氛圍；甚至因為改動了配角人物結構後所產生的「麗人」角色，使全篇敘事更添撲朔之感。但最值得注意的是，其在敘事意涵上，全然顛覆了前朝任一時期所表現出的性別意識，而成為一篇以女性視角為核心、反映女性心理的故事。

〈鳳陽士人〉在故事內容上其實看不出其係直接繼承乃前朝哪一篇「夢遇」故事，但由情節及主要人物之結構模式來看，仍可明顯辨識其血緣乃出自唐代的「夢遇」型故事。小說敘述妻子因士人丈夫逾期未歸，夜半輾轉反側，忽然出現一麗人，引導其前去尋夫。妻子果於半路遇見其夫跨白騾而來，而麗人以家近為由，邀夫妻二人至其處休息，並設宴款待。席間妻子只見其士人丈夫與麗人詼諧調笑，無所不至，自己反而被冷落一旁。麗人甚至應其夫之邀謳歌豔曲一関，歌畢而偽醉離場，其夫竟尾隨而去。妻子當下進退兩難，又間聞二人狎褻之聲，既羞且怒，方欲尋死，適逢其弟三郎騎馬而至，妻子對弟訴以前狀。弟乃與姐共歸麗人家，並憤而舉巨石襲擊丈夫與麗人共宿之房。混亂間，聞其內有人大呼士人重傷矣，姐弟二人互相指責，弟憤而拂袖逕去，士人妻子遂撲地驚醒，始知前情皆是夢境耳。次日丈夫騎騾而歸，夫妻互驗夢境如一；又次日，妻弟亦來訪，乃知亦參與其姐後半之夢境。

　　由上述內容提要可以發現，〈鳳陽士人〉雖與〈獨孤生歸途鬧夢〉同屬「夢遇」型故事的轉變之作，其改寫的方向不同於後者乃在敘事上大量增添了現實元素，使全篇的敘事風格爲之改變。此篇在結構形式上仍以遠遊士人與妻子的「夢遇」經歷爲主，也依然包括了夫妻分別、夢遇、印證等結構模式；而夫妻之間信任感的問題、與謳歌、暴力驚夢等敘事元素，亦皆具足。其最大的不同處，正是在傳統的情節結構模式下，抽換了新的人物與敘事性別視角，因而展現出既熟悉又陌生的「夢遇」型故事面貌。以下試將〈鳳陽士人〉文本內容與唐代傳統「夢遇」型故事敘事模式加以對照：

	唐代「夢遇」型故事敘事模式	〈鳳陽士人〉 註：（♂→♀）表傳統「夢遇」型故事與〈鳳陽士人〉敘事性別視角之轉換處	
結構	情節	內容	
開始段	夫妻分離	夫妻分離	鳳陽一士人，負笈遠遊。謂其妻曰：「半年當歸。」十餘月，竟無耗問，妻翹盼綦切。
發展段	丈夫思歸	妻子思夫 （♂→♀）	一夜，纔就枕，紗月搖影，離思縈懷。
	中途羈留	路途奔波 （♂→♀）	方反側間，有一麗人，珠鬢絳帔，搴帷而入，笑問：「姐姐，得無欲見郎君乎？」妻急起應之。麗人邀與共往，妻憚修阻，麗人但請勿慮，即挽女手出，並踏月色。約一矢之遠，覺麗人行迅速，女步履艱澀，呼麗人少待，將歸著複履。麗人牽坐路側，自乃捉足脫履相假，女喜著之，幸不鑿枘，復起從行，健步如飛。
	偷窺聚會	參與聚會 （♂→♀）	移時見士人跨白騾來，見妻大驚，急下騎，問何往？女曰：「將以探君。」又顧問麗者伊誰？女未及答，麗人掩口笑曰：「且勿問訊。娘子奔波匪易，郎君星馳夜半，人畜想當俱殆。妾家不遠，且請息駕，早旦而行，不晚也。」顧數武之外，即有村落，遂同行。入一庭院，麗人促睡婢起供客，曰：「今夜月色皎然，不必命

			燭，小台石榻可坐。」士人縶寒檐梧，乃即坐，麗人曰：「履大不適於體，途中頗累贅否？歸有代步，乞賜還也。」女稱謝，付之。
妻與聚會	妻觀夫會 （♂→♀）		俄頃，設酒果，麗人酌曰：「鸞鳳久乖，圓在今夕，濁醪一觴，敬以為賀。」士人亦執琖酬答。主客笑言，履舄交錯。士人注目麗人，屢以游詞相挑，夫妻乍聚，並不寒暄一語。麗人亦美目流情，妖言隱謎，女惟默坐，偽為愚者。久之漸醺，二人語益狎，又以巨觥勸客，士人以醉辭，勸之益苦。士人笑曰：「卿為我度一曲，即當飲。」麗人不拒，即以牙板，撫提琴而歌曰：「黃昏卸得殘妝罷，窗外西風冷透紗。聽蕉聲，一陣一陣細雨下，何處與人閒磕牙？望穿秋水，不見還家，潸潸淚似麻。又是想他，又是恨他，手拿著紅繡鞋兒占鬼卦。」歌竟，笑曰：「此市井里巷之謠，不足污君聽，然因流俗所尚，姑效顰耳。」音聲靡靡，風度狎褻，士人搖惑，若不自禁。
干預驚散	干預驚散 （♂→♀）		少間，麗人偽醉離席，士人亦起，從之而去。久之不至，婢子乏疲，伏睡廊下。女獨坐，塊然無侶，中心憤恚，頗難自堪，思欲遁歸，而夜色微茫，不憶道路，輾轉無以自主。因起而覘之，裁近其窗，則斷雲零雨之聲，隱約可聞。又聽之，聞良人與己素常猥褻之狀，盡情傾吐。女至此，手顫心搖，殆不可遏，念不如出門竄溝壑以死。 憤然方行，見弟三郎乘馬而至，遽便下問。女具以告，三郎大怒，立與姐回，直入其家，則室門扃閉，枕上之語猶喁喁也。三郎舉巨石如斗，拋擊窗櫺，三五碎斷。內大呼曰：「郎君腦破矣，奈何！」女聞之，愕然大哭，謂弟曰：「我不謀與汝殺郎君，今且若何？」三郎撐目曰：「汝嗚嗚促我來，甫能消此心中惡，又護男兒怨弟兄，我不慣與婢子供指使。」返身欲去。女牽衣曰：「汝不攜我去，將何之？」

結束段	勿促歸家	夜半驚寤 （♂→♀）	三郎揮姐仆地，脫體而去，女頓驚寤，始知其夢。
	夫妻對質	三方對質 （♂→♀）	越日，士人果歸，乘白騾，女異之而未言。士人是夜亦夢，所見所遭，述之悉符，互相駭怪。既而三郎聞姐夫遠歸，亦來省問，語次，謂士人曰：「昨宵夢君歸，今果然。」亦大異。士人笑曰：「幸不爲巨石所斃。」三郎愕然問故，士人以夢告，三郎大異之。蓋是夜，三郎亦夢遇姐泣訴，憤激投石也。三夢相符，但不知麗人何許耳。

　　由上述對照可以看出，雖然〈鳳陽士人〉在情節架構模式上，依然符合唐代奠基的傳統「夢遇」型故事情節模式，但因大幅翻轉了敘事性別視角，致使文本內容有所變異，使〈鳳陽士人〉舊瓶新酒，蛻然而爲一全新風貌的故事。以下便針對蒲松齡對於傳統「夢遇」型故事所進行的幾項重大的改動加以說明。

　　就敘述視角言，傳統「夢遇」型故事都是由士人丈夫的視角敘述故事，小說伊始，不論丈夫的離家或歸鄉，都是由士人立場切入；及至窺見妻子與眾人的飲宴互動，讀者亦彷彿隨著丈夫的偷窺而目睹一切過程。丈夫走入了妻子的夢境、也驚散了妻子的夢境，即使歸家後，仍透過丈夫的視野先遇家人相迎、後聞妻子驚夢。全篇敘事的情緒起伏與視線所及，全以丈夫爲中心呈單線敘述，只有在小說結尾處藉夫妻互相印證補敘了妻子的感受。〈鳳陽士人〉則全然顛覆上述的敘事性別視角，小說由妻子思夫殷切切入寫其入夢，一路上不論跟隨麗人奔波尋夫的狼狽，或果見丈夫自遠處而來的欣喜，及之後彷如旁觀者般目睹丈夫與麗人種種狹褻之舉的羞憤交集，乃至巧遇其弟三郎對其訴苦的絕處逢生，甚至乍聞其弟擊石傷夫的錯愕驚恐，全篇都是以妻子的情緒與視野爲中心書寫敘事。即使小說結尾處丈夫、三郎先後歸家或來訪，也依然是由妻子的角度與之互動。雖然在小說結尾回叩了妻子與丈夫及弟弟的驗

證，但全篇的敘事走向，仍是依循妻子的主體意識而發展，不論夢中一路遭遇所睹，及麗人、丈夫、三郎在夢境或現實中的先後出現，都是由妻子的視角切入敘述，全然顛覆了傳統「夢遇」型故事的男性性別視角。

至於人物結構的改動方面，〈鳳陽士人〉的人物可謂歷代「夢遇」型故事最為精簡者，除了男女主角的妻子與士人外，除大量刪減介入夫妻關係的眾邀歌者，改為一不知自何而來的麗人，另外再新增了妻子的手足三郎。四個人物各有面目，妻子軟弱、丈夫搖擺、麗人神祕美艷、三郎則意氣莽撞。蒲松齡更動了傳統「夢遇」型故事以士人、妻子、眾邀歌者所形成的三角關係，改為以士人、妻子、麗人、三郎等四人結構，更將驚夢的任務轉交到新增的角色三郎身上。在這樣的改動之下，妻子的主角地位固然無庸置疑且成為全篇人物主體意識之由來，士人的角色地位則大為削弱；而增刪配角人物，不但沒有輕薄化本篇的敘事意涵，麗人及三郎反而被賦予更重要的託寓任務，其角色功能大大超越了前朝「夢遇」型故事中的配角人物。

配角之中，麗人的角色最值得注意。她既擔任引領女主角尋夫的作用，又扮演了攪亂夫妻關係一池春水的關鍵者，這種矛盾性，極耐人尋味。就人物塑造而言，相較於妻子的怯懦無助，麗人則是一切事件的主導者，形象極為高大。其不但裝扮華麗「珠鬟絳帔」，更具有神奇能力，除能自由進入民宅、逕入妻子之室，且行動迅速，更似有預知能力，而引導妻子途遇丈夫。至其性格，則善惡莫辨，既對妻子狀甚親暱，口呼「姐姐」；又半路解履相借，免除妻子奔波之艱；還熱情招待重逢的夫妻倆至其處歇息，甚至擺下盛宴慶賀夫妻重逢。但矛盾的是，如此殷勤親切之人，卻又對妻子視若無物，當著妻子之面公然與其夫調情，甚至暗示其夫與之共效魚水之歡，還不避諱地讓「斷雲零雨之聲，隱約可聞」！雖然在三郎擊以巨石之後，小說並未交代麗人下落，但在篇末，當妻子、丈夫、三郎三方印證其夢境之後，蒲松齡仍不忘提醒讀

者「三夢相符，但不知麗人何許耳。」蒲松齡塑造麗人一角，其異能與美艷，固不出其所擅長的花妖鬼狐的一貫手法，但性格的反覆與角色功能的神祕，則獨具特色，鋒頭幾乎蓋過本篇女主角的表現，與後者形成強烈的對比。正如前述，麗人的角色功能，取代了傳統「夢遇」型故事中宴會邀歌諸人，因為敘事性別視角轉變之故，雖然一樣有男性邀歌女性的元素，蒲松齡卻翻轉傳統故事型中妻子被迫的場景及偷窺丈夫所投射的不安全感，改為由丈夫主動邀歌第三者，而投射了旁觀妻子的焦慮。麗人所象徵的，正是妻子對外在世界中所有足以引誘丈夫不忠於婚姻的因素──或者簡單來說，就是對於介入她婚姻第三者的想像。麗人的具有主控權、美艷風情、能幹富裕，甚至可能床第功夫了得，顯然都是這位妻子所匱乏的；在麗人面前，她顯得單調乏味、窮於應對、笨拙無能，這是一個安於守貧、循規蹈矩的糟糠之妻的本分，也是她的委屈。因此，蒲松齡雖於篇故弄玄虛地提點「不知麗人何許耳」，其實她是妻子的魔由心生，投射的正是一個妻子最深層的恐懼與不安全感，寓寄了蒲松齡重寫傳統「夢遇」型故事所欲賦予的敘事意涵。

　　麗人的角色重置，連帶牽動的便是蒲松齡裁割了「獨孤遐叔」系統中歷代作者極重視的連篇累牘的謳歌，而改由麗人僅唱一艷曲代之。傳統「夢遇」型故事中妻子所唱諸曲，不論短曲或連篇，都是妻子在被迫的情況下所唱的悲戚閨怨，其內容不但是妻子自訴所怨，被迫而歌的歷程亦極為不堪；此則不然，同樣是應邀而歌，卻是丈夫與第三者調情交融下的即興發調，既充滿了色情曖昧的氣氛，更諷刺的是，麗人所歌內容情境既是妻子處境，而她卻正是介入妻子與丈夫的第三者！傳統「夢遇」型故事中的丈夫作為一個窺視者，透過妻子與眾陌生男性的飲宴謳歌，反映了男性因不得以遠遊求仕而對家庭婚姻產生的不安與焦慮。〈鳳陽士人〉以麗人取代邀歌的眾男性，則使傳統「夢遇」型故事中的邀歌眾人本來指向的是丈夫對妻子不貞的懷疑，轉而成為反映了妻子對於丈夫外遇、己遭遺棄的不安，凸顯了妻子對於獨守空閨、無法掌握丈

夫在外行為的憂慮與恐懼。

　　但蒲松齡不甘心於只是複製模式，因此真正結束夢境的並不是如唐代到晚明「夢遇」型故事般在擊出磚石後即結束，而是餘波盪漾地在妻子反過來責備弟弟出手過重而為弟弟反手推倒的爭執後，才真正結束夢境。而值得注意的是，雖然性別視角翻轉，但結束夢境的不是當事人的妻子，而是須由三郎這位男性、妻子娘家的代言人出面，妻子在丈夫遭到懲罰後，卻又埋怨弟弟令其失去良人、無依無靠，最後充滿了妻子主體意識的夢境乃在妻子為弟弟推倒的激烈爭執中戛然結束，妻子、丈夫，甚至妻舅該如何善後，答案終將成為懸念！傳統「夢遇」型故事中的丈夫最後是可忍孰不可忍地憤而擊出磚石而驚散野宴，展現了男性對於紅杏出牆嫌疑的難以容忍；〈鳳陽士人〉的妻子即使見久別重逢的丈夫當著她的面與別的女人調笑而無地自容，甚至聞後二者入房尋歡而羞愧難以自處，卻無力改變現況，只能選擇憤欲尋死一途。因此，蒲松齡巧妙地安排了新角色三郎在最後一刻入鏡，其出現實非突然，三郎不但是個男性，更具有妻舅的身分，在宗法中足以擔任妻子代言人的功能，他的性別與宗法功能與丈夫勢均力敵，只有他才能扭轉情勢、懲罰對婚姻的不忠者。因此傳統「夢遇」型故事結束夢境的飛來一石，其行使權遂由丈夫之手移交到〈鳳陽士人〉的妻舅之手，三郎舉起巨石奮力一擊，為結束夢境發出了預告。

　　然而，三郎作為最後入鏡的角色，雖然擔負了為女性家人發聲的功能，但這並不是蒲松齡對於婚姻誠信問題最後的解答。對照小說結尾，丈夫與弟弟先後出現於現實中，夢境雖然獲得印證，但在夢境以妻子為主的敘述視角，回歸到現實中，妻子卻噤聲了，發聲權又回到男性手上。丈夫先述其夢，妻子才得以印證二夢之相符；及妻舅來訪，依然未聞妻子聲音，只見兩位男性談論此事。再對照兩位男性態度，丈夫乃輕鬆調侃「幸不為巨石所斃」，妻舅則承認夢中實出於「憤激投石」。顯然丈夫對於夢中艷遇與遭懲不以為意，而妻舅則確實不以為然；至於

妻子，仍然未發一語！夢境結束所留下的懸念，與夢境／現實中性別聲音的悖反，這樣的敘事安排，意味著蒲松齡雖然同情女性在家庭及兩性的心理情緒，卻仍理性地呈現了女性在傳統家庭中「三從」觀念下依附地位的無力與無奈。姐弟最後的爭執，反映的正是女性對於不忠丈夫的複雜心態，既欲其受懲，但自己卻無能爲力；一旦有人代爲出氣，卻又擔心後續效應——要爭一時不計後果以洩其憤、還是爭一世好讓自己終身有托而只能忍氣吞聲？而如果妻子之夢反映了她對於丈夫外遇所引發的種種焦慮，則既然丈夫與妻舅皆有所夢，則後者不同調的談論態度來看，是否意味著丈夫對於在外逢場做戲的無所謂態度，而妻舅三郎則對於姐夫出軌的無可容忍呢？這些家庭倫理婚姻的紛爭，各有立場，難以定論，蒲松齡似乎爲讀者留下了無限思考的空間！

　　最後要指出的是，傳統「夢遇」型故事的敘事之所以獨具特色，在於對主視角的丈夫而言，實一直身處於現實空間之中，惟由現實走入妻子的夢境之中，故發生了現實與夢境交涉的情境，而形成小說恍惚迷離的特殊氛圍。但無論如何，始終都只有妻子一人做夢，丈夫並未作夢。蒲松齡的〈鳳陽士人〉，雖仍以妻子之夢爲主線，但參與夢境的丈夫與三郎，卻並非在現實中走入妻子的夢境中，而是二人各自有夢，但在當晚先後與妻子之夢發生交涉重疊，其夢境相涉的順序如下：

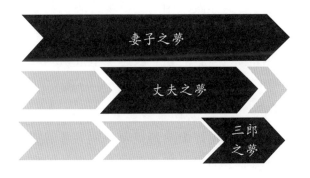

妻子之夢

丈夫之夢

三郎
之夢

如文本所指出：

　　士人是夜亦夢，所見所遭，述之悉符，互相駭怪。既而三郎聞姐夫遠歸，亦來省問，語次，謂士人曰：「昨宵夢君歸，今果然。」亦大異。士人笑曰：「幸不為巨石所斃。」三郎愕然問故，士人以夢告，三郎大異之。蓋是夜，三郎亦夢遇姐泣訴，憤激投石也。三夢相符，但不知麗人何許耳。

　　可見在〈鳳陽士人〉中，各人都能確實認知自己確在某一相同時間各自做了一個夢，隨著夢中人物的出現，各人的版本如出一轍，只是事件段落有別。就妻子而言，其夢始於麗人引導，經歷了與丈夫重逢，身處自己、丈夫、麗人的三角關係，及向三郎訴苦處境之不堪，目睹三郎舉石擊屋，乃至最後的姐弟爭執、三郎棄之而去。就丈夫而言，其夢境自半路遇見妻子始，歷經與麗人諸般調笑，終於與麗人狹處內室、忽遭窗外飛來巨石所擊。就三郎而言，其夢則始於遇姐哭訴，自己舉石擊屋，終於與姐爭執、拂袖棄姐而去。事實上，在前文述及托名白行簡〈三夢記〉內容時，最後一夢之竇質與巫女故事，即是所謂「兩夢相通」者，因此〈鳳陽士人〉寫妻子、丈夫、妻舅三郎的「三夢相通」，未必無其靈感來源。然而，竇質與巫女故事乃純粹紀錄怪異，並無特殊意涵；此篇蒲松齡則更加以變化筆法，除了賦予當事人的夫妻作夢的權利，更讓最後一刻出場的配角妻舅亦做了相同的夢境片段；其敘事視角，則由前朝以男性為單一敘述視角轉為以妻子的女性敘述視角主導，而這些改變，自然寄寓了蒲松齡不同於前朝「夢遇」型故事的敘事意涵。此外，〈三夢記〉的「兩夢相通」，乃竇質與女巫所夢大致相同；〈鳳陽士人〉中三人雖然同夢，事實上互有參差，其中自然以妻子之夢最為完整，丈夫與三郎因在妻子視野中陸續登場，則二者所經歷之夢中事件雖然與妻子之夢有所重疊，卻只有部分片段，且男性的聲音全被蒲松齡消去，讀者乃是由妻子的認知中去了解丈夫與三郎的夢境內容的。只有在文本最後，藉著三人先後對質，讀者才略略掌握了另外兩位男性的情緒

反應。

　　〈鳳陽士人〉對傳統「夢遇」型故事重新賦予了新的敘事意涵，蒲松齡固然反轉了敘事性別視角，全然由女性角度寫其對婚姻與自身處境的種種不安與恐懼，除了以妻子爲敘事視角引導情節的進行，更藉麗人角色具體化妻子的深層恐懼，不僅顛覆傳統「夢遇」型故事的性別意識，更無異是爲女性發聲。然而，夢境雖然反映了女性潛意識的焦慮，現實中的女性卻再度被消音，〈鳳陽士人〉透過敘事的明筆暗線所傳達出的訊息，使本篇的意義不僅重寫「夢遇」型故事而已，更是蒲松齡對於女性在家庭場域處境的反思。

三、結論：「夢遇」型故事的敘事承衍意義

　　傳統社會對於夢的倚賴與慣性，是建構「夢遇」型故事的土壤養分來源；文學中大量對於夢的書寫，更提供了書寫「夢遇」型故事豐富的寫作典範。「夢遇」型故事由雛形期的「劉幽求故事」，而完成期的〈獨孤遐叔〉、〈張生〉，乃至轉變期的〈獨孤生歸途鬧夢〉、〈鳳陽士人〉，形成一系列代表性篇章。其敘事變化由純粹記異，情節、人物聊備粗模；而注血塡肉，成爲反映男性無法兼顧事業家庭的心理困境的出口；乃至爲作者恣情加工重寫，成爲作者強烈主體意識主導下各自表述的載體。其體裁出入傳奇與話本之間，敘事風格則迷幻與現實兼備。由唐到清，雖然「夢遇」型故事承衍的歷程如此綿長，而各個里程碑亦自有其風景，但故事類型的基因特質既能始終一致而鮮明，歷代作者又能在承衍之際藉由不同的敘事手法，寄寓不同的敘事意涵，使「夢遇」型故事整體風貌既一貫又多元，則作爲觀察古典小說類型故事承衍的觀察樣本，「夢遇」型故事實爲一組極爲難得的範例。

　　檢視「夢遇」型故事的敘事變化歷程，當可清楚觀察到，在此系列故事中，除了雛形期的「劉幽求故事」確實以「夢」爲敘事的主體外，

由完成期乃至變化期諸篇，在作者不同程度的創作意識下，「夢」實已成爲反映人心人性的平台。文本固然述夢，但其中所透顯出的寫作目的，卻意在呈現夢境中活動者的人際關係、家庭問題、感情困境等。這種藉著如幻似眞的夢境以曲折隱喻現實中人生問題的寫法，與唐代〈南柯太守傳〉、〈枕中記〉，甚至如〈霍小玉傳〉中的霍小玉穿鞋脫鞋之夢，分別藉夢境探討或隱喻科舉富貴、聚散離合等議題，正有異曲同工之效。

　　歷代的故事類型，多由情節及人物形象的補充或變化呈現一個特定故事型內的承衍痕跡，並藉此託寓作者的寫作企圖。「夢遇」型故事則除了〈鳳陽士人〉因全然翻轉敘述性別視角，因此人物丕變；但由「劉幽求故事」，到〈獨孤遐叔〉、〈張生〉，甚至〈獨孤生歸途鬧夢〉，人物的性格主調模型卻大致相同，後來作者僅在個性細微處再加以強化、行爲動機上再加以補強。在這些不變與變之間，如未能掌握其敘事性別視角的變化，探究作者寫作的企圖，則讀者終將只淪爲「癡人說夢」而已，故「夢遇」型故事其迷離恍惚、徘迴於現實與夢境之間的獨特敘事特質，及其所蘊含多元的敘事內涵，誠值得讀者深深咀嚼思索。

附錄一　「猿妖搶婦」型故事文本

　　　　——〈猴玃〉

　　　　——〈補江總白猿傳〉

　　　　——〈老猿竊婦人〉

　　　　——〈陳巡檢梅嶺失妻記〉

　　　　——〈申陽洞記〉

　　　　——〈陳從善梅嶺失渾家〉

◆ 《博物志・猴玃》張華

蜀山南高山上，有物如獼猴。長七尺，能人行，健走，名曰猴玃，一名馬化，或曰猳玃。伺行道婦女有好者，輒盜之以去，人不得知。行者或每遇其旁，皆以長繩相引，然故不免。此得男子氣，自死，故取女不取男也。取去爲室家，其年少者終身不得還。十年之後，形皆類之，意亦迷惑，不復思歸。有子者輒俱送還其家，產子皆如人，有不食養者，其母輒死，故無敢不養也。及長，與人無異，皆以楊爲姓，故今蜀中西界多謂楊率皆猳玃、馬化之子孫，時時相有玃爪也。

◆ 〈補江總白猿傳〉（《太平廣記》卷444，據《顧氏文房小說》補）

梁大同末，遣平南將軍藺欽南征，至桂林，破李師古、陳徹。紇妻纖白，甚美。其部人曰：「將軍何爲挈麗人經此？地有神，善竊少女，而美者尤所難免，宜謹護之。」紇甚疑懼，夜勒兵環甚廬，匿婦密室中，謹閉甚固，而以女奴十餘伺守之。

爾夕，陰風晦黑，至五更，寂然無聞。守者怠而假寐，忽若有物驚悟者，即已失妻矣。關局如故，莫知所出。出門山險，咫尺迷悶，不可尋逐。迨明，絕無其跡。紇大憤痛，誓不徒還。因辭疾，駐其軍，日往四遲，即深凌險以索之。

既逾月，忽於百里之外叢篠上，得其妻繡履一雙。雖浸雨濡，猶可辨識。紇尤凄悼，求之益堅。選壯士三十人，持兵負糧，巖棲野食。又旬餘，遠所舍約二百里，南望一山，蔥秀迴出，至其下，有深溪環之，乃編木以度。

絕巖翠竹之間，時見紅彩，聞笑語音。捫蘿引緪，而涉其上，則嘉樹列植，間以名花，其下綠蕪，豐軟如毯。清遇岑寂，杳然殊境。東

319

向石門，有婦人數十，帔服鮮澤，嬉遊歌笑，出入其中。見人皆慢視遲立。至則問曰：「何因來此？」紇具以對。相視歎曰：「賢妻至此月餘矣。今病在床，宜遣視之。」

入其門，以木為扉。中寬闊若堂者三。四壁設床，悉施錦薦。其妻臥石榻上，重茵累席，珍食盈前。紇就視之。回眸一睇，即疾揮手令去。諸婦人曰：「我等與公之妻，比來久者十年。此神物所居，力能殺人，雖百夫操兵，不能制也。幸其未返，宜速避之。但求美酒兩斛，食犬十頭，麻數十斤，當相與謀殺之。其來必以正午。後慎勿太早，以十日為期。」因促之去。紇亦遽退。

遂求醇醪與麻犬，如期而往。婦人曰：「彼好酒，往往致醉。醉必騁力，俾吾等以彩練縛手足於床，一踴皆斷。嘗紉三幅，則力盡不解，今麻隱帛中束之，度不能矣。遍體皆如鐵，唯臍下數寸，常護蔽之，此必不能禦兵刃。」指其傍一巖曰：「此其食廩，當隱於是，靜而伺之。酒置花下，犬散林中，待吾計成，招之即出。」如其言，屏氣以俟。有物如匹練自他山下，透至若飛，徑入洞中，少選，有美髯丈夫長六尺餘，白衣曳杖，擁諸婦人而出。見犬驚視，騰身執之，披裂吮咀，食之致飽。婦人競以玉杯進酒，諧笑甚歡。

既飲數斗，則扶之而去，又聞嘻笑之音。良久，婦人出招之，乃持兵而入，見大白猿，縛四足於床頭，顧人蹙縮，求脫不得，目光如電。競兵之，如中鐵石。刺其臍下，即飲刃，血射如注。乃大嘆吒曰：「此天殺我，豈爾之能？然爾婦已孕，勿殺其子。將逢聖帝，必大其宗。」言絕乃死。

搜其藏，寶器豐積，珍羞盈品，羅列案幾。凡人世所珍，靡不充備。名香數斛，寶劍一雙。婦人三十輩皆絕其色，久者至十年。：「色衰必被提去，莫知所置。又捕採唯止其身，更無黨類。且盥洗，著帽，加白袷，被素羅衣，不知寒暑。遍身白毛，長數寸。所居常讀木簡，字若符篆，了不可識。已，則置石蹬下。晴晝或舞雙劍，環身電飛，光圓

若月。其飲食無常，喜啖果栗。尤嗜犬，咀而飲其血。日始逾午即矻然而逝，半晝往返數千里，及晚必歸，此其常也。所須無不立得。夜就諸床嬲戲，一夕皆週，未嘗寐。」言語淹詳，華旨會利。然其狀即獑玃類也。今歲木葉之初，忽愴然曰：「吾為山神所訴，將得死罪。亦求護之於眾靈，庶幾可免。」前月哉生魄，石磴生火，焚其簡書，悵然自失曰：「吾已千歲而無子。今有子，死期至矣。」因顧諸女泡瀾者久，且曰：「此山復絕，未嘗有人至。上高而望不見樵者。下多虎狼怪獸。今能至者，非天假之。何那？」紇即取寶玉珍麗及婦人以歸，猶有知其家者。紇妻周歲生一子，厥狀肖焉！後紇為陳武帝所誅，素與江總善，愛其子聰悟絕人，常留養之，故免於難。及長果文學善書，知名於時。

◆ 《稽神錄‧老猿竊婦人》徐鉉（曾慥《類說》）

晉州含山有妖鬼，好竊婦人。嘗有士人行至含山，夜失其妻，旦而尋求；入深山，一大石，有五六婦人共坐，問曰：「君何至此？」具言其故，婦人曰：「賢夫人昨夜至此，在石室中，吾等皆經過為所竊也。將軍竊人至此，與行容彭之術，每十日一試，取索練周纏其身及手足，作法運氣，練皆斷裂。每一試輒增一疋，明日當五疋。君明旦至此伺之，吾等當以六七疋急纏其身，俟君至即共殺之，可乎？」其人如期而往，見一人貌甚可畏，眾婦以練縛之，至六疋乃直前格之，遂殺之，乃一老猿也。因獲其妻，眾婦皆得出，其怪遂絕。

◆ 《清平山堂話本：陳巡檢梅嶺失妻記》

入話：
獨坐書齋閱史篇，三貞九烈古來傳。
歷觀天下嶮嶇嶠，大庚梅嶺不堪言。

君騎白馬連雲棧，我駕孤舟亂石灘。

揚鞭舉棹休相笑，煙波名利大家難。

話說大宋徽宗宣和三年上春間，黃榜招賢，大開選場。云這東京汴梁城內，虎異營中，一秀才姓陳，名辛，字從善，年二十歲。故父是殿前太尉。這官人不幸父母早亡，只單身獨自，自小好學，學得文武雙全，正是：

文欺孔孟，武賽孫吳；五經三史，六韜三略，無有不曉。

新娶得一個渾家，乃東京金梁橋下張待詔之女，小字如春，年方二八，生得如花似玉，比花花解語，比玉玉生香。夫妻二人，如魚似水，且是說得著，不願同日生，只願同日死。這陳辛一心向善，常好齋供僧道，一日，與妻言說：「今黃榜招賢，我欲赴選，求得一官半職，改換門閭，多少是好。」如春答曰：「只恐你命運不通，不得中舉。」陳辛曰：「我正是『學成文武藝，貨與帝王家』。」

不數日，去赴選場，偕眾伺候掛榜。旬日之間，金榜題名，已登三甲進士。上賜瓊林宴，宴罷謝恩，御筆除授廣東南雄沙角鎮巡檢司巡檢。回家說與妻如春道：「今我蒙聖恩，除做南雄巡檢之職，就要走馬上任。我聞廣東一路，千層峻嶺，萬疊高山，路途難行，盜賊煙瘴極多；如今便要收拾前去，如之奈何？」如春曰：「奴一身嫁與官人，只得同受甘苦；如今去做官，便是路途險難，只得前去，何必憂心！」陳辛見妻如此說，心下稍寬。正是：

青龍與白虎同行，吉凶事全然未保。天高寂沒聲，蒼蒼無處尋；萬般皆是命，半點不由人。

當日，陳巡檢喚當直王吉，吩咐曰：「我今得授廣東南雄巡檢之職，爭奈路途險峻，好生艱難。你與我尋一個使喚的，一同前去。」王吉領命往街市尋覓，不在話下。

卻說陳巡檢吩咐廚下使喚的：「明日是四月初三日，設齋，多備齋供，不問雲遊全真道人，都要齋他，不得有缺。」

　　不說這裡齋主備辦。且說大羅仙界有一眞人，號曰紫陽眞人，於仙界觀見陳辛奉眞齋道，好生志誠，今投南雄巡檢，爭奈他妻有千日之災，叫一眞人化作道童：「聽吾法旨，權與陳辛做伴當，護送夫妻二人。他妻若遇妖精，你可護送。」道童聽旨，同眞君到陳辛宅中，與陳巡檢相見。禮畢，齋罷，眞君問陳辛曰：「何故往日設齋歡喜，今日如何煩惱？」陳辛叉手告曰：「聽小生訴稟。今蒙聖恩除南雄巡檢，爭奈路遠，實難行程，又無兄弟，心懷千里，因此憂悶也。」眞人曰：「我有這個道童，喚作羅童，年紀雖小，有些能處。今日權借與齋官，送到南雄沙角鎮，便著他回來。」夫妻二人拜謝曰：「感蒙尊師降臨，又賜道童相伴，此恩難報。」眞君曰：「貧道物外之人，不思榮辱，豈圖報答！」拂袖而去了。

　　陳辛曰：「且喜添得羅童做伴。」收拾琴劍書箱，辭了親戚鄰里，封鎖門戶，離了東京，十里長亭，五里短亭，迤邐在路，道：

　　村前茅舍，在後竹籬。村醪香透磁缸，濁酒滿盛瓦甕。架上麻衣，昨日芒郎留下當；酒市大字，鄉中學究醉時書。李白聞言休駐馬，劉伶知味且停舟。小橋曲澗野梅芳，茅舍竹籬村犬吠。

　　陳巡檢騎著馬，如春乘著轎，王吉、羅童挑擔書箱行李，在路少不得饑餐渴飲，夜住曉行。羅童心中自忖：「我是大羅仙中大慧眞人，今奉紫陽眞君法旨，交我跟陳巡檢去南雄沙角鎮去。吾故意裝瘋做癡，交他不識咱眞相。」隨乃行不動，上前退後。如春見羅童如此嫌遲，好生心惱，再三要趕回去。陳巡檢不肯，恐誤背了眞人重恩。

　　羅童正行在路，打火造飯，哭哭啼啼不吃。陳巡檢與如春孺人定要趕羅童回去，羅童越耍瘋，叫「走不動」。王吉攙扶著，行不五里，叫「腰疼」。笑哭不止。如春說與陳巡檢：「當初止望得羅童用，今日不曾得他半分之力，不如交他回去。」陳巡檢不合聽了孺人言語，打發羅童回去，有分交如春爭些個做了失鄉之鬼。正是：

　　鹿迷鄭相應難辨，蝶夢周公未可知。

神明不肯說明言，凡夫不識大羅仙。

早知留卻羅童在，免交洞內苦三年。

當日打發羅童回去，陳巡檢夫妻和王吉三人，且得耳根清淨。

且說梅嶺之北有一洞，名曰申陽洞，洞中有一怪，號曰白巾公，乃猢猻精也。弟兄三人：一個是通天大聖，一個是彌天大聖，一個是齊天大聖。小妹便是泗洲聖母。這齊天大聖神通廣大，變化多端，能降各洞山魈，管領諸山猛獸，興妖作法，攝偷可意佳人，嘯月吟風，醉飲非凡美酒，與天地齊休，日月同長。這齊天大聖在洞中觀見嶺下轎中抬著一個佳人，嬌嫩如花似玉，意欲娶他，乃喚山神吩咐：「聽吾號令，便化客店，你做小二哥，我做店主人。他必到此店投宿，更深夜靜，攝此婦人入洞中。」山神聽令，化作一店，申陽公變作店主，坐在店中。

卻好至黃昏時分，陳巡檢與孺人如春並王吉至梅嶺下，見天色黃昏，路逢上店，喚「招商客店」。王吉向前人敲門。店小二問曰：「客長有何勾當？」王吉答道：「我主人乃南雄沙角巡檢之任，到此趕不著館驛，欲借店中一宿，來早便行。」申陽公迎接陳巡檢夫妻二人入店，頭房安下。申陽公說與陳巡檢曰：「老夫今年八十餘歲，今晚多口勸官人一句，前面梅嶺，好生僻靜，虎狼劫盜極多，不如就老夫這裡安下孺人，官人自先去到任，多差弓兵人等來取不好？」陳巡檢答曰：「小官三代將門之子，通曉武藝，常懷報國之心，豈怕狼虎盜賊！」申公情知難勸，便不敢言，自退去了。

且說陳巡檢夫妻二人到店房中吃了些晚飯，卻好一更。看看二更，陳巡檢先上牀脫衣而臥，只見就中起一陣風，正是：

風穿珠戶透簾櫳，滅燭能交蔣氏雄；

吹折地獄門前樹，颭起風都頂上塵。

那陣風過處，吹得燈半滅而復明。陳巡檢大驚，急穿衣起來看時，就房中不見了孺人張如春。開房門叫得王吉，那王吉睡中叫將起來，不知頭由，慌張失勢。陳巡檢說與王吉：「房中起一陣狂風，不見了孺人

張氏！」主僕二人急叫店主人時，叫不應了，仔細看時，和店房都不見了，王吉也吃一驚。看時，二人立在荒郊野地上，止有書箱、行李並馬在面前，並無燈火；客店、店主人，皆無蹤跡。只因此夜，直交陳巡檢三年不見孺人之面，未知久後如何。正是：

千千丈琉璃井裡，番為失腳夜行人。

雨裡煙村霧裡都，不分南北路程途。

多疑看罷僧繇畫，收起丹青一軸圖。

陳巡檢與王吉聽譙樓更鼓，正打四更。當夜月明早光之下，主僕二人，前無客店，後無人家，驚得魂飛天外，魄散九霄。只得交王吉挑了行李，自跳上馬，月光之下，依路逕而行。在路，巡檢知是中公妖法：「化作客店，攝了我妻去，自從古至今，不見聞此異事。」巡檢一頭行，一頭哭：「我妻不知著落！」迤邐而行，卻好天明。王吉勸官人：「且休煩惱，理會正事。前面梅嶺，望著好生嶮峻崎嶇，凹凸難行，只得捱過此嶺，且去沙角鎮上了任，卻來打聽尋取孺人不遲。」陳巡檢聽王吉之言，只得勉強而行。

且說申陽公攝了張如春歸於洞中，驚得魂飛魄散，半晌醒來，淚兩行下。原來洞中先有一娘子，名喚牡丹，亦被攝在洞中日久，向前來勸如春：「不要煩惱。」申陽公說與如春：「娘子，小聖與娘子前生有緣，今日得到洞中，別有一個世界。你吃了我仙桃、仙酒、胡麻飯，便是長生不死之人。你看我這洞中仙女，盡是凡間攝將來的。娘子休悶，且共你蘭房同室雲雨。」

如春見說，哀哀痛哭，告申陽公曰：「奴奴不願洞中快樂，長生不死，只求早死。若說雲雨，實然不願！」申陽公見他如此，自思：「我為他春心蕩漾，他如今煩惱，未可歸順。其婦人性執，若逼令他，必定尋死，卻不可惜了這等端妍少貌之人？」乃喚一婦人，名喚金蓮，洞主也是日前攝來的，在洞中多年矣。申陽公吩咐：「好好勸如春，早晚好待他，將好言語誘他，等他回心。」

金蓮引如春到房中，將酒食管待。如春酒也不吃，食也不吃，只是煩惱。金蓮、牡丹二婦人再三勸說：「你既被攝到此間，只得無奈何。自古道：『在他矮簷下，怎敢不低頭！』」如春告金蓮云：「姐姐，你豈知我今生夫妻分離，被這老妖半夜攝將到此，強要奴家雲雨，決不依隨，只求快死，以表我貞潔。古云：『烈女不更二夫。』奴今寧死而不受辱！」金蓮云：「『要知山下事，請問過來人。』這事我也曾經來。我家在南雄府住，丈夫富貴，也被申公攝來洞中五年。你見他貌惡，當初我亦如此，後來慣熟，方才好過。你既到此，只得沒奈何隨順了他罷！」

如春大怒，罵云：「我不似你這等淫賤，貪生受辱，枉爲人在世，潑賤之女！」金蓮云：「好言不聽，禍必臨身！」遂自回報申陽公，說：「新來佳人不肯隨順，惡言誹謗，勸他不從。」申陽公大怒而言：「本待將銅錘打死這個賤人，如此無禮！爲他花容無比，不忍下手。如此，交付牡丹娘子，你管押著他。將這賤人剪髮齊眉，蓬頭赤腳，罰去山頭挑水，澆灌花本，一日與他三頓淡飯。」

牡丹依言，將張如春剪髮齊眉，赤腳，把一付水桶。如春自思：「我今情願挑水。爭奈本欲投岩澗中而死，倘有再見丈夫之日！」不免含淚挑水。正是：

寧可洞中挑水苦，不作貪淫下賤人。世路山河險，石門煙霧深。年年上高處，未肯不傷心。

不說張氏如春在洞中受苦。且說陳巡檢與同王吉自離東京，在路兩月餘，至梅嶺之北，被申陽公攝了孺人去，千方無計尋覓。王吉勸官人且去上任，巡檢只得棄捨而行。乃望前面一村酒店，巡檢到店門前下馬，與王吉入店，買酒飯吃了，算還酒飯錢，再上馬而去。見一個草舍，乃是賣卦的，在梅嶺下，招牌上寫：「楊殿乾，請仙下筆，吉凶有准，禍福無差。」陳巡檢到門前，下馬離鞍，入門與楊殿乾相見已畢。殿乾問：「尊官何來？」陳巡檢將昨夜遇申公之事，從頭至尾說了一

遍。楊殿乾焚香請聖，陳巡檢跪拜，禱祝昨夜遇申公攝了孺人之事。只
見楊殿乾請仙至，降筆判斷四句詩曰：

千日逢災厄，佳人意自堅。

紫陽來到日，鏡玻再團圓。

楊殿乾斷曰：「官人且省煩惱，孺人有千日之災，三年之後，再遇
紫陽，夫婦團圓。」陳巡檢自思：「東京曾遇紫陽真人借羅童為伴，因
羅童嘔氣，打發他回去。此間相隔數千里路，如何得紫陽到此？」遂乃
心中少寬，還了卦錢，謝了楊殿乾，上馬同王吉並眾人上梅嶺來。陳巡
檢看那嶺時，真嶮峻！陳巡檢並一行過了梅嶺，直交陳巡檢：

施呈三略六韜法，威鎮南雄沙角營。

欲問世間煙瘴路，大庾梅嶺苦心酸。

山中大象成群走，吐氣巴蛇滿地攢。

這巡檢過了梅嶺，嶺南二十里有一小亭，名喚做接官亭。巡檢下
馬入亭中暫歇，忽見王吉報說：「有南雄沙角鎮巡檢衙弓兵人等，遠來
迎接。」陳巡檢喚入，參拜畢。過了一夜。次日，同共弓兵吏卒走馬上
任。至於衙中，升廳，眾人參賀以畢。

陳巡檢在沙角鎮做官，且是清正嚴謹。光陰似箭，正是：

窗外日光彈指過，席前花影坐間移。

倏忽在任，不覺一載有餘，差人打聽孺人消息，並無蹤跡，端的：

好似石沉東海底，猶如線斷紙風箏。

陳巡檢為因孺人無有消息，心中好悶，思憶渾家，終日下淚。正思
念張如春之際，忽弓兵上報：「相公，禍事！今有南雄府府尹府札來報
軍情：『有一強人姓楊名廣，綽號鎮山虎，聚集五七百小嘍囉，占據南
林村，打家劫舍，殺人放火，百姓遭殃。札付巡檢，火速帶領所管一千
人馬，關頓軍器，前去收捕，毋得遲誤！』」陳巡檢聽知，火速收付軍
器鞍馬，披掛已了，引著一千人馬迢奔南林村來。

卻說那南林村鎮山虎正在寨中飲酒，小嘍囉報說：「官軍到來！」

急上馬持刀，一聲鑼響，引了五百小嘍囉前來迎敵。陳巡檢與鎮山虎並不打話，兩馬相交。那草寇怎敵得陳巡檢過，鬥無十合，一矛刺鎮山虎於馬下，梟其首級，殺散小嘍囉，將首級回南雄府，當廳呈獻，府尹大喜，重賞了當，自回巡檢衙，辦酒慶賀已畢。只因斬了鎮山虎，真個是：

威名大振南雄府，武藝高強眾所欽。

亭亭孤月照行舟，寂寂長江萬里流。

鄉國不知何處好？雲山漫漫遣人愁。

這陳巡檢在任，倏忽卻早三年官滿，新官交替。陳巡檢收什行裝，與王吉離了沙角鎮，兩程並作一程行。相望庚嶺之下，紅日西沉，天色已晚，陳巡檢一行人，望見遠遠松林間，有一座寺。王吉告官人：「前面有一座寺，我們去投宿則個。」陳巡檢勒馬向前，看那寺時，額上有「紅蓮寺」三個大金字。巡檢下馬，同一行人入寺。元來這寺中長老，名號姤大惠禪師，佛法廣大，德行清高，是個古佛出世。

當日行者報與長老：「有一過往官人投宿。」長老交行者相請。巡檢入方丈參見長老，禮畢，長老問：「官人何來？」陳巡檢備說前事：「萬望長老慈悲，指點陳辛尋得孺人回鄉，不忘重恩。」長老曰：「官人聽稟，此怪是白猿精，千年成器，變化難測。你孺人性真烈，不肯依隨，被他剪髮赤腳，挑水澆花，受其苦楚。此人號曰申陽公，常到寺中聽說禪機，講其佛法。官人若要見孺人，可在我寺中住幾時，等申陽公來時，我勸化他回心，放還你妻，如何？」陳巡檢見長老如此說，心中喜歡，且在寺中歇下。正是：

端的眼觀旌節旗，分明耳聽好消息。

五里亭亭一小峰，上分南北與西東。

世間多少迷路客，一指還歸大道中。

陳巡檢在紅蓮寺中一住十餘日。忽一日，行者報與長老：「申陽公到寺來也。」巡檢聞之，躲於方丈中屏風後面。只見長老相迎申陽公

入方丈，敘禮畢，分位而坐，行者獻茶。茶罷，申陽公告長老曰：「小聖無能斷除愛慾，只爲色心迷戀本性，誰能虎項解金鈴？」長老答曰：「尊聖要解虎項金鈴，可解色心本性。色即是空，空即是色，一塵不染，萬法皆明。莫怪老僧多言扣勸，聞知你洞中有一如春娘子，在洞三年。他是眞烈之婦，可放他一命還鄉，此便是斷卻慾心也。」申陽公聽罷，回言長老：「小聖心中正恨此人，罰他挑水三年，不肯回心。這等愚頑，決不輕放。」陳巡檢在屏風後聽得說，正是：

心頭一把無明起，怒氣咬碎口中牙。

陳巡檢大怒，拔出所佩寶劍，匹頭便砍。申陽公用手一指，其劍自著身。申陽公曰：「吾不看長老之面，將你粉骨碎身。此冤必報！」道罷，申陽公別了長老，自去了，自洞中叫張如春在面前，欲要剖腹取心，害其性命，得牡丹、金蓮二人救解，依舊挑水澆花，不在話下。

且說陳巡檢不知妻子下落也罷，在紅蓮寺方丈中，拜告長老：「怎生得見找妻之面？」長老曰：「要見不難，老僧指一條徑路上山去尋。」長老叫行者引巡檢去山間尋。行者自回寺。

只說陳辛去尋妻，未知尋得見尋不見。正是：

風定始知蟬在樹，燈殘方見月臨窗。

夫妻會合是前緣，堪恨妖魔逆上天。

悲歡離合千般苦，烈女眞心萬古傳。

當日，陳巡檢帶了王吉一同行者，到梅嶺山頭，不顧崎嶇峻嶮，走到山岩潭畔，見個赤腳挑水婦人，慌忙向前看時，正是如春。夫妻二人抱頭而哭，行訴前情，莫非夢中相見，一一告訴。如春說：「昨日申公回洞，幾乎一命不存！」巡檢乃言：「謝紅蓮寺長老指路來尋，不想卻好遇你，不如共你逃走了罷！」如春道：「走不得。申公妖法廣大，神通莫測，他若知我走，趕上，和官人性命不留！我聞申公平日只怕紫陽眞君，與官人降仙筆詩亦同。官人可急回寺去，莫待申公知之，其禍不小。」

　　陳巡檢只得棄了如春，歸寺中拜謝長老說：「已見嬌妻，言申公只怕紫陽眞君。他在東京曾與陳辛相會，今此間窵遠，如何得他來救？」長老見他如此哀告，乃言：「等我與你入定去看，便見分曉。」長老交行者焚香入定去了；一晌，入定回來，說與陳巡檢曰：「當初紫陽眞人與你一個道童，你到半路趕了他回去。你如今便可往，急走三日，必有報應。」陳巡檢見說，依其言，急急步行出寺。迤邐行了兩日，並無蹤跡。

　　且說紫陽眞人在大羅仙境與羅童曰：「吾三年前，那陳巡檢去上任時，他妻合有千日之災，今已將滿。吾憐他養道修眞，好生虔心，吾今與汝同下凡間，去梅嶺救取其妻回鄉。」羅童聽旨，一同下凡，而往廣東路上行來。這日，卻好陳巡檢撞見眞君同羅童遠遠而來，乃急急向前跪拜，哀合曰：「眞君，望救度弟子妻張如春，被申陽公妖法攝在洞中三年，受其苦楚，望眞君救難則個！」眞君笑曰：「陳辛，你可先去紅蓮寺中等，我便到也。」陳辛拜別，先回寄中備辦香案，迎接眞君救難。正是：

　　　從空伸出拿雲手，救出天羅地網人。

　　　法籙持身不等閒，主身起業有多般。

　　　千年鐵樹開花易，一回鄠都出世難。

　　陳巡檢在寺中等了一日，只見紫陽眞君行至寺中，端的道貌非凡。長老直出寺門迎接，入方丈敍禮畢，分賓主坐定。長老看紫陽眞君端的有神儀八極之表，道貌堂堂，威儀凜凜。陳巡檢拜在眞君面前，告曰：「望眞君慈悲，早救陳辛妻張如春性命還鄉，自當重重拜答深恩！」眞君乃於香案前，口中不知說了幾句言語，只見就方丈裡起一陣風，但見：

　　　無形無影透人懷，二月桃花被絳開。

　　　就地攝將黃葉去，入山推出白雲來。

　　那風過處，只見兩個紅忔兜中天將出現，甚是勇猛。這兩員神將

朝著眞君聲喏道：「吾師有何法旨？」紫陽眞君曰：「快與我去申陽洞中擒拿齊天大聖前來，不可有失！」兩員大將去不多時，將申陽公一條鐵索鎖著，押到眞君面前。申陽公跪下。紫陽眞君判斷，喝令天將將申陽公押入酆都天牢問罪；交羅童入申陽公洞中，將眾多婦女各各救出洞來，各令發付回家去訖。張如春與陳辛夫妻再得團圓，向前拜謝紫陽眞人。眞人別了長老、陳辛，與羅童冉冉騰空而去了。

這陳巡檢將禮物拜謝了長老，與一寺僧別已了。收拾行李轎馬，王吉並一行從人，離了紅蓮寺，迤邐在路。不則一日，回到東京故鄉，夫妻團圓盡老，百年而終。正是：

雖爲翰府名談，編作今時佳話。

◆ 《剪燈新話：申陽洞記》瞿佑

隴西李生，名德逢，年二十五，善騎射，馳騁弓馬，以膽勇稱，然而不事生產，爲鄉黨賤棄。天曆間，父友有任桂州監郡者，因往投焉。至則其人已歿，流落不能歸。郡多名山，日以獵射爲事，出沒其間，未嘗休息，自以爲得所樂。有大姓錢翁者，以貲產雄於郡，止有一女，年及十七，甚所鍾愛，未嘗窺門，雖姻親鄰里，亦罕見之。一夕，風雨晦冥，失女所在，門窗戶闥，扃鐍如故，莫知所從往。聞于官，禱於神，訪於四境，悄無蹤跡。翁念女切至，設誓曰：「有能知女所在者，願以家財一半給之，並以女事焉。」雖求尋之意甚切，而荏苒將及半載，竟絕音響。

生一日挾鏃持弧出城，遇一麈，逐之不舍，遂越岡巒，深入澗谷，終莫能及。日已曛黑，又迷來路，彷徨於壟阪之側，莫知所適。已而煙昏雲暝，虎嘯猿啼，遠近黯然，若一更之後。遙望山頂，見一古廟，委身投之。至則塵埃堆積，牆壁傾頹，獸蹄鳥跡，交雜於中。生雖甚怖，然無可奈何，少憩廊下，將以待旦。未及瞑目，忽聞傳導之聲，自遠而

至。生念深山靜夜，安得有此？疑其爲鬼神，又恐爲盜劫，乃攀緣檻楣，伏于梁間，以窺其所爲。須臾，及門，有二紅燈前導，爲首者頂三山冠，絳帕首，披淡黃袍，束玉帶，逕據神案而坐。從者十餘輩，各執器仗，羅列階下，儀衛雖甚整肅，而狀貌則皆猥獰之類也。生知爲邪魅，取腰間箭，持滿一發，正中坐者之臂，失聲而走，群党一時潰散，莫知所之。

久之，寂然，乃假寐待旦。則見神座邊鮮血點點，從大門而出，沿路不絕，循山而南，將及五里，得一大穴，血蹤由此而入。生往來穴口，顧盼之際，草根柔滑，不覺失足而墜。乃深坑萬仞，仰不見天，自分必死。旁邊微覺有路，尋路而行，轉入幽邃，咫尺不辨。更前百步，豁然開朗，見一石室，榜曰：申陽之洞。

守門者數人，裝束如昨夕廟中所睹。見生，驚曰：「子爲何人，而遽至此？」生磬折作禮而答曰：「下界凡氓，久居城府，以醫爲業。因乏藥材，入山采拾，貪多務得，進不知止。不覺失足，誤墜於斯。觸冒尊靈，乞垂寬宥。」守門者聞言，似有喜色，問之曰：「汝既業醫，能爲人治療乎？」生曰：「此分內事也。」守門者大喜，以手加額曰：「天也！」生請其故。曰：「吾君申陽侯，昨因出遊，爲流矢所中，臥病在床，而汝惠然來斯，是天以神醫見貺也。」乃邀生坐于門下，踉蹌趨入，以告於內。頃之，出而傳其主之命曰：「僕不善攝生，自貽伊戚，禍及股肱，毒流骨髓，厄運莫逃，殘生待盡。今而幸值神醫，獲賜良劑，是受病者有再生之樂，而治病者有全生之恩也。敢不忍死以待！」生遂攝衣而入，度重門，及曲房，帷幄衾褥，極其華麗。見一老獼猴，偃臥石榻之上，呻吟之聲不絕。美人侍側者三，皆絕色也。生診其脈，撫其瘡，詭曰：「無傷也，予有仙藥，非徒治病，兼可度世，服之則能後天不老，而凋三光矣。今之相遇，蓋亦有緣耳。」遂傾囊出藥，令其服之。群妖聞度世之說，喜得長生，皆羅拜於前曰：「尊官信是神人，今幸相遇！吾君既獲仙丹永命，吾等獨不得沾刀圭之賜乎？」

生遂罄其所齎，遍賜之，皆踴躍爭奪，惟恐不預。其藥蓋毒之尤者，用以淬箭鏃而射鷙獸，無不應弦而倒。有頃，群妖一時僕地，昏眩無知矣。生顧寶劍懸於石壁，取而悉斬之，凡戮猴大小三十六頭。疑三女為妖，欲並除之。

皆泣而言曰：「妾等皆人，非魅也。不幸為妖猴所攝，沉陷坑阱，求死不得。今君能為妾除害，即妾再生之主也，敢不惟命是聽！」問其姓名居址，其一即錢翁之女，其二亦皆近邑良家也。生雖能除去群妖，然無計以出。憤悶之際，忽有老父數人，不知自何來，皆身被褐裘，長須鳥喙，推一白衣者居前，向生列拜曰：「吾等虛星之精，久有此土，近為妖猴所據，力弗能敵，屏避他方，俟其便而圖之。不意君能為我掃除仇怨，蕩滌凶邪，敢不致謝！」各于袖中出金珠之屬，置於生前。生曰：「若等既具神通，何乃見欺於彼，自伏孱劣耶？」白衣者曰：「吾壽止五百歲，彼已八百歲，是以不敵。然吾等居此，與人無害也，功成行滿，當得飛游諸天，出入自在耳。非若彼之貪淫肆暴，害人禍物。今其稔惡不已，舉族夷滅，蓋亦獲咎於天，假手於君耳。不然，彼之凶邪，豈君所能制耶？」生曰：「洞名申陽，其義安在？」曰：「猴乃申屬，故假之以美名，非吾土之舊號也。」生曰：「此地既為若等故居，予乃世人，誤陷於此，但得指引歸途，謝物不用也。」曰：「果如是，亦何難哉！但請閉目半晌，即得遂願。」生如其言，耳畔惟聞疾風暴雨之聲。聲止，開目，見一大白鼠在前，群鼠如豕者數輩從之，旁穿一穴，達於路口。生挈摯三女以出，徑叩錢翁之門而歸焉。翁大驚喜，即納為婿，其二女之家，亦願從焉。生一娶三女，富貴赫然。複至其處，求訪路口，則豐草喬林，遠近如一，無復舊蹤焉。

◆ 《喻世明言·陳從善梅嶺失渾家》馮夢龍

君騎白馬連雲棧，我駕孤舟亂石灘。揚鞭舉櫂休相笑，煙波名利大

家難。

話說大宋徽宗宣和三年上,春間,黃榜招賢,大開選場。去這東京汴梁城內虎異營中,一秀才姓陳,名辛,字從善,年二十歲;故父是殿前太尉。這官人不幸父母蚤亡,只單身獨自。自小好學,學得文武雙全。正是:文欺孔孟,武賽孫吳;五經三史,六韜三略,無所不曉。新娶得一個渾家,乃東京金梁橋下張待詔之女,小字如春。年方二八,生得如花似玉。比花花解語,比玉玉生香。夫妻二人,如魚似水,且是說得著,不願同日生,只願同日死。這陳辛一心向善,常好齋供僧道。

一日,與妻言說:「今黃榜招賢,我欲赴選,求得一官半職,改換門閭,多少是好。」如春答曰:「只恐你命運不通,不得中舉。」陳辛曰:「我正是『學成文武藝,貨與帝王家』。」不數日,去赴選場,偕眾伺候掛榜。旬日之間,金榜題名,已登三甲進士。瓊林宴罷,謝恩,御筆除授廣東南雄沙角鎮巡檢司巡檢。回家說與妻如春道:「今我蒙聖恩,除做南雄巡檢之職,就要走馬上任。我聞廣東一路,千層峻嶺,萬疊高山,路途難行,盜賊煙瘴極多。如今便要收拾前去,如之奈何?」如春曰:「奴一身嫁與官人,只得同受甘苦。如今去做官,便是路途險難,只得前去,何必憂心?」陳辛見妻如此說,心下稍寬。正是:

青龍與白虎同行,吉凶事全然未保。

當日,陳巡檢喚當直王吉吩咐曰:「我今得授廣東南雄巡檢之職,爭奈路途險峻,好生艱難,你與我尋一個使喚的,一同前去。」王吉領命,往街市尋覓,不在話下。

卻說陳巡檢吩咐廚下使喚的:「明日是四月初三日,設齋多備齋供。不問雲遊全真道人,都要齋他,不得有缺。」

不說這裡齋主備辦。且說大羅仙界有一真人,號曰紫陽真君,於仙

界觀見陳辛奉眞齋，道：「好生志誠！今投南雄巡檢，爭奈他妻有千日之災。」吩咐大慧眞人：「化作道童，聽吾法旨：你可假名羅童，權與陳辛作伴當，護送夫妻二人。他妻若遇妖精，你可護送。」道童聽旨，同眞君到陳辛宅中，與陳巡檢相見。禮畢，齋罷，眞君問陳辛曰：「何故往日設齋歡喜，今日如何煩惱？」陳辛叉手告曰：「聽小生訴稟：今蒙聖恩，除南雄巡檢。爭奈路遠難行，又無兄弟，因此憂悶也。」眞人曰：「我有這個道童，喚做羅童，年紀雖小，有些能處。今日權借與齋官，送到南雄沙角鎮，便著他回來。」夫妻二人拜謝曰：「感蒙尊師降臨，又賜道童相伴，此恩難報。」眞君曰：「貧道物外之人，不思榮辱，豈圖報恩？」拂袖而去了。陳辛曰：「且喜添得羅童做伴。」收拾琴、劍、書箱，辭了親戚鄰里，封鎖門戶，離了東京。十里長亭，五里短亭，迤邐而進。一路上，但見：

村前茅舍，莊後竹籬。村醪香透磁缸，濁酒滿盛瓦甕。架上麻衣，昨日芒郎留下當；酒帘大字，鄉中學究醉時書。沽酒客暫解擔囊，趲路人不停車馬。

陳巡檢騎著馬，如春乘著轎，王吉、羅童挑著書箱行李，在路少不得饑餐渴飲，夜住曉行。羅童心中自忖：「我是大羅仙中大慧眞人，今奉紫陽眞君法旨，教我跟陳巡檢往南雄沙角鎮去。吾故意妝風做癡，教他不識咱眞相。」遂乃行走不動，上前退後。如春見羅童如此嫌遲，好生心惱，再三要趕回去，陳巡檢不肯，恐背了眞人重恩。羅童正行在路，打火造飯，哭哭啼啼不肯吃，連陳巡檢也厭煩了。如春孺人執性，定要趕羅童回去。羅童越耍風，叫：「走不動！」王吉攙扶著行，不五里叫：「腰疼！」大哭不止。如春說與陳巡檢：「當初指望得羅童用，今日不曾得他半分之力，不如教他回去。」陳巡檢不合聽了孺人言語，打發羅童回去。有分教如春爭些個做了失鄉之鬼。正是：

鹿迷鄭相應難辨，蝶夢周公未可知。

當日打發羅童回去，且得耳根清淨。陳巡檢夫妻和王吉三人前行。

　　且說梅嶺之北有一洞，名曰申陽洞。洞中有一怪，號曰申陽公，乃猢猻精也。弟兄三人：一個是通天大聖，一個是彌天大聖，一個是齊天大聖。小妹便是泗州聖母。這齊天大聖神通廣大，變化多端，能降各洞山魈，管領諸山猛獸。興妖作法，攝偷可意佳人；嘯月吟風，醉飲非凡美酒。與天地齊休，日月同長。這齊天大聖在洞中，觀見嶺下轎中，擡著一個佳人，嬌嫩如花似玉，意欲取他。乃喚山神吩咐：「聽吾號令，便化客店，你做小二哥，我做店主人。他必到此店投宿。更深夜靜，攝此婦人入洞中。」山神聽令，化作一店；申陽公變作店主，坐在店中。卻好至黃昏時分，陳巡檢與孺人如春並王吉至梅嶺下，見天色黃昏，路逢一店，喚招商客店。王吉向前去敲門，店小二問曰：「客長有何勾當？」王吉答道：「我主人乃南雄沙角巡檢之任，到此趕不著館驛，欲借店中一宿，來覓便行。」申陽公迎接陳巡檢夫妻二人入店，頭房安下。申陽公說與陳巡檢曰：「老夫今年八十餘歲，今晚多口，勸官人一句：前面梅嶺好生僻靜，虎狼、劫盜極多。不如就老夫這裡，安下孺人；官人自先去到任，多差弓兵人等來取，卻好？」陳巡檢答曰：「小官三代將門之子，通曉武藝，常懷報國之心，豈怕虎狼盜賊？」申公情知難勸，便不敢言，自退去了。

　　且說陳巡檢夫妻二人到店房中，吃了些晚飯，卻好一更。看看二更，陳巡檢先上牀，脫衣而臥。只見就中起一陣風，正是：

吹折地獄門前樹，刮起酆都頂上塵。

那陣風過處，吹得燈半滅而復明。陳巡檢大驚，急穿衣起來看時，就房中不見了孺人。開房門叫得王吉。那王吉睡中叫將起來，不知頭由，慌

張失勢。陳巡檢說與王吉：「房中起一陣狂風，不見了孺人。」主僕二人急叫店主人時，叫不應了。仔細看時，和店房都不見了，連王吉也吃一驚。看時，二人立在荒郊野地上，止有書箱行李並馬在面前，並無燈火，客店、店主人皆無蹤跡。只因此夜，直教陳巡檢三年不見孺人之面。未知久後如何。正是：

雨裡煙村霧裡都，不分南北路程途。多疑看罷僧䌷畫，收起丹青一軸圖。

陳巡檢與王吉聽譙樓更鼓，正打四更。當夜月明星光之下，主僕二人，前無客店，後無人家，驚得魂飛天外，魄散九霄。只得教王吉挑了行李，自跳上馬，月光之下，依路徑而行。在路，陳巡檢尋思：「不知是何妖法，化作客店，攝了我妻去？從古至今，不見聞此異事！」巡檢一頭行，一頭哭：「我妻不知著落。」逶邐而行，卻好天明。王吉勸官人：「且休煩惱，理會正事。前面梅嶺，望著好生險峻崎嶇，凹凸難行。只得捱過此嶺，且去沙角鎮上了任，卻來打聽，尋取孺人不遲。」陳巡檢聽了王吉之言，只得勉強而行。

且說申陽公攝了張如春，歸於洞中。驚得魂飛魄散，半晌醒來，淚如雨下。元來洞中先有一娘子，名喚牡丹，亦被攝在洞中日久，向前來勸如春不要煩惱。申公說與如春：「娘子，小聖與娘子前生有緣。今日得到洞中，別有一個世界。你吃了我仙桃、仙酒、胡麻飯，便是長生不死之人。你看我這洞中仙女，盡是凡間攝將來的。娘子休悶，且共你蘭房同牀雲雨。」如春見說，哀哀痛哭，告申公曰：「奴奴不願洞中快樂，長生不死；只求早死。若說雲雨，實然不願。」申公見說如此，自思：「我為他春心蕩漾；他如今煩惱，未可歸順。其婦人性執，若逼令他，必定尋死，卻不可惜了這等端妍少貌之人！」乃喚一婦人，名喚金蓮，洞主也是日前攝來的，在洞中多年矣。申公吩咐：「好好勸如春，

早晚好待他，將好言語誘他，等他回心。」金蓮引如春到房中，將酒食管待。如春酒也不吃，食也不吃，只是煩惱。金蓮、牡丹二婦人再三勸他：「你既被攝到此間，只得無奈何。自古道：『在他矮簷下，怎敢不低頭？』」如春告金蓮云：「姐姐，你豈知我今生夫妻分離？被這老妖半夜攝將到此，強要奴家雲雨，決不依隨！只求快死，以表我貞潔。古云：『烈女不更二夫。』奴今寧死而不受辱。」金蓮說：「要知山下事，請問過來人。這事我也曾經來。我家在南雄府住，丈夫富貴，也被申公攝來洞中五年。你見他貌惡，當初我亦如此，後來慣熟，方纔好過。你既到此，只得沒奈何，隨順了他罷。」如春大怒，罵云：「我不似你這等淫賤，貪生受辱，枉為人在世，潑賤之女！」金蓮云：「好言不聽，禍必臨身。」遂自回報申公說：「新來佳人，不肯隨順，惡言誹謗，勸他不從。」申公大怒而言：「這個賤人，如此無禮！本待將銅鎚打死，為他花容無比，不忍下手。可奈他執意不從。」交付牡丹娘子：「你管押著他。將這賤人剪髮齊眉，蓬頭赤腳，罰去山頭挑水，澆灌花木。一日與他三頓淡飯。」牡丹依言，將張如春剪髮齊眉，赤了雙腳，把一副水桶與他。如春自思，欲投巖澗中而死，「萬一天可憐見，苦盡甘來，還有再見丈夫之日。」不免含淚而挑水。正是：

寧為困苦全貞婦，不作貪淫下賤人。

不說張氏如春在洞中受苦。且說陳巡檢與同王吉自離東京，在路兩月餘，至梅嶺之北，被申陽公攝了孺人去，千方無計尋覓。王吉勸官人且去上任，巡檢只得棄捨而行。乃望面前一村酒店，巡檢到店門前下馬，與王吉入店買酒飯吃了。算還酒飯錢，再上馬而去。見一個草舍，乃是賣卦的，在梅嶺下。招牌上寫：「楊殿幹請仙下筆，吉凶有準，禍福無差。」陳巡檢到門前，下馬離鞍，入門與楊殿幹相見已畢。殿幹問：「尊官何來？」陳巡檢將昨夜失妻之事，從頭至尾，說了一遍。楊

殿幹焚香請聖，陳巡檢跪拜禱祝。只見楊殿幹請仙至，降筆判斷四句，詩曰：

「千日逢災厄，佳人意自堅。紫陽來到日，鏡破再團圓。」

楊殿幹斷曰：「官人且省煩惱，孺人有千日之災。三年之後，再遇紫陽，夫婦團圓。」陳巡檢自思：「東京曾遇紫陽真人，借羅童為伴；因羅童嘔氣，打發他回去。此間相隔數千里路，如何得紫陽到此？」遂乃心中少寬。還了卦錢，謝了楊殿幹，上馬同王吉並眾人上梅嶺來。陳巡檢看那嶺時，真個險峻：

欲問世間煙障路，大庾梅嶺苦心酸。磨牙猛虎成群走，吐氣巴蛇滿地攢。

陳巡檢並一行人過了梅嶺。嶺南二十里，有一小亭，名喚做接官亭。巡檢下馬，入亭中暫歇。忽見王吉報說：「有南雄沙角鎮巡檢衙門弓兵人等，遠來迎接。」陳巡檢喚入，參拜畢。過了一夜，次日同弓兵、吏卒走馬上任。至於衙中升廳，眾人參賀已畢。陳巡檢在沙角鎮做官，且是清正嚴謹。光陰似箭，正是：

窗外日光彈指過，席前花影坐間移。

倏忽在任，不覺一載有餘。差人打聽孺人消息，並無蹤跡。端的：

好似石沉東海底，猶如線斷紙風箏。

陳巡檢為因孺人無有消息，心中好悶，思憶渾家，終日下淚。正思

念張如春之際，忽弓兵上報：「相公，禍事！今有南雄府府尹札付來報軍情：有一強人，姓楊，名廣，綽號『鎮山虎』，聚集五七百小嘍囉，占據南林村，打家劫舍，殺人放火，百姓遭殃。札付巡檢，『火速帶領所管一千人馬，關領軍器，前去收捕，毋得遲誤。』」陳巡檢聽知，火速收拾軍器鞍馬。披掛已了，引著一千人馬，逕奔南林村來。

卻說那南林村鎮山虎正在寨中飲酒，小嘍囉報說：「官軍到來。」急上馬持刀，一聲鑼響，引了五百小嘍囉，前來迎敵。陳巡檢與鎮山虎並不打話，兩馬相交，那草寇怎敵得陳巡檢過？鬥無十合，一矛刺鎮山虎於馬下，梟其首級，殺散小嘍囉。將首級回南雄府，當廳呈獻。府尹大喜，重賞了當。自回巡檢衙，辦酒慶賀已畢。只因斬了鎮山虎，真個是：

威名大振南雄府，武藝高強眾所欽。

這陳巡檢在任，倏忽卻早三年官滿。新官交替，陳巡檢收拾行裝，與王吉離了沙角鎮。兩程並作一程行，相望庾嶺之下，紅日西沉，天色已晚。陳巡檢一行人，望見遠遠鬆林間有一座寺。王吉告官人：「前面有一座寺，我們去投宿則個。」陳巡檢勒馬向前，看那寺時，額上有「紅蓮寺」三個大金字。巡檢下馬，同一行人入寺。元來這寺中長老，名號旃大惠禪師，佛法廣大，德行清高，是個古佛出世。當時行者報與長老：「有一過往官人投宿。」長老教行者相請。巡檢入方丈，參見長老。禮畢，長老問：「官人何來？」陳巡檢備說前事，「萬望長老慈悲，指點陳辛，尋得孺人回鄉，不忘重恩。」長老曰：「官人聽稟：此怪是白猿精，千年成器，變化難測。你孺人性貞烈，不肯依隨，被他剪髮赤腳，挑水澆花，受其苦楚。此人號曰申陽公，常到寺中，聽說禪機，講其佛法。官人若要見孺人，可在我寺中住幾時。等申陽公來時，我勸化他回心，放還你妻，如何？」陳巡檢見長老如此說，心中喜歡，

且在寺中歇下。正是：

　　五里亭亭一小峰，上分南北與西東。世間多少迷途客，一指還歸大
道中。

　　陳巡檢在紅蓮寺中，一住十餘日。忽一日，行者報與長老：「申陽
公到寺來也。」巡檢聞之，躲於方丈中屏風後面。只見長老相迎，申陽
公入方丈敘禮畢，分位而坐。行者獻茶。茶罷，申陽公告長老曰：「小
聖無能斷除愛慾，只爲色心迷戀本性，誰能虎項解金鈴？」長老答曰：
「尊聖要解虎項金鈴，可解色心本性。色即是空，空即是色。一塵不
染，萬法皆明。莫怪老僧多言相勸，聞知你洞中有一如春娘子，在洞三
年。他是貞節之婦，可放他一命還鄉，此便是斷卻慾心也。」申陽公聽
罷，回言：「長老，小聖心中正恨此人。罰他挑水三年，不肯回心。這
等愚頑，決不輕放！」陳巡檢在屏風後聽得說，正是：

　　提起心頭火，咬碎口中牙。

陳巡檢大怒！拔出所佩寶劍，劈頭便砍。申陽公用手一指，其劍反著自
身。申陽公曰：「吾不看長老之面，將你粉骨碎身，此冤必報。」道
罷，申陽公別了長老，回去了。自洞中叫張如春在面前，欲要剖腹取
心，害其性命。得牡丹、金蓮二人救解，依舊挑水澆花，不在話下。
　　且說陳巡檢不知妻子下落，到也罷了；既曉得在申陽洞中，心下倍
加煩惱。在紅蓮寺方丈中拜告長老：「怎生得見我妻之面？」長老曰：
「要見不難。老僧指一條徑路，上山去尋。」長老叫行者引巡檢去山間
尋訪，行者自回寺。只說陳辛去尋妻，未知尋得見尋不見。正是：

　　風定始知蟬在樹，燈殘方見月臨窗。

　　當日，陳巡檢帶了王吉，一同行者到梅嶺山頭，不顧崎嶇峻險，走到山巖潭畔，見個赤腳挑水婦人。慌忙向前看時，正是如春。夫妻二人抱頭而哭，各訴前情，莫非夢中相見？一一告訴。如春說：「昨日申公回洞，幾乎一命不存。」巡檢乃言：「謝紅蓮寺長老，指路來尋，不想卻好遇你，不如共你逃走了罷。」如春道：「走不得。申公妖法廣大，神通莫測。他若知我走，趕上時，和官人性命不留。我聞申公平日只怕紫陽真君，除非求得他來，方解其難。官人可急回寺去，莫待申公知之，其禍不小。」陳巡檢只得棄了如春，歸寺中拜謝長老，說已見嬌妻，言：「申公只怕紫陽真君，他在東京曾與陳辛相會，今此間窵遠，如何得他來救？」長老見他如此哀告，乃言：「等我與你入定去看，便見分曉。」長老教行者焚香，入定去了一晌。出定回來，說與陳巡檢曰：「當初紫陽真人與你一個道童，你到半路趕了他回去。你如今便可往，急走三日，必有報應。」陳巡檢見說，依其言，急急步行山寺。迤邐行了兩日，並無蹤跡。

　　且說紫陽真人在大羅仙境與羅童曰：「吾三年前，那陳巡檢去上任時，他妻合有千日之災，今已將滿。吾憐他養道修真，好生虔心。吾今與汝同下凡間，去梅嶺救取其妻回鄉。」羅童聽旨，一同下凡，往廣東路上行來。這日，卻好陳巡檢撞見真君同羅童遠遠而來，乃急急向前跪拜，哀告曰：「真君，望救度！弟子妻張如春被申陽公妖法攝在洞中三年，受其苦楚，望真君救難則個！」真君笑曰：「陳辛，你可先去紅蓮寺中等，我便到也。」陳辛拜別，先回寺中，備辦香案，迎接真君救難。正是：

　　法籙持身不等閒，立身起業有多般。千年鐵樹開花易，一日酆都出世難。

　　陳巡檢在寺中等了一日，只見紫陽真君行至寺中，端的道貌非凡。

長老直出寺門迎接，入方丈敘禮畢，分賓主坐定。長老看紫陽眞君，端的有神儀八極之表，道貌堂堂，威儀凜凜。陳巡檢拜在眞君面前，告曰：「望眞君慈悲，早救陳辛妻張如春性命還鄉，自當重重拜答深恩。」眞君乃於香案前，口中不知說了幾句言語，只見就方丈裡起一陣風。但見：

無形無影透人懷，二月桃花被綽開。就地撮將黃葉去，入山推出白雲來。

那風過處，只見兩個紅巾天將出現，甚是勇猛。這兩員神將朝著眞君聲喏道：「吾師有何法旨？」紫陽眞君曰：「快與我去申陽洞中，擒拿齊天大聖前來，不可有失。」兩員天將去不多時，將申公一條鐵索鎖著，押到眞君面前。申公跪下，紫陽眞君判斷，喝令天將將申公押入酆都天牢問罪。教羅童入申陽洞中，將眾多婦女各各救出洞來，各令發付回家去訖。張如春與陳辛夫妻再得團圓，向前拜謝紫陽眞人。眞人別了長老、陳辛，與羅童冉冉騰空而去了。

這陳巡檢將禮物拜謝了長老，與一寺僧行別了。收拾行李轎馬，王吉並一行從人離了紅蓮寺。迤邐在路，不則一日，回到東京故鄉。夫妻團圓，盡老百年而終，有詩爲證：

三年辛苦在申陽，恩愛夫妻痛斷腸。終是妖邪難勝正，貞名落得至今揚。

附錄二　「蛇妖惑男」型故事文本
　　　　　──〈李黃〉
　　　　　──〈西湖三塔記〉
　　　　　──〈白娘子永鎮雷峰塔〉

◆ 《博異志・李黃》鄭還古（《太平廣記》卷458）

　　元和二年，隴西李黃，鹽鐵使遜之猶子也。因調選次，乘暇於長安東市，瞥見一犢車，侍婢數人於車中貨易。李潛目車中，因見白衣之姝，綽約有絕代之色。李子求問，侍者曰：「娘子孀居，袁氏之女，前事李家，今身依李之服。方除服，所以市此耳。」又詢可能再從人乎，乃笑曰：「不知。」李子乃出與錢帛，貨諸錦繡，婢輩遂傳言云：「且貸錢買之，請隨到莊嚴寺左側宅中，相還不負。」李子悅。

　　時已晚，遂逐犢車而行。凝夜方至所止，犢車入中門，白衣姝一人下車，侍者以帷擁之而入。李下馬，俄見一使者將榻而出，云：「且坐。」坐畢，侍者云：「今夜郎君豈暇領錢乎？不然，此有主人否？且歸主人，明晨不晚也。」李子曰：「乃今無交錢之志，然此亦無主人，何見隔之甚也？」侍者入，復出曰：「若無主人，此豈不可，但勿以疏漏爲誚也。」俄而侍者云：「屈郎君。」李子整衣而入，見青服老女郎立於庭，相見曰：「白衣之姨也。」中庭坐，少頃，白衣方出，素裙粲然，凝質皎若，辭氣閒雅，神仙不殊。略序款曲，翻然卻入。姨坐謝曰：「垂情與貨諸彩色，比日來市者，皆不如之。然所假如何？深憂愧。」李子曰：「彩帛粗繆，不足以奉佳人服飾，何敢指價乎？」答曰：「渠淺陋，不足侍君子巾櫛。然貧居有三十千債負，郎君倘不棄，則願侍左右矣。」李子悅。拜於侍側，俯而圖之。

　　李子有貨易所，先在近，遂命所使取錢三十千。須臾而至，堂西間門，劃然而開。飯食畢備，皆在西間。姨遂延李子入坐，轉盼炫煥。女郎旋至，命坐，拜姨而坐，六七人具飯。食畢，命酒歡飲。一住三日，飲樂無所不至。第四日，姨云：「李郎君且歸，恐尚書怪遲，後往來亦何難也？」李亦有歸志，承命拜辭而出。上馬，僕人覺李子有腥臊氣異常。遂歸宅，問何處許日不見，以他語對。遂覺身重頭旋，命被而寢。先是婚鄭氏女，在側云：「足下調官已成，昨日過官，覓公不得，某二

兄替過官，已了。」李答以愧佩之辭。俄而鄭兄至，責以所往行。李已漸覺恍惚，祇對失次，謂妻曰：「吾不起矣。」口雖語，但覺被底身漸消盡，揭被而視，空注水而已，唯有頭存。家大驚懼，呼從出之僕考之，具言其事。及去尋舊宅所，乃空園。有一皂莢樹，樹上有十五千，樹下有十五千，餘了無所見。問彼處人云：「往往有巨白蛇在樹下，便無別物，姓袁者，蓋以空園爲姓耳。

復一說，元和中，鳳翔節度李聽，從子琯，任金吾參軍。自永寧裡出遊，及安化門外，乃遇一車子，通以銀裝，頗極鮮麗。駕以白牛，從二女奴，皆乘白馬，衣服皆素，而姿容婉媚。琯貴家子，不知檢束，即隨之。將暮焉，二女奴曰：「郎君貴人，所見莫非麗質，某皆賤質，又粗陋，不敢當公子厚意。然車中幸有姝麗，誠可留意也。」琯遂求女奴，乃馳馬傍車，笑而回曰：「郎君但隨行，勿捨去。某適已言矣。」琯既隨之，聞其異香盈路。日暮，及奉誠園，二女奴曰：「娘子住此之東，今先去矣。郎君且此迴翔，某即出奉迎耳。」車子既入，琯乃駐馬於路側。良久，見一婢出門招手。琯乃下馬。入座於廳中，但聞名香入鼻，似非人世所有。琯遂令人馬入安邑裡寄宿。

黃昏後，方見一女子，素衣，年十六七，姿艷若神仙。琯自喜之心，所不能諭。及出，已見人馬在門外。遂別而歸。才及家，便覺腦疼，斯須益甚，至辰巳間，腦裂而卒。其家詢問奴僕，昨夜所歷之處，從者俱述其事，云：「郎君頗聞異香，某輩所聞，但蛇臊不可近。」舉家冤駭，遽命僕人，於昨夜所止之處複驗之，但見枯槐樹中，有大蛇蟠屈之跡。乃伐其樹，發掘，已失大蛇，但有小蛇數條，盡白，皆殺之而歸。

◆ **《清平山堂話本・西湖三塔記》**

入話：

湖光瀲灩晴偏好，山色溟濛雨亦奇。
若把西湖比西子，淡妝濃抹也相宜。①

　　此詩乃蘇子瞻所作，單題兩湖好處。言不盡意，又作一詞，詞名《眼兒媚》：

登樓凝望酒闌口，與客論征途。饒君看盡，名山勝景，難比西湖。
春晴夏雨秋霜後，冬雪□□□。一派湖光，四邊山色，天下應
無。②

　　說不盡西湖好處，吟有一詞云：

江左昔時雄勝，錢塘自古榮華。不惟往日風光，且看西湖景物：有
一千頃碧澄澄波漾琉璃，有三十里青娜娜峰巒翡翠。春風郊野，淺桃深
杏如妝；夏日湖中，綠蓋紅蕖似畫；秋光老後，籬邊嫩菊堆金；臘雪消
時，嶺畔疏梅破玉。花塢相連酒市，旗亭縈繞漁村。柳洲岸口，畫船停
棹喚遊人；豐樂樓前，青布高懸沽酒帘。九里喬松青挺挺，六橋流水綠
粼粼。晚霞遙映三天竺，夜月高升南北嶺。雲生在呼猿洞口，鳥飛在龍
井山頭。三賢堂下千潯碧，四聖祠前一鏡浮。觀蘇堤東坡古蹟，看孤山
和靖舊居。仗錫僧投靈隱去，賣花人向柳洲來。

　　這西湖是眞山眞水，一年四景，皆可遊玩。眞山眞水，天下更有數
處：潤州揚子江金山寺；滁州琅邪山醉翁亭；江州廬山瀑布泉；西川瞿

---

① 出自蘇軾：〈飲湖上初晴後雨〉：原詩為「水光瀲灩晴方好，山色空濛雨亦奇。欲把西湖比西
　子，淡妝濃抹總相宜。」
② 此非蘇軾作品，應為假託。

錦江灩澦堆。

這幾處雖然是眞山眞水，怎比西湖好處？假如風起時，有於尺翻頭浪；雨下時，有百丈滔天水。大雨一個月，不曾見滿溢；大旱三個月，不曾見乾涸。但見：

一鏡波光青激激，四圍山色翠重重。
生出石時渾美玉，長成草處即靈芝。

那遊人行到亂雲深處，聽得雞鳴犬吠，繅絲織布之聲，宛然人間洞府，世上蓬瀛：

一派西湖景緻奇，青山疊疊水彌彌。
隔林彷彿聞機杼，知有人家住翠微。

這西湖，晨、昏、晴、麗、月總相宜：

清晨豁目，澄澄激灩，一派湖光；薄暮憑欄，渺渺暝朦，數重山色。遇雪時，兩岸樓台鋪玉屑；逢月夜，滿天星斗漾珠璣。雙峰相峙分南北，三竺依稀隱翠微。滿寺僧從天竺去，賣花人向柳陰來。

每遇春間，有艷草、奇葩，朱英、紫萼，嫩綠、嬌黃；有金林檎、玉李子、越溪桃、湘浦杏、東部芍藥、蜀都海棠；有紅郁李、山荼麋、紫丁香、黃薔薇、冠子樣牡丹、耐戴的迎春：此只是花。更說那水，有蘸蘸色漾琉璃，有粼粼光浮綠膩。那一湖水，造成酒便甜，做成飯便香，作成醋便酸，洗衣裳瑩白。這湖中出來之物：菱甜，藕脆，蓮嫩，魚鮮。那裝鑾的待詔取得這水去，堆青疊綠，令別是一般鮮明。那染坊博士取得這水去，陰紫陽紅，令別是一般嬌豔。這湖中何嘗有千百隻畫

船往來，似箭縱橫，小艇如梭，便足扇面上畫出來的，兩句詩云：

鑿開魚鳥忘情地，展開西湖極樂天。

這西湖不深不淺，不闊不遠：

大深來難下竹竿，大淺來難搖畫漿；
大闊處遊玩不交，大遠處往來不得。

又有小詞，單說西湖好處：

都城聖蹟，西湖絕景。水出深源，波盈遠岸。沉沉素浪，一方千
載豐登；疊疊青山，四季萬民取樂。況有長堤十里，花映畫橋，柳拂朱
欄；南北二峰，雲鎖樓台，煙籠梵寺。桃溪杏塢，異草奇花；古洞幽
岩，白石清泉。思東坡佳句，留千古之清名；效杜甫芳心，酬三春之媚
景。王孫公子，越女吳姬，跨銀鞍寶馬，乘骨裝花轎。麗日烘朱翠，和
風颭綺羅。若非日落都門閉，良夜追歡尚未休。紅杏枝頭，綠楊影星，
風景賽蓬瀛。異香飄馥郁，蘭茝正芳馨。極目天桃簇錦，滿堤芳草鋪
茵。風來微浪白，雨過遠山青。霧籠楊柳岸，花壓武林城。

今日說一個後生，只因清明，都來西湖上閒玩，惹出一場事來。直
到如今，西湖上古蹟遺蹤，傳誦不絕。

是時宋孝宗淳熙年間，臨安府湧金門有一人，是岳相公麾下統制
官，姓奚，人皆呼爲奚統制。有一子奚宣贊，其父統制棄世之後，嫡親
有四口：只有宣贊母親，及宣贊之妻，又有一個叔叔，出家在龍虎山學
道。這奚宣贊年方二十餘歲，一生不好酒色，只喜閒耍。當日是清明。
怎見得？

午雨午晴天氣，不寒不暖風光。盈盈嫩綠，有如剪就薄薄輕羅；裊裊輕紅，不若裁成鮮鮮麗錦。弄舌黃鶯啼別院，尋香粉蝶繞雕欄。

奚宣贊道：「今日是清明節，佳人、才子俱在湖上玩賞，我也去一遭，觀玩湖景，就彼閒要何如？」來到堂前稟覆：「媽媽，今日兒欲要湖上閒玩，未知尊意若何？」媽媽道：「孩兒，你去不妨，只宜早歸。」

奚宣贊得了媽媽言語，獨自一個拿了弩兒，離家一直出錢塘門，過昭慶寺，往水磨頭來。行過斷橋四聖觀前，只見一夥人圍著，鬧烘烘。宣贊分開人，看見一個女兒。如何打扮？

頭綰三角兒，三條紅羅頭須，三隻短金釵，渾身上下盡穿縞素衣服。

這女孩兒迷蹤失路。宣贊見了，向前問這女孩兒道：「你是誰家女子，何處居住？」女孩兒道：「奴姓白，在湖上住。找和婆婆出來閒走，不見了婆婆，迷了路。」就來扯住了奚宣贊道：「我認得官人，在我左近住。」只是哭，不肯放。宣贊只得領了女孩兒，搭船直到湧金門上岸，到家見娘。娘道：「我兒，你去閒要，卻如何帶這女兒歸來？」宣贊一一說與媽媽知道：「本這是好事，倘人來尋時，還他。」

女兒小名叫做卯奴。自此之後，留在家間不覺十餘日。宣贊一日正在家吃飯，只聽得門前有人鬧吵。宣贊見門前一頂四人轎，抬著一個婆婆。看那婆婆，生得：

雞膚滿體，鶴髮如銀。眼昏加秋水微渾，髮白似楚山雲淡。形加三月盡頭花，命似九秋霜後菊。

這個婆婆下轎來到門前，宣贊看著婆婆身穿皂衣。卯奴卻在簾兒下看著婆婆，叫聲：「萬福！」婆婆道：「教我憂殺！沿門問到這裡。卻是誰救你在此？」卯奴道：「我得這官人救我在這裡。」

婆婆與宣贊相叫。請婆婆喫茶。婆婆道：「大難中難得宣贊救淑，

不若請宣贊到家，備酒以謝恩人。」婆子上轎，謝了媽媽，同卯奴上轎。奚宣贊隨著轎子，直至四聖觀側首一座小門樓。奚宣贊在門樓下，看見：

金釘珠戶，碧瓦盈簷。四邊紅粉泥牆，兩下雕欄玉砌。即如神仙洞府，王者之宮。

婆婆引著奚宣贊到裡面，只見裡面一個著白的婦人，出來迎著宣贊。宣贊著眼看那婦人，真個生得：

綠雲堆髮，白雪凝膚。眼橫秋水之波，眉插春山之黛。桃萼淡妝紅臉，櫻珠輕點絳唇。步鞋襯小小金蓮，玉指露纖纖春筍。

那婦人見了卯奴，便問婆婆：「那裡尋見我女？」婆婆便把宣贊救卯奴事，一一說與婦人。婦人便與宣贊敘寒溫，分賓主而坐。兩個青衣女童安排酒來，少頃水陸畢陳，怎見得？

琉璃鐘內珍珠滴，烹龍炮鳳玉脂泣。
羅幃繡幕生香風，擊起琵鼓吹龍笛。
當筵盡勸醉扶歸，皓齒歌兮細腰舞。
正是青春白日暮，桃花亂落如紅雨。

當時一杯兩盞，酒至三杯，奚宣贊目視婦人，生得如花似玉，心神蕩漾，卻問婦人姓氏。只見一人向前道：「娘娘，令日新人到此，可換舊人？」婦人道：「也是，快安排來與宣贊作按酒。」只見兩個力士捉一個後生，去了巾帶，解開頭髮，縛在將軍柱上，面前一個銀盆，一把尖刀。霎時間把刀破開肚皮，取出心肝，呈上娘娘。驚得宣贊魂不附體。娘娘斟熱酒，把心肝請宣贊吃。宣贊只推不飲。娘娘、婆婆都吃了。娘娘道：「難得宣贊救小女一命，我今丈夫又無，情願將身嫁與宣贊。」正是：

春為花博士，酒是色媒人。

　　與夜，二人攜手，共入蘭房。當夜已過，宣贊被娘娘留住半月有餘。奚宣贊面黃肌瘦。思歸，道：「姐姐，乞歸家數日卻來！」

　　說猶未了，只見一人來稟覆：「娘娘，今有新人到了，可換舊人？」娘娘道：「請來！」有數個力士擁一人至面前，那人如何打扮？

　　眉疏目秀，氣爽神清，如三國內馬超，似淮甸內關索，似西川活觀音，嶽殿上炳靈公。

　　娘娘請那人共座飲酒，交取宣贊心肝。宣贊當時三魂蕩散，只得去告卯奴道：「娘子，我救你命，你可救我！」卯奴去娘娘面前，道：「娘娘，他曾救了卯奴，可饒他！」娘娘道：「且將那件東西與我罩了。」只見一個力士取出個鐵籠來，把宣贊罩了，卻似一座山壓住。娘娘自和那後生去做夫妻。

　　卯奴去籠邊道：「我救你。」揭起鐵籠道：「哥哥閉了眼，如開眼，死於非命。」說罷，宣贊閉了眼，卯奴背了。宣贊耳畔只聞風雨之聲，用手摸卯奴脖項上有毛衣。宣贊肚中道：「作怪！」霎時聽得卯奴叫聲：「落地！」開眼看時，不見了卯奴，卻在錢塘門城上。天色猶未明。怎見得？

　　北斗斜傾，東方漸白。鄰雞三唱，喚美人傳粉施妝；寶馬頻嘶，催人爭赴利名場。幾片曉霞連碧漢，一輪紅日上扶桑。

　　慢慢依路進湧金門，行到自家門前。娘子方才開門，道：「宣贊，你送女孩兒去，如何半月才回？交媽媽終日憂念！」

　　媽媽聽礙出來，見宣贊面黃肌瘦，媽媽道：「緣何許久不回？」宣贊道：「兒爭些不與媽媽相見！」便從頭說與媽媽。大驚道：「我兒，我曉得了。想此處乃是湧金門水口，莫非閉塞了水口，故有此事。我兒，你且將息，我自尋屋搬出了。」忽一日，尋得一閑房，在昭慶寺彎，選個吉日良時，搬去居住。

　　宣贊將息得好，迅速光陰，又是一年，將遇清明節至。怎見得？

家家禁火花含火，處處藏煙柳吐煙。

金勒馬嘶芳草地，玉樓人醉杏花天。

奚宣贊道：「去年今日閒耍，撞見這婦人，如今又是一年。」宣贊當日拿了弩兒，出屋後柳樹邊尋那飛禽。只見樹上一件東西叫，看時那件物是人見了皆嫌。怎見得？

百禽啼後人皆喜，惟有鴉鳴事若何？

見者都嫌聞者唾，只爲從前口嘴多。

原來是老鴉，奚宣贊搭止箭，看得箭，一箭去，正射著老鴉。老鴉落地，猛然跳幾跳，去地上打一變，變成個著皂衣的婆婆，正是去年見的。婆婆道：「宣贊，你腳快，卻搬在這裡。」宣贊叫聲：「有鬼！」回身便走。婆婆道：「宣贊那裡去？」叫一聲：「下來！」只見空中墜下一輛車來，有數個鬼使。婆婆道：「與我捉人車中！你可閉目！如不閉目，交你死於非命。」只見香車葉口地起，霎時間，直到舊日四聖觀山門樓前墜下。

婆婆直引宣贊到殿前，只見殿上走下著白衣底婦人來，道：「宣贊，你走得好快！」宣贊道：「望娘娘恕罪！」又留住宣贊做夫妻。過了半月餘，宣贊道：「告娘娘，宣贊有老母在家，恐怕憂念，去了還來。」娘娘聽了，柳眉倒豎，星眼圓睜道：「你猶自思歸！」叫：「鬼使那裡？與我取心肝！」可憐把宣贊縛在將軍柱上。宣贊任叫卯奴道：「我也曾救你，你何不救我？」卯奴向前告娘娘道：「他曾救奴，且莫下手！」娘娘道：「小賤人，你又來勸我！且將雞籠罩了，卻結果他性命。」鬼使解了索，卻把鐵籠罩了。

宣贊叫天不應，叫地不聞，正煩惱之間，只見籠邊卯奴道：「哥哥，我再救你！」便揭起鐵籠道：「可閉目，抱了我。」宣贊再抱了卯

奴，耳邊聽得風雨之聲。霎時，卯奴叫聲：「下去！」把宣贊撤了下來，正跌在茭白蕩內，開眼叫聲：「救人！」只見二人救起宣贊來。宣贊告訴一遍，二人道：「又作怪！這個後生著鬼！你家在那裡住？」宣贊道：「我家在昭慶寺彎住」二人直送宣贊到家。媽媽得知，出來見了二人。蕩戶說救宣贊一事。老媽大喜，討酒賞賜了，二人自去。宣贊又說與老媽。老媽道：「我兒且莫出門便了。」

又過了數日，一日，老媽正在簾兒下立著，只見簾子捲起，一個先生入來。怎的打扮？

頂分兩個牧骨髻，身穿巴山短褐袍。道貌堂堂，威儀凜凜。料爲上界三清客，多是蓬萊物外人。

老媽打一看，道：「叔叔，多時不見，今日如何到此？」這先生正是奚統制弟奚眞人，往龍虎山方回，道：「尊嫂如何在此？」宣贊也出來拜叔叔。先生云「吾見望城西有黑氣起，有妖怪纏人，特來，正是汝家。」老媽把前項事說一遍。先生道：「吾侄，此三個妖怪纏汝甚緊。」媽媽交安排素食，請眞人齋畢。先生道：「我明日在四聖觀散符，你可來告我。就寫張投壇狀來，吾當斷此怪物。」眞人自去。

到明日，老媽同宣贊安排香紙，寫了投壇狀，關了門，分付鄰舍看家，徑到四聖觀見眞人。眞人收狀子看了，道：「待晚，吾當治之。」先與宣贊吃了符水，吐了妖涎。天色將晚，點起燈燭，燒起香來，念念有詞，書道符燈上燒了。只見起一陣風。怎見得？

風蕩蕩，翠飄紅。忽南北。忽西東。春開楊柳，秋卸梧桐。涼人朱門戶，寒穿陋巷中。

嫦娥急把蟾宮閉，列子登仙叫救人。

風過處，一員神將，怎生打扮？

面色深如重棗，眼中光射流星。皂羅袍打嵌團花，紅抹額銷金蚩虎。手持六寶鑲裝劍，腰繫藍天碧玉帶。

神將喝喏：「告我師父，有何法旨？」眞人道：「與吾湖中捉那三

個怪物來！」神將唱喏。去不多時，則見婆子、卯奴、白衣婦人，都捉拿到真人面前。真人道：「汝為怪物，焉敢纏害命官之子？」三個道：「他不合衝塞了我水門。告我師，可饒恕，不曾損他性命。」真人道：「與吾現形！」卯奴道：「告哥哥，我不曾奈何哥哥，可莫現形！」真人叫天將打。不打萬事皆休，那裡打了幾下，只見卯奴變成了烏雞，婆子是個獺，白衣娘子是條白蛇。奚真人道：「取鐵罐來，捉此三個怪物，盛在裡面。」封了，把符壓住，安在湖中心。奚真人化緣，造成三個石塔，鎮住三怪於湖內。至今古蹟遺蹤尚在。宣贊隨了叔叔，與母親在俗出家，百年而終。

　　只因湖內生三怪，至使真人到此間。
　　今日捉來藏籃內，萬年千載得平安。

◆ 《警世通言‧白娘子永鎮雷峰塔》馮夢龍

　　山外青山樓外樓，西湖歌舞幾時休？
　　暖風薰得遊人醉，直把杭州作汴州。③

　　話說西湖景致，山水鮮明。晉朝咸和年間，山水大發，洶湧流入西門。忽然水內有牛一頭見，深身金色。後水退，其牛隨行至北山，不知去向，哄動杭州市上之人，皆以為顯化。所以建立一寺，名曰金牛寺。西門，即今之湧金門，立一座廟，號金華將軍。當時有一番僧，法名渾壽羅，到此武林郡雲遊，玩其山景，道：「靈鷲山前小峰一座，忽然不見，原來飛到此處。」當時人皆不信。僧言：「我記得靈鷲山前峰嶺，喚做靈鷲嶺。這山洞裡有個白猿，看我呼出為驗。」果然呼出白猿來。

---

③ 宋‧林昇〈題臨安邸〉。

山前有一亭，今喚做冷泉亭。又有一座孤山，生在西湖中。先曾有林和靖已先生在此山隱居，使人搬挑泥石，砌成一條走路，東接斷橋，西接棲霞嶺，因此喚作孤山路。又唐時有刺史白樂天，築一條路，甫至翠屏山，北至棲霞嶺，喚做白公堤，不時被山水沖倒，不只一番，用官錢修理。後宋時，蘇東坡來做太守，因見有這兩條路被水沖壞，就買木石，起人夫，築得堅固。六橋上朱紅欄杆，堤上栽種桃柳，到春景融和，端的十分好景，堪描入畫。後人因此只喚做蘇公堤。又孤山路畔，起造兩條石橋，分開水勢，東邊喚做斷橋，西邊喚做西寧橋。真乃：隱隱山藏三百寺，依稀雲鎖二高峰。

　　說話的，只說西湖美景，仙人古跡。俺今日且說一個俊俏後生，只因遊玩西湖，遇著兩個婦人，直惹得幾處州城，鬧動了花街柳巷。有分教才人把筆，編成一本風流話本。單說那子弟，姓甚名誰？遇著甚般樣的婦人？惹出甚般樣事？

　　有詩為證：

清明時節雨紛紛，路上行人欲斷魂。
借問酒家何處有，牧童遙指杏花村。④

　　話說宋高宗南渡，紹興年間，杭州臨安府過軍橋黑珠巷內，有一個宦家，姓李名仁。見做南廊閣子庫募事官，又與邵太尉管錢糧。家中妻子有一個兄弟許宣，排行小乙。他爹曾開生藥店，自幼父母雙亡，卻在表叔李將仕家生藥舖做主管，年方二十二歲。那生藥店開在官巷口。忽一日，許宣在舖內做買賣，只見一個和尚來到門首，打個問訊道：「貧僧是保叔塔寺內僧，前日已送饅頭並卷子在宅上。今清明節近，追修祖宗，望小乙官到寺燒香，勿誤！」許宣道：「小子准來。」

---

④ 杜牧〈清明〉。

　　和尚相別去了。許宣至晚歸姐大家去。原來許宣無有老小，只在姐姐家住，當晚與姐姐說：「今日保叔塔和尚來請燒餐予，明日要薦祖宗，走一遭了來。」次日早起買了紙馬、蠟燭、經幡、錢垛一應等項，吃了飯，換了新鞋襪衣服，把答子錢馬，使條袱子包了，逕到官巷口李將仕家來。李將仕見了，間許宣何處去。許宣道：「我今日要去保叔塔燒等於，追薦祖宗，乞叔叔容暇一日。」李將仕道：「你去便回。」

　　許宣離了舖中，入壽安坊、花市街，過井亭橋，往清河街後鐵塘門，行石函橋，過放生碑，遷到保叔塔寺。尋見送饅頭的和尚，仟悔過疏頭，燒了等於，到佛殿上看眾僧念經，吃齋罷，別了和尚，離寺迄逗閒走，過西寧橋、孤山路、四聖觀，來看林和靖墳，到六一泉閒走。不期雲生西北，霧鎖東南，落下微微細雨，漸大起來。正是清明時節，少不得天公應時，催花雨下，那陣雨下得綿綿不絕。許宣見腳下濕，脫下了新鞋襪，走出四聖觀來尋船，不見一隻。正沒擺布處，只見一個老兒，搖著一隻船過來。許宣暗喜，認時正是張阿公。叫道：「張阿公，搭我則個！」老兒聽得叫，認時，原來是許小乙，將船搖近岸來，道：「小乙官，著了雨，不知要何處上岸？許宣道：「湧金門上岸。」這老兒扶許宣下船，離了岸，搖近豐樂樓來。

　　搖不上十數丈水面，只見岸上有人叫道：「公公，搭船則個！」許宣看時，是一個婦人，頭戴孝頭髻，烏雲畔插著些素釵梳，穿一領白絹衫兒，下穿一條細麻布裙。這婦人肩下一個丫鬟，身上穿著青衣服，頭上一雙角髻，戴兩條大紅頭鬚，插著兩件首飾，手中捧著一個包兒要搭船。那老張對小乙官道：「因風吹火，用力不多，一發搭了他去。」許宣道：「你便叫他下來。」老兒見說，將船傍了岸邊。那婦人同丫鬟下船，見了許宣，起一點朱唇，露兩行碎玉，深深道一個萬福。許宣慌忙起身答禮。那娘子和丫鬟艙中坐定了。娘子把秋波頻轉，瞧著許宣。許宣平生是個老實之人，見了此等如花似玉的美婦人，傍邊又是個俊俏美女樣的丫鬟，也不免動念。那婦人道：「不敢動問官人，高姓尊諱？」

許宣答道：「在下姓許名宣，排行第一。」婦人道：「宅上何處？」許宣道：「寒舍住在過軍橋黑珠兒巷，生藥舖內做買賣。」那娘子問了一口，許宣尋思道：「我也問他一問。」起身道：「不敢拜問娘子高姓，潭府何處？」那婦人答道：「奴家是白三班白殿直之妹，嫁了張官人，不幸亡過了，見葬在這雷嶺。為因清明節近，今日帶了丫鬟，往墳上祭掃了方回口，不想值雨。若不是搭得官人便船，實是狼狽。」又閒講了一口，船搖近岸。只見那婦人道：「奴家一時心忙，不曾帶得盤纏在身邊，萬望官人處借些船錢還了，並不有負。」許宣道：「娘子自便，不妨，些須船錢不必計較。」還罷船錢，那雨越不住許宣挽了上岸。那婦人道：「奴家只在箭橋雙茶坊巷口。若不棄時，可到寒舍拜茶，納還船錢。」許宣道：「小事何消掛懷。天色晚了，改日拜望。說罷，婦人共丫鬟自去。

　　許宣入湧金門，從人家屋簷下到三橋街，見一個生藥舖，正是李將仕兄弟的店，許宣走到舖前，正見小將仕在門前。小將仕道：「小乙哥晚了，那裡去？」許宣道：「便是去保叔塔燒菴子，著了雨，望借一把傘則個！」將仕見說叫道：「老陳把傘來，與小乙官去。」不多時，老陳將一把雨傘撐開道：「小乙官，這傘是清湖八字橋老實舒家做的。八十四骨，紫竹柄的好傘，不曾有一些兒破，將去休壞了！仔細，仔細！」許宣道：「不必分付。」接了傘，謝了將仕，出羊壩頭來。到後市街巷口，只聽得有人叫道：「小乙官人。」許宣回頭看時，只見沈公井巷口小茶坊簷下，立著一個婦人，認得正是搭船的白娘子。許宣道：「娘子如何在此？」白娘子道：「便是雨不得住，鞋兒都踏濕了，教青青回家，取傘和腳下。又見晚下來。望官人搭幾步則個！」許宣和白娘子合傘到壩頭道：「娘子到那裡去？」白娘子道：「過橋投箭橋去。」許宣道：「小娘子，小人自往過軍橋去，路又近了。不若娘子把傘將去，明日小人自來取」白娘子道：「卻是不當，感謝官人厚意！」許宣沿人家屋簷下冒雨回來，只見姐夫家當直王安，拿著釘靴雨傘來接不

著，卻好歸來。到家內吃了飯。當夜思量那婦人，翻來覆去睡不著。夢中共日間見的一般，情意相濃，不想金雞叫一聲，卻是南柯一夢。正是：心猿意馬馳千里，浪蝶狂蜂鬧五更。

到得天明，起來梳洗罷，吃了飯，到舖中心忙意亂，做些買賣也沒心想。到午時後，思量道：「不說一謊，如何得這傘來還人？」當時許宣見老將仕坐在櫃上，向將仕說道：「姐夫叫許宣歸早些，要送人情，請假半日。」將仕道：「去了，明日早些來！」許宣唱個喏，徑來箭橋雙茶坊巷口，尋問白娘子家裡「，問了半日，沒一個認得。正躊躇間，只見白娘子家丫鬟青青，從東邊走來。許宣道：「姐姐，你家何處住？討傘則個。」青青道：「官人隨我來。」許宣跟定青青，走不多路，道：「只這裡便是。」

許宣看時，見一所樓房，門前兩扇大門，中間四扇看街桐子眼，當中掛頂細密朱紅簾子，四下排著十二把黑漆交椅，掛四幅名人山水古畫。對門乃是秀王府牆。那丫頭轉入簾子內道：「官人請入裡面坐。」許宣隨步入到裡面，那青青低低悄悄叫道：「娘子，許小乙官人在此。」白娘子裡面應道：「請官人進裡面拜茶。」許宣心下遲疑。青青三回五次，催許宣進去。許宣轉到裡面，只見四扇暗桐子窗，揭起青布幕，一個坐起。卓上放一盆虎須葛蒲，兩邊也掛四幅美人，中間掛一幅神像，卓上放一個古銅香爐花瓶。那小娘子向前深深的道一個萬福，道：「夜來多蒙小乙官人應付周全，識荊之初；甚是感激不淺」許宣：「些微何足掛齒！」白娘子道：「少坐拜茶。茶罷，又道：「片時薄酒三杯，表意而已。」許宣方欲推辭，青青已自把菜蔬果品流水排將出來。許宣道：「感謝娘子置酒，不當厚擾」飲至數杯，許宣起身道：「今日天色將晚，路遠，小子告回」娘子道：「官人的傘，舍親昨夜轉借去了，再飲幾杯，著人取來。」許宣道：「日晚，小人要回。」

娘子道：「再飲一杯。」許宣道：「飲撰好了，多感，多感！」白娘子道：「既是官人要口，這傘相煩明日來取則個。」許宣只得相辭了

回家。

至次日，又來店中做些買賣，又推個事故，卻來白娘子家取傘，娘子見來，又備三杯相款。許宣道：「娘子還了小子的傘罷，不必多擾。」那娘子道：「既安排了，略飲一杯。」許宣只得坐下。那白娘子篩一杯酒，遞與許宣，啓櫻桃口，露榴子牙，嬌滴滴聲音，帶著滿面春風，告道：

「小官人在上，眞人面前說不得假話。奴家亡了丈夫，想必和官人有宿世姻緣，一見便蒙錯愛，正是你有心，我有意。煩小乙官人尋一個媒證，與你共成百年姻眷，不在天生一對，卻不是好！」許宣聽那婦人說罷，自己尋思：「眞個好一段姻緣。若取得這個渾家，也不枉了。我自十分肯了，只是一件不諧：思量我日間在李將仕家做主管，夜間在姐夫家安歇，雖有些少東西，只好辦身上衣服。如何得錢來娶老小？」自沉吟不答。只見白娘子道：「官人何故不回言語？」許宣道：「多感過愛，實不相瞞，只爲身邊窘迫，不敢從命！」娘子道：「這個容易！我囊中自有餘財，不必掛念。」便叫青青道：「你去取一錠白銀下來。」只見青青手扶欄杆，腳踏胡梯，取下一個包兒來，遞與白娘子。娘子道：「小乙官人，這東西將去使用，少欠時再來取。」親手遞與許宣。

許宣接得包兒，打開看時，卻是五十兩雪花銀子。藏於袖中，起身告回，青青把傘來還了許宣。許宣接得相別，一徑回家，把銀子藏了。當夜無話。

明日起來，離家到官巷口，把傘還了李將仕。許宣將些碎銀子買了一隻肥好燒鵝、鮮魚精肉、嫩雞果品之類提回家來，又買了一樽酒，分付養娘丫鬟安排整下。那日卻好姐夫李募事在家。飲撰俱已完備，來請姐夫和姐姐吃酒。李募事卻見許宣請他，到吃了一驚，道：「今日做甚麼子壞鈔？日常不曾見酒盞兒面，今朝作怪！」三人依次坐定飲酒。酒至數杯，李募事道：「尊舅，沒事教你壞鈔做甚麼？」許宣道：「多謝姐夫，切莫笑話，輕微何足掛齒。感謝姐夫姐姐管雇多時。一客不煩二

主人，許宣如今年紀長成，恐慮後無人養育，不是了處。今有一頭親事在此說起，望姐夫姐姐與許宣主張，結果了一生終身也好。」姐夫姐姐聽得說罷，肚內暗自尋思道：「許宣日常一毛不拔，今日壞得些錢鈔，便要我替他討老小？」夫妻二人，你我相看，只不回話。吃酒了，許宣自做買賣。

過了三兩日，許宣尋思道：「姐姐如何不說起？」忽一日，見姐姐問道：「曾向姐夫商量也不曾？」姐姐道：「不曾。」許宣道：「如何不曾商量？」姐姐道：「這個事不比別樣的事，倉卒不得。又見姐夫這幾日面色心焦，我怕他煩惱，不敢問他。」

許宣道：「姐姐你如何不上緊？這個有甚難處，你只怕我教姐夫出錢，故此不理。」許宣便起身到臥房中開箱，取出白娘子的銀來，把與姐姐道：「不必推故。只要姐夫做主。」姐姐道：「吾弟多時在叔叔家中做主管，積趲得這些私房，可知道要娶老婆。你且去，我安在此。」

卻說李募事歸來，姐姐道：「丈夫，可知小舅要娶老婆，原來自趲得些私房，如今教我倒換些零碎使用。我們只得與他完就這親事則個。」李募事聽得，說道：「原來如此，得他積得些私房也好。拿來我看。」做妻的連忙將出銀子遞與丈夫。李募事接在手中，翻來覆去，看了上面鑿的字號，大叫一聲：「苦！不好了，全家是死！」那妻吃了一驚，問道：「丈夫有甚麼利害之事？」李募事道：「數日前邵太尉庫內封記鎖押俱不動，又無地穴得入，平空不見了五十錠大銀。見今著落臨安府提捉賊人，十分緊急，沒有頭路得獲，累害了多少人。出榜緝捕，寫著字號錠數，『有人捉獲賊人銀子者，賞銀五十兩；知而不首，及窩藏賊人者，除正犯外，全家發邊遠充軍。』這銀子與榜上字號不差，正是邵太尉庫內銀子。即今捉捕十分緊急，正是『火到身邊，顧不得親眷，自可去撥』。明日事露，實難分說，不管他偷的借的，寧可苦他，不要累我。只得將銀子出首，免了一家之害。」老婆見說了，合口不得，目睜口呆。當時拿了這錠銀子，徑到臨安府出首。

　　那大尹聞知這話，一夜不睡。次日，火速差緝捕使臣何立。何立帶了夥伴，并一班眼明手快的公人，徑到官巷口李家生藥店，提捉正賊許宣。到得櫃邊，發聲喊，把許宣一條繩子綁縛了，一聲鑼，一聲鼓，解上臨安府來。正值韓大尹升廳，押過許宣當廳跪下，喝聲：「打！」許宣道：「告相公不必用刑，不知許宣有何罪？」大尹焦躁道：「眞贓正賊，有何理說，還說無罪？邵太尉府中不動封鎖，不見了一號大銀五十錠。見有李募事出首，一定這四十九錠也在你處。想不動封皮，不見了銀子，你也是個妖人！不要打？」喝教：「拿些穢血來！」許宣方知是這事，大叫道：「不是妖人，待我分說！」大尹道：「且住，你且說這銀子從何而來？」許宣將借傘討傘的上項事，一一細說一遍。大尹道：「白娘子是甚麼樣人？見住何處？」許宣道：「憑他說是白三班白殿直的親妹子，如今見住箭橋邊，雙茶坊巷口，秀王牆對黑樓子高坡兒內住」那大尹隨即便叫緝捕使臣何立，押領許宣，去雙茶坊巷口捉拿本婦前來。

　　何立等領了鈞旨，一陣做公的徑到雙茶坊巷口秀王府牆對黑樓子前看時：門前四扇看階，中間兩扇大門，門外避藉陛，坡前卻是垃圾，一條竹子橫夾著。何立等見了這個模佯，到都呆了。當時就叫捉了鄰人，上首是做花的丘大，下首是做皮匠的孫公。那孫公擺忙的吃他一驚，小腸氣發，跌倒在地。眾鄰舍都走來道：「這裡不曾有甚麼白娘子。這屋在五六年前有一個毛巡檢，闔家時病死了。青天白日，常有鬼出來買東西，無人敢在裡頭住，幾日前，有個瘋子立在門前唱喏。何立教眾人解下橫門竹竿，裡面冷清清地，起一陣風，卷出一道腥氣來。眾人都吃了一驚，倒退幾步。許宣看了，則聲不得，一似呆的。做公的數中，有一個能膽大，排行第二，姓王，專好酒吃，都叫他做好酒王二。王二道：「都跟我來！」發聲喊一齊哄將入去，看時板壁、坐起、卓凳都有。來到胡梯邊，教王二前行，眾人跟著，一齊上樓。樓上灰塵三寸厚。眾人到房門前，推開房門一望，床上掛著一張帳子，箱籠都有。只見一個

如花似玉穿著白的美貌娘子，坐在床上。眾人看了，不敢向前。眾人道：「不知娘子是神是鬼？我等奉臨安大尹鈞旨，喚你去與許宣執證公事。」那娘子端然不動。好酒王二道：「眾人都不敢向前，怎的是了？你可將一壇酒來，與我吃了，做我不著，捉他去見大尹。」眾人連忙叫兩三個下去提一壇酒來與王二吃。王二開了壇口，將一壇酒吃盡了，道：「做我不著！」將那空壇望著帳子內打將去。不打萬事皆休，才然打去，只聽得一聲響，卻是青天裡打一個霹靂，眾人都驚倒了！起來看時，床上不見了那娘子，只見明晃晃一堆銀子。眾人向前看了道：「好了。」計數四十九錠。眾人道：「我們將銀子去見大尹也罷。」扛了銀子，都到臨安府。

何立將前事稟複了大尹。大尹道：「定是妖怪了。也罷，鄉人無罪回家。」差人送五十錠銀子與邵大尉處，開個緣由，一一稟覆過了。許宣照「不應得為而為之事。」理重者決杖免刺，配牢城營做工，滿日敕放，牢城營乃蘇州府管下。李募事因出首許宣，心上不安，將邵太尉給賞的五十兩銀子盡數付與小舅作為盤費。李將仕與書二封，一封與押司范院長，一封與吉利橋下開客店的王主人。許宣痛哭一場，拜別姐夫姐姐，帶上行枷，兩個防送人押著，離了杭州到東新橋，下了航船。

不一日，來到蘇州。先把書會見了范院長并王主人。王主人與他官府上下使了錢，打發兩個公人去蘇州府，下了公文，交割了犯人，討了回文，防送人自回。范院長、王主人保領許宣不入牢中，就在王主人門前樓上歇了。許宣心中愁問，壁上題詩一首：

獨上高樓望故鄉，愁看斜日照紗窗。
平生自是真誠士，誰料相逢妖媚娘。
白白不知歸甚處？青青那識在何方？
拋離骨肉來蘇地，思想家中寸斷腸！

　　有話即長，無話即短，不覺光陰似箭，日月如梭，又在王主人家住了半年之上。忽遇九月下旬，那王主人正在門首閒立，看街上人來人往。只見遠遠一乘轎子，傍邊一個丫鬟跟著，道：「借問一聲，此間不是王主人家麼？」王主人汪忙起身道：「此間便是。你尋誰人？」丫鬟道：「我尋臨安府來的許小乙官人。」主人道：「你等一等，我便叫他出來。」這乘轎子便歇在門前。王主人便入去，叫道：「小乙哥，有人尋你。」許宣聽得，急走出來，同主人到門前看時，正是青青跟著，轎子裡坐著白娘子。許宣見了，連聲叫道：「死冤家！自被你盜了官庫銀子，帶累我吃了多少苦，有屈無伸。如今到此地位，又趕來做甚麼？可羞死人！」那白娘子道：「小乙官人不要怪我，今番特來與你分辯這件事。我且到主人家裡面與你說。」

　　白娘子叫青青取了包裹下轎。許宣道：「你是鬼怪，不許入來！」擋住了門不放他。那白娘子與主人深深道了個萬福，道：「奴家不相瞞，主人在上，我怎的是鬼怪？衣裳有縫，對日有影。不幸先夫去世，教我如此被人欺負。做下的事，是先夫日前所為，非干我事。如今怕你怨悵我，特地來分說明白了，我去也甘心。」

　　主人道：「且教娘子人來坐了說。」那娘子道：「我和你到裡面對主人家的媽媽說。」門前看的人，自都散了。

　　許宣入到裡面，對主人家並媽媽道：「我為他偷了官銀子事。如此如此，因此教我吃場官司。如今又趕到此，有何理說？」白娘子道：「先夫留下銀子，我好意把你，我也不知怎的來的？」許宣道：「如何做公的捉你之時，門前都是垃圾，就帳子裡一響不見了你？」白娘子道：「我聽得人說你為這銀子捉了去，我怕你說出我來，捉我到官，妝幌子羞人不好看。我無奈何，只得走去華藏寺前姨娘家躲了；使人擔垃圾堆在門前，把銀子安在床上，央鄰舍與我說謊。」許宣道：「你卻走了去，教我吃官事！」白娘子道：「我將銀子安在床上，只指望要好，那裡曉得有許多事情？我見你配在這裡，我便帶了些盤纏，搭船到這裡

尋你。如今分說都明白了，我去也。敢是我和你前生沒有夫妻之分！」
那王主人道：「娘子許多路來到這裡，難道就去？且在此間住幾日，卻
理會。」青青道：「既是主人家再三勸解，娘子且住兩日，當初也曾許
嫁小乙官人。」白娘子隨口便道：「羞殺人，終不成奴家沒人要？只爲
分別是非而來。」王主人道：「既然當初許嫁小乙哥，卻又回去？且留
娘子在此。」打發了轎子，不在話下。

　　過了數日、白娘子先自奉承好了主人的媽媽。那媽媽勸主人與許
宣說合，還定十一月十一日成親，共百年諧老。光陰一瞬，早到吉日良
時。白娘子取出銀兩，央王主人辦備喜筵，二人拜堂結親。酒席散後，
共入紗廚。白娘子放出迷人聲態，顛鸞倒鳳，百媚千嬌，喜得許宣如遇
神仙，只恨相見之晚。正好歡娛，不覺金雞三唱，東方漸白。正是：歡
娛嫌夜短，寂寞恨更長。

　　自此日爲始，夫妻二人如魚似水，終日在王主人家快樂昏迷纏定。
日往月來，又早半年光景，時臨春氣融和，花開如錦，車馬往來，街坊
熱鬧。許宣問主人家道：「今日如何人人出去閒遊，如此喧嚷？」主人
道：「今日是二月半，男子婦人，都去看臥佛，你也好去承天寺裡閒走
一遭。」許宣見說，道：「我和妻子說一聲，也去看一看。」許宣上樓
來，和白娘子說：「今日二月半，男子婦人都去看臥佛，我也看一看就
來。有人尋說話，回說不在家，不可出來見人。」白娘子道：「有甚好
看；只在家中卻不好？看他做甚麼？」許宣道：「我去閒耍一遭就回。
不妨。」

　　許宣離了店內，有幾個相識，同走到寺裡看臥佛。繞廊下各處殿上
觀看了一遭，方出寺來，見一個先生，穿著道袍，頭戴逍遙中，腰系黃
絲條，腳著熟麻鞋，坐在寺前賣藥，散施符水。許宣立定了看。那先生
道：「貧道是終南山道士，到處雲遊，散施符水，救人病患災厄，有事
的向前來。」那先生在人叢中看見許宣頭上一道黑氣，必有妖怪纏他，
叫道：「你近來有一妖怪纏你，其害非輕！我與你二道靈符，救你性

命。一道符三更燒，一道符放在自頭髮內」許宣接了符，納頭便拜，肚內道：「我也八九分疑惑那婦人是妖怪，真個是實。」謝了先生，徑回店中。

至晚，白娘子與青青睡著了，許宣起來道：「料有三更了！」將一道符放在自頭髮內，正欲將一道符燒化，只見白娘子歎一口氣道：「小乙哥和我許多時夫妻，尚兀自不把我親熱，卻信別人言語，半夜三更，燒符來壓鎮我！你且把符來燒看！」就奪過符來，一時燒化，全無動靜。白娘子道：「卻如何？說我是妖怪！」許宣道：「不干我事。臥佛寺前一雲遊先生，知你是妖怪。」白娘子道：「明日同你去看他一看，如何模樣的先生。」

次日，白娘子清早起來，梳妝罷，戴了釵環，穿上素淨衣服，分付青青看管樓上。夫妻二人，來到臥佛寺前。只見一簇人，團團圍著那先生，在那裡散符水。

只見白娘子睜一雙妖眼，到先生面前，喝一聲：「你好無禮！出家人在在我丈夫面前說我是一個妖怪，書符來捉我！」那先生回言：「我行的是五雷天心正法，凡有妖怪，吃了我的符，他即變出真形來。」那白娘子道：「眾人在此，你且書符來我吃看！」那先生書一道符，遞與白娘子。白娘子接過符來，便吞下去。眾人都看，沒些動靜。眾人道：「這等一個婦人，如何說是妖怪？」眾人把那先生齊罵。那先生罵得口睜眼呆，半晌無言，惶恐滿面。白娘子道：「眾位官人在此，他捉我不得。我自小學得個戲術，且把先生試來與眾人看。」只見白娘子口內唪唪的，不知念些甚麼，把那先生卻似有人擒的一般，縮做一堆，懸空而起。眾人看了齊吃一驚。許宣呆了。娘子道：「若不是眾位面上，把這先生吊他一年。」白娘子噴口氣，只見那先生依然放下，只恨爹娘少生兩翼，飛也似走了。眾人都散了。夫妻依舊回來，不在話下。日逐盤纏，都是白娘子將出來用度。正是夫唱婦隨，朝歡暮樂。

不覺光陰似箭，又是四月初八日，釋迦佛生辰。只見街市上人抬

著柏亭浴佛，家家佈施。許宣對王主人道：「此間與杭州一般。」只見鄰舍邊一個小的，叫做鐵頭，道：「小乙官人，今日承天寺裡做佛會，你去看一看。」許宣轉身到裡面，對白娘子說了。白娘子道：「甚麼好看，休去！」許宣道：「去走一一遭，散悶則個。」

　　娘子道：「你要去，身上衣服舊了不好看，我打扮你去。」叫青青取新鮮時樣衣服來。許宣著得不長不短，一似像體裁的。戴一頂黑漆頭巾，腦後一雙白玉環，穿一領青羅道袍，腳著一一雙皂靴，手中拿一把細巧百招描金美人珊甸墜上樣春羅扇，打扮得上下齊整。那娘子分付一聲，如鶯聲巧轉道：「丈夫早早回來，切勿教奴記掛！」許宣叫了鐵頭相伴，徑到承天寺來看佛會。人人喝采，好個官人。只聽得有人說道：「昨夜周將仕典當庫內，不見了四五千貫金珠細軟物件。見今開單告官，挨查，沒捉人處。」許宣聽得，不解其意，自同鐵頭在寺。其日燒香官人子弟男女人等往往來來，十分熱鬧。許宣道：「娘子教我早回，去罷。」轉身人叢中，不見了鐵頭，獨自個走出寺門來。只見五六個人似公人打扮，腰裡掛著牌兒。數中一個看了許宣，對眾人道：「此人身上穿的，手中拿的，好似那話兒」數中一個認得許宣的道：子小乙官，扇子借我一看。」許宣不知是計，將扇遞與公人。那公人道：「你們看這扇子墜，與單上開的一般！」眾人喝聲：「拿了！」就把許宣一索子綁了，好似：數只皂雕追紫燕，一群餓虎咬羊羔。

　　許宣道：「眾人休要錯了，我是無罪之人。」眾公人道：「是不是，且去府前周將仕家分解！他店中失去五千貫金珠細軟、白玉條環、細巧百招扇、珊瑚墜子，你還說無罪？眞贓正賊，有何分說！實是大膽漢子，把我們公人作等閒看成。見今頭上、身上、腳上，都是他家物件，公然出外，全無忌憚！」許宣方才呆了，半晌不則聲。許宣道：「原來如此。不妨，不妨，自有人偷得。」眾人道：「你自去蘇州府廳上分說。」

　　次日大尹升廳，押過許宣見了。大尹審問：「盜了周將仕庫內金

珠寶物在於何處？從實供來，免受刑法拷打。」許宣道：「稟上相公做主，小人穿的衣服物件皆是妻子白娘子的，不知從何而來，望相公明鏡詳辨則個！」大尹喝道：「你妻子今在何處？」許宣道：「見在吉利橋下王主人樓上。」大尹即差緝捕使臣袁子明押了許宣火速捉來。

差人袁子明來到王主人店中，主人吃了一驚，連忙問道：「做甚麼？」許宣道：「白娘子在樓上麼？」主人道：「你同鐵頭早去承天寺裡，去不多時，白娘子對我說道：「丈夫去寺中閒耍，教我同青青照管樓上；此時不見回來，我與青青去寺前尋他去也，望乞主人替我照管。出門去了，到晚不見回來。我只道與你去望親戚，到今日不見回來。」眾公人要王主人尋白娘子，前前後後遍尋不見。袁子明將主人捉了，見大尹回話。大尹道：「白娘子在何處？王主人細細稟覆了，道：「白娘子是妖怪。」大尹一一問了，道：「且把許宣監了！」王主人使用了些錢，保出在外，伺候歸結。

且說周將仕正在對門茶坊內閒坐，只見家人報道：「金珠等物都有了，在庫閣頭空箱子內。」周將仕聽了，慌忙回家看時，果然有了，只不見了頭巾、條環、扇子並扇墜。周將仕道：「明是屈了許宣，平白地害了一個人，不好。」暗地裡到與該房說了，把許宣只問個小罪名。

卻說邵太尉使李募事到蘇州幹事，來王主人家歇。主人家把許宣來到這裡，又吃官事，一一從頭說了一遍。李募事尋思道：「看自家面上親眷，如何看做落？只得與他央人情，上下使錢。一日，大尹把許宣一一供招明白，都做在白娘子身上，只做「不合不出首妖怪等事」，杖一百，配三百六十里，押發鎮江府牢城營做工。李募事道：「鎮江去便不妨，我有一個結拜的叔叔，姓李名克用，在針子橋下開生藥店。我寫一封書，你可去投托他。」許宣只得問姐夫借了些盤纏，拜謝了王主人並姐夫，就買酒飯與兩個公人吃，收拾行李起程。王主人並姐夫送了一程，各自回去了。

且說許宣在路，饑食渴飲，夜住曉行，不則一日，來到鎮江。先尋

李克用家，來到針子橋生藥舖內。只見主管正在門前賣生藥，老將仕從裡面走出來。兩個公人同許宣慌忙唱個暗道：「小人是杭州李募事家中人，有書在此。」主管接了，遞與老將仕。老將仕拆開看了道：「你便是許宣？」許宣道：「小人便是。」李克用教三人吃了飯，分付當直的同到府中，下了公文，使用了錢，保領回家。防送人討了口文，自歸蘇州去了。

　　許宣與當直一同到家中，拜謝了克用，參見了老安人。克用見李募事書，說道：「許宣原是生藥店中主管。」因此留他在店中做買賣，夜間教他去五條巷賣豆腐的王公樓上歇。克用見許宣藥店中十分精細，心中歡喜。原來藥舖中有兩個主管，一個張主管，一個趙主管。趙主管一生老實本分。張主管一生克剝奸詐，倚著自老了，欺侮後輩。見又添了許宣，心中不悅，恐怕退了他；反生好計，要嫉妒他。

　　忽一日，李克用來店中閒看，問：「新來的做買賣如何？」張主管聽了心中道：「中我機謀了！」應道：「好便好了，只有一件，……」克用道：「有甚麼一件？」

　　老張道：「他大主買賣肯做，小主兒就打發去了，因此人說他不好。我幾次勸他，不肯依我。」老員外說：「這個容易，我自分付他便了，不怕他不依。」趙主管在傍聽得此言，私對張主管說道：「我們都要和氣。許宣新來，我和你照管他才是。有不是寧可當面講，如何背後去說他？他得知了，只道我們嫉妒。」老張道：「你們後生家，曉得甚麼！」天已晚了，各回下處。趙主管來許宣下處道：「張主管在員外面前嫉妒你，你如今要愈加用心，大主小主兒買賣，一般樣做。」許宣道：「多承指數。我和你去閒酌一杯。」二人同到店中，左右坐下。酒保將要飯果碟擺下，二人吃了幾杯。趙主管說：「老員外最性直，受不得觸。你便依隨他生性，耐心做買賣。」許宣道：「多謝老兄厚愛，謝之不盡」又飲了兩杯，天色晚了。趙主管道：「晚了路黑難行，改日再會。」許宣還了酒錢，各自散了。

　　許宣覺道有杯酒醉了，恐怕沖撞了人，從屋簷下回去。正走之間，只見一家樓上推開窗，將熨斗播灰下來，都傾在許宣頭上。立住腳，便罵道：「誰家潑男女，不生眼睛，好沒道理！」只見一個婦人，慌忙走下來道：「官人休要罵，是奴家不是，一時失誤了，休怪！」許宣半醉，抬頭一看，兩眼相觀，正是白娘子。許宣怒從心上起，惡向膽邊生，無明火焰騰騰高起三千丈，掩納不住，便罵道：「你這賊賤妖精，連累得我好苦！吃了兩場官事！」恨小非君子，無毒不丈夫。正是：踏破鐵鞋無覓處，得來全不費工夫。

　　許宣道：「你如今又到這裡，卻不是妖怪？」趕將人去，把白娘子一把拿住道：「你要官休私休！」白娘子陪著笑面道：「丈夫，一夜夫妻百日恩和你說來事長。你聽我說：當初這衣服，都是我先夫留下的。我與你恩愛深重，教你穿在身上，恩將仇報，反成吳、越？」許宣道：「那日我回來尋你，如何不見了？主人都說你同青青來寺前看我，因何又在此間？」白娘子道：「我到寺前，聽得說你被捉了去，教青青打聽不著，只道你脫身走了。怕來捉我，教青青連忙討了一隻船，到建康府娘舅家去，昨日才到這裡。我也道連累你兩場官事，還有何面目見你！你怪我也無用了。情意相投，做了夫妻，如今好端端難道走開了？我與你情似泰山，恩同東海，誓同生死，可看日常夫妻之面，取我到下處，和你百年偕老，卻不是好！」許宣被白娘子一騙，回嗔作喜，沉吟了半晌，被色迷了心膽，留連之意，不回下處，就在白娘子樓上歇了。

　　次日，來上河五條巷王公樓家，對王公說：「我的妻子同丫鬟從蘇州來到這裡。」一一說了，道：「我如今搬回來一處過活。」王公道：「此乃好事，如何用說。」

　　當日把白娘子同青青撒來王公樓上。次日，點茶請鄰舍。第三日，鄰舍又與許宣接風。酒筵散了，鄰舍各自回去，不在話下。第四日，許宣早起梳洗已罷，對白娘子說：「我去拜謝東西鄰舍，去做買賣去也；你同青青只在樓上照管，切勿出門！」分付已了，自到店中做買賣，早

去晚回。不覺光陰迅速，日月如梭，又過一月。

忽一日，許宣與白娘子商量，去見主人李員外媽媽家眷。白娘子道：「你在他家做主管，去參見了他，也好臥常走動。到次日，雇了轎子，徑進裡面請白娘子上了轎，叫王公挑了盒兒，丫鬟青青跟隨，一齊來到李員外家。下了轎於。進轟蔔裡面，請員外出來。李克用連忙來見，白娘子深深道個萬福，拜了兩拜，媽媽也拜了兩拜，內眷都參見了。原來李克用年紀雖然高大，卻專一好色，見了白娘子有傾國之姿，正是：三魂不附體，七魄在他身。

那員外目不轉睛，看白娘子。當時安排酒飯管待。媽媽對員外道：「好個伶俐的娘子！十分容貌，溫柔和氣，本分老成。」員外道：「便是杭州娘子生得俊俏。」飲酒罷了，白娘子相謝自回。李克用心中思想：「如何得這婦人共宿一宵？」眉頭一簇，計上心來，道：「六月十三是我壽誕之日，不要慌，教這婦人著我一個道兒。」

不覺烏飛兔走，才過端午，又是六月初間。那員外道：「媽媽，十三日是我壽誕，可做一個筵席，請親眷朋友閒耍一日，也是一生的快樂。」當日親眷鄰友主管人等，都下了請帖。次日，家家戶戶都送燭面手帕物件來。十三日都來赴筵，吃了一日。次日是女眷們來賀壽，也有廿來個。且說白娘子也來，十分打扮，上著青織金衫兒，下穿大紅紗裙，戴一頭百巧珠翠金銀首飾。帶了青青，都到裡面拜了生日，參見了老安人。東閣下排著筵席。原來李克用是吃益子留後腿的人，因見白娘子容貌，設此一計，大排筵席。各各傳杯弄盞。酒至半酣，卻起身脫衣淨手。李員外原來預先分付腹心養娘道：「若是白娘子登東，他要進去，你可另引他到後面僻淨房內去。」李員外設計已定，先自躲在後面。正是：不勞鑽穴逾牆事，穩做偷香竊玉人。

只見白娘子真個要去淨手，養娘便引他到後面一間僻淨房內去，養娘自回。那員外心中淫亂，捉身不住，不敢便走進去，卻在門縫裡張。不張萬事皆休，則一張那員外大吃一驚，回身便走，來到後邊，往後倒

了：不知一命如何，先覺四肢不舉！

那員外眼中不見如花似玉體態，只見房中幡著一條吊桶來粗大白蛇，兩眼一似燈盞，放出金光來。驚得半死，回身便走，一絆一交。眾養娘扶起看時，面青口白。主管慌忙用安魂定魄丹服了，方才醒來。老安人與眾人都來看了，道：「你為何大驚小怪做甚麼？」李員外不說其事，說道：「我今日起得早了，連日又辛苦了些，頭風病發，暈倒了。」扶去房裡睡了。眾親眷再人席飲了幾杯，酒筵散罷，眾人作謝回家。

白娘子回到家中思想，恐怕明日李員外在舖中對許宣說出本相來，便生一條計，一頭脫衣服，一頭歎氣。許宣道：「今同出去吃酒，因何回來歎氣？」白娘子道：「丈夫，說不得！李員外原來假做生日，其心不善。因見我起身登東，他躲在裡面，欲要好騙我，扯裙扯褲，來調戲我。欲待叫起來，眾人都在那裡，怕妝幌子。被我一推倒地，他怕羞沒意思，假說暈倒了。這惶恐那裡出氣」許宣道：「既不曾好騙你，他是我主人家，出於無奈，只得忍了。這遭休去便了。」白娘子道：「你不與我做主，還要做人？」許宣道：「先前多承姐夫寫書，教我投奔他家。虧他不阻，收留在家做主管，如今教我怎的好？」白娘子道：「男子漢！我被他這般欺負，你還去他家做主管？」許宣道：「你教我何處去安身？做何生理？」白娘子道：「做人家主管，也是下賤之事，不如自開一個生藥舖。」許宣道：「虧你說，只是那討本錢？」白娘子道：「你放心，這個容易。我明日把些銀子，你先去賃了間房子卻又說話。」

且說「今是古，古是今」，各處有這般出熱的。間壁有一個人，姓蔣名和，一生出熱好事。次日，許宣問白娘子討了些銀子，教蔣和去鎮江渡口馬頭上，賃了一間房子，買下一付生藥廚櫃，陸續收買生藥，十月前後，俱已完備，選日開張藥店，不去做主管。那李員外也自知惶恐，不去叫他。

　　許宣自開店來，不匡買賣一日興一日，普得厚利。正在門前賣生藥，只見一個和尚將著一個募緣簿子道：「小僧是金山寺和尚，如今七月初七日是英烈龍王生日，伏望官人到寺燒香，佈施些香錢。」許宣道：「不必寫名。我有一塊好降香，舍與你拿去燒罷。即便開櫃取出遞與和尚。和尚接了道：「是日望官人來燒香！」打一個問訊去了。白娘子看見道：「你這殺才，把這一塊好香與那賊禿去換酒肉吃！」許宣道：「我一片誠心舍與他，花費了也是他的罪過。」

　　不覺又是七月初七日，許宣正開得店，只見街上鬧熱，人來人往。幫閒的蔣和道：「小乙官前日布施了香，今日何不去寺內閒走一遭？」許宣道：「我收拾了，略待略待。和你同去。」蔣和道：「小人當得相伴。」許宣連忙收拾了，進去對白娘子道：「我去金山寺燒香，你可照管家裡則個。」白娘子道：「無事不登三寶殿，去做甚麼？」許宣道：「一者不曾認得金山寺，要去看一看；二者前日布施了，要去燒香。」白娘子道：「你既要去，我也擋你不得，也要依我三件事。」許宣道：「那三件？」白娘子道：「一件，不要去方丈。內去；二件，不要與和尚說話：三件，去了就回，來得遲，我便來尋你也。」許宣道：「這個何妨，都依得。」當時換了新鮮衣服鞋襪，袖了香盒，同蔣和徑到江邊，搭了船，投金山寺來。先到龍王堂燒了香，繞寺閒走了一遍，同眾人信步來到方丈門前。許宣猛省道：「妻子分付我休要進方丈內去。立住了腳，不進去。蔣和道：「不妨事，他自在家中，回去只說不曾去便了。」說罷，走入去，看了一回，便出來。

　　且說方丈當中座上，坐著一個有德行的和尚，眉清目秀，圓頂方袍，看了模樣，確是真僧。一見許宣走過，便叫侍者：「快叫那後生進來。」侍者看了一回，人千人萬，亂滾滾的，又不認得他，回說：「不知他走那邊去了？」和尚見說，持了撣杖，自出方丈來，前後尋不見，復身出寺來看，只見眾人都在那裡等風浪靜了落船。那風浪越大了，道：「去不得。」正看之間，只見江心裡一隻船飛也似來得快。

　　許宣對蔣和道：「這船大風浪過不得渡，那只船如何到來得快！」正說之間，船已將近。看時，一個穿白的婦人，一個穿青的女子來到岸邊。仔細一認，正是白娘子和青青兩個。許宣這一驚非小，白娘子來到岸邊，叫道：「你如何不歸？快來上船！」許宣卻欲上船，只聽得有人在背後喝道：「業畜在此做甚麼？」許宣回頭看時，人說道：「法海禪師來了！」禪師道：「業畜，敢再來無禮，殘害生靈！老僧爲你特來。」白娘子見了和尙，搖開船，和青青把船一翻，兩個都翻下水底去了。許宣回身看著和尙便拜：「告尊師，救弟子一條草命！」禪師道：「你如何遇著這婦人？」許宣把前項事情從頭說了一遍。禪師聽罷，道：「這婦人正是妖怪，汝可速回杭州去，如再來纏汝，可到湖南淨慈寺裡來尋我。有詩四句：

　　本是妖精變婦人，西湖岸上賣嬌聲。

　　汝因不識這他計，有難湖南見老僧。

　　許宣拜謝了法海禪師，同蔣和下了渡船，過了江，上岸歸家。白娘子同青青都不見了，方才信是妖精。到晚來，教蔣和相伴過夜，心中昏悶，一夜不睡。次日早起，叫蔣和看著家裡，卻來到針子橋李克用家，把前項事情告訴了一遍。李克用道：「我生日之時，他登東，我撞將去，不期見了這妖怪，驚得我死去；我又不敢與你說這話。既然如此，你且搬來我這裡住著，別作道理。」許宣作謝了李員外，依舊搬到他家。不覺住過兩月有餘。

　　忽一日立在門前，只見地方總甲分付排門人等，俱要香花燈燭迎接朝廷恩赦。原來是宋高宗策立孝宗，降赦通行天下，只除人命大事，其餘小事，盡行赦放回家。許宣遇赦，歡喜不勝，吟詩一首，詩云：

　　感謝吾皇降赦文，網開三面許更新。

死時不作他邦鬼，生日還爲舊土人。

不幸逢妖愁更甚，何期遇宵罪除根。

歸家滿把香焚起，拜謝乾坤再造恩。

　　許宣吟詩已畢，央李員外衙門上下打點使用了錢，見了大尹，給引還鄉。拜謝東鄉西舍，李員外媽媽合家大小二位主管，俱拜別了。央幫閒的蔣和買了些土物帶回杭州。來到家中，見了姐夫姐姐，拜了四拜。李募事見了許宣，焦躁道：「你好生欺負人！我兩遭寫書教你投托人，你在李員外家娶了老小，不直得寄封書來教我知道，直恁的無仁無義！」許宣說：「我不曾娶妻小」姐夫道：「見今兩日前，有一個婦人帶著一個丫鬟，道是你的妻子。說你七月初七日去金山寺燒香，不見回來。那裡不尋到？直到如今，打聽得你回杭州，同丫鬟先到這裡等你兩日了。教人叫出那婦人和丫鬟見了許宣。許宣看見，果是白娘子、青青。許宣見了，目睜口呆，吃了一驚，不在姐夫姐姐面前說這話本，只得任他埋怨了一場。李募事教許宣共白娘子去一間房內去安身。許宣見晚了，怕這白娘子，心中慌了，不敢向前，朝著白娘子跪在地下道：「不知你是何神何鬼，可饒我的性命！」白娘子道：「小乙哥，是何道理？我和你許多時夫妻，又不曾虧負你，如何說這等沒力氣的話。」許宣道：「自從和你相識之後，帶累我吃了兩場官司。我到鎮江府，你又來尋我。前日金山寺燒香，歸得遲了，你和青青又直趕來。見了禪師，便跳下江裡去了。我只道你死了，不想你又先到此。望乞可憐見，饒我則個！」白娘子圓睜怪眼道：「小乙官，我也只是爲好，誰想到成怨本！我與你平生夫婦，共枕同衾許多恩愛，如今卻信別人閒言語，教我夫妻不睦。我如今實對你說，若聽我言語喜喜歡歡，萬事皆休；若生外心，教你滿城皆爲血水，人人手攀洪浪，腳踏渾波，皆死於非命。」驚得許宣戰戰兢兢，半晌無言可答，不敢走近前去。青青勸道：「官人，娘子愛你杭州人生得好，又喜你恩情深重。聽我說，與娘子和睦了，休

要疑慮。」許宣吃兩個纏不過，叫道：「卻是苦那！」只見姐姐在天井裡乘涼，聽得叫苦，連忙來到房前，只道他兩個廝鬧，拖了許宣出來。白娘子關上房門自睡。

許宣把前因後事，一一對姐姐告訴了一遍。卻好姐夫乘涼歸房，姐姐道：「他兩口兒廝鬧了，如今不知睡了也未，你且去張一張了來。」李募事走到房前看時，裡頭黑了，半亮不亮，將舌頭舔破紙窗，不張萬事皆休，一張時，見一條吊桶來大的蟒蛇，睡在床上，伸頭在天窗內乘涼，鱗甲內放出白光來，照得房內如同白日。吃了一驚，回身便走。來到房中，不說其事，道：「睡了，不見則聲。」許宣躲在姐姐房中，不敢出頭，姐夫也不問他。過了一夜。

次日，李募事叫許宣出去，到僻靜處問道：「你妻子從何娶來？實實的對我說，不要瞞我，自咋夜親眼看見他是一條大白蛇，我怕你姐姐害怕，不說出來。」

許宣把從頭事，一一對姐夫說了一遍。李募事道：「既是這等，白馬廟前一個呼蛇戴先生，如法捉得蛇，我問你去接他。」二人取路來到臼馬歷前，只見戴先生正立在門口。二人道：「先生拜揖。」先生道：「有何見諭？」許宣道：「家中有一條大蟒蛇，想煩一捉則個！」先生道：「宅上何處廣許宣道：「過軍將橋黑珠兒巷內李募事家便是。」取出一兩銀子道：「先生收了銀子，待捉得蛇另又相謝。」先生收了道：「二位先回，小子便來。」李募事與許宣自回。

那先生裝了一瓶雄黃藥水，一直來到黑珠兒巷門，間李募事家。人指道：「前面那樓子內便是。」先生來到門前，揭起簾子，咳嗽一聲，並無一個人出來。

敲了半晌門，只見一個小娘子出來問道：「尋誰家？」先生道：「此是李募事家麼？」小娘子道：「便是。」先生道：「說宅上有一條大蛇，卻才二位官人來請小子捉蛇。」小娘子道：「我家那有大蛇？你差了。」先生道：「官人先與我一兩銀子，說捉了蛇後，有重謝。」白

娘子道：「沒有，休信他們哄你。先生道：「如何作耍？」白娘子三回五次發落不去，焦躁起來，道：「你真個會捉蛇？只怕你捉他不得！」戴先生道：「我祖宗七八代呼蛇捉蛇，量道一條蛇有何難捉！」娘子道，「你說捉得，只怕你見了要走！」先生道：「不走，不走！如走，罰一錠白銀。」娘子道：「隨我來。」到天井內，那娘子轉個灣，走進去了。那先生手中提著瓶兒，立在空地上，不多時，只見刮起一陣冷風，風過處，只見一條吊桶來大的蟒蛇，連射將來，正是：人無害虎心，虎有傷人意。

　　且說那戴先生吃了一驚，望後便倒，雄黃罐兒也打破了，那條大蛇張開血紅大口，露出雪白齒，來咬先生。先生慌忙爬起來，只恨爹娘少生兩腳，一口氣跑過橋來，正撞著李募事與許宣。許宣道：「如何？」那先生道：「好教二位得知……」把前項事，從頭說了一遍，取出那一兩銀子付還李募事道：「若不生這雙腳，連性命都沒了。二位自去照顧別人。」急急的去了。許宣道：「姐夫，如今怎麼處？」李募事道：「眼見實是妖怪了。如今赤山埠前張成家欠我一千貫錢，你去那裡靜處，討一間房兒住下。那怪物不見了你，自然去了。」許宣無計可奈，只得應承。同姐夫到家時，靜悄悄的沒些動靜。李募事寫了書貼，和票子做一封，教許宣往赤山埠去。只見白娘子叫許宣到房中道：「你好大膽，又叫甚麼捉蛇的來！你若和我好意，佛眼相看；若不好時，帶累一城百姓受苦，都死於非命！」許宣聽得，心寒膽戰，不敢則聲。將了票子，悶悶不已。來到赤山埠前，尋著了張成。隨即袖中取票時，不見了，只叫得苦。慌忙轉步，一路尋回來時，那裡見！

　　正悶之間，來到淨慈寺前，忽地裡想起那金山寺長老法海禪師曾分付來：「倘若那妖怪再來杭州纏你，可來淨慈寺內來尋我。」如今不尋，更待何時？急入寺中，問監寺道：「動問和尚，法海禪師曾來上剎也未？」那和尚道：「不曾到來。」

　　許宣聽得說不在，越悶，折身便回來長橋塊下，自言自語道：「時

衰鬼弄人，我要性命何用？」看著一湖清水，卻待要跳！正是：閻王判你三更到，定不容人到四更。

　　許宣正欲跳水，只聽得背後有人叫道：「男子漢何故輕生？死了一萬口，只當五千雙，有事何不問我！」許宣回頭看時，正是法海禪師，背馱衣缽，手提禪杖，原來眞個才到。也是不該命盡，再遲一碗飯時，性命也休了。許宣見了禪師，納頭便拜，道：「救弟子一命則個！」禪師道：「這業畜在何處？」許宣把上項事一一訴了，道：「如今又直到這裡，求尊師救度一命。」禪師於袖中取出一個缽盂，遞與許宣道：「你若到家，不可教婦人得知，悄悄的將此物劈頭一罩，切勿手輕，緊緊的按住，不可心慌，你便回去。」

　　且說許宣拜謝了禪師，回家。只見白娘子正坐在那裡，口內喃喃的罵道：「不知甚人挑撥我丈夫和我做冤家，打聽出來，和他理會！」正是有心等了沒心的，許宣張得他眼慢，背後悄悄的，望白娘子頭上一罩，用盡平生氣力納住不見了女子之形，隨著缽盂慢慢的按下，不敢手鬆，緊緊的按住只聽得缽盂內道：「和你數載夫妻，好沒一些兒人情！略放一放！」許宣正沒了結處，報道：「有一個和尚，說道要收妖怪。」許宣聽得，連忙教李募事請禪師進來。來到裡面，許宣道：「救弟子則個！」不知禪師口裡念的甚麼。念畢，輕輕的揭起缽盂，只見白娘子縮做七八寸長，如傀儡人像，雙眸緊閉，做一堆兒，伏在地下。禪師喝道：「是何業畜妖怪，怎敢纏人？可說備細！」白娘子答道：「禪師，我是一條大蟒蛇。因為風雨大作，來到西湖上安身，同青青一處。不想遇著許宣，春心蕩漾，按納不住一時冒犯天條，卻不曾殺生害命。望禪師慈悲則個！」禪師又問：「青青是何怪？」白娘子道：「青青是西湖內第三橋下潭內千年成氣的青魚。一時遇著，拖他為伴。他不曾得一日歡娛，並望禪師憐憫！」禪師道：「念你千年修煉，免你一死，可現本相！」白娘子不肯。禪師勃然大怒，口中念念有詞，大喝道：「揭諦何在？快與我擒青魚怪來，和白蛇現形，聽吾發落！」須臾庭前起一

陣狂風。風過處，只聞得豁剌一聲響，半空中墜下一個青魚，有一丈多長，向地撥剌的連跳幾跳，縮做尺餘長一個小青魚。看那白娘子時，也復了原形，變了三尺長一條白蛇，兀自昂頭看著許宣。禪師將二物置於缽盂之內，扯下褊衫一幅，封了缽盂口。拿到雷峰寺前，將缽盂放在地下，令人搬磚運石，砌成一塔。後來許宣化緣，砌成了七層寶塔，千年萬載，白蛇和青魚不能出世。

且說禪師押鎮了，留偈四句：

西湖水乾，江潮不起，雷峰塔倒，白蛇出世。

法海禪師言偈畢。又題詩八句以勸後人：

奉功世人體愛色，愛色之人被色迷。
心正自然邪不擾，身怎忽有惡來欺？
但看許宣因愛色，帶累官司惹是非。
不是老僧來救護，白蛇吞了不留些。

法海禪師吟罷，各人自散。惟有許宣情願出家，禮拜禪師為師，就雷峰塔披剃為僧。修行數年，一夕坐化去了。眾僧買龕燒化，造一座骨塔，千年不朽，臨去世時，亦有詩八句，留以警世，詩曰：

祖師度我出紅塵，鐵樹開花始見春。
化化輪回重化化，生生轉變再生生。
欲知有色還無色，須識無形卻有形。
色即是空空即色，空空色色要分明。

附錄三 「韓憑夫妻」型故事文本

　　——〈韓憑〉（《列異傳》）

　　——〈韓憑〉（《搜神記》）

　　——〈韓朋賦〉

◆ 《列異傳・韓憑》

宋康王埋韓憑夫婦，宿夕文梓生。有鴛鴦，雌雄各一，恆棲樹上，晨夕交頸，音聲感人。

◆ 《搜神記・韓憑》

宋康王舍人韓憑，娶妻何氏，美，康王奪之。憑怨，王囚之，淪為城旦。

妻密遺憑書，繆其辭曰：「其雨淫淫，河大水深，日出當心。」既而王得其書，以示左右，左右莫解其意。臣蘇賀對曰：「其雨淫淫，言愁且思也；河大水深，不得往來也；日出當心，心有死志也。」

俄而憑乃自殺。其妻乃陰腐其衣。王與之登台，妻遂自投台，左右攬之，衣不中手而死。遺書於帶曰：「王利其生，妾利其死，願以屍骨，賜憑合葬。」王怒，弗聽。使里人埋之，塚相望也。王曰：「爾夫婦相愛不已，若能使塚合，則吾弗阻也。」宿昔之間，便有大梓木，生於二塚之端，旬日而大盈抱，屈體相就，根交於下，枝錯於上。又有鴛鴦，雌雄各一，恆棲樹上，晨夕不去。交頸悲鳴，音聲感人。宋人哀之，遂號其木曰：「相思樹」。相思之名，起於此也。南人謂：此禽即韓憑夫婦之精魂。今睢陽有韓憑城。其歌謠至今猶存。

◆ 〈韓朋賦〉

昔有賢士，姓韓名朋，少小孤單，遭喪遂失〔其〕父，獨養老母。謹身行孝，用身為主意遠仕。憶母獨注（住），〔故娶〕賢妻，成功素（索）女，始年十七，名曰貞夫。已賢至聖，明顯絕華，刑（形）容窈窕，天下更無。雖是女人身，明解經書。凡所造作，皆今天符。入門三

日,意合同居,共君作誓,各守其軀。君〔亦〕不須再取(娶)婦,如魚如水;妾亦不再〔改〕嫁,死事一夫。

韓朋出遊,仕於宋國,期去三年,六秋不返(歸)。朋母憶之,心煩;〔其妻念之,內自發心,忽自執筆,遂字造書。其文斑斑,文辭金(碎錦),如珠如玉。〕意欲寄書與人,恐人多言;意欲寄書與鳥,鳥恒高飛;意欲寄書與風,風在空虛。書若有感,直到朋前;〔書若無感,零落草間。其書有感,直到朋前〕。韓朋得書,解讀其言。書曰:「浩浩白水,迴波如(而)流。皎皎明月,浮雲映之。青青之水,冬夏有時。失時不種,禾豆不滋。萬物吐化,不違天時。久不相見,心中在思。百年相守,竟好一時。君不憶親,老母心悲。妻獨單弱,夜常孤栖,常懷六憂。蓋聞百鳥失伴,其聲哀哀;日暮獨宿,夜長栖栖。太山初生,高下崔嵬。上有雙鳥,下有神龜,晝夜遊戲,恒則同歸。妾今何罪,獨無光暉。海水蕩蕩,無風自波,成人者少,破人者多。南山有鳥,北山張羅,鳥自高飛,羅當奈何。君但平安,妾亦無他。」韓朋得書,意感心悲,不食三日,亦不覺飢。韓朋意欲還家,事無因緣。懷書不謹,遺失殿前。宋王得之,甚愛其言。即召群臣,並及太史,誰能取得韓朋妻者,賜金千斤,封邑萬戶。梁伯啓言王曰:「臣能取之。」宋王大喜,即出八輪之車,爪驪之馬,〔前後仕從〕便三千餘人。從發道路,疾如風雨。三日三夜,往到朋家。

使者下車,打門而喚。朋母出看,心中驚怕。即問喚者:「是誰使者?」使者答曰:「我是宋國使來,共朋同友。朋為公(功)曹,我為主薄。朋有私書,來寄新婦。」阿婆迴語新婦:「如客此言,朋今事官(仕宦),且得勝途。」貞夫曰:「新婦昨夜夢惡,文文莫莫。見一黃蛇,皎妾床腳。三鳥並飛,兩鳥相博(搏)。一鳥頭破齒落,毛下分分(紛紛),血流落落,馬蹄踏踏,諸臣赫赫。上下不見鄉里之人,何況千里之客。客從遠來,終不可信。巧言利語,詐作朋書。〔朋〕言在外,新婦出看。阿婆報客,但道新婦,病臥在床,不勝醫藥。並言謝

客，勞苦遠來。」使者對曰：「婦聞夫書，何故不喜？必有他情，在於鄰里。」朋母年老，〔不〕能察意。新婦聞客此言，面目變青變黃：「如客此語，道有他情，即欲結意，返失其里（理）。遣妾看客，失母賢子。姑從今已後亦夫（失）婦，婦亦失姑。遂下金機（機），謝其王事，千秋〔萬歲〕，不當復織。井水淇淇（湛湛），何時取汝？釜電（灶）（尪尪），何時吹汝？床廗閨房，何時臥汝？庭前蕩蕩，何時掃汝？園茱青青，何時拾汝？」出入悲啼，鄰里酸楚。」（低）頭卻行，淚下如雨。上堂拜客，使者扶譽（轝）。貞夫上車，疾如風雨。朋母於後，呼天喚地，〔號咷〕大哭，鄰里驚聚。貞夫曰：「呼天何益，喚地何免，駟馬一去，何〔得〕歸返。」

　　梁伯迅速，日日漸遠。初至宋國，九千餘里，光照宮中。宋王怪之，即召群臣，並及太史。開書問卜，怪其所以。博士答曰：「今日甲子，明日乙丑，諸臣聚集，王得好婦。」言語未訖，貞夫即至，面如凝脂，腰如束素，有好文理。宮人美女，無有及似。宋王見之，甚大歡（喜）。三日三夜，樂不可盡。即拜貞夫，以爲皇后。前後事（侍）從，入其宮裏。貞夫入宮，（憔悴）不樂，病臥不起。宋王曰：「卿是庶人之妻，今爲一國之母。有何不樂！衣即綾羅，食即咨口。黃門侍郎，恒在左右。有何不樂，亦不歡喜？」貞夫答曰：「辭家別親，出事韓朋，生死有處，貴賤有殊。蘆葦有地，荊棘有藂，豺狼有伴，雉兔有雙。魚鱉有水，不樂高堂。燕雀群飛，不樂鳳凰。妾〔是〕庶人之妻，不樂宋王之婦。」〔夫人愁憂不樂，王曰：「〔夫〕人愁思，誰能諫〔之〕？」梁伯對曰：「臣能諫之。朋年三十未滿，二十有餘，姿容窈窕，黑髮素，齒如珂珮，耳如懸珠。是以念之，情意不樂。唯須疾害朋身，以爲囚徒。」宋王遂取其言，即打韓朋雙板齒〔落〕。並著故破之衣裳，使築清陵之台。貞夫聞之，痛切懺（肝）腸，情中煩悤（怨），無時不思。貞夫諮宋王〔曰〕：「既築清陵〔之〕台訖，乞願蹔往〔觀〕看。」宋王許之。〔乃〕賜八輪之車，爪騾之馬，前後侍

從，三千餘人，往到台下。乃見韓朋，剉草飼馬，見妾〔羞〕恥，把草遮面。貞夫見之，淚下如雨。貞夫曰：「宋王有衣，妾亦不著；王若有食，妾亦不嘗。妾念思君，如渴思漿。見君苦痛，割妾心腸。形容憔悴，決報宋王，何以羞恥，〔取草遮面〕，避妾隱藏。」韓朋答曰：「南山有樹，名曰荊棘（棘），一技（枝）兩刑（莖），葉小心平。形容憔悴，無有心情。蓋聞東流之水，西海之魚，去賤就貴，於意如何。」貞夫聞語，低頭卻行，淚下如雨。即裂裙前三寸之帛，卓齒取血，且作私書，繫箭〔頭〕上，射與韓朋。朋得此書，便即自死。宋王聞之，心中驚愕，即問諸臣：「若為自死？為人所煞？」梁伯對曰：「韓朋死時，〔無〕有傷損之處。唯有三寸素書，〔繫〕在朋頭下。」宋王即〔取〕讀之。貞〔夫〕書曰：「天雨霖〔霖〕，魚游池中，大鼓無聲，小鼓無音。」宋王曰：「誰能辨之？」梁伯對曰：「臣能辨之。天雨霖霖是其淚，魚遊池中是其意，大鼓無聲是其氣，小鼓無音是其思。天下是其言，其義大矣哉！」貞夫曰：「韓朋已死，何更再言。唯願大王有恩，以禮葬之，可不得利後〔人〕。」宋王即遣人城東，輇百丈之曠（壙），三公葬之禮也。貞夫乞往觀看，不敢久停。宋王許之。令乘素車，前後事（侍）從，三千餘人，往到墓所。貞夫下車，繞墓三匝，嗷啼悲哭，聲入雲中，〔臨曠〕（壙）喚君，君亦不聞。迴頭辭百官：「天能報〔此〕恩。蓋聞一馬不被二安（鞍），一女不事二夫。」言語未訖，遂即至室，苦酒（侵）衣，遂（脆）如莘（蔥），左攬右攬，隨手而無。百官忙怕，皆悉搥胸。即遣使者，〔走〕報宋王。

王聞此語，甚大嗔怒，床頭取劍，煞臣四五。飛輪來走，百官集聚。天下大雨，水流曠（壙）中，難可得取。梁伯諫王曰：「只有萬死，無有一生。」宋王即遣〔人〕之。不見貞夫，唯得兩石，一青一白。宋王睹之，青石埋〔於〕道東，白石埋於道西。道東生於桂樹，道西生於梧桐。枝枝相當，葉葉相籠，根下相連，下有流泉，絕道不通。宋王出遊見之，〔問曰：「此是何樹？」梁伯對曰：「此是韓朋之

樹。」「誰能解之？」梁伯對曰：「臣能解之。枝枝相當是其意，葉葉相籠是其恩，根下相連是其氣，下有流泉是其淚。」宋王即遣〔人〕誅伐之。三日三夜，血流汪汪。二札落水，變成雙鴛鴦，舉翅高飛，還我本鄉。唯有一毛〔羽〕，甚好端正。宋王得之，〔遂〕即磨拂其身，〔大好光彩，唯有項上未好，即將磨拂項上，其頭即落。〔生〕奪庶人之妻，枉殺賢良。未至三年，宋國滅亡。梁伯父子，配在邊疆。行善獲福，行惡得殃。

韓朋賦一卷。

癸巳年三月八日張道書了。〕

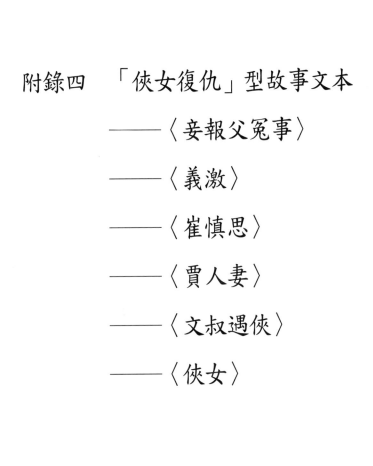

附錄四　「俠女復仇」型故事文本

　　　　——〈妾報父冤事〉

　　　　——〈義激〉

　　　　——〈崔慎思〉

　　　　——〈賈人妻〉

　　　　——〈文叔遇俠〉

　　　　——〈俠女〉

◆ 《唐國史補·妾報父冤事》李肇

貞元中，長安客有買妾者，居之數年，忽爾不知所之。一夜，提人首而至，告其夫曰：「我有父冤，故至於此，今報矣！」請歸，泣涕而訣，出門如風。俄頃卻至，斷所生二子喉而去。

◆ 〈義激〉崔蠡（《全唐文》卷718）

長安里中多空舍，有婦人傭以居者。始來，主人問其姓，則曰：「生三歲長於人，及長，聞父母逢歲饑，不能育，棄之塗。故姓不自知。」視其貌，常人也；視其服，又常人也。歸主人居傭無有闕，亦常傭居之婦人也。旦暮多閉關，雖居如無人。居且久，又無有稱宗族故舊來訊問者。故未自道，終莫有知其實者焉。凡為左右前後鄰者，皆疑其為他。且窺見其飲食動息，又與里中無有異。唯是織紝縅綌，婦人當工者，皆不為。罕有得與言語者。其色莊，其氣顥，莊顥之聲四馳，雖里中男子狂而少壯者，無敢侮。

居一歲，懼人之大我異也。遂歸於同里人。其夫問所自，其云如對主人之詞。觀其付夫之意，似沒身不敢貳者。其夫自謂得妻也，所付亦如婦人付之之意。既生一子，謂婦人所付愈固，而不萌異慮。是後則忽有所如往，宵漏半而去，未辨色來歸。於再於三。其夫疑有以動其心者，怒願去之。以有其子，子又乳也，尚依違焉。

婦人前志不衰。他夜既歸，色甚喜，若有得者。及詰之，乃舉先置人首於囊者，撤其囊，面如生。其夫大恐，恚且走。婦人即卑下辭氣，和貌怡色，言且前曰：「我生於蜀。長於蜀，父為蜀小吏，有罪，非死罪也。法當笞，遇在位而酷者，陰以非法繩之，卒棄市。當幼，力不任其心，未果殺。今長矣，果殺之，力符其心者也。願無駭。」又執其子曰：「爾漸長，人心漸賤爾。曰其母殺人，其子必無狀。既生之，使其

賤之,非勇也。不如殺而絕。」遂殺其子。而謝其夫曰:「勉仁與義也,無先已而後人也。異時子遇難,必有以報者。」辭已,與其夫決。既出戶,望其疾如翼而飛云。

按:蜀婦人求復父仇有年矣,卒如心,又殺其子,捐其夫,子不得為恩,夫不得為累。推之於孝斯孝已,推之於義斯義已,孝且義已,孝婦人也。自國初到於今,僅二百年,忠義孝烈婦人女子,其事能使千萬歲無以過,孝有高潜女、庚義婦、揚烈婦、今蜀婦人宜與三婦人齒。前以隴西李端言始異之作傳,傳備,博陵崔蠡又作文。目其題曰:「義激。」將與端言共激諸義而感激者。蜀婦人在長安凡三年,來於貞元二十年,嫁於二十一年,去於元和初。

◆ 《原化記・崔慎思》皇甫氏(《太平廣記》卷194)

博陵崔慎思,唐貞元中應進士舉。京中無第宅,常賃人隙院居止。而主人別在一院,都無丈夫,有少婦,年三十餘,窺之,亦有容色,唯有二女奴焉。慎思遂遣通意,求納為妻。婦人曰:「我非仕人,與君不敵,不可為他時恨也。」求以為妾,許之,而不肯言其姓。慎思遂納之。二年餘,崔所取給,婦人無倦色。後產一子,數月矣。時夜,崔寢,及閉戶垂帷,而已半夜,忽失其婦。崔驚之,意其有姦,頗發忿怒。遂起,堂前徘徊而行。時,月朧明,忽見其婦自屋而下,以白練纏身,其右手持匕首,左手攜一人頭。言其父昔枉為郡守所殺,入城求報,已數年矣,未得;今既克矣,不可久留,請從此辭。遂更結束其身,以灰囊盛人首攜之。謂崔曰:「某幸得為君妾二年,而已有一子。宅及二婢皆自致,並以奉贈,養育孩子。」言訖而別,遂踰牆越舍而去。慎思驚歎未已。少頃卻至,曰:「適去忘哺孩子,少乳。」遂入室。良久而出曰:「餒兒已畢,便永去矣。」慎思久之不聞嬰啼。視之,已為其所殺矣。殺其子以絕其念也。古之俠莫能過焉。

◆ 《集異記·賈人妻》薛用弱（《太平廣記》卷196）

　　唐餘干縣尉王立調選，傭居大寧里。文書有誤，爲主司駁放。資財蕩盡，僕馬喪失，窮悴頗甚，每丐食於佛祠。徒行晚歸，偶與美婦人同路。或前或後依隨。因誠意與言，氣甚相得。立因邀至其居，情款甚洽。翌日謂立曰：「公之生涯，何其困哉？妾居崇仁里，資用稍備。儻能從居乎？」立既悅其人，又幸其給，即曰：「僕之阨塞，阽於溝瀆，如此勤勤，所不敢望焉！子又何以營生？」對曰：「妾素賈人之妻也。夫亡十年，旗亭之內，尚有舊業。朝肆暮家，日贏錢三百，則可支矣。公授官之期尚未，出遊之資且無，脫不見鄙，但同處以須多集可矣。」立遂就焉。閱其家，豐儉得所。至於扃鎖之具，悉以付立。每出，則必先營辦立之一日饌焉，及歸，則又攜米肉錢帛以付立。日未嘗闕。立憫其勤勞，因令傭買僕隸。婦托以他事拒之，立不之彊也。周歲，產一子，唯日中再歸爲乳耳。凡與立居二載，忽一日夜歸，意態惶惶，謂立曰：「妾有冤仇，痛纏肌骨，爲日深矣。伺便復仇，今乃得志。便須離京，公其努力。此居處，五百緡自置，契書在屏風中。室內資儲，一以相奉。嬰兒不能將去，亦公之子也，公其念之。」言訖，收淚而別。立不可留止，則視其所攜皮囊，乃人首耳。立甚驚愕。其人笑曰：「無多疑慮，事不相縈。」遂挈囊踰垣而去，身如飛鳥。立開門出送，則已不及矣。方徘徊於庭，遽聞卻至。立迎門接俟，則曰：「更乳嬰兒，以豁離恨，就撫子。」俄而復去，揮手而已。立回燈搴帳，小兒身首已離矣。立惶駭，達旦不寐。則以財帛買僕乘，遊抵近邑，以伺其事。久之，竟無所聞。其年，立得官，即貨鬻所居，歸任。爾後，終莫知其音問也。

◆ 《翰苑名談・文叔遇俠》詹玠

　　林文叔，字野夫，興化軍人。治平間，遊上都，寓甘泉坊後巷，貧甚，幾不聊生。比鄰一孀婦，年三十餘，朝肩故衣出售，暮即歸，居之對門有茶肆，文叔多坐其中，婦人亦時來飲茗。時初冬，文叔尚衣暑服，婦人憐之，乃以全體之服與之。月餘雪寒，又以一裘遺之。數日又以錢與文叔，文叔愧謝，婦人曰：「人有急難而不拯者，非壯義士也。」後遂與文叔爲婚，問其姓氏祖先皆不答。二歲育一子，一夕同寢，中夜失之。文叔驚起，燭以尋之，杳然不見，其戶牖則如故。俄自天牕而下，手攜紫囊，胸插匕首，喘猶未定。婦人曰：「與子別矣！子以我爲何等人，吾在仙鬼之間者，率以忠義爲心。吾居此十年者，吾故夫爲軍使枉殺，吾久欲報之，吾上訴天，下訟陰，方得旨。」囊中取其頭示文叔，曰：「此吾戮其神也。」執文叔手，戀語曰：「吾觀子之面與氣，祿甚薄，有祿則壽不永，宜切戒之，可貨宅攜歸故鄉，溪山魚酒，醉臥一生，足矣，何必區區利祿哉！」言訖躍出。文叔依其言而歸，壽八十餘而卒。以此知祿薄而貪冒僥倖，壽必不永。錄之可爲浮躁者之戒。

◆ 《聊齋誌異・俠女》蒲松齡

　　顧生，金陵人，博於材藝，而家綦貧。又以母老，不忍離膝下，惟日爲人書畫，受贄以自給。行年二十有五，伉儷猶虛。對戶舊有空第，一老嫗及少女，稅居其中，以其家無男子，故未問其誰何。一日，偶自外入，見女郎自母房中出，年約十八九，秀曼都雅，世罕其匹，見生不甚避，而意凜如也。生入問母，母曰：「是對戶女郎，就吾乞刀尺。適言其家亦止一母，此女不似貧家產，問其何爲不字，則以母老爲辭。明日當往拜其母，便風以意，倘所望不奢，兒可代養其母。」明日造其

室，其母一聾嫗耳。視其室，並無隔宿糧，問所業，則仰女十指。徐以同食之謀試之，嫗意似納，而轉商其女，女默然，意殊不樂，母乃歸。詳其狀而疑之曰：「女子得非嫌吾貧乎？為人不言亦不笑，豔如桃李，而冷如霜雪，奇人也！」母子猜歎而罷。

　　一日，生坐齋頭，有少年來求畫，姿容甚美，意頗儇佻，詰所自，以鄰村對。嗣後三兩日輒一至，稍稍稔熟，漸以嘲謔；生狎抱之，亦不甚拒，遂私焉，由此往來暱甚。會女郎過，少年目送之，問為誰，對以鄰女。少年曰：「豔麗如此，神情一何可畏！」少間，生入內，母曰：「適女子來乞米，云不舉火者經日矣。此女至孝，貧極可憫，宜少周卹之。」生從母言，負斗米款門，達母意，女受之，亦不申謝。日嘗至生家，見母作衣履，便代縫紉，出入堂中，操作如婦，生益德之。每獲饋餌，必分給其母，女亦略不置齒頰。母適疽生隱處，宵旦號咷，女時就榻省視，為之洗創敷藥，日三四作，母意甚不自安，而女不厭其穢。母曰：「唉！安得新婦如兒，而奉老身以死也。」言訖悲哽。女慰之曰：「郎子大孝，勝我寡母孤女什百矣。」母曰：「牀頭蹀躞之役，豈孝子所能為者？且身已向暮，旦夕犯霧露，深以桃續為憂耳。」言間，生入，母泣曰：「虧娘子良多，汝無忘報德。」生伏拜之。女曰：「君敬我母，我勿謝也，君何謝焉？」於是益敬愛之。然其舉止生硬，毫不可干。

　　一日，女出門，生目注之，女忽回首，嫣然而笑。生喜出意外，趨而從諸其家，挑之，亦不拒，欣然交懽。已，戒生曰：「事可一而不可再。」生不應而歸。明日，又約之，女屬色不顧而去。日頻來，時相遇，並不假以詞色。少游戲之，則冷語冰人。忽於空處問生：「日來少年誰也？」生告之。女曰：「彼舉止態狀，無禮於妾頻矣。以君之狎暱，故置之。請更寄語，再復爾，是不欲生也已。」生至夕，以告少年，且曰：「子必慎之，是不可犯！」少年曰：「既不可犯，君何犯之？」生白其無，曰：「如其無，則猥褻之語，何以達君聽哉？」生不

能答。少年曰：「亦煩寄告，假惺惺勿作態，不然，我將遍播揚。」生甚怒之，情見於色，少年乃去。

　　一夕方獨坐，女忽至，笑曰：「我與君情緣未斷，寧非天數。」生狂喜而抱於懷，欻聞履聲籍籍，兩人驚起，則少年推扉入矣。生驚問：「子胡為者？」笑曰：「我來觀貞節人耳。」顧女曰：「今日不怪人耶？」女眉豎頰紅，默不一語，急翻上衣，露一革囊，應手而出，則尺許晶瑩匕首也。少年見之，駭而卻走，追出戶外，四顧渺然。女以匕首望空拋擲，夐然有聲，燦若長虹。俄一物墮地作響，生急燭之，則一白狐，身首異處矣，大駭。女曰：「此君之孌童也。我固恕之，奈渠定不欲生何！」收刀入囊。生曳令入，曰：「適以妖物敗意，請來宵。」出門逡去。次夕，女果至，遂共綢繆。詰其術，女曰：「此非君所知。宜須慎秘，洩恐不為君福。」又訂以嫁娶，曰：「枕席焉，提汲焉，非婦伊何也？業夫婦矣，何必復言嫁娶乎？」生曰：「將勿憎吾貧耶？」曰：「君固貧，妾富耶？今宵之聚，正以憐君貧耳。」臨別囑曰：「苟且之行，不可以屢。當來，我自來；不當來，相強無益。」後相值，每欲引與私語，女輒走避，然衣綻炊薪，悉為紀理，不啻婦也。

　　積數月，其母死，生竭力葬之，女由是獨居。生意孤寂可亂，踰垣入，隔窗頻呼，迄不應，視其門，則空室扃焉。竊疑女有他約。夜復往，亦如之，遂留佩玉於窗間而去之。越日，相遇於母所，既出，而女尾其後，曰：「君疑妾耶？人各有心，不可以告人。今欲使君無疑，烏得可？然一事煩急為謀。」問之，曰：「妾體已孕八月矣，恐旦晚臨盆，妾身未分明，能為君生之，不能為君育之。可密告老母，覓乳媼，偽為討螟蛉者，勿言妾也。」生諾，以告母，母笑曰：「異哉，此女聘之不可，而顧私於我兒。」喜從其謀以待之。又月餘，女數日不出，母疑之，往探其門，蕭蕭閉寂，扣良久，女始蓬頭垢面，自內出，啟而入之，則復扃之。入其室，則呱呱者在牀上矣，母驚問：「誕幾時矣？」答云：「三日。」捉繃席而視之，男也，且豐頤而廣額，喜曰：「兒已

爲老身育孫矣，伶仃一身，將焉所託？」女曰：「區區隱衷，不敢掬示
老母，俟夜無人，可即抱兒去。」母歸與子言，竊共異之。夜往抱子
歸。更數夕，夜將半，女忽款門入，手提革囊，笑曰：「我大事已了，
請從此別。」急詢其故，曰：「養母之德，刻刻不去諸懷，向云可一而
不可再者，以相報不在牀第也。爲君貧不能婚，將爲延一線之續，本期
一索而得，不圖信水復來，遂至破戒而再。今君德既酬，妾志亦遂，無
憾矣。」問：「囊中何物？」曰：「仇人頭耳。」檢而窺之，鬚髮交而
血模糊也，駭絕。復致研詰，曰：「向不與君言者，以機事不密，懼有
宣洩，今事已成，不妨相告。妾浙人，父官司馬，陷於仇，彼籍吾家。
妾負老母出，隱姓名，埋頭項，已三年矣。所以不即報者，徒以有母
在，母去，一塊肉又累腹中，因而遲之又久。曩夜出非他，道路門戶未
稔，恐有訛誤耳。」言已，出門，又囑曰：「所生兒，善視之，君福薄
無壽，此兒可光門閭。夜深不得驚老母，我去矣！」方悽然欲詢所之，
女一閃如電，瞥爾間遂不復見。生嘆惋木立，若喪魂魄，明以告母，相
爲歎異而已。

後三年，生果卒。子十八舉進士，猶奉祖母以終老云。

異史氏曰：「人必室有俠女，而後可以畜孌童也。不然，爾愛其艾
豭，彼愛爾婁豬矣！」

附錄五　「魂奔」型故事文本

　　　　——〈龐阿〉

　　　　——〈離魂記〉

　　　　——〈金鳳釵記〉

　　　　——〈大姐魂游完宿願，小
　　　　　　妹（姨）病起續前緣〉

　　　　——〈阿寶〉

◆ 《幽明錄‧龐阿》劉義慶（《太平廣記》卷358）

鉅鹿有龐阿者，美容儀。同郡石氏有女，曾內睹阿，心悅之。未幾，阿見此女來詣阿。阿（「阿」原作「妻」。據明抄本改。）妻極妒，聞之。使婢縛之，遂還石家。中路，遂化爲煙氣而滅。婢乃直詣石家，說此事，石氏之父大驚曰：「我女都不出門，豈可謗如此。」阿婦自是常加意伺察之，居一夜，方值女在齋中，乃自拘執，以詣石氏。石氏父見之，愕貽曰：「我適從內來，見女與母共作，何得在此？」即令婢僕，於內喚女出，向所縛者，奮然滅焉。父疑有異，故遣其母詰之，女曰：「昔年龐阿來廳中，曾竊視之，自爾仿佛，即夢詣阿。乃入戶，即爲妻所縛。」石曰：「天下遂有如此奇事。」夫精情所感，靈神爲之冥著，滅者蓋其魂神也。既而女誓心不嫁。經年，阿妻忽得邪病，醫藥無徵，阿乃授幣石氏女爲妻。

◆ 〈離魂記〉陳玄祐（《太平廣記》卷358題爲〈王宙〉）

天授三年，清河張鎰因官家於衡州。性簡靜，寡知友。無子，有女二人，其長早亡，幼女倩娘，端妍絕倫。鎰外甥太原王宙，幼聰悟，美容范，鎰常器重，每曰：「他時當以倩娘妻之。」後各長成，宙與倩娘，常私感想於寤寐，家人莫知其狀。後有賓僚之選者求之，鎰許焉。女聞而鬱抑，宙亦深恚恨。托以當調，請赴京，止之不可，遂厚遣之。宙陰恨悲慟，決別上船。日暮，至山郭數里。夜方半，宙不寐，忽聞岸上有一人行聲甚速，須臾至船。問之，乃倩娘，徒行跣足而至。宙驚喜若狂，執手問其從來，泣曰：「君厚意如此，寢食（『寢』原作『浸』，『食』字原闕，據明抄本改補。）相感，今將奪我此志，又知君深倩不易，思將殺身奉報。是以亡命來奔。」宙非意所望，欣躍特

甚，遂匿倩娘于船，連夜遁去。倍道兼行，數月至蜀。凡五年，生兩子。與鎰絕信，其妻常思父母，涕泣言曰：「吾曩日不能相負，棄大義而來奔君。向今五年，恩慈間阻。覆載之下，胡顏獨存也？」宙哀之曰：「將歸無苦。」遂俱歸衡州。既至，宙獨身先至鎰家，首謝其事，鎰曰：「倩（『曰倩』二字原闕，據明抄本補。）娘病在閨中數年，何其詭說也？」宙曰：「見在舟中。」鎰大驚，促使人驗之。果見倩娘在船中，顏色怡暢，訊使者曰：「大人安否？」家人異之，疾走報鎰。室中女聞，喜而起，飾妝更衣，笑而不語，出與相迎，翕然而合為一體，其衣裳皆重。其家以事不正，秘之，惟親戚間有潛知之者。後四十年間，夫妻皆喪，二男並孝廉擢第，至丞尉。事出陳玄祐《離魂記》云。玄祐少常聞此說，而多異同，或謂其虛。大曆末，遇萊蕪縣令張仲規，因備述其本末。鎰則仲規堂叔，而說極備悉，故記之。

◆ 《剪燈新話・金鳳釵記》瞿佑

大德中，揚州富人吳防禦居春風樓側，與宦族崔君為鄰，交契甚厚。崔有子曰興哥，防禦有女曰興娘，俱在襁褓。崔君因求女為興哥婦，防禦許之，以金鳳釵一隻為約。既而崔君遊宦遠方，凡一十五載，並無一字相聞。女處閨闈，年十九矣。其母謂防禦曰：「崔家郎君一去十五載，不通音耗，興娘長成矣。不可執守前言，令其挫失時節也。」防禦曰：「吾已許吾故人矣。況成約已定，吾豈食言者也。」女亦望生不至，因而感疾，沉綿枕席，半歲而終。父母哭之慟。臨斂，母持金鳳釵撫屍而泣，曰：「此汝夫家物也，今汝已矣，吾留此安用！」遂簪於其髻而殯焉。

殯之兩月，而崔生至。防禦延接之，訪問其故，則曰：「父為宣德府理官而卒，母亦先逝數年矣。今已服除，故不遠千里而至此。」防禦下淚曰：「興娘薄命，為念君故，得疾，於兩月前飲恨而終，今已殯之

矣。」因引生入室,至其靈几前,焚楮錢以告之,舉家號慟。防禦謂生曰:「郎君父母既歿,道途又遠,今既來此,可便於吾家宿食。故人之子,即吾子也。勿以興娘歿故,自同外人。」即令搬挈行李,於門側小齋安泊。

將及半月,時值清明。防禦以女新歿之故,舉家上塚。興娘有妹曰慶娘,年十七矣,是日亦同往。惟留生在家看守。至暮而歸,天已曛黑。生於門左迎接。有轎二乘。前轎已入,後轎至生前,似有物墮地,鏗然作聲。生俟其過,急往拾之,乃金鳳釵一隻也。欲納還於內,則中門已闔,不可得而入矣。遂還小齋,明燭獨坐。自念婚事不成,隻身孤苦,寄跡人門,亦非久計,長歎數聲。方欲就枕,忽聞剝啄扣門聲,問之不答。斯須復扣,如是者三度。乃啓關視之,則一美姝立於門外,見戶開,遽搴裙而入。生大驚。女低容斂氣,向生細語曰:「郎不識妾耶?妾即興娘之妹慶娘也。向者投釵轎下,郎拾得否?」即挽生就寢。生以其父待之厚,辭曰:「不敢。」拒之甚屬,至於再三。女忽赬爾怒曰:「吾父以子姪之禮待汝,置汝門下;汝乃於深夜誘我至此,將欲何為?我將訴之於父,訟汝於官,必不舍汝矣。」生懼,不得已而從焉。至曉,乃去。自是暮隱而入,朝隱而出,往來於門側小齋,凡及一月有半。一夕,謂生曰:「妾處深閨,君居外館。今日之事,幸而無人知覺。誠恐好事多磨,佳期易阻,一旦聲跡彰露,親庭罪責。閉籠而鎖鸚鵡,打鴨而驚鴛鴦,在妾固所甘心,於君誠恐累德。莫若先事而發,懷璧而逃。或晦跡深村,或藏蹤異郡,庶得優遊偕老,不致暌離也。」生頗然其計,曰:「卿言亦自有理,吾方思之。」因自念零丁孤苦,素乏親知,雖欲逃亡,竟將焉往?嘗聞父言:有舊僕金榮者,信義人也。居鎮江呂城,以耕種為業。今往投之,庶不我拒。至明夜五鼓,與女輕裝而出,買船過瓜洲,奔丹陽。訪於村氓,果有金榮者,家甚殷富,見為本村保正。生大喜,直造其門。至則初不相識也,生言其父姓名爵里及己乳名,方始記認。則設位而哭其主,捧生而拜於座,曰:「此吾家郎

君也。」生具告以故。乃虛正堂而處之，事之如事舊主，衣食之需，供給甚至。

生處榮家，將及一年。女告生曰：「始也懼父母之責，故與君為卓氏之逃，蓋出於不獲已也。今則舊穀既沒，新穀既登，歲月如流，已及期矣。且愛子之心，人皆有之。今而自歸，喜於再見，必不我罪。況父母生我，恩莫大焉，豈有終絕之理？盍往見之乎？」生從其言，與之渡江入城。將及其家，謂生曰：「妾逃竄一年，今遽與君同往，或恐逢彼之怒。君宜先往覘之，妾艤舟於此以俟。」臨行，復呼生回，以金鳳釵授之。曰：「如或疑拒，當出此以示之，可也。」生至門，防禦聞之，欣然出見，反致謝曰：「日昨顧待不周，致君不安其所，而有他適，老夫之罪也。幸勿見怪！」生拜伏在地，不敢仰視，但稱死罪，口不絕聲。防禦曰：「有何罪過？遽出此言。願賜開陳，釋我疑慮。」生乃作而言曰：「曩者房帷事密，兒女情多，負不義之名，犯私通之律。不告而娶，竊負而逃，竄伏村墟，遷延歲月，音容久阻，書問莫傳，情雖篤於夫妻，恩敢忘乎父母！今則謹攜令愛，同此歸寧。伏望察其深情，恕其重罪。使得終能偕老，永逐於飛。大人有溺愛之恩，小子有宜家之樂，是所望也，惟冀憫焉」防禦聞之，驚曰：「吾女臥病在床，今及一歲，饘粥不進，轉側需人，豈有是事耶？」生謂其恐為門戶之辱，故飾詞以拒之。乃曰：「目今慶娘在於舟中，可令人舁取之來。」防禦雖不信，然且令家僮馳往視之，至則無所見。方怒詰崔生，責其妖妄。生於袖中出金鳳釵以進。防禦見，始大驚曰：「此吾亡女興娘殉葬之物也，胡為而至此哉？」疑惑之際，慶娘忽於床上歘然而起，直至堂前，拜其父，曰：「興娘不幸，早辭嚴侍，遠棄荒郊。然與崔家郎君緣分未斷，今之來此，意亦無他，特欲以愛妹慶娘，續其婚耳。如所請肯從，則病患當即痊除。不用妾言，命盡此矣。」舉家驚駭，視其身則慶娘，而言詞舉止則興娘也。父詰之曰：「汝既死矣，安得復於人世為此亂惑也？」對曰：「妾之死也，冥司以妾無罪，不復拘禁。得隸後土夫人帳

下，掌傳箋奏。妾以世緣未盡，故特給假一年，來與崔郎了此一段因緣爾。」父聞其語切，乃許之，即斂容拜謝，又與崔生執手歔欷爲別。且曰：「父母許我矣！汝好作嬌客，愼毋以新人而忘故人也。」言訖，慟哭而仆於地，視之，死矣。急以湯藥灌之，移時乃蘇。疾病已去，行動如常，問其前事，並不知之，殆如夢覺。遂涓吉續崔生之婚。生感興娘之情，以釵貨於市，得鈔二十錠，盡買香燭楮幣，齋詣瓊花觀，命道士建醮三晝夜以報之。復見夢於生曰：「蒙君薦拔，尚有餘情。雖隔幽明，實深感佩。小妹柔和，宜善視之。」生驚悼而覺。從此遂絕。嗚呼異哉！

◆ 《初（二）刻拍案驚奇‧大姐魂游完宿願，小妹（姨）病起續前緣》凌濛初

　　古來只有娥皇，女英姐妹兩個，一同嫁了舜帝。其他妹妹亡故，不忍斷親，續上小姨，乃是世間常事。從來沒個亡故的姐姐懷此心願，在地下撮合完全好事的。今日小子先說此一段異事，見得人生只有這個「情」字至死不泯的。只爲這王夫人身子雖死，心中還念著親夫恩愛，又且妹於是他心上喜歡的，一點情不能忘，所以陰中如此主張，了其心願。這個還是做過夫婦多時的，如此有情，未足爲怪。小子如今再說一個不曾做親過的，只爲不忘前盟，陰中完了自己姻緣，又替妹子聯成婚事。怪怪奇奇，眞眞假假，說來好聽。有詩爲證：

> 還魂從古有，借體亦其常。
> 誰攝生人魄，先將宿願償？

　　這本話文，乃是：元朝大德年間，揚州有個富人姓吳，曾做防禦使之職，人都叫他做吳防禦，住居春風樓側，生有二女，一個叫名興娘，

一個叫名慶娘，慶娘小興娘兩歲，多在襁褓之中。鄰居有個崔使君，與防禦往來甚厚。崔家有子，名曰興哥，與興娘同年所生。崔公即求聘興娘爲子婦，防禦欣然許之，崔公以金鳳釵一隻爲聘禮。定盟之後，崔公闔家鄉到遠方爲官去了。

一去一十五年，竟無消息回來。此時興娘已一十九歲，母親見他年紀大了，對防禦道：「崔家興哥一去十五年，不通音耗，今興娘年已長成，豈可執守前說，錯過他青春？」防禦道：「一言已定，千金不移。吾已許吾故人了，豈可因他無耗，便欲食言？」那母親終究是婦人家識見，見女兒年長無婚，眼中看不過意，日日與防禦絮聒，要另尋人家。興娘肚裡，一心專盼崔生來到，再沒有二三的意思。雖是虧得防禦有正經，卻看見母親說起激聒，便暗地恨命自哭。又恐怕父親被母親纏不過，一時更變起來，心中長懷著憂慮，只願崔家郎早來得一日也好。眼睛幾望穿了，那裡叫得崔家應？看看飯食減少，生出病來，沉眠枕席，半載而亡。父母與妹，及闔家人等，多哭得發昏章第十一。臨入殮時，母親手持崔家原聘這隻金鳳釵，撫屍哭道：「此是你夫家之物，今你已死，我留之何益？見了徒增悲傷，與你戴了去罷！」就替他插在髻上，蓋了棺。三日之後，抬去殯在郊外了。家裡設個靈座，朝夕哭奠。

殯過兩個月，崔生忽然來到。防禦迎進問道：「郎君一向何處？尊父母平安否？」崔生告訴道：「家父做了宣德府理官，歿於任所，家母亦先亡了數年。小婿在彼守喪，今已服除，完了殯葬之事。不遠千里，特到府上來完前約。」防禦聽罷，不覺掉下淚來道：「小女興娘薄命，爲思念郎君成病，於兩月前飲恨而終，已殯在郊外了。郎君便早到得半年，或者還不到得死的地步。今日來時，卻無及了。」說罷又哭。崔生雖是不曾認識興娘，未免感傷起來。防禦道：「小女殯事雖行，靈位還在。郎君可到他席前看一番，也使他陰魂曉得你來了。」噙著眼淚，一手拽了崔生走進內房來。崔生抬頭看時，但見：

紙帶飄搖，冥童綽約。飄搖紙帶，盡寫者梵字金言；綽約冥童，對

捧著銀盆繡悅。一縷爐煙常裊，雙檠燈火微熒。影神圖，畫個絕色的佳人；白木牌，寫著新亡的長女。

崔生看見了靈座，拜將下去。防禦拍著桌子大聲道：「興娘吾兒，你的丈夫來了。你靈魂不遠，知道也未？」說罷，放聲大哭。闔家見防禦說得傷心，一齊號哭起來，直哭得一佛出世，二佛生天，連崔生也不知陪下了多少眼淚。哭罷，焚了些楮錢，就引崔生在靈位前，拜見了媽媽。媽媽兀自哽哽咽咽的，還了個半禮。

防禦同崔生出到堂前來，對他道：「郎君父母既歿，道途又遠，今既來此，可便在吾家住宿。不要論到親情，只是故人之子，即同吾子。勿以興娘沒故，自同外人。」即令人替崔生搬將行李來，收拾門側一個小書房與他住下了。朝夕看待，十分親熱。

將及半月，正值清明節屆，防禦念興娘新亡，闔家到他家上掛錢祭掃。此時興娘之妹慶娘已是十七歲，一同媽媽抬了轎，到姐姐墳上去了，只留崔生一個在家中看守。大凡好人家女眷，出外稀少，到得時節頭邊，看見春光明媚，巴不得尋個事由來外邊散心耍子。今日雖是到興娘新墳上，心中懷著淒慘的；卻是荒郊野外，桃紅柳綠，正是女眷們游耍去處。盤桓了一日，直到天色昏黑，方才到家。崔生步出門外等候，望見女轎二乘來了，走在門左迎接。前轎先進，後轎至前。到崔生身邊經過，只聽得地下磚上，鏗的一聲，卻是轎中掉一件物事出來。崔生待轎過了，急去拾起來看，乃是金鳳釵一隻。崔生知是閨中之物，急欲進去納還，只見中門已閉。元來防禦闔家在墳上辛苦了一日，又各帶了些酒意，進得門，便把門關了，收拾睡覺。崔生也曉得這個意思，不好去叫得門，且待明日未遲。

回到書房，把釵子放好在書箱中了，明燭獨坐。思念婚事不成，隻身孤苦，寄跡人門，雖然相待如子婿一般，終非久計，不知如何是個結果？悶上心來，歎了幾聲。上了床，正要就枕，忽聽得有人扣門響。崔生問道：「是那個？」不見回言。崔生道是錯聽了，方要睡下去，

又聽得敲的畢畢剝剝。崔生高聲又問，又不見聲響了。崔生心疑，坐
在床沿，正要穿鞋到門邊靜聽，只聽得又敲響了，卻只不見則聲。崔生
忍耐不住，立起身來，幸得殘燈未熄，重捸亮了，拿在手裡，開門出來
一看。燈卻明亮，見得明白，乃是十七八歲一個美貌女子，立在門外。
看見門開，即便奏起布簾，走將進來。崔生大驚，嚇得倒退了兩步。那
女子笑容可掬，低聲對崔生道：「郎君不認得妾耶？妾即興娘之妹慶娘
也。適才進門時，釵墜轎下，故此乘夜來尋，郎君曾拾得否？」崔生見
說是小姨，恭恭敬敬答應道：「適才娘子乖轎在後，果然落釵在地。」
小生當時拾得，即欲奉還，見中門已閉，不敢驚動，留待明日。今娘
子親尋至此，即當持獻。就在書箱取出，放在桌上道：「娘子親拿了
去。」女子出纖手來取釵，插在頭上了，笑嘻嘻的對崔生道：「早知是
郎君拾得，妾亦不必乘夜來尋了。如今已是更闌時侯，妾身出來了，不
可復進。今夜當借郎君枕席，侍寢一宵。」崔生大驚道：「娘子說那裡
話！令尊令堂待小生如骨肉，小生怎敢胡行，有污娘子清德？娘子請回
步，誓不敢從命的。」女子道：「如今闔家睡熟，並無一個人知道的。
何不趁此良宵，完成好事？你我悄悄往來，親上加親，有何不可？」崔
生道：「欲人不知，莫若勿為。雖承娘子美情，萬一後邊有些風吹草
動，被人發覺，不要說道無顏面見令尊，傳將出去，小生如何做得人
成？不是把一生行止多壞了？」女子道：「如此良宵，又兼夜深，我既
寂寥，你亦冷落。難得這個機會，同在一個房中，也是一生緣分。且顧
眼前好事，管甚麼發覺不發覺？況妾自能為郎君遮掩，不至敗露，郎君
休得疑慮，錯過了佳期。」崔生見他言詞嬌媚，美艷非常，心裡也禁不
住動火，只是想著防禦相待之厚，不敢造次，好像個小兒放紙炮，真個
又愛又怕。卻待依從，轉了一念，又搖頭道：「做不得！做不得！」
只得向女子哀求道：「娘子，看令姐興娘之面，保全小生行止吧！」
女子見他再三不肯，自覺羞慚，忽然變了顏色，勃然大怒道：「吾父
以子侄之禮待你，留置書房，你乃敢於深夜誘我至此！將欲何為？我聲

張起來，告訴了父親，當官告你。看你如何折辯？不到得輕易饒你！」
聲色俱厲。崔生見他反跌一著，放刁起來，心裡好生懼怕。想道：「果
是老大的利害！如今既見在我房中了，清濁難分，萬一聲張，被他一口
咬定，從何分剖？不若且依從了他，到還未見得即時敗露，慢慢圖個自
全之策罷了。」正是：羝羊觸藩，進退兩難。只得陪著笑，對女子道：
「娘子休要聲高！既承娘子美意，小生但憑娘子做主便了。」女子見他
依從，回嗔作喜道：「元來郎君恁地膽小的！」崔生閉上了門，兩個解
衣就寢。有《西江月》為證：

　　旅館羈身孤客，深閨皓齒韶容。合歡裁就兩情濃，好對嬌鸞雛鳳。
認道良緣輻輳，誰知啞謎包籠？新人魂夢雨雲中，還是故人情重。

　　兩人雲雨已畢，真是千恩萬愛，歡樂不可名狀。將至天明，就起
身來，辭了崔生，閃將進去。崔生雖然得了些甜頭，心中只是懷著個鬼
胎，戰兢兢的，只怕有人曉得。幸得女子來蹤去跡甚是秘密，又且身子
輕捷，朝隱而入，暮隱而出。只在門側書房私自往來快樂，並無一個人
知覺。

　　將及一月有餘，忽然一晚對崔生道：「妾處深閨，郎處外館。今日
之事，幸而無人知覺。誠恐好事多磨，佳期另阻。一旦聲跡彰露，親庭
罪責，將妾拘奈於內，郎趕逐於外，在妾便自甘心，卻累了郎之清德，
妄罪大矣。須與郎從長商議一個計策便好。」崔生道：「前日所以不敢
輕從娘子，專為此也。不然，人非草木，小生豈是無情之物？而今事已
到此，還是怎的好？」女子道：「依妾愚見，莫若趁著人未及知覺，先
自雙雙逃去，在他鄉外縣居住了，深自斂藏，方可優遊偕老，不致分
離。你心不如何？」崔生道：「此言因然有理，但我目下零丁孤苦，素
少親知，雖要逃亡，還是向那邊去好？」想了又想，猛然省起來道：
「曾記得父親在日，常說有個舊僕金榮，乃是信義的人。見居鎮江呂
城，以耕種為業，家道從容。今我與你兩個前去投他，他有舊主情分，
必不拒我。況且一條水路，直到他家，極是容易。」女子道：「既然如

411

此,事不宜遲,今夜就走罷。」

商量已定,起個五更,收拾停當了。那個書房即在門側,開了甚便。出了門,就是水口。崔生走到船幫裡,叫了只小劃子船,到門首下了女子,隨即開船,迆到瓜洲。打發了船,又在瓜洲另討了一個長路船,渡了江,進了潤州,奔丹陽,又四十里,到了呂城。泊住了船,上岸訪問一個村人道:「此間有個金榮否?」村人道:「金榮是此間保正,家道殷富,且是做人忠厚,誰不認得!你問他則甚?」崔生道:「他與我有些親,特來相訪。有煩指引則個。」村人把手一指道:「你看那邊有個大酒坊,間壁大門就是他家。」

崔生問著了,心下喜歡,到船中安慰了女子,先自走到這家門首,一直走進去。金保正聽得人聲,在裡面踱將出來道:「是何人下顧?」崔生上前施禮。保正問道:「秀才官人何來?」崔生道:「小生是揚州府崔公之子。」保正見說了「揚州崔」三字,便吃一驚道:「是何官位?」崔生道:「是宣德府理官,今已亡故了。」保正道:「是官人的何人?」崔生道:「正是我父親。」保正道:「這等是衙內了。請問當時乳名可記得麼?」崔生道:「乳名叫做興哥。」保正道:「說起來,是我家小主人也。」推崔生坐了,納頭便拜。問道:「老主人幾時歸天的?」崔生道:「今已三年了。」保正就走去掇張椅桌,做個虛位,寫一神主牌,放在桌上,磕頭而哭。

哭罷,問道:「小主人,今日何故至此?」崔生道:「我父親在日,曾聘定吳防禦家小姐子興娘……」保正不等說完,就接口道:「正是。這事老僕曉得的。而今想已完親事了麼?」崔生道:「不想吳家興娘為盼望吾家音信不至,得了病症。我到得吳家,死已兩月。吳防禦不忘前盟,款留在家。喜得他家小姨慶娘為親情顧盼,私下成了夫婦。恐怕發覺,要個安身之所;我沒處投奔,想著父親在時,曾說你是忠義之人,住在呂城,故此帶了慶娘一同來此。你既不忘舊主,一力周全則個。」金保正聽說罷,道:「這個何難!老僕自當與小主人分憂。」便

進去喚嬤嬤出來，拜見小主人。又叫他帶了丫頭到船邊，接了小主人娘子起來。老夫妻兩個，親自灑掃正堂，鋪各床帳，一如待主翁之禮。衣食之類，供給周各，兩個安心住下。

　　將及一年，女子對崔生道：「我和你住在此處，雖然安穩，卻是父母生身之恩，竟與他永絕了，畢竟不是個收場，心裡也覺過不去。」崔生道：「事已如此，說不得了。難道還好去相見得？」女子道：「起初一時間做的事，萬一敗露，父母必然見責。你我離合，尚未可知。思量永久完聚，除了一逃，再無別著。今光陰似箭，已及一年。我想愛子之心，人皆有之。父母那時不見了我，必然捨不得的。今日若同你回去，父母重得相見，自覺喜歡，前事必不記恨。這也是料得出的。何不拚個老臉，雙雙去見他一面？有何妨礙？」崔生道：「丈夫以四方為事，只是這樣潛藏在此，原非長算。今娘子主見如此，小生拚得受岳父些罪責，為了娘子，也是甘心的。既然做了一年夫妻，你家素有門望，料沒有把你我重拆散了，再嫁別人之理。況有令姐舊盟未完，重續前好，正是應得。只須陪些小心往見，元自不妨。」

　　兩個計議已定，就央金榮討了一隻船，作別了金榮，一路行去。渡了江，進瓜洲，前到揚州地方。看看將近防禦家，女子對崔生道：「且把船歇在此處，未要竟到門口，我還有話和你計較。」崔生叫船家住好了船，問女子道：「還有甚麼說話？」女子道：「你我逃竄年一，今日突然雙雙往見，幸得容恕，千好萬好了。萬一怒發，不好收場。不如你先去見見，看著喜怒，說個明白。大約沒有變卦了，然後等他來接我上去，豈不婉轉些？我也覺得有顏采。我只在此等你消息就是。」崔生道：「娘子見得不差。我先去見便了。」跳上了岸，正待舉步。女子又把手招他轉來道：「還有一說。女子隨人私奔，原非美事。萬一家中忌諱，故意不認帳起來的事也是有的，須要防他。」伸手去頭上拔那隻金鳳釵下來，與他帶去道：「倘若言語支吾，將此釵與他們一看，便推故不得了。」崔生道：「娘子怎地精細！」接將釵來，袋在袖裡了。望著

413

防禦家裡來。

到得堂中，傳進去，防禦聽知崔生來了，大喜出見。不等崔生開口，一路說出來道：「向日看待不周，致郎君住不安穩，老夫有罪。幸看先君之面，勿責老夫！」崔生拜伏在地，不敢仰視，又不好直說，口裡只稱：「小婿罪該萬死！」叩頭不止。防禦到驚駭起來道：「郎君有何罪過？口出此言，快快說個明白！免老夫心裡疑惑。」崔生道：「是必岳父高抬貴手，恕著小婿，小婿才敢出口。」防禦說道：「有話但說，通家子侄，有何嫌疑？」崔生見他光景是喜歡的，方才說道：「小婿家令愛慶娘不棄，一時間結了私盟，房帳事密，兒女情多，負不義之名，犯私通之律。誠恐得罪非小，不得已黃夜奔逃，潛匿村墟。經今一載，音容久阻，書信難傳。雖然夫婦情深，敢忘父母恩重？今日謹同令愛，到此拜訪，伏望察其深情，饒恕罪責，恩賜諧老之歡，永遂于飛之願！岳父不失為溺愛，小婿得完美室家，實出萬幸！只求岳父憐憫則個。」防禦聽罷大驚道：「郎君說的是甚麼話？小女慶娘臥病在床，經今一載。茶飯不進，轉動要人扶靠。從不下床一步，方纔的話，在那裡說起的？莫不見鬼了？」崔生見他說話，心裡暗道：「慶娘真是有見識！果然怕玷辱門戶，只推說病在床上，遮掩著外人了。」便對防禦道：「小婿豈敢說謊？目今慶娘見在船中，岳父叫個人士接了起來，便見明白。」防禦只是冷笑不信，卻對一個家僮說：「你可走到崔家郎船上去看看，與他同來的是甚麼人，卻認做我這慶娘子？豈有此理！」

家僮走到船邊，向船內一望，艙中俏然不見一人。問著船家，船家正低著頭，艄上吃飯。家僮道：「你艙裡的人，那裡去了？」船家道：「有個秀才官人，上岸去了，留個小娘子在艙中，適才看見也上去了。」家僮走來回復家主道：「船中不見有甚麼人，問船家說，有個小娘子，上了岸了，卻是不見。」防禦見無影響，不覺怒形於色道：「郎君少年，當誠實些，何乃造此妖妄，誣玷人家閨女，是何道理？」崔生見他發出話來，也著了急，急忙袖中摸出這隻金鳳釵來，進上防禦道：

「此即令愛慶娘之物，可以表信，豈是脫空說的？」防禦接來看了，大驚道：「此乃吾亡女興娘殯殮時戴在頭上的釵，已殉葬多時了，如何得在你手裡？奇怪！奇怪！」崔生卻把去年墳上女轎歸來，轎下拾得此釵，後來慶娘因尋釵夜出，遂得成其夫婦。恐怕事敗，同逃至舊僕金榮處，住了一年，方才又同來的說話，各細述了一遍。防禦驚得呆了，道：「慶娘見在房中床上臥病，郎君不信可以去看得的。如何說得如此有枝有葉？又且這釵如何得出世？真是蹺蹊的事。」執了崔生的手，要引他房中去看病人，證辨真假。

卻說慶娘果然一向病在床上，下地不得。那日外廂正在疑惑上際，慶娘托地在床上走將起來，竟望堂前奔出。家人看見奇怪，同防禦的嬤嬤一哄的都隨了出來。嚷道：「一向動不得的，如今忽地走將起來。」只見慶娘到得堂前，看見防禦便拜。防禦見是慶娘，一發吃驚道：「你幾時走起來的？」崔生心裡還暗道：「是船裡走進去的。且聽他說甚麼？」只見慶娘道：「兒乃興娘也，早離父母，遠殯荒郊。然與崔郎緣分未斷，今日來此，別無他意。特為崔郎方便，要把愛妹慶娘續其婚姻。如肯從兒之言，妹子病體，當即痊癒。若有不肯，兒去，妹也死了。」闔家聽說，個個驚駭，看他身體面龐，是慶娘的；聲音舉止，卻是興娘。都曉得是亡魂歸來附體說話了。防禦正色責他道：「你既已死了，如何又在人世，妄作胡為，亂惑生人？」慶娘又說著興娘的話道：「兒死去見了冥司，冥司道兒無罪，不行拘禁，得屬后土夫人帳下，掌傳箋奏。兒以世緣未盡，特向夫人給假一年，來與崔郎了此一段姻緣。妹子向來的病，也是兒假借他精魄，與崔郎相處來。今限滿當去，豈可使崔郎自此孤單，與我家遂同路人！所以特來拜求父母，是必把妹子許了他，續上前姻。兒在九泉之下，也放得心下了。」防禦夫妻見他言詞哀切，便許他道：「吾兒放心！只依著你主張，把慶娘嫁他便了。」興娘見父母許出，便喜動顏色，拜謝防禦道：「多感父母肯聽兒言，兒安心去了。」走到崔生面前，執了崔生的手，哽哽咽咽哭起來道：「我與

你恩愛一年，自此別了。慶娘親事，父母已許我了，你好作嬌客，與新人歡好時節，不要竟忘了我舊人！」言畢大哭。崔生見說了來蹤去跡，方知一向與他同住的，乃是興娘之魂。今日聽罷叮嚀之語，雖然悲切，明知是小姨身體，又在眾人面前，不好十分親近得。只見興娘的魂語，分付已罷，大哭數聲，慶娘身體驀然倒地。眾人驚惶，前來看時，口中已無氣了。摸他心頭，卻溫溫的，急把生薑湯灌下，將有一個時辰，方醒轉來。病體已好，行動如常。問他前事，一毫也不曉得。人叢之中，舉眼一看，看見崔生站在裡頭，急急遮了臉，望中門奔了進去。崔生如夢初覺，驚疑了半日始定。

防禦就揀個黃道吉日，將慶娘與崔生合了婚。花燭之夜，崔生見過慶娘慣的，且是熟分。慶娘卻不十分認得崔生的，老大羞慚。真個是：

一個閨中弱質，與新郎未經半晌交談；一個旅邸故人，共嬌面曾做一年相識。一個只覺耳鬢聲音稍異，面目無差；一個但見眼前光景皆新，心膽尚怯。一個還認蝴蝶夢中尋故友，一個正在海棠枝上試新紅。

卻說崔生與慶娘定情之夕，只見慶娘含苞未破，元紅尚在，仍是處子之身。崔生悄悄地問他道：「你令姐借你的身體，陪伴了我一年，如何你身子還是好好的？」慶娘佛然不悅道：「你自撞見了姐姐鬼魂做作出來的，干我甚事，說到我身上來。」崔生道：「若非令姐多情，今日如何能勾與你成親？此恩不可忘了。」慶娘道：「這個也說得是，萬一他不明不白，不來周全此事，借我的名頭，出了我偌多時醜，我如何做得人成？只你心裡到底照舊認是我隨你逃走了的，豈不著死人！今幸得他有靈，完成你我的事，也是他十分情分了。」

次日崔生感興娘之情不已，思量薦度他。卻是身邊無物，只得就將金鳳釵到市貨賣，賣得鈔二十錠，盡買香燭楮錠，賚到瓊花觀中命道士建醮三晝夜，以報恩德。醮事已畢，崔生夢中見一個女子來到，崔生卻不認得。女子道：「妾乃興娘也，前日是假妹子之形，故郎君不曾相識。卻是妾一點靈性，與郎君相處一年了。今日郎君與妹子成親過了，

妾所以才把眞面目與郎相見。」遂拜謝道：「蒙郎薦拔，尚有餘情。雖隔幽明，實深感佩。小妹慶娘，眞性柔和，郎好看覷他！妾從此別矣。」崔生不覺驚哭而醒。慶娘枕邊見崔生哭醒來，問其緣故，崔生把興娘夢中說話，一一對慶娘說。慶娘問道：「你見他如何模樣？」崔生把夢中所見容貌，各細說來。慶娘道：「眞是我姐也！」不覺也哭將起來。慶娘再把一年中相處事情，細細問崔生，崔生逐件和慶娘各說始末根由，果然與興娘生前情性，光景無二。兩人感歎奇異，親上加親，越發過得和睦了。自此興娘別無影響。要知只是一個「情」字爲重，不忘崔生，做出許多事體來，心願既完，便自罷了。此後崔生與慶娘年年到他墳上拜掃，後來崔生出仕，討了前妻封誥，遺命三人合葬。曾有四句口號，道著這本話文：

大姐精靈，小姨身體。

到得圓成，無此無彼。

◆ 《聊齋誌異・阿寶》蒲松齡

粵西孫子楚，名士也。生有枝指，性迁訥，人誑之，輒信爲眞。或值座有歌妓，則即遙望卻走。或知其然，誘之來，使妓狎逼之，則赬顏徹頸，汗珠下滴，因共爲笑。遂貌其呆狀，相郵傳作醜語，而名之「孫癡」。

邑大賈某翁，與王侯埒富，姻戚皆貴冑，有女阿寶，絕色也。日擇良匹，大家兒爭委禽妝，皆不當翁意。生時失儷，有戲之者，勸其通媒，生殊不自揣，竟從其教。翁素耳其名，而貧之。媒媼將出，適遇寶，問之，以告。女戲曰：「渠去其枝指，余當歸之。」媼告生，生曰：「不難。」媒去，生以斧自斷其指，大痛徹心，血益傾注，濱死。過數日，始能起，往見媒而示之。媼驚，奔告女，女亦奇之，戲請再去其癡。生聞而謹辨，自謂不癡，然無由見而自剖。轉念阿寶未必美如天

人，何遂高自位置如此？由是曩念頓冷。

會值清明，俗於是日，婦女出遊，輕薄少年亦結隊隨行，恣其月旦。有同社友人，強邀生去，或嘲之曰：「莫欲一觀可人否？」生亦知其戲己，然以受女揶揄故，亦思一見其人，忻然隨眾物色之。遙見有女憩樹下，惡少年環如牆堵，眾曰：「此必阿寶也。」趨之，果寶，審諦之，娟麗無雙。少傾，人益稠，女起遽去。眾情顛倒，品頭題足，紛紛若狂。生獨默然，及眾他適，回視猶癡立故所，呼之不應，群曳之，曰：「魂隨阿寶去耶？」亦不答。眾以其素訥，故不為怪，或推之，或挽之以歸。至家，直上牀臥，終日不起，冥如醉，呼之，不醒。家人疑其失魂，招於曠野，莫能效，強拍問之，則矇矓應云：「我在阿寶家。」及細詰之，又默不語，家人惶惑莫解。

初，生見女去，意不忍捨，覺身已從之行，漸傍其衿帶間，人無呵者，遂從女歸，坐臥依之，夜輒與狎，甚相得。然覺腹中奇餒，思欲一返家門，而迷不知路。女每夢與人交，問其名，曰：「我孫子楚也。」心異之，而不可以告人。生臥三日，氣休休若將漸滅。家人大恐，託人婉告翁，欲一招魂其家。翁笑曰：「平昔不省往還，何由遺魂吾家？」家人固哀之，翁始允。巫執故服草薦以往，女詰得其故，駭極，不聽他往，直導入室，任招呼而去。巫歸至門，生榻上已呻，既醒，女室之香奩什具，何色何名，歷言不爽。女聞之，益駭，陰感其情之深。

生既離牀，坐立凝思，忽忽若忘，每伺察阿寶，希幸一再遘之。浴佛節，聞將降香水月寺，遂早旦往候道左，目眩睛勞，日涉午，女始至。自車中窺見生，以纖手搴簾，凝睇不轉，生益動，尾從之。女忽命青衣來詰姓字，生殷勤自展，魂益搖。車去，生始歸，歸復病，冥然絕食，夢中輒呼寶名，每自恨魂不復靈。

家舊養一鸚鵡，忽斃，小兒持弄於牀。生自念倘得身為鸚鵡，振翼可達女室。心方注想，身已翩然鸚鵡，遽飛而去，直達寶所。女喜而撲之，鎖其肘，飼以麻子。大呼曰：「姐姐勿鎖，我孫子楚也。」女大

駭，解其縛，亦不去。女祝曰：「深情已篆中心。今已人禽異類，姻好何可復圓？」鳥云：「得近芳澤，於願已足。」他人飼之不食，女自飼之則食。女坐，則集其膝；臥，則依其牀。如是三日，女甚憐之。陰使人瞰生，生則僵臥氣絕，已三日，但心頭未冰耳。女又祝曰：「君能復爲人，當誓死相從。」鳥云：「誑我。」女乃自矢，鳥側目，若有所思。少間，女束雙彎，解履牀上，鸚鵡驟下，啣履飛去，女急呼之，飛已遠矣。女使嫗往探，則生已寤。家人見鸚鵡啣繡履來，墮地死，方共異之，生旋蘇，即索履，眾莫知故。適嫗至，入視生，問履所在，生曰：「是阿寶信誓物。借口相覆，小生不忘金諾也。」嫗反命，女益奇之，故使婢泄其情於母。母審之確，乃曰：「此子才名亦不惡，但有相如之貧。擇數年，得婿若此，恐遂爲顯者笑。」女以履故，矢不他，翁嫗乃從之。馳報生，生喜，疾頓瘳。翁議贅諸家，女曰：「婿不可久處岳家，況郎又貧，久益爲人賤。兒既諾之，蓬茅而甘，藜藿不怨。」生乃親迎成禮，相逢如隔世懽。自是生家得匲妝，小阜，頗增物產。而生癡於書，不知理家人生業，女善居積，亦不以他事累生。

居三年，家益富。生忽病消渴，卒，女哭之痛，淚眼不晴，至絕眠食，勸之不納，乘夜自經。婢覺之，急救而甦，終亦不食。三日，集親黨，將以斂生，聞棺中呻以息，啓之，已復活。自言：「見冥王，以生平樸誠，命作部曹。忽有人白：『孫部曹之妻將至。』王稽鬼錄，言：『此未應便死。』又白：「不食三日矣。』王顧謂：『感汝妻節義，姑賜再生。』因使馭卒控馬送余還。」由此體漸平。

值歲大比，入闈之前，諸少年玩弄之，共擬隱僻之題七，引生僻處，與語，言此某家關節，敬秘相授。生信之，晝夜揣摩，制成七藝，眾隱笑之。時典試者慮熟題有蹈襲弊，力反常經，題紙下，七首皆符，生以是掄魁。明年，舉進士，授詞林。上聞其異，召問之，生具啓奏。上大嘉悅，即召見阿寶，賞賚有加焉。

異史氏曰：性癡則其志凝，故書癡者文必工，藝癡者技必良，世之

落拓而無成者，皆自謂不癡者也。且如粉花蕩產，盧雉傾家，顧癡人事哉？以是知慧黠而過，乃是眞癡，彼孫子何癡乎！

附錄六　「夢遇」型故事文本

　　　　——「劉幽求故事」（〈三
　　　　夢記〉）

　　　　——〈獨孤遐叔〉

　　　　——〈張生〉

　　　　——〈獨孤生歸途鬧夢〉

　　　　——〈鳳陽士人〉

◆ 〈三夢記〉白行簡

　　人之夢，異於常者有之：或彼夢有所往而此遇之者；或此有所爲而彼夢之者；或兩相通夢者。天后時，劉幽求爲朝邑丞。嘗奉使，夜歸。未及家十餘里，適有佛堂院，路出其側。聞寺中歌笑歡洽。寺垣短缺，盡得覷（睹）其中。劉俯身窺之，見十數人，兒女雜坐，羅列盤饌，環繞之而共食。見其妻在坐中語笑。劉初愕然，不測其故久之。且思其不當至此，復不能捨之。又熟視容止言笑，無異。將就察之，寺門閉不得入。劉擲瓦擊之，中其罍洗，破迸走散，因忽不見。劉逾垣直入，與從者同視，殿廡皆無人，寺扃如故，劉訝益甚，遂馳歸。比至其家，妻方寢。聞劉至，乃敘寒暄訖，妻笑曰：「向夢中與數十人遊一寺，皆不相識，會食於殿庭。有人自外以瓦礫投之，杯盤狼籍，因而遂覺。」劉亦具陳其見。蓋所謂彼夢有所往而此遇之也。

　　元和四年，河南元微之爲監察御史，奉使劍外。去逾旬，予與仲兄樂天，隴西李杓直同遊曲江。詣慈恩佛舍，遍歷僧院，淹留移時。日已晚，同詣杓直修行里第，命酒對酬，甚歡暢。兄停杯久之，曰：「微之當達梁矣。」命題一篇於屋壁。其詞曰：「春來無計破春愁，醉折花枝作酒籌。忽憶故人天際去，計程今日到梁州。」實二十一日也。十許日，會梁州使適至，獲微之書一函，後寄《紀夢詩》一篇，其詞曰：「夢君兄弟曲江頭，也入慈恩院裏遊。屬吏喚人排馬去，覺來身在古梁州。」日月與遊寺題詩日月率同，蓋所謂此有所爲而彼夢之者矣。

　　貞元中扶風竇質與京兆韋旬同自毫入秦，宿潼關逆旅。竇夢至華嶽祠，見一女巫，黑而長。青裙素襦，迎路拜揖，請爲之祝神。竇不獲已，遂聽之。問其姓，自稱趙氏。及覺，具告於韋。明日，至祠下，有巫迎客，容質妝服，皆所夢也。顧謂韋曰：「夢有徵也。」乃命從者視囊中，得錢二鐶，與之。巫撫拿大笑，謂同輩曰：「如所夢矣！」韋驚問之，對曰：「昨夢二人從東來，一髯而短者祝釃，獲錢二鐶焉。

及旦，乃遍述於同輩。今則驗矣。」寶因問巫之姓氏。同輩曰：「趙氏。」自始及末，若合符契。蓋所謂兩相通夢者矣。

行簡曰：《春秋》及子史，言夢者多，然未有載此三夢者也。世人之夢亦眾矣，亦未有此三夢。豈偶然也，抑亦必前定也？予不能知。今備記其事，以存錄焉。

◆ 《河東記・獨孤遐叔》薛漁思（《太平廣記》卷281）

貞元中，進士獨孤遐叔，家于長安崇賢里，新娶白氏女。家貧下第，將游劍南，與其妻訣曰：「遲可周歲歸矣。」遐叔至蜀，羈棲不偶，逾二年乃歸。至鄠縣西，去城尚百里，歸心迫速，取是夕及家，趨斜徑疾行。人畜既殆，至金光門五六里，天已暝，絕無逆旅，唯路隅有佛堂，遐叔止焉。時近清明，月色如晝，系驢於庭外。入空堂中，有桃杏十餘株。夜深，施衾幬於西窗下。偃臥，方思明晨到家，因吟舊詩曰：「近家心轉切，不敢問來人。」至夜分不寐，忽聞牆外有十餘人相呼聲，若里胥田叟，將有供待迎接。須臾，有夫役數人，各持畚鍤箕帚，於庭中糞除訖，復去。有頃，又持床席牙盤蠟炬之類，及酒具樂器，闐咽而至。遐叔意謂貴族賞會，深慮為其斥逐，乃潛伏屏氣，于佛堂梁上伺之。鋪陳既畢，復有公子女郎共十數輩，青衣黃頭亦十數人，步月徐來，言笑宴宴。遂於筵中間坐，獻酬縱橫，履舄交錯。中有一女郎，憂傷摧悴，側身下坐，風韻若似遐叔之妻。窺之大驚，即下屋袱，稍於暗處，迫而察焉，乃真是妻也。方見一少年，舉杯囑之曰：「一人向隅，滿坐不樂。小人竊不自量，願聞金玉之聲。」其妻冤抑悲愁，若無所控訴，而強置於坐也。遂舉金爵，收泣而歌曰：「今夕何夕，存耶沒耶？良人去兮天之涯，園樹傷心兮三見花。」滿座傾聽，諸女郎轉面揮涕。一人曰：「良人非遠，何天涯之謂乎？」少年相顧大笑。遐叔驚憤久之，計無所出，乃就階陛間，捫一大磚，向坐飛擊。磚纔至地，悄

然一無所有。退叔悵然悲惋，謂其妻死矣。速駕而歸，前望其家，步步悽咽。比平明，至其所居，使蒼頭先入，家人並無恙。退叔乃驚愕，疾走入門，青衣報娘子夢魘方寤。退叔至寢，妻臥猶未興，良久乃曰：「向夢與姑妹之黨，相與翫月，出金光門外，向一野寺，忽為兇暴者數十輩，脅與雜坐飲酒。」又說夢中聚會言語，與退叔所見並同。又云：「方飲次，忽見大磚飛墜，因遂驚魘殆絕，纔寤而君至，豈幽憤之所感耶？」

◆ 《纂異記・張生》李玫（《太平廣記》卷282）

有張生者，家在汴州中牟縣東北赤城坂。以饑寒，一旦別妻子遊河朔，五年方還。自河朔還汴州，晚出鄭州門，到板橋，已昏黑矣。乃下道，取陂中逕路而歸。忽於草莽中，見燈火熒煌，賓客五六人，方宴飲次，生乃下驢以詣之。相去十餘步，見其妻亦在坐中，與賓客語笑方洽。生乃蔽形於白楊樹間，以窺之。見有長鬚者持杯，請措大夫人歌，生之妻，文學之家，幼學詩書，甚有篇詠。欲不為唱，四座勤請。乃歌曰：「歎衰草，絡緯聲切切。良人一去不復還，今夕坐愁鬢如雪。」長鬚云：「勞歌一盃。」飲訖，酒至白面年少，復請歌，張妻曰：「一之謂甚，其可再乎？」長鬚持一籌筯云：「請置觥，有拒請歌者，飲一鍾。歌舊詞中笑語，准此罰。」於是張妻又歌曰：「勸君酒，君莫辭。落花徒繞枝，流水無返期。莫恃少年時，少年能幾時？」酒至紫衣者，復持盃請歌。張妻不悅，沉吟良久，乃歌曰：「怨空閨，秋日亦難暮。夫婿斷音書，遙天雁空度。」酒至黑衣胡人，復請歌。張妻連唱三四曲，聲氣不續。沉吟未唱間，長鬚拋觥云：「不合推辭，乃酌一鍾。」張妻涕泣而飲，復唱送胡人酒曰：「切切夕風急，露滋庭草濕。良人去不回，焉知掩閨泣。」酒至綠衣少年，持盃曰：「夜已久，恐不得從容。即當曉索，無辭一曲，便望歌之。」又唱云：「螢火穿白楊，悲風

入荒草。疑是夢中遊，愁迷故園道。」酒至張妻，長鬚歌以送之曰：「花前始相見，花下又相送。何必言夢中，人生盡如夢。」酒至紫衣胡人，復請歌云：「須有豔意。」張妻低頭未唱間，長鬚又拋一觥。於是張生怒，捫足下得一瓦，擊之，中長鬚頭。再發一瓦，中妻額。闃然無所見，張君謂其妻已卒，慟哭連夜而歸。及明至門，家人驚喜出迎。君問其妻，婢僕曰：「娘子夜來頭痛。」張君入室，問其妻病之由。曰：「昨夜夢草莽之處，有六七人，遍令飲酒，各請歌。孥凡歌六七曲，有長鬚者頻拋觥。方飲次，外有發瓦來，第二中孥額。因驚覺，乃頭痛。」張君因知昨夜所見，乃妻夢也。

◈ 《醒世恆言‧獨孤生歸途鬧夢》馮夢龍

東園蝴蝶正飛忙，又見羅浮花氣香。

夢短夢長緣底事？莫貪磁枕誤黃粱。

昔有夫妻二人，各在芳年，新婚燕爾，如膠似漆，如魚似水。剛剛三日，其夫被官府喚去。原來爲急解軍糧事，文書上簽了他名姓，要他赴軍前交納。如違限時刻，軍法從事。

立刻起行，身也不容他轉，頭也不容他回，只捎得個口信到家。正是上命所差，蓋不由己，一路趲行，心心念念，想著渾家。又不好向人告訴，只落得自己悽惶。行了一日，想倒有萬遍。是夜宿於旅店，夢見與渾家相聚如常，行其夫妻之事。自此無夜不夢。到一月之後，夢見渾家懷孕在身，醒來付之一笑。且喜如期交納錢糧，太平無事，星夜趕回家鄉。繳了批迴，入門見了渾家，歡喜無限。那一往一來，約有三月之遙。嘗言道：新娶不如遠歸。夜間與渾家綢繆恩愛，自不必說。其妻敘及別後相思，因說每夜夢中如此如此。所言光景，與丈夫一般無二，果然有了三個月身孕。若是其夫先說的，內中還有可疑；卻是渾家先敘起的。可見夢魂相遇，又能交感成胎，只是彼此精誠所致。如今說個鬧夢

故事，亦由夫婦積思而然。正是：

夢中識想非全假，白日奔馳莫認眞。

話說大唐德宗皇帝貞元年間，有個進士，複姓獨孤，雙名遐叔，家住洛陽城東崇賢里中。自幼穎異，十歲便能作文。到十五歲上，經史精通，下筆數千言，不待思索。父親獨孤及，官爲司封之職。昔年存日，曾與遐叔聘下同年司農白行簡女兒娟娟小姐爲妻。那娟娟小姐，花容月貌，自不必說；刺繡描花，也是等閒之事。單喜他深通文墨，善賦能詩。若教去應文科，穩穩裡是個狀元。與遐叔正是一雙兩好，彼此你知我見，所以成了這頭親事。不意遐叔父母連喪，丈人丈母亦相繼棄世，功名未遂，家事日漸零落，童僕也無半個留存，剛剛剩得幾間房屋。

那白行簡的兒子叫做白長吉，是個兇惡勢利之徒，見遐叔家道窮了，就要賴他的婚姻，將妹子另配安陵富家。幸得娟娟小姐是個貞烈之女，截髮自誓，不肯改節。白長吉強他不過，只得原嫁與遐叔。卻是隨身衣飾，並無一毫妝奩，止有從幼伏侍一個丫鬟翠翹從嫁。白氏過門之後，甘守貧寒，全無半點怨恨。只是晨炊夜績，以佐遐叔讀書。那遐叔一者敬他截髮的志節，二者重他秀麗的詞華，三者又愛他嬌艷的顏色：眞個夫妻相得，似水如魚。白氏親族中，倒也憐遐叔是個未發達的才子，十分尊敬。止有白長吉一味趨炎附熱，說妹子是窮骨頭，要跟恁樣餓莩，壞他體面，見了遐叔就如眼中之刺，肉內之釘。遐叔雖然貧窮，卻又是不肯俯仰人的。因此兩下遂絕不相往。時值貞元十五年，朝廷開科取士，傳下黃榜，期於三月間，諸進士都赴京師殿試。遐叔別了白氏，前往長安，自謂文才，必魁春榜。那知貢舉的官，是禮部侍郎同平章事鄭餘慶，本取遐叔卷子第一。豈知策上說著：奉天之難，皆因奸臣盧杞竊弄朝權，致使涇原節度使姚令言與太尉朱泚，得以激變軍心，劫奪府庫。可見衆君子共佐太平而不足，一小人攪亂天下而有餘。故人君用捨不可不愼。原來德宗皇帝心性最是猜忌，說他指斥朝廷，譏訕時政，遂將頭卷廢棄不錄。那白氏兩個族叔，一個叫做白居易，一個叫做

白敏中，文才本在遐叔之下，卻皆登了高科。單單只有遐叔一人落第，
好生沒趣！連夜收拾行李東歸。白居易、白敏中知得，齊來餞行，直送
到十里長亭而別。遐叔途中愁悶，賦詩一首。詩云：

童年挾策赴西秦，弱冠無成逐路人。

時命不將明主合，布衣空惹上京塵。

在路非止一日，回到東都，見了妻子，好生慚赧，終日只在書房裡
發憤攻書。每想起落第的光景，便淒然淚下。那白氏時時勸解道：「大
丈夫功名終有際會，何苦頹折如此。」遐叔謝道：「多感娘子厚意，屢
相寬慰。只是家貧如洗，衣食無聊。縱然巴得日後亨通，難救目前愁
困，如之奈何？」白氏道：「俗諺有云：『十訪九空，也好省窮。』我
想公公三十年宦遊，豈無幾個門生故舊在要路的？你何不趁此閒時，一
去訪求？倘或得他資助，則三年誦讀之費有所賴矣。」

只這句話頭，提醒了遐叔，答道：「娘子之言，雖然有理；但我
自幼攻書，未嘗交接人事；先父的門生故舊，皆不與知。止認得個韋
皋，是京兆人，表字仲翔。當初被丈人張延賞逐出，來投先父，舉薦他
爲官，甚是有恩。如今他現做西川節度使。我若去訪他，必有所助。只
是東都到西川，相隔萬里程途，往返便要經年。我去之後，你在家中用
度，從何處置？以此拋撇不下。」白氏道：「既有這個相識，便當整備
行李，送你西去，家中事體，我自支持。總有缺乏，姑姐妹家，猶可假
貸，不必憂慮。」遐叔歡喜道：「若得如此，我便放心前去。」白氏
道：「但是路途跋涉，無人跟隨，卻怎的好？」遐叔道：「總然有人，
也沒許多盤費，只索罷了。」遂即揀了個吉日，白氏與遐叔收拾了寒暑
衣裝，帶著丫鬟翠翹，親至開陽門外一杯餞送。夫妻正在不捨之際，驟
然下起一陣大雨，急奔入路旁一個廢寺中去躲避。這寺叫做龍華寺，乃
北魏時廣陵王所建，殿宇十分雄壯。階下栽種名花異果。又有一座鐘
樓，樓上銅鐘，響聞五十里外。後被胡太后移入宮中去了。到唐太宗
時，有胡僧另鑄一鐘在上，卻也響得二十餘里。到玄宗時，還有五百僧

眾，香火不絕。後遭安祿山賊黨史思明攻陷東都，殺戮僧眾，將鐘磬毀為兵器，花果伐為樵蘇，以此寺遂頹敗。遐叔與白氏看了，嘆道：「這等一個道場，難道沒有發心的重加修造？」因向佛前祈禱，陰空保佑。若得成名時節，誓當捐俸，再整山門。雨霽之後，登途分別：正是：

蠅頭微利驅人去，虎口危途訪客來。

不題白氏歸家。且說遐叔在路，曉行夜宿，整整的一個月，來到荊州地面。下了川船，從此一路都是上水。除非大順風，方使得布帆。風略小些，便要扯著百丈。你道怎麼叫做百丈？原來就是縴子。只那川船上的有些不同：用著一寸多寬的毛竹片子，將生漆絞著麻絲接成的，約有一百多丈，為此川中人叫做百丈。在船頭立個轆轤，將百丈盤於其上。岸上扯的人，只聽船中打鼓為號。遐叔看了，方才記得杜子美有詩道：「百丈內江船。」又道：「打鼓發船何處郎。」卻就是這件東西。又走了十餘日，才是黃牛峽。那山形生成似頭黃牛一般，三四十里外，便遠遠望見。這峽中的水更溜，急切不能夠到，因此上有個俗諺云：「朝見黃牛，暮見黃牛；朝朝暮暮，黃牛如故。」又走了十餘日，才是瞿塘峽。這水一發急緊。峽中有座石山，叫做灩澦堆。四五月間水漲，這堆止留一些些在水面上。下水的船，一時不及回避，觸著這堆，船便粉碎，尤為利害。遐叔見了這般險路，嘆道：「萬里投人，尚未知失得如何，卻先受許多驚恐，我娘子怎生知道？」原來巴東峽江一連三個：第一是瞿塘峽，第二是廣陽峽，第三是巫峽。三峽之中，唯巫峽最長。兩岸都是高山峻嶺，古木陰森，映蔽江面，止露得中間一線的青天。除非日月正中時分，方有光明透下。數百里內，岸上絕無人煙；惟聞猿聲晝夜不斷。因此有個俗諺云：

巴東三峽巫峽長，猿鳴三聲斷客腸。

這巫峽上就是巫山，有十二個山峰。山上有一座高唐觀，相傳楚襄王曾在觀中夜寢，夢見一個美人願薦枕席。臨別之時，自稱是伏羲皇帝的愛女，小字瑤姬，未行而死。今為巫山之神。朝為行雲，暮為行雨，

朝朝暮暮，陽台之下。那襄王醒後，還想著神女，教大夫宋玉做《高唐賦》一篇，單形容神女十分的艷色。因此，後人立廟山上，叫做巫山神女廟。遐叔在江中遙望廟宇，掬水為漿，暗暗的禱告道：「神女既有精靈，能通夢寐。乞為我特托一夢與家中白氏妻子，說我客途無恙，免其愁念。當賦一言相謝，決不敢學宋大夫作此淫褻之語，有污神女香名。乞賜仙鑒。」自古道的好：「有其人，則有其神。」既是禱告的許了作詩作賦，也發下這點虔誠，難道托夢的只會行雲行雨，再沒有別些靈感？少不得後來有個應驗。正是：

> 禱祈仙夢通閨閣，寄報平安信一緘。

出了巫峽，再經由巴中、巴西地面，都是大江。不覺又行一個多月，方到成都。城外臨著大江，卻是濯錦江。你道怎麼叫做濯錦江？只因成都造得好錦，朝廷稱為「蜀錦」。造錦既成，須要取這江水再加洗濯，能使顏色加倍鮮明，故此叫做濯錦江。唐明皇為避安祿山之亂，曾駐蹕於此，改成都為南京。這便是西川節度使開府之處，真個沃野千里，人煙湊集，是一花錦世界。遐叔無心觀玩，一逕入城，奔到帥府門首，訪問韋皋消息。豈知數月前，因為雲南蠻夷反叛，統領兵馬征剿去了，須待平定之後，方得回府。你想那征戰之事，可是期得日子定的麼？遐叔得了這個消息，驚得進退無措，嘆口氣道：「常言『鳥來投林，人來投主』，偏是我遐叔恁般命薄，萬里而來，卻又投人不著。況一路盤纏已盡，這裡又無親識，只有來的路，沒有去的路。天哪！兀的不是活活坑殺我也。」自古道：「吉人自有天相。」遐叔正在帥府門首嘆氣，傍邊忽轉過一個道士問道：「君子何嘆？」遐叔答道：「我本東都人氏，複姓獨孤，雙名遐叔。只因下第家貧，遠來投謁故人韋仲翔，希他資助。豈知時命不濟，早已出征去了。欲待候他，只恐奏捷無期，又難坐守；欲待回去，爭奈盤纏已盡，無可圖歸。使我進退兩難，是以長嘆。」那道士說：「我本道家，專以濟人為事，敝觀去此不遠。君子既在窮途，若不嫌粗茶淡飯，只在我觀中權過幾時，等待節使回府，也

不負遠來這次。」遐叔再三謝道：「若得如此，深感深感。只是不好打
攪。」便隨著道士逕投觀中而去。我想那道士與遐叔素無半面，知道他
是甚底樣人，便肯收留在觀中去住？假饒這日無人搭救，卻不窮途流
落，幾時歸去？豈非是遐叔不遇中之遇？當下遐叔與道士離了節度府
前，行不上一二里許，只見蒼松翠柏，交植左右，中間龜背大路，顯出
一座山門，題著「碧落觀」三個簸箕大的金字。這觀乃漢時劉先主為道
士李寂蓋造的。至唐明皇時，有個得道的叫做徐佐卿，重加修建。果然
是一塵不到，神仙境界。遐叔進入觀中，瞻禮法像了，道士留入房內，
重新敘禮，分賓主而坐。遐叔舉目觀看這房，收拾得十分清雅。只見壁
上掛著一幅詩軸，你道這詩軸是那個名人的古跡？卻就是遐叔的父親司
封獨孤及送徐佐卿還蜀之作。詩云：

羽客笙歌去路催，故人爭勸別離杯。

蒼龍闕下長相憶，白鶴山頭更不回。

原來昔日唐明皇聞得徐佐卿是個有道之士，用安車蒲輪，徵聘入
朝。佐卿不願為官，欽賜馳驛還山，滿朝公卿大夫，賦詩相贈，皆不如
獨孤及這首，以此觀中相傳，珍重不啻拱璧。遐叔看了父親遺跡，不覺
潸然淚下。道士道：「君子見了這詩，為何掉淚？」遐叔道：「實不相
瞞，因見了先人之筆，故此傷感。」道士聞知遐叔即是獨孤及之子，朝
夕供待，分外加敬。光陰迅速，不覺過了半年，那時韋皋降服雲南諸
蠻，重回帥府。遐叔連忙備禮求見，一者稱賀他得勝而回，二者訴說自
己窮愁，遠來干謁的意思。正是：

故人長望貴人厚，幾個貴人憐故人。

那韋皋一見遐叔，盛相款宴。正要多留幾日，少盡闊懷，豈知吐
蕃贊普，時常侵蜀，專恃雲南諸蠻為之向導。近聞得韋皋收服雲南，失
其羽翼，遂起雄兵三十餘萬，殺過界來，要與韋皋親決勝負。這是烽火
緊切的事，一面寫表申奏朝廷，一面興師點將，前去抵敵。遐叔嘆道：
「我在此守了半年，才得相見，忽又有此邊報，豈不是命！」便向節度

府中告辭。韋皋道：「吐蕃入寇，滿地干戈，豈還有路歸得！我已吩咐道士好生管待。且等殺退番兵，道途寧靜，然後慢慢的與仁兄餞行便了。」遐叔無奈，只得依允，照舊住在碧落觀中。不在話下。

且說韋皋統領大兵，離了成都，直至葭萌關外，正與吐蕃人馬相遇。先差通使與他打話道：「我朝自與你國和親之後，出嫁公主做你國贊婆，永不許興兵相犯。如今何故背盟，屢屢擾我蜀地？」那贊普答道：「雲南諸夷，元是臣伏我國的，你怎麼輒敢加兵，侵占疆界？好好的還我雲南，我便收兵回去。半聲不肯，教你西川也是難保。」韋皋道：「聖朝無外，普天下那一處不屬我大唐的？要戰便戰，雲南斷還不成。」原來吐蕃沒有雲南夷人向導，終是路徑不熟。卻被韋皋預在深林窮谷之間，偏插旗幟，假做伏兵；又教步軍舞著藤牌，伏地而進，用大刀砍其馬腳。一聲炮響，鼓角齊鳴，衝殺過去。那吐蕃一時無措，大敗虧輸，被韋皋追逐出境，直到贊普新築的王城，叫做末波城，盡皆打破。殺得吐蕃屍橫遍野，血染成河。端的這場廝殺，可也功勞不小。韋皋見吐蕃遠遁，即便下令班師，一面差牌將賫捷書飛奏朝廷。一路上：喜孜孜鞭敲金鐙響，笑吟吟齊唱凱歌聲。

話分兩頭。卻說獨孤遐叔久住碧落觀中，十分鬱鬱，信步遊覽，消遣客懷。偶到一個去處，叫做升仙橋，乃是漢朝司馬相如在臨邛縣竊了卓文君回到成都。只因家事蕭條，受人侮慢，題下兩行大字在這橋柱上，說道：「大丈夫不乘駟馬高車，不過此橋。」後來做了中郎，奉詔開通雲南道徑，持節而歸，果遂其志。遐叔在那橋上，徘徊東望，嘆道：「小生不愧司馬之才，娘子儘有文君之貌。只是怎能夠得這駟馬高車的日子？」下了橋，正待取路回觀。此時恰是暮春天氣，只聽得林中子規一聲聲叫道：「不如歸去。」遐叔聽了這個鳥聲，愈加愁悶，又嘆道：「我當初與娘子臨別，本以一年半載為期，豈知擔擱到今，不能歸去。天哪！我不敢望韋皋的厚贈，只願他早早退了蕃兵，送我歸家，卻也免得娘子在家朝夕懸望。」不覺春去夏來，又過一年有餘，才等候得

韋皋振旅而還。那時捷書已到朝中，德宗天子知得韋皋戰退吐蕃，成了大功，龍顏大喜，御筆加授兵部尚書、太子太保，仍領西川節度使。回府之日，合屬大小文武，那一個不奉牛酒拜賀。直待軍門稍暇，遐叔也到府中稱慶。自念客途無以爲禮，做得《蜀道易》一篇。你道爲何叫做《蜀道易》？當時唐明皇天寶末年，安祿山反亂，卻是鄭國公嚴武做西川節度。有個拾遺杜甫，避難來到西川，又有丞相房綰也貶做節度府屬官。只因嚴武性子頗多猜狠，所以翰林供奉李白，做《蜀道難》詞。其尾特云：「錦城雖云樂，不如早歸家。」乃是替房、杜兩公憂危的意思。遐叔故將這「難」字改作「易」字，翻成樂府。一者稱頌韋皋功德，遠過嚴武；二者見得自己僑寓錦城，得其所主，不比房、杜兩公。以此暗暗的打動他。詞云：

吁嗟蜀道，古以爲難。蠶叢開國，山川鬱盤。秦置金牛，道路始刊。天梯石棧，勾接危巒。仰薄青霄，俯掛飛湍。猿猴之捷，尙莫能干。使人對此，寧不悲嘆。自我韋公，建節當關。蕩平西寇，降服南蠻。風煙寧息，民物殷繁。四方商賈，爭出其間。匪無跋涉，豈乏躋攀；若在衽席，既坦而安。蹲鴟療飢，筒布禦寒。是稱天府，爲利多端。寄言客子，可以開顏。錦城甚樂，何必思還。

韋皋看見《蜀道易》這一篇，不勝嘆服，便對遐叔說：「往時李白所作《蜀道難》詞，太子賓客賀知章稱他是天上謫下來的仙人，今觀仁兄高才，何讓李白。老夫幕府正缺書記一員，意欲申奏取旨，借重仁兄爲禮部員外，權充西川節度府記室參軍，庶得朝夕領教。不識仁兄肯曲從否？」遐叔答道：「我朝最重科目。凡士子不由及第出身，便做到九棘三槐，終久被人欺侮。小生雖則三番落第，壯氣未衰，怎忍把先世科名，一朝自廢？如今叨寓貴鎮，已過歲餘，寒荊白氏在家，久無音信。朝夕縈掛，不能去懷。巴得旌旄回府，正要告辭。伏乞俯鑒微情，勿嫌方命。」韋皋謝道：「既是仁兄不允，老夫亦不敢相強。只是目下歲暮，冰雪載途，不好行走。不若少待開春，治裝送別，未爲晚也。」

遐叔一來見韋皋意思殷勤，二來想起天氣果然寒冷，路上難行，又只得住下。捱過殘臘，到了新年，又早是上元佳節。原來成都府地沃人稠，本是西南都會。自唐明皇駐蹕之後，四方朝貢，皆集於此，便有京都氣象。又經嚴鄭公鎮守巴蜀，專以平靜爲政，因此閭閻繁富，庫藏充饒。現今韋皋繼他，降服雲南諸夷，擊破吐蕃五十萬衆，威名大振。這韋皋最是豪傑的性子，因見地方寧定，民心歸附，預傳號令，吩咐城內城外都要點放花燈，與民同樂。那道令旨傳將出去，誰敢不依。自十三至十七，共是五夜，家家門首扎縛燈棚，張掛新奇好燈，巧樣煙火，照耀如同白晝。獅蠻社火，鼓樂笙簫，通宵達旦。韋皋每夜大張筵宴，在散花樓上，單請遐叔慶賞元宵。剛到下燈之日，遐叔便去告辭。韋皋再三苦留，終不肯住。乃對遐叔說道：「仁兄歸心既決，似難相強。只是老夫還有一杯淡酒，些小資裝，當在萬里橋東，再與仁兄敍別，幸勿固拒。」即傳令撥一船隻，次日在萬里橋伺候，送遐叔東歸；又點長行軍士一名護送。

到明日，韋皋設宴在萬里橋餞別遐叔，親舉金杯，說道：「此橋最古，昔諸葛孔明送費禕使吳，道是萬里之行，實始於此，這橋因以得名。今仁兄青雲萬里，亦由今始，願努力自愛。老夫蟬冠雖敝，拱聽泥金佳報，特爲仁兄彈之。」一連的勸了三杯，方才捧出一個錦囊，說道：「老夫深荷令先公推薦之力，得有今日。止因王事鞅掌，未得少酬大恩，有累遠臨，豈不慚汗。但今盜賊生發，勢難重掔。老夫聊備三百金，權充路費。此外別有黃金萬兩，蜀錦千端，俟道路稍寧，專人奉送。勿謂老夫輕薄，爲負恩人也。」又喚過軍士吩咐道：「一路小心服事，不可怠慢。」軍士叩頭答應。遐叔再三拜謝道：「不才受此，已屬過望，敢煩後命。」領了錦囊，軍士跟隨上船。那韋皋還在橋上，直等望不見這船，然後回府。不在話下。

且說遐叔別了韋皋，開船東去。原來下水船，就如箭一般急的，不消兩三日，早到巫峽之下。遠遠的望見巫山神女廟，想起：「當時從此

經過，暗祈神女托夢我白氏娘子，許他賦詩爲謝。不知這夢曾托得去不曾托得去？我豈可失信。」便口占一首以償宿願。詩云：

古木陰森一線天，巫峰十二鎖寒煙。

襄王自作風流夢，不是陽台雲雨仙。

題畢，又向著山上作禮稱謝。過了三峽，又到荆州。不想送來那軍士，忽然生起病來，遲叔反要去服事他。又行了幾日，來到漢口地方。自此從汝寧至洛陽，都是旱路。那軍士病體雖愈，難禁鞍馬馳驟。遲叔寫下一封書信，留了些盤費，即令隨船回去，獨自個收拾行李登岸，卻也會算計，自己買了一頭牲口，望東都進發。約莫行了一個月頭，才到洛陽地面，離著開陽門只有三十餘里。是時天色傍晚，一心思量趕回家去，策馬前行。又走了十餘里路，早是一輪月上。趁著月色，又走了十來里，隱隱的聽得鐘鳴鼓響，想道：「城門已閉，縱趕到也進城不及了。此間正是龍華古寺，人疲馬乏，不若且就安歇。」解囊下馬，投入山門。不爭此一夜，有分教：

蝴蝶夢中逢佚女，鷺鷥杓底聽嬌歌。

話分兩頭。且說白氏自龍華寺前與遲叔分別之後，雖則家事荒涼，衣食無措，猶喜白氏女工精絕，翰墨傍通。況白姓又是個東京大族，姑姐妹間也有就他學習針指的，也有學做詩詞的，少不得具些禮物爲酬謝之資，因此盡堪支給。但時時記念丈夫臨別之言，本以一年爲約，如何三載尚未回家？況聞西川路上有的是一線天、人鮓甕、蛇倒退、鬼見愁，都這般險惡地面。所以古今稱說途路艱難，無如蜀道。想起丈夫經由彼處，必多驚恐。別後杳無書信，知道安否如何？「教我這條肚腸，怎生放得！」欲待親往西川，體訪消息：「只我女娘家，又是個不出閨門的人，怎生去得？除非夢寐之中，與他相見，也好得個明白。」因此朝夕懸念。睡思昏沉，深閨寂寞，兀坐無聊，題詩一首。詩云：

西蜀東京萬里分，雁來魚去兩難聞。

深閨只是空相憶，不見關山愁殺人。

那白氏一心想著丈夫，思量要做個夢去尋訪。想了三年有餘，再沒個真夢。一日正是清明佳節，姑姐妹中，都來邀去踏青遊玩。白氏那有恁樣閑心腸！推辭不去。到晚上，對著一盞孤燈，悽悽惶惶的呆想。坐了一個黃昏，回過頭來，看見丫鬟翠翹已是齁齁睡去。白氏自覺沒情沒緒，只得也上床去睡臥。翻來覆去，哪裡睡得安穩，想道：「我直恁命薄！要得個夢兒去會他也不能勾！」又想道：「總然夢兒裡會著了他，到底是夢中的說話，原作不得准。如今也說不得了。須是親往蜀中訪問他回來，也放下了這條腸子。」卻又想道：「我家姐妹中曉得，怎麼肯容我去。不如瞞著他們，就在明早悄悄前去。」正想之間，只聽得喔喔雞鳴，天色漸亮。即忙起身梳裹，扮作村莊模樣，取了些盤纏銀兩，並幾件衣服，打個包裹，收拾完備。看翠翹時，睡得正熟，也不通他知道，一路開門出去。離了崇賢里，頃刻出了開陽門，過了龍華寺，不覺又早到襄陽地面。有一座寄錦亭。原來苻秦時，有個安南將軍竇滔，鎮守襄陽，挈了寵妾趙陽台隨任，拋下妻子蘇氏。那蘇氏名蕙，字若蘭，生得才貌雙絕。將一幅素錦，長廣八寸，織成回文詩句，五色分章，計八百四十一字，詩三千七百五十二首，寄與竇滔。竇滔看見，立時送還陽台，迎接蘇氏到任，夫妻恩愛，比前更篤。後人遂為建亭於此。那白氏在亭子上眺望良久，嘆道：「我雖不及若蘭才貌，卻也粗通文墨。縱有織錦回文，誰人為寄，使他早整歸鞭，長諧伉儷乎？」乃口占回文詞一首，題於亭柱上。詞云：

　　陽春艷曲，麗錦誇文。傷情織怨，長路懷君。惜別同心，膺填思悄。碧鳳香殘，青鸞夢曉。

　　若倒讀轉來，又是一首好詞：

　　曉夢鸞青，殘香鳳碧。悄思填膺，心同別惜。君懷路長，怨織情傷。文誇錦麗，曲艷春陽。

　　白氏題罷，離了寄錦亭，不覺又過荊州，來到夔府。恰遇天晚。見前面有所廟宇，遂入廟中投宿。擡頭觀看，上面懸一金字扁額，寫著

「高唐觀」三個大字，乃知是巫山神女之廟。便於神座前撮土為香，禱告道：「我白氏小字娟娟，本在東京居住。只為兒夫獨孤遐叔去訪西川節度韋皋，一別三年，杳無歸信，是以不辭跋涉，萬里相尋，今夕寄宿仙宮，敢陳心曲。吾想神女曾能通夢楚王，況我同是女流，豈不托我一夢？伏乞大賜靈感，顯示前期，不勝虔懇之至。」禱罷而睡。果然夢見神女備細說道：「遐叔久寓西川，平安無恙。如今已經辭別，取路東歸。你此去怎麼還遇得他著？可早早回身家去。須防途次尚有虛驚。保重，保重。」那白氏颯然覺來，只見天已明了，想起神女之言，歷歷分明，料然不是個春夢。遂起來拜謝神女，出了廟門，重尋舊徑，再轉東都。在路曉行暮止，迤邐望東而來。此時正值暮春天氣，只見一路上有的是紅桃綠柳，燕舞鶯啼。白氏貪看景致，不覺日晚，尚離開陽門二十餘里，便趁著月色，趲步歸家。忽遇前面一簇遊人，笑語喧雜，漸漸的走近。你道是甚麼樣人？都是洛陽少年，輕薄浪子。每遇花前月下，打伙成群，攜著的錦瑟瑤笙，挈著的青尊翠幕，專慣窺人婦女，逞己風流。白氏見那伙人來得不三不四，卻待躲避。原來美人映著月光，分外嬌艷，早被這伙人瞧破。便一圈圈將轉來，對白氏道：「我們出郭春遊，步月到此，有月無酒，有酒無人，豈不孤負了這般良夜。此去龍華古寺不遠，桃李大開。願小娘子不棄，同去賞翫一回何如？」那白氏聽見，不覺一點怒氣，從腳底心裡直湧到耳朵根邊，把一個臉都變得通紅了，罵道：「你須不是史思明的賊黨，清平世界，誰敢調弄良家女子。況我不是尋常已下之人，是白司農的小姐，獨孤司封的媳婦，前進士獨孤遐叔的渾家。誰敢囉唣。」怎禁這班惡少，那管甚麼宦家、良家，任你喊破喉嚨，也全不作准。推的推，擁的擁，直逼入龍華寺去賞花。這叫做鐵怕落爐，人怕落套。正是：

分明繡閣嬌閨婦，權做徵歌侑酒人。

且說遐叔因進城不及，權在龍華寺中寄宿一宵。想起當初從此送別，整整的過了三年：「不知我白氏娘子，安否何如？」因誦襄陽孟浩

然的詩，說道：「近家心轉切，不敢問來人。」吟詠數番，潸然淚下。坐到更深，尚未能睡。忽聽得牆外人語喧嘩，漸漸的走進寺來。邈叔想道：「明明是人聲，須不是鬼。似這般夜靜，難道有甚官府到此？」正惶惑間，只見有十餘人，各執苕帚糞箕，將殿上掃除乾淨去訖。不多時，又見上百的人，也有鋪設茵席的，也有陳列酒餚的，也有提著燈燭的，也有抱著樂器的，絡繹而至，擺設得十分齊整。邈叔想道：「我曉得了，今日清明佳節，一定是貴家子弟出郭遊春。因見月色如晝，殿底下桃李盛開，爛漫如錦，來此賞玩。若見我時，必被他趕逐。不若且伏在後壁佛桌下，待他酒散，然後就寢。只是我恁般晦氣，在古廟中要討一覺安睡，也不能勾。」即起身躲在後壁，聲也不敢則。又隔了一回，只見六七個少年，服色不一，簇擁著個女郎來到殿堂酒席之上。單推女郎坐在西首，卻是第一個坐位。諸少年皆環向而坐，都屬目在女郎身上。邈叔想道：「我猜是豪貴家遊春的，果然是了。只這女郎不是個官妓，便是個上妓，何必這般趨奉他？難道有甚良家女子，肯和他們到此飲宴？莫不是強盜們搶奪來的？或拐騙來的？」只見那女郎側身西坐，攢眉蹙額，有不勝怨恨的意思。

　　邈叔凝著雙睛，悄地偷看，宛似渾家白氏，吃了一驚。這身子就似吊在冰桶裡，遍體冷麻，把不住的寒顫。卻又想道：「吓。我好十分懞懂，娘子是個有節氣的，平昔間終日住在房裡，親戚們也不相見，如何肯隨這班人行走？世上面貌廝像的盡多，怎麼這個女郎就認做娘子？」雖這般想，終是放心不下，悄地的在黑影子裡一步步挨近前來，仔細再看，果然聲音舉止，無一件不是白氏，再無疑惑。卻又想道：「莫不我一時眼花錯認了？」又把眼來擦得十分明亮，再看時節，一發絲毫不差。卻又想道：「莫不我睡了去，在夢兒裡見他？」把眼霎霎，把腳踏踏，分明是醒的，怎麼有此詫異的事：「難道他做閨女時尚能截髮自誓，今日卻做出這般勾當。豈為我久客西川，一定不回來了，遂改了節操？我想蘇秦落第，嗔他妻子不曾下機迎接。後來做了丞相，尚然

不肯認他。不知我明早歸家，看他還有甚面目好來見我？」心裡不勝忿怒，磨拳擦掌的要打將出去，因見他人多伙衆，可不是倒捋虎鬚？且再含忍，看他怎生的下場？只見一個長鬚的，舉杯向白氏道：「古語云：『一人向隅，滿坐不樂。』我輩與小娘子雖然乍會，也是天緣。如此良辰美景，亦非易得，何苦恁般愁鬱？請放開懷抱，歡飲一杯；並求妙音，以助酒情。」那白氏本是強逼來的，心下十分恨他，欲待不歌，卻又想：「這班乃是無籍惡少，我又孤身在此，怕觸怒了他，一時撒潑起來，豈不反受其辱。」只得拭乾眼淚，拔下金雀釵，按板而歌。歌云：

今夕何夕？存耶？沒耶？良人去兮天之涯，園樹傷心兮三見花。

自古道：「詞出佳人口。」那白氏把心中之事，擬成歌曲，配著那嬌滴滴的聲音，嗚嗚咽咽歌將出來，聲調清婉，音韻悠揚，眞個直令高鳥停飛，潛魚起舞，滿座無不稱讚。長鬚的連稱：「有勞，有勞。」把酒一吸而盡。遐叔在黑暗中看見渾家並不推辭，就拔下寶釵按拍歌曲，分明認得是昔年聘物，心中大怒，咬碎牙關，也不聽曲中之意，又要搶將出去廝鬧。只是恐衆寡不敵，反失便宜，又只得按捺住了，再看他們。只見行酒到一個黃衫壯士面前，也舉杯對白氏道：「聆卿佳音，令人宿醒頓醒，俗念俱消。敢再求一曲，望勿推卻。」白氏心下不悅，臉上通紅，說道：「好沒趣，歌一曲盡勾了，怎麼要歌兩曲？」那長鬚的便拿起巨觥說道：「請置監令。有拒歌者，罰一巨杯。酒倒不乾，顏色不樂，並歌舊曲者，俱照此例。」白氏見長鬚形狀兇惡，心中害怕，只得又歌一曲。歌云：

嘆衰草，絡緯聲切切。良人一去不復返，今日坐愁鬢如雪。

歌罷，衆人齊聲喝采。黃衫人將酒飲乾，道聲：「勞動。」遐叔見渾家又歌了一曲，愈加忿恨，恨不得眼裡放出火來，連這龍華寺都燒個乾淨。那酒卻行到一個白面少年面前，說道：「適來音調雖妙，但賓主正歡，歌恁樣凄清之曲，恰是不稱。如今求歌一曲有情趣的。」衆人都和道：「說得有理。歌一個新意兒的，勸我們一杯。」白氏無可奈何，

又歌一曲云：

勸君酒，君莫辭。落花徒繞枝，流水無返期。莫悕少年時，少年能幾時？

白氏歌還未畢，那白面少年便嚷道：「方才講過要個有情趣的，卻故意唱恁般冷淡的聲音。請監令罰一大觥。」長鬚人正待要罰，一個紫衣少年立起身來說道：「這罰酒且慢著。」白面少年道：「卻是為何？」紫衣人道：「大凡風月場中，全在幫襯，大家得趣。若十分苛罰，反覺我輩俗了。如今且權寄下這杯，待他另換一曲，可不是好。」長鬚的道：「這也說得是。」將大觥放下，那酒就行到紫衣少年面前。白氏料道推托不得，勉強揮淚又歌一曲云：

怨空閨，秋日亦難暮。夫婿絕音書，遙天雁空度。

歌罷，白衣少年笑道：「到底都是那些淒愴怨暮之聲。再沒一毫艷意。」紫衣人道：「想是他傳派如此，不必過責。」將酒飲盡。行至一個皂帽胡人面前，執杯在手，說道：「曲理俺也不十分明白，任憑小娘子歌一個兒，侑這杯酒下去罷了，但莫要冷淡了俺。」白氏因連歌幾曲，氣喘聲促，心下好不耐煩，聽說又要再歌，把頭掉轉，不去理他。長鬚的見不肯歌，叫道：「不應拒歌。」便拋一巨觥。白氏到此地位，勢不容已，只得忍泣含啼，飲了這杯罰酒，又歌云：

切切夕風急，露滋庭草濕。良人去不回，焉知掩閨泣。

皂帽胡人將酒飲罷，卻行到一個綠衣少年，舉杯請道：「夜色雖闌，興猶未淺。更求妙音，以盡通宵之樂。」那白氏歌這一曲，聲氣已是斷續，好生吃力。見綠衣人又來請歌，那兩點秋波中，撲籟籟淚珠亂灑。眾人齊笑道：「對此好花明月，美酒清歌，真乃賞心樂事，有何不美？卻恁般淒楚，忒煞不韻。該罰，該罰。」白氏恐怕罰酒，又只得和淚而歌。歌云：

螢火穿白楊，悲風入蘆草。疑是夢中遊，愁迷故園道。

白氏這歌，一發前聲不接後氣，恰如啼殘的杜宇，叫斷的哀猿。

滿座聞之，盡覺淒然。只見綠衣人將酒飲罷，長鬚的含著笑說道：「我音律雖不甚妙，但禮無不答。信口謅一曲兒，回敬一杯。你們休要笑話。」眾人道：「你又幾時進了這椿學問？快些唱來。」長鬚的頓開喉嚨，唱道：

花前始相見，花下又相送。何必言夢中，人生盡如夢。

那聲音猶如哮蝦蟆，病老貓，把眾人笑做一堆，連嘴都笑歪了，說道：「我說你曉得甚麼歌曲。弄這樣空頭。」長鬚人倒掙得好副老臉，但憑眾人笑話，他卻面不轉色。直到唱完了，方答道：「休要見笑。我也是好價錢學來的哩。你們若學得我這幾句，也儘勾了。」眾人聞說，越發笑一個不止。長鬚的由他們自笑，卻執起一個杯兒，滿滿斟上，欠身親奉白氏一杯。直待飲乾，然後坐下。逷叔起初見渾家隨著這班少年飲酒，那氣惱到包著身子，若沒有這兩個鼻孔，險些兒肚子也脹穿了。到這時見眾人單逼著他唱曲，渾家又不勝憂恨，涕泣交零，方才明白是逼勒來的。這氣倒也略平了些。卻又想：「我娘子自在家裡，為何被這班殺才劫到這個荒僻所在？好生委決不下。我且再看他還要怎麼？」只見席上又輪到白面的飲酒，他舉著金杯，對白氏道：「適勞妙歌，都是憂愁怨恨的意思，連我等眼淚不覺掉將下來，終覺敗興。必須再求一風月艷麗之曲，我等洗耳拱聽，幸勿推辭。」逷叔暗道：「這些殺才，劫掠良家婦女，在此歌曲，還有許多嫌好道歉。」那白氏心中正自煩惱，況且連歌數曲，口乾舌燥，聲氣都乏了，如何肯再唱？低著頭，只是不應。那長鬚的叫道：「違令。」又拋下一巨觥。這時逷叔一肚子氣怎麼再忍得住？暗裡從地下摸得兩塊大磚桫子，先一磚飛去，恰好打中那長鬚的頭；再一磚飛去，打中白氏的額上。只聽得殿上一片嚷將起來，叫道：「有賊，有賊。」東奔西散，一霎眼間早不見了。那逷叔走到殿上，四下打看，莫說一個人，連這鋪設的酒筵器具，一些沒有蹤跡。好生奇怪。嚇得眼跳心驚，把個舌頭伸出，半晌還縮不進去。

那逷叔想了一會，嘆道：「我曉得了。一定是我的娘子已死，他的

魂靈遊到此間，卻被我一磚把他驚散了。」這夜怎麼還睡得著？等不得金雞三唱，便束裝上路。天色未明，已到洛陽城外。捱進開陽門，逕奔崇賢里，一步步含著眼淚而來。遙望家門，卻又不見一些孝事。那心兒裡就是十五六個吊桶打水，七上八落的跳一個不止。進了大門，走到堂上，撞見梅香翠翹，連忙問道：「娘子安否，何如？」口內雖然問他，身上卻擔著一把冷汗，誠恐怕說出一句不吉利的話來。只見翠翹不慌不忙的答道：「娘子睡在房裡，說今早有些頭痛，還未曾起來梳洗哩。」遐叔聽見翠翹說道娘子無恙，這一句話就如分娩的孕婦，砰底一聲，孩子頭落地，心下好不寬暢。只是夜來之事，好生疑惑，忙忙進到臥房裡面問道：「夜來做甚不好睡！今早走不起？」白氏答道：「我昨夜害魇哩。只因你別去三年，杳無歸信，我心中時常憂憶。夜來做成一夢，要親到西川訪問你的消息。直行至巫山地面，在神女廟裡投歇。那神女又托夢與我，說你已離巴蜀，早晚到家，休得途中錯過，枉受辛苦。我依還尋著舊路而回。將近開陽門二十餘里，踏著月色，要趕進城，忽遇一伙少年，把我逼到龍華寺翫月賞花。飲酒之間，又要我歌曲。整整的歌了六曲，還被一個長鬚的屢次罰酒。不意從空中飛下兩塊磚瓶子，一塊打了長鬚的頭，一塊打了我的額角上，瞥然驚醒，遂覺頭痛，因此起身不得，還睡在這裡。」遐叔聽罷，連叫：「怪哉，怪哉。怎麼有恁般異事。」白氏便問有何異事。遐叔把昨夜寺中宿歇，看見的事情，從頭細說一遍。白氏見說，也稱奇怪，道：「原來我昨夜做的卻是真夢？但不知這伙惡少是誰？」遐叔道：「這也是夢中之事，不必要深究了。」

　　說話的，我且問你：那世上說謊的也盡多；少不得依經傍註，有個邊際，從沒有見你恁樣說瞞天謊的祖師！那白氏在家裡做夢，到龍華寺中歌曲，須不是親身下降，怎麼獨孤遐叔便見他的形像？這般沒根據的話，就騙三歲孩子也不肯信，如何哄得我過？看官有所不知：大凡夢者，想也，因也；有因便有想，有想便有夢。那白氏行思坐想，一心記掛著丈夫，所以夢中真靈飛越，有形有像，俱為實境。那遐叔亦因想念

渾家，幽思已極，故此雖有醒時，這點神魂，便入了渾家夢中。此乃兩下精神相貫，魂魄感通，淺而易見之事，怎說在下掉謊？正是：

只因別後幽思切，致使精靈暗往回。

當下白氏說道：「夢中之事，所見皆同，這也不必說了。且問你：一去許久，並無音耗，雖則夢中在巫山廟祈夢，蒙神女指示，說你一路安穩，干求稱意。我想蜀道艱難，不知怎生到得成都？便到了成都，不知可曾見韋皋？便見了韋皋，不知贈得你幾何？」遞叔驚道：「我當初經過巫峽，聽說山上神女頗有靈感，曾暗祈他托汝一夢，傳個平安消息。不道果然夢見，真個有些靈感。只是我到得成都，偶值韋皋兩次出征，因此在碧落觀整整的住了兩年半，路上走了半年，遂至擔擱，有負初盟。猶喜得韋皋故人情重，相待甚厚。若不是我一意告辭，這早晚還被他留住，未得回來。」將那路途跋涉，旅邸淒涼，並韋皋款待贈金，差人遠送，前後之事，一一細說。夫妻二人感嘆不盡。把那三百金日逐用度，遞叔埋頭讀書。約莫半年有餘，韋皋差兩員將校，齎書送到黃金一萬兩，蜀錦一千疋。遞叔連忙寫了謝書，款待來使去後，對白氏道：「我先人出仕三十餘年，何嘗有此宦橐。我一來家世清白，二來又是儒素。只前次所贈，以足度日，何必又要許多。且把來封好收置，待我異日成名，另有用處。」白氏依著丈夫言語，收置不題。

且說唐朝制科，率以三歲為期。遞叔自貞元十五年下第，西遊巴蜀，卻錯了十八年這次，宜到二十一年，又該殿試時分。打一打行囊，辭別白氏，上京應舉。那知貢舉官乃是中書門下侍郎崔群，素知遞叔才名，有心撿他出來取作首卷，呈上德宗天子，御筆親題狀元及第。那遞叔有名已久，榜下之日，那一個不以為得人。舊例遊街三日，曲江賜宴，雁塔題名。欽除翰林修撰，專知制誥。謝恩之後，即寫家書，差人迎接白氏夫人赴京，共享富貴。且說白氏在家，招指過了試期，眼盼盼懸望佳音。一日，正在閨房中，忽聽得堂前鼎沸，連忙教翠翹出去看時，恰正是京中走報的來報喜。白氏問了詳細，知得丈夫中了頭名狀

元，以手加額，對天拜謝。整備酒飯，款待報人。頃刻就嚷遍滿城。白氏親族中俱來稱賀。那白長吉昔日把遐叔何等奚落；及至中了，卻又老著臉皮，備了厚禮也來稱賀。那白氏是個記德不記仇的賢婦，念著同胞分上，將前情一筆都勾。相見之間，千歡萬喜。白長吉自捱進了身子，無一日不來掇臀捧屁。就是平日從不往來，極疏冷的親戚，也來殷勤趨奉，倒教白氏應酬不暇。那齎書的差人，星夜趕至洛陽，叩見白氏，將書呈上。白氏拆開，看到書後有詩一首，云：

玉京仙府獻書人，賜出宮袍似爛銀。

寄語機中愁苦婦，好將顏面對蘇秦。

白氏看罷，微微笑道：「原來相公要迎我至京。」遂留下差人，擇吉起程。那時府縣撥送船夫，親戚都來餞送。白長吉親送妹子至京。遐叔接入衙門，夫妻相見，喜從天降。白長吉向前請罪。遐叔度量寬弘，全無芥蒂。即便擺設家筵，款待不題。不想那年德宗皇帝晏駕，百官共立順宗登位。不上半年，順宗也就崩了。又立憲宗登位，改元元和元年。到四月間，遐叔早陞任翰林院學士，知制誥如故。你道他為何升得恁驟？原來大行皇帝的遺詔與新帝登極的詔書，前後四篇，都出遐叔之作。這是朝廷極大手筆，以此累功，不次遷擢。恰好五月間，有大赦天下詔書，遐叔乘這個機會，就討了宣赦的差。夫妻二人，衣錦還鄉。親戚們都在十里外迎接，府縣官也出郭相迎。遐叔回到家中，焚黃謁墓，殺豬宰羊，做慶喜筵席，遍請親鄰。飲酒中間，說起龍華寺曾許下願心，要把韋皋送來的黃金萬兩，蜀錦千疋，都捨在寺裡，重修寶殿，再整山門。即便選擇吉辰，興動工役。其時白敏中以中書侍郎請告歸家。白居易新授杭州府太守，回來赴任。兩個都到遐叔處賀喜。見此勝緣，各各布施。那州縣官也要奉承遐叔，無一個不來助工。眼見得這龍華寺不日建造起來，比初時越加齊整。但見：

寶殿嵯峨侵碧落，山門弘敞壓閻浮。

卻說韋皋久鎮蜀中，自知年紀漸老，萬一西番南夷，有些決撒，恐

損威名，上表固請骸骨，因薦遐叔自代。奉聖旨：「韋皋鎮蜀多年，功勞積著，可進光祿大夫、右丞相、同平章事，封襄國公，馳驛回朝。獨孤遐叔累掌絲綸，王言無忝，訪之輿望，僉謂通材，可加兵部侍郎，領西川節度使。仍著走馬赴任，無得遲誤。欽此。」遐叔接了詔書，恐怕違了欽限，便同白氏夫人乘傳而去。未到半路，早有韋皋差官迎接，約定在夔府交代。恰好巫山神女廟正在夔府地方。遐叔與白氏乘此便道，先往廟中行香，謝他托夢的靈感，然後與韋皋相見。敘過寒溫，送過敕印，把大小軍政一一交盤明白，才喫公宴。當日遐叔就回了席。明早，點集車騎隊伍，護送韋皋還朝。從此上任之後，專務鎮靜，軍民安堵，威名更勝。朝廷累加褒賞。直做到太保兼吏兵二部尚書，封魏國公。白氏誥封魏國夫人。夫妻偕老，子孫榮盛。有詩為證：

　　夢中光景醒時因，醒若真時夢亦真。

　　莫怪癡人頻做夢，怪他說夢亦癡人。

◆ 《聊齋誌異・鳳陽士人》蒲松齡

　　鳳陽一士人，負笈遠遊。謂其妻曰：「半年當歸。」十餘月，竟無耗問，妻翹盼慕切。一夜，纔就枕，紗月搖影，離思縈懷。方反側間，有一麗人，珠鬟絳帔，搴帷而入，笑問：「姐姐，得無欲見郎君乎？」妻急起應之。麗人邀與共往，妻憚修阻，麗人但請勿慮，即挽女手出，並踏月色。約一矢之遠，覺麗人行迅速，女步履艱澀，呼麗人少待，將歸著複履。麗人牽坐路側，自乃捉足脫履相假，女喜著之，幸不鑿枘，復起從行，健步如飛。移時見士人跨白騾來，見妻大驚，急下騎，問何往？女曰：「將以探君。」又顧問麗者伊誰？女未及答，麗人掩口笑曰：「且勿問訊。娘子奔波匪易，郎君星馳夜半，人畜想當俱殆。妾家不遠，且請息駕，早旦而行，不晚也。」顧數武之外，即有村落，遂同行。入一庭院，麗人促睡婢起供客，曰：「今夜月色皎然，不必命燭，

小台石榻可坐。」士人縶蹇檐梧，乃即坐，麗人曰：「履大不適於體，途中頗累贅否？歸有代步，乞賜還也。」女稱謝，付之。

俄頃，設酒果，麗人酌曰：「鸞鳳久乖，圓在今夕，濁醪一觴，敬以為賀。」士人亦執琖酬答。主客笑言，履舄交錯。士人注目麗人，屢以游詞相挑，夫妻乍聚，並不寒暄一語。麗人亦美目流情，妖言隱謎，女惟默坐，偽為愚者。久之漸醺，二人語益狎，又以巨觥勸客，士人以醉辭，勸之益苦。士人笑曰：「卿為我度一曲，即當飲。」麗人不拒，即以牙板，撫提琴而歌曰：「黃昏卸得殘妝罷，窗外西風冷透紗。聽蕉聲，一陣一陣細雨下，何處與人閒磕牙？望穿秋水，不見還家，潸潸淚似麻。又是想他，又是恨他，手拿著紅繡鞋兒占鬼卦。」歌竟，笑曰：「此市井里巷之謠，不足污君聽，然因流俗所尚，姑效顰耳。」音聲靡靡，風度狎褻，士人搖惑，若不自禁。

少間，麗人偽醉離席，士人亦起，從之而去。久之不至，婢子乏疲，伏睡廊下。女獨坐，塊然無侶，中心憤惋，頗難自堪，思欲遁歸，而夜色微茫，不憶道路，輾轉無以自主。因起而覘之，裁近其窗，則斷雲零雨之聲，隱約可聞。又聽之，聞良人與己素常猥褻之狀，盡情傾吐。女至此，手顫心搖，殆不可遏，念不如出門竄溝壑以死。憤然方行，見弟三郎乘馬而至，遽便下問。女具以告，三郎大怒，立與姐回，直入其家，則室門扃閉，枕上之語猶喁喁也。三郎舉巨石如斗，拋擊窗櫺，三五碎斷。內大呼曰：「郎君腦破矣，奈何！」女聞之，愕然大哭，謂弟曰：「我不謀與汝殺郎君，今且若何？」三郎撐目曰：「汝嗚嗚促我來，甫能消此心中惡，又護男兒怨弟兄，我不慣與婢子供指使。」返身欲去。女牽衣曰：「汝不攜我去，將何之？」三郎揮姐仆地，脫體而去，女頓驚寤，始知其夢。

越日，士人果歸，乘白騾，女異之而未言。士人是夜亦夢，所見所遭，述之悉符，互相駭怪。既而三郎聞姐夫遠歸，亦來省問，語次，謂士人曰：「昨宵夢君歸，今果然。」亦大異。士人笑曰：「幸不為巨石

所斃。」三郎愕然問故，士人以夢告，三郎大異之。蓋是夜，三郎亦夢遇姐泣訴，憤激投石也。三夢相符，但不知麗人何許耳。

國家圖書館出版品預行編目資料

古典短篇小說故事類型選析／陳葆文著. --
初版. -- 臺北市：五南，2019.05
　　　面；　　公分
　ISBN 978-957-763-361-3（平裝）

1.中國小說 2.古典小說 3.短篇小說
4.文學評論

827.2　　　　　　　　　　108004599

1XCU

古典短篇小說故事類型選析

作　　　者 ― 陳葆文

發 行 人 ― 楊榮川

總 經 理 ― 楊士清

副總編輯 ― 黃文瓊

責任編輯 ― 吳雨潔

封面設計 ― 姚孝慈

插圖繪製 ― 林明鋒

出 版 者 ― 五南圖書出版股份有限公司

地　　　址：106台北市大安區和平東路二段339號4樓

電　　　話：(02)2705-5066　　傳　　　真：(02)2706-6100

網　　　址：http://www.wunan.com.tw

電子郵件：wunan@wunan.com.tw

劃撥帳號：01068953

戶　　　名：五南圖書出版股份有限公司

法律顧問　林勝安律師事務所　林勝安律師

出版日期　2019年5月初版一刷

定　　　價　新臺幣620元